本书为中山大学中央高校基本科研业务费

专项资金资助项目成果

百家点评 **人间词话**

邓苑娃／撰述

施议对／审订

上海古籍出版社

图书在版编目(CIP)数据

百家点评人间词话／邓菀莛撰述；施议对审订. —
上海：上海古籍出版社，2017.10
ISBN 978-7-5325-8650-9

Ⅰ.①百… Ⅱ.①邓… ②施… Ⅲ.①词(文学)—诗
词研究—中国—古代②《人间词话》—研究 Ⅳ.
①I207.23

中国版本图书馆 CIP 数据核字(2017)第 263247 号

百家点评人间词话

邓菀莛 撰述

施议对 审订

上海古籍出版社出版发行

(上海瑞金二路 272 号 邮政编码 200020)

(1) 网址：www.guji.com.cn

(2) E-mail：gujil@guji.com.cn

(3) 易文网网址：www.ewen.co

启东市人民印刷厂印刷

开本 890×1240 1/32 印张 17.375 插页 2 字数 516,000

2017 年 10 月第 1 版 2017 年 10 月第 1 次印刷

印数：1—5,100

ISBN 978-7-5325-8650-9

I·3226 定价：48.00 元

如有质量问题，请与承印公司联系

序

可能是受王国维的影响，我自来读书，信奉"无目的而自生目的"的读法。即便我花了十年时间去研究王国维的词学及学缘，而十年的开端也是因为一个学生关于王国维的一次偶然提问。三年前，因为我的另一项目结项时间紧迫，我几乎是强行中断了我的王国维研究，将已经发表的九十万字论文，条理整合为《王国维词学与学缘研究》一书，交中华书局出版。但其实近三年来，我还是断断续续地写了一些与王国维相关的文章；今年更是在《文史知识》上连载了十二篇论析王国维词的文章。我不知道以后还会写多少关于王国维的文章，但应该一定会写。因为我发现闲来打开王国维的著作，早已是我的一种习惯，则是否能由此不断"自生目的"，也是我自己无法预料的。

关于王国维的《人间词话》，我此前在中华书局出过三四个本子，有学术版的，也有通俗版的，算是花了不少功夫。其中《人间词话疏证》先后收入《中国文学研究典籍丛刊》《中华国学文库》两种丛书，据说印数相当可观。关于新中国成立之前的《人间词话》学术史，我也做过十个专题的研究。我因此感叹：即便慵人如我缓行如此，持之以恒，也居然能做出一点成就，何况其智其勤皆在我之上的呢！

但老实说，即便我对王国维的词学用心如此，也常常不免困惑其中。《论语·子罕第九》中颜渊的喟叹最能代表我的心境。他说："仰之弥高，钻之弥坚，瞻之在前，忽焉在后。夫子循循然善诱人，博我以文，约我以礼，欲罢不能。既竭吾才，如有所立卓尔。虽欲从之，末由也已。"颜渊对孔子之道的礼赞近乎极致，而极致的结果便是发现根本找不到追随的路径。这种惊叹之后无所归依的恐惧感，没有类似的经历恐怕很难体会到。我对王国维极高明的思想也真有"瞻之在前，忽焉在后"的感觉。因为试图阅读并理解一位大师，本身就是对阅读者的一种挑战。

但学术史要前进，挑战便不可避免。

菀莛君曾从余问学三载，2016 年夏博士毕业，旋任中山大学中国语言文学系（珠海）特聘副研究员。她到任后的第一件事，便是完成这本《百家点评人间词话》。这书的编写因缘与澳门大学施议对教授有关，是施议对教授把这个撰写书稿的任务交给了菀莛君，其中包含的信任与督促之意，在在可感。菀莛君也果然不负所望，晨写暝抄，不到一年即完成了初稿三十多万字。她曾将初稿发我审阅，但老实说，我只是简单翻了翻，并未细看。原因倒不是我偷懒，而是此书由施议对先生担任审订，自然无劳我多问了。施议对先生不仅撰写过多篇关于王国维词学的精彩文章，而且曾在岳麓书社出版过《人间词话译注》。此书我曾枕籍观之，受益甚多。"铁门限"在此，我当然不必过虑了。

关于《人间词话》汇评类的著作，此前我见过两种：一种是刘锋杰、章池合著，黄山书社出版的《人间词话百年解评》；一种是周锡山编校、上海三联书店出版的《人间词话汇编汇校汇评》。这两种著述篇幅并不算大，但应该说将之前出版关于《人间词话》研究的代表性人物、代表性观点，大体网罗了进来。但前书出版于2002 年，近十五年的学术史缺失是显在的；后书增订再版于 2013年（初版于 2004 年），近五年的学术史也被搁置在外。而且即便是2013 年之前的学术史，我读来也殊多未足。这个"未足"主要体现在采择观点的家数和编者的自我裁断上。

菀莛君此书虽名"百家点评"，其实引录不止百家，其中颇多我未见或曾见而忽略者。因为家数的大幅增加，既以时序展现近百年学术史的客观发展，又将不同甚至对立的观点共置一书之中，可见学术史发展的丰富与曲折过程。值得一提的是词话条目后的"别叙"，在大体总结相关学术史的同时，也将自己的理解与判断融入其中，实际上将编者自身也转变为点评"百家"之一。

此书本编、删稿、附录、补录的体例多承王幼安等校订本而来。但这种文本分法，我私下觉得可能是有问题的。王国维初刊《国粹学报》的64则《人间词话》，似乎并不能完全持以为是王国维词学之"本"。在1915年之时，王国维曾再度删订了一个新本，此本之后再无修订。所以王国维词学的最终本原，从"后出转精"的角度来说，应该是在1915年刊于《盛京时报》的31则本《人间词话》。这个本子当然从《国粹学报》中采择甚多，但当年存于手稿而被初刊弃用的若干条目也同时被吸收进来。所以从王国维词学的发展过程来说，"删稿"并非真的是删去之稿，只是暂时未被选用、可能待用的条目而已。有的条目事实上后来被王国维在《盛京时报》中采用了。既如此，则"删稿"之义，就值得商榷了。

以前俞平伯在重印《人间词话》的序言中曾感慨地说："（此书）虽只薄薄的三十页，而此中所蓄几全是深辨甘苦、惬心贵当之言，固非胸罗万卷者不能道。读者宜深加玩味，不以少而忽之。其实书中所暗示的端绪，如引而申之，正可成一庞然巨帙。"俞平伯说《人间词话》是"固非胸罗万卷者不能道"，而拟解析者，我觉得同样须有胸罗万卷的学术底蕴，才能识得其中端绪，辨明其中甘苦。菀莛君此书在展现学术史的同时，我觉得同样也展现了她个人的学术魄力和学术眼界。

晋代的陆机在《文赋》中特别提到"伊兹事之可乐，固圣贤之可钦"，对由作文而带来的人生乐趣描写得十分形象。菀莛君读书勤敏，也时有学术发现之乐。我总觉得能从读书中获得快乐的人，才当得起"读书人"这一称号。我希望菀莛君能从读书和著述中继续享受学术的快乐。

只有真学术，才有大快乐。我一直这样固执地认为的。

彭玉平

2017年10月20日

目　录

凡　例

一　编纂宗旨及全书特点

全书着眼点有二：一为王国维《人间词话》之研究，一为百家点评之意见采录。目的在于：溯源学术史，取录论说精要，以还原文本，发明真意。各则词条所做别叙、所收点评，篇幅及数量不一，于自由、灵活的体例中，增添解读词话的多种角度与借鉴意义。

全书编纂，谓为百家，实超百家。所撰内容，突出三大特点：强调学术之裁断精准、客观理性的同时，突出编纂者之偏重、偏见、偏好。所谓偏重者，指点评的采录对象，偏重专门之家而非通识之才；偏见云者，指点评内容的采录，重视一偏之见、一得之言，非不偏不倚但泛泛之谈；偏好云者，指所论说与采录者，还原文本的同时有所偏好，彰显编纂者的审美感受与学理裁断。曹丕《典论·论文》云："（文本同而末异）此四科不同，故能之者偏也。惟通才能备其体。"故，虽未敢自以为能，然"偏"实为本书编纂之所求也。

二　内容编排及全书体例

全书四卷，全编词条凡一五六则，每则内容由原文、别叙、集评三部分组成。原文依施议对《人间词话译注》增订本（上海古籍出版社，2016 年 7 月第 1 版）。

别叙：取《易经》中所曰"别而叙之，各随其义"意。为此，这一部分内容，一是带有导读性质，可视为题解；二是带有研究性质，体现词条论点与著者裁断。为此，所评说内容，一注重文本的还原阐说，一注重著者的观点表现，一注重集评的内容采录。此三者间，不刻意追求另立新说，而更在意于词条本身的还原解读基础上做融汇提升。而所以综合百家，自成一家，目的亦在于发明真意，提供借鉴。

集评：纵观百年研究史，综合、选择性择取的语录。一是注重学术史的源流表现，由此力收新说而并不避旧说；一是注重论说的精准深刻、富于代表、富于启发，是有针对性的点评，而非求多求全、见一条文献采录一条、泛而论之的资料汇集；三是注重采录的简单扼要，然为得其要、传其理，亦不避篇幅短长、多少。

三 评语采录及入编准则

评语采录，依论说内容而定，而非依人，非必大家或者名家，关键在于：所言是否当行出色、精准有理，或是否一语破的、说到点子，又或是否富有独立见解、启发后学。为此，无论身份、无论地位，言说在理，即可入编。所节引文，在收入时，除对个别引文中明显字词、标点错误予以改正外，其他一概保持原貌。改正时，径改而不出校。

卷一 人间词话本编

一 词以境界为最上

词以境界为最上。有境界则自成高格，自有名句。五代、北宋之词所以独绝者在此。

【别叙】

此则王国维初刊本列归第一，彭玉平《人间词话疏证》列归中卷第三十一则，并以为：自此，王国维正式提出"境界说"。一百年来，对于王国维《人间词话》中"境界"一词，大致存在两种解释：一是作为名词的"境界"解，一是作为批评模式的"境界"解。作为名词的"境界"，含义与一般所说意境相当，大致包括主观和客观两个方面，合"意"与"境"二者而成①（刘任萍）。而"意"与"境"的结合，构成一个主客观统一的艺术存在（李泽厚）。对此艺术存在，可从美学、词学的角度进行层面分析。从美学角度看，王国维所谓"境界"（或"意境"）包括三层涵义：一为情与景、意与象、隐与秀的交融与统一，二为情与景再现的真实性，三为语言表达的直接形象感（叶朗）。从词学的角度看，此则词话亦包含三层内涵：一为"有境界"之词，必须"人格"与"文格"统一；二为"有境界"之词，必须有名句；三为"有境界"之词，必须"独绝"于一个时代（陈鸿祥）②。由此可见，作

① 刘任萍：《境界论及其称谓来源》，《人世间》第 17 期，1945 年 12 月。
② 陈鸿祥编著：《〈人间词话〉〈人间词〉注评》，江苏古籍出版社，2002 年 7 月，第 3 页。

为名词之"境界"二字,其内涵与外延基本已有较为明确的界定,相关研究也已取得一定成效。而另一方面,作为批评模式的"境界"说,究竟具如何意涵?又应当如何明确界定?即所谓"境界"究竟属何种物事?20世纪三四十年代,唐圭璋、顾随等前辈就"境界"说作为一种批评标准,与以情韵、高致来评价作品的优劣高下,究竟哪个较为合适这个问题,曾提出不同意见与相关质疑。其后,叶嘉莹进一步对王国维"境界"说,做三个不同层次的范畴解说:其一是作为泛指诗词之内容意境而言之辞,其二是作为兼指诗与词的一般衡量准则而言之辞,其三则是将"境界"二字作为专指评词之一种特殊标准而言之辞。当中,对《人间词话》"境界"二字,可见仍是用作一种标准(或者说是一种概念)解释的。相关问题,目前也仍处于讨论中。进入21世纪,施议对尝试从境内(有尽)联系到境外(无穷)做进一步明确,认为所谓"境界",有三层意涵:一、境界是疆界,是一个具长、宽、高一定体积的空间,或者载体;二、境界是意境,是将西方学说引进并加以中国化以后所形成的意和境的统一体;三、境界在境之外,是境外之境。三层意涵,合而观之,说明王国维所说境界是境外所造之境①。这是对于王国维所说"境界"的另一种解说,也是从境界到境界说的一种再认识。

【集评】

唐圭璋:

予谓境界固为词中紧要之事,然不可舍情韵而专倡此二字。境界亦自人心中体会得来,不能截然独立。五代北宋之词所以独绝者,并不专在境界上。而只是一二名句,亦不足包括境界,且不足以尽全词之美妙。上乘作品,往往情境交融,一片浑成,不能强分;即如《花间集》及二主之词,吾人岂能割裂单句,以为独绝在是耶?

——《评〈人间词话〉》,《斯文》卷一,第21—22合刊,1941年8月。

---

① 施议对:《传统文化的现代化与现代化的传统文化——关于二十一世纪中国词学学的建造问题》,《国学学刊》,2013年12月,第3期。

顾　随：

若高致之显于作品之中也，则必有藉乎文字之形、音、义与乎三者之机用。是以古之合作，作者之心、力既常深入乎文字之微，而神致复能超出乎言辞之表，而其高致自出。不者，虽有，不能表而出之也。而世之人欲徒以意胜，又或欲以粉饰熏泽胜，慎已。吾如是说，其或可以释王渔洋之所谓神韵，王国维之所谓境界乎？

——《倦驼庵稼轩词说·自序》（1943 年 8 月），《倦驼庵稼轩词说》，《词学》第六辑，华东师范大学出版社，1988 年 7 月。

李泽厚：

"意境"和"典型环境中的典型性格"一样，是比"形象"（"象"）、"情感"（"情"）更高一级的美学范畴。因为它们不但包含了"象""情"两个方面，而且还特别扬弃了它们的主（"情"）客（"象"）观的片面性而构成了一完整统一、独立的艺术存在。

——《"意境"浅谈》，《光明日报》，1957 年 6 月 9 日。

佛　雏：

在诗词中，境界指的是，通过为外物所一刹兴起的抒情诗人某种具体的典型感受，以此或主要凝为"外景"，或主要凝为"心画"，反映出生活或自然的某一侧面及其内在意蕴之一种单纯的、有机的、富于个性（包括情感、理想等）特征的艺术画面。

——《"境界"说辨析兼评其实质》，《扬州师院学报》，1964 年 4 月，第 19 期。

叶　朗：

我们分析了王国维所谓"境界"（或"意境"）的三层涵义：第一是强调情与景、意与象、隐与秀的交融与统一；第二是强调真景物、真感情，即强调再现的真实性；第三是强调文学语言对于意象的充分、完美的传达，即强调文学语言的直接形象感。王国维抓住的这三个方面，他论述和发挥的三层涵义，恰恰都是"意境"作为艺术形象（"意象"）的一般的规定性，"意境"的特殊的规定性却被他完全撇开了。王国维用了一些西方美学的概念来解释"意境"。但是他没有把握住意境说的精髓。根据他的解释，"意境"（或"境界"）这个范畴就等同于一般的艺术形象的范畴，即等同于"意象"这个范畴，而不再是一个独特的范畴。因此，如果我们不停留于表面的术语，而是从实质看问题，那就应该说，王国维的境界说并不属于中国古典美学的意境说的范围，而是属于中国古典美学的意象说的范围。

　　——《中国美学史大纲》，上海人民出版社，1985 年 11 月，第 621 页。

　　叶嘉莹：

　　我以为王氏在《人间词话》中所标举的"境界"之说，其义界之所指盖可分为三个不同层次的范畴。其一是作为泛指诗词之内容意境而言之辞，如《词话·附录》第十六则所提出的"有诗人之境界，有常人之境界"及《词话·删稿》第十四则所提出的"'西风吹渭水，落日满长安'，美成以之入词，白仁甫以之入曲，此借古人之境界为我之境界者也。"若此之类，便都是对内容意境的一般泛指之辞，此其一；其二是作为兼指诗与词的一般衡量准则而言之辞，如《词话》第八则所提出的"境界有大小，不以是而分优劣。'细雨鱼儿出，微风燕子斜'，何遽不若'落日照大旗，马鸣风萧萧'？'宝帘闲挂小银钩'，何遽不若'雾失楼台，月迷津渡'也？"他所举引的前二则例证是杜甫的诗句，而后二则例证则是秦观的词句，可见他提出的境界之大小优劣之说，自然应该乃兼指诗词之衡量准则而言的，此其二；其三则是将"境界"二字作为专指评词之一种特殊标准而言之词，即如他在自己亲手编订的发表于《国粹学报》的第六十四则《人间词话》中，所首先提出的第一则词话，就是"词以境界为最上。有境界则自成高格，自有名句"。从这段话来看，其"境界"一词自然应该乃是专指他自己所体认的词的一种特质而言，此其三。

　　——《论王国维词：从我对王氏境界说的一点新理解谈王词之评赏》，《四川大学学报》，1991 年 5 月，第 2 期。

施议对:

1908 年，王国维发表《人间词话》，倡导境界说，为中国词学打开新的一页。谓"词以境界为最上"，既是分期，又是分类。一部中国词学史，以之为分界线，进行开辟与划分。1908 年以前，为古词学或旧词学；1908 年以后，为今词学或新词学。以之为标准，对于整体填词作评判，则可分为两大类别：有境界与无境界。有境界，所以为最上；无境界，等而下之，或者最下。评判过程，所谓阔大与深长，或者高下与厚薄，既可以现代科学方法测量，又可以现代科学语言表述，似乎都能落到实处。之前与之后相对照，何者为古、何者为今，何者为旧、何者为新，可以断定得十分清楚。

——《百年词学通论》，《文学评论》，2009 年 3 月，第 2 期。

彭玉平:

在晚清民国诸种词话中，王国维的《人间词话》以富有创造性而驰名，并因此而影响到 20 世纪词学的发展轨迹。但王国维提出的境界说以及由此而建构的词学体系，并非王国维闭门苦思，一朝悟得，而是在阅读大量中西相关理论批评著作的基础上，融合、裁断、提炼并升华而成。……在王国维手稿诸多引述各家之论中，中国传统诗词理论构成了其理论的主干部分，其境界说及其相关的范畴体系的建立，都离不开对传统诗学的借鉴与吸收。西方诗学则对其理论的表述模式及其理论的精密化提供了学理意义上的帮助。"中学为体，西学为用"这句话放在对《人间词话》手稿的定位上，应该大致是不差的。

——《从〈人间词话〉手稿的征引文献看其词学渊源》，《古代文学理论研究》第 31 辑，2010 年 12 月。

罗 钢:

王国维的"意境"说所包涵的正是一种以"康德叔本华哲学"为基础的、在中国诗学史上从未有过的"新"的诗学话语。它的基本的构成元素包括：一、以叔本华的直观说为核心的认识论美学。王国维说"原夫文学之所以有意境者，以其能观也"，其中的"观"就是叔本华的"直观"。叔本华把这种直观分为"观物"与"观我",这种区分也为王国维所承袭,成为王国维区分"意境"的有无与深浅的基础。二、席勒关于自然诗与理想诗的区分。王国维关于造境与写境、有我之境和无我之境的论述都是从这种区分发展出来的,它对叔本华的直观认识论提供了某种表现论的矫正与补充。三、康德的自然天才理论。这主要体现于王国维在"优美"、"宏壮"之外提出的"古雅"范畴和《人间词话》中阐述的一种新的文学史观,同时在他对具体词人的评论中也时有流露。如他称赞纳兰性德"以天赋之才,崛起于方兴之族",就是以这种自然天才理论为依据的。四、席勒—谷鲁斯的游戏论,在《人间词话》中又以谷鲁斯的"内模仿说"影响最为明显。以上所述,仅是荦荦大端。然而即令如此也足以说明,王国维的"意境"说在中国诗学传统中的确称得上是"截断众流",因为它基本上是以一种与整个中国诗歌传统异质的西方美学为基础建构起来的。

——《意境说是德国美学的中国变体》,《南京大学学报》,2011 年 9 月,第 5 期。

二　造境与写境

有造境,有写境,此理想与写实二派之所由分。然二者颇难分别。因大诗人所造之境,必合乎自然,所写之境,亦必邻于理想故也。

【别叙】

造境与写境,是文学创作中两种不同的派别,王国维将之划为虚构之境(造境)、写实之境(写境)二类。就创作方法讲,造境、写境所言,实则是关于虚构与写实的问题及其区分:"'造境',是无意而写,得天造之妙;'写境',是有意而造,得传移模写之力。"① 所谓"创造之想像",谓之造境,"写实之意",谓之写境②。但同时应该看到的是:造境、写境二者并非相互对立的关系。王国维所言之意,即指出造境、写境二者的互相补足,相得益彰,你中有我,我中有你,共同结合而创造出既合乎自然,又接近理想的境界,所以,"写实家也是理想家,理想家也是写实家。浪漫主义不能完全脱离现实,现实主义也不能不有理想。"③ 而对于何为"合乎自然"与"邻于理想",王国维未作具体阐发。推究其意,所谓"邻于理想",或为叔本华所说意志,可将之看作一种"美的预想"(黄保真),乃按照理想的模式虚构的一种艺术境界;或有论者以写生画与文人画作比,将王国维这里所谓"理想"看作画家的一种灵感,并认为造境、写境二者外,"又贵能创境"(饶宗颐)。如上,所谓"预想"、"灵感",已牵涉到艺术创作中的典型化问题,是对于"造"的一种理解。而如果将"造"与"写"二者合而观之,则必须看到:所谓"创境",似应当包含在"造"与"写"二境当中的。

【集评】

饶宗颐:

王氏论境,有造境及写境,即理想与写实二派之别,其说颇韪。试以画喻。写境如写生画,造境如文人画。夫心固有借于外境,境随心生,同一之外境,各人之心不同,所得之境亦因之有异。又诸心生之境,已非囊境,且超实境,故山川万物,荐灵于我,而操在我心,一若山川万物使我代其言也。我脱胎于山川万物,又不糟粕山川万物,以我有我之灵感存之。(《蕙风词话》:"吾听风雨,吾览江山,常觉风雨江山外,有万不得已者在。此万不得已,即词心也,此万不得已者,由吾心酝酿而出,即吾词之真也。"其说至精,可以参照。)必也,如石涛之言画,搜尽造化打我

① 陈良运:《王国维"境界"说之系统观》,《社会科学战线》,1991年2月,第2期。
② 许文雨:《钟嵘诗品讲疏·人间词话讲疏》(1937年),成都古籍出版社,1983年5月影印版,第170页。
③ 陈元晖:《王国维的美学思想》,《哲学研究》,1980年6月,第6期。

草稿，不如是不能深入，不能出奇。故造境写境之外，又贵能创境。

——《〈人间词话〉平议》（1953 年），《文辙·文学史论集》（下册），台湾学生书局，1991 年 11 月，第 743 页。

汤大民：

"造境"侧重于想象的飞翔和理想的抒发；"写境"侧重于如实描绘生活与自然。前人对于境界的虚实之分，多有阐发。例如，谢榛《四溟诗话》……，但是，他只从艺术表现巧妙与否上加以欣赏，未能上升为流派和创作方法的高度加以阐发。只是到了王国维，才由造境、写境之别的大量现象中，归结出现实主义和写实主义两种不同的创造方法，并阐明了创作方法对"境界"特质的重大影响。不仅如此，他还认为理想主义和写实主义之间没有不可逾越的鸿沟，在大诗人笔下，两者往往结合在一起。"酌奇而不失其真，玩华而不坠其实"是我国关于文学中幻想和真实相结合的最早的素朴思想。但在以后的文论中，这种思想的发展脉络就不太清晰了。也只是到了王国维，才运用在古典文论中最接近于现代文艺理论的概念，归纳了写实主义和理想主义以及两者结合的艺术特征。

——《王国维"境界"说试探》，《南通学报》，1962 年 10 月，第 3 期。

姚全兴：

王国维的卓见更在于他进一步接触到了现实主义和浪漫主义相结合的问题。其一，他认为写境（写实）与造境（理想）虽有区别，但"二者颇难分别，因大诗人造境必合乎自然，所写之境亦必邻于理想故也。"这就是说，"造境"的浪漫主义理想必须合乎客观自然，不是虚妄荒诞；而"写境"的现实主义写实，也必然接触到人生理想。其二，他认为"自然中之物，互相关系，互相限制。然其写之于文学及美术中也，必遗其关系、限制之处。故虽写实家，亦理想家也。又虽如何虚构之境，其材料必求之于自然，而其构造，亦必从自然之法则，故虽理想家，亦写实家也。"这就更阐明了写境和造境两结合的原理。现实主义的写实者并不是完全摹仿客观事物的，他必须按照艺术"境界"的需要，调整客观事物之间的关系和限制，因此，即使是写实者，也应该具有理想家的本领。而浪漫主义的理想家，虽然可以驰骋想象，进行虚构，但想象和虚构的原始材料也要从客观事物中求得，并服从客观事物的规律，因此，即使是理想家，也应该具有写实者的手腕。

——《略谈〈人间词话〉的艺术论》，《读书》，1980 年 4 月，第 4 期。

黄保真：

有的学者把"造境"、"理想派"，当作"浪漫主义"的创作方法和文学流派；把"写境"、"写实派"，当作"现实主义"的创作方法和文学流派，甚至说他主张"两结合"，这显然又是忽略了王国维论述"造境"、"写境"、"理想"、"写实"以及二者互相依存，互相渗透时，所据以立论的基础是叔本华的美学。王国维所说的"造境"是按照"理想"的模式虚构的艺术境界。他所说的"理想"是"美的预想"（石冲白译作"预期"，缪灵珠译作"预料"）。

——《王国维"境界说"的内涵及层次》，《辽宁师范大学学报》，1987 年 3 月，第 1 期。

温儒敏：

这里所说的偏重理想的"造境"与偏重写实的"写境"，后人往往理解为指浪漫主义与现实主义。其实王国维并非讲两种不同的创作方法，或两种境界的品第高下，而是在探求那种称得上"大诗人"手笔的完美意境的产生原因。他显然认为成就完美意境的条件是既"合乎自然"，又"邻于理想"，这是通向纯粹审美世界的双轨。所谓"合乎自然"，是指诗人创作时摆脱任何势利荣辱和"生命意志"的束缚，以一种全然忘我的姿态进入审美静观之中，由此观物观我，诗人本身也就自然化了。就能以自然之眼观物，以自然之舌言情，所表现的审美效果也就是合乎自然的，不做作不装束的。

——《王国维文学批评的现代性》，《中国社会科学》，1992 年 5 月，第 3 期。

罗　钢：

《人间词话》提出的两对重要的概念，"有我之境、无我之境"和"造境、写境"，尽管被王国维安置在一起，并赋予了某种联系，但它们所凭借的西方理论资源是截然不同的。前者，尤其是"无我之境"的概念，主要是从叔本华的唯心主义美学发展出来的，而后者继承的却是席勒开创的现实主义浪漫主义美学传统。从理论渊源上看，叔本华和席勒都是康德美学的传人，但他们分别从不同的方向发展了康德的思想。叔本华从康德的基础上进一步向唯心主义的方向发展，正是这种彻底的唯心主义导致他拒绝了"写实派""理想派"这样的区分。而席勒则力图纠正康德不可知论的偏颇，尽管他的理论出发点仍然是调和康德提出的感性与理性、自然与理想的对立，但他的理想是建立在社会现实的基础之上的。素朴诗是从现实出发，感伤诗的理想也是从现实提高而来，因此可以说他与叔本华走的是一条背道而驰的道路。席勒关于素朴诗和感伤诗的理论在19世纪产生了长远的影响，最终发展成关于"写实派""理想派"的完整的理论话语。

——《七宝楼台，拆碎不成片断——王国维"有我之境、无我之境"说探源》，《中国现代文学研究丛刊》，2006 年 2 月，第 2 期。

肖　鹰：

王国维主张自然与理想的统一，即所谓"因大诗人所造之境，必合乎自然，所写之境，亦必邻于理想故也"。这是直接来自于席勒所说的素朴的诗歌和感伤的诗歌在人性概念下统一的观念。席勒认为，素朴诗歌模仿自然，感伤诗歌表现理想，体现的是人性的两极，而人性的根本观念是包括这两极的。也就是说，这两种诗歌在根本上或在最高的层次上是统一的：素朴诗人必须从理想获取资源，给予他的自然题材以生命，使之因为理想的灌注而超越自身的有限性而具有普遍的人类意义；感伤诗人必须从自然获取资源，使他的想象和理想的表达不至于超越人性的界限而沦入空洞和幻想的歧途。两种诗歌具有的诗意的程度越高，它们就越是走向统一和融合，因为"真正的美必然既和自然一致，又和理想一致"。

——《被误解的王国维"境界"说——论〈人间词话〉的思想根源》,《文艺研究》,2007 年 11 月,第 11 期。

彭玉平:

造境和写境都可以由"大诗人"来完成,是因为造境和写境两者都涉及到写实与理想两种方法的问题。写实近乎有我之境,而理想近乎无我之境。理想是在写实基础上抽象演绎出来的,而写实同样需要在理想的观照下进行。造境与写境之间实际上存在着交叉的关系。写实家与理想家之所以如此难以区分,就在于诗人既离不开自然,又必须进行必要的虚构,如此才能既不离乎现象,又能烛照本质。

——《有我、无我之境说与王国维之语境系统》,《文学评论》,2013 年 6 月,第 3 期。

三 有我之境与无我之境

有有我之境,有无我之境。"泪眼问花花不语,乱红飞过秋千去。""可堪孤馆闭春寒,杜鹃声里斜阳暮。"有我之境也。"采菊东篱下,悠然见南山。""寒波澹澹起,白鸟悠悠下。"无我之境也。有我之境,以我观物,故物皆著我之色彩。无我之境,以物观物,故不知何者为我,何者为物。古人为词,写有我之境者为多,然未始不能写无我之境,此在豪杰之士能自树立耳。

【别叙】

此则言说有我之境与无我之境。就此则渊源,或认为无我之境

"跟庄子的'丧我'、'忘己',很有关系"① (顾随),以物观物正与"'以天合天'互为注脚"② (佛雏);或认为与"与叔氏之说有通贯之处"③ (缪钺),或认为是"取径于中西二源,自加熔裁"④ (王水照)。与上一则言说造境、写境一样,这里同样以分类的方法,对境界类别进行分析及评判,只是分类的依据不一样。再者,从此则最后一句话看,在王国维认为,无我之境当置于有我之境之上的。如果说,造境、写境是依据境界的创造方法划分,此则是依据创作过程中作者如何处理物、我关系,以及如何处理由此所出现的物我组合形态与性质进行的划分。当中,既涉及创造境界的方法问题,又涉及境界自身的组合问题。为此,须从两个方面看。一方面,所谓有与无,并非一组互相对立的概念。从境界的创作过程及过程所出现结果看,有与无并非互相取代,有你就无我或者有我就无你,而是互相转换、互相融合。以王国维所举例子来说,"泪眼问花花不语,乱红飞过秋千去"有我,"采菊东篱下,悠然见南山"同样有我。果真无我,何人采菊、何人见南山?另一方面,王国维这里的"物""我",所指分别为客观世界、主观世界二者组合的方式与方法,体现了作者的态度,并决定着境界的性质。从物我关系看有我、无我两种境界及其区别,是:有我之境,以我观物,我为主,物为客。我与物之间,我借物抒怀,物染上了我的情感色彩。无我之境,我以物观物,不知何者为我,何者为物,说明物与我二者处于平等、和谐乃至化合的状态,或者物与我皆为主体,或者物与我皆为客体。仍以王国维所举例子来说,"泪眼问花花不语",其所谓"有",乃因在所展现的主客世界中,我仍然占居主导地位,我以自己的角色问花,并希望花应答我,我的意志与情感通过花及其他外物强烈地表现着;而采菊东篱,其所谓"无",乃因我与物处于融合状态,乃至我同化为"物",人、物之

① 顾随:《论王静安》(1942—1947 年),《词学》第 10 辑,华东师范大学出版社,1992 年 12 月,第 164 页。
② 佛雏:《王国维诗学研究》,北京大学出版社,1987 年 6 月,第 252 页。
③ 缪钺:《王国维与叔本华》,《思想与时代》,1943 年 9 月,第 26 期。
④ 王水照:《况周颐与王国维:不同的审美范式》,《文学遗产》,2008 年 3 月,第 2 期。

间，难分彼此，主观的情感与客观的世界化于一体，共同呈现，所以为"无"。此中展现的，是语言达意上突破"隔"的要求，也是物与我、我与我之间超越"隔"的境界追求。

【集评】

朱光潜：

他所谓"以我观物，故物皆著我之色彩"，就是近代美学所谓"移情作用"。"移情作用"的发生是由于我在凝神观照事物时，霎时间由物我两忘而至物我同一，于是以在我的情趣移注于物。换句话说，移情作用就是"死物的生命化"，或是"无情事物的有情化"，这种现象在注意力专注到物我两忘时才发生。从此可知王先生所说的"有我之境"，实在是"无我之境"。他的"无我之境"的实例为"采菊东篱下，悠然见南山"，"寒波澹澹起，白鸟悠悠下"，都是诗人在冷静中所回味出来的妙境，都没有经过移情作用，所以其实都是"有我之境"。我以为与其说"有我之境"和"无我之境"，不如说"超物之境"和"同物之境"。"感时花溅泪，恨别鸟惊心"，"徘徊花上月，虚度可怜宵"，"数峰清苦，商略黄昏雨"，都是同物之境。"鸢飞戾天，鱼跃于渊"，"微雨从东来，好风与之俱"，"兴阑啼鸟散，坐久落花多"，都是超物之境。

——《诗的隐与显——关于王静安先生的〈人间词话〉的几点意见》，《人间世》第 1 期，1934 年 4 月。

吴奔星：

所谓"有我之境"就是诗词的境界表现了抒情主人公的鲜明的感情色彩；所谓"无我之境"就是抒情主人公的感情色彩被溶化在自然景物中，以隐蔽的姿态出现。诗词中的确存在着这样两种境界。前者主要是抒情诗的境界，后者主要是山水诗的境界。所谓"有我之境"就是以情为主，多半是情语；所谓"无我之境"就是以景为主，大体是景语。不过，在具体作品中却并无绝对的界限。因为单纯写景的作品是不多见的，诗人总是以景寓情，写景往往是手段，表情常常是目的，转弯抹角也要表现自己的思想感情。

——《王国维的美学思想——"境界"论》,《江海学刊》,1963 年 6 月,第 3 期。

徐复观:

诗人面对景物(境),概略言之,有两种态度:一种是挟带自己的感情以面对景物,将自己的感情移出于景物之上;此时,不知不觉地将景物"拟人化",此即王氏之所谓"有我之境,以我观物,故物皆著我之色彩"。诗人以虚静之心面对景物,将景物之神,移入于自己精神之内,此时不知不觉地将自己化为景物,即《庄子·齐物论》中的"此之谓物化"的"物化";此殆即王氏之所谓"无我之境,惟于静中得之"。

——《王国维〈人间词话〉境界说试评》,《明报月刊》,1977 年 11 月。

蓝华增:

梁启超在《中国韵文里头所表现的情感》中,根据感情状态把诗的表情法分为"奔进的表情法"、"回荡的表情法"和"含蓄蕴藉的表情法"三种。"奔进的表情法"就是感情炽烈,奔突直进而出;"回荡的表情法"就是感情经过时间的浸洗,多种感情交错蟠结于心,回荡而出;"含蓄蕴藉的表情法"就是感情经过长时间的融溶,较为隐蔽,遇景物而发,感情蕴藉不露。把梁启超所说的奔进、回荡两种表情法合并为一种,就是王国维所说的"有我之境",梁启超所说的含蓄蕴藉的表情法就是王国维所说的"无我之境"。人的感情有"动"、"由动之静"、"静"三种状态,王国维只谈了后两种与形成意境的关系。至于第一种,他没有谈,这是因为,人的感情处于"动"的状态,即感情最热烈时是写不出诗来的,当然不可能形成任何意境。

——《意境——诗的基本审美范畴——读王国维〈人间词话〉札记》,《云南社会科学》,1981 年 1 月,第 1 期。

温儒敏:

王国维说,"有我之境,以我观物,故物皆著我之色彩。无我之境，以物观我，故不知何者为我，何者为物。"其实"有我""无我"只是相对而言。只要是具有审美特性的意境（境界），都无不渗透着作者的主观（情感）因素，都是"有我"的。王国维讲"有我""无我"，不过是指主观（情感）因素在创作中的显隐之别，强弱之别。

——《王国维文学批评的现代性》，《中国社会科学》，1992 年 5 月，第 3 期。

陈玉兰：

所谓"有我"、"无我"，是就作品中所表现的"物"与"我"之间是否有对立之关系而言。大部分诗歌文本之构成显示为主体之意志、欲望的表现，因此，"我"与"物"对立而显示出"有我"之境者较多。而超越了意志的驱使和欲望的支配，使"我"与"物"没有对立之冲突这样的文本构成则显示为"无我"之境。文本构成的这两种境界之别其实就是主体在兴发感动中投入与超越之分。不同的感受经验同出于宇宙人生，以此立论，本不该有所谓高下之分，只不过要做到意志之绝灭、欲望之超越尤难。"无我"之境往往显示出沉静悠远、超尘脱俗之兴发感动特征，因而不易为一般诗人在文本构成中体现。然超越意志、欲望又往往会被人目为无须感受经验，而只须从理性概念出发来构成文本。如此，则这种文本构成虽也可以做到"无我"，却也就无境了。这种"无我无境"之文本，如若与"无我之境"的文本鱼目相混，则有悖王国维"境界"说之本意了。

——《论"境界"说及其对新诗批评理论建设的意义》，《文学评论》，2003 年 3 月，第 2 期。

肖 鹰：

王国维接受席勒的人本主义诗歌美学，主张诗歌境界要实现自然与理想的统一，从而表现完整的人性。当诗人在现实中直接感受到这种统一的时候，他就通过直接再现自然来表现自己的理想，形成"以物观物，故不知何者为我"的"无我境界"——优美的诗境；当诗人在现实中不能感受到这种统一的时候，他就用理想来映照自然，把自然从有限提升到无限——理想，形成"以我观物，物皆著我之色彩"的"有我之境"——崇高的诗境。

——《"有我"与"无我"：自然与理想的结合方式——论王国维"境界"说的诗境构成原理》，《清华大学学报》，2008 年 3 月，第 2 期。

姜耕玉：

西方诗歌的内外世界的呈现模式，注重内心的真实摹写，通于"有我之境"。而汉语诗歌意境的物我交融的抒情模式，则又在内心情感外面罩上一层雾纱，构成曲径通幽、氤氲荡漾的灵境。"无我之境"，更能体现中国诗画意境创造的艺术功力。这种情与景、人与自然融合境深的灵寄，与古代哲学思想，特别是庄玄禅宗的哲学—美学有着渊源关系。"天人合一"的美学境界，几乎形成了古典诗歌艺术的灵魂。这与现代诗歌内外世界呈现的模式相互补。当现代诗人将内心情感外射到客观物象，达到"物我同一"的审美境界之际，中国古典的"天人合一"便遥相挥手。

——《新诗的现代意识与母语意识》，《南京社会科学》，2013 年 9 月，第 9 期。

四　优美与壮美（宏壮）

无我之境，人惟于静中得之。有我之境，于由动之静时得之。故一优美，一宏壮也。

【别叙】

这一则承接上一则，继续言说有我之境、无我之境问题。只不过，上一则从有、无角度，以境界创造的结果立论，同时兼顾境界创造方法来说有我之境、无我之境，而这一则，则从静、动角度，说作者创作过程中观物的状态，以及不同的观物方式与观物立场，带来境界的优美、宏壮之区分。以优美说无我之境，以宏壮说有我之境，其中优美与宏壮，牵涉到美的分类、高下问题，也关系到对境界创造的分类与批判问题。那么，如何创造优美之境？王国维提出，"有我之境"，可以在由动到静的过程中得到。静，审也，从青争声，所谓"静言思之，不能奋飞"（《诗经·邶风·柏舟》），呈现的是一种宁静思考的状态。动，作也，从力重声，与"静"相对应，说明所处状态的改变。而由动之静，表示从感情波动中再度回复安静的状态。情绪过于激动，人沉浸于强烈的感情中，无法安静无法创作，而激动过后，心情平复下来，所想所感形诸于笔，乃创造"有我之境"的作品。而这还不是最高的艺术追求，王国维认为，有我之境，表现着宏壮的美，需予以肯定，但仍得进一步追寻更高的艺术境界——"无我之境"、优美之境。如何得之？"惟于静中得之"，即：只有于静观中得之。有我之境的得到，需要安静才能创造，但那是"动"之后的静，即激动之后的平静，而无我之境，是心灵里外透彻的静，是静的更高层次的要求，除了情绪的平静之外，还需看我的主观意志与客观世界之间的关系是否有功利目的，又是否能予以超越。当中，所涉及的，即"我"与客观世界的关系，以及我所采用的观物立场、观物状态。故此可见，解读此则，如果只就作者创作时的心情表现，说心情的"平静"或"激动"（周振甫）状态，虽浅近易明，但只是说到静和动的问题，仍需进一步看"我"之观物立场及"我"之与客观世界之关系，方得探本。

【集评】

顾　随：

所谓静，静始能"会"，静绝非死。文学所谓静与佛所谓如、真如、如不动同。而如不动非死，极静之中有个动在。王先生见得明说得切，而学者不可死守静字。（所有一切名辞皆是比较言之，凡对于名辞皆如此。不可抓住静字不撒手。）

王先生讲"有我之境"讲得真好。一个诗人必写真的喜怒哀乐，而所写已非真的喜怒哀乐。盖常人皆为喜怒所支配，一成诗则经心转，一观一会便非真的情感了。喜怒时有我，写诗时无我，乃

"由动之静"。如柳宗元游南涧诗《南涧中题》，诗即"由动之静时得之"。游时偶感是动，而写时已趋于静。

"有我"曰"由动之静"，难道"无我"不可说"静中之动"么？静中有东西。如王摩诘"高馆落疏桐"（《奉寄韦太守陟》），可谓为无我之境，高馆是高馆，疏桐是疏桐，而用"落"字连得好。此是静的境界而非死，若死则根本无此五字诗矣。此静即静中之动。

——《论王静安》（1942—1947 年），《词学》第 10 辑，华东师范大学出版社，1992 年 12 月，第 166 页。

周振甫：

说"静中得之"，因为诗人写直观中的感受，心情是平静的。说"由动之静时得之"，因为诗人写强烈的感情，那时的心情先是激动的，但诗人写诗时，往往在心情由激动而归于平静的时候。那末为什么分优美和宏壮呢？结合上引的例子看，"悠然见南山"，"寒波澹澹起"，说成优美，可以理解；"泪眼问花"，"杜鹃声里"，说成宏壮，就不好理解了。原来王氏在这里又用了叔本华等人的美学观点。认为优美是人在心境宁静的状态中领略到的外物之美，壮美是人在受到外界事物的压迫而又不能抗拒时所造成的悲剧或悲苦的感情时产生的美。（据王国维《红楼梦评论》中的说法）"泪眼问花"，"杜鹃声里"，都是写诗人在被压抑中所表达出来的愁苦感情，所以是壮美。

——《〈人间词话〉初探》，《文汇报》，1962 年 8 月 15 日。

汤大民：

用壮美、优美两个范畴来划分艺术上两大类不同风格，在传统文论中有着长久的历史。刘勰说："刚柔以立本，变通以趋时；立本有体，意或偏长……"（《文心雕龙·熔裁》）在《体性篇》中，他就分别寓刚柔之本在八种艺术风格（体）中。柳子厚、严沧浪，明人屠隆，虽未明标刚柔，实际上却按刚柔的标准把诗文分成两大类。到了姚鼐，认为"文者天地之精英而阴阳刚柔之发也"（《复鲁絜非书》）。以自然现象的变幻比喻文章"阳与刚之美"同"阴与柔之美"的区别,并进而用以论文。这些说法就区别两类艺术风格不同的形象特征而言,具有巨大的概括意义。但是,其中有些说法不是从严格意义的文学出发的,而且都未能在此基础上提出更高的美学范畴来说明文学艺术与其他意识形态的区别。王氏继承了这些说法,但是他在区别壮美、优美的同时,又从两者中抽取出共同的形态特征,概括成"境界"这一接近于"形象"的更大的美学范畴。这是超越前人之处。沧浪的"兴趣"主要是从"优游不迫"的境界出发的。阮亭也排斥壮美,企图以优美来概括抒情诗形象的基本特征。而翁方纲更进一步说"神韵无所不该","神韵"是诗歌形象的总体现。这就不免失之偏颇。

——《王国维"境界"说试探》,《南通学报》,1962 年 10 月,第 3 期。

佛 雏:

其实这个"由动之静"正本于叔本华所谓抒情诗中"欲望的压迫"(指情绪激动)与"宁静的直观"二者的"对立"与"相互交替"的理论,譬如"泪眼问花花不语,乱红飞过秋千去"。按照这一理论,大抵"杨柳堆烟""风雨""乱红"之类("美的环境")引起了诗人的直观,旋为"玉勒凋鞍""无计留春"等"以个人利害为目的"的回忆与欲念所占据,于是"泪眼问花",以至乱红飞去,若以"不语"之"语"相应答,达到高度激动的心境。然而眼前美的景物继续作用于诗人,他终于把欲念驱走,把这一段"情痴"当作审美客体观照(观我),一种"不可摧毁的怡悦的宁静"出现了,而意境于是乎形成。而在审美静观中,"欲望的压迫"被驱退或者意志被强制地"移走",这正是叔本华美学中"壮美"的特征,因而王氏把这种意境归之"宏观"一类,也就完全可以理解了。

——《"境界"说辨源兼评其实质——王国维美学思想批判之二》,《扬州师范学报》第 19 期,1964 年 4 月。

聂振斌:

从本质上说,优美与宏壮都是超功利的,都美在形式。它们的不同,主要在于构成的因素、样式、作用等方面,各有自己的特点。"优美皆存于形式之对称、变化及调和。至宏壮之对象，汗德虽谓之无形式，然以此种无形式之形式，能唤起宏壮之情，故谓形式之一种，无不可也。"（《古雅之在美学上之位置》）由于这种区别，审美主体的感受过程与效果，则大不一样。优美的形象能被完整的把握，直接产生"可爱玩"的美感愉悦，对象与主体和谐一致，因此是一种"宁静状态"。而宏壮，或形体巨大，或威力无穷，由于主体不能完整地把握到它的形象，而显出它的无限性；同时，它还令人感到是一种威胁，令人恐惧，产生痛感，并觉得非人力所能抵抗，"于是吾人保存自己之本能遂越乎利害之观念外，而达观其对象之形式"，获得无限的自由，由痛感而转为愉悦。这种愉悦，经过由无限（对象的无形式）否定有限（主体的知力）的变化过程。不是物我的直接同一而是通过想象消除了物我的对立而转化为和谐一致。所以，崇高所引起的主体心理感受与情感态度，不是"宁静"，而是强度的激动，骤然的变化。

——《王国维美学思想述评》，辽宁大学出版社，1986 年 4 月，第 67—68 页。

张本楠：

优美如壮美，无论在审美客体方面还是在审美主体方面，就本质论，都无差别，所存在的差别仅在于主体方面在审美直观时心理状态的不同。王国维说，优美之境"人唯于静中得之"，而壮美之境就要"于由动之静时得之"。这就是说，优美的对象使直观自然而然地形成，意识被对象的理念所吸引忘掉了意志，而壮美的对象由于其"大不利于吾人"，先是与意志敌对着，经过斗争，"意志为之破裂"之后，直观才出现。这种直观在本质上虽与前一种没区别，但在这直观中却隐有对意志斗争的回忆。所以前者"唯于静中"便可得之，而后一种却必"于由动之静时"才能得之。

——《论王国维的艺术价值观》，《文学遗产》，1988 年 2 月，第 1 期。

彭玉平：

在王国维的语境中，无我之境、有我之境与优美、壮美是彼此对应着的。《人间词话》初刊本第 4 则对应而论两境与优美、宏壮的关系，便透露出其两境说其实包孕着一定的西学渊源。……王国维接受了巴克（即伯克）、汗德（即康德）等关于美之性质在于"可爱玩而不可利用"这一点，将美从当日社会之利害关系中抽绎出来。物我之间的和谐与矛盾的状态，自然形成了作品中的优美之感情与壮美之感情，从而形成无我之境与有我之境两种类型。

　　——《有我、无我之境说与王国维之语境系统》，《文学评论》，2013 年 6 月，第 3 期。

高　源：

　　这是王国维在提出了"境界说"并且对"有我之境"和"无我之境"做了分类后，进而对两种境界进行的补充阐释。在说明两种境界的特点时，将二者的特点分别归于"优美"与"宏壮"。而"优美"与"崇高"（宏壮）则是西方美学史上对"美"的基本区分。直接借用西方"优美"与"崇高"（宏壮）的美学概念作为中国词学批评理论的一部分，用以评点词人、词作，这是王国维对现代性词学批评的大胆尝试，也从理论根源上实现了其词学批评理论独立、自觉的现代性构建。

　　——《〈人间词话〉与王国维词学批评的现代性》，《文艺争鸣》，2014 年 4 月，第 4 期。

五　写实家与理想家

　　自然中之物，互相关系，互相限制。然其写之于文学及美术中也，必遗其关系、限制之处。故虽写实家，亦理想家也。又虽如何虚构之境，其材料必求之于自然，而其构造，亦必从自然之法则。故虽理想家，亦写实家也。

【别叙】

以写实家、理想家角度，继续言说"观"的问题，并从观物的区别，对境界创作者做不同分类。从创作方法及写作过程看，写实家、理想家的区分在于写实还是虚构，这在本卷第二则已经说明，只是这一则更着重看作者对自然中之物所持立场及态度，看其对自然界各种事物所以存在之条件及其相互间的关系究竟是如何对待的，即如何"观"的问题。理解此则，为此关键字眼当在"遗其关系、限制之处"。就此，论者以一花一草为例，从花草之种种营养条件，如天时土壤水分以及其他营养料等，看此花或此草与一切外物之关系，并从此花或此草个别之限制及各种之特征，如所具雌雄蕊之数以及显花隐花、单子叶生双子叶生等，看其互相限制之处，认为这是生物学家之所详究者，而作为文学家，其于状物之时，却当略而不道（许文雨）①。这是作者对自然中之物的"观"法及所持立场、态度。引申至人类社会，所谓"关系、限制之处"，就是各个个体或者集团所以存在之条件及其相互间的关系，有明显的功利目的。如依王国维这里所提观物时的"遗其关系、限制之处"，就是要不考虑个体或者集团的利益关系而"观"之，所谓写实家、理想家，分别正基于此。然则，就此则内容看，王国维同样以辩证的眼光看待写实家、理想家的，即写实与理想家并非对立的、完全区分的，而是互相融合、转换的。观物的立场偏向，可能会使一个作者倾向写实或倾向虚构，但高超的作者，应该是"虽写实家，亦理想家""虽理想家，亦写实家"。大致的手段，即通过观物时的"必遗其关系、限制之处"。

【集评】

汤大民：

这个论断既强调了艺术形象与自然的共同性，又承认艺术形象不同于自然的特殊性。文学应该再现一定的现实生活，但绝不是简单的模拟。艺术家在世界观指导下，对生活进行了艺术的选择、提炼和概括，才能把广阔的自然反映在有限的作品中，做到了"在部

---

① 许文雨：《钟嵘诗品讲疏·人间词话讲疏》（1937年），成都古籍出版社，1983年5月影印版，第172—173页。

分里，在其中最小一个细目里，表现一个整体，一个有力的巨大整体”，创造出艺术形象。所谓“必遗其关系，限制之处”可能近于这样的含义。在艺术领域中重新组织生活，就要进行虚构。没有织进理想金线和吐露才能芬芳的虚构，艺术形象会缺乏不同于生活的光泽和神韵。但是，虚构“就是从现实材料的总和中抽出它的基本意义，而具体表现到形象中去”。现实生活就是虚构的基础，脱离生活真实的虚构，艺术形象必然缺乏生气，丧失意义。王氏在重视虚构的同时，又强调形象的“材料必求之于自然，而其构造亦必从自然之法律”，颇见功力。

──《王国维“境界”说试探》，《南通学报》，1962 年 10 月，第 3 期。

　　周振甫：

梅尧臣说：“状难写之景，如在目前；含不尽之意，见于言外。”景指景物，意指情意，即写景和抒情分开说。姜夔说：“意中有景，景中有意。”即情景既可分开，又互相关联。王夫之说：“情景虽有在心在物之分，而景生情，情生景，哀乐之触，荣悴之迎，互藏其宅。”这里把情景和心物联系起来，指出情景和哀乐荣悴的关系，比前人讲得更深刻了。但即使是王夫之的诗论，也还没有达到王国维《人间词话》的高度。王氏境界说提出造境、写境，类似前人讲的状景、含意，情生景，景生情，尤其是情生景具有造境的意思。但王氏提出有我之境和无我之境，强调一以情胜，一以景胜，强调前者“物皆着我之色彩”，后者“不知何者为我，何者为物”，实际是指情感的色彩比较淡；指出前者“于由动之静时得之”，后者“于静中得之”。这样讲，就超过王夫之。还有，王夫之看到情景和心物以及哀乐的关系，没有触及到自然中的景物和作品中的景物的不同。王氏境界说指出“自然中之物，互相关系，互相限制。然其写之于文学及美术中也，必遗其关系限制之处。故虽写实家，亦理想家也。”反过来，理想的材料“必求之于自然，而其构造，亦必从自然之法则。故虽理想家，亦写实家也。”从造境写境联系到理想和写实，联系到自然中之物和文学中之物，指出文学美术中所写的有其不同于自然之处，指出理想和写实的关系。这样的境界说，就远远超过前人的情景说了。刘勰只谈到情景交融，王夫之谈到了情和景，谈到了情景和心物、哀乐、荣悴。王氏的境界说则突破前人，提出了新的命题。他吸收了叔本华的合理成分，但又不同于叔本华，还是成为中国的文艺论。这是王氏的境界说，在谈情景论上确有其超越前人的地方。

——《〈人间词话〉序》，《人间词话新注》，齐鲁书社，1981 年 11 月，第 4—5 页。

叶嘉莹：

我们从静安先生表现于其杂文、《〈红楼梦〉评论》及《人间词话》等作品中的美学观点来看，就会发现他这段话所欲阐明的，只是在创作活动中作者对于外界事物的观照态度及外在事物在作品中的呈现而已，并未涉及诉诸知性的对于观照结果的排比取舍等步骤。因此所谓的"遗其关系限制"一语的意思，应该解释作任何一个事象，当其被描写于文学及艺术作品时，由于作者的直观感受作用，它已全部脱离了在现实世界中的诸种关系及时间空间的各种限制，而只成为一个直观感受之对象，于是它之存在于作品中也就不是单纯的"写实"的结果了。这种观点的产生实在是源于叔本华的美学理论。

——《王国维及其文学批评》，广东人民出版社，1982 年 9 月，第 240—241 页。

金开诚：

王国维所说的自然之物写之于文学及美术中"必遗其关系限制之处"，确实是一种重要的艺术提炼、概括的方法，当然，所谓"遗其关系限制之处"，并非把事物孤立起来加以描写，只不过是说为了突出事物的某一特征和某种联系，而撇开其余的属性和其余的联系而已。这里，值得注意的是，王国维是把艺术的提炼概括理解为对自然素材的加工，即在反映客观事物的基础上来发挥作者主观能动的构思作用；而并不强调纯属主观意识活动的"妙悟"与"兴会神到"。

——《〈人间词话〉的"境界说"》，《古典文学论丛》第 2 辑，陕西人民出版社，1982 年 12 月，第 519 页。

陈良运：

"不隔"，并不是对"自然之中物"如实地复写或模拟，因为物与物之间也有互相限制的利害关系，如云可托月，亦可遮月，遮对月来说是一种限制，诗人直观地表现云、月之美，亦须对它们之间的关系有所超脱，选取云、月之间可以相互生发美感的形态而表现之，"云破月来花弄影"，就产生了和谐美之境界。这实际上也是能入能出的问题。

——《王国维"境界"说之系统观》，《社会科学战线》，1991 年 2 月，第 2 期。

张志建、薛载斌、张暄、丁秀琴：

王国维所谓的"遗其关系限制之处"，其内涵是说，一切物体在表达"理念"的过程中，必然受到艺术天才的"补助"作用，所以，这种"美之预想"的作用力，使得被观照的一切对象（包括心理的感情）全部脱离了自身在现实世界中的诸种联系（包括与前后世界在时空上的各种联系），进而以完全的形式呈现给（如俄国形式主义者使用的"突出"一词）审美感官。这说明，审美对象作为一种形式，完全失去了现实中的"个性"，在艺术活动中所充当的是带有普遍的"抽象的景物和抽象的情感"。

——张志建主编：《王国维学术思想研究》，教育科学出版社，1992 年 7 月，第 165 页。

罗　钢：

从叔本华美学的背景看，王国维在《人间词话》中所说的，"自然中之物互相关系，互相限制"，即指个别事物在成为审美客体之前，处于因果律和时空关系的巨大网络的限制和统驭中。从个别事物向审美客体的转化，即从"自然之物"向"表之于文学及美术中"的对象的转变，就"必遗其关系、限制之处"，即摆脱和超越因果律和时空关系的限制。

——《七宝楼台，拆碎不成片断——王国维"有我之境、无我之境"说探源》，《中国现代文学研究丛刊》，2006 年 2 月，第 2 期。

六　有境界与无境界

境非独谓景物也。喜怒哀乐，亦人心中之一境界。故能写真景物、真感情者，谓之有境界。否则谓之无境界。

【别叙】

这一则进一步说境界的有与无问题，相对前面的言说，这一则进一步落到实处，不仅提出有无境界的区别标准，也提出如何创造境界衡量准则：境界并非只是对景物的描写，表现人心之喜怒哀乐的情感，也是一种境界。而且，要能够将真感情、真景物写出来，才算是有境界。这里说明，在王国维认为，所谓"境界"，包括外在之境的客观世界，也包括内在之境的主观情感，而表达此二者，关键在"真"——真景物、真感情，"这一标准在诗学史上具有划时代的意义"①。此外，这里"能写真景物、真感情"中"能"字，亦是关键字眼，从中可见：关于境界如何创造这个问题，王国维强调"真"的同时，也重视"能"。"真"与"能"，同时决定着作品的是否有境界问题。关于《人间词话》中"真"与"能"问题的思考，学界研究成果丰富，然具体到这一则王国维所言说的"真"与"能"，学界目前更多着眼于"真"的论说。关于此则"能"的强调，王文生《王国维的文学思想初探》② 中，归结为作者特别具有的表达能力，已接触到这一问题；杨光治《〈人间词话〉"境界"说寻绎》一文，强调"'能写'二字值得注意"③；马正平《生命的空间——〈人间词话〉的当代解读》亦提出，所谓

① 朱崇才：《词话史》，中华书局，2006 年 3 月，第 345 页。
② 王文生：《王国维的文学思想初探》，《古代文学理论研究》第 7 辑，1982 年 11 月。
③ 杨光治：《〈人间词话〉"境界"说寻绎》，《文学评论》，1984 年 12 月，第 6 期。

诗人之境界，必须是把这种"真景物""真感情"生动、传神、不隔地写出来，才能称为诗或词的艺术审美"境界"。

【集评】

沤 盦：

余谓词人触景生情，感物造端；亦复融情入景，比物连类；故外界之物境与其内在之心境，常化合为一。当其写物境也，往往以情感之渗入，而镕铸为主观之意境，非复客观之物境。当其写心境也，往往借景色之映托，而寄寓于外界之物境，非复纯粹之心境。是故能写"真景物"者，无不有"真性情"流露其间；能写"真性情"者，亦无不有"真景物"渲染于外。心物一境，内外无间，超乎迹象，而入乎自然化境。自然化境者，词中最高之境界。

——《沤盦词话》，《杂志》第 10 卷第 3 期，1942 年 11 月。

冯友兰：

这里所说的景就是一个艺术作品所写的那一部分自然，称之为景，是对情而言。对情而言而曰景，对意而言是谓之境，这条是说一个艺术作品还要表达一种情感。意、境、情三者合而为一，浑然一体，这才成为一个完整的意境。

浑然一体是就实际上的艺术意境说的。美学作为一种理论，则需把他们分割起来做进一步的分析。王国维《词话》所做的就是这个工作。

——《中国近代美学的奠基人——王国维》，《中国哲学史新编》（第六册），人民出版社，1962 年 9 月，第 192—193 页。

范 宁：

这里王国维所谓"喜怒哀乐，亦人心中之一境界"，实际上就是王昌龄所说的情境，所以研究境界说必须注意境界的形象性或者形象感和形象的真实性，否则就不能理解王国维所说："有境界，本也。"这句话的深刻含义。人的心理活动通过某种形式表露出来就叫做境界。境界是文学的形象性和真实性的结合，才成为"本也"。

——《关于境界说》，《文学评论》，1982 年 3 月，第 1 期。

叶嘉莹：

《人间词话》中所标举的"境界"，其含义应该乃是说，凡作者能把自己所感知之"境界"，在作品中作鲜明真切的表现，使读者也可得到同样鲜明真切之感受者，如此才是"有境界"的作品。所以欲求作品之"有境界"，则作者自己必须先对其所写之对象有鲜明真切之感受。至于此一对象则既可以为外在之景物，也可以为内在之感情；既可为耳目所闻见之真实之境界，亦可以为浮现于意识中之虚构之境界。但无论如何却都必须作者自己对之有真切之感受，始得称之为"有境界"。如果只因袭模仿，则尽管把外在之景物写得"桃红柳绿"，把内在之感情写得"肠断魂销"，必依然是"无境界"。

——《王国维及其文学批评》，广东人民出版社，1982 年 9 月，第 221 页。

聂振斌：

这是王国维充分认识了艺术与审美活动中主体的能动作用后，而提出的一个很有意义的观点。他强调了感情和创造想象的独特作用，与他的"情景交融"说法并不矛盾。因为客观外界的刺激引起内心的各种情感活动，并构思出自己的理想境界存于心中，只是还未写出来成为艺术的客观存在罢了。他在《清真先生遗事》中提出境界有二：一是"诗人之境界"，一是"常人之境界"，都是指由于生活的感受而形成于心中的一种美即意境，诗人能写出来成为艺术的客观存在而具有普遍的社会性，而一般人无诗人的才能、修养，虽心中也有境界却无法表现。这正是"心中"也存一种境界的最好注脚。

——《王国维美学思想述评》，辽宁大学出版社，1986 年 4 月，第 153 页。

张文勋：

第一，境界具有诉诸感官功能的可感性，也就是说具有诉诸人们的视听之区的感性特点，而不是抽象的理性的概念。六境、六根的具体感性的特点，正是艺术思维和审美活动的最基本的特点。第二，境界具有鲜明生动的形象性，由六境、六根的相互作用，通过意、根的综合处理，形成完整的意象或形象。艺术境界的重要特征之一，就是它呈现在人们的头脑里的是整体画面，是具体的形象，而不是视觉和听觉所获得的单纯生理反应。第三，境界具有超越生理本能反应和直觉活动的可知性。由六境至六根而至于六识，表明人的认识由感觉到知觉，由感性到理性的过程。对艺术境界的审美活动，是一种特殊的认识活动，但并不是神秘的，而是可知的。可感性、形象性、可知性，是从佛学的六境、六根、六识理论中推导出来的关于境界概念的基本认识，而这一切又是和文学艺术的艺术特征，和艺术境界的审美心理特征相符合的。因此，我们把王国维的境界说和佛学中的境界说联系起来研究，是有助于我们认识艺术境界的美学本质的。

——《从佛学的"六根""六境"说看艺术"境界"的审美心理因素》，《社会科学战线》，1986 年 5 月，第 2 期。

马正平：

诗词写作的写作对象、写作内容是"景物"与"感情"，但是，这作为写作对象、内容的"景物"与"感情"必须是诗人自己进入了审美静观状态，自己受到感动、感受的"景物"与"感情"，才可谓之"真景物"、"真感情"；但这还不是"诗人之境界"，"诗人之境界"还必须是把这种"真景物"、"真感情"生动、传神、"不隔"地写出来，让他人也获得这种"真景物"、"真感情"的感觉、感受、体验，才能称谓诗或词的艺术审美"境界"。这，就是所谓"能写真景物、真感情者"。这，也就是王国维《人间词话》所谓"境界"。总之，既包括进入"能感"的状态——审美静观状态，而且还包括"能写"的艺术语言手法技艺的能力造诣。二者缺一不可。

——《生命的空间——〈人间词话〉的当代解读》，中国社会科学出版社，2000 年 1 月，第 61—62 页。

钱志熙：

这个思想，王昌龄的"物境"、"情境"说中已经包含着。不

仅景为一境，情与物都可称之为境。所以，有学者认为王国维"关
于境的界说，与王昌龄三境说对照，几乎如出一辙"（查正贤《常
识的理论化及其问题——论现代学术中的"意境论"》）。这个看
法是有道理的。其实，诗学的境说源出佛学的境论，佛学之境，原
本就包括各种事物界、意识界两方面。王国维说喜怒哀乐，亦人心
中之一境界。这原是佛教境界中的常识之义。

　　——《唐诗境说的形成及其文化与诗学上的渊源——兼论其对
后世的影响》，《文学遗产》，2003 年 11 月，第 6 期。

七　"闹"字与"弄"字的妙用

　　"红杏枝头春意闹"，著一"闹"字，而境界全出。
"云破月来花弄影"，著一"弄"字，而境界全出矣。

【别叙】
　　本卷自第二则至第六则，王国维采取分类的方法，对境界、境
界创造方法及不同创造方法所呈现出的不同审美特征进行比较、判
断，表达自己的艺术创作目标。此则在前六则词话的宏观论说基础
上，拈出"闹"和"弄"，从具体字眼着手，论说境界如何创造、
名句如何重要的问题。因此，理解这一则词话，既需要立足于本词
则自身去体会，也需要将之与前六则，乃至后两则词话联系着来参
悟，形成一个关于王国维对于"境界说"的系统认识，而不能仅停
留于王国维关于个别字句的运用问题之论说上。具体就王国维所举
二例看，钱锺书指出："这都是'通感'（Synaesthsia）或'感觉移
借'的例子。"① 而就王国维这里所谈境界问题，一方面，光有
"境"不行，还要有"意"。"意和境不是两件东西的相加或焊接，

① 钱锺书：《通感》，《文学评论》，1962 年，第 1 期。

而是浑然一体的。"① 即须要做到"有意又有境"②。一方面，如果脱离宋祁所描绘的整体境界而将"境界"只反映在一句一字上，又是"不符合形象创造的思维特性的"（祖保泉）。可见，对整体境界如何营造、个别字眼如何运用问题，仍需辩证地看，需既能观照整体又能注重局部，既能考虑通篇又能创造名句，同时强调二者间的浑融结合。

【集评】

周鸿善：

为创造出深邃蕴藉的艺术意境，不但要体察入微，深入开掘，扑捉典型的形象，熔铸典型的情思，从而采取"一端"，抓住"刹那"，将哲理、诗情和画意熔铸成艺术整体，浓缩成蜜糖，而且要炼词炼句以深入意境。若不从深化与开拓意境上去理解语言功夫，就会误解杜甫的"为人性僻耽佳句，语不惊人死不休"的苦心，就难以理解王国维的"'红杏枝头春意闹'，著一'闹'字，而境界全出。'云破月来花弄影'，著一'弄'字，而境界全出矣"的真正含义。"闹"字化无声为有声，给人以春意盎然之感；"弄"字变静态为动态，画出风摇花影的美好月夜，仿佛身临其境。

——《论古代诗论中的意境说》，《文学遗产》，1982 年 1 月，第 1 期。

范 宁：

为什么一个闹字就能闹出境界来？黄蓼园说："浓丽，春意闹三字尤奇辟。"要是改作"红杏枝头春意浓"怎么样，意思差不多，浓字的确不如闹字好。《花间集》卷六和凝《菩萨蛮》有一句"暖觉杏花红"，这暖字可以引起热闹的感觉，但如果说"春意暖"也还不好，太抽象了。只有闹字才表现花争吐艳，心境波摇，具体

---

① 吴调公：《关于古代文论中的意境问题》，《社会科学战线》，1981 年 3 月，第 1 期。
② 冯友兰：《中国近代美学的奠基人——王国维》，《中国哲学史新编》（第六册），人民出版社，1962 年 9 月，第 192 页。

而生动。这里就是说，境界不仅要求真，还要求表现上的艺术技巧，要求美。

——《关于境界说》，《文学评论》，1982 年 3 月，第 1 期。

陈良运：

"情"的彻底"物化"，不着主观臆造之痕迹，作品的境界反而更为豁目，"'红杏枝头春意闹'，著一'闹'字，而境界全出。'云破月来花弄影'，著一'弄'字，而境界全出矣。""闹"字与"弄"字，实有作者感情隐含于内，读者直观是见物不见情，可是这两个字又实在是作者审美对象之动态感受，这一直观感受审美对象有了活泼的生机。"情"不露任何痕迹的物化而使"境界全出"，对于鉴赏者来说，反而容易得"意境两忘"的妙趣。

——《中国诗学体系论》，中国社会科学出版社，1992 年 7 月，第 345 页。

沈祖棻：

一般创作中讲究炼字，主要是在虚字方面下工夫，实字方面，可以伸缩变化的余地是不多的。从这些名句来看，主要的好处也都表现在虚字上面，或者说是用的虚字与"影"字配合极为恰当。有人认为作者以善于用"影"字出名，恐怕不完全符合实际情况。王国维《人间词话》说："'云破月来花弄影'，着一'弄'字而境界全出矣。"他不注意"影"字而注意"弄"字，很有见解。

——《宋词赏析》，上海古籍出版社，1997 年 1 月，第 14 页。

韩经太、陶文鹏：

"红杏枝头春意闹"，关键在一"闹"字，"云破月来花弄影"，关键在一"弄"字，王国维藉此完全打破了"词—句—篇"逐层建构的篇章语言逻辑，指出诗意世界里特殊的词语、语句与篇章之间的关系，强调了灵魂话语的重要，也恰恰是在这里，他凸显了中国古典诗词"境界"特殊的表征方式—名句。

——《也论中国诗学的"意象"与"意境"说——兼与蒋寅先生商榷》，《文学评论》，2003 年 3 月，第 2 期。

祖保泉：

根据艺术品必有整体性的观点，我很怀疑王氏那种以摘句摘字为手段，从而断言"境界全出"的准确性。举个实例说，宋祁的《玉楼春》，正因为此词全篇写温馨春光，风流闲雅，而其中的"红杏枝头春意闹"一句，着一"闹"字，更渲染出春暖花繁的神情。相反，如果脱离宋祁所描绘的那个春光融融的整体境界，而取"红杏枝头春意闹"一句，认为"着一闹字，而境界全出"。那么，这个"境界"只反映在一句一字上，这是不符合形象创造的思维特性的。常言道：画龙点睛。首先所画的这条龙（整体）是个在特定境地中有生命感的龙，然后点睛（微小的局部），才更能显出龙的神气。局部与整体和谐统一，这才说得上有境界。

——《漫议王国维的"意境"说》，《安徽师范大学学报》，2005 年 1 月，第 1 期。

彭玉平：

王国维矜为大诗人之"秘妙"所在，其实正落实在虚静的心理状态上，因为虚静，所以能捕捉"须臾之物"，这种文学功夫正需要长期之修养才能获得。他评宋祁的"红杏枝头春意闹"为"着一'闹'字而境界全出"，评张先"云破月来花弄影"为"着一'弄'字而境界全出"，又承晁补之意评欧阳修"绿杨楼外出秋千"为"只一'出'字，便后人不能道"，等等。常人看枝头红杏、云月花影和绿杨秋千，或无动于衷，或有感而不能写，或能写而归于平常，此皆为不具诗人之眼所致。大诗人的过人之处在于心境空明澄净，故如稍纵即逝的"须臾之物"如"闹"如"弄"如"出"者，皆能烛照无遗，又以生花妙笔写之。

——《"借古人之境界为我之境界"——王国维"三种境界"说新论》，《中山大学学报》，2005 年 8 月，第 4 期。

汤一介：

此"闹"，此"弄"正他所说之"人心中之一境界"，而"红杏枝头春意闹"，"云破月来花弄影"正是体现着"情景合一"，而为词人所得一"情景合一"之境。诗词中的"情景合一"的境界，实是"天人合一"在审美意向上之表现。
　　——《论"情景合一"》，《北京大学学报》，2008 年 3 月，第
2 期。

　　詹志和：
　　为何说着一"闹"字、着一"弄"字便境界全出呢？从修辞
的角度讲是拟人；从审美的角度讲是移情；而从佛法的角度讲，则
是充分表现了一个自家势力所及之境土："春意闹"也罢，"花影
弄"也罢，实皆为诗人自家"功能所托"使然，故虽仅着一字，
便"境界全出矣"。
　　——《王国维"境界说"的佛学阐释》，《中国文学研究》，
2008 年 10 月，第 4 期。

八　境界不以大小定优劣

　　境界有大小，然不以是而分高下。"细雨鱼儿出，微
风燕子斜"，何遽不若"落日照大旗，马鸣风萧萧"。"宝
帘闲挂小银钩"，何遽不若"雾失楼台，月迷津渡"也。

【别叙】
　　这一则，仍是采取分类、辩证的方法，对境界做进一步评说，
只不过，从前面有与无、造与写、优美与壮美、"真"与"能"等
问题的言说基础上，延展至关于大与小的评判。王国维拈出具体诗
词句子为例，说明境界有大小之分，但各有所长，不应该以此评说
高低，"这就对诗词只重题材而不重艺术表现的评论方法予以了否
定，从而提出了境界第一的尺度"①。所谓境界大、小，所指为何？

---

① 范曾：《王国维和他的审美裁判》，《解放军艺术学院学报》，2005 年 3 月，
　第 1 期。

细雨、微风与落日、马鸣，宝帘、银钩与楼台、津渡，相关物景，两两对举，所展现的时空范围大小，明显可见，但其所造境界，却没有高下区别。学者有的认为，这里对境界的分类、评价，显示出相应的审美标准：由景之大小，看诗人当时的所遇，并与其胸襟气度相关，故写境之大小，未尝不可分优劣（徐复观）。此中持论，似比王国维更为周密，但所用标准带上功利色彩，已与王国维相异。相较而言，以"空间"说境界、寓境界，认为无论"空间"大小，只要有这样一个空间，"读者就能感、观其中的美"（李砾），并进而"以自身表现创造了'绝对'"（邵振国），或者更能贴合王国维本意。

【集评】

徐复观：

按写景之大小，各因诗人当时的所遇。从这点说，是不应以此而分优劣的。但大小景的把握，关系于作者的胸襟气度，所以古今能写小景者多，能写大景者少。可以这样说，大诗人能写大景，也能写小景。小名家，则只能写小景；若写大景，便常如《姜斋诗话》中所讥的"张皇使犬"。由此可知，写境之大小，亦未尝不可分优劣。

——《王国维〈人间词话〉境界说试评》，《明报月刊》，1977 年 11 月。

佛　雏：

境界的小与大，优美与壮美，反映不同的生活（包括自然）形象与意蕴，予人们以不同的审美享受，各有其"美"的特质，但同属"美"的范畴，故一般地讲，不能以优劣分。而且，境界大小或美壮之间，并无不可逾越的鸿沟，"壮"中不能无"美"，"美"中亦可含"壮"，如同前人说的："壮语要有韵，秀语要有骨。"它们往往相互渗透、转化。譬如"细雨鱼儿出"，固然"小"而优美；而如汉乐府"枯鱼过河泣"一首，却"小"而略含"悲愤"（接近于壮美范畴）之意。"落日照大旗，马鸣风萧萧"，固属"大"而宏壮，而如"锦江春色来天地，玉垒浮云变古今"（杜甫《登楼》），却"大"而含有更多"温丽"成分。"大小"以量言，"美壮"以质言。境界优劣之分，主要在质而不在量，故谈词境"大小"及其优劣，必须进而辨其"美壮"。静安的本意也是如此。

——《〈人间词话〉五题》，《扬州师院学报》，1980 年 4 月，第 1 期。

聂振斌：

意境能否成立，能否美感动人，其基础正在于此。而不在于画面之大小，题材之轻重。"境界有大小，不以是而分高下。'细雨鱼儿出，微风燕子斜'，何遽不若'落日照大旗，马鸣风萧萧'。'宝帘闲挂小银钩'，何遽不若'雾失楼台，月迷津渡'也。"也不在于所反映的社会人事之高卑贵贱。虽出自达官贵人之口，反映社会上层之事，如无真情实感，也不足以挂齿。所以他批评了一些诗人词者过于注重工巧、雕琢因而流露出骄矜之气、做作之态，给人一种不自然、不真实之感。像《古诗十九首》这种乐府民歌中的许多诗篇，虽出自倡妇、孽子、征夫之口，反映的是下层社会生活，用语也有不少淫、鄙之处，但历来不被视为淫词、鄙词，其根本原因就在于它们的真切充实动人。大诗人的某些艳语、淫词，不被视为淫、艳，原因也在这里。

——《王国维的意境论》，《美学》第 6 期，上海文艺出版社，1985 年 9 月，第 186 页。

祖保泉、张晓云：

通常情况下，作家通过"小境界"抒发的感情是温柔的、平和的、单纯的，这是一种静态的情感，即便其中含有痛苦，表现出来也是淡淡的，需要细细咀嚼，才能嚼出它的味儿。而"大境界"则不同，作者在这里所寄寓的多半是博大深厚和复杂的感情，它们如同一股巨大的潜流，在境界的底层奔腾咆哮，使境界具有一种动态的美。

——《王国维人间词话》，上海古籍出版社，1990 年 3 月，第 76—77 页。

刘锋杰、章池：

王国维明确提出境界无大小优劣，肯定境界的美学风格的多样性，并平等对待各种题材的创作，这对理解与解决这一有争议的美学风格问题有正确的指导作用。其中，细雨微风和落日马鸣相对举，是表明境界的宏阔与否，并不影响审美欣赏与评价；宝帘银钩与雾失楼台相对举，是证明境界的清朗或朦胧，一样产生美的效果。由此可引出一个结论：不论诗人写出的是什么，只要是美的，就有生命力。美的世界，没有等级。

——《人间词话百年解评》，黄山书社，2002 年 11 月，第 57 页。

杨柏岭：

他（王国维）更重视词作的图画性、空间感以及接受者的视觉思维，这尤其表现在他对境界的理解上。所谓"境界有大小，不以是分优劣"，所谓"太白纯以气象胜"等，皆是重视空间感而淡化节奏、神韵等时间观念的反映。

——《晚清民初词学思想建构》，安徽大学出版社，2004 年 9 月，第 211 页。

李砾：

于此则之中，笔者还读出：境界，犹如一个空间，江南水乡微风细雨中，塞北大漠风沙落日里，闲挂着弯月的闺阁窗帘，浓雾与月光弥漫的楼台渡口，皆可构成一个空间。无论其大小，有这样一个空间，读者就能感、观其中的美。

——《〈人间词话〉辨》，中国社会科学出版社，2006 年 6 月，第 72 页。

邵振国：

文学的这一性质，只有在幻象的表现上成为可能。即那一不可见、不可知的"绝对"，在幻象中成为知性。由是我们认为有境界的诗和小说，其表现的第一义就是创造，即循着自己身上的光照，去追逐柏拉图的那轮"太阳"。第二义是它能够创造出有表现力的形式，这也是形式所以诞生的惟一根据。第三义是这形式不再是个别事物的表象，而是含有"绝对"的个别。苏轼叹"人生到处知何似，应似飞鸿踏雪泥"，我们说这"何似"，正是其所寻求的绝对、永恒的东西。冯延巳吟"庭院深深深几许？杨柳堆烟，帘幕无重数"，即是描绘那一不可知性的表象。恰如前述辛弃疾词"马上琵琶关塞黑，更长门翠辇辞金阙"，不是言昭君出塞、陈后辞别汉武；"将军百战身名裂，向河梁、回头万里，故人长绝"，也不是复制模仿现实中的李陵苏武，而是追逐那一有着自我心意的人的终极目的的表象，亦即幻象。我们说这幻象即为王氏境界的质性，上述东坡词、正中词及稼轩词是同一质性的，在这里是"不以是分高下"的，那就是说它们都以自身表现创造了"绝对"。

——《试论境界说及其质性》，《当代文坛》，2015 年 1 月，第 1 期。

九　兴趣说、神韵说与境界说

严沧浪《诗话》谓："盛唐诸公（诗话"公"作"人"），唯在兴趣。羚羊挂角，无迹可求。故其妙处，透澈（"澈"作"彻"）玲珑，不可凑拍（"拍"作"泊"）。如空中之音、相中之色、水中之影（"影"作"月"）、镜中之象，言有尽而意无穷。"余谓：北宋以前之词，亦复如是。然沧浪所谓兴趣，阮亭所谓神韵，犹不过道其面目；不若鄙人拈出"境界"二字，为探其本也。

【别叙】

这一则是王国维对以境界说词问题的总结，也是"追溯静安先生之境界说与旧日传统诗说之关系的一个重要关键"①。为此，须

① 叶嘉莹：《〈人间词话〉境界说与中国传统诗说之关系》，《迦陵论词丛稿》，上海古籍出版社，1980 年 11 月，第 289 页。

联系前面八则，尤其结合本卷第一则来观照。第一则中，王国维以"境界"二字为自己的词论张本，认为有境界的词就是写得好的，没有境界的词就是写得不好的，并主张以"境界"作为论词核心，同时以之裁断词人词史。在此，王国维以"境界"二字，与严羽论诗的重"兴趣"及王士禛的重"神韵"作比，认为以"兴趣"、"神韵"说诗，只能道其表象，说其面目，唯有以"境界"论之，才能探寻到诗的本真面目。就三者论诗的高下区别，应该如何评价？前人论诗用语，多带形容的意味，或过"泛"过"玄"，或神秘而不易说明白，而王国维所用"境界"，更常识、更具体，"是一大进步"①，较之传统，"道出历代诗论家想说而苦于无法说出，或说而未明的道理"②。那么，如何看待王国维"境界"说的新变及贡献？以上所引观点，仍只是就说诗用语做比较，似乎也只说得王国维"境界"说的面目，而未能探明根本。解读此则，应该看到的是：一方面，如刘烜所言，王国维以"境界"说词之为词的基本特质及抒情诗美的特质，这样用"境界"，是王国维的一种创造，此即亦聂振斌所强调的，王国维用"境界"作为对文学的本体把握，探索文学艺术之所以为美、之所以能成为美的本质规定；另一方面，王国维对于此说之贡献，学者另认为，在于"用'有我'、'无我'之说，指陈具体境界"③（吴世昌）。"指陈具体境界"，指出王国维"境界"说词，使批评标准具体化、可感化，但同时，结合前面二至八则看，除了以有我、无我之说来指陈具体境界外，王国维还以最上（与最下）、造境与写境、优美与壮美、写实家与理想家、有境界与无境界、境界大小与境界优劣、能感之与能写之这些具体的、可操作的标准，来作为一种评词的模式，提了出来。当中，也糅合了中西哲学、美学，并展现了说词的系统性、思辨性。王国维《人间词话》的诞生，之所以视为中国今词学的开端，亦即在以"境界"二字，开创了新的评词模式。

---

① 李长之：《王国维文艺批评著作批判》，《文学季刊》创刊号，1934 年 1 月。
② 陈鸿祥：《〈人间词话〉三考》，《文艺理论研究》，1981 年 5 月，第 3 期。
③ 吴世昌著，吴令华辑注，施议对校：《词林新话》，北京出版社，1991 年 10 月，第 26 页。

【集评】

唐圭璋：

严沧浪专言兴趣、王阮亭专言神韵，王氏专言境界，各执一说，未能会通。王氏自以境界为主，而严、王二氏又何尝不各以其兴趣、神韵为主？入主出奴，孰能定其是非？要之，专言兴趣、神韵，易流于空虚；专言境界，易流于质实。合之则醇美，离之则未尽善也。

——《评〈人间词话〉》，《斯文》卷一，第21—22合期，1941年8月。

顾　随：

王静安所谓境界，是诗的本体，非前非后。境界是"常"，即"常"即"玄"。境界者，边境、界限也，过则非是。诗有境界，即有范围。其范围所有之"含"（包藏含蓄），如山东境界内有水有人……合言之为山东。诗大无不包，细无不举，只要有境界所谓兴趣及神韵皆被包在内。且兴趣、神韵二字"玄"而不"常"，境界二字则"常"而且"玄"，浅言之则"常"，深言之则"玄"，能令人抓住，可作为学诗之阶石、入门。

——《论王静安》（1942—1947年），《词学》第10辑，华东师范大学出版社，1992年12月，第161—162页。

聂振斌：

他（王国维）所谓"探其本"的实质就是：他继承并发扬了中国古代注意从文艺自身的特殊性出发进行审美批评的优良传统（这一派传统可追溯到先秦道家），既着力分析文艺的特征表现、形式技巧，又不停留在表面，而深入到本质，探索情与景、我与物、主观与客观的根本关系。……如果文艺批评只谈神、韵、气、味等格调、情趣，就是没有深入到美的"原质"，而只在技巧、表现上绕圈子。上述观点正确与否暂搁置不论。由此可以看出，他所谓的"探其本"，就是要探索文学艺术之所以为美、之所以能成为美的本质规定。

——《王国维美学思想述评》，辽宁大学出版社，1986年4月，第143页。

孙维城：

王国维这段话的意思，我认为首先是肯定了兴趣说、神韵说与境界说的内在联系与承传关系，因为它们都注意到了心物两造。其次，认为二说不及境界说探其本源，因为二说只注重心的一面、情的一面；而忽略了物的一面景的一面。其实，王国维以前的意境论亦复如是，李渔说："词虽不出情景二字，然二字亦分主客。情为主，景是客。"（《窥词管见》）第三，王国维的最大贡献在于对意境两浑的不隔境界的肯定，表现出他对古代文化哲学的深刻理解，这使得他比所有意境论者站得更高。从这个意义上，我们就能理解他为什么要删去"一切景语皆情语"的著名论断了。

——《对王国维"隔"与"不隔"的美学认识》，《文艺研究》，1993年12月，第6期。

刘 烜：

诚然，在中国诗学史上，"言外之意"是早就提出来了。诗的含义在言外，显然与玄学、道学的影响有关。因为在"言外"，所以写诗不能用直说，于是对比兴作出更进一步的研究，它们被作为表达诗的"言外之意"的艺术手段而被推崇。其实，警句也有"言外之意"，但这主要不是用比兴，严格地说，不是在整体上用比兴的。王国维用"境界"，认为是自己的首创；所以说"不若鄙人拈出'境界'二字，为探其本也。""探其本"即说明抒情诗美的特质。这样用"境界"确是王国维的创造。王国维的同时代人用"境界"者已有多家，但在"探其本"这一点上，就有原则性的区别。如果加以比较，也许可以加深对王国维的创造性的具体的了解。

——《王国维创造"新学语"的历史经验》，《文学评论》，1997年1月，第1期。

林继中：

与严羽"兴趣"说、王士禛"神韵"说相比，"境界"的确更周密，更能提纲挈领地体现文学的特殊性。许多论者指出王国维与叔本华之渊源关系，这固然是事实，但更应看到王氏并不仅仅是撷取西方文论的枝枝节节来阐释中国的文学史现象，更重要的是他从西方学习了先进的方法论，与古文论家相比较，更善归纳，有分析。他不但能明分主体、客体，而且能注重二者之间的联系，追求本质性的东西并加以归纳，这才是王国维得力之处。

——《情志·兴象·境界——传统文论之重组》，《文学评论》，2001 年 3 月，第 2 期。

韩经太、陶文鹏：

倘若将王国维的"境界"说与王昌龄的"诗有三境"说联系起来，就可以发现，王国维"境界"说客观上具有整合王昌龄"三境"之说的理论思维趋势。而隐隐贯穿其间以为过渡者，则是严羽与王士禛的诗学思想。王国维特意提到严沧浪和王渔洋，并非偶然，因为在严羽与王士禛一脉相承的诗学阐释中，通过对唐代王、孟一派艺术造诣的崇尚，体现出偏重于风景审美与萧散性情相契合的诗学倾向，并在最终追求理论上所谓"目击道存"境界的过程中，整合了诗情与画意的结合和世情向逸趣的转型。王国维以批判的姿态切入这一思路，将严羽、王士禛的理论阐发从"无迹可求"的虚灵转为有理可循的分析，体现出其接受西方美学影响以后的新学术精神。王国维批评严羽、王士禛时所说的"探其本"，现在看来，一方面是指不能离开"情"、"景"真实而徒言"唯在兴趣"、"一味妙悟"，另一方面则是指不能舍弃艺术语言的原创而大讲"不落言筌"。这样，就使严羽以来"兴趣"、"神韵"论者在所难免的神秘色彩转化为理性的分析了。

——《也论中国诗学的"意象"与"意境"说——兼与蒋寅先生商榷》，《文学评论》，2003 年 3 月，第 2 期。

罗 钢：

正是叔本华关于诗歌本质，尤其是直观与想象关系的论述，为王国维的"本末说"提供了直接的理论支持。王国维似乎有充分的理由把叔本华关于诗歌语言与想象的关系翻译成中国古代诗学中

"言"与"意"的关系，由于诗歌必须以想象为桥梁才能间接地实现直观，因此在借助语言刺激和调动想象的同时，必须为想象留下必要的空间，这就是某种意义上的"言外之意"或"言有尽而意无穷"。它使得王国维可以在一定程度上接纳和肯定中国古代的"兴趣"、"神韵"说。但是上述情况并没有改变诗歌直观"本"的性质。一方面，能够唤起和调动想象力的诗歌作品必须是直观的，必须具备鲜明的形象性和描绘性。另一方面，读者通过自己的想象最终完成的仍然是一幅生动明晰的图画。用米切尔的理论模式来说，想象只是帮助读者完成了从"语言的"形象向"心灵的"形象的转移，无论是在想象的起点和终点，直观仍然是诗歌赖以生存的基础。而想象或者说"意"则是直观的随伴物，是伴随着直观起舞的精灵。这就是为什么王国维敢于断言"境界"是本，"兴趣"、"神韵"是末，而且只要"境界具""二者随之也"背后的原因。后来在《宋元戏曲史》中，王国维对此观点作了一个更加清晰和具体的表述，他认为有意境的作品应当做到"语语明白如画，而言外有无穷之意"。

——《本与末——王国维"境界说"与中国古代诗学传统关系的再思考》，《文学遗产》，2009 年 6 月，第 6 期。

彭玉平：

之所以说王国维是从"否定"的角度提及严羽的兴趣说和王士禛的神韵说，是因为在王国维看来，这两说所探讨的所谓兴趣与神韵都不过是诗歌艺术形诸表面技艺的东西，而境界则因为有格调作为底蕴，又重视观物而得其神韵，抒情而感慨深沉，从而形成作品中比较广阔的感发空间和艺术韵味。如此说来，兴趣、神韵都不过张其一端，而境界则从作者到作品，从创作前的观察、体会到创作过程中的表现，再到阅读时对作品神韵的领会，通贯到创作的整个过程，而且在这个过程中特别重视作者格调、景物的神韵、感情的张力等内涵。如此说来，王国维将境界视作"本"，而将兴趣、神韵视为"面目"，也自有其学理所在。

——《"境界"说与王国维之语源与语境》，《文史哲》，2012 年 3 月，第 3 期。

一〇 太白气象

太白纯以气象胜。"西风残照，汉家陵阙"，寥寥八字，遂关千古登临之口。后世唯范文正之《渔家傲》，夏英公之《喜迁莺》，差足继武，然气象已不逮矣。

【别叙】

以上九则，有纲有目，总论"境界"。这一则借用传统文论中的"气象"二字，来评说李白诗词，认为李白以气象取胜，其"西风残照，汉家陵阙"句，是自古以来登临之作中写得最好的，后代只有范仲淹的《渔家傲》、夏竦的《喜迁莺》勉强比得上，但气象已远不如。这里所谓"气象"，究竟为何物？王国维并未做直接说明。目前所见各种解释，是否符合王国维立论原意，尚待进一步以具体作家、作品的分析、比较来加以体会。如曰：所谓"气象"，当指作品的整体风貌与格局。按王国维的要求，似是气象雄浑宏阔者为上品，故其将李白的"西风残照，汉家陵阙"推为"以气象胜"的典范（刘锋杰、章池）。又或曰："气象"是一种气氛、氛围，既可理解为"气之象"，谓其与"风格"同义，又可更深一层，将其理解为"境界"（马正平）。如果只是从概念的运用上加以推究，恐怕仍难以将问题说得明白。就此问题，吴世昌曾提出从感觉思维的角度来探讨，从审美感觉体悟作品予人的整体性感觉，可能有助于对王国维此则词话立论的进一步理解。

【集评】

陈兼与：

文章之气象，亦犹人之风度，高下不可度越。惟是太白之《菩萨蛮》《忆秦娥》二词发现较晚，来路不明，前人已疑其伪，意者当为五代人所作而托名者，先生竟信为太白作，何耶？

——《〈人间词话〉述评》，《词学》第 1 辑，华东师范大学出版社，1981 年 11 月，第 203 页。

李汉超：

李白《忆秦娥》争议最大的是真伪问题，因为它的真伪直接涉及到我国长短句这一词体起源于盛唐还是中唐……自唐迄元用"忆秦娥"调名本义的只有李白《忆秦娥》这一首，故知李白《忆秦娥》必为始辞无疑，上述的怀疑是没有根据的，持论也是不能成立的。……李白创此新声，是渊源有自的……

"西风残照，汉家陵阙"：这两句虽然只写境界，但一种历史兴废之感却寓其中，与起句"箫声咽，秦娥梦断秦楼月"神光遥注首尾呼应，构成一个完美的艺术整体。通过这一苍凉悲壮的境界，表现了作者对现实和历史的无限悲哀，其深悲大恸，实有担荷人类一切悲哀之意。夫"西风"乃一年之将尽，"残照"乃一日之将尽，以此流光消逝与帝业空虚之感，交织成宇宙、人生、现实、历史之反省，寥寥八字足使人浮悲联翩，连类无穷。

——《论李白〈忆秦娥〉》，《文学评论》，1983 年 4 月，第 4 期。

李从军：

这首词中的"气象"，与人们常常所说的开元时代的"盛唐气象"已有很大的不同，但它又确实是"盛唐气象"的一种，它博大、深厚、意境开阔、气韵沉雄，又带有悲凉之气。这种"气象"我们在李白天宝后期的作品《古风》（四十六）《远别离》《夕霁杜陵登楼寄韦繇》等诗都可以看到。后诗写道："浮阳灭霁景，万物生秋容。登楼送远目，伏槛观群峰。原野旷超缅，关河纷错重。"与这首《忆秦娥》格调气象十分近似。杜甫天宝后期的《同诸公登慈恩寺塔》也有相类之处。胡应麟说这首词"气亦衰飒"，反映了晚唐王朝衰变的气运。其实，晚唐已经没有"西风残照，汉家陵阙"这样宏大广漠的气象了。如果说它反映了天宝后期表面上依然歌舞升平、内部危机重重的盛唐之衰，不是更合理一些吗？因此，这首词可能作于天宝后期。词人以比拟的手法，托秦娥抒写情怀，把直观的感情与意象浑融在一起。上阕由个人的忧愁写开，下阕过渡到历史的忧愁。

——唐圭璋，钟振振主编：《唐宋词鉴赏辞典》，江苏古籍出版社，1986年12月，第19页。

吴小如：

自唐宋以来，词的背景十有八九总局限在女子的香闺绣阁那种小天地之中，使读者的视野无从开拓。"花间"一派的词作，这一情况尤其严重，温庭筠当然也不例外。李白的《忆秦娥》和柳永的《八声甘州》，从主题看，写的仍是游子思妇相思离别之苦，冯延巳的词基本上也离不开男女之情。可是在他们这类词中，却把背景摆在琐窗朱户、珠帘绣阁以外的比较辽阔的地方，给读者展示出一幅辽远空旷的场景，于是被称为"堂庑特大"或"不减唐人高处"了。用这些评语来看这首温词，也完全适合。

——《诗词札丛》，北京出版社，1988年9月，第168页。

吴世昌：

静安曰："太白纯以气象胜。'西风残照，汉家陵阙'，寥寥八字，遂关千古登临之口。后世唯范文正之《渔家傲》，夏英公之《喜迁莺》，差足继武，然气象已不逮矣。"此即形象思维，但又不止形象思维，且有感觉思维在内。形象思维亦是一种感觉，但感觉思维除视觉外，兼用听觉触觉，乃至合成逻辑思维。

——吴令华辑注，施议对校：《词林新话》，北京出版社，1991年10月，第29页。

施议对：

气象与境界实质上并无太大区别。气象也是境界中的一境，近乎情境，但气象之境侧重于"气"，即感慨、气慨。在这个意义上讲，气象与境界又有所区别。所以，王国维在肯定幼安有性情、有境界之后，特别论其气象。这里，王国维论李白，以为"纯以气象胜"，指的就是李白诗歌中所体现的"动人心神，惊人魂魄"（任华《赠李白》诗中语）的气象。

——《人间词话译注》，广西教育出版社，1990 年 4 月，第 19 页。

马正平：

这"气象"一辞也是王国维评词的专用术词，经常作为"境界"的同义词来使用：一方面，"气象"不是形象景物而是一种气氛、氛围；另一方面，"气象"是"气之象"（样），它又是一个与"风格"同义的概念，因此王国维《人间词话》中，在讲理论概念时多用"境界"，在评词时则多用"气象"。因此，在《人间词话》中，我们把"气象"可直接理解为"风格"，而更深一层的理解就是"境界"了。

——《生命的空间——〈人间词话〉的当代解读》，中国社会科学出版社，2000 年 1 月，第 44 页。

李 铎：

李白的八字表现出了时间、空间，其境界凄婉、淡然，更重要的是，表现出了诗人的超脱，如同上帝俯瞰世上的芸芸众生，透过这八个字，给人一种超凡入圣的感觉，给人一股浩然之气，而范仲淹的诗句虽然也有时间、空间，但它所表现的仅仅是孤独、悲凉，诗人还是人世中的人！夏竦的诗句似有"隔"之嫌。范、夏之所以气象不逮是因为他们的诗句都缺乏超脱的精神，这不仅仅是作品的问题，关键还在于诗人本身，在于诗人对宇宙人生的态度，在于诗人的"气"，这"气"便是连接诗人和外物的纽带，是诗人的生命。在作品中，这股浩然之气便凝聚在境界中，并引发读者的"气"，所以可以把"气象"看作诗人生命力在作品中的显现。

——《论王国维的"气象"》，《济南大学学报》，2005 年 1 月，第 1 期。

一一 温 飞 卿 词

张皋文谓："飞卿之词，深美闳约。"余谓：此四字

唯冯正中足以当之。刘融斋谓，"飞卿精艳（当作
"妙"）绝人"。差近之耳。

【别叙】

此则评说温庭筠词。张惠言认为温庭筠的词"深美闳约"，王
国维却提出，温庭筠词用"精艳绝人"来评价还差不多，而"深
美闳约"适宜用于评价冯延巳词。王国维、张惠言二人立论何以相
异？主要原因，在于二人对温庭筠、冯延巳词的不同解读。张惠言
为常州词派的开创者，论词重比兴，主张意内而言外，认为温庭筠
词别有政治寄托，故将其抬得极高。王国维论词主境界，认为冯延
巳词意境开阔，在温庭筠水平之上。又，在王国维看来，"深美闳
约"四字"除了外表词藻之'美'之外，似乎还该更有着'深'
与'闳'与'约'的深厚、丰富和含蕴"（叶嘉莹）。当中，不仅
牵涉到时空容量，而且有着关于境界的创造，以之评说温词，王国
维认为不符合实际情况，由此另外提出，以一"艳"字来概括温庭
筠词。但是，以"艳"说温庭筠词，或亦"不尽公允"①。

【集评】

龙榆生：

温词情致之婉美，结构之精密，词藻之清艳，的是出色当行；
而张氏必欲以《风》《骚》体格附益之，即为此体开山作祖，未免
涉于穿凿，作者本意殆不其然。

——《选词标准论》，《词学季刊》第 1 卷第 2 号，1933 年
8 月。

邱世友：

深美闳约是张惠言及常州词派评价词的标准。深闳指词的思想
内容深刻闳富，意境深远广大，约指词的艺术概括，而美则是词的
审美价值。温庭筠是否达到这个标准，自张惠言提出之后，意见纷

---

① 施议对著：《人间词话译注》，广西教育出版社，1990 年 4 月，第 21 页。

纭。贬之者如刘熙载、王国维等，以为"飞卿词精妙绝人，然类不出乎绮怨"、其词品只当得"画屏金鹧鸪"秾丽而缺乏艺术生命，"深美闳约"只可移于正中。而扬之者如周济却说："皋文曰：'飞卿之词，深美闳约。'信然。"他的理由是"飞卿词酝酿最深，神理超越"。

——《张惠言论词的比兴寄托——常州词派的寄托说之一》，《文学评论》，1980 年 6 月，第 3 期。

叶嘉莹：

"深美闳约"与"精艳绝人"的分别所在，我以为主要的乃在于后者不过但指外表词藻之华美而已，而前者则除了外表词藻之"美"之外，似乎还该更有着"深"与"闳"与"约"的深厚、丰富和含蕴，而词话又说"深美闳约"四字"唯正中足以当之"，这是王国维先生认为飞卿不及正中的一个原因。

——《王国维及其文学批评》，广东人民出版社，1982 年 9 月，第 301—302 页。

余恕诚：

精美艳丽，也就是严妆美人所具备的一种美，与"严妆"之评一致。这应该说是温词给人的最直接的比较共同的感受。但严妆之下的情感世界可以是丰富的，也可以是贫乏的。温词属于哪一种呢？上引张惠言评温词，谓之"深美闳约"，王国维持异议说："余谓此四字惟冯正中（延巳）足以当之。"王国维不赞成把温词往有寄托方面去比附，他不同意用"深美闳约"的评语，也应从这个角度去理解。王国维反对穿凿附会无疑是对的。但"深美闳约"作为对温词美学风貌的一种概括，不一定要与寄托说硬连在一起。认真体会和解读温词，如果不将它往《离骚》比兴寄托一路去附会，仅论它是否含有较丰富的心理与情感方面的内容，"深美闳约"应该说不失为一种较为精当的评价。王国维到晚年，亦曾用"深峭隐秀"评温、韦的词，与"深美闳约"已大致接近。因此，不妨把"精艳"之"严妆"与"深美闳约"整合到一起，即把严妆下的深美闳约看作是温词的整体风貌，探讨它在具有精艳之美的同时，对人物内心世界的深入开拓与表现。

——《论温词"类不出乎绮怨"与对绮怨心境的表现》，《陕西师范大学学报》，2001 年 9 月，第 3 期。

张惠民：

冯延巳的词，其实王国维也以"士大夫之词"的标准审视之。冯延巳作为危国大臣，同南唐与生俱来忧乐一体、生死与共的关系，一种欲罢不能、无所逃遁的怨抑忧思，寄托于词，形式与应歌相似，而实已寄寓表现一己真实的情思意绪。以其对弱国之安危的承担，其眼界感受的深且广，故有其词的"深美闳约"与"堂庑特大"，所以王国维特指冯延巳词表达的是"诗人忧世"的一种情怀。冯延巳词又具唐人韦应物、孟浩然诗歌之"清绝"，所以王国维又特重冯延巳词"寄兴深微"之作。冯延巳词作为大臣之词，影响于后之晏殊、欧阳修，形成词史上"大臣儒宗"的词人群体，其本质即在"士大夫之词"。词史上"士大夫之词"的南唐开北宋，正在南唐二主、一臣所表现于词中的感慨常深沉与意兴深远。

——《王国维词学思想的潜体系》，《文艺研究》，2008 年 11 月，第 11 期。

罗　钢：

常州词派张惠言以比兴寄托论词，他认为温庭筠的词继承了屈原《离骚》香草美人的比兴传统，故称其词"深美闳约"。王国维不满张惠言以槌幽凿险的方式探讨词中的微言大义，而信从刘熙载的词品论，所以赞同刘熙载的见解。不过值得玩味的是，他只引用了刘熙载评论的前一句，对后一句"类不出乎绮怨"的道德评价，则保持了缄默。

——《王国维的"古雅说"与中西诗学传统》，《南京大学学报》，2008 年 5 月，第 3 期。

彭玉平：

王国维这种由实到虚、虚实并重的评判态度，也足以说明他绝非仅仅停留在意象的鲜明灵动上，而是以不隔为基础，追求通过适度的隔来造成词的深远之致。在手稿本第 4 则、学报本第 11 则中，王国维反复强调要用"深美闳约"四字来移评冯延巳，而在《人间词话》中，冯延巳一直是王国维引以为典范的人物，则"深美闳约"的审美旨趣也当然是王国维所努力追求的。写实的词句虽然容易达到不隔的境界，但泛泛的写实并不意味着高境的产生，在明晰的写景中能让读者生发出言外之意，这才是王国维偏尚的深度所在。

——《论王国维"隔"与"不隔"说的四种结构形态及周边问题》，《文学评论》，2009 年 11 月，第 6 期。

一二　飞卿、端己、正中三家词品

"画屏金鹧鸪"，飞卿语也，其词品似之。"弦上黄莺语"，端己语也，其词品亦似之。正中词品，若欲于其词句中求之，则"和泪试严妆"，殆近之欤？

【别叙】

温庭筠、韦庄、冯延巳三家词品各不相同，就此，王国维以此三家的词句对此三人的词作加以评判。王国维所用皆为比喻，其中，"画屏金鹧鸪"、"弦上黄莺语"分别以鹧鸪和黄莺作比，而"和泪试严妆"则以美人作比。以三个比喻说三家词品，看似巧妙、精当，也看似公允，实际上将相关条目联系在一起进行综合、比较，就能知其中扬抑、褒贬。

【集评】

俞平伯：

王静庵《人间词话》，扬后主而抑温、韦，与周介存异趣。两家之说各有见地，只王氏所谓"画屏金鹧鸪，飞卿语也，其词品似之；弦上黄莺语，端己语也，其词品亦似之"，颇不足以使人心折。鹧鸪黄莺，固足以画温、韦哉？转不如周氏"严妆淡妆"之喻，犹为妙譬也。

——《读词偶得》（1947 年），上海书店影印，1984 年 12 月，第 12 页。

蓝华增：

他说秦观的词境"凄婉"，他摘取足以代表其人词境的词句来概括其人的风格，如以"画屏金鹧鸪"、"弦上黄莺语"、"和泪试严妆"来分别概括温庭筠、韦庄、冯廷巳的风格，都是寓风格于意境的"品味"之语。寓风格于意境，是从中唐皎然《诗式》、晚唐司空图《诗品》到清刘熙载《艺概》的传统论诗方法，从这里也可以看出王国维作为诗词理论家的深刻性和民族性。

——《意境——诗的基本审美范畴——读王国维〈人间词话〉札记》，《云南社会科学》，1981 年 1 月，第 1 期。

叶嘉莹：

他以温词中"画屏金鹧鸪"一句来拟喻其风格，而温词风格之特色确实乃在于华美浓丽而缺少鲜明生动的个性，恰似画屏上闪烁着光彩的一只描金的鹧鸪。又以韦词之"弦上黄莺语"一句来拟喻其风格，而韦词风格之特色确实乃在于诚挚真率、出语自然，恰似弦上琴音之如枝上莺啼的自然真切。又以冯词之"和泪试严妆"一句来拟喻其风格，而冯词风格之特色确实乃在于善于秾挚之笔表现悲苦执着之情，一如女子之有和泪之悲而又有严妆之丽。像这些例证，便都是非常贴切的成功的喻示。

——《王国维及其文学批评》，广东人民出版社，1982 年 9 月，第 367—368 页。

施议对：

温词外表之华丽，并非虚设。如"画屏金鹧鸪"，既极奢华，又成对双对，这正与主人公孤寂的心境相映衬，字面上越是堆金砌玉，内心越显得不自在，其意味甚深长。这就是温词的个性特征。王国维论三家词，褒贬中难免带着偏见。

——《人间词话译注》，广西教育出版社，1990 年 4 月，第 23 页。

谢桃坊：

晚清词学家刘熙载提出了词品说，他评价词人以词品为第一位，以艺术性为第二位。词品即是由词的思想内容所体现的人品。王国维承袭了刘熙载的"词品"观念，但却使它成为一个纯艺术形式的概念。他评唐五代三位重要词人说："'画屏金鹧鸪'，飞卿（温庭筠）语也，其词品似之。'弦上黄莺语'，端己（韦庄）语也，其词品亦似之。正中（冯延巳）词品，若欲于其词句中求之，则'和泪试严妆'殆近之欤？"这是根据个人的审美趣味随意地摘取某一词句，试图以之作为词人艺术特征的概括，令人难以猜测其确切的意义。

——《试评王国维关于唐五代词的研究》，《东南大学学报》，2007 年 7 月，第 4 期。

李 铎：

温庭筠之词如"画屏金鹧鸪"，精雕细琢的画屏金鹧鸪确实很美，很精致，但这只限于人的视觉，韦庄之"弦上黄莺语"，则不仅仅是通过视觉看到了美丽的黄莺，而且听到了黄莺之鸣，弦索之音，其词中境界有了立体感，比之温飞卿词多了一个层面，至冯延巳的"和泪试严妆"则直接打动了人的心灵，是无声胜有声的境界。"端己词情深语秀，虽规模不及后主、正中，要在飞卿之上"。所以以气象论，温不如韦，韦不如冯。

——《论王国维的"气象"》，《济南大学学报》，2005 年 1 月，第 1 期。

彭玉平：

以"画屏金鹧鸪"为温庭筠词品，喻其无生机也，情景非真，了无境界；以"弦上黄莺语"为韦庄词品，喻其似真而实假也，盖黄莺语似清脆婉转，不过是弦上发出耳，故似有境界实无境界也；以"和泪试严妆"为冯延巳词品，则其悲情婉转，恰与"要眇宜修"的词体特征及有我之境契合。故冯延巳词方得词体之正。此则与第四则以"深美闳约"评冯延巳词已有稍许不同，盖至此王国维境界说已内涵丰盈，其评论词人，亦渐渐向境界说靠近，境界说的核心地位也由此而奠定。此则受融斋"三品"说影响最为明显。顾随《人间词话评点》云："作品正代表作者。故以其人之句评其人之词，最为的当。""最为的当"言或有过，但这种评论方法确有其长处，即在审美心态上会比较接近。特别是择其词语以评其词，若非胸中别具世界，断难慧眼识句以涵盖全体。然其不足也是明显的，就是"玄"了，颇费读者一番思量了。

——《人间词话疏证》，中华书局，2011 年 4 月，第 248—249 页。

一三　南唐中主词

南唐中主词："菡萏香销翠叶残，西风愁起绿波间。"大有"众芳芜秽"、"美人迟暮"之感，乃古今独赏其"细雨梦回鸡塞远，小楼吹彻玉笙寒"。故知解人正不易得。

【别叙】

"菡萏香销翠叶残，西风愁起绿波间"为李璟《摊破浣溪沙》开篇二句，而"细雨梦回鸡塞远，小楼吹彻玉笙寒"为其过片二句。以此词之开篇及过片相比，究竟哪两句写得好？王国维认为开篇二句作得好，因道出了"众芳芜秽"、"美人迟暮"之感。但古今之人赞赏"细雨梦回鸡塞远，小楼吹彻玉笙寒"二句，由此王国维认为解人不易。对此，吴梅以为，"菡萏销翠"、"愁起西风"，虽与"韶光"无涉，而在伤心人见之，则与春光同此憔悴。故曰

"不堪看"。至"细雨""小楼"二语，为"西风愁起"之点染语，炼词虽工，非一篇中之至胜处。而龙榆生以为，王国维的解释，尚未能了解李璟心情。叶嘉莹另又指出，王国维所依据的乃是文本中所蕴涵的一种感发的潜能。从上可见，文本蕴含丰富的阐释可能，不同读者、不同审美偏向，都可能导致对同一作品的不同接受。

【集评】

吴　梅：

此词之佳在于沈郁。夫"菡萏销翠"、"愁起西风"，与"韶光"无涉也，而在伤心人见之，则夏景繁盛亦易摧残，与春光同此憔悴耳。故一则曰"不堪看"，一则曰"何限恨"。其顿挫空灵处，全在情景融洽，不事雕琢，凄然欲绝。至"细雨""小楼"二语，为"西风愁起"之点染语，炼词虽工，非一篇中之至胜处，而世人竞赏此二语，亦可谓不不善读者矣。

——《词学通论》（1912 年），商务印书馆，1932 年 12 月，第 39—40 页。

龙榆生：

中主实有无限感伤，非仅流连光景之作。王国维独赏其"菡萏香销翠叶残，西风愁起绿波间"二语，谓"大有众芳芜秽，美人迟暮之感"，似犹未能了解中主心情。论世知人，读南唐二主词，应作如是观，惜中主传作过少耳。

——《南唐二主词叙论》，《词学季刊》第 3 卷第 2 号，1936 年 6 月。

陈兼与：

词句之欣赏，有体会之不同，不必皆欣赏之不足。中主之世，周师南下，割地称臣，江南一隅，已岌岌不能自保。谓"菡萏"二语，有众芳芜秽，美人迟暮之感，而"细雨"二语，亦何限风雨凄其，幽士悲秋之情也。

——《〈人间词话〉述评》，《词学》第 1 辑，华东师范大学出版社，1981 年 11 月，第 203 页。

周振甫：

抛开全篇，光看上半阕，确实是写众芳芜秽，美人迟暮。这正是屈原在《离骚》中所写的，那它的意义就极为深刻，不是"细雨"一联所能比。结合全篇来看，它是写思妇的怨恨，不是写弃妇。《离骚》的美人香草，可用弃妇来比，屈原被怀王所弃，跟弃妇较合，跟思妇不尽切合，思妇表达夫妇的感情深挚，与怀王弃屈原的情事不合。从思妇的怨恨说，"细雨"一联写得深细，"小楼"句更是新的创造，所以推重这联是有道理的。不过词的寄托很复杂，用思妇来比《离骚》的含义，确是不甚切合。倘从另一角度看，作者倘借思妇眼中的众芳芜秽、美人迟暮，用花叶凋零来比周师进攻，割江北地求和，感叹南唐的没落，那么这两句里有家国之痛，又跟《离骚》的家国之痛的用意相似。这种感情，虽不是思念远人的感情，但思妇对景伤情，感叹自己的青春易逝，也不妨有这种感情。在这种感情里，正不妨借花叶凋零来寄托家国的衰败，这又反映了王国维的家国身世之感，那它就胜过"细雨"一联了。总之，赞美"细雨"一联是从思妇的思念远人着眼的，赞美"菡萏"一联是从思妇的感伤身世着眼的，这种感伤身世更易引起后世身处乱离中的文士的感触，更会从花叶凋零中引起家国衰败之感，更觉意味深长。这样看来，王国维的意见更见深沉，在其中更反映王国维的家国和身世之感。

——唐圭璋、钟振振主编：《唐宋词鉴赏辞典》，江苏古籍出版社，1986年12月，第114页。

王振铎：

上片中"菡萏""西风"两句之后，是"还与韶光共憔悴，不堪看。"下片中"细雨""小楼"两句之后，是"多少泪珠无限恨，倚阑干。"上下两片各句之间，在情意上并没有丝毫抵牾之处，它们互相补充，情景交映，共同构成一个完整的艺术境界。你摘这两句，他摘那两句，各自分开"独赏"当然不易达到一致的"知人论世"之旨。王国维似乎也感觉到这种"摘句论诗"的弊病，喟叹"解人正不易得"。隔世论诗，本来就"知音者难遇"，何况又采取寻章摘句的方法，自然更难知音了。

——《〈人间词话〉与〈人间词〉》，河南人民出版社，1995 年 8 月，第 202 页。

杨海明：

他（王国维）的评论所采用的乃是"摘句"式的批评方式，在一定意义上甚至还是一种"借题发挥"的评论。他抛开原词的本意，单独从中摘出与自己的人生体验具有某种关联的"菡萏"两句来发议论，说它们"大有众芳芜秽、美人迟暮之感"。这种看法，实源自于他本身所怀有的悲剧性人生体验，未必符合李璟的创作意图。王国维生当清末民初，他的保守的政治立场和多愁善感的心理气质决定了他在这个动荡时局下必然萌生出深浓的忧患意识，再加上他接受了尼采、叔本华的悲剧主义人生观的影响，因此他之作词和论词，就偏重于抒写人生的忧患和喜爱发掘词中的忧生忧世之思想底蕴。

——《试论南唐中主李璟的词》，《苏州大学学报》，1998 年 8 月，第 3 期。

叶嘉莹：

比如"菡萏香消"二句，"菡萏"是荷花，"翠叶"是荷叶。但"菡萏"一词较荷花另具一种庄严珍贵之感，而"翠叶"的"翠"字不仅说明了荷叶翠绿的色泽，还可以使人联想到翡翠等珍贵物品。"翠叶"二字与开端的"菡萏"相互呼应，中间着一象喻芬芳美好品质的"香"字，使得一种珍贵美好的品质重叠出现，而本句也就具备了浓厚的象喻色彩。"消"指无常的消逝，"残"指摧折的残破，"消"、"残"二字同用在此句中，则使读者自然产生了一种忧如见到无数美好事物同时走向消散和残破的感受。至于"西风"一词本身就带有一种萧瑟和摧残的暗示，而西风愁起之处，正是上句所写之美好生命的托身之处。所以次句的叙写，加强了首句所喻示的那种无可逃遁的悲剧感。可见，这二句文本中的细微质素原来就蕴涵了许多足以引人感发的一种潜能。如果再结合中国的历史文化背景看，则"悲秋"在中国文学史中早已形成了一个传统，而诗歌中对草木摇落的叙写，也就成为一个使读者引起感发的重要因素了。所以王国维说李璟"菡萏香消"二句大有"众芳芜秽，美人迟暮"之感，其间不仅有文本的依据，而且还有历史文化背景的依据。只不过王氏所依据的乃是文本中所蕴涵的一种感发的潜能，而并不只是语言中的符号而已。

——《从文本之潜能与读者之诠释谈令词的美感特质》，《天津大学学报》，2000 年 6 月，第 2 期。

李 铎：

这两句同出现在中主的一首词中，"美人迟暮之感"正是忧生忧世之感，而"细雨梦回"句只限于留恋之情，虽然展现的境界极为清新，但从质的方面看，后者不如前者。

——《论王国维的"气象"》，《济南大学学报》，2005 年 1 月，第 1 期。

彭玉平：

由眼前的景致而生发出更深更高的人生联想，这样的写景才是有深度的写景。因此王国维对于冯延巳、王安石等冷落此二句，反而对"细雨梦回鸡塞远，小楼吹彻玉笙寒"两句独致青眼不能认同。因为"细雨"两句的联想空间毕竟限制在鸡塞与玉笙的范围内。而"菡萏"两句流露出来的"豪华落尽"之意，与屈原《离骚》中所表现出来的对个人命运的严重失落之间，确有可供联想的空间。而屈原之命运困顿在中国古典文人中不啻有范型的意义，相形之下，"菡萏"两句与"细雨"两句之阐释空间，确有"深浅厚薄"之不同的。

——《论王国维"隔"与"不隔"说的四种结构形态及周边问题》，《文学评论》，2009 年 11 月，第 6 期。

一四 句秀、骨秀与神秀

温飞卿之词，句秀也。韦端己之词，骨秀也。李重光之词，神秀也。

【别叙】

此则就温庭筠、韦庄、李煜三家词做比较，并分别以句秀、骨秀、神秀加以评判。当中，既体现出由表及里、由外至内、由形下至形上的一种认识过程，也是对于词家人品、词品的一种等级划分。由句秀到骨秀，表示由字面、语句之秀美，达致骨力之秀丽，乃是由外在美到内在美的艺术张力的一种呈现，"此也宛然是'秀'的三种境界"（彭玉平）。而由句到骨、到神，"也反映了'言语'超越的力度和深度"（杨柏岭）。尤其就神秀来说，表现的美，在字面、在骨力之外，"是意蕴深含弥满的精神美"（聂振斌）。由此可见，神秀确实为艺术创造所应该追求的最高理想，达至"神"之秀美，"象"便产生，便是达成审美的"境生象外"了。

【集评】

唐圭璋、潘君昭：

温词一向被称为"句秀"，即是被认为在篇章结构方面显得脉络不够分明，然而却时有佳句，这类佳句往往自成一境。……韦词多直抒胸臆，在篇章结构方面，则由于不一味刻画实景实物，不用大量词藻堆砌，词意连贯，上下一气，所以显得脉络分明，层次清楚，这就是他的词被称为"骨秀"的缘由，这也是韦词胜过花间词的地方。

——《论温韦词》，《南京师范学院学报》，1962 年 1 月，第 1 期。

吴奔星：

其实，周济之论尚称公允，王国维斥之"颠倒黑白"，实系误解。周济说李煜之词"粗服乱头"不掩国色，也就是无施不可，实驾温、韦而上之。王氏所谓"神秀"，其实也即周之所谓"粗服乱头"不掩国色之意。

李煜的词后代传诵不绝，当非偶然。根据"境界"说看，李煜词的最大特色，是神采飞扬，突出地表现了他个人的精神面貌，表现了一个亡国之君的"典型环境的典型性格"。只要读他的"四十年来家国"（《破阵子》）、"往事只堪哀"（《浪淘沙》）、"春花秋月何时了"（《虞美人》）等词，就不难发见他的词，既洋溢着特定的时代气氛，更显示他独特的精神面貌。王国维予以赞赏，评为"神秀"，应该说是确切的。

——《王国维的美学思想——"境界"论》，《江海学刊》，1963 年 3 月，第 3 期。

叶嘉莹：

飞卿之所谓"句秀"，自当指其词句之华美如"画屏金鹧鸪"之"精艳绝人"。端己词之所谓"骨秀"，则当是指其本质上的内容情意真挚之美而言，至于词藻一方面则端己词但以本色自然为美，绝不同于飞卿词之藻绘修饰，故称之为"情深语秀"而以"弦上黄莺语"拟之。不过端己之以情意真挚之本质取胜者，虽曰"骨秀"，然而其情意却又不免过于落实。至于李后主词则其眼界之大、感慨之深，以及气象之广远，有时竟然可以不为其所写之现实情意所拘限，而有着以精神之生动飞扬涵盖一切之意，故曰"神秀"也。所以按照《人间词话》的例证来看，则所谓"句秀"当是指词句藻饰之美，所谓"骨秀"是指情意本质之美，而所谓"神秀"则当是指精神之生动飞扬足以超越现实而涵盖一切的一种美。

——《王国维及其文学批评》，广东人民出版社，1982 年 9 月，第 285—286 页。

聂振斌：

意蕴深含弥满的精神美，是任何形式所掩盖不住的，无这种精神美，徒有华丽的形式，也终究留有缺憾。所以王国维认为，美之与否，归根结底"在神不在貌"。当然，王国维并不一般地反对工、巧，而是反对专在形式上用"工"，故作姿态的弄"巧"。真正地工、巧，恰在于让人看不到工与巧。如老子所谓"大音希声，大象无形"、"大巧若拙"，这就是朴实无华、自然天成。所以欧阳修、秦少游、周邦彦同精于工、巧，王国维的评价却轩轻显然。

——《王国维文学思想述评》，辽宁大学出版社，1986 年 4 月，第 172 页。

杨柏岭：

即使极重"言语"力量的王国维也主张境界的实现必须要有"言语"的超越。在他看来，有境界便"自有名句"，境界与名句之间也是一种本末关系。他说温庭筠词"句秀也"、韦庄词"骨秀也"，李煜词"神秀也"，由"句"、"骨"到"神"印证着词家词作境界的浅深变化，也反映了"言语"超越的力度和深度。至此，化育词境，字句、言语的载体地位不可低估，它们必须肩负传达词人那"须臾之物"的境界酝酿，以及召唤读者想像，有一种使"境界"欲出的真气贯注的感发力。如此，"言语"才得以"超越"而具有独立的审美价值，成为一种"有意味的形式"和"象征性的符号"。

这种"超越"后的"言语"其实就是作品中的"象"。境界便是在这个"象"中得以生成，即"境生象外"也。

——《晚清民初词学思想建构》，安徽大学出版社，2004 年 9 月，第 221 页。

彭玉平：

《词话》附录有云："端己词情深语秀，虽规模不及后主、正中，要在飞卿之上。"对勘此则，可以得以下结论：飞卿句秀，主要指语言而言，居下；端己骨秀，乃根植于情深而外现于语言修辞，居中；后主、正中在"情深语秀"的规模（深度和广度）上超越端己，居上。此也宛然是"秀"的三种境界。

——《人间词话疏证》，中华书局，2011 年 4 月，第 256—257 页。

一五　词至李后主而眼界始大

词至李后主而眼界始大，感慨遂深，遂变伶工之词而为士大夫之词。周介存置诸温韦之下，可谓颠倒黑白矣。"自是人生长恨水长东"，"流水落花春去也，天上人间"，《金荃》《浣花》能有此气象耶?

【别叙】

此则提出，词的发展，到了李煜而变得境界开阔、感慨深沉，由伶工之词变而为士大夫之词，这是王国维对李煜词所做的历史定位，也是王国维对词的发展史所作分期，又是王国维治词所表现的史观与史识。这里，王国维将李煜看作一位标志性的人物，以李煜为分界线，既将全部词作分为两类——伶工之词与士大夫之词，又将词的发展史划分为二期——之前的伶工之词与之后的士大夫之词。同时认为，周济将李煜词置于温庭筠、韦庄词之下，是颠倒是非黑白的。又以"自是人生长恨水长东"、"流水落花春去也，天上人间"为例，认为温庭筠《金荃集》、韦庄《浣花集》不可能有此类气象。王国维所指伶工之词，即教坊乐工创作之词，多伤春怨别、缠绵悱恻，用以娱宾娱己，是晚唐五代词的主流。士大夫之词，即文人、官吏所为之词，多忧生忧世、感情沉郁，用以抒发怀抱，表达哲理。由伶工之词变而为士大夫之词之所以产生质的重要变化，乃在于将"娱宾遣兴文艺渐移为抒情言志之具"[1]　(皮述平)。此后，有关中国词史的论述，包括作家、作品的评论，多以之为依据，胡适就曾说："他(李煜)的词不但集唐五代的大成，还替后代的词人开一个新的意境。"[2]　论者亦尝提出，此论为王国维词学思想的关键，为整部《人间词话》的纲纽(张惠民)。

【集评】

唐圭璋：

中国讲性灵的文学，在诗一方面，第一要算十五《国风》。儿女喁喁，真情流露，并没有丝毫寄托，也并没有丝毫虚伪。在词一

---

① 皮述平：《晚清词学的思想与方法》，学苑出版社，2003 年 3 月，第 58 页。
② 胡适：《词选》(1927 年 7 月)，《胡适文集》(第五集)，人民文学出版社，1998 年 10 月，第 144 页。

方面，第一就要推到李后主了。他的词也是直言本事，一往情深；既不像《花间集》的浓艳隐秀，龥金结绣；也没有什么香草美人，言此意彼的寄托。加之他身为国主，富贵繁华到了极点；而身经亡国，繁华消歇，不堪回首，悲哀也到了极点。正因为他一人经过这种极端的悲乐，遂使他在文学上的收成，也格外光荣而伟大。在欢乐的词里，我们看见一朵朵美丽之花；在悲哀的词里，我们看见一缕缕的血痕泪痕。王元美的《艺苑卮言》说："《花间》犹伤促碎，至李王父子而妙矣！"这大概是讲他欢乐时候的言情作品。王国维的《人间词话》说："词至李后主而眼界始大，感慨遂深。"这大概是讲他亡国后的感旧作品。他二人皆能扫除余子，独尊后主，可算是有卓识的赏鉴家。在后主之后一百多年，有女词人李易安；五百多年有纳兰容若。他们二人词的情调，都类似后主。

——《李后主评传》，《读书顾问》创刊号，1934 年 3 月。

陈兼与：

变伶工之词而为士大夫之词，实始于中唐之刘、白，而健全于温、韦，冯延巳、李煜并时豪杰耳。至气象之于人，亦犹气质之于人，关于天赋者十之六七，关于学问与环境者十之三四。金荃、浣花不能为后主之词，后主亦不能为金荃、浣花之词，各有所受也。周介存古词人，每以己意分甲乙，其选《宋四家词》中，以欧阳修、柳永、秦观为周邦彦之附庸，苏轼为辛弃疾之附庸，尤为颠倒。

——《〈人间词话〉述评》，《词学》第 1 辑，华东师范大学出版社，1981 年 11 月，第 204 页。

莫砺锋：

在王国维看来，在用词抒情这个方面，韦庄胜于温庭筠而不及李煜。所以他说词是在李煜手中才变成"士大夫之词"即恢复了抒情诗的本来面目的。我们认为，李煜词的成就确实超过了韦庄词。然而如上所述，在恢复词的抒情诗本质和使词风趋向清丽自然这两个过程中（两个过程事实上是同步进行的），韦庄都是李煜的先导和基础。韦庄的不幸在于他与李煜之间在年代上相距甚近，而李煜的特殊人生遭遇又使其词产生了一个飞跃，从而以满月的光辉使韦庄这颗明星相形失色。但是在词这种诗歌形式在晚唐五代的重大转变过程中，韦庄的筚路蓝缕之功应该得到足够的评价。

——《论晚唐五代词风的转变》，《文学遗产》，1989 年 10 月，第 5 期。

马正平：

《人间词话》"境界"说中的"境界"概念的本质内涵就是"眼界"的意思。所谓"眼界"，就是诗人词家的眼光、视野、思维空间、认识空间，即诗人词家的情感、认识、理想审美的超越性、无功利性的问题，也即是诗人是否进入了生命自由无碍的审美空间的自由度问题。这种层次上的眼光、视野、思维空间、认识空间，是一种审美的心灵状态，也就是王国维《人间词话》中讲的"境界"。诗人词家也只有具有为这种生命关怀的"眼界"、"境界"，写出来的诗词作品，才是一种具有"忧生"、"忧世"的人文良知，这才是"士大夫之词"，而不是"伶工之词"！也只有这样的具有生命关怀的"忧生"、"忧世"的"境界"说，才是"探本之论"，才是一种美学理论。

——《生命的空间——〈人间词话〉的当代解读》，中国社会科学出版社，2000 年 1 月，第 118 页。

叶嘉莹：

词里头所写的美，就是一种"弱德之美"。而这弱德之美就很微妙了，它形成一种特色。最早从女性的歌词之词变成男性的诗化之词，如苏东坡、辛弃疾。又从诗化之词演变到后来的周邦彦，以及在周邦彦影响之下南宋的王沂孙、吴文英的那些词；笔者把这些词叫赋化之词。这是我自己粗浅的体会：把词分为歌辞之词、诗化之词、赋化之词；有人说豪放的词才是好的，而婉约的词写的都是男女情思，没有思想价值。这只是从表面上很粗浅的看法。其实，诗化之词的出现并非是从苏东坡开始的，以诗之言志的写法为词，表现自己内心情志的作品，从南唐后主李煜就开始了。李后主说："春花秋月何时了？往事知多少。小楼昨夜又东风，故国不堪回首月明中。"这是写他自己的情志，而非歌词之词。王国维的确很有见解，所以他说："后主始变伶工之词为士大夫之词。"为什么李后主把伶工之词变成了士大夫之词呢？因为他写的不再是歌女的歌辞，而是自己抒情言志的诗篇了。这是有它的道理的。他本来很熟悉流行歌曲的创作，于是，当他个人在感情上有了大冲击，当他破国亡家，生活上有了重大的改变之后，就自然而然用流行歌曲的曲调来写他言志的词篇了。所以，歌辞之词演进到诗化之词，这是必然的趋势。只有王国维具体地说他是变伶工之词为士大夫之词，而我们一般人读李后主的词，只觉得他写得很好，从不管他是伶工之词或士大夫之词，大家对于李后主的词没有这种反省，没有这种分辨，因为他所用的词调都是短小的令词，短小的令词与诗的形式很接近，它有词的美也有诗的美，所以一下子大家就被它吸引住了。

——《论清代词史观念的形成》，《河北学刊》，2004 年 7 月，第 4 期。

彭玉平：

"自道身世之戚"与"担荷人类罪恶之意"，"伶工之词"与"士大夫之词"，有限与无限，小与大，其价值判断已在其中。此论虽从词学引发，实已贯穿到人文领域，不仅贯通古今，而且联结天人，词的价值和人的价值都因为"大小"而判见高下，非一般学理意义上的词学可限。可见其悬格之高。

——《"借古人之境界为我之境界"——王国维"三种境界"说新论》，《中山大学学报》，2005 年 8 月，第 4 期。

张惠民：

此论为王国维词学思想的关键，为整部《人间词话》的纲纽，可惜数十年以来，未受重视。事实上整个王国维词学，正在文学的抒情本质的层面上展开对"士大夫之词"的论述。明确这一点，王国维的境界说、创作论、词史观就有了统属，有了依归。词在李煜之前，以《花间》为主流，本为花间尊前浅斟低唱、买笑追欢之事。其词为艳科，风格为软美，情事为风月，创作为拟情，即男子作闺音。词至李煜，所谓变伶工之词为士大夫之词，是新的词学范式的开创，变歌女伶工的风月艳曲，为士大夫的性情之作，变假托的拟情为自抒深悲巨痛的感慨。以歌女的代人抒情以娱人，变为士大夫男性的直寄性情、直抒胸臆的真正文学。士大夫之词，始变于李煜而完成于苏轼，辛弃疾又随而张大之，终成词中大观，这是王国维论词的"眼界始大"之处。

——《王国维词学思想的潜体系》，《文艺研究》，2008 年 11 月，第 11 期。

李　铎：

现代文论家大多数反对王国维"主观之诗人，不必多阅世"的观点，如果把王国维观点综合起来看，所谓不必多阅世并不是诗人不必去体验生活，而是指诗人不必在人世纷争之中陷得太深，并且诗人对人生的体验越深刻越广阔越好。"词至李后主而眼界始大，感慨遂深，遂变伶工之词而为士大夫之词"。所以其气象才能够"莫之与京"。眼界大，感慨深是以其赤子之心来体验人生的结果，如果陷入了人世纷争之中，其赤子之心必然失去，其眼界也就局限于纷争的人事环境之中，就见不到宇宙人生的本质，虽有感慨，也只是俗人之感慨。王国维认为伶工之词不如士大夫之词，并不是阶级立场问题，而是说伶工之词往往是"馂啜的文学"，伶工们为吃饭而填词，很难自然而又尽情地描绘自然，是为生活所累而深深地陷入生活中，而词到士大夫手中就不同了，首先是士大夫不为生活所累，而且比较容易保持其赤子之心，其次是士大夫不可能用在当时尚属低级的东西来作无聊的消遣，而是借助于这一艺术形式表现自己用其它艺术形式难以表达的情感体验，变为士大夫词正是使词从伶工那里只写情郎情妹的状态下解放了出来，使之成为能够包含人生体验的深广内涵的艺术形式。这一点与叔本华对黑格尔、谢林等人的批判角度很接近，叔本华认为黑格尔是为了混饭吃而搞哲学的，故其不可能真正用生命去体验宇宙人生，虽然显得偏颇，但也不无道理。

——《论王国维的"气象"》，《济南大学学报》，2005 年 1 月，第 1 期。

杨　雨：

在胡氏（胡适）提出"三段论"之前，王国维也曾在《人间词话》中提到词至李后主而一变"伶工之词"为"士大夫之词"，无意中将词划分为两个阶段。胡氏的三段论实承王国维，其理论依据主要是从词的功能论出发，即词的创作是否承担了言志抒怀的主要功能。在"伶工之词"也即"歌者之词"的时代，词主要是应歌而作，目的是尊前侑觞，以娱乐功能为主；进入"士大夫之词"的时代以后，作为艳科之词逐渐从仅仅以资娱乐的功用上升到言士大夫之身世、家国感慨。

——《婉约之"约"与词体本色》，《中山大学学报》，2010年10月，第5期。

一六　词人赤子之心

词人者，不失其赤子之心者也。故生于深宫之中，长于妇人之手，是后主为人君所短处，亦即为词人所长处。

【别叙】

上一则以分期、分类的方法，论证李煜于中国词史上的地位，这一则及以下二则，分别就李煜其人、其词做深入的分析与评判，揭示李煜词之所以获得成功的原因。首先指出，李煜不失一颗婴儿般纯真的童心。其次，认为李煜生于深宫，长于妇人之手，乃成其不失赤子之心的条件，并认为这是李煜为人君之所短处，而为词人之所长处。"生于深宫之中，长于妇人之手"，何以反而成为"词人所长处"？学者就曾批判，说李煜所以能写出忧愤深广的词，正在于经历了国破家亡的惨痛，而不是一辈子深于宫中，无涉世事，认为就王国维所说，"揆诸前说，岂不是自相矛盾？"① 故此，需要

---

① 黄昭彦：《重读〈人间词话〉》，《文艺报》第15期，1959年8月11日。

了解王国维所谓"赤子之心"具体所指。"赤者，心色也"（《素问·风论》注），有"子生赤色，故言赤子"（孔颖达疏《尚书·康诰》）之说。王国维所指"赤子"，与中国的孟子的"赤子"相关，也受叔本华与尼采的"赤子"观念影响。为此，读者"既可以从知识或道德的方面理解，也可以从审美的角度去看"（蒋永青）。但无论从何种角度理解，契合王国维此则语境来做分析，可以得知的是：王国维借用李煜及"赤子之心"，表达词人保有童心的重要性，并由此主张超越功名、利害，达到文学的求"真"、求"自然"（温儒敏）。

【集评】

许文雨：

此"赤子之心"，谓童心也。与孟子所谓"赤子之心"不同。此说可以王氏他篇之文证之：《静庵文集·叔本华与尼采》篇引叔本华之《天才论》曰："天才者，不失其赤子之心者也。盖人生之七年后，知识之机关，即脑之质与量，已达完全之域，而生殖之机关，尚未发达。故赤子能感也，能思也，能教也，其爱知识也，较成人为深；而其受知识也，亦视成人为易。一言以蔽之曰：彼之知力盛于意志而已。即彼之知力作用，远过于意志之所需要而已。故自某方面观之凡赤子皆天才也，又凡天才自某点观之，皆赤子也。昔海尔台尔（Herder）谓格代（Goethe）曰巨孩，音乐大家穆差德（Mozart）亦终生不脱孩气。休利希台额路尔谓彼曰：彼于音乐，幼而惊其长老，然于一切他事，则壮而常有童心者也。"

——《钟嵘诗品讲疏·人间词话讲疏》（1937 年），成都古籍出版社，1983 年 5 月影印版，第 180—181 页。

周振甫：

讲究阅历深浅，侧重在讲阅历浅的好处，这是本于叔本华的天才论。叔本华把人分为俗子和天才，天才像孩子，他的知力不受意志的束缚。俗子的知力受意志束缚，要考虑一身一家的利害，所以俗子以文学为手段。天才不受意志的束缚，超出利害关系，所以天才以文学为目的。阅历越深，个人的利害打算越讲究，越无法超脱利害关系。阅历越浅，利害的打算少，容易超脱利害关系。王氏正是主张超脱利害关系而以文学为目的的。

——《〈人间词话〉初探》，《文汇报》，1962 年 7 月 8 日。

温儒敏：

王国维认为诗人保持天然的性情，以"赤子之心"去从事创作，超越功名利禄的世俗眼光，就能"以自然之眼观物，以自然之舌言情"，达到浑然化一的高妙境。王国维文学批评求"真"求"自然"，也继承了道家美学传统中"见素抱朴"、"法天贵真"的精神，但把"真"与"自然"作为形成意境的条件和评价标准，是王国维的理论发挥。

——《王国维文学批评的现代性》，《中国社会科学》，1992 年 5 月，第 3 期。

叶嘉莹：

即如《人间词话》评李后主词称其"不失赤子之心"是"为人君所短处，亦即为词人所长处"，又称"东坡之词旷，稼轩之词豪"，以为与二人之"胸襟"有关。像这些品评就并不是盲目地以人格之价值与作品之价值混为一谈，而只是就作者人格性情之某些特质间的关系来立论的。即以后主之词论，其风格之自然真率的一面，与其为人之纯真便确实有着相通之处。而东坡为人之超旷与稼轩之豪健，与他们词中所表现的"旷"与"豪"的风格，当然也有着相当密切的关系。像这样品评如果用之得当，则往往可以自"诗"与"人"的浑然合一中，直探诗歌中感性之生命的源流与命脉之所在，这乃是中国文学批评中极可重视的一种宝贵的传统。

——《王国维及其文学批评》，河北教育出版社，1997 年 9 月，第 265 页。

陈兼与：

先生于词，但重一"真"字，周济所谓"中宵惊电，罔识东西，赤子随母笑啼，乡人缘剧喜怒"者也。然吾以为真之见解，专属于天真幼稚之人，亦为偏面。世有大怀抱与大学问之人，饱经世故，而胸襟磊落，志事光明，岂不能有真景物与真感情动摇人心之作品？必如后主，则韦、冯、欧、秦、苏、辛诸人何自出耶？周济云："王嫱、西施，天下美妇人也，严妆佳，淡妆亦佳，乱头粗服，不掩本色。飞卿严妆也，端己淡妆也，后主则乱头粗服矣。"此譬差近理。

——《〈人间词话〉述评》，《词学》第1辑，华东师范大学出版社，1981年11月，第204页。

蒋永青：

正如叔本华追求"真正之德性""唯出于人己一体之直观的知识"一样，尼采的"超人"或曰"赤子"，也是伦理与审美一体的化身。叔氏"天才"的标志在于超越"充足理由之原则"而对"理念"的静现，尼采"赤子"的"神圣之自尊"的"游戏"，也同时就是一种审美状态。从这个角度看，王国维的叔氏与尼采思想的结合，可以理解为叔氏"天才"与尼采"超人"的结合，或者说，是叔氏以"知力"优胜与尼采"意之无所限制"的两种"赤子"的结合；这种结合的"赤子"既可以从知识或道德的方面理解，也可以从审美的角度去看。在这种意义上，王国维《人间词话》中的"赤子之心"不仅与中国的《老子》相关，而且也源于叔氏与尼采的"赤子"观念。

——《从"审美"视域走向"境界"——论王国维的"知力意志"说》，《思想战线》，2001年8月，第4期。

罗　钢：

王国维所理解的"不失其赤子之心"的词人，其所强者并非一种趋于"纯粹认识"的客观的观察力，而是一种热烈纯真的情感。所以王国维说，对于像李煜这样的词人来说，"阅历愈少而性情愈真"。而评价其词作的标准，也不是对外在事物的客观体认，而是情感流露的真挚性。王国维对李煜词的最高评价是"后主之词，真所谓以血书者也"。从这些方面来看，王国维对所谓"赤子之心"的理解毋宁说更接近于西方浪漫主义诗学，更接近于他本人在《大诗人白衣龙小传》中描述的拜伦。拜伦被王国维称为"纯粹的抒情诗人",这种诗人的特点就是弱于理智,强于情感。"其反省力适如婴儿",但其诗歌"皆自其心肺中流出"。更加值得注意的是,礼赞儿童,正是在以主观表现为特征的欧洲浪漫主义运动中蔚成风气的。王国维在自己的著作中明确称之为"主观之诗人"的只有拜伦和李煜二人。可见他所谓的"赤子之心"并非叔本华所看重的客观的知解力,而是"主观之诗人"的重要特征。

——《七宝楼台,拆碎不成片断——王国维"有我之境、无我之境"说探源》,《中国现代文学研究丛刊》,2006 年 2 月,第 2 期。

肖　鹰:

李煜之"于妇人之手",纳兰容若之"初入中原",虽然遭遇不同,但它们的共同点就是,提供给诗人一种与理性相离而更接近于感性、与文明相离而更接近于自然的素朴的生活状态。在这一状态中,诗人自然地保持了与环境的统一,因而自然地感受着他的生活和世界。因此,诗人"以自然之眼观物,以自然之舌言情",即他自然地感受着,也自然地表现着。

——《"天才"的诗学革命——以王国维的诗人观为中心》,《中国社会科学》,2008 年 1 月,第 1 期。

彭玉平:

从这两则(初刊本第 1 则、第 16 则)来看:境界说的基本元素为情与景,既有景物之境界,也有感情之境界,而文学之境界乃是将景物与感情之境界融合而成的新的境界。按照王国维的表述,万物自有其境界,所谓"境非独谓景物也"之"境",其实是"境界"的约写。而所谓"心中之一境界"也就是"感情"之境界。对于感情的类型,王国维用"喜怒哀乐"来概括,并没有基本的情感倾向性。前引日本哲学家藤树以"喜怒哀乐之未发"形容《中庸》之"中"的境界,也与此可以对应来看。盖未发之喜怒哀乐,近乎"冲漠无朕"的状态,也即类似于王国维语境中的无我之境,而一旦将喜怒哀乐发出,则感情就直露在作品中了,近似有我之境。当然这只是从创作过程而言的,实际上,喜怒哀乐已发却不见端倪，才是王国维心目中"无我之境"的典范。总之，文学之境界乃是就物我关系而言的。

——《"境界"说与王国维之语源与语境》，《文史哲》，2012 年 3 月，第 3 期。

一七　客观诗人与主观诗人

客观之诗人，不可不多阅世。阅世愈深，则材料愈丰富，愈变化，《水浒传》《红楼梦》之作者是也。主观之诗人，不必多阅世。阅世愈浅，则性情愈真，李后主是也。

【别叙】

上一则说李煜生于深宫，长于妇人之手，由此不失其赤子之心。这一则进一步明确提出：客观之诗人，不可不多阅世。主观之诗人，不必多阅世。前后二则内容所指，都与时代环境有关，即阅世的多少与深浅相关。王国维根据个体观物时，所体现的一己意识与外在物象之间的多少，将观物方式分作主观、客观二种，并从创作的角度，将诗人分为主观、客观二种。在王国维认为，客观之诗人，涉世要深，而主观之诗人，则无须涉世太深。例如《水浒传》《红楼梦》的作者，阅世深，所表现的材料能反映物象的真实存在，为客观之诗人的典型，而李煜阅世浅，创作时个人的情感表达真实，不受太多外在物象影响，为主观之诗人的典范。就"我"与"物"二者之间的关系看，如果说，时代环境是客观存在（亦即生活是客观存在）的话，那么，无论其为客观之诗人，或者主观之诗人，诗词作品实际上均是诗人思想感情之产物。就这一意义上，王国维所说客观之诗人、主观之诗人二者之间，实则不但没有严格的限制，而且可以相互转换。二者之间的区分，只是在不同时候表现"观"的不同侧重而已。由此，或不当强以主、客观对诗人群体进行身份分类，而当在意诗人"观"之际，个人非理性因素的介入程度的深浅、大小，来判断所创作作品的写实与否。比如，客观之诗人，多以客观存在为依据，而少主观想象；主观之诗人，则多发挥自我想象，而少拘泥于客观事实。

【集评】

王运熙、顾易生：

这里的"客观之诗人"，某种意义上指叙事诗作者，或"写实派"。他们愈深入考察社会生活，收集材料愈丰富多样，这自然是对的。但他们在阅历世事时难道就不需要怀着真诚之心么？"词人之忠实，不独对人事宜然。即对一草一木，亦须有忠实之意，否则所谓游词也。"《文学小言》评《诗经》中"燕燕于飞"（《邶风·燕燕》）等句云："诗人体物之妙，侔于造化，然皆出于离人、孽子、征夫之口，故知感情真者，其观物亦真。"即指出作者的情感对于观察事物的作用。

王氏所谓"主观之诗人"，某种意义上指抒情诗作者，或"理想派"。"词乃抒情之作，故尤重内美"。所以特别强调了词人须要有一颗真挚的心，即明人李贽所说的"童心"。阅历既广，世故也深，佯啼诡笑，全失天真，这种情况自然也是有的。但是个人性情的"真""伪"与阅世的"浅""深"并不一定成为比例，而至性流露常在于身世变故之际。"词至李后主而眼界始大，感慨遂深。"李煜词的感慨深沉正是与眼界扩大有因果关系的。王国维所倾倒的"自是人生长恨水长东"（《乌夜啼》）等名句，都是李煜"一旦归为臣虏，沉腰潘鬓销磨"生活经历了急剧变化后的痛苦呻吟，假使他一直安处于深宫之中而不识干戈，便不可能产生这样"以血书者"一往情深之作。王氏所举的创作实例暴露了他自己这方面理论的缺陷。

——王运熙、顾易生主编：《中国文学批评史》（下册），上海古籍出版社，1985 年 7 月，第 555 页。

佛　雏：

在静安，"主观之诗人"，并不意味着，在挥毫时一味凭恃其主观；相反，就审美与创作的态度而言，就抒情内容所具有的普遍性而言，"主观之诗人"及其感情倒应该具备充分的客观性。这从静安把那位也属"大孩子"型的"主观之诗人"、据传是后主"后身"的纳兰容若，称之为"自然之眼"、"自然之舌"，也可证明。"自然之眼"者，"纯客观"之"眼"也。（叔本华曾给艺术天才下了一个界说："天才只不过是最完全的客观。"）这样的"主观之诗人"，最能摆脱个人意志、欲望、利害关系等等的羁勒与奴役，而"自由"地进入审美静观，因而独能客观地深窥人类和事物的内在本性；他把自己强烈的"主观的感情"同这种客观的"静观"交织在一起。他所抒发的感情就往往具有"人类之感情"的性质，虽然是高度"个性"化了的。

——《〈人间词话〉三题》，《扬州师院学报》，1980 年 9 月，第 3 期。

袁行霈：

其实，不论"客观"或"主观"之诗人，没有丰富的生活阅历，都不可能写出优秀的作品。文学创作当然要出自真情，但这性情是在社会实践中培育的，并不是天生就有的。而性情的真伪则取决于诗人的写作态度，诗人忠实于生活、忠实于艺术、忠实于读者，就有真性情的表现，这同阅世深浅并无关系。

——《论意境》，《文学评论》，1980 年 8 月，第 4 期。

聂振斌：

意思是：诗人若是侧重于描写"自然及人生之事实"，则要尽可能地多阅世，深入地观察了解，认识客观世界的发展变化，掌握丰富的材料，才能创造出真实、弥满的伟大作品，若是以抒发主观感受、表现情感态度为主，则阅世愈浅愈好，浅则能避免世俗的污染，超越功名利禄之计较，保持"赤子之心"，才能写出高洁优美的作品。前者适用于小说、戏剧之作，后者适用于诗词之作。

——《王国维美学思想述评》，辽宁大学出版社，1986 年 4 月，第 148—149 页。

陈兼与：

词实有关风会，北宋人学五代，不能似其奇艳入骨，南宋人学北宋，不能得其浑融高淡，何以故？风会之故。所谓风会，就是时代环境的变化。主观世界对客观世界的反映，自亦不同，故古人可相师，亦有不可相师。方今世界精神物质，远非古比，社会中人与人之关系，亦大两样。所谓学古人词，只取其形式结构，而意识形态所表现，必有新的语言。王国维所提"意境"二字，只是对词作的气象神韵而言，我以为更重要的，要对外围形象，有所反映。况蕙风说得好："填词要天资，要学力，平日之阅历，目前之境界，亦与有关系，无词境，即无词心。"

——《填词要略》，《填词要略及词评四篇》，广东人民出版社，1986年6月，第60页。

李 铎：

不论怎样，主观之诗人必须以赤子之心来体验人生，要有真情实感，要超越生活中的我才能够使境界之气象宏伟。

另一类诗人是客观之诗人，王国维所使用的"诗人"概念是广义的，所以客观之诗人主要指的是叙事性文学的创作者，"《水浒传》、《红楼梦》之作者是也"，叙事性文学，如小说、戏剧和史诗，需要表现生活，表现实实在在的社会生活，因此，这些诗人就必须深入到生活中去，必须了解那些达官显贵、巨贾富商、闺阁少女，以至于市井小贩、流氓乞丐等，只有如此，"材料"才"愈丰富"，才能创作出真实感人的反映社会人生的文学作品来。

——《论王国维的"气象"》，《济南大学学报》，2005年1月，第1期。

肖 鹰：

王国维认为"阅世愈浅，则性情愈真"，他主张"不必多阅世"，不是如叔本华那样要求天才清除情感，反而是要他保持情感的真纯自然。情感的真纯自然，既是言情诗创作的理想前提，也是文明时代的人性理想。准确地讲，保持纯真的性情，把诗歌作为抵制现代理性对感性压制的行动，让诗人的心灵为人性的自由保存一片自然的圣地。这是与王国维主张"文学是天才游戏之事业"的观点相联系的。"不失其赤子之心",就是要求诗人保持内心的真纯和自由,并以之为创作诗歌的基础。相对于客观之诗人由外在的题材决定,主观的诗人应当由自己的内在的心灵(性情)决定。王国维这一思想,受到了席勒关于素朴诗人要保持诗歌的诗性,就必须从自己内在自然的必然性出发的观点的影响。

——《"天才"的诗学革命——以王国维的诗人观为中心》,《中国社会科学》,2008 年 1 月,第 1 期。

一八 后主之词以血书者也

尼采谓:"一切文学,余爱以血书者。"后主之词,真所谓以血书者也。宋道君皇帝《燕山亭》词亦略似之。然道君不过自道身世之戚,后主则俨有释迦、基督担荷人类罪恶之意,其大小固不同矣。

【别叙】

尼采提出:"一切文学,余爱以血书者。"王国维将之借以赞颂李煜词。以血书者,究竟为何?尼采《苏鲁支语录》又尝云:"凡一切已经写下的,我只爱其人用血写的书。用血写书,然后你将体会到,血便是经义。"(据徐梵澄译本)其中意思,即谓:血便是经义。当中,实则提出将作品与经义同等看待,所以才有了王国维随后所谓的释迦、基督担荷人类罪恶之语。有学者认为,这是解读王国维《人间词话》的关键,认为王国维将李煜与北宋皇帝赵佶相比较,二者有相似之处,又有所不同。李煜词与赵佶《燕山亭》词就意境创造看,二者的区别,一个在境内,一个在境外。在境内,只是着眼于故国,着眼于雕栏玉砌;在境外,则着眼于春花秋月,以及着眼于与春花秋月一样美好的人和事(施议对),具有了普适性意味。其中大小、高低,自然不难判断。为此,就王国维"后主则俨有释迦、基督担荷人类罪恶之意"之语，应当将之"看做他（王国维）对词人襟抱的一种解读"①（杨柏岭）。

【集评】

唐圭璋：

此首（李煜《乌夜啼》"昨夜风兼雨"）由景入情，实写出人生之烦闷。夜来风雨无端，秋声飒飒，此境令人愁绝，加之烛又残，漏又断，伤感愈甚矣。……末两句（"醉乡路稳宜频到，此外不堪行。"），写人世茫茫，众生苦恼，尤为沉痛。后主气象开朗，堂庑特大，悲天悯人之怀，随处流露。王静安谓："道君不过自道身世之戚，后主则俨有释迦、基督担荷人类罪恶之意。"其意良然。

——《唐宋词简释》（1940 年），上海古籍出版社，1981 年 6 月，第 35 页。

佛 雏：

静安此尼采语，似有断章取义之嫌。静安称："后主之词，真所谓'以血书者'也，宋道君皇帝《燕山亭》词亦略似之。"其实此等词中所表现的意志、精神，正是尼采所鄙视、所否定者，并不属于尼采式的"以血书者"的范围。……尼采所要求的"以血书者"，指的是写出"勇敢"、"刚强"、"总有着疯狂"的"战士"或者"硕大而崇高"的人之心或"大笑"，指的是最充溢的"权力意志"的艺术地外现。

——《〈人间词话〉五题》，《扬州师院学报》，1980 年 4 月，第 1 期。

宛敏灏：

王国维评李煜词说："后主之词，真所谓以血书者也。"这当然指他亡国以后的作品。至若"烂嚼红茸，笑向檀郎唾"（《一斛珠》）、"佳人舞点金钗溜，酒恶时拈花蕊嗅"（《浣溪沙》）、

---

① 杨柏岭：《晚清民初词学思想建构》，安徽大学出版社，2004 年 9 月，第 91 页。

"划袜步香阶，手提金缕鞋"（《菩萨蛮》）等词，也是以血书的吗？

——《词学概论》，上海古籍出版社，1987年7月，第223页。

刘　烜：

（李煜）从当皇帝到作俘虏，生活从天上掉到地下，当然会感受到利害关系变化之大，可是如果能沉醉于美的创造，会暂时忘却从利害上考察这样的变化，于是在审美的领域中抒发了具有普遍性心境，达到"倾向越不受局限，那么这一门艺术就越高尚，这类艺术品就越优秀"。回到康德美学，就是美具有普遍性，美的普遍性与概念的普遍性是不同的东西。李煜的词比宋道君皇帝《燕山亭》所以高，就是因为后者"不过自道身世之感"，"后主则俨有释迦、基督担荷人类罪恶之意。"这是由于在审美中人有共通感的"心意状态"。

——《王国维创造"新学语"的历史经验》，《文学评论》，1997年1月，第1期。

邱世友：

李后主词和宋徽宗词写亡国被掳的哀痛，都是血书者，后者也悲切动人。但王氏从个别形象体现理念的原则来衡鉴，前者体现人类的兴衰，而后者仅体现自身的兴衰。前者如"流水落花春去也，天上人间"，虽然写的是词人亡国之情，却体现社会各阶层的兴衰之感。《红楼梦》里林黛玉听到"流水落花"等语便"心痛神驰"。其实，这和李后主亡国之痛并不相干，所以然者，体现了人类的"实念"，即体现了人生兴衰的普遍情绪。王氏认为李后主如释迦基督担荷人类罪恶，则夸大其辞，所比不伦。但这并不是王氏的理论实质，而实质是抒情典型的普遍性。

——《王国维论词的境界》，《词学》第13辑，华东师范大学出版社，2001年11月，第208页。

朱崇才：

根据古典诗学的观点，咏物写景，能寄托比兴，尚可称词之长技，可为词中高境；但在王氏看来，以血直书，以赤子之心袒露真情实感者，不管这一情感在道德上怎样"淫鄙之尤"，同样也可以是词中高境。这就极大地丰富了境界的内容，使词的抒情功能提升至美学境界的高度。

——《词话史》，中华书局，2006 年 3 月，第 348 页。

陈伯海：

"以血书"，是指用生命来书写，符合真情实感的要求，但同属真切的感受，宋徽宗《燕山亭》词只限于一己身世之痛，却未能像李后主词那样提升到人生之苦的普遍性理念上来加以反思和体认，于是境界之大小高低遂判然而分。应该说，这样一种由个体生命体验以上升到普遍性理念的指向，是王氏一贯坚持的（当亦受自叔本华哲学）。

——《释"意境"——中国诗学的生命境界论》，《社会科学战线》，2006 年 5 月，第 5 期。

张惠民：

王国维之以释迦、基督比拟李煜，引起后人甚多质疑，殊不知任何比喻均须解人慧心而以意会之，不能胶着而固执。李煜以未经阅世的赤子之心、纯真之情，感受人生最大的痛苦屈辱，以滴血的心眼看人生的无奈与悲愁，遂生绝大的感慨。李煜耽溺于佛家教义，深解人生的本质为无穷无尽之苦，而人生的空幻痛苦，整个人类均无所逃遁。李煜以其灵心慧性体悟了人类痛苦的本质与宿命，则其一己之悲苦自然探及人类痛苦的本源，其以一己身世之戚而俨然表现整个人类的罪恶与痛苦，其眼界之大，感慨之深，因其有大承担而有大气象。

——《王国维词学思想的潜体系》，《文艺研究》，2008 年 11 月，第 11 期。

一九 冯正中开北宋一代风气

冯正中词虽不失五代风格，而堂庑特大，开北宋一代风气。与中后二主词皆在《花间》范围之外，宜《花间集》中不登其只字也。

【别叙】

第一五则词话说李煜，谓词到了李煜而眼界开阔，感情深沉，变伶工之词为士大夫之词。这一则说冯延巳，谓其词虽然仍保有唐五代词作的风格，但堂庑特别开阔，开了北宋词的一代风气。可见在王国维眼中，冯延巳、李煜二人皆为词史上开风气的人物，二人的出现，也都于词史上具有划时代的意义，但二人于词史上的意义又同中有异：就李煜词，王国维推尊其眼界及感慨，谓其改变了歌词的性质及功能，令其由伶工之词变而为士大夫之词；就冯延巳词，王国维推尊其堂庑，认为其扩大了歌词的表现疆域。此中论说，一从词史的发展立论，一从词体的创造立论。立足点稍有不同，但总的看来，皆以境界之大与小为标准进行裁断，只不过，前者侧重其词境界大、深的言说，而后者则主要着眼于证其大。

【集评】

俞平伯：

"南唐"之变"花间"，变其作风不变其体，仍为令、引之类。如王国维关于冯延巳、李后主词的评述，或不符史实，或估价奇高；但他认为南唐词在"花间"范围之外，堂庑特大，李后主的词，温、韦无此气象，这些说法还是对的。南唐词确推扩了"花间"的面貌，而开北宋一代的风气。

——《〈唐宋词选〉前言》，《文学评论》，1962 年 10 月，第 5 期。

施蛰存：

余以为令词肇兴于唐，自巷陌新声转而为士夫雅奏。温飞卿出，始为之选声设色，琢句研词，写宫闱婉变之情，岂尊俎筝琵之乐，歌词面目，从此一新，流风所被，遂成格局。此后则韦端己领袖蜀西，冯正中导扬江左，揄芬摘藻，纵未必迈越《金荃》，而托物取象，乃庶几继承楚些。比兴之义，于是乎入词矣。韦端己情至而言质，冯正中义隐而辞深，王国维谓"冯正中词堂庑特大，开北宋一代风气"，此即言其于词之内容有所拓展，为宋人之先河也。

——《读冯延巳词札记》，《上海师范大学学报》，1979 年 10 月，第 3 期。

叶嘉莹：

如果以后主与正中在词境方面所表现的有着综合性体认的感情之境界相较，则正中词境的形成，乃是由于一种持守与酝酿的结果，这种成就是有着属于"人"的某种修养和工力之因素在的，是纵然不可以学而能，或者尚可以养而致的；而后主之以纯真任纵之感受直探人生核心的意境，则不仅不是可以学而能，也不是可以养而致的，后主之成就乃是纯属于天生的某一类型之天才所特有的成就。因此，谈到晚唐、五代词在意境方面之演进，如果就"史"的意义而言，我以为实在应当推正中为承先启后的最有成就的作者，因为他在意境方面的成就是可以继承的；而后主在意境方面的成就则是不属于历史演进过程的一种天才的突现，乃是可遇而不可求的，所以后主成就虽高，然而就词之演进而言，实在反不及正中之更为重要。

——《从〈人间词话〉看温韦冯李四家词的风格——兼论晚唐五代时期词在意境方面的拓展》，《迦陵论词丛稿》，1980 年 11 月，第 120 页。

陈兼与：

正中词瑰丽高浑，于北宋影响诚大。刘熙载谓"晏同叔得其俊，欧阳永叔得其深。"晏、欧犹各得其一体，余可知矣。惟其词之不入《花间集》，据亡友龙榆生于所编《唐宋名家词选》中云："《花间集》多西蜀词人，不采二主及正中词，当由道路隔绝，又年岁不相及，有以致然，非因流派不同，遂尔遗置。"其说似是。

——《〈人间词话〉述评》，《词学》第 1 辑，华东师范大学出版社，1981 年 11 月，第 205 页。

邱世友：

"堂庑特大"原系王国维评冯延巳正中《阳春集》词语，这四字足以揭示《阳春集》与《花间集》词的本质特点，亦是阳春词的精髓所在。这在词学研究上是颇有价值的课题。论文从题材内容论析堂庑的内涵，从时空容量上论证其堂庑的构成，藉以明其性质、特点。这基本上是可以探寻"堂庑特大"的原因的。但是，可否还从风格上富有生命力的特点去探寻？王国维以其词语"和泪试严妆"说明阳春词的词品，并将"深美闳约"移诸正中。"深闳"，指词所涵盖社会人生，也指词境和思想内容；"约"是高度艺术概括，从而见其美。"美"也指辞藻和音声。由是见其宏大深远而倩丽。阳春词无论从题材内容和时空结构上说，这一风格特征是均能称善的。若与作为风格特征"画屏金鹧鸪"的飞卿词品相比较，无疑是可以论析的。静安对飞卿词固然有偏见，又分析韦庄"弦上黄莺语"词品如其人，情深语秀，不事文饰，但缺少韵外之旨，弦外之音，而端已词在结构上，善于转折，因转折而层深，这点也可多加注意。

——《读薛宝嫦的〈阳春集研究〉》（手稿作于 2000 年 11月），《水明楼续集》，中山大学出版社，2007 年 9 月，第 107 页。

顾宝林：

后主李煜和冯延巳等南唐君臣的词学最大贡献就在于进一步拓宽了词体的抒情主题，改变了词体的表达功能，使词从传统的"遣宾与兴"、"聊佐清欢"的娱乐文学中转向，迈进"抒情文学演进的历程"，启示了宋词发展的新方向。……冯正中词与温庭筠词近似的不少，然而他的词真正有价值之处不在于这种绮错婉媚的艳体词身上，而是表现为这种词体小道注入了更多的身世之感及社会内容，扩展了词体的审美空间，提升了词体的意蕴内涵，这就是王国维所谓"堂庑特大，开北宋一代风气"。

——《规模前辈，益以才思——由〈云韶集〉〈词坛丛话〉看陈廷焯前期对晏欧词的研究与批评》，《文学评论》，2014 年 12 月，第 6 期。

彭玉平：

（手稿）第 4 则借用张惠言"深美闳约"之论，第 5 则分析李璟词句中的感发与联想空间，第 6 则称赞冯延巳词"堂庑特大"，此三则其实是互为关联的。若非作者先有深美闳约之创作理念，岂能有特大之堂庑？而若无特大之堂庑，则读者的感发与联想其实无由发生。而所谓韵味也正是从这种感发和联想中才能焕发出来的。

——《王国维词学与学缘研究》，中华书局，2015 年 4 月，第 268 页。

二〇　正中《醉花间》

正中词除《鹊踏枝》《菩萨蛮》十数阕最煊赫外，如《醉花间》之"高树鹊衔巢，斜月明寒草"，余谓韦苏州之"流萤度高阁"，孟襄阳之"疏雨滴梧桐"，不能过也。

【别叙】

这一则仍然说冯延巳词。王国维以冯延巳词与韦应物、孟浩然的诗作比较，认为冯延巳词的水平远在韦应物、孟浩然之上。词之于诗，乃二种不同的体裁，如何对比？看似有一定难度。彭玉平就此曾经精准地指出：通过比较，王国维看出了这三句之间的差异，颇具眼力。同时指出：这种脱离前后语境的比较，意义其实不大，因为韦应物的"流萤度高阁"前面还有"寒雨暗深更"一句，孟浩然"疏雨滴梧桐"前面也有"微云淡河汉"一句，把两句同时与冯延巳的词句相比，才有比较的空间——这还需在不考虑诗词体性差异的前提之下。当然，从王国维所举诗词作品对勘，也可看出，王国维"主要看其境界及气象"（施议对），并由此强调冯延巳高于韦应物、孟浩然。

【集评】

陈兼与：

正中与韦、孟数语，皆寻常字面，缀一动词"衔"、"明"、"渡"、"滴"，等字而意境全出，此用字之妙也。正中词每与欧词相混，周介存《宋四家词选》中，将正中《鹊踏枝》中"谁道闲情"、"几日行云"、"庭院深深"、"六曲阑干"四首入于欧作，谓"延巳小人，岂能有此至性。"陈亦峰乃云："'庭院深深'一章，他本多作永叔词，细味此阕，与上二章笔墨的是一色，欧公无此手笔。"吾友施蛰存近撰《读冯正中词札记》中，则右周说，仅以正中《蝶恋花》四首及《归自谣》并见《乐府雅词》，而归于欧作。由周之说，惟心推理，近于武断，蛰存之说，依据亦尚不足。前人编纂移窃凌乱，不可究诘，正中词之被支解为尤甚，先生犹能保全其煊赫之《鹊踏枝》词，实获我心。

——《〈人间词话〉述评》，《词学》第 1 辑，华东师范大学出版社，1981 年 11 月，第 205 页。

叶嘉莹：

说到韦、孟之风格，二家原各有其精微繁复的多方面之成就，非本文所暇详论，而如果仅就词话所举的二句诗例来看，则不过只是他们俊朗高远一类的作品而已，这一类风格与前面所说的"和泪试严妆"之于浓丽中见悲凉的风格当然并不相同，可是正中词却往往于其一贯之浓丽而哀伤的风格中，有时忽然流露出一二句俊朗高远的神致来，如其《抛球乐》词之"坐对高楼千万山，雁飞秋色满阑干"，及"霜积秋山万树红，倚岩楼上挂朱栊"诸句，便都极有俊朗高远之致。总之正中在情意方面自有其哀伤执着的深厚的一面，可是发而为词却又自有其浓丽的色泽与俊朗的风致。

——《王国维及其文学批评》，广东人民出版社，1982 年 9 月，第 357 页。

施议对：

王国维以正中《醉花阴》与韦应物《寺居独夜寄崔主簿》及孟浩然"微云淡河汉，疏雨滴梧桐"相比，以为韦、孟二人均不及正中。三家作品，一为词，一为五律，一为联句，究竟如何相比？王国维主要看其境界及气象。

　　——《人间词话译注》，广西教育出版社，1990年4月，第36页。

　　刘锋杰、章池：

　　此则通过摘句方式评价了冯延巳、韦应物、孟浩然的创作，使三者呈现出一致性，均结句流畅，取境自然，清新爽朗而可爱。因此，尽管三者之间还是有区别的，王国维也通过以诗证词的方式，为提高词的地位，做出了一定的努力。由此证明词虽诗余，但诗词可并列，词完全可以达到诗的艺术高度。

　　——《人间词话百年解评》，黄山书社，2002年11月，第113页。

　　吴　洋：

　　王国维于五代词人中独推冯延巳，良有以也。"高树鹊衔巢，斜月明寒草"，俊朗清雅，疏散闲约，超然于五代秾丽纤弱的词风，比之韦孟名句，有过之而无不及。"鹊衔巢"，细微的声响动作中凸显出宁谧孤独的氛围；"明寒草"，一片清冷安静的画面却隐含着嗟叹无语的落寞。冯延巳锻炼词句，举重若轻，看似写景的白描，却蕴藏着深深的款曲，所谓"一切景语皆情语"是也。

　　——《人间词话手稿本全编》，内蒙古人民出版社，2003年1月，第37页。

　　彭玉平：

　　韦应物"流萤度高阁"句，意在从视觉角度描摹夏秋之际夜景之清幽，而孟浩然之"疏雨滴梧桐"则是从听觉角度描写秋夜之萧瑟。就单一的"句"而言，两句可谓意尽句中。而冯延巳的"高树鹊衔巢，斜月明寒草"则在意象上更为丰富，从天上之明月天空中之高树再到地上之寒草，不仅具有空间的层次感，而且自上而下形成一种明朗萧疏的意境，在展现夜景方面，自然更具纵深感。王国维看出这三句之间的差异，颇具眼力。但这种脱离前后语境的比较，意义其实不大，因为韦应物的"流萤度高阁"前面还有"寒雨暗深更"一句，孟浩然"疏雨滴梧桐"前面也有"微云淡河汉"
一句，把两句同时与冯延巳的词句相比，才有比较的空间——这还
需在不考虑诗词体性差异的前提之下。

——《人间词话疏证》，中华书局，2011 年 4 月，第 142—
143 页。

二一　绿杨楼外出秋千

欧九《浣溪沙》词"绿杨楼外出秋千"，晁
补之谓：只一"出"字，便后人所不能道。余
谓：此本于正中《上行杯》词"柳外秋千出画
墙"，但欧语尤工耳。

【别叙】

王国维十分赞赏欧阳修《浣溪沙》"绿杨楼外出秋千"所用
"出"字。在他认为，欧阳修此词"出"的用法，虽出自于冯延巳
《上行杯》词"柳外秋千出画墙"，但二者作比，欧阳修用语尤工，
在冯延巳词之上。出，进也，象艸木益滋，上出达也。（《说文解字
注》卷六出部）本谓艸木，后引申为生长的意思，或由内到外的一
种抒发。关于此"出"字之妙处，解说各异，较为直接的解释，有
如"一'出'字，似欲将人心端出腔子外也"[1]（顾随）。而较为
间接的解释，则认为心智生，"境界"出，而这一"出"字，乃因
"触着"所引发（佛雏）。

【集评】

　　沤　盦：

词之工拙，固非争胜于一字，而昔人于此，亦复几费斟酌。盖

---

[1] 顾随：《评点王国维〈人间词话〉》（1930 年），《顾随全集》（著述卷），
河北教育出版社，2001 年 10 月，第 224 页。

以一字之妙，足令全句生色也。晁无咎评欧阳永叔《浣溪沙》"绿杨楼外出秋千"句云："只一出字，自是后人道不到处。"王静安谓："欧九此语，此本于正中《上行杯》词：柳外秋千出画墙。"予按王摩诘《寒食城东即事》诗有句云："秋千竞出绿杨里"。二公之用"出"字，盖皆本此耳。

——《沤盦词话》，《杂志》第 10 卷第 2 期，1942 年 11 月。

饶宗颐：

欧阳永叔《浣溪沙》词"绿杨楼外出秋千"，《能改斋漫录》引晁无咎云："只一'出'字，自是后人道不到。"观堂谓此本于冯正中《上行杯》词"柳外秋千出画墙"。按王维诗"秋千竞出垂杨里"，冯、欧二公词意出此，彭孙遹《词藻》（卷三）已发之，王氏殆未之见耶？

——《〈人间词话〉平议》（1953 年），《文辙·文学史论集》（下册），台湾学生书局，1991 年 11 月，第 741 页。

蒲　菁：

《复斋漫录》：晁无咎评本朝乐章云："世言柳耆卿之曲俗，非也，如《八声甘州》云，'渐霜风凄惨，关河冷落，残照当楼。'比唐人语，不减高处矣。欧阳永叔《浣溪沙》要皆绝妙，然只一'出'字，自是后人道不到处。苏东坡词，人谓多不谐音律，然居士词横放杰出，自是曲中缚不住者。黄鲁直间作小词，固高妙，然不是当家语，自是著腔子唱好诗。张子野与柳耆卿齐名，而时以子野不及耆卿，然子野韵高，是耆卿所乏处。近世以来作者不及秦少游，如'斜阳外，寒鸦数点，流水绕孤村'，虽不识字，亦知是天生好言语。"按晁说可证先生前后之论：先生谓"淡语有味，浅语有致，惟淮海足以当之。"又谓："云破月来花弄影，著一弄字而境界出。"又谓："山谷词则隔矣。"余举此说，庶几九原可作，相视而笑。先生更谓"永叔'人间自是有情痴'云云，于豪放之中有沈著之致，所以尤高。"然耆卿三语直沈著如太白。李后主《虞美人》"问君能有几多愁，恰似一江春水向东流"，气象何等，竟无嗣响者。惟陈简斋"明朝酒醒大江流，满载一船离恨向衡州"，虽袭东坡诗语，自内充外脂之句也。此亦无人拈出。

——靳德峻笺证，蒲菁补笺：《人间词话》，四川人民出版社，1981 年 9 月，第 26—27 页。

佛 雏

譬如"绿杨楼外出秋千"、"红杏枝头春意闹"诸句，王氏以为"着"一字（如"出""闹"）而"境界全出"。这个"着"，刘熙载谓之"触着"，犹如化学上的触媒，一经"触着"，相关的元素便立即化合，产生质变，"自然之嗫嚅之言语"被解开了，僵固的概念变成活生生的有机体了，因而"境界全出"了，前代主"浑"论者说"句中有'眼'，为诗之一病"，故不许凿开"浑沌"。实则"浑沌死"，而后心智生，"境界"出。一味求"浑"，未必有利于艺术、诗词境界的发展。

——《"合乎自然"与"邻于理想"试解》，《古代文艺理论研究》第 4 辑，1981 年 10 月。

施议对：

王国维同意晁氏评语，以为全词皆绝妙，而一个"出"字，尤为绝妙。但他认为，欧词用"出"字是从冯延巳那里学来的，想以此为依据，说明冯延巳如何开北宋一代风气。其实，欧词中这一个"出"字，未必出自冯延巳，龙榆生指出："唐王摩诘《寒食城东即事诗》云：'蹴踘屡过飞鸟上，秋千竞出垂杨里。'欧公用'出'字，盖本此。"（《唐宋名家词选》第 72 页）在龙榆生之前，徐釚也曾揭示这一事实，并说：晁所记，乃"偶忘之"也。（《词苑丛谈》卷四）王国维将这一"出"字的创作权归于冯延巳，并非缺考，而是为了说明欧阳永叔学冯正中的观点。

——《人间词话译注》，广西教育出版社，1990 年 4 月，第 38 页。

彭玉平：

王国维的词论本质上是对传统文论的一种继承、改造、综合和提高。然龙榆生《唐宋名家词选》、饶宗颐《〈人间词话〉平议》

引彭孙通《词藻》卷三已考订唐代王维即有"秋千竞出垂杨里"诗句，则冯、欧语或皆当溯源于此。但对比而言，王维诗中一"竞"字，体现出强烈的动态特征，这是冯延巳和欧阳修都不及的；但王维诗仅有垂杨和秋千两个意象，而冯延巳和欧阳修的词则增加了墙或楼的意象，显得更为丰富。就冯延巳和欧阳修两人而论，冯延巳词的三个意象比较散，柳与画墙的关系不明朗，而欧阳修的"绿杨楼"三字将杨柳与楼的紧密关系明确说出，意象更为集中。

——《人间词话疏证》，中华书局，2011 年 4 月，第 145—146 页。

二二　永叔、少游词品

梅圣（原误作"舜"）俞《苏幕遮》词："落尽梨花春事（当作"又"）了。满地斜（当作"残"）阳，翠色和烟老。"刘融斋谓：少游一生专学此种。余谓：冯正中《玉楼春》词："芳菲次第长相续。自是情多无处足。尊前百计得春归，莫为伤春眉黛蹙。"永叔一生似专学此种。

【别叙】

这一则说词人词品，也说词学师承。涉及秦观、欧阳修词之词品及学缘探讨，也涉及王国维本人的词论学缘关系。王国维于此论析秦观、欧阳修，采用的方法不一样。对秦观词，不做正面的评述，而是直接引用刘熙载评秦观词的话，借以说秦观一生专学梅圣俞《苏幕遮》一类词的路数。接着，王国维套用刘熙载的说词方式来说欧阳修词，认为欧阳修一生专学冯延巳《玉楼春》一类词的作法。从表面上看，是对秦观、欧阳修词作的追根溯源；从深层上看，王国维以刘熙载的评论方法来说词家词品，是"对刘熙载论词方式的一种推扬"（彭玉平）。再，王国维、刘熙载二人所言，大致道明秦观、欧阳修词之渊源，同时对于其中品象，虽没有明确点出，实则有理路可寻。

【集评】

詹安泰：

其实，这只看到他（欧阳修）的词的一面，数量较多的继承文人词的一面，而没有看到他的数量较少然而更重要的汲取民间词和具有创造性的一面。就流传下来的他的词集（《欧阳文忠公近体乐府》《醉翁琴趣外编》）看，其中有两套《渔家傲》共二十四首，分咏十二个月的节气风习；《采桑子》"轻舟短棹西湖好"以下十首，描绘游览西湖的景物情事，都是运用民间流行的"定格联章"（姑用任二北在《敦煌曲校录》中的名称）的形式，这都是《花间集》和南唐词所没有的。又，魏泰《东轩笔录》载："范希文守边日，作《渔家傲》乐歌数阕，皆以'塞下秋来'为首句，颇述边镇之劳苦，永叔尝呼为穷塞主之词。及王尚书戍守平凉，永叔亦作《渔家傲》一词以送之，其断章曰：'战胜归来飞捷奏，倾贺酒，玉阶遥献南山寿。'顾谓王曰：'此真元帅之事也。'"（《渔隐丛话前集》卷二十九引）这说明他还不是把词的内容仅仅局限在写私生活，有时也可以把它赠送负责国家大事的人物和表达自己爱国的心愿。这都是他有意或无意地把词的内容和形式逐步扩展的事实。尽管他没有提出革新词的主张，他词里还明显地保存着传统的一套，可是，这是他的词的新鲜血液，是值得我们注意的。

——《简论晏欧词的艺术风格》（原载《大公报》，1966 年），《宋词散论》，广东人民出版社，1980 年 11 月，第 191 页。

施蛰存：

混入《阳春集》诸词，皆佳作也。欧阳修十六首尤婉丽缠绵，前人选冯延巳词辄以欧阳诸作当之。朱竹垞《词综》取冯词二十首，其中八首为欧阳所作，一首为韦庄词，一首为张泌词。韦、张二词均见于《花间集》，以朱竹垞之博闻慎学，乃亦信《花间集》中有冯词误入，此不可解也。张惠言《词选》取冯延巳词五首。其《蝶恋花》三首，《清平乐》一首，皆欧阳修所作，《虞美人》一首虽是冯作，非其佳者。周济《词辨》取冯词五首，其《蝶恋花》四首皆欧阳修所作，《浣溪沙》一首则《花间集》中张泌之词也。陈亦峰《白雨斋词话》盛称冯延巳《蝶恋花》四首，以为"极沉郁之致，穷顿挫之妙，情词悱恻，可群可怨"，此四首实亦欧阳修词也。王国维《人间词话》云："冯正中《玉楼春》词'芳菲次第长相续'云云，永叔一生似专学此种。"乃不悟此词正是欧阳修作也。观乎此，可知历来评论冯延巳词者，皆未识冯词真面目也。

——《读冯延巳词札记》，《上海师范大学学报》，1979 年 10 月，第 3 期。

陈兼与：

《玉楼春》一词，又是一重公案，既未见《阳春集》，又载于《欧阳文忠公近体乐府》，当为欧作无疑。《尊前集》题为冯延巳词，不知何所依据？先生但据《尊前集》而定为冯作，似欠深考，谓欧学正中此体，不知正为欧作也。

——《〈人间词话〉述评》，《词学》第 1 辑，华东师范大学出版社，1981 年 11 月，第 205—206 页。

施议对：

王国维说欧阳修、秦观词品，仅说明其渊源，未说明其不同之处；据刘熙载论欧秦二家词，其词品是否可以"深""幽"二字加以概括，即欧公学冯延巳"得其深"，少游与小山同是古之伤心人，而少游"幽趣则过之"。

——《人间词话译注》，广西教育出版社，1990 年 4 月，第 40 页。

刘锋杰、章池：

梅尧臣《苏幕遮》以拟人化手法，委婉曲折地描绘了春草的姿态特性，在清新之上涂有凄迷之色，用浑朴语言表现了秀丽的意境，如其所主张的"状难写之景如在目前，含不尽之意见于言外"。秦观词以写情、愁见长，但所写不失淡然本色，又往往凄婉动人。秦词中"斜阳外，寒鸦数点，流水绕孤村"（《满庭芳》），"碧野

朱桥当日事，人不见，水空流"（《江城子》），"可堪孤馆闭春寒，
杜鹃声里斜阳暮"（《踏莎行》），颇近梅词"落尽梨花春又了。满
地残阳，翠色和烟老"的境界。但秦观词比梅尧臣更细腻更深入。
而欧阳修词与冯延巳词的关系，王国维不止一次提及。所谓冯延巳
词开北宋一代风气，包括影响了欧阳修。在洗刷唐五代词的脂粉
气，使词向清疏峻洁明快的风格发展方面，欧阳与冯延巳之间有一
脉相承之处。

——《人间词话百年解评》，黄山书社，2002 年 11 月，第
118 页。

彭玉平：

王国维由刘熙载此论而转论欧阳修师法冯延巳的问题，不仅是
对刘熙载论词方式的一种推扬，而且是对欧阳修与冯延巳在情感上
的相似性的一种确证。其实此前的刘熙载已经在《艺概词·曲概》
中认为欧阳修是深得冯延巳的"深"的，也就是对自然、人生的看
法比较深邃之意。冯延巳的这首《玉楼春》从一般人的伤春情绪中
转出，认为自然季节更替乃是普遍规律，既然盼得春来，自然要送
得春去，世人对这一"来"一"去"，应该坦诚对待才是。冯延巳
自然平和的心境对于欧阳修产生了影响，欧阳修的《采桑子》组词
写晚年退居颍州心境，也是如此。如"群芳过后西湖好"，就体现
了不同寻常的暮春心态。不过，王国维说欧阳修一生"专学"此
种，似乎也言之过甚了。

——《人间词话疏证》，中华书局，2011 年 4 月，第 236 页。

二三　正中咏春草词

人知和靖《点绛唇》、圣（原误作"舜"）俞《苏
幕遮》、永叔《少年游（原脱"游"）》三阕为咏春草
绝调，不知先有正中"细雨湿流光"五字，皆能摄春草

之魂者也。

【别叙】

　　这一则，王国维借着对诸家咏春草词的评价，来推尊冯延巳词。具体来说，王国维肯定林逋《点绛唇》、梅尧臣《苏幕遮》、欧阳修《少年游》三阕为咏春草绝调，同时又指出，在林逋、梅尧臣、欧阳修之前，冯延巳已有以"细雨湿流光"五字来咏春草的词作。就四人之词，王国维认为均能摄春草之魂。摄，引持也，从手聂声，谓引进而持之（《说文解字注》）。将"摄"引之喻文学创作，意指"传魂"，即通过艺术加工，将春草的内在精神意态加以客观化的传达与表现。

【集评】

　　萧涤非：

　　正中《南乡子》词"细雨湿流光"，《人间词话》谓五字能摄春草之魂。《蜀中诗话》以此语为本孙光宪词"一庭疏雨湿春愁"。余按二人同出一诗，决非相为剽窃。《诗话》盖误以冯词为后主作耳。王维诗"清风细云湿梅花"，又"草色全经细雨湿"，冯词岂无所承？特有冰水青蓝之妙。

　　——《读词星语》，《清华周刊》第 32 卷第 2 期，1929 年 10 月。

　　詹安泰：

　　写景言情，分之为二，合之则一。善言情者，但写景而情在其中，善写景者亦然，景中无情，感人必浅，其能摇荡心魂者，即景亦情也。温飞卿之"江上柳如烟，雁飞残月天"，孙孟文（光宪）之"片帆天际闪孤光"，冯正中（延巳）之"细雨湿流光"，何尝不是景语，而情味浓至，使人低回不尽。作令词固当会此，读令词亦亦当会此。

　　——《读词偶记》，《光明日报》，1957 年 2 月 24 日。

　　冯友兰：

　　王国维很欣赏冯延巳写春草的那一句词"细雨湿流光"，认为这是"摄春草之魂"。春草本来是没有魂的，所谓春草之魂就是词人的意境。这一句不但写了春草，也写了作者的感情。

——《中国近代美学的奠基人——王国维》，《中国哲学史新编》（第六册），人民出版社，1962 年 9 月，第 193 页。

佛　雏：

所谓"魂"与"神理"，其实都指以"春草"与"荷"的某一侧面，代表各自的全体族类之一种"永恒的形式"，充分显示各自的内在"本质力量"之一种"单一的感性图画"，简言之，就是"理念"。"细雨湿流光"五字何以"能摄春草之魂"？此"五字"似从唐人"草色全经细雨湿"句（演化）而来。大抵春草得"细雨"而愈怒茁、愈碧润，远望千里如茵，"光"影"流"动，若与天接，值"落花""残春"之际，独俨然为"春色主"。"五字"画出了"春草"的无可遏抑的蓬勃生机，恣意滋蔓的自由态势，即此便是"春草"（作为一种具有强大繁殖力与蔓延力的草本植物）本身的"使自己得到客观化的那种本质力量"——理念了，即是"春草之魂"了。

——《"合乎自然"与"邻于理想"试解》，《古代文艺理论研究》第 4 辑，1981 年 10 月。

邱世友：

王氏又云："'细雨湿流光'五字，皆能摄春草之魂。"论者以为从王维"草色全经细雨湿"演化而来。相较论之，右丞（王维）诗质朴，正中词趣妙。雨后流光掩映草色，分外明丽，呈现着一片生机，得芳草的自然体姿，从而惹起王孙不归之恨，所以王氏谓"能摄春草之魂"。右丞诗虽说细雨滋润草色，有生机之意，但无流光掩映，少空灵之趣。诗词分域，于此可悟。王氏还认为写景体物之真，以感情之真为先决条件，这是前面说过的。若无感情之真，体物便不能侔于造化，如事物本身那样，真切自然，得其神理，摄其精魂。这样强调主观感情的真实性在描写事物中的作用，是王氏第一个明确提出来的，认为是在作者的生活遭遇中所形成的。

——《王国维论词的境界》，《词学》第 13 辑，华东师范大学出版社，2001 年 11 月，第 208 页。

李铎：

正因为气象论源于对境界的质和量的分析，所以气象是以境界为前提的，如果把它归为风格的话，它便是境界的创造者——诗人的精神在境界中体现并影响到整个艺术作品的艺术风格。

"气象"不是从形式、关系方面分析而得出的，因而，与这些方面分析而得出的概念也就不同，诗的描绘对象相近，气象可以相当，如第23则说：……尽管从审美感受上看，有些是"有我之境"的壮美，有些是"无我之境"的优美，但从其表现深度上看，其气象可以相近。

——《论王国维的"气象"》，《济南大学学报》，2005年1月，第1期。

罗钢：

王国维赞赏的冯延己的"细雨湿流光"的"流光"，周邦彦"水面清圆，一一风荷举"的"举"字，都是两句词中的点睛之笔：王国维赞扬这两句词"能摄春草之魂""能得荷之神理"，并不是如佛维等所说，因为其揭示了叔本华所谓物之固定不变的理念，而是因为它通过一种动感，展现了对象的蓬勃的力量和生机。朱光潜指出，移情说与内摹仿说的一个区别在于，移情说侧重表现的是由我及物的一方面，而内摹仿说侧重表现的是由物及我的一方面。

——《著一"闹"字，而境界全出——王国维"境界说"探源之三》，《文艺研究》，2006年3月，第3期。

彭玉平：

如果说初刊本第7则重在对景物的动态刻画的话，初刊本第23则就是在静态刻画中彰显外物之神韵之例了。在王国维看来，林逋、梅尧臣、欧阳修写春草的词固然各有风韵，但不如冯延己"细雨湿流光"来得动人心魄，原因是此五字将春草之魂表达得淋漓尽致。春草平时风尘相扰，其自然光泽便不免为其掩盖，而细雨清洗，不仅将灰尘清洗干净，而且因为是"细"雨，所以才有可能是"流"光，若是大雨倾盆，则草叶翻飞，其光影也就闪烁不定了。所以"细雨湿流光"不仅写出细雨中草的神韵，而且也符合逻辑。草叶细雨静流、光影灼灼的形状如在目前。王国维通过这两则其实要表达的是无论是动态还是静态，都要能够传达出外物之神韵，才是具有了一种文学之境界。

——《"境界"说与王国维之语源与语境》，《文史哲》，2012 年 3 月，第 3 期。

二四　风人深致

《诗·蒹葭》一篇，最得风人深致。晏同叔之"昨夜西风凋碧树。独上高楼，望尽天涯路"，意颇近之。但一洒落，一悲壮耳。

【别叙】

这一则说"风人深致"问题。王国维认为，《诗经》中的《蒹葭》一诗，最能展现"风人深致"，又以晏殊的《蝶恋花》作比，认为二者所表现的"风人深致"相接近，只是一表现为洒落、一表现为悲壮。何为"风人深致"？首先就"风人"看，《诗经》序有云：风，风也，教也。又云：风以动之，教以化之。为此，所谓"风人"，当即诗人、骚人之意，是王国维词话中另一与"诗人"相对举的名称①。而"风人深致"，一说词作的情致本身，一说情致的如何表现问题，既说内容，也说形式，又说诗人表现情致、情感之手法。何以见得？所举《蒹葭》、晏殊《蝶恋花》，以诗人之情致、情感解，均显示出目标和现实的距离，并寄寓诗人的态度：无论目标即使可望而不可即，却不放弃；以诗人表现情致、情感之手法解，则表现为"一唱三叹"而又有

---

① 王国维词话中，例如"政治家之眼"、"诗人之眼"之说，亦是一组相对举的名称。

"象外之象，言外之意"（万云骏）、"寄兴深微"（邱世友）。此则置于《人间词话》手稿的开篇第一则，从中或可一探王国维之念想与心志。

【集评】

李长之：

同是一样的情境，然而终有分别的，即在作者个性。故："诗《蒹葭》一篇最得风人深致。晏同叔之'昨夜西风凋碧树，独上高楼，望尽天涯路'，意颇近之。但一洒落，一悲壮耳。"我以为这是中国印象批评的极致，确乎是中国所特有而作了几千百年的传统了的。这种方法，是由作品中得到作者的个性，由作者的个性以了解作品，所得的遂是不分作品不分作者的一种混同的印象，复由经济的艺术的字眼而表现之。流弊当然是大的，因为容易骗人，也容易自己受骗。原故在很容易流入不确切而模糊。没有鉴赏天才的人，也可以说出似是而非的话，争论起来，又往往都不着边际。不过，王国维却确是保持了那好处，而没染上毛病的。

——《王国维文艺批评著作批判》，《文学季刊》创刊号，1934 年 1 月。

万云骏：

"隔"就是隐，就是表现象外之象，言外之意，读者一时不容易把握，因此说是"隔"。殊不知从诗词意象的审美特质来看，"隔"正所以表现它们的烟水迷离之致。"隔"如何造成？正由于形象的"间隔化"，宗白华说："唐代李商隐的诗，则可以说是一种'隔'的美。"（《美学散步》）由于王国维的诗词鉴赏能力颇高，所以他虽在理论上否定了"隔"的美，但在实际上对具有"间隔化"的美的诗词句子，还是能欣赏的。如《诗·蒹葭》一篇，王氏说它最得风人深致。这诗所以说"最风人之致"，主要表现在诗人追寻他日夜思念的伊人，有迷濛的秋水为隔，因此在行动上是可望而不可即，在思想上则充分表现了他迷离惝恍之情。似乎无从望见，但又仿佛可以望见。像这样的诗就可以说是属于"隐"

而不是属于"秀"。因为蒹葭白露，渺茫无际的秋水，那是写景上的一片迷离；而溯洄溯游，若远若近，则是行动上夷犹不定；又道阻且长，似乎求之不得，而宛在水中央，则又似求之可得，这是诗人心理上的游移不定。可以断言，这首诗的佳处是"隐"而不是"秀"，王国维所谓风人之致，除一唱三叹（此诗选为三章）外，正表现在这些地方。

　　——《王国维〈人间词话〉"境界说"献疑》，《文学遗产》，1987 年 8 月，第 4 期。

　　叶嘉莹：

　　诗经之《蒹葭》一篇与上述晏殊的二句词，正好同样都是具有使读者产生"高举远慕"之情的作品，这大概便是《人间词话》既称《蒹葭》一篇有"风人深致"，又称晏殊的二句词"意颇近之"的原故了。至于何以二者间又有"一悲壮"、"一洒落"的区别，则我们也可以从《人间词话》中找到一些足资参考的说法。《人间词话》曾提出过"有我"与"无我"的二种境界，又曾说有我之境所表现的多为"悲壮"之情，无我之境则多为"优美"之情。如以上引晏殊词与《诗经·蒹葭》篇相较，便可发现晏殊所用的"凋"、"独上"、"望尽"等字，都不仅雄壮有力，且这些动词亦都隐含一种与外物对立的类似"有我之境"的意味。可是《蒹葭》一篇则所用的"苍苍"、"凄凄"、"采采"等对物的叙写，与"溯回"、"溯游"等对人的叙写，都较为平和从容，并无人与物对立的明显迹象。其所表现的只是一种飘渺恍惚的追寻而已，而且在渺茫中还颇有一种潇洒之致，这可能乃是其所以被静安先生认为"洒落"，而不同于晏殊词之"悲壮"的原故。

　　——《王国维及其文学批评》，广东人民出版社，1982 年 9 月，第 291 页。

　　施议对：

　　《诗经·蒹葭》是流传于秦地的一首情歌。朱熹说此诗，指出它"言秋水方盛时，所谓彼人者，乃在水之一方，上下求之而皆不得。然不知其所指。"（《诗集传》）仍然把它当作一首爱情诗看待。王国维谓其"最得风人深致"，并以晏同叔的《鹊踏枝》中的"昨夜西风凋碧树。独上高楼，望尽天涯路"。一处用以说"风人深致"，一处用以说"诗人之忧生"情怀，一处用以说成就大事业、大学问必须经历三种境界之第一种境界。晏同叔这首词，原是一首抒写离别相思的爱情词（或念远词），而王国维并不仅仅把它看作是一首爱情词。可见，王国维论诗说词似比朱熹更进一步。朱熹说《蒹葭》"不知其所指"，王国维则认为，其所指就在于"风人深致"。因此，如果将一诗一词合在一起看，就可发现，王国维所谓"风人深致"，除了指诗章具有一唱三叹的艺术妙趣之外，就是指一往情深、执着追求的精神。但是，王国维认为，所谓"风人深致"，在诗中及词中的表现形式，即情致，是不同的：一洒落，一悲壮。洒落，即洒脱。悲壮，当与第五则所说"宏壮"近似。《蒹葭》篇中，"所谓伊人，在水一方"，一次又一次上下追求，虽一再受到阻隔，但终究有个目标在。而《鹊踏枝》中的抒情主人公，虽望尽天涯路，伊人仍未可望。可能这就是造成洒落及悲壮两种不同情致的原因。

——《人间词话译注》，广西教育出版社，1990 年 4 月，第 43—44 页。

邱世友：

《诗经》秦风《蒹葭》篇，写深秋追恋情人的画面，水洄道阻，可望而不可即，惟秋水望穿，惆怅而已。然而，由于诗人寄兴深微，在具体的画面之外，在语言之外，寄寓美好事物和理想，也可望而不可即，这是诗的层深义。钱锺书先生所谓："善道可望难即，欲求不遂之致。"（《管锥编·毛诗正义》）王氏亦云："理想者，近而不可即。"（《红楼梦评论》第四章）在审美问题上，这也合乎深微之旨，而所谓"近而不浮，远而不尽"（司空图《与李生论诗书》）。王氏认为晏殊《蝶恋花》"昨夜"三句"意颇近之"者，即寄兴深微，与层深的意义相近。

——《王国维论词的境界》，《词学》第 13 辑，华东师范大学出版社，2001 年 11 月，第 204 页。

张海鸥：

与散体叙事文类相比，韵文叙事更注重诗意，词尤其如此。所谓诗意叙事，类似于王国维所谓"风人深致"，他所举《诗·蒹葭》和晏同叔之《鹊踏枝》，颇可说明诗意叙事之特征，即意境叙事、意象叙事、雅言叙事。

——《论词的叙事性》，《中国社会科学》，2004 年 3 月，第 2 期。

彭玉平：

《蒹葭》是一首情歌，虽然"道阻且长""且跻""且右"，主人公依然"溯游""溯洄从之"，所谓"风人深致"大约正是指情致之深。王国维认为在情致之深方面，晏殊这几句与之意思接近，但两者仍有洒落与悲壮的区别。盖《蒹葭》虽兼有情深之苦和追求之苦，但所谓伊人"宛在水中央""宛在水中坻""宛在水中沚"，始终有一个虚幻的对象可供自我安慰；而晏殊的这三句只是写了"望尽"的形象，其"天涯路"的尽头是否有个虚幻的对象，则在文中没有给出一个明确的答案。《蒹葭》之洒落，晏殊之悲壮，盖缘于此。

——《"借古人之境界为我之境界"——王国维"三种境界"说新论》，《中山大学学报》，2005 年 8 月，第 4 期。

钱鸿瑛：

晏殊虽身处高位，但并不重视物质生活的享乐；而是一位内心丰富、理智清醒、极富精神生活又善于思索的智者。他敏感、细腻、理性、执著、不断追求。他从生命感悟出发，忧惧自然时序的递嬗、流光的迅疾和个体生命的短促，对人生苦苦反思和探索，却又茫然找不到答案，真是"望尽天涯路"。终于，数百年后另一位智者王国维，与晏殊有了电光火石的相通，定格晏词为哲理性的"忧生"，这使《珠玉词》的"千回百折，哀感无端"拥有了深邃的内涵，供后世玩赏不尽。

——《千回百折　哀感无端——晏殊词风格探微》，《北京大学学报》，2012 年 1 月，第 1 期。

二五　忧生与忧世

"我瞻四方，蹙蹙靡所骋。"诗人之忧生也。"昨夜西风凋碧树。独上高楼，望尽天涯路"似之。"终日驰车走，不见所问津。"诗人之忧世也。"百草千花寒食路。香车系在谁家树"似之。

【别叙】

忧生与忧世，是两种不同的价值取向。忧，心动也，从心，尤声。忧生，是对生命感到忧虑；忧世，是为时世或世事而生发的忧虑。如果说，忧生是为己，体现更多一己生命意识的话，那么，忧世为时为世，体现着更多现世的关怀，也更多政治的、意识形态的思考。然而，忧世会随着改朝换代、世事反复而变化，忧生却是因着人类的存在而亘古不变的。刘石认为，王国维将"忧生"与"忧世"的情感观拓展到汉末古诗乃至宋词，并将其引入了到"境界"说中，开创了以"人生"论词的批评模式。而蒋永青另外指出：从王国维解读"我瞻四方，蹙蹙靡所骋"一句看，这些在许多人认为未必就是写"忧生"与"忧世"的诗词，王国维则强调其为"忧生"之诗，可见在王国维看来，除了从审美角度去解读这首诗之外，"也是在强调'境界'说的伦理与知识维度"①。

【集评】

陈鸿祥：

把我国第一部诗歌总集《诗经》以来，近三千年的诗词，更广

① 蒋永青：《从"审美"视域走向"境界"——论王国维的"知力意志"说》，《思想战线》，2001 年 8 月，第 4 期。

而言之，是文学之对人生的反映，概括为"忧生"与"忧世"，这就是王国维所称"人间"的本意，就是他命名其词话为"人间"的最简明而清晰的自我概括，也是他自填词中反复吟咏的"人间"二字的主题所在。

——《〈人间词话〉三考》，《文艺理论研究》，1981 年 5 月，第 3 期。

邱世友：

正中《蝶恋花》"百草千花寒食路，香车系在谁家树。"（四印斋本《阳春集》又作欧阳修词）王静安评云："诗人之忧生也。"又："心若垂杨千万缕，水阔花飞，梦断巫山路。"亦不无忧生之慨。忧生念乱，其词境迷离惝恍，不可言状，而言外有无穷之意，在于可知不可知之间。这当然是由于政治上的原因如党派斗争和国蹙不能匡救，也出于艺术上的旨隐辞微的要求，总的说来是词的"意内言外"的特性所规定的。

——《冯煦的词论》，《文学遗产》，1986 年 6 月，第 6 期。

佛 雏：

他所谓"忧生""忧世"以及"悲欢离合羁旅行役之感"，均不带任何特定时代意味，是个"通古今而观之"的纯粹的"忧"与"感"，同时又须是"自己之感"。也正因此，王氏对赵佶《燕山亭》词相当贬抑；而李煜词，在他看，则仿佛突破了"一己之感情"，而进入了"人类之感情"。故王氏赏其"自是人生长恨水长东"之句，称其"担荷人类罪恶之意"。这跟叔氏所谓诗反映"全人类内在本性"即"人的理念"说是完全一致的。叔氏云：处在相同境遇中的人们，"从这些诗（按指杰出的抒情诗）中发现它（按，人类内在本性）的真切的表现。因为这些境遇经常重复出现，如同人类本身一样是永久的，所以总是唤起相同的感受，真正诗人的抒情的创作经过数千年而仍保持其真实、有力与新鲜。"所谓"人类之感情"也主要指那个罪恶的生活意志、欲望所必然引起的"人生长恨"，以及作为这种"长恨"之插曲的短暂的欢乐。诗人的任务即在对此"永久的"人类感情或本性，作出"真切的表现"。

　　——《王国维诗学研究》，北京大学出版社，1987 年 6 月，第199 页。

马正平：

　　王氏这里讲的"忧生"、"忧世"的审美思维状态就是"入乎其内"、"出乎其外"两种审美态度的典型。这里的"忧"的情感状态就是所谓"入乎其内"的理想状态，一方面，因诗人"忧"思，关爱，故能"入"于对象（人生、人世）之"内"；另一方面，诗人对人生、生命之"忧"——"忧生"——本身就是一种超越了形而下层面"自道身世之戚"的小气、狭隘的心胸欲望，而进入了形而上的对诗人个体的生命、生存状态的忧虑之境；而诗人对人生、人类的"忧"思——"忧世"——则又是超越了对个体生命之"忧"（即忧生）的境界，而进入了对人类的生命生存状态的关爱与忧思，进一步，乃至进入对自然，对宇宙的生命生存的关怀。总之，对生命生存和人类宇宙自然的"忧"的情感态度，就是"入乎其内"；而"忧"的对象是生命生存和人类宇宙自然的生命生存时，这就是"出乎其外"。应该注意的是，这则词话实际上是对《人间词话》手稿第 1 则词话的拓展、超越，本身就是一种"出乎其外"的思维轨迹。因第 1 则词话实际讲的只是"忧生"的问题，而本则不仅将第 1 则讲的主旨——"忧生"——点出，而且还讲了"忧世"的问题。这里，首先是一种升华，然后才是一种整合。

　　——《生命的空间——〈人间词话〉的当代解读》，中国社会科学出版社，2000 年 1 月，第 97—98 页。

蒋永青：

　　按照王国维的境界分类，这些"忧生"、"忧世"之作都应该属于"有我之境"。得到这样的境界，当然要超出个人自己的忧虑而与天下之忧共忧；在这个意义上，叔本华的"理念"论是可取的；因为要达到人生的某种"理念"之"静"，是能够"与天下之忧共忧"的逻辑前提。但是这并非意味着一定要"驱走"个人的忧虑才可忧天下之忧，从而达到某种"理念"。反过来看，如果与个人无关痛痒，又何以可能与天下之忧"共忧"呢？个人之忧可能无关于天下之忧，但是这并不意味着其中不能有天下之忧；也就是说，个人之忧中含有某种可与天下相通的深度，达到了这种深度并非意味着排除了主体的"意志"，而应该是主体的意志超出了个人的局限而与天下之意志同忧共乐的境界。这样来理解王国维的"有我之境，由于动之静时得之"就不是因静而弃"动"，而是因"静"而使"动"变成了"静"之"动"，"静之动"不同于"不静之动"，也不是"唯静而无动"；而是动静一体，"我"亦在其中，从而构成"诗人之忧生"及"忧生"的"有我之境"。这里的"忧生"及"忧世"的"主体"就不能说是叔本华的"纯粹无欲之静观"；倘若"无欲"，又何"忧"之有呢？"忧生"与"忧世"之所以值得咏叹，不是因为主体"无欲"，而是由于主体之"欲"进入了通达"天下之欲"的深度与广度。

——《境界之"真"——王国维境界说研究》，中国社会科学出版社，2001年7月，第58—59页。

曹辛华：

在《人间词话》中，王国维还进一步从文学表现人生的角度确立了自己的"忧生"、"忧世"的审美情感观，从而突破了传统那种政治伦理的情感观。其本编第25则说："'我瞻彼四方，蹙蹙靡所骋'，诗人之忧生也，'昨夜西风凋碧树，独上高楼，望尽天涯路'似之；'终日驰车走，不见所问津'，诗人之忧世也。'百草千花寒食路，香车系在谁家树'似之。"他这种以词中忧生、忧世句子来比类《诗经》的方式似本自刘熙载《艺概》。刘氏曾说道："大雅之变，具忧世之怀，小雅之变，多忧生之意。"由于儒家思想的强大作用，忧生情感的存在价值多为古人忽视，忧世被作为忧患意识的主要内容，也是至刘氏才首次将忧生与忧世对举。但他的这一发现仅局限于变风变雅的情感表达上。王国维则将"忧生"与"忧世"的情感观拓展到汉末古诗乃至宋词，并将其引入了其"境界"说中，开创了以"人生"论词的批评模式。

——黄霖主编，曹辛华著：《20世纪中国古代文学研究史》（词学卷），中国出版集团，2006年1月，第118页。

二六　成就大事业大学问的三种境界

　　古今之作大事业、大学问者，必经过三种之境界：
"昨夜西风凋碧树。独上高楼，望尽天涯路。"此第一境
也。"衣带渐宽终不悔。为伊消得人憔悴。"此第二境
也。"众里寻他千百度，回头蓦见（当作"蓦然回
首"），那人正（当作"却"）在，灯火阑珊处。"此
第三境也。此等语皆非大词人不能道。然遽以此意解释
诸词，恐为晏、欧诸公所不许也。

【别叙】
　　这一则，王国维提出了三种境界之说。所谓成就大事业、大学
问的"三种境界"，靳德峻笺证、蒲菁补笺的《人间词话》一书
中，曾指出王国维本人原意："先生（王国维）谓第一境即所谓世
无明王，栖栖皇皇者。第二境是知其不可而为之。第三境非'归与
归与'之叹与。"① 而学界对三种境界说的理解，有的侧重从时间
的维度进行理解，将"三种境界"理解为历程、程序，表示三种必
经之阶段，以之借寓词的创作问题（詹安泰），也有的以之借寓人
生追求的精神状态（徐复观），亦有的侧重于空间、品级角度进行
强调，将之理解为词人三品说（彭玉平）②，等等。然而，由于王
国维所用是一种比喻，其能指及所指，实际已大大超越蒲菁所叙，
也已超出了说词的范围，富有了深厚的哲学思考与丰富的象征蕴
义，为此，王国维于此则最后一句中，对于自己所借用表达三种境

① 靳德峻笺证，蒲菁补笺：《人间词话》，四川人民出版社，1981 年 9 月，第
　32—33 页。
② 彭玉平：《人间词话疏证》，中华书局，2011 年 4 月，第 91 页。

界的解说，也自道说"恐为晏、欧诸公所不许也"，即表明：自己所解释如上词句的意思，恐怕是要遭到词作者本人的反对。可见，之所以有不同角度的解说，正在于王国维关于"三种境界"的论说，所使用的虽然是具体形象，但其中的意境概念，显然已经"具有普遍意义"（聂振斌）。

【集评】

詹安泰：

此虽以词境喻人事，为成大学问成大事业者所必经之历程，然余以为就词论词，举凡词境之完成，亦有三种必经之阶段。情趣之由情趣之发生到事象表现以前，其经过之程序，大都不出下列三种：

第一，感受　词人为词，不问其为阅览景物时有所感触，抑枯坐时心波自动，抑受情事映照而有所追忆，总必由"感受"作起点。此起点有媒介作用，必有此媒介作用而后始能起相应作用；否则根本即无词心之可言。然苟仅有此起点，则词境仍无从完成，每有情景甚佳，大可为词，而偶起即逝，卒不能构成词境者，即仅有感受而无持续及其他作用之故，故必继之以"酝造"。

第二，酝造　酝造者，将既得之感受持续而又加增与此有关之观感以使内蕴更为深广也。词境常较诗境为复杂，又较诗境为婉曲，故其境界构成之质素，不若诗境之简单。在小令，亦有较为简单犹诗中之绝句者，如唐五代之令词，不少即席写成或对景急就之作，然通类以观，究视诗境为复杂，慢词且以包蕴之质素愈多为愈可真。是以通常词家于即得之感受外，多运用其联想以造成复杂之境界。倘以单纯之境界足成定格，"换笔不换意"，是词家所忌，故诗家有笔直叙事纯作史传体或平铺直叙若考据文字者，在词中则未见其例，即苏、辛有意创体者，亦间有略同史评之作而已，不许过于平直也。酝造关系词境之优劣最大，刻意为词者，每当酝造词境时，真是精骛八极，心游万仞。无微不至，无远弗臻，故有一词之成，动经旬日者，其用心之苦可想。周止庵谓"北宋主乐章，故情景但取当前，无穷高极深之趣；南宋则文人弄笔，彼此争名，故变化益多，取材益富。"（《宋四家词选・序论》），此仅略加对比而言耳，北宋词虽不重纵一方面之高深，而其包蕴之宏富，在横一方面观之仍须苦心酝造也。

　　第三，别择　酝造既富，于是不能不有所别择。别择之标准，通常以联想所及者与初感受者是否适切以为断。然亦有兴之所以到而刺取最足动人之意境，为描写之对象而与初感不相影响者，如东坡《贺新郎》（乳燕飞华屋）首之过片"石榴半吐红巾蹙"以下及白石《凄凉犯》过片"追念西湖上"以下，其意境前后阔漠不相关，则因其在酝造词境时别有感受而又不忍割爱，遂亦不顾及境界之统一性而兼收并蓄也。类此等词，究属例外，普通词家，未敢尝试，即苏、姜集中亦所仅见。酝造之质素太杂时，总须顾及境界之统一性而加以别择，俾境界不太单薄又不至凌乱。

　　即有所感受，继以酝造而加之别择，词人之构境于是乎定，至是乃可以言表现矣。以已定之意境，益之以形相之表现，全词之境界于是乎完成。

　　——《词境新诠》，《文教》，1947 年第 1 期，第 103 页。

徐复观：

"昨夜西风凋碧树"等句，固然是写景。但王氏是要以此等句，来象征人生向前追求而有所自得的精神状态。所谓第一境，是指望道未见，起步向前追求的精神状态。第二境是指在追求中发愤忘食，乐以忘忧的精神状态。第三境是一旦忽然贯通的自得精神状态。所以王氏此处所用的"三种之境界"，与唐以来的传统用法相合，指的是精神境界，但这既不可谓之"景物"，也不可谓之"喜怒哀乐"。这在他的全书中也只好算是歧义。

　　——《王国维〈人间词话〉境界说试评》，《明报月刊》，1977 年 11 月。

聂振斌：

王国维之所以说余持此说，亦"恐晏、欧诸公所不许也"，主要是他援引的各句联缀在一起，与原词的完整意义脱离了联系，而产生了新意，赋予了王国维的悲观主义的哲学观点。要解释王国维的意思，必须联系他的整个世界观与人生态度，这是很复杂的，三言五语说不清楚。同时意境本来就是言有尽而意无穷，甚至是只可意会而不能言传。它向人们提供的是美的对象，而不同于科学的定义、界说、原理、公式，一加二一定等于三。所以笔者不想勉强而为之，并且是否清楚他的意思，与本文要说明的问题无关紧要。我援引他这段话，主要是说明他的意境概念具有普遍意义。它之所以具有普遍意义，就是因为它虽然是一种具体形象，但却是有限（形式）与无限（意蕴）、个别（个性）与一般（共性）的高度统一。它"在刹那中见终古，在微尘中显大千，在有限中寓无限"。

——《王国维文学思想述评》，辽宁大学出版社，1986 年 4 月，第 164 页。

王　苏：

我们再来看《坐禅三昧经》所载"四禅"（或称"四禅定"），初禅阶段，参禅者能排除烦恼、欲望的干扰，得到一种从烦暴的现实中脱身而出的喜悦；在二禅阶段，这种喜悦逐渐转化，成为身心的一种自然属性，达到"戒"（或言达无欲界），王国维的第一境"昨夜西风凋碧树。独上高楼，望尽天涯路"与之很相象。"西风"、"凋碧树"这种烦暴的现实，使人有无尽的烦恼从而产生欲望，只有"独上高楼"才能排除干扰，从现实中解脱出来。而"望尽天涯路"则是从现实中解脱后的心理暂时平衡，是作为解脱自然属性的转化和固定。在三禅阶段，这种还带有事物色彩的喜悦消失了，只留下内在的、纯净的、自然的乐趣。表现为王国维的第二境"衣带渐宽终不悔，为伊消得人憔悴。"从"凋碧树"的自然实现，转化为人自身变化"衣带渐宽"、"人憔悴"，从而"独上高楼，望尽天涯路"带有事物色彩的喜悦消失，到"入定"（或言无色界）。在平静、纯净、自然的乐趣中寻求寄托，但这不仅是一种寄托，而是更高的乐趣。到了四禅阶段，这种乐趣也归于无有，遂达到了无欲、无念、无喜无忧的境界，得到了澄澈透明的智慧。静庵先生的第三境正表达了得到"慧"（或言无欲无色界），获得智慧的"顿悟"。"众里寻他千百度"表达了"慧"的艰辛，"回头蓦见，那人正在灯火阑珊处"无疑是智慧的"顿悟"。

——《王国维"境界说"的禅宗意蕴》，《中州学刊》，1990 年 6 月，第 3 期。

蒋永青:

这是在进一步谈人生与"境界"的关系。在王国维看来,他的"境界"说与前人文艺观的不同,正是在于他不是仅仅立于政治或美学等哪一个角度,而是落实到了"人生"这个知识、伦理与情感三者皆不可或缺的领域。在王国维看来,"完全之人物不可不备真美善之三德","古今之成大事业大学问者"也须如此。这种"备真美善之三德"为一体之域,就是他所拈出的"境界";其中,尤以真与善为贵。

——《从"审美"视域走向"境界"——论王国维的"知力意志"说》,《思想战线》,2001年8月,第4期。

邱世友:

三词所体现的三种境界,王氏把它们联系起来说成成大事业大学问的三个层次。"昨夜"两句谓所望高远,义关方向。方向既定,则锲而不舍,憔悴而无恨,殉身而不悔。屈原所谓"亦吾心之所善兮,虽九死其犹未悔"(《离骚》)。直至灵感所发,豁然贯通,而蓦然惊见那所求者隐现于灯残冷寂之间。这时候一种快慰之情,悠然而生,禅家所谓悟人,沧浪所谓妙悟。《鹤林玉露》载某尼悟道诗云:"尽日寻春不见春,芒鞋踏破岭头云。归来笑把梅花嗅,春在枝头已十分。"词的境界,其寄兴深微,亦犹是已。王氏论三种境界的三个层次,就是凭借境界的这种特征,在广泛想象和联想的艺术空间,把握其普遍性而形成的。如谭献所说:"作者之用心未必然,而读者之用心何必不然。"(《复堂词录序》)晏欧(柳)诸人所为词,其用心未必如此,但从境界的普遍联系,从寄兴的艺术效果说,未尝不可以作这样的理解。前面说的风人深致,雅人深致,其道理也一样。由于王氏从普遍性来把握三种境界的三个层次的意义,可以避免张惠言寄托说的穿凿附会而重感兴。所以他说:"遽以此意解释诸词,恐为晏欧(柳)诸公所不许。"并非故作谦虚。

——《王国维论词的境界》,《词学》第13辑,华东师范大学出版社,2001年11月,第204—205页。

彭玉平:

王国维"三种境界"说的"自有境界",其逻辑基点是定位在包括文学在内的"大事业、大学问"方面，而到了《人间词话选》中，则又推广到"成就一切事"。正如王国维在《叔本华与尼采》一文中引叔本华语说："惟大诗人见他人之见解之肤浅，而此外尚多描写之余地，始知己能见人所不能见，而言人之所不能言。"王国维显然赞同叔本华的观点。在王国维的观念中，文学（主要指诗歌）与哲学堪称同科而异门，或者说本同而末异，他在《奏定经学科大学文学科大学章程书后》中说："特如文学中之诗歌一门，尤与哲学有同一之性质。其所欲解释者皆宇宙人生上根本之问题，不过其解释之方法，一直观的，一思考的：一顿悟的，一合理的耳。"按此理路，王国维虽谦称"三种境界""恐为晏欧诸公所不许"，但借文学以言说哲学，用以解释宇宙人生之根本问题，也具有深刻的洞察力。在王国维的内心深处，玩其文辞，解其思想，恐怕更多的是"见人所不能见，而言人之所不能言"的自得之心情在焉。解析"三种境界"说的言外之意，似乎正应从此着手。

——《"借古人之境界为我之境界"——王国维"三种境界"说新论》，《中山大学学报》，2005 年 8 月，第 4 期。

二七　欧阳修的《玉楼春》

永叔"人间（当作"生"）自是有情痴，此恨不关风与月""直须看尽洛城花，始与（当作"共"）东（当作"春"）风容易别"，于豪放之中有沉着之致，所以尤高。

【别叙】

　　豪放、沉着，是中国传统诗品中的专门用语，表示对两种不同的风格类别的评判。此则中所引"人生自是有情痴，此恨不关风与月"及"直须看尽洛城花，始共春风容易别"，皆是欧阳修《玉楼春》中的词句。词作中，欧阳修说人生别情，以为人生本来如此，多情善感与风月无关，但一定尽情、尽兴，将洛城的花看遍方可罢休。欧阳修当中话语，说得超脱而又决绝，王国维为此称赞其以豪放旷达语表沉着伤痛。然而，王国维所关注的，已不是一般的离情别绪，而是"表现了哲理"（孙维城），具有一种带有普遍意义的人生思考。

【集评】

周振甫：

谈到词的风格，他推重豪放沉着，说："永叔'人间自是有情痴，此恨不关风与月。''直须看尽洛城花，始与东风容易别。'于豪放之中有沉着之致，所以尤高。"这就超出于专讲婉约的一派，也超出于专讲豪放而不免粗疏的一派了。

——《〈人间词话〉初探》，《文汇报》，1962 年 7 月 8 日。

叶嘉莹：

欧阳修这一首《玉楼春》词，明明蕴含有很深重的离别的哀伤与春归的惆怅，然而他却偏偏在结尾写出了"直须看尽洛城花，始共春风容易别"的豪宕的句子。在这二句中，不仅其要把"洛城花"完全"看尽"，表现了一种遣玩的意兴，而且他所用的"直须"和"始共"等口吻也极为豪宕有力。然而"洛城花"却毕竟有"尽"，"春风"也毕竟要"别"，因此在豪宕之中又实在隐含了沉重的悲慨。所以王国维在《人间词话》中论及欧词此数句时，乃谓其"于豪放之中有沉着之致，所以尤高"。其实"豪放中有沉着之致"不仅道中了《玉楼春》这一首词这几句的好处，而且也恰好正说明了欧词风格中的一点主要的特色，那就是欧阳修在其赏爱之深情与沉重之悲慨两种情绪相摩荡之中，所产生出来的要想以遣玩之意兴挣脱沉痛之悲慨的一种既豪宕又沉着的力量。

——《论欧阳修〈玉楼春〉词一首》，《迦陵论词丛稿》（第四卷），河北教育出版社，1997 年 7 月，第 57 页。

施议对：

明明因为离别而充满了"恨"，偏偏说到洛城看花，尽兴游玩，似乎很旷达，很不在意，即很豪放，实则心中的"恨"仍很沉重。尤其是"直须"与"始共"，说得越是决绝，其怨恨情绪则更加沉重。

——《人间词话译注》，广西教育出版社，1990 年 4 月，第 49 页。

刘锋杰、章池：

词写离情别绪，这是很一般的几乎题材，难免有愁容惨咽、寸肠牢结一类的抒写，但毕竟有结句"直须看尽洛城花，始共东风容易别"的摆脱与豁达，遂使全词一振。故王国维用豪放评之，实不为过。至于说其豪放中有沉著之致，是看到了《玉楼春》也有委婉曲折的一面，蓄含的深情厚意不是以一览无余的方式展示的，因而能兼豪放与沉著的双重特色。王国维的豪放标准是与粗豪粗放不相关的，将深沉含蓄纳入其中，使王国维的豪放决非一味痛快与浅露直白。这种豪放是"天风浪浪，海山苍茫，真力弥满，万象在旁"，同时，也是"海风碧云，夜渚月明"、"脱巾独步，时闻鸟鸣"（钟嵘《诗品》），所以特高明，特动人，给人力，给人雄，给人大，给人惊，但又给人深，给人沉，给人秀，给人静。王国维的豪放是豪迈与深致的统一，仅偏于豪而已，与那种句豪意不豪、意豪神不豪者决不相类。

——《人间词话百年解评》，黄山书社，2002 年 11 月，第 134—135 页。

孙维城：

欧阳修《玉楼春》词还有一个值得注意之处，是表现了哲理，这应该说是晏殊词的特点，而不是欧词之所长。但哲理、思致与情感其实也是不可分的，当感情发抒到极致时，必然会议论，议论必有思致，欧阳修此词所议论的道理其实并不重要，重要的是这种议论表现了他的达观，这才是他词的另一特点，所以王国维说："永叔'人间自是有情痴，此恨不关风与月'。

'直须看尽洛城花，始与东风容易别'。于豪放之中有沉著之
致，所以尤高。"

——《欧阳修词：词的特质，诗的渊源》，《安庆师范学院学
报》，2003 年 5 月，第 3 期。

彭玉平：

此则以"豪放之中有沉著之致"评价其《玉楼春》，实际上也
有为欧阳修总体定论的意思。欧阳修此词言离别之情，但与一般人
多写伤感之情景和意兴不同，而是离别未至先言归期，故能写出一
种离别之豪情，既是风月无关情感，故洛城之花也就失去了对离别
之情的感召和渲染，前面的判断毫无疑问，"自是"、"不关"，语
断似铁，而有一种沉著的韵味；也正因为先有此沉著的断语，后面
的豪情始无障碍，"直须"、"看尽"，皆可见其豪兴的极致程度。
然如果一味豪兴勃发，便也不具自家面目，欧阳修毕竟肯定了"情
痴"的存在，也无法抛开"别"的话题，则豪兴当中也蕴绕着一
丝若隐若现的、暂时被冷置却无法消逝的离情，则回味沉思，也别
有一缕愁情升腾在心中。王国维揭出欧阳修的这一特色，其实也是
对此前他屡次提及的"深美闳约"、"深远之致"的一次再回应，
不过是将"沉著"融于"豪放"之中，与陈廷焯《白雨斋词话》
所提出的"沉郁顿挫"说颇可呼应。

——《人间词话疏证》，中华书局，2011 年 4 月，第 382—
383 页。

二八　淮海与小山

冯梦华《宋六十一家词选·序例》谓："淮海小山，
古之伤心人也。其淡语皆有味，浅语皆有致。"余谓此唯
淮海足以当之。小山矜贵有余，但可方驾子野、方回，
未足抗衡淮海也。

【别叙】

这一则说秦观、晏幾道词。冯煦认为，秦观、晏幾道二人词作，表现的皆是古之伤心情感，其词淡而有味，浅而有致。王国维援引冯煦此语提出不同意见，认为晏幾道词可以与张先、贺铸的并论，却不能与秦观的相较高低。针对冯梦华、王国维二人之不同意见，有学者以为，是基于以"外表之情事与文辞"与"内在之意蕴言之"的区别所导致（叶嘉莹）。从字面上看，王国维前后立说角度及表达意思似乎并不一致——前者所说"淡语""浅语"，侧重于语言运用角度进行评析，后者说"矜贵"，则包括了对人品与词品的论说。"矜贵"，意：出身高贵，恃才矜贵。用于说晏幾道词，则喻其词有贵族气息，华严密丽，有"花间"遗风。学者也有提出，"以小山不足比淮海，静安非知小山者"①。

【集评】

叶嘉莹：

他们二人所见之不同，我以为主要是由于冯氏乃但就其外表之情事与文辞言之，而王氏则是就其内在之意蕴言之的缘故。盖以就外表之情事与文辞言，则晏幾道所写的"梦后楼台高锁"（《临江仙》）与"醉别西楼醒不记"（《蝶恋花》）之类的词，其所表现的寂寞孤独与相思离别之情，固亦有"伤心"之意；而其所使用的清丽婉转之言辞，固亦可称之为"淡语有味，浅语有致"。是则冯氏之言，固亦不为无见。只不过若就深一层之意蕴言之，则小山所写之伤心，原来只不过是对往昔歌舞爱情之欢乐生活的一种追忆而已，而秦观所写的"飞红万点愁如海"（《千秋岁》）和"为流下潇湘去"（《踏莎行》）一类的词，则其所表现的便不仅是对往昔欢乐的追怀，而是对整个人生之绝望的悲慨和对整个宇宙之无理的究诘。如此的"伤心"，才真正是心魂摧抑的哀伤。至于其在早期词作中以情景相生所叙写的细致的感受和在后期词作中以幻景提示的象喻的情意，其"淡语有味，浅语有致"，也才是更深一层的意

① 吴世昌著，吴令华辑注，施议对校：《词林新话》，北京出版社，1991年10月，第125—126页。

味和姿致。这正是王国维之所以认为冯氏之评语"唯淮海足以当之",而刘熙载《艺概》也曾说"少游词有小晏之研,而幽趣则过之"的缘故。

——《论秦观词》,《四川大学学报》,1985 年 5 月,第 2 期。

刘锋杰、章池:

王国维认为秦观高于晏幾道。秦观善于创造凄离婉曲的词境,是伤心人作伤心语,虽然用语不加雕琢,但寄慨身世,也自然包含了无穷的韵味。晏幾道虽然同为伤心人,身遭家道中落,因不甘心自身生活的下降,追忆当年的奢华成了自我拯救的方式,所以矜持自贵处多,不能面对现实的困境,使其词未能突破花间一派的"艳科"樊篱;写离愁别恨,善于表达其缠绵感伤的一面,却不能表现它的丰厚内涵,乏明快而无力振起,缺跌宕而难以横绝。即使用语,也淡得不够,浅得不够,由淡处浅处去得自然之致,再加上韵致本来不够隽永浑厚,也就使意蕴与表达两者不切合,终落秦观之下。由此,说晏幾道与张先、贺铸比肩,也就庶几近之。

——《人间词话百年解评》,黄山书社,2002 年 11 月,第137—138 页。

施议对:

在《人间词话》中,仅五、六处提及小山,且多并非专论,而有关淮海则将近二十处,并有专论。王国维称:以宋词比唐诗,则东坡似太白,欧秦似摩诘,耆卿似乐天,方回、叔原(小山)则大历十子之流。王氏始终将小山置于淮海之下。实际上,小山词所记悲欢离合之事,与淮海一样,同以真情动人。所谓"淡语皆有味,浅语皆有致",确能体现二家词的特点。王国维只看到小山所谓"矜贵有余"的一面,而忽视"其痴亦自绝人"的另一面。

——《人间词话译注》,广西教育出版社,1990 年 4 月,第50 页。

吴　洋:

晏幾道的词语浅意深,情致缠绵,意境幽婉,虽有题材狭小之嫌，亦属个性使然。后世知音者独赏其"伤心人"本色，始知白玉微瑕，未足成讼也。

——《人间词话手稿本全编》，内蒙古人民出版社，2003 年 1 月，第 71 页。

邓乔彬：

为什么只将"古之伤心人"许之于秦观，而同样因党争而被贬的苏轼、黄庭坚，为什么不当"伤心人"之称呢？这里恐怕有两个原因。

其一，就政治境遇造就的身世之感而言，由于秦观与苏黄思想素养的不同，进而影响了性格、感情，并扩大了差距，使其迁谪之词充满了哀情苦思。

其二，就个人经历的"艳情"而言，由于秦观久困场屋，非但不能同苏轼的早达相比，而且是"苏门四学士"中最晚中进士的，因此，他寄迹青楼，又颇为用情，故而在词中留下了不少伤心语。

这两者，使秦观具有难以移易的独特性，加之"一往而深"的感情，遂造就其特有的"词心"。

——《秦观"词心"析论》，《文学遗产》，2004 年 4 月，第 4 期。

李 砾：

同样的怀人事、伤离别，晏幾道的半窗斜月、吴山画屏，的确矜持高贵，但也直也而白；秦观的"春去也，飞红万点愁如海"却以脱口而出的平常之语，令人品味出更厚重更丰富更深沉的情感，故静安谓其"淡语皆有味，浅语皆有致。"

——《〈人间词话〉辨》，中国社会科学出版社，2006 年 6 月，第 87 页。

李 铎：

气象一方面指境界的深厚，同时又指创作主体的精神风貌，王国维强调作品中的境界依赖创作主体的精神风貌，所以和传统的将人品与诗品结合起来的理论保持着一致。重"气象"便重"修养"。

　　——《论王国维的"气象"》，《济南大学学报》，2005 年
1 月，第 1 期。

二九　少游词风

　　少游词境最为凄婉。至"可堪孤馆闭春寒，杜鹃声
里斜阳暮"，则变而凄厉矣。东坡赏其后二语，犹为
皮相。

【别叙】

　　这一则说秦观，认为秦观词境最为凄婉，至其"可堪孤馆闭春
寒，杜鹃声里斜阳暮"出现，则变为凄厉。又说苏轼欣赏秦观此词
的后二句"郴江幸自绕郴山，为谁流下潇湘去"语，为皮相之见。
秦观这二组词句之差别何在？凄婉、凄厉二词区别又在何？苏轼、
王国维二人各自所见又高低何在？一方面，"可堪孤馆闭春寒，杜
鹃声里斜阳暮"这一组的描写，是从凄婉而演变成凄厉，写出了痛
苦之极的情性，同时表现情感强烈程度的变化，可看成是"一种痛
苦的程度的增添"（刘锋杰、章池）；另一方面，"郴江幸自绕郴
山，为谁流下潇湘去"这一组词句，所用比喻含意深刻，王国维所
言，或许"未真正领会秦少游心中的惨痛"（刘逸生）。两相比较，
各可持论，可见诗无达诂，不必胶着。

【集评】

　　朱光潜：
　　专就这一首词说，王的趣味似高于苏，但是他的理由却不十分
充足。"可堪孤馆闭春寒"二句胜于"郴江幸自绕郴山"二句。不
仅因为它"凄厉"，而尤在它能以情御才而不露。"郴江"二句虽
亦具深情，究不免有露才之玷。"前日风雪中，故人往此去"，"平

畴交远风，良苗亦怀新"，"但屈指西风几时来，又不道流年暗中偷换"，都是不露才之语。"树摇幽鸟梦"，"桃花乱落如红雨"，"大江东去，浪淘尽千古风流人物"，都是露才之语。这种分别虽甚微而却极重要。以诗而论，李白不如杜甫，杜甫不如陶潜；以词而论，辛弃疾不如苏轼，苏轼不如李后主，分别全在露才的等差。中国诗愈到近代，味愈薄，趣愈偏，亦正由于情愈浅，才愈露。诗的极境在兼有平易和精练之胜。陶潜的诗表面虽然平易而骨子里却极精练，所以最为上乘。白居易止于平易，李长吉姜白石都止于精练，都不免较逊一筹。

——《诗的隐与显——关于王静安先生的〈人间词话〉的几点意见》，《人间世》第 1 期，1934 年 4 月。

唐圭璋：

东坡赏少游之"郴江幸自绕郴山，为谁流下潇湘去"两句，亦以其情韵绵邈，令人低徊不尽。而王氏讥为皮相，可知王氏过执境界之说，遂并情韵而忽视之矣。"可堪孤馆闭春寒，杜鹃声里斜阳暮"二句固好，但东坡所赏者，亦岂皮相？东坡既赏耆卿所写之"霜风凄紧，关河冷落，残照当楼"境界，以为唐人高处，不过如此。而又赏少游郴江二句，可知东坡以境界情韵并重，不主一偏也。且前人所谓缠绵悱恻，在合于温柔敦厚之旨者，皆就情韵言之；苟忽视情韵，其何以能令人百读不厌？

——《评〈人间词话〉》，《斯文》第 1 卷，第 21—22 合期，1941 年 8 月。

陈　咏：

"境界"这一概念，不单有形象与感情的内容，而且也有"气氛"这一意义。王国维说："少游词境最凄婉。至'可堪孤馆闭春寒，杜鹃声里斜阳暮。'则变而凄厉矣。"这里"词境"即词的境界。凄婉、凄厉不是指形象的具体鲜明性，也不是指景物描述中所流露的作者的感情，而是指形象所产生的一种艺术气氛。

——《略谈"境界"说》，《光明日报》，1957 年 12 月 22 日。

刘逸生：

少游"郴江"两句含意极为深刻。郴江本来是绕着郴山转的，为什么它又流到潇湘那边去了？这是一个打比。比喻自己原是一员小京官，在京都安分守己地干下去就行了，为什么偏要卷进政治漩涡里去，落得这种可怜的下场呢？苏轼是领会这个意思的，所以有意把这两句写在自己的扇子上。（见《冷斋夜话》）还说："少游已矣！虽万人何赎。"他自己不是也慨叹过"我被聪明误一生"吗？他应当也痛感到"为谁流下潇湘去"的失策。所以王国维认为苏轼欣赏此二语为"皮相"（即肤浅），那还是未真正领会秦少游心中的惨痛的。

——《宋词小札》，广东人民出版社，1981 年 12 月，第 155 页。

朱德才：

（秦观《千秋外》"水边沙外"）这首词上片对景抒怀，"飘零"一联，感情虽然凄婉，尚不觉激愤，以空对蘅皋暮色束住。下片忆昔叹今，以"谁在"句发问为枢纽，感情渐趋悲愤激荡。日边梦断，朱颜难留，反映出政治理想和冷酷现实间的矛盾。回天无术，痛心疾首，满腹怨愤，喷薄而出，遂有"春去也，飞红万点愁如海"这样一声呼天抢地、震撼人心的呼喊。景语，亦情语，怨绝语，亦愤绝语。置身愁海而不能超脱自拔，这就形成了王国维在《人间词话》中所称的"凄厉"之境，亦即淮海后期词的独特风格。在这一点上，苏轼可谓知之者深。他欣赏少游的"可堪孤馆闭春寒，杜鹃声里斜阳暮"，但更倾心于他的"郴江幸自绕郴山，为谁流下潇湘去"（《踏莎行》），书之于扇曰："少游已矣，虽万人何赎！"盖"郴江"两句亦痴绝语、怨绝语也。

——唐圭璋，钟振振主编：《唐宋词鉴赏辞典》，江苏古籍出版社，1986 年 12 月，第 466 页。

孙维城：

苏轼及草堂所赏在"以意胜"，郴江流去实为自喻，是"比"的表现。王国维、徐轨所赏在"以境胜"，杜鹃斜阳之景，不言情而情愈深厚，所以，王国维认为词境由凄婉变为凄厉，正是知言。

    ——《凄美之韵：秦观词"以身世之感入艳情"》，《东方论丛》，2001 年 3 月，第 1 辑。

刘锋杰、章池：

用凄婉论秦观词境，确为的评。秦观词风近于李煜、柳永，虽为婉约，但不失旷逸，因有真情至性的抒写，遂形成了凄离之情与委婉之致的融合。至于从凄婉而演变成凄厉，那是伤心之极，写出了痛苦之极的情性，如啼血杜鹃的惨叫一般，撕心裂肺。有论者说，"孤馆"、"春寒"、"杜鹃"诸意象，原来都已极为悲苦凄凉，更于"孤馆"与"春寒"之间加一"闭"字，又于"斜阳"之下加一"暮"字，遂使原有的凄苦之感更加强厉，几全无苏解喘息之余地。这样的解读颇细腻。至于王国维激赏秦观的凄婉复凄厉的词境，讥称苏轼欣赏"郴江幸自绕郴山，为谁流下潇湘去"为皮相的看法，源自他们两人的个性不同。王国维对痛苦、失意更敏感，他是一个悲观主义者。苏轼对旷达超逸更敏感，他是一个乐天主义的诗人。当痛苦与失意向苏轼袭来时，他也有痛苦与失意之感，可他会饮酒行杖，跌倒了还会站起来向前洒落地走去，因此，当痛苦、失意与自然、宇宙融为一体进而有所释放、有所升华时，苏轼的共鸣也就油然而生。这应当是王国维与苏轼各有所赏的一种个体发生方面的解释吧。

    ——《人间词话百年解评》，黄山书社，2002 年 11 月，第 139—140 页。

罗　钢：

尽管王国维在理论上十分钟爱"优美""宏壮"这对范畴，但他在《人间词话》中却很少用它们来评词，只有一处庶几近之，那就是《人间词话》手定稿第二十九则：……王国维何以会得出这样的结论呢？要知道，这两句词正是王国维用来说明"有我之境"的范例。按照他的理论，"有我之境"产生的是"宏壮"的效果，凄婉不可能产生这种效果。较之凄婉，凄厉是一种尖锐的痛苦，只有这种尖锐的痛苦，才可能产生"直接不利于吾人之意志，而意志为之破裂"的效果。王国维批评苏轼对这首词的看法"尤为皮相",就是因为苏轼看不到这种"宏壮"的效果。不待说。秦观这首词给人的感觉究竟是"凄惋"还是"凄厉",可以有不同的看法。然而要说这首小词或词中某些片段能够产生崇高(宏壮)的效果,则显然是缺乏说服力的。这个例子也说明,王国维要在"有我之境"与"宏壮"之间建立某种必然的联系,无论是在理论上还是在批评实践上,都是很难成功的。

——《七宝楼台,拆碎不成片断——王国维"有我之境、无我之境"说探源》,《中国现代文学研究丛刊》,2006 年 2 月,第 2 期。

三〇　少游气象

"风雨如晦,鸡鸣不已。""山峻高以蔽日兮,下幽晦以多雨。霰雪纷其无垠兮,云霏霏而承宇。""树树皆秋色,山山尽(当作"惟")落晖。""可堪孤馆闭春寒,杜鹃声里斜阳暮。"气象皆相似。

【别叙】

王国维既以气象论李白词,又以气象论秦观词。这一则中,另又引用《诗经·郑风·风雨》《楚辞·九章·涉江》、王绩《野望》、秦观《踏莎行》等诗词句子,再说"气象"问题。王国维所谓"气象",究竟为何?此前关于李白词,可释之作品的整体风貌与格局(刘锋杰、章池)、气氛与氛围(马正平)。这一则所论诗词及其气象,论者将之解释为"精神和意象"(叶嘉莹),认为王国维所举诸句诗词之所以被称为"气象皆相似",就在于这些句子表现相似的精神境界及意象运用。深而究之,无论从哪种角度对诗词作品进行解释,实际上都不能离开具体作家、作品的分析。而王国维所说的"气象"是以比喻对比喻,非以概念进行论说,读者从内涵、外延两个方向加以界定，所得到的体会都可能不尽相同，但如果联系《人间词话》诸则词话中关于"气象"的论说，或可将之理解为"诗人之忧生""诗人之忧世"（邵振国）。

【集评】

吴世昌：

"可堪孤馆"四字都是直硬的"k"音，读一次喉头哽住一次，最后"馆"字刚口松一点，到"闭"字的"p-"又把声气给双唇堵住了一次，因为声气的哽苦难吐，读者的情绪自然引得凄厉了。

——《诗与语音》，洪球编：《现代诗歌论文选》（上册），上海仿古书店，1935年5月，第281页。

陈　咏：

所谓"气象皆相似"实即指词中的景色造形固然各有不同，但它们所渲染出来的艺术气氛却都是凄厉哀惨的。

——《略谈"境界说"》，《光明日报》，1957年12月22日。

叶嘉莹：

"风雨如晦，鸡鸣不已"与"可堪孤馆闭春寒，杜鹃声里斜阳暮"诸句之所以被称为"气象皆相似"，便正是因为这些句子中所表现的精神的压抑困苦和意象的凄凉晦暗，都极为相似的缘故。而东坡词及白石词与渊明诗及薛收赋的"气象"之所以相近，被称为"略得一二"，便也正是因为东坡词中所表现的精神与意象之开朗洒脱，与昭明太子所称述的渊明诗之"抑扬爽朗"、"跌荡昭彰"之"气象"相接近，而白石词中所表现的精神与意象之峭拔孤寒，也正与王无功所称述的薛收赋之"韵趣高奇"、"嵯峨萧瑟"之"气象"相接近的缘故。至于太白词与后主词，则静安先生但称其"气象"而并未对其为何称之气象加以说明，则是因为"气象"二字如前所言，除了指作品中不同之精神与意象以外，原来还有兼指规模之意。太白之所以被称为"纯以气象胜"，便正因为其"西风残照，汉家陵阙"二句，所表现的精神与意象既然都极为寥阔高远，而其时间感与空间感所呈现的规模也极为宏大的原故。至于后主词

的"自是人生长恨水长东"及"流水落水春去也，天上人间"诸
句的气象，静安先生之所以认为其非《金荃》《浣花》所能及，当
然也正因为这些词句的精神与意象所表现的哀感既都极为深广，而
其自"花"之飘零，"水"之长逝，以及于"人生"之无常的意念
之飞跃，与其"天上人间"四字所标示的苍茫无尽之空间，其所呈
现的规模也同样极为宏大的缘故。这种"气象"，当然绝不是《金
荃》《浣花》诸词仅写狭隘的闺阁儿女之情的作品所能比拟的。所
以我们说《人间词话》所提出的"气象"一辞，该是指作者之精
神透过作品中之意象与规模所呈现出来的一个整体的精神风貌。
　　——《王国维及其文学批评》，广东人民出版社，1982 年 9
月，第 284—285 页。

　　施议对：
　　王国维借用古诗中所创造的一系列境界用以说明秦观《踏莎行》
所寄寓的深沉感慨，就在于突出其"气象"。《诗经》郑风《风雨》
篇，抒写期待情人的心境，以"风雨如晦，鸡鸣不已"作烘托，抒
情主人公的心情显得无比焦急热切。《楚辞》九章《涉江》抒写屈原
被放逐的心境，同样极力渲染其客观外境，高山遮住太阳，山下阴暗
又多雨，大雪纷飞，乌云密布，从而显示出其临行时的烦闷及忧虑。
而王绩的《野望》，抒写归隐时的彷徨苦闷情绪，也是用"秋色"与
"落晖"以加强其气氛的。这一些与秦观词所造"气象"甚为相似。
　　——《人间词话译注》，广西教育出版社，1990 年 4 月，第
53 页。

　　李　砾：
　　此则启发笔者领悟到了解读过程中一个关键性问题：《人间词
话》所论词之境界、情致、气象及其灵魂之美，皆非词中独有；诗
赋文（韵文）之所以美，都如词一样，有可观可感的境界、情致、
气象及其灵魂；倘若无，何以谈诗赋文之美，何以进行诗赋文审美
鉴赏判断？
　　——《〈人间词话〉辨》，中国社会科学出版社，2006 年 6 月，
第 88 页。

彭玉平：

具体相似在何处呢？一是景的衰飒，如风雨如晦，鸡鸣不已；山高蔽日，幽晦多雨，霰雪纷迷，云霏承宇；秋色满树，落晖遍山；孤馆闭寒，杜鹃斜阳。凡此皆为令人苦闷、压抑之景；二是诗人在描写这种景物之时，用了不少表示极限程度的词，来显示其景之促迫到了诗人所能忍受的极致程度，如"如晦、不已、多、纷、无垠、霏霏、皆、遍、尽、可堪、闭、暮"等；三是这种景物所包含的"情"也是处于一种极度低沉、凄凉的状况，景之极度衰飒其实正是来自于情的极度消沉。此与王国维所谓"有我之境"说正相合。

——《人间词话疏证》，中华书局，2011 年 4 月，第 370—371 页。

邵振国：

王氏把屈原的《涉江》与《诗经·郑风·风雨》相比，说它们"气象皆相似"。因为屈原是最具有这种"担负"的诗人，其诗也必是这种表象："山峻高以蔽日兮，下幽晦以多雨，霰雪纷其无垠兮，云霏霏而承宇。"王氏进而明确地指出这"气象"就是"诗人之忧生也"，"诗人之忧世也"。并指出其"三境"之第一境喻体等同于《诗经·小雅·节南山》"我瞻四方，蹙蹙靡所骋"。我们说"靡所骋"也就是上述"痛苦"的本质。这"忧生忧世"，它本质上是义理概念，犹如孟子曰："禹思天下有溺者，由己溺之也；稷思天下有饥者，由己饥之也。"《节南山》开篇即说"节彼南山，维石岩岩"，"国既卒斩，何用不监"。（国家将亡，你为何不看自己的错处啊！）

——《试论境界说及其质性》，《当代文坛》，2015 年 1 月，第 1 期。

三一　东坡与白石

昭明太子称：陶渊明诗"跌宕昭彰，独超众类。抑

扬爽朗，莫之与京"。王无功称：薛收赋"韵趣高奇，词
义旷远，嵯峨萧瑟，真不可言"。词中惜少此二种气象，
前者惟东坡，后者惟白石，略得一二耳。

【别叙】

这一则仍说作品的气象问题。王国维借用萧统、王绩的话来展
开自己的话题，即：用陶渊明的诗、薛收的赋来比拟苏轼、姜夔之
词，认为词中缺少陶渊明、薛收作品中所表现出来的那一种气象。
若加以对比，则只有苏轼的词与陶渊明的诗相比拟、姜夔的词与薛
收的赋相仿佛。此则中，较之此前所言说的，王国维所借用的"跌
宕昭彰""抑扬爽朗"之语，尽管仍然空泛，但所指称的韵趣及词
义，因已牵涉到作品自身，变得有迹可循，对气象的描述也由此较
此前所言说的更具体可感。马正平即指出，可从"艺术的审美空
间"角度，理解王国维所言"气象"。

【集评】

许文雨：

此数语（陶渊明诗"跌宕昭彰，独超众类。抑扬爽朗，莫之与
京"）见昭明太子萧统所撰《陶渊明集序》，言其辞兴婉惬也。

此数语（薛收赋"韵趣高奇，词义旷远，嵯峨萧瑟，真不可
言"），言其骨之奇劲也。刘熙载《艺概》卷三云："王无功谓薛
收《白牛溪赋》，韵趣高奇，词义旷远，嵯峨萧瑟，真不可言。余
谓赋之足当此评者，盖不多有，前此其惟小山《招隐士》乎。"

——《钟嵘诗品讲疏·人间词话讲疏》（1937 年），成都古籍
出版社，1983 年 5 月影印版，第 190 页。

叶嘉莹：

而东坡词及白石词与渊明诗及薛收赋的"气象"之所以相近，
被称为"略得一二"，便也正是因为东坡词中所表现的精神与意象
之开朗洒脱，与昭明太子所称述的渊明诗之"抑扬爽朗"、"跌荡
昭彰"之"气象"相接近，而白石词中所表现的精神与意象之峭

拔孤寒，也正与王无功所称述的薛收赋之"韵趣高奇"、"嵯峨萧瑟"之"气象"相接近的缘故。

——《王国维及其文学批评》，广东人民出版社，1982 年 9 月，第 284 页。

聂振斌：

气象与神，二者都标示意境美的特质，因此王国维把它们都视为意境标准的重要规定。但二者是有区别的；首先，范围有宽狭之分，神是一切意境美（不论其大小）所具有的特质，气象则是"大"美——壮美所具之特色，"小"美——优美是不具此特色的。其次，神偏重于主观方面，气象偏重于客观方面，因此，在审美中神侧重于"感"，而气象侧重于"观"。当然主、客和观、感，在审美实践中是密不可分的，不能作机械的理解。

——《王国维文学思想述评》，辽宁大学出版社，1986 年 4 月，第 174 页。

马正平：

在这里，"跌宕"和"抑扬"，无论是表现手法，还是情思的变化，都能使作品产生强烈的反差和张力，于是艺术的审美空间产生，这种空间感仍然是一种宏壮放阔的空间感。再加上"独超众类"的超越精神，高雅新奇的审美趣味，玄远、虚无的词义生发，这种艺术的审美空间就更加趋于无限了，艺术的审美境界于是产生。这"宏"、"壮"、"放"、"阔"、"洒落"，指的是作品中所表现的作者的审美思维空间、情感空间、思想空间的理想和标准。

——《生命的空间——〈人间词话〉的当代解读》，中国社会科学出版社，2000 年 1 月，第 170 页。

邱世友：

如果说只有直接描写物象才算不隔，那么周邦彦《花犯·梅花》咏梅，写三年浪迹赏梅事，也算隔了。其实《花犯》咏梅，是浑成而不隔的名作。论者也认为王氏说白石咏梅咏荷诸词，以其沉晦见隔。其实王氏说了："王无功称薛收赋（指《白牛溪赋》）'韵趣高奇，词义旷远，嵯峨萧瑟，真不可言'。词中惜少此二种气象（按：前一种为"跌宕昭彰"）。前者惟东坡，后者惟白石，略得一二耳。"我们认为白石咏梅咏荷诸作，正是王氏所言"略得一二"者。

——《王国维论词的境界》，《词学》第 13 辑，华东师范大学出版社，2001 年 11 月，第 212—213 页。

刘锋杰、章池：

此则词话说诗、赋中的风范气象词中少有，仅见苏轼词中所表现的热情奔放、开朗洒脱，与薛收赋的"韵趣高奇"、"嵯峨萧瑟"相似。这有深刻的文体原因。……词境不为诗境所限，词境不为诗境为凭。所谓只能"略得一二"，不是词的缺点，而是词的特点，这是一种放弃，也是一种超越与开拓，它所创造的新的美学风格，更能令读者耳目一新。

——《人间词话百年解评》，黄山书社，2002 年 11 月，148—149 页。

李 铎：

这二种气象与"太白纯以气象胜"中的气象已有很大的不同，这里的"跌宕昭彰"、"韵趣高奇"所侧重的是作品本身的特征，实际上也就是在作品中表现出的艺术风格，所以叶嘉莹认为：《人间词话》所提出的"气象"一词，"当是指作者之精神透过作品之意象与规模所呈现出来的一个整体的精神风貌"。简而言之，就是艺术风格，我们是否就满足于此呢？我认为还少了一个关键性的问题，那就是"境界"和"气象"有着什么关系。

王国维在对境界分析时，从关系的方面来看，有"有我之境"和"无我之境"之别，分析出了优美和壮美，从创造方式上看有"写境"和"造境"的分别，那么，"气象"则是同时基于质和量两个方面考察境界而产生的概念。

——《论王国维的"气象"》，《济南大学学报》，2005 年1 月，第 1 期。

三二　淑女与倡伎之别

词之雅郑，在神不在貌。永叔、少游虽作艳语，终有品格。方之美成，便有淑女与倡伎之别。

【别叙】

所谓"雅郑"，即雅乐、郑声，原来只是用以区分《诗经》中歌诗的不同，无太多功利倾向，后引申为正与邪、高雅与低劣、正声和淫邪之音，用以区分诗词的品格，成为一种道德评判。王国维将雅与郑、神与貌、淑女与倡伎一一对举，或指词之表现品格，或指词之表现方式，强调不能只看词之外在形貌，而不看其内在精神实质，并将之延伸到关于词人品格的评判，认为欧阳修、秦观作词虽不避淫词、鄙语，但终有品格，又就此批判周邦彦其人其词，认为两相比较，犹如淑女与妓女的区别。所言说的，是否已经超出说词的范围？此则与其他词则相对勘，又是否自相矛盾？一方面，王国维似是为坚持"人性之真"（肖鹰）而有感有发；另一方面，王国维在这里以"品"论词，似又"不免偏见"（萧涤非），尤其关于周邦彦的批评，尤见苛责。推究王国维言及的人品、词品问题，将传统诗学中的雅郑之说移之论词，"有袭旧而出新之义"（方智范、邓乔彬、周圣伟、高建中），但同时表现着"西方哲学与传统词论之间的无奈妥协"（吴可）。当然，理解此则，关键字眼仍在"在神不在貌"，即：王国维尝试说明的，仍在于词之格调、神韵的重要，而否定缺乏精神、品格，徒有其表之作。

【集评】

吴奔星：

不在形式上回避"艳语"、"淫词"、"鄙语"，主张从本质上判断语言的"雅郑"。……"词之雅郑，在神不在貌"，意味着从本质上看问题。只要能表现"真景物、真感情"，即使"淫鄙之尤"也可以。雅郑关键在于一"真"字。

　　——《王国维的美学思想——"境界"论》，《江海学刊》，1963 年 3 月，第 3 期。

佛　雏：

标出"神"与"品格"，就不那么绝对化了。以此为准，则《酬柬》《惊梦》固不当在"儇薄"之列。而崔、杜二主角以其缠绵固结、"生生死死"之情，决然抛掉那个"幽闺自怜"的"天理"，其中含有高度严肃的人生内容，语其"品格"，殆与"崇高"（壮美）为近。至其"艳语"之照灼古今，其为艺苑珍宝，已无争论余地。

　　——《评王国维的美育说》，《文艺理论研究》，1981 年 3 月，第 2 期。

方智范、邓乔彬、周圣伟、高建中：

且不论欧、秦与周邦彦是否真有如此明确的分界线，但"雅、郑"之别的提出，用于论词领域，确有袭旧而出新之义，也知王国维毕竟难以摆脱古老的道德批评传统，而且这毕竟有充分的合理性。

　　——《中国词学批评史》，中国社会科学出版社，1994 年 7 月，第 474 页。

蒋哲伦：

王氏讲求的"意趣高远"，固然也同人品有关，主要应该是指"感情之肫挚"。所谓"词之雅郑，在神不在貌"，即含有注重内质纯真的意思；而批评清真词之不够"高雅"，恐亦需从这个角度来体认。

　　——《王国维论清真词》，《文学遗产》，1996 年 1 月，第 1 期。

刘锋杰、章池：

王国维认为欧阳修、秦观的词作虽然也有艳词丽句，但因有真情灌注其内，虽艳不俗，所以还是属于雅制的。但周邦彦不同，其

玉艳珠鲜和柳敧花薿的华丽下缺至情至性的支撑，艳而无品，成为
郑卫之音。王国维在雅郑问题上突出了两点：一、"艳词可作，唯
万不可作儇薄语"。儇薄，就是轻浮，由此作出的就是浮语游词，
有品格仍是词家第一。二、将此置于神貌关系中看，精神内涵的充
实远比形式技巧的运用更重要。内容一坏，技巧不能救其卑下，这
是内容重于形式的观点。要区别的是：封建卫道者常对大胆描写爱
情、表现男女个性解放的作品加以攻击，称之为"郑声"，这是保
守的、错误的。王国维与此不同。他对周邦彦"艳词"的评价，大
体是合乎事实的；且其是在相对的意义上使用"雅郑"这一对概念
的，故无大碍。

    ——《人间词话百年解评》，黄山书社，2002 年 11 月，149—
150 页。

    肖　鹰：

"在神不在貌"，王国维原稿为"在神理不在骨相"。此处的
"神理"，即"真挚之理"，也就是人性之真。他赞许词曲中的淫词
艳语，甚至给予远高于正规典型的词语的评价，其宗旨就在于他推
崇自然地出于诗人的内心的人性之真。席勒认为，真正人性必须是
高尚的，这是诗人描写实际自然必备的前提。他说："诗人当然可
以描绘低俗的自然，这是讽刺诗的应有之义；但是诗歌本质中的一
种美必须支持和提高这个对象，而且题材的低俗不能降低诗人。如果
在他描写的时候，他自身就是真正的人性，他描绘什么都无关紧要；
而且，只有在这种情况下，我们可以接受对现实的自然的再现。"显
然，王国维正是在席勒所主张的诗人以人性的真实提升自然的意义
上，推崇诗人对情感的自然表现。因此，王国维对人的情感的自然表
现，仍然是有标准的，这个标准就是要表现"人性的"真实。

    ——《"天才"的诗学革命——以王国维的诗人观为中心》，
《中国社会科学》，2008 年 1 月，第 1 期。

    吴　可：

人品即词品的传统词学思路是将词的艺术判断等同于道德判
断、价值判断，往往并不可靠。而这，恰恰是前面提到的王国维和

常州派的分歧之一。面对理论的困境，王国维选择的竟然是以自己
反对的方法来寻求可能的突围，在讽刺之余不能不令人感到一丝悲
凉。在我看来，这种讽刺与其说是王国维自身的矛盾和分裂，不如
说是西方哲学与传统词论之间的无奈妥协。

　　——《花熏存香　笔耕留痕——花间传统对王国维词论、词作
的影响关系探析》，童庆炳、王一川、李春青主编：《文化与诗学》
第 16 辑，北京大学出版社，2013 年 9 月，第 302—303 页。

三三　创调之才多，创意之才少

　　美成深远之致不及欧、秦。唯言情体物，穷极工巧，
故不失为第一流之作者。但恨创调之才多，创意之才
少耳。

【别叙】

　　此则实顺承上一则，继续言说词之内容、形式问题。所谓创
调、创意，即指形式、内容二事。王国维立论，既着重形式又着重
内容，相比较又更强调内容的重要性。为此，在上一则词话基础
上，王国维进一步批评周邦彦，并落到实处，说周邦彦创调才能
多，在形式上做出了创新与突破，但创意才能少，欠缺思想内容上
的创造。这样的理解，就一般文学创作看，无可非议。然具体到歌
词创作，"创意"指意境的创造，所指较为明确，可搁置不论。至
于"创调"，除了语言运用、篇章组织外，如何从声音入手，以技
法导入等问题，仍值得讲究与探讨。故此，具体到周邦彦词，需要
辩证地看。沈祖棻指出：如果就内容而论，难以对它肯定过多，但
如以技巧而言，则周词上承柳永，下开史达祖、吴文英，"在语言
的运用、篇章的组织诸方面，确有独到之处"①。刘威志也曾进一

---

① 沈祖棻：《宋词赏析》，上海古籍出版社，1980 年 3 月，130 页。

步指出：周邦彦以赋化的技法填词，功不可没①。可见，对周邦彦于创调方面的努力与创新，须予肯定。

【集评】

俞平伯：

惜清真诗文今佚多存寡，不能一一成之，然此固非深知先生者不能言也。王静安《人间词话》尚以为美成劣于欧、秦，而于《遗事》，则曰："词中老杜，断非先生不可。"盖亦自悔其少作矣。（《词话》在先，《遗事》在后，见赵斐云先生撰王年谱。）知人论世，谈何容易。

——《读词偶得》（1947年），上海书店影印版，1984年12月，第74—75页。

万云峻：

王国维在后期，对周邦彦的评价是非常之高的。第一，他认为清真词博大精工，无与伦比，欧阳修、苏轼、秦观、黄庭坚等人均不及。他甚至以周为"词中老杜"。第二，他认为前人所说周善于融化唐人诗句入词，不是周艺术成就的主要方面，而"模写物态，曲尽其妙"，则是周词艺术上的主要特点。第三，涉及周词的普遍性、典型性问题。他说周善于写常人所能感受到而不能把它写出来的悲欢离合、羁旅行役之情。其艺术效果如此之大，感人如此之深，以致"自士大夫以至妇人女子，莫不知有清真。"我以为，周词的思想内容虽不及苏、辛之广阔，但其艺术成就的确很高。王国维后期对周的评价，基本上是正确的。

——《清真词的艺术特征》，《词学》第1辑，华东师范大学出版社，1981年11月，第53页。

邓乔彬：

婉约词到周邦彦手里，不唯音律"拗怒之中，自饶和婉，曼

---

① 刘威志：《试论王国维〈人间词话〉的偏好、企图与操作》，张伯伟、蒋寅主编：《中国诗学》第14辑，人民文学出版社，2010年3月，第213页。

声促节，繁会相宣，清浊抑扬，辘轳交往"（王国维《清真先生遗事》），而且能充分运用离合、虚实、钩勒、加倍写法，比兴寄托应用得浑化无痕，并善于融化庸人诗句和六朝小赋，驱遣语言，铸造意境，所谓"玉艳珠鲜"（彭遜孙《金粟词话》）、"柳敧花觯之致"（贺裳《皱水轩词筌》），是不足以言其根本的，"言情体物，穷极工巧"则庶几道出了周邦彦在求形似之中追逐神理的特点。

——《论姜夔词的清空——姜词艺术析论之一》，《文学遗产》，1982年1月，第1期。

罗忼烈：

王氏推许清真为宋词第一人，等于老杜是唐诗中第一人，其论点有二：一是精工博大有如杜诗，二是声律妥帖有如杜诗。文字精工是杜诗多种风格之一，如《秋兴八首》《诸将五首》《登楼》一类，是其显例。周词也擅长这种修辞技巧，所以宋陈振孙称"富艳精工，词人之甲乙也"（《直斋书录解题》），宋刘肃称"缜密典丽"（《片玉集序》），都指这一方面。然而精工两字是一个笼统的词儿，应包括炼字、炼句、章法、藻绘，否则无以成其既精且工，这些我们稍后再行略论。至于所谓博大，如果讲思想内容而言，则北宋词人自当首推苏东坡，不仅清真谈不上，张、柳、晏、欧、小山、秦七、黄九也谈不上；如果指法度上多变化、局面开阔，则周词有类似杜诗的地方，并且较其他词人突出。前人称"少陵诗法如孙、吴"（《沧浪诗话》），"千变万态"，"篇法变化，至杜律而极"（清浦起龙《读杜心解·发凡》）。笔法变化错综，纵横捭阖，吞吐顺逆，相互为用，不拘一格，就是法度上的博大。

——《清真词与少陵诗》，《词学》第4辑，华东师范大学出版社，1986年8月，第3—4页。

孙维城：

王国维也批评周氏"深远之致不及欧秦"，"创调之才多，创意之才少"，而又不得不称其为"词中老杜"，表现出一种两难心态。究其原因，固然有伦理与艺术之间的标准背离，也不能排斥艺术表现上含蓄与婉曲的比较。古代文艺批评几乎以含蓄为第一义，自然排斥不含蓄的作品。而具体到北宋词的生存状态，含蓄又只存在于部分"文人之词"中，而婉曲却存在于北宋绝大部分"词人之词"中，成为北宋词的最高代表。评价北宋词，不能不评价周邦彦，不能不评价周邦彦的婉曲而不含蓄的词作，不能不推为第一。这使得词论界陷入一种两难境地。其实，正如我们开头所说，只要承认并区别词体的不同阶段特点，给予不同的评价，含蓄也好，婉曲也好，都可以是艺术之精品，文苑之至宝。

——《北宋词重婉曲而不重含蓄》，《中文自学指导》编辑部：《中文自学指导》，1997 年 2 月，第 1 期。

彭玉平：

王国维评价周邦彦"能入"，按其语境，当是指"言情体物，穷极工巧"这一方面，即在写景咏物方面能做到体察入微，揭示出景和物的神韵所在。而所谓"不能出"，则是太过胶执于景物，不能由实到虚，升华景物的内涵，从而缺乏"深远之致"。王国维数条评论都提到周邦彦词的创意之才的缺乏，也是因此而起，所以出入说的本质正在于虚实关系的合理运用。

——《论王国维"隔"与"不隔"说的四种结构形态及周边问题》，《文学评论》，2009 年 11 月，第 6 期。

三四　词忌用替代字

词忌用替代字，美成《解语花》之"桂华流瓦"，境界极妙。惜以"桂华"二字代"月"耳。梦窗以下，则用代字更多。其所以然者，非意不足，则语不妙也。盖意足则不暇代，语妙则不必代。此少游之"小楼连苑"、"绣毂雕鞍"，所以为东坡所讥也。

【别叙】

王国维主张作词不用替代字，并以周邦彦、吴文英词为例，予以否定。其中理由，是意趣丰盈则不必用代字，语言巧妙则不必用代字，并拈出秦观的"小楼连苑"、"绣毂雕鞍"词句为例，说明秦观所以为苏轼所讥笑的原因，即在于其词作中所用替代字缘故。王国维所言说的，并非仅仅是个别词语的运用问题，而是涉及代字运用与境界创造二者之间的重要关系问题，即：在何种情况下，运用替代字，有害于境界创造，在何种情况下，运用替代字，有利于境界创造。所强调之根本，也仍在于境界如何创造这一核心问题，仍是"为'创意'张本"①（彭玉平）。另须关注的是：王国维反对作词使用替代字，只是"忌用"，而非"禁用"，非绝对反对使用，是"反对用代字作为一种写词的方法"（周振甫）。故此，替代字的是否使用，仍需置于具体语境，辩证看待。

【集评】

许文雨：

前于梦窗（吴文英）者，如张先《菩萨蛮》云："纤纤玉笋横孤竹"，以"玉笋"代手，以"孤竹"代乐器。《庆金枝》云："抱云勾雪近灯看"，以"云""雪"代女子玉体皆是。是代字不必在梦窗后始多用也。

——《钟嵘诗品讲疏·人间词话讲疏》（1937年），成都古籍出版社，1983年5月影印版，第191—192页。

周振甫：

对于王国维的批评，不应该理解做他反对一切用代字，应该看他的主要方面，即反对用代字作为一种写词的方法。至于"桂华流瓦，纤云散，耿耿素娥欲下。""桂华"代月光，"素娥"代月儿。纤云散了，月儿更亮了。月光在瓦上流动，为什么说境界极妙？这首词是写元宵的灯市，"花市光相射"，"箫鼓喧人影参差"，灯光

---

① 彭玉平：《人间词话疏证》，中华书局，2011年4月，第119—120页。

照耀，游人拥挤，在这时候，作者周邦彦（美成）还注意到月光照在宫殿的琉璃瓦上，光彩闪耀，像在流动一样。当时作者在荆南，回想京里元宵节的热闹情形，想到"桂华流瓦"，含有对京朝的怀念，有感情，所以说有境界吧。因此，"桂华"改成"月华"也可以。不必定用代字。用"月华"比"桂华"更不隔，还是王国维说得对。

——《诗词例话》，中国青年出版社，1962 年 9 月，第 31 页。

蔡嵩云：

说某物，有时直说破，便了无余味，倘用一二典故印证，反觉别有境界。但斟酌题情，揣摩辞气，亦有时以直说破为显豁者。谓词必须用替代字，固失之拘，谓词必不可用替代字，亦未免失之迂矣。

——《词源注·乐府指迷笺释》，人民文学出版社，1963 年9 月，第 62—63 页。

陈兼与：

所见甚为正确。因为代字多，辞多饾订，句必雕镂，真境不出，气格不高。但完全不用，似亦不可能的。即王氏本身，也洗刷未净，如其《蝶恋花》"陌上轻雷听渐隐"，又一首"手把齐纨相决绝"，《好事近》中"楼角玉绳低亚"，《玉楼春》中"劝君莫厌金罍大"，《采桑子》中"高城鼓动兰釭灺"，不是以轻雷代车声，齐纨代扇，金罍代酒杯，兰釭代灯把吗？

——《填词要略》，《填词要略及词评四篇》，广东人民出版社，1986 年 6 月，第 37—38 页。

刘威志：

他看到了周邦彦的功劳，也看到审音创调、赋化填词所一并带来的结果，其中之一，就是用典与代字的问题。中国文字本来就单音独体，放眼整个中国韵文史，本来就以平仄交互运用达成某种韵律与节奏美感。故而重复单词的情况下，使用代字成双以表现平仄起伏、阴阳顿挫是无可非议的。就连王国维的诗词作品也必然有代字与用典。只是使事用典的流弊，会成为外行人乍看难以入手，而易流为二三流读过两本僻书之辈的炫耀之具。

——《试论王国维〈人间词话〉的偏好、企图与操作》，张伯伟、蒋寅主编：《中国诗学》第 14 辑，人民文学出版社，2010 年3 月，第 213 页。

彭玉平：
此则看似论替代字，实际上是换个角度来重申"创意"的重要。王国维原则上反对用替代字，其"忌用"二字，态度已颇为分明。按照此则所云，替代字的主要弊端是容易损害到境界的自然。而所以使用替代字，则或者出于作者创意才能的欠缺，或者出于作者驾驭精妙自然语言的不足。王国维如此贬低替代字，与周邦彦特别是南宋吴文英等人多用替代字以至形成写作程式有关。

——《人间词话》，中华书局，2010 年 4 月，第 53 页。

三五　代字之弊

沈伯时《乐府指迷》云：说桃不可直说破（原无"破"字，据《花草粹编》附刊本《乐府指迷》加）桃，须用"红雨""刘郎"等字。咏（原作"说"）柳不可直说破柳，须用"章台""灞岸"等字。若惟恐人不用代字者。果以是为工，则古今类书具在，又安用词为耶？宜其为《提要》所讥也。

【别叙】
这一则仍说词作忌用替代字问题。上一则是直接表达自己的主张，这一则是通过对沈义父的批评，间接表达自己的意见。王国维说，沈义父《乐府指迷》提倡用代字，像是唯恐他人不用代字，果真如此，有古今类书在，就不用填词了。就此，有的学者不同意王国维的意见，针对王国维的类书说而发论，认为："写诗填词，翻翻类书有何不可。"并认为"难在作意以写成诗、填成词"（刘威志）。不过，王国维之所以一再申明运用替代字带来的创作流弊，是为保证境界不隔的呈现，"意思还是可取的，只是他的说法有毛病"。（周振甫）这一点，联系上一则所言说的，可更清楚得知。

【集评】

周振甫：

比方沈义父的《乐府指迷》主张用代字，确实在片面性，举的例子也不一定恰当。比方用"红雨""刘郎"来代桃，其实"红雨"是指桃花乱落，要是讲桃花盛开，就不能用"红雨"；"刘郎"是讲刘晨、阮肇入山采药，迷了路，在山上采桃子吃，后来碰到仙女的故事，更不宜随便用。至于"章台柳"指唐朝长安章台街上的歌女柳氏，更不宜随便用来代柳树；"灞岸"是长安灞桥，唐朝人多在这里折柳送别，也不宜随便用来指柳树。再像他主张用代字的说法，更不妥当，所以《四库全书总目提要》批评他："其意欲避鄙俗，而不知转成涂饰，亦非确论。"涂饰好像面上搽粉点胭脂，反而把原来的美掩盖了，这就是王国维反对的隔。但说沈义父的用意在"避鄙俗"，恐不确切。沈在《乐府指迷》的开头说："用字不可太露，露则直突而无深长之味。"就是认为写词要含蓄、婉转，不要显露、直突，这个意思还是可取的，只是他的说法有毛病。

——《诗词例话》，中国青年出版社，1962 年 9 月，第 31 页。

金开诚：

《人间词话》中这些关于语言的见解，很有助于说明中国古典诗歌在使用语言上的正反两方面的情况：一方面古典诗歌在长期发展中语言艺术取得了辉煌的成就；另一方面却也积习深重，许多作者为了掩饰思想的庸劣和艺术的虚伪，便竭力在语言上刻意雕琢，或故作高深，或只求华丽，严重损害了诗歌的抒情性和形象性，甚至堕落为文字游戏。《人间词话》中有关诗歌语言的论述，一扫古典诗词在使用语言方面的种种恶习，是"境界说"中极有价值的有机组成部分。

——《〈人间词话〉的"境界说"》，《古典文学论丛》第2辑，陕西人民出版社，1982年12月，第521页。

谢世涯：

实际上，意之足或不足，语之妙或不妙，与"借代"无关，问题在如何掌握借代。而且，只有意足者使用借代，词语才易高妙。反之，意不足而欲以借代增其文采，则徒增其涂饰而已，将无意境可言。汉赋所以多无文学生命，就在作者无特别旨趣，徒在文辞上逞功夫，大量使用生硬的借代所使然。李后主《虞美人》以"春花秋月"代年复一年的岁月；以"雕阑玉砌"代富丽堂皇的宫殿楼台，以"朱颜"代未衰老时的神采，却没人否定其词意不足和语不妙。可见借代不必忌用，也非必须用，乃"要看全词风调如何而定；不能拘于一格"。借代又往往与想象、譬喻、象征等措辞法有关，如白居易诗"樱桃樊素口，杨柳小蛮腰。"乃以"樱桃"代"小口"，但若谓樱桃之为物，红润细小，故以之比喻或象征女子之小口，亦未尝不可。

——《南唐李后主词研究》，学林出版社，1994年4月，第104页。

张松林：

从《人间词话》手稿上可以看到，在"忌用"前尚有一"最"字，虽在手定时删掉了，但也说明他对此"深恶痛绝"，并由感性归为冷静的理性思辨。其用意是为了反对南宋以降，迄于晚清，"砌字""垒句"，不事创新的陈腐词风，意欲昭示在词的创作上推陈出新的宏才远志。所以，我们肯定他的"忌用"之说，但也不可陷入另一种片面性。事实上，王国维并不一概反对用替代字。

——陈鸿祥编著：《〈人间词话〉〈人间词〉注评》，江苏古籍出版社，2002年7月，第101页。

刘锋杰、章池：

王国维反对用代字，将用代字与直抄类相提并论，其意在于强调诗词创作，就应有灵活出色的语言创造，以摆脱使用代字所造成的涂饰、呆板、做作。王国维反对用代字，是为了使诗词形象鲜明，有境界，观点是正确的。

——《人间词话百年解评》，黄山书社，2002 年 11 月，149—150 页。

刘威志：

其实，写诗填词，翻翻类书有何不可。很多诗词方面的类书就是提供代字以供翻检的。翻检类书所得到的是材料，排比材料所得才是真实思想与感情。翻类书不难，难在作意以写成诗、填成词。

——《试论王国维〈人间词话〉的偏好、企图与操作》，张伯伟、蒋寅主编：《中国诗学》第 14 辑，人民文学出版社，2010 年 3 月，第 213 页。

三六 隔 雾 看 花

美成《青玉案》（当作《苏幕遮》）词："叶上初阳干宿雨。水面清圆，一一风荷举。"此真能得荷之神理者。觉白石《念奴娇》《惜红衣》二词，犹有隔雾看花之恨。

【别叙】

这一则说隔与不隔问题。以周邦彦《青玉案》、姜夔《念奴娇》《惜红衣》作比，认为前者能体现荷花的神理，由此不隔，而后者犹如隔雾看花，由此隔。对于王国维此则隔与不隔的表述，须逐层加以剖析。首先，是对于荷花形象的理解，所谓不隔，就是"描出了鲜明生动的荷的形象"；所谓隔，就是"没有勾勒出一个鲜明生动的荷的形象来"（陈咏）。其次，是对于神理的理解，这

里的"荷",具有典型意味的美的风姿或者"神理",好比天上的
"虹",只有诗人精神的"太阳",才能照出这种彩"虹"的美（佛
雏）。两种解释，或就一般艺术创造而言，或依据西方哲学思想加
以推断，均有助于对王国维学说的理解。而如从两宋咏物词的做法
上，解读王国维关于隔与不隔的表述，或更能切近王国维的立论原
意：周邦彦、姜夔咏荷词，体现的是两宋咏物词的不同特色，由于
美感兴趣不同，接受情况由此各异。而王国维所强调的，是咏物词
应当"将原本潜在的不引人注意的意趣引发出来"（彭玉平）。

【集评】

陈　咏：

如"美成《苏幕遮》词：叶上初阳乾宿雨，水面清圆，一一风
荷举。此真能得荷之神理者。觉白石'念奴娇'、'惜红衣'二词
犹有隔雾看花之恨。"为什么呢？因为周美成《苏幕遮》词描出了
鲜明生动的荷的形象，而白石的二首词，固然说了很多有关荷的
话，可是却没有勾勒出一个鲜明生动的荷的形象来，因此也就有了
所谓"隔雾看花"之感了。

——《略谈"境界"说》，《光明日报》，1957 年 12 月 22 日。

佛　雏：

这里的"荷"，在突破"宿雨"的抑制后，得到"初阳"、微
"风"的亲切疏弄，在三者的相互交错中，呈现出"清圆"、摇漾、
飘飘欲"举"的美的风姿。"荷"的这一具有典型意味的美的风姿
或者"神理"，在叔氏看，就正是"荷"本身的"理念"的显现
（也即叔氏的作为宇宙人生本体的"意志"在"荷"这一事物中所
得到的"充分的客观化"，即此便是美）。这里的"荷"，好比天上
的"虹"，只有诗人精神的"太阳"，才能照出这种彩"虹"的美。

——《辨"有我之境"与"无我之境"》，《文艺理论研究》，
1980 年 3 月，第 1 期。

邱世友：

人们知道，客观事物是文艺创作的原始材料，是基本的。但没

有作家的主观能动作用，没有作家的情志，心物之间的内在联系就不可能被揭示，无生命的自然物也不能成为有机的艺术整体。当然我们说的作家的能动作用是符合客观要求的。周美成《苏幕遮》词："叶上初阳干宿雨，水面清圆，一一风荷举。"看去似乎没有主观的作用，但"荷之神理"具现，这和作者在静观时体物悠闲的情志不无关系。"采菊东篱下，悠然见南山"，诗人之闲情逸志，与菊自然妙会就更不必说了。这些都是通过作家的主观作用使自然得以揭示其内在联系的结果。

  ——《"神与物游"的神思论——〈文心雕龙〉探究之二》，《水明楼小集》，花城出版社，1984 年 12 月，第 28 页。

  孙维城：

此句写出雨后初阳逐渐晒干荷上宿雨，又清又圆的荷叶由于水珠渐渐消失而渐渐在风中举起。动态地、细腻如发地表现了荷的神韵，见出观物之深、状物之神。作者心中没有存了一个以荷表现人的精神品貌的想法，没有比兴寄托，比德象征，不同于司马迁《屈原贾生列传》以荷赞屈原、周敦颐《爱莲说》以莲比君子；只是全身心地沉入到宇宙大化中去，才能够自由地表现荷花中有我，我中有荷花的大自然与我相融相浑，莫辨彼此的神境，表现人类与大自然共有的生命本体。这才是"不隔"之境。

  ——《对王国维"隔"与"不隔"的美学认识》，《文艺研究》，1993 年 12 月，第 6 期。

  王攸欣：

王国维的境界是理念在作品中的真切表现，首先，诗人必须能够静观到理念；其次，当理念在文本中传达出来后须能唤起读者的静观。这两个条件都达到了，作品中的情境就可称为不隔，只要一个条件没有达到，便是隔。叔本华的理念本身是具象，非常清晰，只能是直观的，当诗人没有直观到理念时，他写出的情境必定模糊不清，不可能显示事物的本质和神理。王国维在第三十六条中说周邦彦的《青玉案》（当为《苏幕遮》）不隔，就是因为诗人直观到了"荷之神理"，而姜夔《念奴娇》中写荷时的"翠叶吹凉，玉容消洒，更洒菰蒲雨。嫣然摇动，冷香飞上诗句"，则只是就荷的表面特征产生联想，没有把握其理念，所以就有了隔雾看花之恨。王氏在《叔本华之哲学及其教育学说》中说："唯诗歌一道（并戏剧小说言之），虽借概念之助以唤起吾人之直观，然其价值全存于其能直观与否，诗之所以多用比兴者，其源全由于此也"，几乎是叔本华原文直译，这是隔不隔第二层含义的依据。诗人即使直观到了理念，但他表达时未能真切，反而用一些需经过读者反复思索和联想，甚至需要特别的知识才能勉强明白的概念，这就失去了理念的直观性。他举的"谢家池上，江淹浦畔"隔的毛病就在于此。王国维反对用典、隶事、用代字的根本原因也在此，凡属这样的作品，都不能称为有境界，因为没有真切地再现理念。

　　——《选择·接受与疏离：王国维接受叔本华、朱光潜接受克罗齐美学比较研究》，三联书店，1999 年 8 月，第 107—108 页。

彭玉平：

　　所谓"神理"，即是咏物而得其精神、神韵之意，得其精神、神韵，亦即得其真，得其真，自然不隔；雾里看花，自然失真，失真自然就隔。周邦彦的"叶上"数句，不仅写出了雨后清晨风吹荷动之神韵，更以一"举"字将荷花之风情与骨力结合起来。这个"举"字和张先"云破月来花弄影"的"弄"字，宋祁"红杏枝头春意闹"的"闹"字，欧阳修"绿杨楼外出秋千"的"出"字，等等，都具备相似的功能，将原本潜在的不引人注意的意趣引发出来，是一句之"眼"，也是一句之"神"。

　　——《〈人间词话〉手稿结构论》，《江海学刊》，2011 年 3 月，第 2 期。

三七　和韵而似原唱

　　东坡《水龙吟》咏杨花，和韵而似原唱。章质夫词，原唱而似和韵。才之不可强也如是。

【别叙】

原唱与和韵，是传统诗词中两种不同的创作方式。一唱一和，一前一后，前者原唱，后者和韵。和，指唱和、和答，有附和之意。和韵方法，包括用韵、依韵、步韵三种。步韵，也称次韵，所用韵字位置须依原唱次序。一般情况下，原唱在先，想怎么用韵就怎么用韵，怎么安排布局就怎么安排布局，自由度较大，而后之和韵，亦步亦趋，必须附和原唱，无论内容，或者形式，限制都较多，自然受到较多的束缚而不容易作得好，更加不容易超越原唱。苏轼《水龙吟》（"似花还似非花"）咏杨花之次韵章楶杨花词，章楶《水龙吟》在前为原唱，苏轼在后为和韵，二者都咏杨花，用同一韵脚，究竟何者较为优胜？王国维说，和韵似原唱，原唱似和韵，意即苏轼优胜过章楶。苏轼和韵词确实有让人惊叹处，其"声韵谐婉"，由此相较而觉章楶原作"有织绣工夫"（朱弁）。但亦有提出反对意见，认为"东坡和作拟人太过分，遂成荒谬"[①]。（吴世昌）

【集评】

周振甫：

这里的杨花，即指柳絮。章词写在春残时，柳絮飞坠，飞到青林里，飞到深院里，碰在珠帘上，又被风吹去，飞到春衣上，飞到绣床上，掉到池里，被鱼吞下。这里都在写柳絮。到结末三句，写闺中妇人想望她的丈夫走马章台街望不见，有盈盈泪。这个"盈盈泪"当是双关，既指妇人的泪，也指点点柳絮。就咏物词要写得"不即不离"说，这首词写得不离柳絮，但就不局限于柳絮，从柳絮写到人，只有词末的三句话。再看苏词，开头三句写柳絮，到"思量却，无情有思"，就写到人，人在思量，柳絮虽无情却有意思。有什么意思呢？柳絮的随风吹向远方，正像思妇的梦随风万里寻郎去处，又被莺啼叫醒，这时"萦损柔肠，困酣娇眼"，写她在梦境中的"萦损柔肠"，和梦醒时的"困酣娇眼，欲开还

---

① 吴世昌著，吴令华辑注，施议对校：《词林新话》，北京出版社，1991年10月，第143—144页。

闭"，这就结合思妇的梦来写柳絮了，这就是"不即"，不局限于写柳絮了，但又写出柳絮的"有思"来。下片从柳絮的飞尽，联系到落花，写柳絮入水化浮萍，感叹三分春色，二分落在地上化为尘土，一分落在水上，随水流去，春色都消逝了。这就写到离人的伤春落泪，又结合到杨花的点点是离人泪了。这样看来，苏词做到"不即不离"，全篇不离杨花，又不局限于杨花，写出思妇的柔情与幽怨，这就超过章词了。晁冲之称美章词的话，只限于"不离"，就不够了。

——《诗词例话》，中国青年出版社，1962 年 9 月，第 13 页。

吴宏一：

对于境界说，我们已有比较清楚的认识，它是主自然的，在写作技巧上先要做到"不隔"，然后才能表现真景物、真感情，所以不隔是境界的先决条件。然而，要不隔，要语语如在目前，这似乎不是一般人所能做到的，因为白描的作品，最容易流于浅俗鄙陋，如果要"状难写之景，如在目前；含不尽之意，见于言外"，那就非天才不可，所以王静安又特别重视天才，而比较忽视学力。王静安说东坡《水龙吟·咏杨花》，和韵而似元唱，那就是因为东坡才高所致，故所题虽咏杨花，却只见东坡情性。同样的，词话中之论白居易、吴伟业之优劣，梅溪、梦窗、玉田、草窗诸家词之失于肤浅，也都可以窥见他是极重视天才的。

——《王静安境界说的分析》，柯庆明、林明德主编：《中国古典文学研究丛刊：散文与论评之部》，巨流图书公司，1979 年 2 月，第 293 页。

刘逸生：

苏轼当然是文章能手。他知道咏物而被物象所束缚，就不能不陷于工匠似的死板刻画，何况在刻画方面，原作者章楶已经取得了相当高的成就，假如沿着这条路子去追赶他，显然是笨拙的，所以他才有意拔高一筹，让物象更多地染上人的主观色彩，更多地显示人的性情品格，于是杨花同人的感情就像是更加贴近了。

自然，就拿刻画物象来说，要刻画得出色也不是一件容易的事。

所谓"栩栩如生",其实包含两个内容：一是对于物象的准确把捉，一是在这个基础之上注入作者的精神血肉。没有前者，后者便成为架空的虚幻，没有后者，前者又将失去活的生命，同样"栩栩"不起来。

——《宋词小札》，广东人民出版社，1981 年 12 月，第 88 页。

孙维城：

朱熹说："赋者，铺陈其事以直言之也。"钟嵘说："若但用赋体，患在意浮，意浮则文散。"（《诗品序》）就是说，赋是一种即物即心的直接描写，心与物之间没有沟通的桥梁津筏，在咏物过程中不能随意挥洒自己的情感，只能点缀一点类型化的情感，章词下片借深院思妇点缀一点离愁，是牵强的，不深厚的。这不是章质夫的错，而是这种词学观念的局限性。朱弁称赞苏轼杨花词，批评章词织绣，也就是批评赋的手法对景物的堆砌，但在正面意见方面却说不出苏词好在哪里。张炎称赞苏词，也说不出好在何处。其实苏词之妙处在于"以诗为词"，他没有斤斤于杨花形神的描摹（这受到魏受之的批评），他从一开始就写情感，写思妇离情，而以杨花比思妇，以杨花的动态写出情感的发展变化的过程，在情感抒发上大大超过了章词，所以后人大多称赞苏词。

——《苏轼"以诗为词"的词学精神》，《张先与北宋中前期词坛关系探论》，安徽大学出版社，2007 年 12 月，第 182 页（论文原载《东方论丛》2003 年 2 月第 1 期，收入书后有所改动，如上内容为收入书后增加）。

路成文：

在这首词中，作者不是站在旁边作客观的观察摹画，而是用心体察物之性情、神理。作者把杨花比拟成闺中思妇，赋予杨花以思妇的情感和生命，因此在作品中，物即是人，人即是物，物与人融合无间，物成了人格化的对象，反过来也可以说"人"化入了物。

但是必须指出，此词中的"人"显然不是作者自我，而只是一个虚拟的形象——思妇；作者是站在外面观照、吟咏杨花的，创作主体外在于表现对象，作者自我的情感意绪并没有呈现在作品中，故若以境界论观之，此乃"无我之境"也。

——《论周邦彦的咏物词》，《文学遗产》，2004 年 3 月，第 3 期。

杨柏岭：

在前人笔下，"杨花"多是轻俏柔媚形象，屡遭讥讽，成为惩劝世风的反面教材。至苏轼《水龙吟·次韵章质夫杨花词》云"细看来，不是杨花，点点是离人泪"，把这个"似花还似非花"的杨花物象与思妇形象重合，可谓一大发展。故王国维《人间词话》三十七则云"章质夫词，原唱而似和韵，才之不可强也如是"，肯定了苏轼"和韵而似原唱"的创造性才思。

——《张惠言的词学史地位及其〈茗柯词〉之价值》，王嘉主编，夏令伟、刘兴晖副主编：《邓乔彬教授七十华诞纪念文集》，安徽师范大学出版社，2013 年 9 月，第 396 页。

三八　咏物之词以东坡 《水龙吟》为最工

咏物之词，自以东坡《水龙吟》为最工，邦卿《双双燕》次之。白石《暗香》《疏影》，格调虽高，然无一语道着，视古人"江边一树垂垂发"等句何如耶？

【别叙】

王国维认为，咏物词中，苏轼《水龙吟》（"似花还似非花"）最工，居第一位，史达祖《双双燕》（"过春社了"）次之，居第二位。至若姜夔《暗香》（"旧时月色"）《疏影》（"苔枝缀玉"），就排不上位置了。上一则从和韵的角度，将苏轼《水龙吟》与章楶《水龙吟》相比，谓和韵胜过原唱，这一则从咏物的角度立论，将其与史达祖、姜夔相比，认为苏轼作得最好。苏轼

《水龙吟》，好在何处？王国维以道着、不道着加以衡量，认为姜夔《暗香》《疏影》无一语道着，所以不及，所以和古人"江边一树垂垂发"一类句子比差得太远。为什么姜夔《暗香》《疏影》二首咏梅词"无一语道着"？陈咏认为，是因为"没有描写出一个鲜明生动的梅的形象来"①。而唐圭璋则认为，王国维"未免太偏"。对此，如何看待？应当说，咏物词不仅要求形似，还追求神似，要做到传神、自然、生动。其中所牵涉的，仍是真与不真、显与隐、自然与雕绘的问题。王国维在肯定姜夔咏物词格调的同时，仍表现对写物传神的"真"的强调。当中，实则也是对所谓"工"的具体要求。

【集评】

唐圭璋：

白石以健笔写柔情，出语峭拔俊逸，格既高，情亦深，其胜处在神不在貌，最有言外之味，弦外之响。即以抒情而言，其断句如"春未绿，鬓先丝，人间别久不成悲。谁教岁岁红莲夜，两处沈吟各自知。"何等沈痛！又如别词云："日暮，望高城不见，只见乱山无数。韦郎去也，怎忘得玉环分付？第一是早早归来，怕红萼无人为主。"亦深情缱绻，笔妙如环。他如自度名篇，举不胜举，而《暗香》《疏影》两词，尤为精深美妙。盖这两词句句是梅，而言外之意，在暗忆君国，故更觉匆沈郁勃，一寄之于词。或谓"昭君不惯胡沙远"，与梅无关，不知此用唐王建咏梅诗意，亦非无关也。宋于庭谓："白石念念君国，似杜陵之诗。"谭复堂亦以为一有骚辨之余，皆非虚言。戈顺卿、陈亦峰更誉之为词圣，须不免过当，然王氏抑之如此，亦未免太偏矣。

——《评〈人间词话〉》，《斯文》第1卷，第21—22合期，1941年8月。

陈兼与：

白石《暗香》《疏影》二首咏梅中"……"寄情深远，谓"无一

① 陈咏：《略谈"境界"说》，《光明日报》，1957年12月22日。

语道着"，未免存有成见。又如同时王碧山之《眉妩》咏新月"……"，《水龙吟》咏牡丹"……"，《齐天乐》咏蝉"……"，《无闷》咏雪意"……"，皆有无限故国之思与身世之感。诗词中之咏物，本非高体，观唐宋人之咏物诗，往往雕镌入于纤巧，极少上乘之作，独南宋咏物词，情景交融，物我俱化，气体特为高大，使咏物一体，成为南宋词之一特色。如上所举白石，碧山之句，岂让东坡、邦卿专美于前耶？

——《〈人间词话〉述评》，《词学》第 1 辑，华东师范大学出版社，1981 年 11 月，第 206 页。

廖辅叔：

就咏物词的成就而论，张炎认为它（姜夔《暗香》《疏影》）是"自立新意，真为绝唱。"王国维则认为"费解"。实则激赏的固然不免近于溢美，贬抑的也有些故为高论。前一首以"旧时月色"起兴，已经交代清楚是怀旧，更带有个人身世之感，所以说"何逊而今渐老"。后一首用王昭君的典故，而且点明胡沙，家国之恨比较明显。我们固然不必穿凿附会，但也不能随便忽略诗人的深意。

——《谈词随录》，广东人民出版社，1986 年 9 月，第 86 页。

彭 靖：

综观全词（苏轼《水龙吟》"似花还似非花"），沈谦《填词杂说》谓为"幽怨缠绵，直是言情，非复赋物"。这是就其艺术效果说词已不止于赋物，而充分表达了作者欲言之情。我们不能理解为艺术上可以把言情与赋物分离开来乃至对立起来。问题在于如何处理物之形与神的关系，又如何处理物之神与人之情的关系。刘熙载《艺概》以为起句可作全词评语，"盖不离不即也"。于"不离不即"中求之，斯为探真之道。唐圭璋先生以为此词"咏杨花，遗貌取神，压倒古今"（《唐宋词简释》），则明确主张从貌与神的关系的处理中求之，较之刘氏之说更进了一步。当然，"遗貌取神"必先由貌入神，也不能把貌与神分离乃至对立起来。唐先生又谓"全篇皆从一惜字生发"，也极精当。由"无人惜"而至有人相惜，乃是贯串全篇的基本脉络。

——唐圭璋、钟振振主编:《唐宋词鉴赏辞典》,江苏古籍出版社,1986 年 12 月,第 370—371 页。

陶尔夫,刘敬圻:

其实,这两首词并不一定有什么重大社会价值,但它却能从现实的官感中引发诗兴,摘林逋名句作词牌,适当提炼和化用某些与梅花有关的典故,并由此生发开去,完成他以冷为美的审美独创。因梅花傲雪凌寒,最宜表现以冷为美的审美感受与傲岸不屈的性格。这首词首先是立意超拔,另创新机。词意虽与林逋《山园小梅》有关,但其境界却远胜林诗,与陆游《卜算子·咏梅》也不相类。林诗"曲尽梅之体态"(见司马光《温公诗话》),陆词借梅喻诗人品德,白石此词却织进个人品格与身世盛衰之感,写法上"不即不离",似咏梅而实非完全咏梅,非咏梅却又句句与梅密切相关。正如张炎所说:"所咏了然在目,且不留滞于物。"白石词的"清空"也正表现在这里。其次是对比照应,似纵旋收。词人将今昔盛衰之情捏在一起,在对比中交替描写,给人以极深印象。如第一层写昔胜,第二层接写今衰;第五层昔盛,第六层今衰。"章法自周邦彦《六丑》得来"(唐圭璋《唐宋词简释》)。第三是抒情写意,曲折传神。词写内心情感的起伏变化,表达极为灵活,如第四层短短六句却有三次转折,情感之波澜回荡被写得淋漓尽致。最后是音节谐婉,字句精工。

——《南宋词史》,黑龙江人民出版社,1992 年 12 月,第280—281 页。

王步高:

有寄托,是《双双燕》("过春社了")一词的特点,也是梅溪咏物词的主要特点之一。

这首词的艺术成就,可概括为以下三点:其一,不出题字而形神俱似。全词没有一字提到"燕",但没有一句不在写燕,……其二,此词声韵圆转。《双双燕》乃梅溪自度曲,为从回环中求变化,上下片句式、平仄多有不同。……徐轨《南州草堂词话》便记载,有人唱起《双双燕》词,"宛转嘹亮,字如贯珠"。其三,词中讲究炼字和句法，使语言更加凝练，增强了概括力。如"红楼归晚，看足柳昏花暝"句中，"柳昏花暝"四字便具有极丰富的内涵，把词中没有写出的人事、景物都包容了进去。

——唐圭璋、钟振振主编：《唐宋词鉴赏辞典》，江苏古籍出版社，1986 年 12 月，第 1071 页。

阴法鲁：

词学家历来对这两首词（《暗香》《疏影》）的含义有不同的理解，多数人认为是姜夔怀念情人之作，这个说法比较合理。姜夔关于他的爱情故事的叙述，总是隐隐约约，语意闪烁，但那个人的影子却常常出现在姜夔的作品中。姜夔在这两首词里巧妙地运用一些和梅花有关的历史掌故，并参酌或凝缩一些著名作品的佳句，从不同的角度来描写梅花的特色，从而寄托自己对情人的怀念。他觉得梅花是情人的象征，情人是梅花的化身，这种感觉在这两首词中表现得比较清楚。清代学者刘熙载认为姜词的特点是"幽韵冷香"。在姜夔心目中，梅花可能就有幽韵冷香的气质。"幽韵"，指幽静的神韵；"冷香"，指清冷的香味。如果借用刘熙载的语言来分析这两首词，也可以说，《暗香》着重写"清冷"的气质，《疏影》着重写"幽静"的气质。

——唐圭璋、钟振振主编：《唐宋词鉴赏辞典》，江苏古籍出版社，1986 年 12 月，第 1022—1023 页。

邱世友：

王氏之说很为偏颇，对白石词贬抑过当。其实，前面讲了，以不同的艺术手法和不同的兴寄，倚声填词，必然产生不同的境界，从描写物象看，认为是"隔"者，表现品格就可能不隔。白石《念奴娇》《惜红衣》二阕咏荷，主要特点不在于体物，而在于写品格，重在兴寄而不在描写，拟人化较强。论者认为重客观精神者多不隔，白石重在主观精神是隔的原因。这说法不全面。白石词主观精神和客观精神、情与景是统一的，在统一中见清空。所谓"野云孤飞，去留无迹"、"只恐舞衣寒易落，愁入西风南浦"，写荷经秋而陨，从拟人化说，不可谓之隔，虽然有关荷的描写著墨很少。

东坡《水龙吟》咏杨花，描写和拟人兼用，写杨花的飘坠所引起的愁思，真切动人，身世之感隐约可见，固然不隔。而白石《暗香》《疏影》直接写梅花著墨亦少，而多写与梅花有关的人和事。或拟人或托兴，总写幽独高标的梅花品格，也即人格，并寄以身世家国之伤。如"唤起玉人，不管清寒与攀摘"，虽非直接写梅花，而与美人冲寒摘梅花的意趣可见，高情雅韵，梅花清丽的形象由是衬托出来，何可谓隔？"苔枝缀玉，有翠禽小小、枝上同宿"，虽用《龙城录》赵师雄罗浮寻梦事，但梅花晶莹如玉的意象清晰可见；又以昭君写梅的幽独孤贞，以寿阳写梅的幽韵娴雅，情致十足，又何得谓"无一语道著"？这无疑是王氏以其直致所得的描写主张，来抹杀其他非直接描写物象的方法。"江边一树垂垂发"、"竹外一枝斜更好"固是不隔，而"想佩环月下归来，化作此花幽独"又何尝隔了？前二例直接凭审美直觉，后一例则通过联想引起心理审美直觉，其不同者如是而已。

——《王国维论词的境界》，《词学》第13辑，华东师范大学出版社，2001年11月，第212页。

罗　钢：

这首词并非"无情"，它写了梅的美丽、高洁、幽独，写了对梅的怜爱和呵护，也写了梅的离去给人们带来的哀怨和惆怅，但是这些感情的表现是间接的，它们被埋藏在一连串故事背后，这些典故如同一个个文化语码，只有破译了这些文化语码，我们才能辨认出隐藏在这些互文关系背后的抒情线索，才能体会到它隐含的深沉的情感声音。这就是夏承焘所说的那种"愈淡愈浓"的效果。

——《本与末——王国维"境界说"与中国古代诗学传统关系的再思考》，《文学遗产》，2009年6月，第6期。

三九　白石的"隔"

白石写景之作，如"二十四桥仍在，波心荡、冷月无声""数峰清苦，商略黄昏雨""高树晚蝉，说西风消息"，虽格韵高绝，然如雾里看花，终隔一层。梅溪、梦窗诸家写景之病，皆在一"隔"字。北宋风流，渡江遂绝。抑真有运会存乎其间耶？

【别叙】

此则仍说隔与不隔问题。王国维认为，姜夔描写景物的词作，虽然格韵高远，但如雾里看花一般，隔了一层。并认为史达祖、吴文英等人写景的作品，其中弊病，都因为"隔"。由此提出：北宋词坛风尚，到了南宋后就断绝不传了，就此，是否真的关乎时势？就王国维所言"运会存乎"问题，可视为对文体发展规律的一种思考，而就隔与不隔问题，另须作具体分析，"如果仅仅由于文字障碍（或用典，或用代字，或者篇幅长一些等等），经过梳理，仍然可以理解，能够激动人心，就不一定是'隔'"。（吴奔星）另外，雾里看花，倘花之美为雾所隔，读者"不觉其雕饰，反觉其浑融。又何伤于隔乎？"（吴征铸）以上所言，较为客观中的，亦更契合诗词创作之特点与要求。

【集评】

唐圭璋：

白石天籁人力，两臻绝顶，所写景物，往往遗貌取神，体会入微。而王氏以"隔"少之，殊为皮相。"二十四桥仍在，波心荡，冷月无声。"极写扬州乱后凄凉境界，令人感伤，何尝有隔？"数峰清苦，商略黄昏雨。"则写云山幽静，万籁俱寂境界。"清苦"、"商略"，皆从山容云意体会出来，极细极妙，亦不能谓之为隔。"高树晚蝉，说西风消息"，写晚蝉多情，能说西风消息，笔墨极灵动。而王氏亦概以隔少之，是深刻细微之描写皆有隔矣。王氏知爱白石"淮南皓月冷千山，冥冥归去无人管"两句，而不知爱此数处，亦不可解。他如"千树压西湖寒碧"、"冷香飞上诗句"，亦何尝非妙语妙境，岂能谓之隔耶？王氏盛称稼轩《贺新郎·送茂嘉十二弟》词，以为语语有境界。然是篇罗列荆轲、苏武、庄姜、陈皇后、昭君故事，依王氏见解，正隔之至者，何以又独称之？

  ——《评〈人间词话〉》，《斯文》第 1 卷，第 21—22 合期，1941 年 8 月。

吴征铸：

  既以境界为主，则不当以隔与不隔为优劣之分。何则？雾里看花，倘花之美为雾所隔，则此隔诚足为病矣。今以常理言，花在雾中，颜色姿态各呈特异之观；雾之于花，不似屏障之于几案，截然为二物；盖早已融成一片，共现一冲和静穆之境。此境之美，无待言也。于词"数峰清苦，商略黄昏雨"，此静安先生所讥为隔者。数峰立于黄昏雨中，此犹花之本质也。加上"清苦"、"商略"等形容词，此犹花上有雾，读者于此两句，不觉其雕饰，反觉其浑融。又何伤于隔乎？眼前景色，与心中情意，各有其隐显之时，亦各有其优美之处。

  ——《评〈人间词话〉》，《斯文》第 1 卷，第 21—22 合期，1941 年 8 月。

吴奔星：

  从艺术风格看，"不隔"的境界是一种直接扣打读者心弦的境界，王国维推崇它，是可以同意的。不过，他在这个问题上却流露出主观片面和形式主义的观点。"不隔"是开门见山，深入浅出，跟读者的艺术感受毫无距离，一拍即合，当然是好的；但是王国维似乎把这一境界看成唯一无二，走了极端，就不免否定其他境界。在境界上我们并不提倡"隔"，但是对于"隔"却须作具体分析。如果意境神秘、晦涩、朦胧，如同猜谜，当然要排斥，如果仅仅由于文字障碍，（或用典，或用代字，或者篇幅长一些等等）经过梳理，仍然可以理解，能够激动人心，就不一定是"隔"。如他所指摘的姜白石的"二十四桥仍在，波心荡，冷月无声"、"数峰清苦，商略黄昏雨"、"高树晚蝉，说西风消息"，境界极其耐人寻味，评为"雾里看花，终隔一层"，实欠公允。这些词句，作者都用了拟人的手法，因而比较含蓄，虽非"脱口而出"，却也不难理解。这也是艺术风格之一，如果斥之为"隔"，并将它与"不隔"的境界对立起来，势必影响艺术风格的多样性。我们认为"不隔"是艺术风格中较为读者欢迎的一种，但不是唯一的一种。王国维看到了艺术风格的一方面。却忽视了艺术风格的多方面，因而在理论上走了极端。

——《王国维的美学思想——"境界"论》，《江海学刊》，1963 年 3 月，第 3 期。

陈兼与：

此拈出一"隔"字为主要观点，所谓"隔"亦极抽象，以普通语言说明之，即词中之意识形态，皆须用第一层之语言表现，始为不隔，转一手即为隔。白石之句，何不举《长亭怨》"阅人多矣，谁得似长亭树。树若有情时，不会得青青如此。"曾有隔耶？

——《〈人间词话〉述评》，《词学》第 1 辑，华东师范大学出版社，1981 年 11 月，第 207 页。

夏中义：

白石之"隔"似是一个接受美学现象，即白石不是按王氏"境界"程式来写的，他是忧世非忧生，咏物而非咏怀，凄恻郁结而非清新疏朗，不是像"红杏枝头春意闹"那样"豁人耳目"，而是要求读者像嗅玫瑰那样嗅出词中情结的芬芳，这就亟须读者投入更丰饶，更蕴藉的心智想象与情调揣摩，而不是直接给人的官能一个鲜活印象。

——《世纪初的苦魂》，上海文艺出版社，1995 年 6 月，第 34—35 页。

罗 钢：

在手稿中，这段词话最后还有"皆未得五代、北宋人自然之妙"一句。这里的关键就是"自然"二字。王国维引用的这几句姜夔词有一个共同的特点，就是它们都采用了现代心理学称之为"通感"的写作方法，第一句"冷月无声"同时挪借了触觉和听觉，第二、三句分别挪用了味觉和听觉，但王国维恰恰认为这是不

自然的。在"写景之作"中，这种感觉的挪借破坏了视觉形象原本
的直接性，使明晰的图画反而变得模糊不清，因此"未得自然之
妙"。他的"不隔"说和西方的"形象"概念，坚持的是同一种视
觉优先性，或用 W. J. T. 米切尔的话说，一种"图画的专政"。

  ——《本与末——王国维"境界说"与中国古代诗学传统关
系的再思考》，《文学遗产》，2009 年 6 月，第 6 期。

四〇　"隔"与"不隔"之分

  问"隔"与"不隔"之别，曰：陶、谢之诗不隔，
延年则稍隔矣。东坡之诗不隔，山谷则稍隔矣。"池塘生
春草"、"空梁落燕泥"等二句（原稿无"二"字），妙
处唯在不隔。词亦如是。即以一人一词论，如欧阳公
《少年游》（咏春草）上半阕云："阑干十二独凭春。晴
碧远连云。千里万里，二月三月（此两句原倒置），行
色苦愁人。"语语都在目前，便是不隔。至云："谢家池
上，江淹浦畔。"则隔矣。白石《翠楼吟》："此地宜有
词仙，拥素云黄鹤，与君游戏。玉梯凝望久，叹芳草、
萋萋千里。"便是不隔。至"酒祓清愁，花消英气"，则
隔矣。然南宋词虽不隔处，比之前人，自有浅深厚薄
之别。

【别叙】
  这一则也是说隔与不隔问题，只是不直接判断，而以具体事
例加以对比，并在对比中区分何谓不隔、何谓隔。较之前面所
说，此则进一步落到实处。例如，之前说"隔"，只是以"隔雾
看花"，或者"雾里看花"作比，谓如此即为之隔。此处说隔与

不隔之更确切：一是以陶渊明、谢灵运之诗和颜延之诗作比，认为陶、谢不隔，颜延之隔；一是以苏轼之诗和黄庭坚诗作比，谓苏轼不隔，黄庭坚则稍隔；又列举事例，认为"池塘生春草"、"空梁落燕泥"等诗句妙处在不隔；接着，由诗而词，以欧阳修、姜夔作品为例，说明隔与不隔具体区别，并指出：欧阳修《少年游》（咏春草）上半阕词所以不隔，在于"语语都在目前"，反之，下半阕"谢家池上，江淹浦畔"则隔，姜夔《翠楼吟》亦然。而南宋词即使"不隔"，相较前人所作，也有着深与浅、厚与薄的区别。故此，可见，在王国维认为，语语都在目前，是为不隔，"词之融化物境、心境以写出之者"①，亦为不隔，反之则隔。此外，王国维隔与不隔说，当分为"不隔、不隔之隔、隔之不隔、隔"②四种结构形态（彭玉平）。

【集评】

谷　永：

明先生第一形式第二形式之论，则可以言先生隔与不隔之说矣。余谓先生隔不隔之说，亦出于其美学上之根据。何以言之？曰自然之景物，其优美者如碧水朱花，宏壮者如疾风暴雨，其接于吾人之审美力也，直接用第一形式，故觉其真切而不隔。一切艺术，以必须用第二形式而间接诉诸吾人审美力故，故其第二形式若与第一形式完全一致和谐，则吾人恍若不知其前者之存在，而亦觉其意境之真切而不隔。反是，二种形式不能完全和谐一致，则生障蔽。而吾人蔽于其第二形，因不能见其第一形式，或仅能见少分之第一形式，皆是隔也。且隔与不隔之说，与真不真之说，有以异乎？曰：无以异也。未有真而隔，亦未有不真而能不隔者。故先生隔与隔之说，是形式之论，意境之论。而真不真之说，则根本之论也。

　　——《王静安先生之文学批评》，《学衡》第 64 期，1928 年 7 月。

---

① 沤盦：《沤盦词话》，《杂志》第 10 卷第 5 期，1943 年 2 月。
② 彭玉平：《论王国维"隔"与"不隔"说的四种结构形态及周边问题》，《文学评论》，2009 年 11 月，第 6 期。

吴征铸：

推原静安先生之严屏南宋，盖亦有其苦心。词自明代中衰以后，至清而复兴。清初朱（竹垞）厉（樊榭）倡浙派，重清虚骚雅而崇姜张。嘉庆时张皋文立常州派，以有寄托尊词体，而崇碧山。晚清王半塘、朱古微诸老，则又提倡梦窗，推为极则。有清一代词风，盖为南宋所笼罩也。卒之学姜张者，流于浮滑；学梦窗者，流于晦涩。晚近风气，注重声律，反以意境为次要。往往堆垛故实，装点字面，几于铜墙铁壁，密不通风。静安先生目击其弊，于是倡境界为主之说以廓清之，此乃对症发药之论也。虽然，文学之事，最不宜有执一之谈。博采众长，转益多师，能入能止，始可成一家之面目。

——《评〈人间词话〉》，《斯文》第 1 卷，第 21—22 合期，1941 年 8 月。

饶宗颐：

词者意内而言外，以隐胜，不以显胜。寓意于景，而非见意于景。盖词义有双重：有表义，有蕴义。表义，即字面之所指；蕴义即寄托之所在，所为重旨复意者是也。"高树晚蝉，说西风消息。""波心荡，冷月无声。"言外别有许多意思，读者不徒体味其凄苦之词境，尤当默会其所以构此凄苦之境之词心。此其妙处，正在于隔。彦和云："情立词外曰隐，状溢目前曰秀。"（《岁寒堂诗话》引刘氏语为《雕龙》佚文）王氏论词，有见于秀，《人间词话》云："飞卿之词，句秀也；端已之词，骨秀也；重光之词，神秀也。"而无见于隐，故反以隔为病，非笃论也。词之性质，"深文隐蔚，秘响傍通"，故以曲为妙，以复见长，不能单凭直觉，以景证境。吾故谓王氏之说，殊伤质直，有乖意内言外之旨。若夫"晦塞为深，虽奥非隐"，如斯方为词之疵累。质言之，词在病，不在于隔而在于晦。

——《〈人间词话〉平议》（1953 年），《文辙·文学史论集》（下册），台湾学生书局，1991 年 11 月，第 745 页。

童庆炳：

所谓"隔"是因为用典过多或过于晦涩，不能生动鲜活地表现事物，不能使所描写的事物灌注诗人的生命的体验，从而不能引起读者的想象和共鸣；所谓"不隔"是因为不但是"语语如在目前"，更重要的因为灌注了诗人的鲜活的生命情感，而使读者的生命情感也被激发起来了。隔是死的，无生命的；不隔是活的，有生命的，隔与不隔的区别正在这里。意境的灵魂是所描写的对象的生命活跃与高扬，使读者不能不为之动情而进入那特定的诗意时空中去。

　　——《"意境"说六种及其申说》，《东疆学刊》，2002 年 9 月，第 3 期。

王水照：

王国维此句在手稿本中原作"问'真'与'不隔'之别"，其"不隔"即是对"真"的追求，真情、真景，"语语都在目前，便是不隔"；把"烟水迷离之致"写得如身历其境，也就达到了"不隔"的要求。"雾里看花当然是隔；但是，如果不想看花，只想看雾，便算得'不隔'了。"对王国维的"不隔"说，钱氏幽默地说："我们不愿也隔着烟雾来看'不隔'说。"

　　——《况周颐与王国维：不同的审美范式》，《文学遗产》，2008 年 3 月，第 2 期。

詹志和：

"不隔"、"目前"，本来都是禅门中人讨论心色关系时经常提及的话头，意在以清净的本心去接纳自在的本真。"不隔"指参禅者与大千世界之间通过"直观"而建立起来的鱼水相亲的关系。它在禅学中也有两层基本含义：其一，实为"不二"之谓，"不隔"，才能物我不二、自他不二；其二，实为"不思"之谓，即不思量，不拟议，只用"平常眼"去直取本来面目。此二义实亦正是静安先生的"不隔"所寓之"本真近人"、"屏除知性"义。

　　——《王国维"境界说"的佛学阐释》，《中国文学研究》，2008 年 10 月，第 4 期。

彭玉平：

隔与不隔说的四种结构特征是王国维在时报本中才将其最终

完成的。在学报本中，对于姜夔《翠楼吟》的结构还是不隔与隔的二分法，而在时报本对欧阳修《少年游》的分析中，王国维既指出从"阑干十二独凭春"到"行色苦愁人"一节的不隔，而对于换头"谢家池上"三句，王国维没有用"隔"来评价，而是说"使用故事，便不如前半精彩"来评价。按理说，"使用故事"便是隔了，手稿本和学报本便明确使用"隔"来评论这几句，时报中的这一转换，意味着王国维对"使用故事"在特定语境中的认同，这既不是"不隔"，也不是"隔"，而是在"不隔"之中的"隔"，所以虽然"不如前半精彩"，依然能得到王国维的部分认同。而且王国维还为自己的这一"不隔之隔"解释说："然欧词前既实写，故至此不能不拓开。若通体如此，则成笑柄。"王国维反对的是"通体如此"，即整首作品的"隔"。王国维从结构角度考虑到欧阳修在实写后"不能不拓开"，这"不能不"三字，其实是对"使用故事"的一种肯定。由此我们可以初步得出结论，王国维对于隔与不隔的评定是从整篇结构来考虑的，若是结构上的延伸或拓展，需要将意思隐藏或模糊，则这种"隔"是允许的。王国维反对的其实是通体如此的"使用故事"所造成的"隔"的体验。

——《论王国维"隔"与"不隔"说的四种结构形态及周边问题》，《文学评论》，2009 年 11 月，第 6 期。

四一 写情"不隔"与 写景"不隔"之例

"生年不满百，常怀千岁忧。昼短苦夜长，何不秉烛游？""服食求神仙，多为药所误。不如饮美酒，被服纨与素。"写情如此，方为不隔。"采菊东篱下，悠然见南山。山气日夕佳，飞鸟相与还。""天似穹庐，笼盖四野。天苍苍。野茫茫。风吹草低见牛羊。"写景如此，方为不隔。

【别叙】

以是否"语语都在目前"来判断隔与不隔，是王国维境界说立论的重要标准。这一则说写情、写景问题，所举写情二例，出自古诗十九首，所举写景二例，则出自陶渊明诗、南北朝民歌，皆为诗歌不隔事例。王国维于此只是列举诗句，不作任何说明，为此，就写情问题，论者认为，把心里的真实感情一点不掩饰的表达出来，是为不隔，但"并不一定是好诗"（周振甫）；就写景问题，"有形象，生活的真实才能以即目可见具体可感的形态直接展示在人们前面，使'语语都在目前'，这样才能'不隔'，而所以'隔'，主要就是用概念、用逻辑替代了形象的原故"①。二者所论，后者所说，或较为贴近王国维原意。

【集评】

詹安泰：

王氏之隔不隔，正犹余所假定之惝恍之境与纯真之境。所不同者，王氏以之为优劣之标准，而余则以为隔之境有优劣，不隔之境亦有优劣，隔与不隔系境界问题而非优劣问题耳。

——《词境新诠》，《文教》，1947 年第 1 期。

周振甫：

这里举出《古诗十九首》中的"生年不满百"等句，主要是说明作者把心里的真实感情表达出来，一点不掩饰。前四句说人生短促，还不如及时行乐。后四句说求仙虚幻，还不如饮酒和讲究衣着。王国维认为这些话是很可鄙的，一般人是不肯说的，作者敢于不加掩饰地说出来，所以说不隔。王国维同过去的很多文人一样，认为像《古诗十九首》那样能够把真情写出来就是好诗。其实光是不隔不能决定一首诗的好坏。像上举的两首，由于作者的志趣低下，只能给读者带来不好影响，虽然写得真切不

① 李泽厚：《意境谈》，《光明日报》，1957 年 6 月 9 日、16 日。

隔，并不可贵。

——《诗词例话》，中国青年出版社，1962 年 9 月，第 28 页。

蒲　菁：

"人间自是有情痴，此恨不关风与月。"（欧阳修《玉楼春》引见前）言情如此，方为不隔。蔡伸《柳梢青》"自是休文多情多感，不干风月。"则须隶事矣。"绿杨楼外出秋千"（欧阳修《浣溪沙》引见前）写景如此，方为不隔。向子諲《鹧鸪天》"几处秋千懒未收，花梢柳外出纤柔。"则须粉饰矣。

——靳德峻笺证，蒲菁补笺：《人间词话》，四川人民出版社，1981 年 9 月，第 54—55 页。

王　苏：

"不隔"，也就是，在格调的基础上，实写其情，实写其景，这样就有"境界"有高格，真实地给欣赏者展现出一幅自然图画，使读者能够感觉出其情其景，欣赏其高格。解除了作者与读者之间的障，当然这以解除诗人与真事物真感情的障为前提。

——《王国维"境界说"的禅宗意蕴》，《中州学刊》，1990 年 6 月，第 3 期。

朱惠国：

这里至少可以看出两点：其一，隔与不隔可以从情和景两方面来理解，即词中所抒之情有隔有不隔，词中所描写之景也有隔与不隔；其二，隔与不隔的一个重要标准，是所抒之情要真切，所描之景要自然。第一点可以略去不谈，关键是第二点。从该文段中王国维所引诗歌看，一个重要特征就是真切自然。人生苦短，及时行乐是人类非常普遍又非常世俗的情感，但要用诗歌的形式表现出来，则大都比较含蓄、比较委婉，而这几句却非常直白，非常自然，毫无遮掩、矫揉之感。这就是不隔的基础。王国维一直认为，情感有多种，哪怕是"淫词"、"鄙词"所表现的情感，只要是一种自然之情，且又用一种自然的态度、自然的语言表现出来，也未尝不可，至少这类词要比矫揉、虚假的"游词"好。因此人生短暂的感叹及时行乐的世俗思想用词来表达，虽然不符合传统的诗教，甚至还难登大雅之堂，但它真切、自然，这就是"不隔"。至于写景的几句诗，其特征也是真切、自然，尤其《敕勒川》中几句，以自然之语状自然之景，使任何一个读者读后如身临其境。这是典型的"不隔"之作。

——《论王国维词学思想及其对词学现代化转换的意义》，《上海行政学院学报》，2004 年 9 月，第 5 期。

彭玉平：

此前论不隔多侧重于写景，此则兼顾情景二者。写情率直而无掩饰，即为不隔，写"秉烛游"、"饮美酒"等人生态度，王国维其实是不赞成的，但在美学上却具有特殊的魅力，所以王国维依然加以欣赏。《古诗十九首》被称为是东汉末期文人五言诗的代表之作，比较典型地体现了在动荡之世文人或对于人生短暂的感慨，或对于功名的强烈渴望，而且在表达这种感慨和愿望时，往往直言不讳，肆口而发，形成了一种自然、直率、畅达的文风，呈现的是一种未加任何掩饰、包装的感情。刘熙载《游艺约言》云："《古诗十九首》，喜怒哀乐，无不亲切高妙，所以令人味之无极。"与此仿佛。写景直观而又生活化，则为不隔。王国维所举的例子，都最大程度地反映了生活的真实，所以被称为"不隔"。此则重点仍是突出"不隔"与"真"的关系。但"真"的表现也是形态各异的，既有一种坦诚赤裸的真，也有一种深藏婉曲的真，尚此一真而弃另一真，也殊可不必。

——《人间词话疏证》，中华书局，2011 年 4 月，第 300—301 页。

四二　白石不于意境上用力

古今词人格调之高，无如白石。惜不于意境上用力，故觉无言外之味，弦外之响，终不能与第一流之作者也。

【别叙】

这一则评判姜夔词，肯定其格调，认为古今词人中，论格调，没有比得上姜夔的。但可惜的是，姜夔不在意境创造上下功夫，所作词无言外之味、弦外之响，由此不能成为第一流的词家。就王国维所论，可做二方面的阐释，一是"格调之高"者，指文字高雅不同于流俗（叶嘉莹），一是"无言外之味，弦外之响"者，指清空而少沉厚，无论生活的概括和思想的深度都不足（邱世友）。由此可见，格调与意境，王国维所特别注重的，仍在于意境，仍在于以"言外之味"、"弦外之响"，表"言有尽而意无穷"一类意境的创造。

【集评】

汤大民：

显然，王氏主张境界是明朗自然与含蓄凝炼的辩证统一。含蓄由于同明朗自然联系在一起，就不是"含而不露"，故弄玄虚，叫人猜上半天才能明了其意，一旦明了，也就无味，而是一睹即明，却又余味不尽。即所谓"深衷浅貌，短语长情"，艺术容量极其深广。彭骏孙曰："词以自然为宗。但自然不从追琢中来，便率易无味。"显然，王国维不是主张"率易无味"的。他所要求的是大巧之朴，工后之不工，形象的自然美不见雕琢，侔于造化，达到"真写胸中天"的境地。

——《王国维"境界"说试探》，《南通学报》，1962年10月，第3期。

叶嘉莹：

"格调"乃是指品格之高下而言的，但品格之高下又有两种之不同：一种是本质的过人，在情意感受方面不同于流俗，这也就是《人间词话》开端之所说的"有境界则自成高格"的表现；另一种则是文字高雅不同于流俗，这也就是白石词被称为格调高的原故。不过文字之高雅毕竟不同于境界之真挚，此所以静安先生虽然也赞美白石之格调高，而却同时又特加指出"惜不于意境上用力"之故。

——《王国维及其文学批评》，广东人民出版社，1982年9月，第287页。

黄保真、成复旺、蔡钟翔：

"格调高"，是艺术家精神气质的特点与艺术修养的高度，在艺术中的物化；"境界浅"则是在艺术境界的形成阶段早就确定的了。艺术家的艺术修养的高低，表现在物化过程中，即为驾御语言文字和物质材料的能力，这能力只能影响已在头脑中形成的境界的物化程度，而不能把本来形成的极浅的意境深化。

——《中国文学理论史》（第五编），北京出版社，1987 年 12 月，第 293 页。

马正平：

王国维这里讲的意思，就是他在第 43 则词话中讲的"白石有格而无情"。这种"情"，这种"意境"，在诗人眼里是一种天真、纯真、真切的心灵境界。这种诗人"意境"是作品"意境"产生的前提、源泉、动力。所以，没有它，作品在读者那里便无"言外之意，弦外之响"的韵味而产生的审美感受、空间享受的"意境"，这是一种时间化的审美境界。

——《生命的空间——〈人间词话〉的当代解读》，中国社会科学出版社，2000 年 1 月，第 137 页。

程相占：

这一则评姜夔词，意境是与"格调"对举的，我们可以据此来分析意境的含义。紧接着这一则的第 53 则在批评姜词时说："南宋词人，白石有格而无情。"在这句评语中，"格"与"情"是对举的；如果说"格"指"格调"，那么，"情"就指"意境"。这在中国古代文论中可以找到佐证，如郑板桥所说："一丘一壑之经营，小草小花之渲染，亦有难处；大起造、大挥写，亦有易处，要在人之意境何如耳。"意境指人的情感和思想的深度。

——《王国维的意境论与境界说》，《文史哲》，2003 年 5 月，第 3 期。

黄永健：

此则盛赞白石格调之高，也即表现手法之高超，这儿的"意境"既不是"意余于境"之境，也不是"境多于意"之境，而是"意与境浑"之最高词境，即"真切地表现了人类的内在本性，生命意义的万古同悲情怀"。即使姜白石写景状物手法高超非凡："终不能与第一流作者也"如"太白、后主、正中"等，这几个屈指可数的第一流作者，他们的作品皆已臻至"意与境浑"的最高境界，作品立意指向生命的大悲苦，因而超越他们所处的时空，而具永恒的意义，姜白石词的立意尚没达到如此高度，故"终不能与于第一流之作者也"。

——《境界、意境辨——王国维"境界"说探》，《云南艺术学院学报》，2005 年 1 月，第 1 期。

四三　幼安佳处

南宋词人，白石有格而无情，剑南有气而乏韵。其堪与北宋人颉颃者，唯一幼安耳。近人祖南宋而祧北宋，以南宋词可学，北宋不可学也。学南宋者，不祖白石，则祖梦窗，以白石、梦窗可学，幼安不可学也。学幼安者率祖其粗犷、滑稽，以其粗犷、滑稽处可学，佳处不可学也。幼安之佳处，在有性情，有境界。即以气象论，亦有"横素波、干青云"之概，宁后世龌龊小生所可拟耶？

【别叙】

这一则论说南宋词人，认为姜夔有格调而无情趣，陆游则有气魄而乏韵味，堪与北宋人相匹敌的，只有辛弃疾一人。又说近人作词，之所以以南宋为榜样而承祧北宋，在于南宋词易学而北宋词不易学。而选择学习的南宋词人，姜夔、吴文英易学而辛弃疾不易学，学辛弃疾的，大都也只是学得其粗疏豪犷、滑稽谐谑，而其有性情、有境界、有气象这方面的为词佳处，却学不来。可见此则中，王国维推举辛弃疾，而以姜夔、陆游、吴文英作陪衬。王国维对辛弃疾以外词人的批评，是否合适？其所谓稼轩佳处，又究竟指的是什么？一方面，就姜夔、辛弃疾二人词作来看，表现感情的形式不尽相同，但"都是深于情的词家"（邱世友）；而另一方面，若从整体布局、造型、风貌等方面合而观之，辛弃疾词作具有广阔的时空容量，体现足够的雄浑、沉郁及开阔的性情、胸襟。其中气象，本之于内在的修养与人格的魅力，确实非一般雕琢、模仿能致。

【集评】

饶宗颐：

王氏颇讥白石词，盖受周止庵说影响。而沾沾于计较南北宋优劣，似先有一成见横梗胸中。其云："暗香疏影，格调虽高，然无一语道着。"不知此两阕佳处，在于行间运用杜句，而神明变化，直以古诗开阖之法为词，惝怳迷离，自然高妙（白石论诗有理、意、想、自然四种高妙。云"写出幽微，如清潭见底，曰'想高妙'；非奇非怪，剥落文采，知其妙而不知所以妙，曰'自然高妙'。"此二境界，其所作词正自复尔也），为作词开一新法门。

——《〈人间词话〉平议》（1953 年），《文辙·文学史论集》（下册），台湾学生书局，1991 年 11 月，第 743 页。

冯友兰：

艺术作品最可贵之处是它所表达的意境。一个大艺术家有高明的天才，伟大的人格，广博的学问，有很好的预想，作出来的作品自然也有很高的意境，这是不可学的。王国维认为，北宋的词所以高于南宋者就在于有很高的意境，后者只在格律技巧上用功夫，后人都学南宋，不学北宋，因为意境是不可学的，格律技巧是可以学的，但是如果仅在格律技巧上取胜，那就不是艺术，至少不是艺术的上乘。

——《中国近代美学的奠基人——王国维》，《中国哲学史新编》（第 6 册），人民出版社，1962 年 9 月，第 198 页。

吴奔星：

他（王国维）认为"后世龌龊小生"舍本逐末，"学幼安者率祖其粗犷滑稽，以其粗犷滑稽处可学，佳处不可学也。"这就是说，后人只学习辛弃疾词的皮毛——语言方面的粗犷滑稽，而不去学习他的长处——有性情，有境界，有气象。

——《王国维的美学思想——"境界"论》，《江海学刊》，1963 年 3 月，第 3 期。

陈兼与：

古人词不尽皆好，雅俗宜辨，即一家之中，也有工拙异致，瑕瑜互见的。故要善于抉择，弃其短而学其长。文艺之事，关于人的性情，才分与境遇，不是单靠学力。没有古人那样的性情、才分、境遇，便学不到。苏轼诗云"天下几人学杜甫，谁得其皮与其骨"，所以古今学杜诗的，常有"杜壳"之诮。词喜辛弃疾的人不少，但不是他那身分、境遇，又没有他那胸襟、才情，学的也只是其壳而已。故有识的，都去学姜、吴。

——《填词要略》，《填词要略及词评四篇》，广东人民出版社，1986 年 6 月，第 59—60 页。

叶嘉莹：

辛词中感发之生命，原是由两种互相冲击的力量结合而成的。一种力量是来自他本身内心所凝聚的带着家国之恨的想要收复中原的奋发的冲力，另一种力量则是来自外在环境的，由于南人对北人之歧视以及主和与主战之不同，因而对辛弃疾所形成的一种谗毁摈斥的压力，这两种力量之相互冲击和消长，遂在辛词中表现出了一种盘旋激荡的多变的姿态，这自然是使得辛词显得具有多种样式与多种层次的一个主要的原因。

——《对传统词学与王国维词论在西方理论之光照中的反思》（1988 年），缪钺、叶嘉莹著：《词学古今谈》，岳麓书社，1993 年 2 月，第 311 页。

邱世友：

周济评白石，以为白石情浅（见《介存斋论词杂著》）。王氏本之，甚至说"白石有格而无情"。常州派反对浙派，贬白石，这是不难理解的。白石并非情浅，更非无情。以同时代的辛稼轩相比，白石雅士骚人，稼轩英雄豪杰，情的表现形式有所不同，但白石、稼轩都是深于情的词家。我们看《汉宫春》的白石和稼轩蓬莱阁韵，同是借勾践灭吴、范蠡携西施泛舟五湖的典事，发千古兴亡之感，笔致苍凉沉郁。但稼轩绝无"小丛解唱，倩松风为我吹竽"那样的闲雅，而有"岁云暮矣，问何不鼓瑟吹竽"的沉痛。我们又看稼轩《永遇乐·北固楼怀古》及白石的和韵，稼轩"舞榭歌台，风流总被雨打风吹去"，所感沉雄；白石"数骑秋烟，一篙寒汐，千古空来去"，所感则萧瑟了。两首和韵，与原唱风格大异如此。但我们不能说白石情浅而隔，而应该说：由于风格流派不同，一沉雄一清刚，乃至抒情艺术手法有异。白石的和韵有意学稼轩的沉雄，但毕竟不失其清刚的本色。所以，有的论者以白石"情浅"来说明他的词境如"雾里看花"，"无一语道著"，以证王氏之说，这也是不能成立的。

——《王国维论词的境界》，《词学》第 13 辑，华东师范大学出版社，2001 年 11 月，第 213 页。

彭玉平：

王国维提出南宋惟一幼安堪与北宋抗衡，从现在看来，不免有英雄欺人之嫌，但他看重的是幼安《摸鱼儿》《贺新郎》《祝英台近》等"俊伟幽咽"的作品，此"俊伟幽咽"实可与"深美闳约"相通，其推崇幼安，著眼的是幼安与北宋词的相通。其以从北宋以前词所提炼之学术眼光来评论已趋变化状态的南宋词，故合者不多，根源正在于此。其评梦窗为"龌龊小生"，也未免口不择言，其对当代词学倾向之反对态度，倒是表现得极为鲜明。

——《人间词话疏证》，中华书局，2011 年 4 月，第 123—124 页。

邵振国：

王氏虽未言及"寄托"二字，却处处看重这种有寄托的表象，并认它为"内美"。王氏援引他人诗评指出这种含有"内美"的表象有"二种气象":(1)"跌宕昭彰,独超众类";(2)"韵趣高奇,词义晦远"。并借萧统语说辛弃疾词"豪放之处亦有'横素波、干青云'之概"。这"昭彰"、"超众"、"义远"、"素波横流",无不是寄托之故。

——《试论境界说及其质性》,《当代文坛》,2015 年 1 月,第 1 期。

罗　钢:

其实,"可学"与"不可学"就是独创与摹仿这一二元对立思想结构的一种变体。为什么北宋词不可学呢?因为它是天才的作品,是独创性的,不可摹仿。而南宋词则是人力所致,是有规则可循的,因此是可以习得的。

——《传统的幻象　跨文化语境中的王国维诗学》,人民文学出版社,2015 年 3 月,第 194 页。

四四　苏、辛胸襟

东坡之词旷,稼轩之词豪。无二人之胸襟而学其词,犹东施之效捧心也。

【别叙】

这一则承接上一则所言说辛弃疾词佳处这一问题,继续言说苏轼、辛弃疾二人之胸襟。二人胸襟为何?王国维未作具体说明。一般说来,"胸襟"指志趣、抱负,也指气量、气度,表示一种内在的修炼与品质。这里用以分别评说苏轼词的"旷"与辛弃疾词的"豪",则指因二人胸襟不同,使作品所呈现的不同风貌,是一种外部的表现。而"胸襟"既是一种内在品质,便不大容易说得贴切、明白,王国维以之论苏轼、辛弃疾，也只停留在一般的名词概念言说上。论者便只好依据自我理解加以说明与描述，是否符合王国维立论的原意，仍须加以检验。至于"旷"与"豪"，王水照认为，苏轼之"旷"所产生的原因，"就在于苏轼接受了佛家静达圆通、庄子齐物论等世界观和方法论的深刻影响"①。而关于"旷"与"豪"内蕴的差别，王国维《词辨》中评辛弃疾《念奴娇》，曾曰："大踏步出来，与眉山同工异曲。然东坡是衣冠伟人，稼轩则弓刀游侠。"蒲菁就此而提出，此语"可引之为注脚"② ——此中，王国维所用虽也是个比喻，却甚为贴切、明白，有助于对此则王国维立论的理解。

【集评】

叶嘉莹：

盖辛词沉郁，苏词超妙；辛词多愤慨之气，苏词富旷逸之怀。虽然二人皆有其能"放"之处，而其所以为"放"者，则并不相同。一般说来，辛词之放是由于一种英雄豪杰之气，而苏词之放，则是由于一种旷达超逸之怀。这便是我之所以舍弃"豪放"二字而以"超旷"称述苏词的缘故。

——《论苏轼词》，《中国社会科学》，1985 年 6 月，第 3 期。

施议对：

王国维推崇苏、辛，肯定苏、辛的超旷和与豪雄，所说乃苏、辛词的主要风格特征，并非以超旷与豪雄概括苏、辛词，并非将苏、辛推举为"豪放派"的首领。近代以来论词者以"豪放""婉约"将宋词作家分为二大派，重豪放而轻婉约，错误地将苏、辛当作"豪放而不协律腔的典范"，难免有舍本逐末之嫌。

——《人间词话译注》，广西教育出版社，1990 年 4 月，第78 页。

---

① 王水照：《论苏轼创作的发展阶段》，《社会科学战线》，1984 年 1 月，第1 期。
② 王国维著，靳德峻笺证，蒲菁补笺：《人间词话》，四川人民出版社，1981 年 9 月，第 60 页。

周锡山：

他对苏轼词的总体看法是"东坡之词旷"，而且"狂"，而其词以"胸襟"为基础，"雅量高致"贯穿其中，"有伯夷、柳下惠之风"。"旷"和"狂"，即今人所称"豪放"，抓住了苏词的基本风格。如果没有胸襟和雅量高致，那么豪放词就流于浅薄和粗疏，含蕴不深，寄意不远，淡而无味。静安的以上评价抓住了东坡词的要害。

——《王国维美学思想研究》，中国社会科学出版社，1992 年1 月，第 149 页。

李康化：

我们并不否认词史中"苏辛"并称的理由：在对词的观念和功能的看法以及题材的扩大和深化上，特别是使词脱离音乐的束缚进而发展成为一种以抒情为主的长短句格律诗，他们之间有着明显的继承和发展关系。但他们之间的相似点仅限于这些文本形式外在方面，一旦超越了这个范围，尤其是在具体的人生态度、审美趣味等深层精神风韵方面，则罕有其相同点。……陈廷焯《白雨斋词话》卷一云："苏辛并称，然两人绝不相似。魄力之大，苏不如辛；气体之高，辛不逮苏远矣。"王国维《人间词话》云："东坡之词旷，稼轩之词豪。"这里的"魄力"与"气体"之别，"旷"与"豪"之分，从一个角度说出了苏辛精神品格和词学审美理想的不同特征。

——《从清旷到清空——苏轼、姜夔词学审美理想的历史考察》，《文学评论》，1997 年 12 月，第 6 期。

孙维城：

作为"宋韵"的代表人物、主要倡导者的苏轼，他"以诗为词"，在词中也全面贯彻了自己的韵胜主张。前文论述其《水调歌头》词、《水龙吟》杨花词，实际已经分析了他以"诗人句法"所创造出的不尽韵味。前人论述苏词之美，还指出其特点是"超旷"。王国维说："东坡之词旷，稼轩之词豪"，陈廷焯说："（东坡）词极超旷，而意极平和。"（《白雨斋词话》）这种"超旷"，就是韵味。

——《苏轼"以诗为词"的词学精神》，《东方论丛》2003 年2 月，第 1 期。

肖　鹰：

所谓"胸襟"，是一个人的性情、见识和志趣诸心理因素融合成的代表着个人品格的精神状态，亦即"境界"。胸襟（境界）的核心要素是人生观和世界观，它们决定了自我对人生世界的基本意识和态度。王国维认为，诗词境界的创作，必须以自我胸襟（精神境界）的锻炼、提升为前提。没有相当层次的胸襟，就不能创作相当水平的诗词境界。

——《"天才"的诗学革命——以王国维的诗人观为中心》，《中国社会科学》，2008 年 1 月，第 1 期。

罗　钢：

王国维用"旷"与"豪"来概括苏、辛两家词的风格，脱胎于陈廷焯的论述，但陈廷焯的论述原本还要更加丰富一些。陈廷焯对苏词的描述是"极超旷，而极和平"，对辛词的描述是"极豪雄，而意极悲郁"，尽管在文字上差别不大，但却反映了常州词派对苏、辛词的一种新的认识。

——《"词之言长"——王国维与常州词派之二》，《清华大学学报》，2010 年 1 月，第 1 期。

四五　苏、辛雅量

读东坡、稼轩词，须观其雅量高致，有伯夷、柳下惠之风。白石虽似蝉蜕尘埃，然终不免局促辕下。

【别叙】

上一则说胸襟，这一则说雅量高致，均是将苏轼、辛弃疾词放在一起来加以评判，并充分肯定二人的胸襟、雅量、高致。雅量、高致为何，王国维仍然不作直接说明。然而，王国维谈到的雅量、高致，是以姜夔为对立面进行关照的，并认为苏轼、辛弃疾有伯夷、柳下惠之风，而姜夔局促辕下，此类言说，则有明显的高下、优劣之分。所做对比，既能让人较贴切的理解雅量、高致的含义，也有利于进一步把握"胸襟"为何。就此，有的认为，雅量、高致即是"善"并得其"真"①（方智范、邓乔彬、周圣伟、高建中）。具体落实到作文之道，即是为文"乃自胸襟见解中流出，不假做作，不尚装饰，亦且无丝毫勉强"（顾随）。

【集评】

许文雨：

狂者进取，狷者则有所不为，虽非中道之士，而孔门固犹有取。苏辛之词，大抵皆具豪放之致，而白石之词，刘熙载譬诸"藐姑冰雪"，其与苏辛之异，亦犹狷之殊狂也。至吴文英（梦窗）、史达祖（梅溪）、张炎（玉田）、周密（草窗）及明人李开先（中麓）之词，大抵好修为常，性灵渐隐，亦犹乡愿之色厉内荏，似是而非。害德害文，不妨同喻。

——《钟嵘诗品讲疏·人间词话讲疏》（1937 年），成都古籍出版社，1983 年 5 月影印版，第 202—203 页。

顾　随：

大凡为文，要有高致，而且此所谓高致，乃自胸襟见解中流出，不假做作，不尚装饰，亦且无丝毫勉强，有如伯夷，柳下惠风度始得，不然便又是世之才子名士行径，尽是随风飘泊底游魂，依草附木底精灵，其于高致乎何有？但奇才异人间世而一出，吾人学文固须认好丑，尤不可不知惭愧。是以发愿虽切，着眼虽高，而步武却决不可乱，则"谨"是已，所谓老实也。耳之所闻，目之所见，心之所感，虽一草一木，一花一叶，一毫端，一微尘，发而为文，苟其诚也，自有其不可磨灭者在，又何必定要鞭笞鸾凤，呼吸风雷，始为惊世骇俗底神通乎？依此努力，堆土为山，积水成河，久而久之，自有脱胎换骨、白日飞升之日，否亦不失为束身自好之

① 方智范、邓乔彬、周圣伟、高建中著：《中国词学批评史》，中国社会科学出版社，1994 年 7 月，第 473 页。

君子。

——《倦驼庵稼轩词说》（1943 年 8 月），《词学》第 6 辑，华东师范大学出版社，1988 年 7 月。

施议对：

上文论"胸襟"，突出其宽广及豪壮，这里论"雅量"，侧重其品格，二者还是有所区别的。从苏、辛两人的生活经历及处世态度看，所谓"伯夷、柳下惠之风"，所指当是十分讲究名节的士大夫作风。

——《人间词话译注》，广西教育出版社，1990 年 4 月，第79—80 页。

李康化：

白石认同东坡的词学审美理想，但又略有变异，这体现在"清空"较之"清旷"更多来自运笔的讲究与语辞的雕饰。东坡制词"不复措思"（《与李公择书》），任意而动，故更多天然标格；白石制词不仅讲求运笔的疏密，而且注重字句的锤炼，如他偏喜以"苦"字入词……创造出冷涩幽深的词境。因为有意为之，未免有生硬处，失去匀融的自然天成感。但白石的刻意不是指向空枵的堆垛，而是指向空灵的创造。因此，"清空"在本质上还是通向"清旷"的。在此，我以邓廷桢《双砚斋词话》中的一段话作为本文的结语："东坡以龙骧不羁之才，树松桧特立之操，故其词清刚隽上，囊括群英……（《蝶恋花》《永遇乐》《水龙吟》《洞仙歌》）皆能簸之揉之，高华沉痛，遂为白石导师，譬之慧能肇启南宗，实传黄梅衣钵矣。"

——《从清旷到清空——苏轼、姜夔词学审美理想的历史考察》，《文学评论》，1997 年 12 月，第 6 期。

杨柏岭：

有了能感、忠实及能观的词家心性，便具有一种关爱情怀，也是境界生成的前提。当然，不失其赤子之心，只是王国维词家心性思想的一个必要条件。在此基础上，词人或词体还应当"尤重内美"和"重之以修能"。姜夔"无内美而但有修能"，故他的词有"可鄙"

者，"虽似蝉蜕尘埃，然终不免局促辕下"。苏轼、辛弃疾"雅量高致，有伯夷、柳下惠之风"，故一"旷"一"豪"，尽得词家风流。至此，王国维又在赤子之心的前提下，为词人融进了他所理解的高情远志。德性力量与赤子之心辩证地统一在王国维的词家心性思想中。

——《晚清民初词学思想建构》，安徽大学出版社，2004 年 9 月，第 110 页。

李 砾：

王国维言苏、辛二人的雅量高志有伯夷、柳下惠之风，这是在评价人品，同时指出如没有高尚的人格，也就没有伟大的作品。苏轼曾在他为官职羁绊时，称自己局促如辕下之驹，此处用苏轼之语比姜夔，确实贴切。

——《〈人间词话〉辨》，中国社会科学出版社，2006 年 6 月，第 104 页。

肖 鹰：

王国维在《人间词话》中表达的诗学理想，即其追求生气与高致结合的意境创造，正与席勒的诗学思想相符合。"生气"所求，正是席勒所主张的"自然"一面；"高致"所求，也正是席勒所主张的"理想"一面。王国维不仅一般提出这双重结合的诗学主张，而且非常切实地在他评论诗词的活动中实践这个主张。更值得注意的是，王国维不仅将"自然与理想结合"作为构成诗词境界的核心内涵，而且将它作为诗人的本质内涵。

——《自然与理想：叔本华还是席勒？——王国维"境界"说思想探源》，《学术月刊》，2008 年 4 月，第 4 期。

彭玉平：

所谓"雅量高致"其实就是"胸襟"的内涵。只有具备了这样的胸襟，才有可能从具体的现象中超脱出来，发现更深层、更本质的内涵。要达致无我之境，正需要有这样的胸襟来支撑。

——《有我、无我之境说与王国维之语境系统》，《文学评论》，2013 年 6 月，第 3 期。

四六 狂狷与乡愿

苏辛，词中之狂。白石犹不失为狷。若梦窗、梅溪、玉田、草窗、中（当作"西"）麓辈，面目不同，同归于乡愿而已。

【别叙】

以狂者、狷者、乡愿论人，出自孔子。其曰："不得中行而与之，必也狂狷乎。狂者进取，狷者有所不为也。"并曰："过我门而不入我室，我不憾焉者，其惟乡愿乎！乡愿，德之贼也。"于这两段话中，孔子表示了对三种世人的不同看法。孔子所说用于论人，容易理解，王国维用于说词，除表现爱恶外，具体所指为何，不做直接交代，只是以苏轼、辛弃疾为词中的狂者，姜夔为狷者，史达祖、吴文英、张炎、周密、陈允平为乡人来划分、评判两宋词人的等级，并于南宋诸多词家中，只认同狂者辛弃疾、狷者姜夔。依此阐释王国维词学，滕咸惠谓其肯定苏轼和辛弃疾的"雅量高致"，批评周邦彦的"周旨荡"，批评姜夔的"虽似蝉蜕尘埃，然终不免局促辕下"，并把南宋中期以后的史达祖、吴文英、张炎、周密、陈允平等一概斥为"乡愿"[1]，所说大致不差。而吴世昌从歌词创作角度，以景与情的搭配关系判断词人词品，则认为景多于情为隔，情多于景为乡愿，将话题由一般的人物褒贬，带到词的创作中。王国维的言论，实则有一定针对性，为针对晚清过分推戴吴文英词的现象而发，"希望把当时的词风从形式主义的倾向中解救出来"（祖保泉）。

---

[1] 滕咸惠：《略论王国维的美学思想》，《人间词话新注》，齐鲁书社，1981年11月，第21—22页。

【集评】

祖保泉：

王国维对南宋吴梦窗、周草窗、张玉田等人的词，评价很低，这也是从内容与形式统一的标准去衡量的。梦窗、草窗、玉田等人的词，大多数是有篇而无句的东西，颇有形式主义的弊病。王氏那么评价他们，不能说是过分。如果说，王氏这种看法是针对晚清有人过份推戴梦窗的情况而发的，那么，也应该说，王氏希望把当时的词风从形式主义的倾向中解救出来。

——《关于王国维三题》，《安徽师大学报》，1980 年 3 月，第 1 期。

佛　雏：

他之所以宁取词中的"狂""狷"，而深恶"乡愿"，甚至将南宋末期诸家词比之"腐烂制艺"，持论之"苛"如此，理由就在，"狂""狷"虽失之偏，犹有其自家"美"的理想在，而"乡愿"则俯仰依人，非无可非，刺无可刺。

——《王国维诗学研究》，北京大学出版社，1987 年 6 月，第 162—163 页。

佛　雏：

"乡愿"者，非不典雅谐美，非无警句，然而总其大较，却是貌似优美宏壮而终不足与于真正的优美宏壮（参看静安《古雅之在美学上之位置》），即终属于"不能观古人之所观，而徒学古人之所作"这一总的范畴之内。……然而在静安看，词体发展至此，亦如"乱鸦斜日"、"飞红湖底"，气体浸达衰微之候，比之"北宋风流"中真正的"狂"与"狷"，那种"无意于求工"，而俨然自肺肝中自然流出者，或如叔氏所谓"不自觉地本能地出自纯粹情感"者（见前引叔书，第一卷，304 页），似终未达一间。故静安终不与之。

——《王国维"自然说"二题》，《扬州师院学报》，1981 年 1 月，第 1 期。

李康化：

就词学审美心理与人格精神建构的维度——也只有在这种层面

上的影响才是真正深刻的——而言，白石较之稼轩更得东坡词学审美理想之神髓。这首先表现在他们的精神品格有着惊人的相似。……其次，对词的抒情功能的认识，白石的"陶写寂寞"（《诗说》）观与东坡"以诗为词"之间的脉线是显明的。因此，与东坡精神品格相似的白石在词学审美理想上自然会呈现趋同东坡的迹象，于柳永、辛弃疾之外别树一帜。

——《从清旷到清空——苏轼、姜夔词学审美理想的历史考察》，《文学评论》，1997 年 12 月，第 6 期。

吴 洋：

吴文英之词亦可视为"狂狷"者，他不沿袭前人旧路，［着］力创新的审美意象与意境，虽然不够开阔自然，但是这种努力在传统的美学领域是极大胆与独特的。他所拓展的全新的美学视野可以不为古人所认同，却应该得到现代人的理解与称赏。

——《人间词话手稿本全编》，内蒙古人民出版社，2003 年 1 月，第 171 页。

胡 遂：

可知王氏评白石词虽然过于苛求乃至刻薄、偏激，但其把握基本是准确的，只是持论的角度不同而已。尤以"狷者"赞许白石最为精到得当之语。盖苏、辛之所以狂，乃是志士人格，白石之所以狷，乃是雅士人格。（苏当然也有清雅的一面，但他基本上还是属于志士人格。）而儒家之人格理想本来就包括了"用行""舍藏"两方面，因此广大封建文人在与"用""达"无缘的情况下，就只有"独善"这一条路可走了。而白石词中之梅、荷、柳、蝉、冷月、寒塘、淡云、孤雁、清波、修竹、暗香、疏影等皆是其清贫自守之独善人格美的象征。我们不能以对苏、辛的标准来要求白石，他的人生遭际注定了他只能做雅士。而雅士之独善气骨与志士之兼济气骨是有所差异的，志士气骨是"我最怜君中宵舞，道男儿到死心如铁。看试手、补天裂"（辛弃疾《贺新郎》），雅士气骨则是"中流容与，画桡不点清镜"（《湘月》），是"想佩环，月夜归来，化作此花幽独"（《疏影》）。以白石而言，他以如此全面高深的才华造诣却不幸作了清客词人，尚能不但以词作维持其生活，同时也维护其人格，这份对生命价值的执着是多么不易！与那些北宋名公巨儒词人不同，以白石为代表的清客词人们不再是将词作为消遣之小道，作为文章之余事，词就是他们的职业，是他们的事业，是他们的全幅生命所在。明乎此，南宋词人之所以如此尊雅就不难理解了。而气格或者气骨，即是雅词最深层的底蕴。其所以"骚雅"并称而在南宋诸词人中又独以"骚雅"赞许白石的原因也即在此。其实白石词的艺术趣尚反映了包括南宋以来很大一部分中国寒士文人的审美观念与审美心理，即是以清高峭拗、潇洒不群、矜守气格自期自许，哪怕"贫无立锥"，也决不随波逐流、苟且媚世。

——《论白石词之人格情结及其表现艺术》，《文学遗产》，2004 年 7 月，第 4 期。

彭玉平：

王国维列东坡、稼轩为第一等，盖不仅其词有句有篇，而且其词中真气郁勃，有不可抑制者；列白石为第二等，盖其格调虽高，但写之于词，如野云孤飞，不著痕迹，不免有未落到实处之感，此之谓"狷"。此也可以与王国维所云"古今词人格调之高，无如白石，惜不于意境上用力，故觉无言外之味，弦外之响。终不能与于第一流之作者也"彼此对勘；列梦窗、玉田、西麓、草窗为第三等，则并人品词品一齐否定。三等分人，标准仍在境界二字。此则对苏轼、辛弃疾、姜夔分以狂、狷相评，大体合实。惟以"乡愿"评梦窗以下诸人，仍带有一定的感情色彩。

——《人间词话疏证》，中华书局，2011 年 4 月，第 349—350 页。

四七　词人想象与科学原理密合

稼轩中秋饮酒达旦，用《天问》体作《木兰花慢》以送月。曰："可怜今夕月，向何处、去悠悠。是别有人

间，那边才见，光影东头。"词人想象，直悟月轮绕地之
理，与科学家密合，可谓神悟。

【别叙】

　　辛弃疾中秋夜饮，效屈原《天问》赋体，作了一阕《木兰花
慢》。其中通过想象，感悟到月球绕地球运转的自然原理，与科学
家所言暗合。由此，王国维认为是词人之"神悟"。辛弃疾的想象，
受着屈原《天问》的影响，但王国维于此用意，在于说明"文学
不是单纯的感情表现，也不是只依靠知识的单纯认识，而是知识和
感情结合的产物"（聂振斌）。此种说法，有王国维的《文学小言》
作依据，当可成立。又有论者进一步断定，认为"在文学中所获得
的认识有时恰恰比科学研究更具超前性"（陈静）。就评论家而言，
想象与科学原理暗合，是一种巧合；就作者创作而言，用《天问》
体来作《木兰花慢》以送月，则是一种有意识的选择，而其中所谓
"神悟"，也是创作中"最高灵境的启示"①。而其所以能产生，
"前理解"（吴承学、沙红兵）起着重要作用。

【集评】

　　钟振振：

　　王氏此说是不很贴切的。"是别有人间，那边才见，光影东头"
三句，与下文"是天外，空汗漫，但长风浩浩送中秋"三句，必须
连读，不能像王氏那样断取。因为它们从语意结构上来看是一组选择
疑问，承上"月向何处去"的问题，进一步揣测道：是另有一个人间
世界，那边的人们刚刚看到月亮的光影出现在东方呢？还是天外空荡
荡无际无涯，只有一股大风在吹送着中秋的明月？弄清这两韵之间的
对照关系，我们便很容易看出：所谓"别有人间"，并不是说地球的
另一面，而是说地球之外，亦即"天外"。由于下文点明了"天外"
二字，上文也就不必重出了。这叫做"探后省略"。诗词中常有各种
句子成分的省略，究其原因，除了句度的掣肘，最主要的一点便是篇

----

① 陶尔夫：《稼轩体：高峰体验与词的高峰》，《文学评论》，1993 年 3 月，第
　 1 期。

幅有限，省去可有可无的成分，方能腾出空间来写必不可少的内容。这些省略掉了的成分，是需要我们在阅读时凭藉语感和思维逻辑自行补足的。若不能补足，便会产生误解。王氏此说，即是一例。言归正传，如果大家同意笔者的看法，把"别有"三句补足为"是天外别有人间，那边才见，光影东头"，那么我们似乎可以得出一个新的结论：与其说词人无意中悟得了月亮绕着地球转的道理，倒不如说他大胆地想到了宇宙间是否还有外星人类存在的问题！

——《中国古典诗词的理解与误解》，《文学遗产》，1998 年 4 月，第 2 期。

吴承学、沙红兵：

古代文学研究者由于自身经历与学术背景的不同，也呈现出前理解的个性差异。有个性的前理解是独到的慧眼，可以"见"出常人所"见"不到的意味。辛弃疾《木兰花慢》云："可怜今夕月，向何处，去悠悠。是别有人间，那边才见，光影东头？"千百年来，多少人读此词，评此词，然而王国维《人间词话》所评绝对与众不同。……如果没有西方科学的知识背景作为评论家的前理解，这种在传统文学创作与批评中匪夷所思的妙想是绝对不可能产生的。

——《古代文学研究的历史想象——超越"前理解"与"还原历史"的二元对立》，《文学评论》，2009 年 11 月，第 5 期。

彭玉平：

以稼轩词为例，说明文学想像与现代科学的一致性，此说看似随笔所札，其实深沉意蕴仍是求一"真"字。与前面所说写实、理想云云亦正相合。但王国维此说，乃姑妄言之，稼轩出于想像，所谓"神思"是也，当非出自科学之猜想。王国维接受了西方的科学思想，故以科学之眼读词，居然也能读出科学之理。此实为巧合，而非稼轩之神悟，若勉强言之，或可称静安之神悟也。

——《人间词话疏证》，中华书局，2011 年 4 月，第 254 页。

陈　静：

文学的认识作用最终要融化于审美作用之中，同时也为文学的审美特征所制约。但是这样说也并不意味着文学的认识作用较之科学的认识作用要来得逊色，文学通过想象、直觉和灵感的作用，能够填补生活逻辑之链中的缺环，能够省略繁复的逻辑推论过程而一步到达结论，能够独具慧眼地发现那些凭正常思维难以看到的捷径。因此在文学中所获得的认识有时恰恰比科学研究更具超前性。

——李杉、杜正华主编，《文史哲通论》，天津大学出版社，2012 年 8 月，第 63 页。

聂振斌：

文学活动（包括创作与审美两方面），既需要有客观的景物，又需要有主观的感情态度，从而才能构成文学形象的有机生命和感性特征。从创作的角度看，文学作品是知识、想象与感情结合的产物。感情对于文学创作和审美活动非常重要，是贯彻始终的根本动力，但文学活动和文学作品之构成又不是感情单方面的事。

——《中国艺术精神的现代转化》，北京大学出版社，2013 年 1 月，第 308 页。

韩经太：

他（王国维）发现了古代诗人想象思维"与科学家密合"的"神悟"特性，这就不仅为中国古典诗学的现代阐释指出了传统"妙悟"思维与现代"科学"思维彼此"密合"的阐释学新路，而且为引进"西学"科学理性以丰富"中学"阐释的美学自觉注入了动力。这，也正是我们今天要重回王国维以实现"重构之重构"的原因所在。

——《论"名句"呈现"境界"——中国诗学阐释学重构的一种模型》，《甘肃社会科学》，2016 年 1 月，第 1 期。

四八　周邦彦、史达祖词品

周介存谓："梅溪词中，喜用'偷'，足以定其品格。"刘融斋谓："周旨荡而史意贪。"此二语令人解颐。

【别叙】

周济于《介存斋论词杂著》中提出，用"偷"来概括史达祖词人词品，刘熙载《艺概》则认为，周邦彦词意佚荡、史达祖词意贪婪。王国维欣赏周济、刘熙载这二句评说史达祖的话，认为是中肯之言。史达祖词喜用"偷"字，确为其实。然而，即使词人惯用此类词语，何以词人词品也如此？王国维未曾说明，只是将其与另一句话中的"贪"字放在一起，进一步评断史达祖词品、人品，认为其"偷"且"贪"。两宋词人中，史达祖是王国维不喜欢的作者之一，为此所举"偷""贪"二字，都带着贬义，认为其与"美""善"相离（佛雏）、过度追求雕琢（吴洋），讲究词藻而境界狭小（李梦生）。但史达祖以"偷"的心理来描写动作，恰恰表达了宋末艰世时特殊的生存环境与文化心理，故此，"这些'偷'字的使用是不乏其精妙之处的"（彭玉平）。而以"偷"来看特定时代所形成的特有心理原因，以及其于文学作品创作中的表现，是为知人论世的一种重要眼光与评论作品所当持有的辩证态度。

【集评】

邱世友：

"论词莫先于品"，这确是独刻之见！周邦彦词多写他和妓女的恋情，这些主题不但缺乏社会理想，没有揭露和批判当时的社会现实，而淫情荡旨宣泄于富艳精工的艺术形式中。所以"当不得一个'贞'字"。他又说："周美成律最精审，史邦卿句最警练，然未得为君子之词者，周旨荡而史意贪也。"旨荡意贪，自然品格低劣。王国维所谓："词之雅郑，在神不在貌。永叔、少游虽作艳语，终有品格，方之美成，便有淑女娼妇之别。"抨击虽苛，也能发挥融斋论词之旨。

——《刘熙载的词品说》，《学术研究》，1964 年 1 月，第 1 期。

佛　雏：

故诗词中的"自然"，境界的客体，须跟主体之高尚"人格"

"德性"相适应、相表里。反之,所谓"梅溪词中喜用'偷'字,足以定其品格",所谓"周(邦彦)旨荡而史(达祖)意贪",以至深恶"傖薄",痛诋"游词",皆针对"美""善"相离而发。

——《"合乎自然"与"邻于理想"试解》,《古代文艺理论研究》第 4 辑,1981 年 10 月。

邓乔彬:

叔本华的学说在强调审美观照时具有只求"纯美"的特点,王国维受其影响,在《人间词话》中也强调文艺的非功利性。但是,由于我国传统诗论对"善"的强调,王国维受其影响,也认为"内美"和"修能""不能缺一",词为抒情之作,尤应重内美,因而批评"周旨荡而史意贪",肯定诗中屈、陶、杜,词中苏、辛等人。尤其值得注意的是,王国维极其强调文学的真实性,反对"哺啜"、"文绣",要写"真景物,真感情",反对言不由衷。真善结合,因而痛诋"游词",斥责"乡愿",鄙视"傖薄",这些无疑都具有进步意义和鲜明的时代色彩。

——《〈人间词话〉的境界说》,《中文自学指导》编辑部:《中文自学指导》,1991 年 10 月,第 5 期。

吴 洋:

周邦彦的词富丽精工,又多作艳语,如《风流子》:"……"又如《少年游》:"……"如此狎昵,难怪刘熙载谓之"荡"也。史达祖的词则"用笔多涉尖新",过于"极妍尽态",有很浓的富贵气,缺乏意境和气骨,"偷"、"贪"二字,便是他过度追求雕琢所致。

——《人间词话手稿本全编》,内蒙古人民出版社,2003 年1 月,第 128 页。

李梦生:

"偷"与"贪"是一个概念。史达祖词多用"偷"字,是他修辞上的爱好。但"偷"字只适合表现一些小巧的意境或细腻的心理活动,讲究词藻而境界狭小正是史达祖词的不足。而史达祖以白衣随从权相韩侂胄,又怀才不遇,局促哀怨,人品无足取,"偷"字从一定程度上也是他为人的写照。周邦彦为人"疏隽少俭",因精通音律得到宋徽宗的赏识,生平喜留连歌舞,出人欢筵,所作多软媚销魂,富艳精工,因此"荡"不仅是他词风的反映,也是他为人的写照。王国维赞成周济、刘熙载的评判,与前两条一样,主旨仍是因人观词。

——《〈人间词话〉导读》,上海书店出版社,2009 年 5 月,第 130 页。

彭玉平:

这种以"偷"的心理来描写动作,其实是表达了史达祖在宋末艰难时世的一种特殊心理,故其动作有这样的谨慎和胆怯特征。据实说,这些"偷"字的使用是不乏其精妙之处的。但周济认为这个"偷"字可以定其品格,并非对其"偷"字使用的非议,而是因为史达祖的词意往往暗袭他人,故姑且用史达祖好用的这个"偷"字来形容这种创意的匮乏。因为匮乏,所以"偷"意现象便不一而见了。所以史达祖与周济两人是在不同的概念上使用这个"偷"字的。但周济的这一说法毕竟比较模糊了,所以刘熙载以"史意贪"来点化周济使用的这个"偷"字,就更准确更鲜明了。

——《人间词话疏证》,中华书局,2011 年 4 月,第 281 页。

四九 梦 窗 佳 语

周介存谓:梦窗词之佳者,如"水光云影,摇荡绿波;抚玩无极,追寻已远。"余览梦窗甲乙丙丁稿中,实无足当此者。有之,其"隔江人在雨声中,晚风菰叶生秋怨"二语乎?

【别叙】

周济是清常州词派重要词论家,推重南宋人词,所编《宋四家词》收入周邦彦、辛弃疾、吴文英、王沂孙四家之作。其《介存斋论词杂著》中，评说吴文英佳作，认为是："水光云影，摇荡绿波；抚玩无极，追寻已远。"王国维不喜欢吴文英词作，这里就词论词，以周济评语来说吴文英词作中的所谓佳句，认为只有"隔江人在雨声中，晚风菰叶生秋怨"二语，可与周济所言相称。论者有的认为，王国维所称赞的吴文英词句，实际上"晦涩，令人不堪卒读"①（吴世昌）。就此反观此则词话，王国维对吴文英词，当是明褒暗贬，"正是想通过例句以反证吴文英词佳作不多"（李梦生）。钱鸿瑛就此提出，王国维评说"近乎苛评"②。

【集评】

佛　雏：

此词写"绣圈""脂香""红丝腕"之属的"游仙"绮梦，固属旧时文人韵士习套，而此结末二句似从"落月满屋梁，犹疑照颜色"一类化出，虽只写得个"急煎煎好梦儿应难舍"，而颇能化开浓腻，归于平淡深永。在这点上，那个"隔江雨声"中的"人"，获得了"是耶？非耶？"式的"形式上的合目的性"，因而显出一种朦胧、郁伊、惝恍而不害其为"自然"的美，故静安独称赏之如此。

——《王国维"自然说"二题》，《扬州师范学报》，1981年1月，第1期。

万云骏：

词为艳科，本不以辞藻艳丽为病。陈洵说："飞卿严妆，梦窗亦严妆，惟其国色所以为美。"（《海绡说词》）梦窗能于艳丽的词语里面饱含着深挚激动的感情，达到情文并茂、情景交融的佳境。如本篇的"沉香绣户""娇尘软雾""倚银屏、春宽梦窄，断红湿、歌纨金缕""瘗玉埋香，几番风雨""长波妒盼，遥山羞黛""翦凤

① 吴世昌著，吴令华辑注，施议对校：《词林新话》，北京出版社，1991年10月，第270页。
② 钱鸿瑛著：《梦窗词研究》，上海古籍出版社，2005年4月，第246页。

迷归，破鸾慵舞"等都是。况周颐说："梦窗密处，能令无数丽字——生动飞舞，如万花为春。"（《蕙风词话》）只要能有深挚的感情、生动的形象，那么丽语也好，淡语也好，不是说"淡妆浓抹总相宜"吗？至于梦窗词中形象组织的绵丽，也表现了他的塑象造境的深刻锻炼工夫。梦窗词中的形象意境往往是丰富的、多侧面的。

——唐圭璋、钟振振主编：《唐宋词鉴赏辞典》，江苏古籍出版社，1986 年 12 月，第 1196 页。

陈邦炎：

为什么连最不喜欢梦窗词的王国维也对这两句词加以赞赏，并称其足以当得起周济的那四句话呢？这不仅是因为这两句所摄取的眼前景物——"雨声""晚风""菰叶"，既衬托出、也寄寓着作者梦醒后难以言达的情思和哀怨，兼有以景托情和融情入景之妙；还因为这两句词的意境，空灵蕴藉，耐人寻绎，既合乎沈义父所说的"结句须要放开，含有余不尽之意"（《乐府指迷》），也做到沈谦所说的"以迷离称隽"（《填词杂说》）。两句，从空间看是把词境推入朦胧的雨中，推向遥远的江外；从时间看是把词思推入凉风中的暮晚，推向感觉中的清秋。这就跳出了前面所展现的空间和时间，把所写的梦中之境一笔宕开，使之终于归为乌有。陈洵在《海绡说词》中也曾指出："'生秋怨'，则时节风物，一切皆空。"更从全词看，前面写了梦中人，最后写到眼前景。照说，前者是虚幻的，后者是真实的。但对作者而言，其感受正相反：追想梦中之人，其印象是如此亲切分明；怅望眼前之景，其心情是如此凄迷惝恍。因此，他在上片是以实笔来描摹虚象，写得形象十分真切；在歇拍却以虚笔来点画实景，写得情景异常缥缈。也许正因为幻而疑真，真而疑幻，所以具有"天光云影，摇荡绿波"之美，使人深为其境界所吸引，而又感其乍离乍合，难以追寻。

——唐圭璋、钟振振主编：《唐宋词鉴赏辞典》，江苏古籍出版社，1986 年 12 月，第 1188 页。

刘锋杰、章池：

王国维推崇"隔江人在雨声中，晚风菰叶生秋怨"二句，是此

二句不隔，写景言情，语语都在目前，也语语都在心上。周济评吴
文英词佳处乃过誉之论。张炎说吴文英词是"七宝楼台，眩人眼
目，拆碎下来，不成片段"（《词源》），更近吴词。吴词虽有珠光
宝气的一面，却乏水光云影共徘徊的气象，抚玩不足以启远，追寻
难达于隽永。

　　——《人间词话百年解评》，黄山书社，2002 年 11 月，第
219—220 页。

吴　洋：

此首《踏莎行》，上片香艳柔腻，不从正面着笔，佳人却宛然
眉睫之间，下片笔锋直转，繁华褪尽，一片萧瑟落寞，多少事欲语
还休，幽情绵绵，余音绕梁。整首词虽然造词秾丽，但是却更加突
显了沧海桑田的人生感悟，难怪连不喜欢吴文英的王国维也不得不
称赏此词。

　　——《人间词话手稿本全编》，内蒙古人民出版社，2003 年
1 月，第 27 页。

钱鸿瑛：

王国维从"境界说"的重视"有真感情"、"写真景物"的词
学观出发，不满梦窗抒情、写景中的"隔"，独独赞赏其"隔江人
在雨声中，晚风菰叶生秋怨"的真切自然，是可以理解的。至于雕
琢，宋文人婉约词的长调慢词，从柳永的明畅，经清真的典丽、白
石的清疏，至梦窗的凝炼密丽，其中有文学内部和外部两方面发展
的因素起作用。这正是梦窗词别具一格的特色所在，原无可厚非。
王氏固执于自己的审美观，无视词苑风格应多样化，缺乏学术上应
有的宽容性，不无偏颇。但这也是王国维对清末民初学梦窗词成风
而形成的晦涩缺点的痛下针砭。矫枉不免过正，同样也可以理解。

　　——《梦窗词研究》，上海古籍出版社，2005 年 4 月，第
373 页。

李梦生：

吴文英的词，评家一直比作唐李商隐的诗，即难求真解，以绵

丽为尚，以辞采为胜，下语晦涩。王国维对吴文英词一向贬多于褒，所以认为周济的话不足以反映吴文英词的真实情况，他的词中仅个别地方尚不失清空疏朗。王国维举的"隔江"二句，恰与吴文英词整体风格不类似，正是想通过例句以反证吴文英词佳作不多。

——《〈人间词话〉导读》，上海书店出版社，2009 年 5 月，第 131 页。

五〇　梦窗、玉田词品

梦窗之词，吾得取其词中之一语以评之，曰："映梦窗，凌（当作"零"）乱碧。"玉田之词，亦得取其词中之一语以评之，曰："玉老田荒"。

【别叙】

吴文英、张炎既为王国维所不喜欢，由此，王国维乃借用此二人词中之语，对二人进行评判，认为二人词作一为"映梦窗，零乱碧"，一为"玉老田荒"，即一谓其词中意绪纷乱，一指其词中心境落泊。究竟应当怎么理解王国维所言？由于所用是比喻，就会有较为广阔的想象空间，读者就可依据自己的理解进行阐释。但从这一则内容看，王国维所要言说的，首先可知是关于词的风格问题，从此角度看，王国维所举例证，"有不尽贴切适当之感"（叶嘉莹）。另外，如果从语言运用、作品创意角度看此则词话内容，王国维用"玉老田荒"来评点张炎，实则当"是不满陈陈相因，没有新意的创作"（李梦生）。

【集评】

叶嘉莹：

即如其以梦窗词中之"映梦窗，凌乱碧"一句来比拟梦窗词的风格，又以玉田词中之"玉老田荒"一句来喻示玉田词之风格，这些例证就使人有不尽贴切适当之感。因为一则这两句词本身原来就不能提供给读者明确的意象，再则这二句词中的"凌乱"、"老"、"荒"等字，所给予读者的也依然是抽象的说明而并非具体的感受。何况梦窗词及玉田词之风格也绝非"凌乱"一词及"老""荒"二字之所能尽，三则这二句词中恰好包含有两个作者的别号"梦""窗""玉""田"，因此就不免会使人觉得静安先生之所以择取了这二句词，来喻示梦窗及玉田二家词，并不是因为意象贴切，而只是因其恰好镶嵌有二人名字之巧合而已。

——《王国维及其文学批评》，广东人民出版社，1982 年 9 月，第 302 页。

廖辅叔：

诚然，把吴文英定为南宋第一大家，无疑是过了头；说他一无是处，也未免是走到另一极端。全体而论，他始终不失为第一流的词人，成就远在史达祖、周密等人之上。如果根据王国维评价周邦彦的经验来考虑《人间词话》对梦窗的意见，那么，王氏对周邦彦的看法可以改变，对吴文英是不是也有所改变呢。他早年认为周邦彦"多作态，故不是大家气象"，"永叔少游虽作艳语，终有品格，方之美成，便有淑女与倡伎之别。"到了他写《清真先生遗事》的时候，竟认为"词中老杜，即非先生不可。""两宋之间，一人而已。"可以说是一褒一贬，都不免于偏差。对吴文英，他的看法后来有无改变？回答是有的。

——《谈词随录》，广东人民出版社，1986 年 9 月，第 111—112 页。

谢桃坊：

山中白云词之清空深婉的风格的产生是与宋元之际特定的历史条件有关。元朝在灭亡南宋之后为巩固其统治，施行了一系列文化专制和民族压迫的政策。元朝统治者对于"南人"尤其是宋遗民采取了政治监视和软硬兼施的手段。张炎等宋遗民的政治处境与创作条件是极其困难的，他们只能曲折隐晦地在作品中表达虽微弱而却深沉的桑梓之悲与黍离之感的爱国主义思想情感。这些作品有一定现实意义和人民性的。清空深婉的艺术风格，因为它空灵、含蓄、幽微隐伏，不易捉摸，所以很适合宋遗民的特殊环境。许多宋遗民如王易简、冯应瑞、练恕可、唐珏、仇远等，他们都接近或学张炎的词风，并在自己的作品中巧妙地抒写故国之思和对现实的不满情绪。于此，我们也可理解，在清初张炎的词风之特别为浙西词派所推崇，就是因为清初的历史又仿佛元初历史之重演了。若认为张炎词"更多是闲适之音和'玉老田荒'的迟暮之感"、"境界不阔、立意也不深"，这无疑也与王国维先生的片面批评有关，同样也属偏见所致。

——《评王国维对南宋词的艺术偏见》，《文学评论》，1987 年12 月，第 6 期。

杨海明：

王氏之论，虽不免有它失之于偏颇之处（比如他偏好"不隔"的风格而一概排斥"隔"的作品，即是一例），但抉剔姜、张词的缺点，却是入木三分的——当然也有过分严厉和苛求之处。张炎词意境不够深厚，情性有欠而雕琢过甚，看似高格响调而往往不耐人细思等等，这些毛病，也统都在王国维批评姜词的评语中一并被揭示了出来。

——《张炎词研究》，齐鲁书社，1989 年 10 月，第 210 页。

刘少雄：

有清以来，浙常二派的末学，学玉田的流为浮滑，学梦窗的失于晦涩，终至气困意竭、浅薄局促。对这样的词学环境，王国维提倡境界之说，严厉抨击南宋诸家，实有其一番欲挽狂澜于既倒的深意在。

南宋姜吴体派在王国维的诠释下，完全换上了一副新面貌。在浙派与常派之重形式技巧与情意内容的诠释角度外，王氏更直指作者的意识，并考虑到透过作品而对读者产生感发作用的美学特质的问题，他对南宋典型派诸家的批判不免严苛，但也不能否认这比浙常二派的体认实更推深了一层。

——《南宋姜吴典雅词派相关词学论题之探讨》（1994 年台湾大学博士学位论文），台湾大学出版委员会出版，1995 年，第 75—76 页。

孙　虹：

　　吴文英就是这样以主观的思致安排客观的意象，情之所之，有时高远，有时幽深，高远时上下纵横，幽深时宛若游丝。他以奇谲变化的结构时间暗示出命运的无常，把人生的悲凉融入时空的苍茫，也正是主观思致、时空跳接与感情错位，有意搅乱了欣赏者的审美观照，无怪乎王国维有"映梦窗凌乱碧"之讥。吴词章法是杂多与统一的和谐体。但这种表面的杂多纷乱确实造成了欣赏者与作者之间的"距离"，成为吴词朦胧感纯形式方面的因素。

　　——《吴文英词朦胧化现象的思考》，《扬州师院学报》，1996 年 9 月，第 3 期。

李梦生：

　　以词人自己词中之语评词人的词风，中含词人字号，虽然不一定完全准确，但也颇能说明问题，且给人以新奇感。王国维这里取吴文英《秋思》词中"映梦窗，零乱碧"句以评他的词风，"梦窗"是他的号，重点是"零乱碧"三字。吴文英的词，我们前面已经介绍过，他喜欢堆砌词藻，被张炎称作"如七宝楼台，眩人眼目，拆碎下来，不成片断"，以"零乱碧"三字评定，是十分贴切的。张炎号玉田，是南宋末著名词人，宋亡以后，落魄以终。由于目击国家沦亡，所以词多苍凉激楚，备写身世之感，沉郁而以清超出之。但词风局促，没有气魄，又片面追求声律字句，周济说他"只在字句上著功夫，不肯换意"。因此王国维用他《祝英台近》词中"玉老田荒"来评点，就是不满他陈陈相因，没有新意。

　　——《〈人间词话〉导读》，上海书店出版社，2009 年 5 月，第 134 页。

五一　纳兰容若塞上作

　　"明月照积雪"、"大江流日夜"、"中天悬明月"、"黄（当作"长"）河落日圆"，此种境界，可谓千古壮

观。求之于词，唯纳兰容若塞上之作，如《长相思》之
"夜深千帐灯"，《如梦令》之"万帐穹庐人醉，星影摇
摇欲坠"差近之。

【别叙】
　　此则引诗中千古壮观的境界与纳兰性德词作比较，认为二者之
间境界相仿佛。所引二者，何以壮观？读者或可从境界的大小作判
断（方智范、邓乔彬、周圣伟、高建中），或可从禅家"现量"的
角度作参照（邱世友）。此外，若从"阔""长"角度立论，亦为
切近王国维原意的一种解说。

【集评】
　　施议对：
　　王国维曾经指出，"诗之境阔，词之言长"，说明在境界创造方
面，词与诗是有一定区别的。这里展示的诗中境界，所谓"千古壮
观"，其中就包含着"阔"的意思。纳兰容若塞上所作词《长相思》，
"山一程。水一程。身向榆关那畔行。夜深千帐灯。风一更。雪一更。
聒碎乡心梦不成。故园无此声。"所造词境，既长又阔。《如梦令》，
"万帐穹庐人醉。星影摇摇欲坠。归梦隔狼河，又被河声搅碎。还睡。
还睡。解道醒来无味。"这首词所写"万帐穹庐"，满天星影，也甚高
远、阔大。小词描绘大场面，境界与"千古壮现"之诗境差相近矣。
　　——《人间词话译注》，广西教育出版社，1990 年 4 月，第
87 页。

　　方智范、邓乔彬、周圣伟、高建中：
　　"'明月照积雪'、'大江流日夜'、'中天悬明月'、'黄
（长）河落日圆'，此种境界，可谓千古壮观。"这里的"境界"及
"境界有大小"之论，与王夫之《姜斋诗话》"有大景，有小景，
有大景中小景"之说，似并无区别。
　　——《中国词学批评史》，中国社会科学出版社，1994 年 7
月，第 465 页。

徐培均：

（此则词话）如仅就纳兰之边塞词而言，确是说出了一个方面的特色；若以此概括全部纳兰词，则似嫌偏颇。王氏又云："《水云词》小令颇有境界，长调唯存气格。《忆云词》亦精实有馀，超逸不足，皆不足与容若比。"此则为对纳兰词的总体评价，言外之意，纳兰词的境界，远较蒋春霖、项廷纪二人之词为胜。樊志厚序《人间词话》复承其说，谓纳兰之词"悲凉顽艳，独有得于意境之深"，虽将"境界"二字易为"意境"，似乎加入了感情成分，但仍偏重于一个"境"字。

窃以为用"有境界"或"有意境"来说明纳兰词的特征，似不若"富于情"更中肯繁。因为构成词之境界或意境的，不外情景二端，而在情景二端中，尤以情为主体。唯有融情入景，才会使景物充满生趣，构成意境，引起读者的美感。所以在词中、绝没有单纯的写景，它必然带有作者的审美趣味，必然带有作者或浓或淡的主观色彩。

——《言情之妙品——论纳兰性德词》，《中国韵文学刊》，1995 年 12 月，第 2 期。

邱世友：

《姜斋诗话》"'长河落日圆'，初无定景；'隔水问樵夫'，初非想得。禅家所谓现量也。"《相宗络索》释"现量"有三义，其中之一为"现成一触即觉，不假思量计较。"显然这与"直寻"的即景会心，自然灵妙无异。如王维《终南山》诗："阴晴众壑殊"。诗人终日欣赏山色的变化，不知日之将夕。结句："欲投何处宿，隔水问樵夫。"自然兴感，"山野辽廓荒远"（船山语）见于言外。又如王维《使至塞上》诗："大漠孤烟直，长河落日圆。"王氏以为："此种境界，可谓千古壮观。求之于词，唯纳兰容若塞上之作，如《长相思》之'夜深千帐灯'，《如梦令》之'万帐穹庐人醉，星影摇摇欲坠'差近之。"二词都写雄浑之境，寄乡思之情，直致所得，毋庸点染，是直觉性极强的艺术形象，与"长河落日圆"同其壮观，同是"现量"。

——《王国维论词的境界》，《词学》第 13 辑，华东师范大学出版社，2001 年 11 月，第 208 页。

黄拔荆：

二词境界苍茫阔大，气势恢宏豪宕，情绪又悲苦凄凉，这种外景与内情的强烈反差，正是纳兰边塞词所独具的风格。由于纳兰性德与羁旅天涯的失意者生活毕竟不同，他历次跸从护驾，总是车水马龙，前呼后拥，声势浩大，所以词中出现"夜深千帐灯"、"万帐穹庐人醉，星影摇摇欲坠"，具有"千古壮观"的景色，并非偶然。这是他经历的生活给他提供了摄取壮丽景象的可能性。但是，纳兰性德的内心，又确是十分孤寂的，特别是更深人静之时，感情变得异常敏锐。因此，同是风雪之声，他便觉得边地与故园并不一样，他醉卧千军万马的穹庐中，而心情并不宽畅。很显然，这里所呈现出来的辉煌壮丽场面与凄清心境的矛盾交叉，乃是纳兰性德特定的真实写照。

——《中国词史》（下卷），福建人民出版社，2003 年 5 月，第 359—360 页。

吴　洋：

晋人风度、唐人气骨在这几句诗中表露无遗。其疏朗壮阔的意境，充满张力的内涵，以纳兰当之则偏弱，以苏辛当之则偏强，可谓千古绝唱矣。

——《人间词话手稿本全编》，内蒙古人民出版社，2003 年 1 月，第 78 页。

彭玉平：

类比诗词中"壮语"，似侧重在"真景物"中宏观、豪放、开阔一端。此则在求诗词之同，与上则析诗词之异，理路稍异。与第一则词话相似。王国维所举诗句，"壮语"在在可感，而所举词句，则与诗句稍异。纳兰之"夜深帐灯"若无一"千"字，其实无关乎"壮"字，"穹庐人醉"若无一"万"字，也是婉约常境，但纳兰著一"千"字、一"万"字，则集婉约而成壮观，变幽晦而成通明，故一字可令词婉约，一字亦可令词豪放。点化之间，方见笔力。

——《人间词话疏证》，中华书局，2011 年 4 月，第 220 页。

五二 纳兰容若词

纳兰容若以自然之眼观物，以自然之舌言情。此由初入中原，未染汉人风气，故能真切如此。北宋以来，一人而已。

【别叙】

此则说纳兰性德及其词，并认为纳兰性德具"自然之眼""自然之舌"，为此"真切如此"。此中"自然"所指为何？从正面立论，可指为赤子之心（叶秀山），也可指为自然化的人（佛雏）；而从反面立论，对纳兰性德词何以真切如此做解说，在于没有熏染坏习气，就此，这一则内容，可理解为：纳兰性德以客观的眼光观察客观的世界，用客观的笔触来抒写内心的情感，而这，正在于未受到汉族风气的影响，仍保持着天真自然的心性。再者，就此则王国维"以自然之眼观物"中所言及"观""眼"，以及其他词则中，所使用的"政治家之眼""诗人之眼"等较为突出使用的表视觉思维的词语，"反映了他潜意识里注重空间感的思维倾向性"①（杨柏岭）。

【集评】

叶秀山：

他这里的"以自然之眼"的"自然"，并不是一般意义上的自然，而就是所谓人类心灵的自然状态，也就是"赤子之心"。在王国维看来，纳兰容若初到中原，还没有受到坏习气的熏染，还保存了他的"赤子之心"，所以王国维才赞叹他为"北宋以来，一人而已。"于是，不难看出，这里所谓"以自然之舌言情"，就是说纳

---

① 杨柏岭著：《晚清民初词学思想建构》，安徽大学出版社，2004 年 9 月，第 211 页。

兰容若的感情，还是纯洁、朴实的"赤子之心"。

——《也谈王国维的"境界"说》，《光明日报》，1958 年 3 月 16 日。

吴宏一：

王静安以为纳兰容若词的好处，是在自然，也就是像李后主一样，都是阅历浅而有赤子之心的人。这赤子之心，亦即纯真。由此可见王静安的境界说是重视自然的、真切的。据王静安的说法，要是在表现技巧上，能合乎自然的法则，能够不隔不游，将意（情趣）境（意象）——真感情真景物传达给读者，而引起读者共鸣的，便是有"境界"。

——《王静安境界说的分析》，柯庆明、林明德主编：《中国古典文学研究丛刊：散文与论评之部》，巨流图书公司，1979 年 2 月，第 287 页。

佛　雏：

所谓"以物观物"，或如王氏说的"以自然之眼观物，以自然之舌言情"，就传统看，似本于庄子的"以天合天"。其中后一个"天"，指体现外物本身内在本性（即物之"天"）的纯粹形式；前一个"天"，则是一位不但撇去一切"庆赏爵禄"、"非誉巧拙"之见，而且达到"辄然忘吾有四肢形体"的纯粹的"人"，即自然（天）化了的"人"，或"无我"（庄子所谓"丧我"）的"人"。

——《"境界"说的传统渊源及其得失》，《古典文学论丛》第 2 辑，1982 年 11 月。

王文生：

王国维从主真的文学观出发，认为"能写真景物、真感情者，谓之有境界"。而作者的真性情则是真文学的基础。他同时认为，人的本性是真，自然流露是真；而世情染之则假，矫揉造作则假。其观点相当于李贽的《童心说》，李贽以童心为真心，而闻见道理只能令人失去童心而使之假。这与王国维所说"阅世愈浅，则性情愈真"是一个意思。至于国维提倡"自然之眼"，"自然之舌"；也

就与袁宏道所说"信心而出，信口而谈"（《与张幼于》，《袁中郎
全集》卷二十二）；"信腕信口，皆成律度"（《雪涛阁集序》，《袁
中郎全集》卷一）的意思相通。

——《王国维的文学思想初探》，《古代文学理论研究》第
7 辑，1982 年 11 月。

刘　烜：

王国维揭示"一切文体所以始盛终衰者"的原因，就是天才的
独创性产生新的文学形式，而后习用者多了，就会陷于因袭，失去
神采，于是更有新的天才去创造。王国维论诗与词，都要找出最大
的天才，说明他们的独创性；同时反对和韵，反对按题填词，就是
反对机械摹仿的意思。天才是天赋之才能，所以有自然性，并非完
全靠后天的习得。《人间词话》评纳兰性德有"自然之眼"和"自
然之舌"，就是对词人有天才的称颂。

——《王国维创造"新学语"的历史经验》，《文学评论》，
1997 年 1 月，第 1 期。

张节末：

"诗人之眼"不为政治利害关系所羁束，能以纯粹直观来观照
历史，具有审美的超越感；"自然之眼"则是指天真的观照。王氏
所云这两种"眼"，道出了进行纯粹直观的主体的某些特点。须指
出的是，此种涵义之"眼"其词源出于佛教。

——《法眼、"目前"和"隔"与"不隔"——论王国维诗学
的一个禅学渊源》，《文艺研究》，2000 年 5 月，第 3 期。

彭玉平：

这一组条目（初刊本第 52 则、56 则）的核心是彰显了"自然"
二字之于境界说的重要性。纳兰性德是曾被王国维明确誉为"豪杰
之士"的词人，豪杰之士的特性除了天才、学问、德性之外，也有
文学才能的特殊要求在内。所谓"以自然之眼观物"乃是以超越利
害之心去观察外物之意，而"以自然之舌言情"乃是用生动真切的
语言来表现景物及感情之意。这两重的"自然"其实都是为了将景

物之"真"与感情之"深"充分地表现出来。但无论是景物之真还是感情之深都需要借助自然明晰的语言和意象来表达。此组后一则所谓"其言情也必沁人心脾，其写景也必豁人耳目，其辞脱口而出，无矫揉妆束之态"云云，正是从言情写景的语言表述来提出的具体要求。

——《"境界"说与王国维之语源与语境》，《文史哲》，2012 年 3 月，第 3 期。

沙先一、张宏生：

王国维以纳兰为"北宋以来，一人而已"，除重其性情之真外，还有更为重要的原因，即王氏对晚清词坛梦窗热的批判。王国维曾说："予于词……南宋只爱稼轩一人，而最恶梦窗、玉田。"而梦窗热与朱祖谋的提倡密切相关，王国维对朱氏虽有好评，"彊村词之隐秀"，"在吾家半塘翁上"，但同时也指出彊村词"虽富丽精工，犹逊其（况周颐）真挚也"。富丽精工乃梦窗词之所长，而真挚则是纳兰词的主要特征。因此，王国维推崇纳兰，有以纳兰之词为典范，救治梦窗之弊的用意。

——《论清词的经典化》，《中国社会科学》，2013 年 12 月，第 12 期。

姜荣刚：

与王国维批评的词人相应，他推崇的词人也多不是晚清词人特别看重的人物。王国维揄扬的词人，最引人注目的莫过于李后主与纳兰容若，……对有清一代词，王国维整体予以否定，惟一的例外是纳兰容若，说他"以自然之眼观物，以自然之笔写情……同时朱、陈、王、顾诸家，便有文胜则史之弊"。

——《王国维"意境"说的提出与晚清词坛——兼论"意境"说对词体的消解》，《浙江学刊》，2016 年 7 月，第 4 期。

五三　词未必易于诗

陆放翁跋《花间集》，谓："唐季五代，诗愈卑，而倚声者辄简古可爱。能此不能彼，未可（当作"易"）以理推也。"《提要》驳之，谓："犹能举七十斤者，举百斤则蹶，举五十斤则运掉自如。"其言甚辨。然谓词必易于诗，余未敢信。善乎陈卧子之言曰："宋人不知诗而强作诗，故终宋之世无诗。然其欢愉愁苦（当作"怨"）之致，动于中而不能抑者，类发于诗馀，故其所造独工。"五代词之所以独胜，亦以此也。

【别叙】

这一则说文体嬗变问题，表达文学发展观。王国维的大致意思是：陆游说诗卑而倚声者辄简古可爱，《四库全书提要》驳之，但他不相信《四库全书提要》的话，并借用陈子龙的话来表达自己的观点，说明由诗到词的演变非关难易之事，亦未必后不如前（本编五四则）。就文体嬗变现象，对王国维所提出的文学发展历史观做评判的话，一方面可认为王国维及诸家皆有偏颇（陈兼与），一方面也可理解为是王国维极富于革命精神的表现（叶嘉莹）。再，如果将王国维的文学发展观与词学渊源联系在一起做评判的话，也可认为此则是王国维"自道其词学渊源所在"（彭玉平）。

【集评】

陈兼与：

文体有嬗变，惟无难易。提要重诗而轻词，以为词易于诗，陈卧子以宋无诗，故有词，先生以一体之文学，后不如前，皆属一偏之论。至文体之始盛终衰，先生所言，亦偏于文人之主观方面，谓穷而别谋出路。其实文人之思想，大都顽固守旧，非有外力之压迫，不肯改其故步。以词论，在古乐府中已有先有词而后配乐及先有曲后制词二种，后者即为填词之滥觞。隋、唐之世，民歌盛行，外国音乐亦渐输入，所谓"胡夷里巷之曲"，已普遍流行于民间，而文人学者坚持所谓"中夏正声"、"六义要旨"而耻言胡曲，所作仍不出律绝之诗。乐工为便于配乐，必须加以衬字与泛声，中已

参杂若干外来之曲调，而不自知。历时既久，律绝诗句益不能满足
人民群众之要求，迫使文人不得不改变方法，亦按起拍子填词，词
之被压抑而延迟发展若干年矣。故文体之递变，实由于时代客观之
要求与促进，非文人自觉自动也。

——《〈人间词话〉述评》，《词学》第 1 辑，华东师范大学出
版社，1981 年 11 月，第 207 页。

叶嘉莹：

像《提要》这种说法，就是盲目尊崇往古以"后不如前"的
观念，将一切演进都全部加以抹煞的典型例证。所以静安先生在第
五十三则词话中，都曾驳斥提要说："然谓词必易于诗，余未敢
信。"更在第五十四则词话再一次说："故谓文学后不如前，余未敢
信。"这种说法在静安先生当日提出时，实在乃是极富于革命精神
的，所以李长之便曾经说王氏"提出史的文学时代的观念，是后来
文学革命的导火线"。而且也正因为静安先生有这种文学演进之历
史的观念，所以才能对宋元之戏曲、明清之小说都予以和古代文学
同等的重视，因而写出了他著名的《〈红楼梦〉评论》和《宋元戏
曲史》。这种见地和成就，对于中国后来的白话文学运动，以及小
说戏曲之研究当然都有极大的影响。谷永便曾经以为提倡白话文学
及考证《水浒》《红楼梦》等小说的胡适，乃是"生后于先生，而
惟先生之波澜者"。所以《人间词话》所提出的文学演进之历史
观，在静安先生的文学批评中，应该也是极值得重视的一种论点。

——《王国维及其文学批评》，广东人民出版社，1982 年 9
月，第 265—266 页。

刘锋杰、章池：

陆游承认由诗及词，词作简古可爱，这是不轻视词。但对何以
词作可爱，何以词能取代诗而起，显然未作解释，是知其然不知其
所以然。《四库提要》主张"文之体格有高卑"，把能词不能诗者
称作学力不足副诗之体格，是尊古之论，这是反对或轻视后起的文
学体裁，不是一种发展的眼光。王国维反对"词必易于诗"的陈词
滥调，为词一辨的姿态跃然纸上。他引陈子龙的以情说词的观点解

释词的兴起，是直探诗词变迁的根本。确实，情发乎诗则诗兴，情发乎词则词兴，情发乎曲则曲兴，……这条以情为动力的文学史发展的规律是不可取代的。若说还有其他类型的文学运动规律的话，这条规律也是起支配作用、核心作用的最基本的规律。

——《人间词话百年解评》，黄山书社，2002 年 11 月，第233 页。

邱世友：

陈子龙的词作及其词学思想，对后世有着深远的影响。清初诸家词的小令能造婉妙之境是和陈子龙极力维护词的本色特点不无关系；陈子龙诚为清代词学复兴的先导。前所引诸家对子龙的评论固不待言，即稍后的朱彝尊论词主醇雅，强调"假闺房儿女之言，通之于《离骚》，变雅之义"（《红盐词序》），"别有凄然言外者"（《乐府补题序》），这些论点，和陈子龙的《三子诗馀序》等的论点都是有直接或间接的关系，如"言情之作必托于闺襜之际"，而且要达"风骚之旨"。尤须指出的是，清初陈子龙的著作是被禁毁的。至乾隆朝始谥忠裕，且印行《陈忠裕公集》，而康熙四十六年御选《历代诗馀》附《词话》却辑其论词之语。可见其影响之深。直至清末，冯煦著《蒿庵论词》、王国维著《人间词话》犹推崇黄门，如把陈子龙的《王介人诗馀序》的基本议论看成是词的特征和词之所以胜所以盛的规律性予以揭示。

——《陈霆论词的绮靡蕴藉和风致》，《词论史论稿》，人民文学出版社，2002 年 1 月，第 119—120 页。

吴 洋：

虽然早在北宋时期，苏轼已经开始了提高词的地位的努力，但是历代文人一直被"文章小道"、诗尊词卑、作词休闲的观点所约束。王国维重新为词学正名，显示了他思想中现代性的一面，然而他同时也不能摆脱传统的定式，这一点在他对宋诗和南宋词的偏见中表露无遗。

——《人间词话手稿本全编》，内蒙古人民出版社，2003 年1 月，第 163 页。

彭玉平：

所谓"能此而不能彼"其实是为其"一代有一代之文学"的思想张本。此从晚唐五代说起，在文体上，词替代诗已初呈端倪，且不可遏制。引陈子龙语，意在由情感一端来说明，宋词之胜宋诗，胜在情感。宋诗好议论说理，偏离诗歌本体，所以被认为"终宋之世无诗"。此则也从一个角度说明，王国维所谓一代有一代之文学，主要是指情感的载体随时代变迁而发生变化的规律性。王国维偏爱唐五代北宋词，正是由于这是一个把情感充分在词体中表现的时期，而到了南宋，则情感的表现失去了自然与真率，词之衰落遂不可避免。此则连引陆游《花间集跋》《四库提要》、陈子龙《王介人诗余序》三文，意脉是一贯的，都在强调文体何以在某代"独胜"的原因所在。陆游认为这种现象"未易以理推"，四库馆臣做了初步分析，而陈子龙则从学理上予以准确剖析。王国维援引三家之说，固然是为其偏尚唐五代北宋之词张本，但其实也是自道其词学渊源所在，值得重视。引绪虽远，但未尝不可落脚到境界说。

——《人间词话疏证》，中华书局，2011 年 4 月，第 335 页。

五四　文体盛衰原因

四言敝而有《楚辞》，《楚辞》敝而有五言，五言敝而有七言，古诗敝而有律绝，律绝敝而有词。盖文体通行既久，染指遂多，自成习套。豪杰之士，亦难于其中自出新意，故遁而作他体，以自解脱。一切文体所以始盛终衰者，皆由于此。故谓文学后不如前，余未敢信，但就一体论，则此说固无以易也。

【别叙】

这一则说文体盛衰及其原因。王国维按发生先后，依次列说四言诗、《楚辞》、五言诗、七言诗、古诗、律诗、词这些文体，并认为其所以产生始盛终衰，原因在于一种文体流行久了，使用的人多了，形成套路与格式后，即使有才气的作者，也难以于其中创造新意，于是选择另一种文体来发挥才情。由此，王国维认为，文学的发展，未必后不如前。但就一种文体自身的发展而论，则往往后不如前。王国维此中论见，"道出了古今中外一切文学体式终久必趋于变的根本原因之所在"（叶嘉莹）。但同时也应该看到，文体变化，"非必如物体之有新陈代谢，后继则须前仆"（钱锺书），不能以文体产生的先后来定优劣，也不能从一种文体自身发展时期的先后来定优劣。

【集评】

谷　永：

凡一种文学其发展之历程必有三时期：（一）为原始的时期，（二）为黄金的时期，（三）为衰败的时期，此准诸世界而同者。原始的时期真而率，黄金的时期真而工，衰败的时期工而不真，故以工论文学未有不推崇第二期及第三期者；以真论文学未有不推崇第一期及第二期者。先生夺第三期之文学的价值而予之第一期，此千古之卓识也。

——《王静安先生之文学批评》，《学衡》第 64 期，1928 年7 月。

张龙炎：

词之胜乎宋，缘乎诗之大成于唐也。诗，自风雅颂而楚骚而五言。晋宋以降，易朴为雕，化奇作偶。齐梁文人，精研声律。隋代五言，多有绝唱。律诗见于唐而诗至此大成。王静安《人间词话》谓："盖文体通行既久，染指遂多，自成习套。豪杰之士，亦难于其中自出新意，故遁而作他体。"盖诗已大成，不得不变生新文学也。杜甫诗（《无题》）"文章千古事，得失寸心知。""前辈飞腾入，余波绮丽为。"所谓"前辈飞腾入"，正可以譬解新体文学之兴。创格者才高调新，游刃有余，故能风靡一世。

——《读词小札》，《金声》第 1 卷第 1 期，1931 年。

钱锺书：

夫文体递变，非必如物体之有新陈代谢，后继则须前仆。譬之六朝俪体大行，取散体而代之，至唐则古文复盛，大手笔多舍骈取散。然俪体曾未中绝，一线绵延，虽极衰于明，而忽盛于清。骈散并峙，各放光明，阳湖、扬州评论家，至有倡奇偶错综者。见近彼作则此亡耶？

——《谈艺录》，中华书局，1984 年 9 月，第 28—29 页。

谢桃坊：

不可否认一种文体使用的时间愈长久，意象、结构及表现方法经过多次的重复因袭，必将影响艺术的创新而出现许多平庸敷衍的作品。但是，这仅仅是文学发展过程中极其表面的一种现象，不能说明文学史上许多复杂的问题。比如说，所谓"古诗敝而有律绝"，而事实上却是唐代律绝兴盛的同时古诗经过改进也取得了空前的艺术成就。李白、杜甫、韩愈、白居易，李贺的许多名篇正是古体诗。所谓"至南宋以后，词亦为羔雁之具，而词亦替矣"，而事实上在数百年之后的清代又出现了词的复兴时期。即以南宋词而论，南宋初年的中兴词人、中期的辛派词人及宋季词人的爱国主义光辉作品便有重大的社会意义，而南宋婉约词的题材有所扩大并不断进行了艺术创新，南宋的词人与作品的数目也大大超过了五代与北宋，可谓词的兴盛时期。因此，具有极端抽象性质的文体演进论是无法解释这些问题的。

——《评王国维对南宋词的艺术偏见》，《文学评论》，1987 年12 月，第 6 期。

周策纵：

就"五四"新文学、新思潮运动之若干方面言，王国维皆为胡适，陈独秀诸人之先驱。此点在哈佛大学出版之拙著英文《五四运动史》一书中曾经提及。兹姑置其史学之创获不论，其哲学论文略已开辟《中国哲学史大纲》以西洋哲学观念与方法释中国经典之路径。其辛亥革命以前所作《文学小言》《人间词话》(1910) 等已强调文体随时代而演变。其《宋元戏曲史》(1912) 自序更谓："凡一代有一代之文学。"颇类胡适《文学改良刍议》中所倡"一时代有一时代之文学"之文学历史进化观。其主张"不为美刺投赠之篇，不使隶事之句，不用粉饰之字。"反对"模仿之文学"。反对用代替字及"矫揉妆束之态"。坚持作者须"感自己之感，言自己之言"。而不可"感他人之所感，言他人之所言"。认"文学中有二原质焉：曰景，曰情。"及"文学者，不外知识与感情交代之结果而已。"与其后胡适"八不主义"中"须言之有物"之以物为情感与思想，及"不摹仿古人"，"不作无病之呻吟"，"务去烂调套语"及"不用典"等，亦颇相似。至其主张"文绣的文学之不足为真文学也与哺啜的文学同"。认为"模仿之文学是文绣的文学与哺啜的文学之记号"。则更为陈独秀《文学革命论》中欲"推倒雕琢的，阿谀的贵族文学"及"陈腐的，铺张的古典文学"之先声。其《红楼梦评论》不仅发以西洋批评理论评中国第一流文学作品之源，且提出考证《红楼梦》之需要。其《宋元戏曲史》《屈子文学之精神》等为采用西洋文学史之体制于中国之开山作品，为后来鲁迅《中国小说史略》及胡适《白话文学史》之前驱。

——《九三 王国维为胡适、陈独秀诸人之先驱》（1972 年），钱文忠编：《弃园文粹》，上海文艺出版社，1997 年 11 月，第 314—315 页。

叶嘉莹：

我们可以看到静安先生乃是有着极明白的文学演进之历史观的。他不仅有见于每一时代有每一时代新兴之文学，而且更指出了文学演进的主要原因乃是由于任何一种文体，在通行既久之后，经过多人之尝试和使用，自然便不免会逐渐趋于定型，成为一种习套。于是当一切可行之途径尝试俱穷之后，后之作者一则既更无发展开拓之余地，再则又现有许多既成的习套摆在眼前，是才气不足的作者自然便不免养成一种因袭模仿之风，而丧失了一切文学作品原来所最需要的创造的精神和能力，所以豪杰之士遂不免遁而作他体。这种论见实在道出了古今中外一切文学体式终久必趋于变的根本原因之所在。这种论见之提出，在中国当日只知尊崇往古、鄙薄新异的旧传统观今的束缚下，乃是极值得重视的。
　　——《王国维及其文学批评》，广东人民出版社，1982 年 9
月，第 263—264 页。

五五　词有题而词亡

　　诗之三百篇、十九首，词之五代、北宋，皆无题也。
非无题也，诗词中之意，不能以题尽之也。自花庵、草
堂每调立题，并古人无题之词亦为之作题，如观一幅佳
山水，即曰此某山某河，可乎？诗有题而诗亡，词有题
而词亡。然中材之士，鲜能知此而自振拔者矣。

【别叙】
　　此则表面探讨的是词之有题、无题问题，实则涉及王国维对境
界的理解与要求。王国维提出，《诗经》《古诗十九首》以及唐五
代、北宋词，都不另立题目。不是无题可立，而是因为诗词中的意
思，难以通过题目全部呈现。自南宋，《花庵词选》《草堂诗馀》
于每首词的调下另立题目，并将古人没有题目的词作也加上题目，
这种做法，好比于一幅山水画上注明山名河名一样。王国维由此认
为，诗加了题目，诗就衰亡了，词加了题目，词也就衰亡了。而一
般的人，很少有能明白此中道理并予以改变。事实上，词之有题无
题，是不成问题的"问题"，古人词"为之加题，更为多事"（陈
兼与），而王国维"诗有题而诗亡，词有题而词亡"之说，更为学
者认为"有点可笑"（梁启勋）。然则，解读此则，问题的关键并
不在于题的有无问题，而在于王国维对"题"的问题的论说——可
以推想，王国维应该不会在题的有无问题上犯一般常识性错误，他
所说"诗有题而诗亡，词有题而词亡"，应当只为强调"诗词中之
意，不能以题尽之也"，而并非只是单纯地反对调下立题。就此，
论者亦有认识，并尝试从作者角度，对王国维设题的意义及用心加

以分析，认为王国维主张词无题，是为了"将诗词中的'意'以一种开放的态势呈现出来"（彭玉平）。这种解说，更能切合王国维本意。

【集评】

梁启勋：

他说："词之五代北宋，皆无题也。"这句话有点可笑。北宋词有题的何止百首。即如妇孺皆知的苏东坡，是北宋人不能否认。中秋对月之《水调歌头》，赤壁怀古之《念奴娇》，和章质夫杨花之《水龙吟》，夜宿燕子楼之《永遇乐》，记眉州老尼语之《洞仙歌》，乃人所共知的有题词；是东坡作，也不能否认。哪能说北宋词无题呢？我以为只应顺其自然，不必勉强。若兴之所至，偶尔赋情，不必强撰一题，等于蛇足。若意有所指，发为吟咏，用以写其胸中事，也不必定以无题为时髦，沦入哑谜。这应是持平之论。

他又说："诗有题而诗亡，词有题而词亡。"未免太极端了。李白诗九百九十多首，除古乐府例以篇名作题外，其余诗歌，未见有无题的。虽则太白诗集有误入他人作品的痕迹，九百九十之数，或未能肯定。但在未经整理之先，我们还是不能不认他为太白诗。杜诗共一千四百四十余首，无题的不过三十几首，能说诗至李杜而诗亡么？东坡词三百三十余首，无题的只一百十几首，约及三分之一。这还是以朱刻计算，若毛刻则无题的不过十几首。稼轩词六百二十三首，无题的只八十七首，能说词至苏辛而词亡么？至于姜白石、元遗山等集，则百余字之长词题甚多，且更有长至数百字者。静安先生这句话，未免太极端了。

——《词学铨衡》（1956 年），上海书局有限公司，1964 年 7 月，第 92—93 页。

陈兼与：

五代以前词无题，北宋之初已有于词调外加以小题者，不过寥寥数字，点明时间、地点及作词之对象而已，如张先之《木兰花》题为"乙卯吴兴寒食"，晏殊之《山亭柳》题为"赠歌者"，至苏轼则多有题，且加小序。后乃启姜夔之长题，其《征招》一阕，题序长至四百余字。词之有题，亦词之发展，盖所涉既繁，加题说明，未始为害，若词中已有之语，题又重复言之，有伤格局。古人词本无题，为之加题，更为多事。

——《〈人间词话〉述评》，《词学》第 1 辑，华东师范大学出版社，1981 年 11 月，第 208 页。

万云骏：

这些话，说得相当深刻，也是对"题材决定论"者的当头一棒。李商隐的诗，"托芳草以怨王孙，借美人以喻君子"，文小旨大，寄托遥深。晚唐、五代之词，予温、李诗风为近水楼台，难道对他们语艳而意深、题小而旨大的艺术优长不会有所吸取吗？所谓"无题"，"不能以题尽之"，就是说写物而寓人，写此人此事而寓他人他事，亦即我们今天所说的典型意义；而这种意义，又是不即不离，若近若远，不是"喻可专指，义可强附"的（陈廷焯《白雨斋词话》）。现在看来，通过比较细小的题材而寄寓较为远大的意思，这在《花间》温、韦词中，已经确立。

——《晚唐诗风和词的特殊风格的形成及发展》，华东师范大学中文系、中国古典文学研究室编：《词学论稿》，华东师范大学出版社，1986 年 9 月，第 33—34 页。

施议对：

王国维的看法带有较大的片面性。一、认为"词之五代、北宋，皆无题也"，不尽符合历史事实。固然，五代、北宋时期的词，确有许多无题之篇，但是，这并不能概括全体。据任二北考，敦煌曲中有题之篇占了全部歌辞的三分之一。又，北宋词中，某些篇章不仅于调名之下另立题目，而且附有小序（详参拙著《词与音乐关系研究》第九章第二节）。词之五代、北宋，不尽无题。二、《花庵词选》《草堂诗馀》为后世作俑，某些词选遂相沿袭，如《清绮轩词选》，"乃于古人无题者妄增入一题"，诚属"诬己诬人"、无识无耻之行为（陈廷焯《白雨斋词话》卷七）。但是，具有点睛作用的题目，却未必有害于词，有诬于古人。所谓"诗有题而诗亡，词有题而词亡"，将问题看得太严重了。实际上，诗亡与词亡，此乃文体盛衰代变之必然"有题""无题",无关大局。三、作为一幅山水画佳作,固然不必指明"某山某河",但指明"某山某河"的山水画,如《清明上河图》,却未必不佳。以上三点,可见王氏关于有题无题之说,并不尽然。

——《人间词话译注》,广西教育出版社,1990 年 4 月,第 94 页。

王攸欣:

境界是理念的对应物,也有同样的生发性,一个境界在不同的读者,甚至在同一读者每一次欣赏中都能产生不同的具体情境,产生出原来并未包含的意蕴,但如果给境界标上题目,诗便成了对某一特殊时空关系的描述,境界的生发作用就受到严重限制,易使读者的想象力拘于具体的时空,难于体会到境界本有的无穷意味;同时,实际的时空容易与读者的意志产生联系,使之不易形成审美所需要的静观心态。无题诗则不具有这些缺陷,因此,在王国维看来,有题诗显然与境界说格格不入,故视为诗歌之大敌,不惜夸张地宣称"诗有题而诗亡,词有题而词亡",以表示对一切妨碍境界显出的具体化个物化的严厉批评。王国维自己早期的诗词大多没有题目,诗往往取首句两字为题,与李商隐的无题诗一样,词则只有词牌名,但偶尔,尤其后期也用题目,说明他在创作中既遵循其理论,又不把有题看得那么严重,关键还在于诗本身有没有写出境界。

——《选择·接受与疏离:王国维接受叔本华、朱光潜接受克罗齐美学比较研究》,三联书店,1999 年 8 月,第 110—111 页。

彭玉平:

王国维以五代北宋词与《诗经》《古诗十九首》并列,其依据就是"皆无题",无题并非真的没有题目,而是"诗词中之意不能以题尽之也",其实是以"无题"为题,将诗词中的"意"以一种开放的态势呈现出来。此则不仅承第八、九、十则言"意"之意,而且与前揭词体"深美闳约""深远之致"的特性联系起来。盖以题限意,则不免将意局限于一隅。王国维认为"中材之士"鲜能认识到题与意的关系，此与境界说类似，都是悬高格以求的。

　　——《人间词话疏证》，中华书局，2011 年 4 月，第 201—202 页。

五六　所见者真，所知者深

　　大家之作，其言情也必沁人心脾，其写景也必豁人耳目。其辞脱口而出，无矫揉妆束之态。以其所见者真，所知者深也。诗词皆然。持此以衡古今之作者，可无大误矣。

【别叙】

　　此则言说作者及其创作问题，讨论了包括言情、写景及语言表达三事。王国维认为，一位成功的作者，由于所见、所知真切、深刻，由此创作的作品，抒情则能动人心魄，写景则能生动真实，语言也能自然而不造作。而这，才是诗词应有的样子。同时认为，以之为标准，衡量古往今来的作者，大致不误。从中可见，王国维言说创作，在于强调表达至真、至深的艺术境界，而达致的手段，在于言情、写景、文辞的"三位一体"（滕咸惠）。

【集评】

　　赵庆麟：

　　《人间词话》中论此有三点：一是言情，作者对所描述的对象，必须有真情实感，才能感动读者，沁人心脾，如果本人感受不深，或虚情假意，要激动读者是不可能的。二是写景，必须写真景物，所写的景物使人觉得历历如在目前，所谓"写景则在人耳目。"如果所写的景物，作者自己也模模糊糊，以己之昏昏欲使人昭昭，同样是不可能的。三是遣辞，其辞如脱口而出，即在遣词造句上要下功夫，生动自然，娓娓而谈，使人感到亲切，与作者的感受相融合；如果曲意修饰，矫揉造作，炫耀知识，同样也不为读者所接受。有了真感情真景物，还要有表达的能力，使人与自己发生共鸣，才能成为大家之作。

——《融通中西哲学的王国维》，上海社会科学院出版社，1992年5月，第228页。

夏中义：

既然"境界"之"内美"源自诗人活泼的"趣"、"性"、"魂"，那么，必定是生气灌注，精力弥满的，也就能天籁似的妙语如珠，出口成章，无论言情写景皆宛然在目，无忸怩造作之痕。借通用术语来说，这正是内容决定形式，形式与内容的完整统一耳。

——《世纪初的苦魂》，上海文艺出版社，1995年6月，第34页。

滕咸惠：

在王国维看来，言情的真切性，写景的鲜明性和文辞的自然性是不可分割、三位一体的。所谓文辞自然，就是要求文学语言浑然天成，不假雕饰，如初发芙蓉，如行云流水，做到"极炼如不炼，出色而本色，人籁悉归天籁"，达到"绚烂之极归于平淡"的境地。所以，王国维不欣赏卖弄技巧和带有雕琢痕迹的作品，反对描头画脚、追求外在词彩的华美，反对堆砌典故、运用代字，因为这往往造成词意晦暗，形象模糊。

——《中国文艺思想史论稿》，山东大学出版社，1997年6月，第48—49页。

马正平：

"意境"（"境界"）生成的前提是诗人、艺术家的在审美活动中的见"真"知"深"。之所以能见"真"知"深"，正是诗人、词家有审美化的写作主体高远的精神空间所致。从终极的意义上，这种高远的精神空间、心灵空间，才是诗人、艺术家的艺术活动、艺术表达的真正"所指"、动力，正是因为艺术家有了这个东西存在，所以诗人、艺术家便"能言"（言说、表达），于是乎作品

"境界"便"出"。

——《生命的空间——〈人间词话〉的当代解读》，中国社会科学出版社，2000年1月，第136页。

朱惠国：

"其言情也必沁人心脾，其写景也必豁人耳目"是因为真切的缘故，而"其词脱口而出，无矫揉妆束之态"则是形成自然、浑朴词风的主要因素。从这一点出发，王国维在对南北宋词的比较中，明显倾向于北宋词，原因就在于北宋以及五代词的浑朴、自然。其实崇尚北宋是当时词坛的一种时尚，当时词坛上占主流地位的常州词派的基本观点之一就是一反浙西词派的做法，推崇北宋词，但是他们推崇北宋的原因，除北宋词的高浑外，更主要的是以为北宋词有寄托。

——《论王国维词学思想及其对词学现代化转换的意义》，《上海行政学院学报》，2004年9月，第5期。

肖　鹰：

王国维为诗人的表现力提出一个标准，即要求诗人在真切深刻地认知人情物理的基础上，明确生动地表现它们。他称之为"大家之作"，也就是把这种表现力定义为天才必须具备的能力。同时，他也将这种表现力作为创作诗词境界即"有境界"的基本条件。由此，王国维对诗人提出了两个相关联的要求：一方面，诗人对自然人生要"所见者真，所知真深"，即要真实深入地感知现实；另一方面，他要"能写真景物、真感情"，即要把自己的感知直观生动地表现出来。这两方面的结合，王国维定义为"自然"。他说："古今之大文学，无不以自然胜。"

——《"天才"的诗学革命——以王国维的诗人观为中心》，《中国社会科学》，2008年1月，第1期。

彭玉平：

因为王国维偏尚不隔，而其所举不隔之例，往往属于"语语都在目前"的境界，遂令人对王国维词学是否有对深度意蕴的追求不免产生怀疑。其实缺乏深度的不隔并不是王国维所追求的，通过不隔的语言表象而能让读者感受到超越语言表象的深意，才是王国维所大力提倡的。手稿本第 7 则云："大家之作，其言情也必沁人心脾，其写景也必豁人耳目，其辞脱口而出，无矫揉装束之态。以其所见者真，所知者深也。"可见得沁人心脾也好，豁人耳目也好，脱口而出也好，其前提乃在于"所见者真，所知者深"这两点上，而所见者深又是强调所见者真的原因所在。在手稿本和学报本中，王国维虽然都将欧阳修《少年游》上阕和姜夔《翠楼吟》换头数句为不隔，但按照王国维的意思，南宋之不隔相比北宋之不隔，仍是有差距，这差距就在"深浅厚薄"上。北宋词素来是王国维悬以为理想的阶段，则按此语境，只有不隔而深厚才是其审美的最高标准。所以讨论不隔，便无法回避"深"的问题。

——《论王国维"隔"与"不隔"说的四种结构形态及周边问题》，《文学评论》，2009 年 11 月，第 6 期。

五七　诗词中的"三不"

　　人能于诗词中不为美刺投赠之篇，不使隶事之句，不用粉饰之字，则于此道已过半矣。

【别叙】

　　此则说诗词创作中的"三不"问题，一说题材，一说用典，一说用语，包括篇、句、字三个方面问题的论说。王国维提出，赞美、讽刺、应酬之篇不可为，用典用事之句不可使，粉饰雕琢之字不可用。三条意见，与其所提倡的言情、写景不隔的主张相一致。今之论者，有的就题材、用事及用语问题进行论说，认为王国维所提"这些意见也都是错误的"（周振甫）。也有发表不同意见，认为王国维从强调艺术的审美直觉角度进行立说，有一定道理，但"审美直觉并非一定为隶事用典所破坏"（邱世友）。事实上，凡事之可与不可，都得作具体分析并把握其中分寸，未可偏向一方或失却阵脚，王国维立论，因涉及对清末词风问题的考虑，因此对其言"三不"问题，还得放在当时历史情境下做具体分析，以明白王国维其中用意。

【集评】
周振甫：
王氏主张文学美术必遗其关系、限制之处；主张不必多阅世，因而反对美刺、感事，反对用政治家之眼写诗：这些意见也都是错误的。"审美意识并不像康德所想的那样，与实际利害无关，它恰好是在劳动实践的洪炉中，更广泛些说，是在全部社会实践的洪炉中形成的。"（同上书上237页）"任何伟大的诗人之所以伟大，是因为他的痛苦和幸福深深植根于社会和历史的土壤里，他从而成为社会、时代以及人类的代表和喉舌。"（《别林斯基论文学》26页）正是用深深植根于社会和历史土壤里的政治家的眼，来反映人民的美刺，密切结合实际利害关系的文学美术作品，才是有意义有价值的作品。
——《〈人间词话〉初探》，《文汇报》，1962年7月8日。

吴奔星：
应酬应景之作，固然不易讨好，但毛主席的赠柳亚子先生七律一首，却被传诵一时。至于用典与代字，毛主席的诗词都不回避。吴刚、嫦娥、神女、牛郎、魏武、武昌鱼、富春江、不周山等，都是隶事；天兵、红雨、腐恶等都是代字。可见，问题不在语言形式本身，而在怎样运用语言形式正确地为思想内容服务。不首先从内容着眼，只从语言上谈境界，是舍本逐末的。
——《王国维的美学思想——"境界"论》，《江海学刊》，1963年3月，第3期。

吴宏一：
我们可以晓得王静安的所谓游词，是就表现的技巧而言的，只要表现之技巧能够恰到好处的话，即使是内容淫鄙的题材，也可以有境界的；反之，动辄使用隶事之句，粉饰之字，表现技巧也不能恰到好处的话，那么内容虽然含有诗情画意，也必不能予以读者真实的感受。孔子说："辞达而已矣。"所谓辞达，也就是说表现的技巧要恰到好处，过犹不及，都是不合乎真实、自然的。

——《王静安境界说的分析》，柯庆明、林明德主编：《中国古典文学研究丛刊：散文与论评之部》，巨流图书公司，1979 年 2 月，第 289 页。

万云骏：

王国维是反对在诗词中"为美刺投赠之篇"的，他讥刺张惠言以温庭筠《菩萨蛮》为"感士不遇也"，为"固哉，皋文之为词也。"但是他讲到南唐中主李璟的"菡萏香销翠叶残，西风愁起绿波间"，以为"大有众芳芜秽，美人迟暮之感。"又说晏殊《蝶恋花》"昨夜西风凋碧树，独上高楼，望尽天涯路"是"诗人之忧生"；冯延巳《鹊踏桥》"百草千花寒食路，香车系在谁家树"是"诗人之忧世"。王国维从这种伤别、伤春的词句中体会出忧生、忧世和美人迟暮之感，不是和他反对"美刺投赠"相矛盾吗？有比兴、寄托就有赞美什么、憎恶什么的问题，这是不言而喻的。

——《清真词的比兴与寄托》，华东师范大学中文系、中国古典文学研究室编：《词学论稿》，华东师范大学出版社，1986 年 9 月，第 181—182 页。

刘少雄：

这完全是针对南宋词有隔之病而发的。但隔或不隔既然是境界有无的问题，则纵使不用代字、使事而不为事所使、不过分修饰、意象能作直接而显豁的表现，这些还是不能确保其必能达到不隔的境地的，情之真、意之切才是重要的关键。

——《南宋姜吴典雅词派相关词学论题之探讨》（1994 年台湾大学博士学位论文），台湾大学出版委员会出版，1995 年，第 259 页。

邱世友：

词中隶事用典如诗歌一样颇为复杂。反对者认为有碍于艺术的审美直觉。钟嵘《诗品》提倡"直寻","何贵于用事";王国维《人间词话》提倡"不隔","不使隶事"。这从强调艺术的审美直觉说,有一定的道理。但审美直觉并非一定为隶事用典所破坏,全在乎诗人词家的生活体验、艺术修养和对用典事的熟练运用。

——《陈霆论词的绮靡蕴藉和风致》,《词论史论稿》,人民文学出版社,2002 年 1 月,第 94 页。

五八 隶事与诗才

以《长恨歌》之壮采,而所隶之事,只"小玉双成"四字,才有馀也。梅村歌行,则非隶事不办。白、吴优劣,即于此见。不独作诗为然,填词家亦不可不知也。

【别叙】

王国维以白居易《长恨歌》、吴伟业《圆圆曲》为例,说明用典与诗才的关系问题,认为《长恨歌》用典只"小玉双成"四字,《圆圆曲》则用了大量典故,其中优劣明显可见。论者多从隔与不隔角度入题,或认为王国维依此判断优劣,有失公允,认为"势有不同,未可遽判其优劣"(许文雨);或认为王国维所说,并非没有道理,但"这并不是说,用了典就是隔,就是不真切"(周振甫)。亦有的就用典与诗才角度指出,王国维虽不主张用典,但同时认为"如果有真正的诗才,隶事也无妨"(施议对)。

【集评】

许文雨:

如吴梅村伟业《圆圆曲》,使事固多,亦由避触时忌使然。白乐天《长恨歌》,则有陈鸿之传在前,故能运以轻灵。势有不同,未可遽判其优劣。

——《钟嵘诗品讲疏·人间词话讲疏》（1937 年），成都古籍出版社，1983 年 5 月影印版，第 209 页。

周振甫：

白居易的《长恨歌》写杨贵妃和唐明皇的故事，里面只有"小玉""双成"用典；吴伟业写了很多叙事诗，其中的《圆圆曲》写陈圆圆的故事，是继承《长恨歌》的写法的，里面却用了大量典故；也就是《长恨歌》不隔而梅村歌行隔，所以说梅村歌行不如《长恨歌》。从这些作品来看，王国维虽然只着眼在用典上，但他这样讲还是有理由的，不过这并不是说，用了典就是隔，就是不真切。

——《诗词例话》，中国青年出版社，1962 年 9 月，第 29 页。

施议对：

王国维并非一概反对隶事，他对于吴伟业的"专以使事为工"，采取分析态度的。王国维《致豹轩先生函》称："前作《颐和园词》一首，虽不敢上希白傅，庶几追步梅村。盖白傅能不使事，梅村则专以使事为工。然梅村自有雄气骏骨，遇白描处尤有深味，非如陈云伯辈但以秀缛见长，有肉无骨也。"（据日本神田信畅编《王忠悫公遗墨》）这说明王国维虽不主张隶事，对于"运典则嫌铺砌"（陈衍《谈艺录》）的《圆圆曲》含有贬意，但他认为如果有真正的诗才，隶事也无妨。

——《人间词话译注》，广西教育出版社，1990 年 4 月，第97—98 页。

赵庆麟：

多用典，作者的意图似在使作品典雅、曲折，或以显示博识，然而客观效果却往往影响作品的生动自然的情态，破坏了读者的审美情趣。尤其是冷僻的典故使人耗费精神去捉摸其含义。另一方面，用典也恰恰反映了作者不能恰当、直接、生动地描绘客观对象，包括作者的真情实感，只能以典充数，这样也就产生"隔"。代字、用典所以产生"隔"是因为有"概念"杂乎其间，影响了作品的生动形象。

——《融通中西哲学的王国维》，上海社会科学院出版社，1992 年 5 月，第 230 页。

吴　洋：

世易事变，风尚不同。古人用典力求无痕迹，用典之处必为精妙语。如李商隐《隋宫》诗中"玉玺不缘归日角，锦帆应是到天涯"，隶事妥帖自然，起到了很好的效果；辛弃疾在《贺新郎》词中甚至说到"不恨古人吾不见，恨古人、不见吾狂耳。知我者，二三子"，直接化用《论语》中的散句为词，令人拍案称绝。这一方面是因为前代大家才富辞壮，另一方面更是因为他们不以用典为能，而是以抒发为本，其作品真气完足，是以力能驾御。而后人则以用典为矜奇炫博之具，追求形式上的古雅，却一任内容疲散薄弱，所成之文直可以史料目之，文学的意味丧失殆尽。然而后人喜欢使用典故的情况亦属情有可原，诗和词这两种文学形式，历经千百余年，已经走过了最辉煌的时代，它们留给后人创新开拓的空间已经很小，后人在极度丰厚的遗产上反而举步维艰，将精力集中在对典故的罗列裁剪上，亦属无奈之举。

——《人间词话手稿本全编》，内蒙古人民出版社，2003 年 1 月，第 74 页。

傅孝先：

不能否认《圆圆曲》比《长恨歌》差很多。主要原因在于它是实写，过于侧重叙事。《长恨歌》却是虚写，可以宛转抒情。以梅村的才华，当然不会没有警句。像"恸哭六军俱缟素。冲冠一怒为红颜"两句的确可圈可点。可惜这种地方太少了。全被平庸的句子（如"长向尊前悲老大"，"当时只受声名累"等）掩去了颜色。纵观全首，可与《长恨歌》中名句媲美的似乎只有"斜谷云深起画楼。散关月落开妆镜"一联。作者凭借的是想象力而不是事实或记忆。换言之，这一联所以出色，正因为作者用的是虚写的手法。

——《潺潺风 傅孝先作品选集》，新华出版社，2008 年 5 月，第 102 页。

五九　诗 词 体 制

近体诗体制，以五七言绝句为最尊，律诗次之，排律最下。盖此体于寄兴言情，两无所当，殆有韵之骈体文耳。词中小令如绝句，长调似律诗，若长调之《百字令》《沁园春》等，则近于排律矣。

【别叙】

诗词体制不同，作法不一样。即使同属词体，小令与长调二者作法也不相同。王国维认为，近体诗以五七言绝句为最尊，律诗次之，排律最下。并指出，排律这一体式，好比是有韵的骈体文，不适用于抒写感情、寄托怀抱，而词中的小令如绝句，长调似排律。言语当中，说明王国维最喜小令。有论者认为，王国维这里所说，暴露了他形式主义的思想，不尽妥当，因为"体裁的长短决定于现实生活的繁简"（吴奔星），而不可只就体裁的短长做高下评判。王国维为何有此偏颇？"无非是为唐五代北宋词张本"（彭玉平）。除了这则词话外，王国维如此用心，在其他数则词话中也能得到印证。因此，解读这则内容，当以王国维"为唐五代北宋词张本"之用心来解之，方能得其中真义。

【集评】

吴奔星：

至于王国维把诗词的体裁分为"最尊"、"次之"和"最下"三等，更暴露了他的形式主义的观点。体裁的长短决定于现实生活的繁简，作家采用什么体裁，总是从生活内容出发的，所谓有话则长，无话则短，并不会因为采用了小令而成绝作，采用了长调而出废品。毛主席的几首《沁园春》，气象磅礴，境界高远，足以驳斥长调"于寄兴言情，两无所当"的论点。

——《王国维的美学思想——"境界"论》，《江海学刊》，1963 年 3 月，第 3 期。

吴宏一：

王静安之喜爱小令，可以说是和他的境界说深相关联，因为想在作品中含有不尽之意，那非小令不可。篇幅短，才可以使意味深远，令人抚玩无极；篇幅长，则往往才气不足，不得不隶事用典，排比敷衍，在文字上用工夫。故篇幅短，才能具有"兴象风神"，篇幅长，则宜于咏物酬应。然则，王静安喜五代北宋而不喜南宋词的问题也就此迎刃而解了。王静安于词喜爱五代北宋，是以其为小令也，为无题之作也；王静安不喜南宋之作，以其为咏物酬应也，非自然的也。

——《王静安境界说的分析》，柯庆明、林明德主编：《中国古典文学研究丛刊：散文与论评之部》，巨流图书公司，1979 年 2 月，第 293 页。

陈兼与：

诗中排律之体最下，固矣。词中小令比之绝句，长调拟之律诗，亦甚切当。但谓《百字令》《沁园春》近于排律，则未敢雷同。《百字令》音调高亢，《沁园春》多四字对句，气势宏伟，东坡、稼轩在此二调中，有不少激动人心之辉煌作品，何得与诗之排律相持并论。先生工小令，其作品有五代、北宋风格，论词关于小令者，多中膝理，长调尚非当行。

——《〈人间词话〉述评》，《词学》第 1 辑，华东师范大学出版社，1981 年 11 月，第 208—210 页。

吴　洋：

诗歌的语言极为精炼，这就决定了它们体裁的短小。诗歌应当具有真挚的情感，这又决定了它们不能受到过多格律的限制。五排这种体裁，将诗歌的句数扩大，并且每个句子都要遵从格律的要求，诗人在这种约束之下，必然要以放弃自己的灵感为代价，这就像骈体文因为过分追求对仗和辞藻的华丽而流于形式一样，会导致内容的空虚和艺术活力的丧失。虽然有些名家能够很好的驾御长律、长调和骈文等体裁，但是它们的消极意义仍是无可回避的。

　　——《人间词话手稿本全编》，内蒙古人民出版社，2003 年 1 月，第 95 页。

　　罗　钢：

　　王国维无条件地接受了叔本华的观点，他所说的"古雅"就属于这种在天才的"光芒耀眼的部分"之外的"辅助性的工作"。站在这种立场来观察，单凭"神来兴到"就可以一气呵成的小令自然堪称天才之作，而讲求"精思"与"法度"，需要经过思索安排、苦心经营的长调，则只能视为必须借助知解力、技巧、规则加以"弥缝"的古雅的产品，这就是王国维为什么尊小令而黜长调的原因。

　　——《王国维的"古雅说"与中西诗学传统》，《南京大学学报》，2008 年 5 月，第 3 期。

　　彭玉平：

　　此则言文体尊卑，而以"寄兴言情"为本。静安此节论文体尊卑，殊为无谓。盖一种文体之产生皆有其背景，一种文体所表达之对象，也皆有一定之材料。其小大、繁简之间，因之而异。静安此节言论，无非是为唐五代北宋词张本，盖其时以小令成就为高也。同时小令在写景言情等方面确实更能彰显出"深美闳约"和"深远之致"的特点。词体尊卑之说，隐承《沧浪诗话·诗法》"律诗难于古诗，绝句难于八句，七言律诗难于五言律诗，五言绝句难于七言绝句"之说，严羽以古诗、绝句、律诗为文体难易之序，王国维以古诗与绝句为"最尊"，以律诗为"次"为"下"，话语略似，精神实异。

　　——《人间词话疏证》，中华书局，2011 年 4 月，第 240—241 页。

六○　入乎其内与出乎其外

诗人对宇宙人生，须入乎其内，又须出乎其外。入乎其内，故能写之。出乎其外，故能观之。入乎其内，故有生气。出乎其外，故有高致。美成能入而不出。白石以降，于此二事皆未梦见。

【别叙】

这一则说诗人创作过程中对待客观世界的态度问题。王国维以"内"与"外"、"入"与"出"、"观"与"写"、"生气"与"高致"这四组标准进行评说。以现代文艺思想加以阐释，"内"与"外"、"入"与"出"意味着对人生的了解程度及由此决定的作品是否"高于生活，比现实站得高"（吴奔星）。除此之外，也可以用移情体会来追求"入乎其内"，以不为物所驱役而达致"出乎其外"的境界（吴世昌）。而关于"观"与"写"，联系着"入"与"出"及其间的关系来看，蒋永青以"超越'功利目的'"来解说"观"，并认为由此可以达致"穿越'生活之欲'及其感性与理性的局限"的"写"，从而达到写作中的能出能入状态，表达出对二者的分寸拿捏及辩证眼光。就此，关于所谓"内"与"外"、"入"与"出"、"观"与"写"这三组标准，似不难理解，对此则的前三句，为此也可大致解说为：诗人必须深入到客观世界，又必须高于客观世界。深入它，才能描写它，高于它，才能观察它。就此再理解"生气"与"高致"，所强调即在于作品的有生命力、穿透力，表现生活本质的同时，超越生活真实，具有神韵高致及普遍意义。

【集评】

刘任萍：

作者对于外物的态度，宜倾注于中，使感受深刻；又宜逍遥于外，使照境周澈。原来，往往一个作者的内心与内境，未能尽相符合。壅塞的时候，则耳目之前，而未能凝通，自不能达到观照精微的境界。要是能入乎内则物我协和，自能感见精微，思致澈切，不至于放怀空虚，一物无得。另一方面言之，当内心倾注外境，每患于思见执着，不免刻迹于一端，以致"密则无际。疏则千里"，不能使观感达到周圆的境界。若能出乎其外，则整个的都看出来，自然不至拘限一隅，着一漏万矣。

　　——《境界论及其称谓来源》，《人世间》第 17 期，1945 年 12 月。

吴奔星：

　　所谓"入乎其内"，意味着了解人生。对人生有深入的理解，才能创造有"生气"（形象鲜明有生活气息）的艺术境界。所谓"出乎其外"，意味着高于生活，比现实站得高，才不致成为爬行的现实主义，才能创造出有"高致"（具有充分典型意义和独特风格）的艺术境界。

　　——《王国维的美学思想——"境界"论》，《江海学刊》，1963 年 3 月，第 3 期。

聂振斌：

　　"入"就是"入世"，"出"即"出世"。阅世愈深入，了解到内在本质，才能写得真切，有生气。但是，又要能"出世"，即能超脱，不为利害蒙心，才能对宇宙人生采取静观的态度，也才能使作品的神韵高致。"入世"与"出世"是作家必具的两个方面，而不是像前面那种各持一面的说法了，因此具有普遍意义。

　　——《王国维美学思想述评》，辽宁大学出版社，1986 年 4 月，第 149 页。

吴世昌：

　　"入乎其内"，即移情体会，设身处境而写之。"出乎其外"，即不为物役，不欲占有。西方美学家称之为 disinterested, indifferent, detached。如观裸体美女，但欣赏其体格曲线之美，而无淫欲之念，不思占为己有。然此不易为世俗人言之也。

——吴令华辑注，施议对校：《词林新话》，北京出版社，1991 年 10 月，第 31 页。

滕咸惠：

诗人要深入生活之内，才能获得丰富的创作材料，作品才有生气；诗人又要从一定的高度观察生活，纵观生活的整体，作品才能有深刻的内容，才能有独到之处。

——《中国文艺思想史论稿》，山东大学出版社，1997 年 6 月，第 268 页。

蒋永青：

这里的"观"，即超越"功利目的"的"直观"。在王国维看来，唯有这种直观，才能穿越"生活之欲"及其感性与理性的局限，从而达到"势力之悟"的"高致"；但是另一方面，如果诗人脱离"宇宙人生"的具体功利内容，他也不能得到其中的"势力"之"生气"，也就无法达到真正的"势力之悟"。所以，这里的"入乎其内，又须出乎其外"，其实是一件事的不同方面；所悟到的"势力"之"真"，即是人生之"善"；与这种"真"与"善"相关的情感，才是人类的"美感"。

——《从"审美"视域走向"境界"——论王国维的"知力意志"说》，《思想战线》，2001 年 8 月，第 4 期。

肖　鹰：

"能入"，即诗人对宇宙人生要有深入真切的体验，能写出自然的真实；"能出"，即诗人要将对自然真实的描写提升为对人性理想的无限境界的表现。这两方面的结合才可创造"有境界"的诗歌。王国维主张"境界为本"，就是主张一切诗歌要有创造这种"能入"与"能出"结合，即"自然与理想结合"的诗歌境界。在传统诗学中，尽管自唐代以来，就开始使用"境界"概念，并且以之评说诗歌；但是，在王国维之前，并没有人提出这个主张。应当说，在王国维之前，传统诗学的基本主张集中于"情

景"说，而不是"境界"说。"情景"的核心是"情景交融"，而
"境界"说的核心是强调人本主义理想的表现，即强调"精神境
界"在诗词境界构成中的基础和核心作用。进而言之，王国维对
传统诗学的突破性贡献在于：将理想注入到传统诗学的"情景交
融"中，从而把表现理想（精神境界）作为对一切诗歌的基本
要求。

　　——《"天才"的诗学革命——以王国维的诗人观为中心》，
《中国社会科学》，2008 年 1 月，第 1 期。

　　彭玉平：
　　此说确实受到周济、龚自珍、刘熙载等人的影响。但检庄子
体道历程，正有"徇耳目内通而外于心知"（《人间世》）之说，
这当然是就体道的"出"而言的，要求不缘物境，以虚怀任物，
同时又外放心知，任性直通，道的"高致"由此而得以呈现。但
耳目内通、外于心知是在外接于物和内感于心之后。庄子只是略
其"入"而言其"出"而已，其对道之"高致"的追求，显然
与王国维的诗学思想有着暗通的地方。此外，《人间词话》手稿
第一则论述《诗经·蒹葭》一篇，最得风人深致，又具洒落的风
格，同样存有《庄子》的遗意，此不仅为笔者所发明，实已为前
贤所关注者也。《庄子》不仅影响到王国维的若干重要理论，实
际上以无用之用与顺物自然的理论构成了王国维整个理论体系的
底蕴和基石。

　　——《晚清"庄学"新变与王国维文艺观之关系》，《文学遗
产》，2015 年 1 月，第 1 期。

六一　轻视外物与重视外物

　　诗人必有轻视外物之意，故能以奴仆命风月。又必
有重视外物之意，故能与花鸟共忧乐。

【别叙】

这一则说创作过程中，主、客体之间关系，认为如果做到轻视客体，就能调动客观事物为主体所用，而重视外物，则能达到主客体融合的创作状态。王国维此说渊源于传统的物感说，"但更强调诗人的主体地位"（彭玉平）。此则，也是王国维"赋予'境界'说在核心处的积极的、理想的人本主义精神"（肖鹰）。从创作的角度看，此则与"入乎其入""出乎其外"的说法颇为相似，以之说"入"与"出"问题，亦有助于进一步理解王国维所谓"生气"说、"高致"说。比如，重视外物，与花鸟共忧乐，即谓置身于花鸟当中，甚至将自己也变成花和鸟，即为"生气"的体现；而轻视外物，以奴仆命风月，即谓置身于花鸟之外，并非将自己变为花鸟，而是花鸟的主人，亦即为"高致"的表现。其中所展现的，是关于主体意识的强调与人文情怀的重视。

【集评】

羊春秋、周乐群：

所谓"轻视外物"，就是要作家超然物外，不为现实生活的利害关系所干扰，才能驱使自然界的景色，奔赴腕底，为我服务；所谓"重视外物"，就是要有"物我同一"、"神与物接"的宁静心境，才能神游物外，物我两忘，不知何者为"花鸟"之忧乐，何者为个人的悲欢。

——《试论王国维的唯心主义美学及其文艺批评——兼评方步瀛先生对王国维文艺批评的评价》，《华中师范学报》，1959 年 1月，第 1 期。

汤大民：

王氏还认为文学所以区别于自然，主要是由于诗人发挥了主观能动性。这种能动性不是主观随意性，而是诗人忠于现实法律，重视现实材料又能摆脱现实束缚的创造精神。所以，他倡导："诗人必有轻视外物之意，故能以奴仆命风月，又必有重视外物之意，故能与花鸟共忧乐。""轻视"就是不受外物拘泥，"重视"就是充分把握外物的特征，让自己渗透在外物中。这种"轻视"与"重视"

的统一论，虽从诗人主观方面立言，却建筑在对自然与文学辩证关系的恰切理解上。

——《王国维"境界"说试探》，《南通学报》，1962 年 10 月，第 3 期。

杨光治：

"轻视外物"即要驾驭材料，根据主题表现的需要，对材料进行选择取舍，去粗取精，去伪存真，把生活的真实提炼为艺术的真实。这是对"出乎其外"论的补充。

"重视外物"是指在整个创作过程中，始终不脱离生活；言志、抒情始终不离开"外物"（具体事物的具体、可感的形象），注意表现特征，不作凭空的杜撰。这样，作品才有血有肉。这是对"入乎其内"论的补充。

从艺术表现角度来看，还可这样理解：如果做不到"轻视外物"、"以奴仆命风月"，诗就可能写得太实，成为干巴巴的纪录；如果不坚持"重视外物"，诗就可能写得太空，甚至沦为假话。

——《〈人间词话〉"境界"说寻绎》，《文学评论》，1984 年 12 月，第 6 期。

吴世昌：

静安曰："诗人必有轻视外物之意，故能以奴仆命风月。又必有重视外物之意，故能与花鸟共忧乐。"此二者修辞学上之拟人格耳，无所谓重视轻视也。

——吴令华辑注，施议对校：《词林新话》，北京出版社，1991 年 10 月，第 31 页。

肖　鹰：

王国维对席勒主张的自由与限制统一的创作观，是深为认同的。一方面，他主张诗人忠实自然，要求真实深刻地描写和展现自然事物的情貌神理，说："词人之忠实，不独对人事宜然。即对一草一本，亦须有忠实之意，否则所谓游词也"；另一方面，他又主张诗人"通古今而观之"，言情体物要求"深远之致"，批评"精实有余，超逸不足"的作品。他所理想的诗人，则是将这两方面统一起来，在自由与限制的平衡中达到高度的融合。他说："诗人必有轻视外物之意，故能以奴仆命风月。又必有重视外物之意，故能与花鸟共忧乐。"在这自由与限制的平衡点上，"自然与理想的结合"的诗学精神得到切实的体现。这不仅赋予"境界"说在核心处的积极的、理想的人本主义精神，而且使之与儒家的"文以载道"诗学和道家的"妙悟体无"诗学相区别。因此，"境界"说赫然展示出"文学革命的先驱"的革命气质。

——《自然与理想：叔本华还是席勒？——王国维"境界"说思想探源》，《学术月刊》，2008 年 4 月，第 4 期。

彭玉平：

此则言物我关系，既要明辨我与物之间的主奴关系，以昌明我心；又要适时淡化物我界限，以抉发物情。文学创作需要准确表现客观对象内蕴的独特物性，而这种对物性的体察，又是以作者对"物"的重视为前提的。浮光掠影，连物之外貌都未能端详，更遑论物——风月花鸟忧乐之内情了。但准确展示外物之情，其根本目的还是由此来表现、衬托作者之所欲表达之情意，或者说是作者眼中和意中之"物"，则外物与作者之间，不过是利用与被利用、需要和被需要的关系，如果混淆了这种主次关系，则文学之生命也就消散无形了。王国维此说渊源于传统的物感说，但更强调诗人的主体地位，因为物感而重视外物，因为重视诗人的主体地位，所以要有"轻视"外物之意。在承传旧说的基础上又发展了旧说。此则也可与第一百十八则"入乎其内，出乎其外"之说对勘，然彼则重点言文学创作的一般性规律，此则已进入构思阶段，从创作过程来说，已较彼推进一层。从构思的顺序来看，"重视外物"应该在前。所谓重视外物，其实就是前则所谓对宇宙人生"入乎其内"之意。这种"重视"不仅仅是一种创作态度，更是一种审美方式。只是审美主体心境虚静，将物我之间的种种关系、限制之处排除掉，才能与花鸟——审美客体融为一体，体察出审美客体中所蕴含着的情感内涵。

只有曾经重视了外物，并曾经感受过外物的忧乐，才能进一步谈论视外物的话题。所谓"轻视外物"，乃是强调审美主体的主体性地位。诗人观物的目的不在于外物本身，而在于通过诗人的审美眼光发掘出外物所包含的精神内涵。诗人的眼光越纯粹，则对外物物性的把握便越准确越充分。可见，在观物的过程中，诗人的眼光始终是占据着主导地位的。借助最准确的物性来表达诗人最深刻的感情，这才是诗人观物的意义所在。所以，诗人在与花鸟共忧乐之后，便是要以奴仆命风月了。如此，才能将物我的生命交流彰显为更高的高度。王国维对构思阶段性的描述确实是精确而到位的。

——《人间词话疏证》，中华书局，2011 年 4 月，第 395—396 页。

六二　游 词 之 病

"昔为倡家女，今为荡子妇。荡子行不归，空床难独守。""何不策高足，先据要路津？无为久贫（当作"守穷"）贱，轗轲长苦辛。"可谓淫鄙之尤。然无视为淫词、鄙词者，以其真也。五代、北宋之大词人亦然。非无淫词，读之者但觉其亲切动人。非无鄙词，但觉其精力弥满。可知淫词与鄙词之病，非淫与鄙之病，而游词之病也。"岂不尔思，室是远而。"而子曰："未之思也，夫何远之有？"恶其游也。

【别叙】

王国维以《古诗十九首》中的两篇作品为例，说明淫词、鄙词并不在其淫与鄙，最重要的是看其真与不真，并提出最憎恨词中"游"词。对于此说，当注重在对王国维"真"的解说。一方面，"'真实性'是境界的核心"（范宁），"这样大胆激烈的'自然'诗学主张，无疑是对传统诗学温柔敦厚原则的颠覆"（肖鹰）。另一方面，值得进一步思考的是：王国维此说，是否有矫枉过正之嫌？需辩证地看。于此问题上，聂振斌认为，王国维用"真"的见解继承了我国传统的古义，并提出以"本性""真实""真理"之义来解读王国维此则所谓"真"的言说。聂振斌所言值得关注，亦当更契合王国维原意。

【集评】

佛 雏：

王氏称"荡子行不归，空床难独守"、"何不策高足，先据要路津"等为"真"，而不以"淫词鄙词"目之，正在于这种"淫鄙"本身乃是生活"意志"或"欲"的不加掩饰的"真切"表现，换言之，"人类内在本性"的"真切"表现。故离开叔本华的意志哲学、悲观主义，就不可能真正理解王氏所谓"真感情"。这种"真感情"既无阶级因素，也无时代因素，是个注定了的万古不变"人生长恨""人类罪恶"或者"人类内在本性"的纯粹表现形式。

——《"境界"说辨源兼评其实质——王国维美学思想批判之二》，《扬州师院学报》，1964 年 4 月，第 19 期。

范 宁：

这里他认为"真"，或者说"真实性"是境界的核心，真不真就是一个判断艺术作品绘画、诗歌、词曲有没有境界的标准。宋朝人说一个人面对境界幽美的自然景物，会赞赏说"如画"，而看到一幅山水画时又说"逼真"。这"逼真"和"如画"正说明真实性和境界的统一。王国维把真和境界串结在一起，比前人只讲境界有虚有实，就更深入了一步。这一点也是王国维在境界说上的一个重要贡献。

——《关于境界说》，《文学评论》，1982 年 3 月，第 1 期。

金开诚：

这段话说明王氏是不承认思想情操有高低、雅俗、美丑之分的，也不懂得各个时代的诗作是必须联系它的具体历史背景评价的；他所强调的只有一个抽象不变的"真"字。这种理论如果能够成立，则许多淫秽恶俗的黄色作品无不可以肯定——只要它们写得真实，而它们之中有许多是的确写得非常真实的。

——《〈人间词话〉的"境界说"》，《古典文学论丛》第2辑，陕西人民出版社，1982年12月，第519页。

聂振斌：

王国维所说的"真"，并不完全等同于当今文艺学上的"真实"，也不能等同于西方哲学上的"真理"，而是继承了我国传统的古义。《庄子》说："真者，精诚之至也"，"受于天"而"动人"（《渔父》）。《说文解字》云："真，仙人变形而登天也。"伸引乃是超尘脱俗之义。人只有"见素抱朴，少私寡欲"（《老子》），才能保持纯真的本性，或自然之本性。王国维的"真"用在审美主体上正是此义。在这种意义上，"真"是本源，真实的摹写，真情实感的抒发，都来源予"真"——本性。这与认为美是超利害的观点，是一致的，具有唯心主义性质。但，也不能把王国维所用的"真"都作此义解。另外，也有"真实"、"真理"之义，即指认识深刻，洞观到事物的本质、规律。

——《王国维美学思想述评》，辽宁大学出版社，1986年4月，第169页。

黄志民：

从这些话中，我们可以晓得王静安的所谓游词，是就表现的技巧而言的。只要表现的技巧能够恰到好处的话，即使是内容淫鄙的题材，也可以有境界的；而既然只要是"真"而不"游"，则淫鄙的内容和文词都不足为病，可见王氏心目中的"真"，只要在事实上存在就可以，并不含有对于景物或感情本身在道德意义上的价值判断。

——《〈人间词话〉"境界"一词含义之探讨》（1983年），毛庆其选编：《台湾学者中国文学批评论文选》，人民文学出版社，1986年9月，第269—270页。

陈伯海：

自古就有"言为心声"的训条，要求诗歌抒述真情亦非王氏首创。但古人常将"情之真"与"情之正"联系在一起，甚且多用后者来压倒前者，正是在这一点上，王氏对传统观念作出了大胆的挑战。……鲜明地反对"游词"和"儇薄语"，主张"艳词可作，唯万不可作儇薄语"，甚至认为一些被目为"淫鄙之尤"的作品，因其情真意切而读来"但觉其精力弥满"、"亲切动人"。这个看法显然已越出传统"温柔敦厚"诗教的匡范，而带有近代个性解放的色彩了。讨论王氏的境界说，如果忽略这一点，只注意他讲的"意与境浑"，从而将其与一般的情景交融说等同起来，可说是未抓住王氏思想的核心。

——《释"意境"——中国诗学的生命境界论》，《社会科学战线》，2006 年 5 月，第 5 期。

肖　鹰：

这样大胆激烈的"自然"诗学主张，无疑是对传统诗学温柔敦厚原则的颠覆。就此而言，我们可以看到李贽的自然主义和袁宏道的"性灵"说的影响。李贽说："自然发于情性，则自然止乎礼义，非情性之外复有礼义可止也。"袁宏道说："无闻无识真人所作，故多真声，不效颦于汉、魏，不学步于盛唐，任性而发，尚能通于人之喜怒哀乐嗜好情欲，是可喜也。"可以说，王国维的"自然"观念是与李、袁之说有文化传承关系的。但是，李、袁主张的"自然"，是纯粹偶然的情感宣泄（任性而发）；而王国维主张的"自然"，则包含着以"真"为底蕴。

——《"天才"的诗学革命——以王国维的诗人观为中心》，《中国社会科学》，2008 年 1 月，第 1 期。

六三　唐人绝句妙境

"枯藤老树昏鸦。小桥流水平沙（诸本多作"人家"）。古道西风瘦马。夕阳西下。断肠人在天涯。"此元人马东篱《天净沙》小令也。寥寥数语，深得唐人绝句妙境。有元一代词家，皆不能办此也。

【别叙】

这一则借元人小令，来说唐代绝句之妙境所在。何为"唐人绝句妙境"？论者以为，是借助形象，通过构思，写出感情（吴小如）；又以为，是以情和景关系进行言说（刘锋杰、章池）；也有就马致远这一首《天净沙》如何入画来说唐人绝句妙境，认为"此词每句均可入画"（吴世昌）。以画来对勘诗词境界，其中交代，或较具体可感，亦较富有启发意义。

【集评】

翁麟声：

试观其起首三句，何尝有一动词？所谓枯藤也，老树也，昏鸦也，若不之相脉络。小桥也，流水也，平沙也，若不之相贯串。古道也，西风也，瘦马也，若不之相关系。顾展而读之，歌而意之，嚼而味之，意而境之，则觉枯藤老树上，盘无数之昏鸦也。小桥平沙间，有活之流水也。古道西风中，嘶千百之瘦马也。以下"夕阳西下"二句，作一烘托，便觉全幅生动，令人生塞上李陵之慨。真神品也。此与纳兰容若《长相思》之"夜深千帐灯"句法同一气魄。《人间词话》谓纳兰容若以自然之眼观物，以自然之舌言情，此由初入中原，未染汉人风气之故。与北齐斛律金之"天苍苍，野茫茫，风吹草低见牛羊"同一风格。惟吾怪马东篱之《天净沙》，是否染汉人风气也？

——《怡簃词话》，《华北画刊》第 32 期，1929 年 8 月 18 日。

吴小如：

所谓唐朝人的绝句妙境，就是指用经济的语言描绘出生动的事物形象，通过概括而巧妙的艺术构思，写出复杂而深厚的情感。这首小令在艺术上的主要成就，就在于诗人并没有很吃力地去刻画这个游子的思想感情，只是平淡无奇地勾出了一幅深秋景象的图画，可是这种景物描写却给人以强烈的感染，让读者自然揣摩到诗人的灵魂深处。

——《诗词札丛》，北京出版社，1988 年 9 月，第 301 页。

吴世昌：

此词前五句皆写形象，只末句点题，此所以为高也。此词每句均可入画。末句如作马上旅人，则并主题亦画入矣。此所以为高也。何静安之只见绝句而不见画乎？

——吴令华辑注，施议对校：《词林新话》，北京出版社，1991 年 10 月，第 70—71 页。

施议对：

《天净沙》（秋思）五句二十八字，篇幅与一首七言绝句相当，寥寥数语，描绘了一幅天涯宦游图。前面三个六字句，各用三个名词组成，省却动词与连词，用笔十分经济，又充分地将途中物景展示出来。后面两句，是景语，又是情语，落日、断肠，隐含着无限愁思。这一令曲，以少许胜多许，正符合于十数句间，一句一字闲不得，末又有有余不尽之意（张炎语）的要求。应当说，无闲句字，有闲意趣，有有余不尽之意，这就是王国维所说的"唐人绝句妙境"。

——《人间词话译注》，广西教育出版社，1990 年 4 月，第 105 页。

黄维梁：

情景也好、情境也好、意境也好、境界也好，名虽有别，其实则一。文学作品的元素，大别之既为此二者，此二者合起来，乃等于作品的全部内涵。批评者说某一作品如何如何，等于说它所给人的整体印象如何如何。《人间词话》说"少游词境最凄婉"，等于说秦观的词，整体上予人凄婉的感觉。又说：马致远的"枯藤老树昏鸦，小桥流水人家，古道西风瘦马，夕阳西下，断肠人在天涯""深得唐人绝句妙境"，其实即谓读马致远这首小令，与读唐人绝句所得的印象相同，可以一"妙"字概括之。

——《中国古典文论新探》，北京大学出版社，1996 年 11 月，第 100—101 页。

刘锋杰、章池：

《天净沙》是曲，不是词。它有唐人绝句的妙境，是因为其有景有情，一切景语皆情语，一切情语皆景语，虽言近而旨远，可读可解，却又读之不厌，解之无尽。

——《人间词话百年解评》，黄山书社，2002 年 11 月，第273 页。

彭玉平：

这两则（《国粹学报》本《人间词话》第 63 则，《盛京时报》本《人间词话》第 30 则）在手稿本均无底稿，是学报本发表时新增入的，尔后时报本略加润色。其欲表现词曲嬗变之轨迹之意，当然是可以明察的。学报本主要称赞《天净沙》小令"深得唐人绝句妙境"，时报本则在明确元词"承南宋绪余"的大背景下，体现出《天净沙》小令的特立与绝妙，其立意微有差别。尤可注意者，是关于此词作者的变化。学报本明确是马东篱，而时报本则已改为无名氏。其中改变作者的原因，恰恰在《宋元戏曲考》中有细致的说明。……显然对此词作者，王国维在撰写《宋元戏曲考》之时即已生发疑问，故在时报本发表之时，将学报本中的"马东篱"易为"无名氏"，再以"绝妙"二字，将学报本的"深得唐人绝句妙境"与《宋元戏曲考》的"纯是天籁，仿佛唐人绝句"①的审美判断合并承传了下来。其前后之间，颇能见出王国维学理之演变。

——《被冷落的经典——论〈盛京时报〉本〈人间词话〉在王国维词学中的终极意义》，《文学遗产》，2009 年 1 月，第 1 期。

陈伯海：

一个有机的意象系统需要有一个能统摄全局的中心点，让整个意象系统围绕着它而构结。这个中心点可称之为"意核"，它是诗人诗性生命体验的出发点，位于诗篇情意结构的中心位置，因亦成为整个意象系统的内核。前人论诗有归重"立意"之说，所立之"意"正是指的"意核"。"意核"在不同作品里有不同的表现形

① 王国维：《宋元戏曲考》，《王国维戏曲论文集》，第 89 页。

态……可以显现为一首诗的中心意象（或曰主导意象），如《天净沙》里的"断肠人"；也可不以意象的姿态显形，只是体现为诗中表白的某个意念（如古诗"生年不满百，常怀千岁忧"，即以这个意念贯串全诗）；甚至有可能连意念也不出现，仅寄"意"在诗歌意象所生发的象外空白的情意空间中，让读者去自行体认。……"意核"之外，要重视"意脉"的构建，因为"意核"正是通过"意脉"的运行，来组织各个意象之间的链结关系，以建立完整的意象系统的。……意脉又可分解为表里两个层面；表层为意象链，直接显示出意象组合的形态；里层为情意流，潜在地反映出意象结构底里的情思涌动。有如方才例举的《天净沙》小令，其意象链的格局为由远及近、由物及人，在空间关系中移步换形，而其内在的情意流却经历着起伏跌宕、正反相衬，将人物的情感生命活动演绎得细腻熨帖、真切动人。如果只注意到外层的意象链接，单纯从空间物象转换上来把握诗思的发展，对诗人用心的理解不免落于肤浅。

——《古典诗歌意象艺术的若干思考》，《社会科学》，2012 年 7 月，第 7 期。

六四　白仁甫能曲不能词

白仁甫《秋夜梧桐雨》剧，沉雄悲壮，为元曲冠冕。然所作《天籁词》，粗浅之甚，不足为稼轩奴隶。岂创者易工，而因者难巧欤？抑人各有能、有不能也？读者观欧秦之诗远不如词，足透此中消息。

【别叙】

这一则说白朴及其于不同文体上的创作成就，认为白朴是元曲大家，但作词粗浅，连做辛弃疾的奴仆也不配。何以至此？王国维认为，一是基于文体的不同，二是由于作者才能的各异。王国维分析原因，自然在理，然而其对白朴词作的贬低，"未免失之偏颇"（胡世厚）。所以失者，当仍在王国维矫枉过正的良苦用心所致。而王国维"用心"何在？"与其说是创作成就的比较，不如说是文体观念的较量"（彭玉平）。

【集评】

蒲 菁：

《天籁集》，四库著录。《提要》则谓其"清隽婉逸，意惬韵谐，可与张炎《玉田词》相匹。"先生以粗浅之甚目之，是犹目叔夏为玉老田荒也。

——靳德峻笺证，蒲菁补笺：《人间词话》，四川人民出版社，1981 年 9 月，第 79 页。

施议对：

诗、词、曲是诗歌中三种不同的艺术样式，各有其独特的艺术特征与艺术发展规律，文学史上三者兼工的作者毕竟极为罕见。白朴（仁甫）是四大元曲作家之一，王国维称其曲"高华雄浑，情深文明"（《王国维戏曲论文集》），称其所作《秋夜梧桐雨》，沉雄悲壮，为元曲冠冕。但是，王氏又指出，白朴所作《天籁词》，极其粗浅，即"干枯质实，但有稼轩之貌而神理索然"（稿本），不足为稼轩奴隶。白朴能曲不能词，这一文学现象究竟如何解释？王国维提出了两个答案：一、这是因为元曲属于一种新创立的诗体，容易写好，词至元代已变成一种旧的诗体，不容易写好；二、作家创作才能不同。对这两个答案，王国维侧重于后者，他认为："曲家不能为词，犹词家之不能为诗。"（稿本）所以说，"读者观欧秦之诗远不如词，足透此中消息"。这里，王国维着重从诗、词、曲不同的艺术特性及作家创作才能方面进行探讨，还是有一定道理的。

——《人间词话译注》，广西教育出版社，1990 年 4 月，第 106—107 页。

胡世厚：

白朴是元曲大家。由于曲名太盛，其在元代词坛的声望也就不大为人注意。其实，他不仅是一位卓越的杂剧与散曲作家，而且也是一位著名的词人，是元代词坛的代表作家。然而近七百年来，人们关注最多的是他的杂剧与散曲，而对他的词作却没有给予应有的重视。近代学者王国维甚至或认为白朴"所作《天籁集》，粗浅之甚，不足为稼轩奴隶。"辛弃疾词工意境，而王国维论词又唯重"意境"二字，故其推重稼轩。白朴词篇篇"皆自肺腑流出"，率意而为，真实自然，可谓是"我手写我心"，因而同样具有独特的价值。王国维贬低白朴词作，未免失之偏颇。

——《白朴论考》，中州古籍出版社，1991 年 12 月，第 91 页。

刘锋杰、章池：

若将此处与《人间词话·五十三》《人间词话·五十四》《人间词话·五十九》联系起来读，显示出王国维已经相当关注文体的演变，并从文体自身的角度解释了它的盛衰，但这只是略及文体史而已。其实，文体发展与非文体要素之间的关系同样重要。比如文体与社会生活变化的关系，文体与人类情感形态的联系，文体与语言演变的关联等，就是文体史的研究所不能回避的问题。倒是王国维在《人间词话·删稿》中的两处说明，是对此则词话的重要补充，不可不提。一曰："即诗词兼擅如永叔少游者，词胜于诗远甚。以其写之于诗者，不若写之于词者之真也。"二曰："词之为体，要眇宜修。能言诗之所不能言，而不能尽言诗之所能言。诗之境阔，词之言长。"这既涉及表情之真与诗词嬗变的关系，也就诗词文体的各自言情特征作出了有益的说明，特别是"诗之境阔，词之言长"，突出了词之表情的复杂、细腻与深长，是深得词体之妙的言论。

——《人间词话百年解评》，黄山书社，2002 年 11 月，第 275—276 页。

李梦生：

他（白朴）的词作虽然也以本色为主，但学辛弃疾而缺乏辛词粗犷而有意境的特色，流于浅俗。基于此，王国维提出了两个问题：其一是始创易工，继承者难巧；其二是人各有能有不能。人各有能有不能，是比较明白的事，全能的作家毕竟少见，古今中外均是如此，古人曾有恨"唐宋八大家"之一曾巩不能作诗之叹。因此这两个问题的重点还是在于前者，而这一观点，与王国维在前面提到的"一代有一代之文学"是一脉相承的。王国维在这里请大家体会欧阳修与秦观的诗远不如词的原因，也旨在提醒人们，词在欧、秦时是一种新兴文体，还没有形成约定俗成的惯套，还没有变成彼此间馈赠的礼物，所以他们能在词中创造高深的境界，取得高超的成就。

——《〈人间词话〉导读》，上海书店出版社，2009 年 5 月，第 164—165 页。

彭玉平：

平心而论，《天籁集》中也颇多率意而发、真实自然的优秀之作，一味以"不足为稼轩奴隶"而整体否定，也是不符合事实的。朱彝尊在《天籁集跋》中即称其"自是名家"。《四库全书总目》也称《天籁集》"清隽婉逸，调适韵谐"。为了佐证自己的这一说法，王国维又将欧阳修、秦观的诗词作了对比，认为他们的诗远不如词。其实这种"远不如"的结论背后，与其说是创作成就的比较，不如说是文体观念的较量。宋诗的"寄兴言情"固然不及宋词，但从诗体发展的角度而言，宋诗的说理议论，正是其与唐诗并驱的原因所在。

——《人间词话疏证》，中华书局，2011 年 4 月，第 305—306 页。

卷二 人间词话删稿

一 白 石 二 语

白石之词，余所最爱者，亦仅二语。曰："淮南皓月冷千山，冥冥归去无人管。"

【别叙】

姜夔的词，王国维说他最爱的仅"淮南皓月冷千山，冥冥归去无人管"二句。何以只赏此二语？就姜夔此二语自身看，情景浑融，与王国维所倡导的"无我之境"审美贴近，自是难得的好词句，其中展现"冷香"，"甚至成为白石词整体词风"①。然则，王国维当然不是就此二语说此二语，而是以此来评说姜夔的词作艺术及创作成就。"仅"字表现的态度，是明显的。为此，王国维这里所说"最爱"，也可能"只是'一时'的最爱"（彭玉平）。联系《人间词话》其他词则对姜夔的评价，可进一步得知。

【集评】

邓乔彬：

这首词（《踏莎行》"燕燕轻盈"）很可见姜夔善以健笔写柔情的特点。"燕燕""莺莺""轻盈""娇软"，未免有些软媚。但"又向华胥见"的以梦点明，则又化实为虚，转为清健。而"别后书辞，别时针线"，实是深情出以淡语，远无苏轼"春衫犹是，小蛮针线，

---

① 陶尔夫、刘敬圻著：《南宋词史》，黑龙江人民出版社，1992年12月，第284页。

曾湿西湖雨"(《青玉案》)的缱绻，当然更异于柳永、秦观、周邦彦等人的绮艳风格了。近代学者王国维认为姜夔词"隔"，"惜不于意境上用力"，于姜词只爱"淮南皓月冷千山，冥冥归去无人管"二语。我们说，前者未免失之偏颇，后者则可见其识力。因为这两句造就的是清幽之极而又颇见阔远的意境，表现的是怜念至深之情，而一"冷"字，更使词人的孤凄心境与外物相合，令全篇增色。

——唐圭璋、钟振振主编：《唐宋词鉴赏辞典》，江苏古籍出版社，1986年12月，第1004—1005页。

施议对：

王国维喜欢白石词，主要肯定其"气象"与"格调"，对其艺术创造，却有一些不满。王国维认为，白石"格调虽高，然无一语道着"，这是说他在创造艺术形象方面，不够鲜明、具体，还有"隔"的毛病。再是指出，"白石有格而无情"，认为白石词之美，还着重在貌，内美与修能尚不可达到较好的结合。这里，王氏说，对于白石之词，最爱者仅此二语："淮南皓月冷千山，冥冥归去无人管"。二语好处，在于所写之景，如在目前，不隔也，而且此所谓写景之语，实际即写情之语也。皓月归去无人管，情与景已交融一体。

——《人间词话译注》，广西教育出版社，1990年4月，第110页。

陶尔夫、刘敬圻：

纵观传统恋情词写作，乃以狎昵风流，软媚秾艳者居多。所谓"艳词"，即指此而言。但白石的情词，却能从整体一反近四百年之余绪，而专以骚雅峭拔词笔出之。许多篇章，均具这一特点，如《踏莎行》"燕燕轻盈……"开篇两句似嫌华艳，其实不过梦中所见而已。实中有虚。末二句为闺中梦后想象恋人归去情景，虚中有实。全篇亦虚亦实，抟虚作实，不过是梦境的记叙耳。正如词序所言："自沔东来，丁未元日至金陵，江上感梦而作。"王国维对白石多有微辞，但他却推崇这首《踏莎行》。……热烈的情爱，仍以"冷"语出之。

——《南宋词史》，黑龙江人民出版社，1992年12月，第278—279页。

孙维城：

《踏莎行》说："离魂暗逐郎行远。淮南皓月冷千山，冥冥归去无人管。"王国维最赏末两句。词人从对面着笔，设想情人终于离去，孤零零行走在冷月寒山之中。景致凄冷，透现出词人无比轻怜痛惜而又徒唤奈何！晚年追忆时所写的《鹧鸪天》说："肥水东流无尽期，当初不合种相思"，"春未绿，鬓先丝。人间久别不成悲"。沉痛的反语更显悲凉！结尾更说"两处沉吟各自知"，凄凉之雾满被华林，饱经沧桑而又洞明世事后的沉吟，表现的是大梦醒来无路可走的人生之沉重。

——《"晋宋人物"与姜夔其人其词——兼论封建后期士大夫的文化人格》，《文学遗产》，1999 年 3 月，第 2 期。

李梦生：

王国维对姜夔词是贬多于褒，既欣赏他的格调韵味，又对他一意追求高雅，而少真正的感情，使人有雾里看花的感觉表示不满。"淮南皓月冷千山"两句，在全词写了扑朔迷离的梦境以后，即眼前景脱口而出，不假雕凿。淮南在词人当时所在的金陵之西，月西落自可言"归去"，但所思之人在淮南，其魂魄来人梦，梦醒也自然应当归去，所以这里既是说月，又是说魂。"冷"字已悽怆幽邃，加上"无人管"三字，更深切凄迷。这样写，把别离之情、思念之苦，一一道出，景真情切，确实有"不隔"的效果，所以王国维特地拈出，予以表彰。

——《〈人间词话〉导读》，上海书店出版社，2009 年 5 月，第 169 页。

彭玉平：

王国维的理论似乎存在着矛盾。他曾评说姜夔的写景之作如"二十四桥仍在，波心荡、冷月无声"、"数峰清苦，商略黄昏雨"、"高树晚蝉，说西风消息"等"虽格韵高绝，然如雾里看花，终隔一层"。此则"淮南"一句，其实意趣与这几句十分相似。这大概也是王国维在选择若干准备发表时，将这一则刊落的原因所在。所以这个"最爱"也许只是"一时"的最爱。

——《人间词话》，中华书局，2010 年 4 月，第 107—108 页。

邬国平：

他（王国维）是说姜夔虽然也算一位重要词人，作品有很大影响，可是他对姜夔的欣赏却很有限，"最爱"的只有两句词。原稿此条接在"初刊稿"第四九条后面，王国维在该条词话中说：他并不觉得吴文英的词真有周济夸的那么好，若有，只有他《踏莎行》"隔江人在雨声中，晚风菰叶生秋怨"二语是出色的。显然，王国维说他自己对姜夔词的欣赏"亦仅二语"，这与他评吴文英一样，整体上流露的是一种颇不以为然的口气。

——黄霖、邬国平、周兴陆著：《人间词话鉴赏辞典》，上海辞书出版社，2011 年 12 月，第 134—135 页。

戴　赋：

先生对姜夔及其作品的评论很多，但总体评价不高，这里说只喜欢姜夔的两句词，可以说算是非常难得了，一方面是由于这两句词确实写得不错，语言浅近，意境深邃，符合静安先生对意境深远的要求，同时这两句也确实是作者心境的表露。

——《人间词话》，万卷出版公司，2014 年 7 月，第 209 页。

二　双声叠韵

双声、叠韵之论，盛于六朝，唐人犹多用之。至宋以后，则渐不讲，并不知二者为何物。乾嘉间，吾乡周松霭（春）先生著《杜诗双声叠韵谱括略》，正千馀年之误，可谓有功文苑者矣。其言曰："两字同母谓之双声，两字同韵谓之叠韵。"余按：用今日各国文法通用之语表之，则两字同一子音者谓之双声。如《南史·羊元保传》之"官家恨狭，更广八分。""官家更广"四字，皆 k 得声。《洛阳伽蓝记》之"狞奴慢骂"，"狞奴"二字，皆从 n 得声。"慢骂"二字，皆从 m 得声也。两字同一母音者，谓之叠韵。如梁武帝"后牖有朽柳"，"后牖有"三字，双声而兼叠韵。"有朽柳"三字，其母音皆为 u 也。刘孝绰之"梁皇长康强"，"梁长强"三字，其母音皆为 ian 也。自李淑《诗苑》伪造沈约之说，以双声叠韵为诗中八病之二，后世诗家多废而不讲，亦不复用之于词。余谓苟于词之荡漾处多用叠韵，促节处多用双声，则其铿锵可诵，必有过于前人者。惜世之专讲音律者，尚未悟此也！

【别叙】

　　此则言说双声、叠韵问题。双声、叠韵是汉语中的一种声韵现象。双声，即一个双音节词中两个字的汉语拼音的声母相同，即同声母的字构成双声；叠韵，即汉语拼音的韵母与用此韵母拼音所得的字，即同韵母的字构成叠韵。恰当地使用双声、叠韵，会使文学作品呈现独特的音乐美、韵律美。王国维对双声、叠韵的用法与发展做分析，指出双声、叠韵能使词作"铿锵可诵"，并认为：双声、叠韵盛于六朝时期，至唐代时候也还比较多在使用，而到了宋代以后，渐而不讲，并且也不知双声、叠韵为何物了。王国维所说"不复用之于词"，是否事实？实际上，双声叠韵由于有助于音节的谐美，后人作词仍多用之，这一点，可以于后人诗词音韵实践上进行检验。就此问题，王国维不可能不知道。之所以要说"不复用之于词"，或出于"矫枉必过正"的考虑，而特意说得片面偏激，以引起关注与重视。而王国维之所以强调对双声、叠韵的运用，无非也是对词之于内容、形式二者关系的辩证认识，所表现的，是对如何"创造'有意味的形式'的问题"（陈玉兰）之思考与探讨。

【集评】

　　刘焕辉：

　　叠韵多用在需要声音舒畅、悠长之处，而双声多用于需要声音短暂、急促之处。把二者配搭起来使用，能使语音的音响节奏跌宕起伏，便于吟诵。特别是双声叠韵联绵词的恰当选用，更能给人造成一种音节的和谐美。

——《语言运用概说——用词造句》，江西人民出版社，1980 年 6 月，第 105 页。

陈鸿祥：

王国维的这则词话，辨诗词声韵，实亦为褒扬同乡前辈周春之学术业绩。周氏淡泊名利，潜心著述。盖其学术颇与王氏有关者有三：一曰地方志纂辑。王氏于丙辰（1916）自日本返回上海，应邀参与编修浙江省志，曾多次返海宁查阅史志，十分赞赏周氏之《海昌胜览》（海宁旧称海昌）。二曰《红楼梦》考辨。《红楼梦》问世之初，周氏即撰总题为《阅红楼笔记》的数万言之书。卷首称：乾隆庚戌（1790）秋闻知《红楼梦》之名，壬子（1792）冬在苏州购得新刻《红楼梦》之书。周氏通阅全书，辨其非为"纳兰太傅"（即纳兰容若）作，并考书中"林如海"即江宁织造、曹雪芹之父楝亭。又云："贾假甄真、镜花水月，本不必求其人以实之。"（参见黄濬《花随人圣盦摭忆》所记"周松霭《阅〈红楼梦〉笔记》"条）王国维作《〈红楼梦〉评论》，虽与此书无直接渊源关系，然而，中国第一部考"红"与第一篇评"红"之作，皆出于海宁州府（今海宁市盐官镇），岂不是一件文坛盛事！三曰声韵之学，即被王国维写入本则词话的周氏《杜诗双声叠韵谱括略》。周氏认为，所谓"双声、叠韵为诗中八病之二"，乃是宋人李淑《诗苑》伪造的"沈约之说"，王国维因而赞其"正千余年之误"，是"有功文苑"之举。

——《〈人间词话〉〈人间词〉注评》，江苏古籍出版社，2002 年 7 月，第 287 页。

陈玉兰：

王氏特别强调主体若要达到"能写之"则必须深谙内容和形式之间相互转化的艺术辩证规律，即所谓内容是向内容转化的形式、形式是向形式转化的内容。《人间词话》在论及双声叠韵如何按情绪之内在规律使用时，说："余谓苟于词之荡漾处多用叠韵，促节处多用双声，则其铿锵可诵，必有过于前人者。惜世之专讲音律者，尚未悟此也。"这是对情绪之内在节奏如何更好地体现为外在节奏的艺术敏悟。凡此等实已牵涉到主体在"能写之"中如何适应兴发感动之境界要求而去创造"有意味的形式"的问题，这可谓对这一现代诗学批评理论自发的接近。

——《论"境界"说及其对新诗批评理论建设的意义》，《文学评论》，2003 年 3 月，第 2 期。

彭玉平：

王国维并非限于从语言学的角度来探讨双声叠韵的音韵学意义，而是从诗词创作的角度来探讨其在诗词韵律方面的美学意义。王国维主张填词时在"荡漾处"多用叠韵，以形成音节的平缓和连续性；在"促节处"多用双声，以形成节奏的韵律感，从而造成整体上"铿锵可诵"的艺术效果。这一主张确实是有道理的。体现了王国维在注重以真景物、真感情为核心创造词的境界之时，对于音律方面的重视之意。

——《人间词话》，中华书局，2010 年 4 月，第 110 页。

邬国平：

王国维论"双声叠韵"有两个方面新意：

一、用西方的和现代的音韵学知识对"双声叠韵"作了解释，便于现代的读者了解汉语的这一语言现象和概念。当然，"子音"为声母、"母音"为韵母的说法可能不够精确，王力《汉语音韵学》第一编第二章第六节指出："有许多人往往把声母误解为'子音'（consonant），把韵母误解为'母音'（vowel）；其实声母就是一个字的起头的音素，这个音素固然可以是'辅音'，但也可以是'元音'，如'应'（ing）字的声母便是 i；韵书上所谓《喻》组，也就是元音的纽。韵母就是一个音的收尾的音素或音群，这个音素或音群可以是'元音'，但在中国有时候则是'元音'加'辅音'，如'班'（pan）字的韵母便是 a 和 n 连合的 an。"这就辨析得更加细微了。不过对于填词来说，王国维的这种说法，大致也将声和

韵的区别讲清楚了，故现在有人谈到词韵，还说："声是子音，韵是母音，即今所谓声母与韵母。"（陈声聪《填词要略》）

二、提出利用"双声叠韵"写词的一种方法，即"于词之荡漾处多用叠韵，促节处用双声"，使词"铿锵可诵"。双声、叠韵词构成音和意两方面的连绵，就其音的连绵而言，形成作品回环的声音美。具体来说，叠韵有助于增加诗歌的声音徐缓悠扬，双声有助于加强促迫紧束的音节，如果适当地利用汉语语音这些特点，无疑能使词获得更多的音律美感。

——黄霖、邬国平、周兴陆著：《人间词话鉴赏辞典》，上海辞书出版社，2011 年 12 月，第 225 页。

吴珺如：

王国维对于双声叠韵之于词之音律的作用给了高度评价，而且他认为后世诗家词人用双声叠韵的频率太低。事实上词作中用到双声叠韵的例子还是不少，尤其是柳永的词，几乎阕阕都有。据不完全统计，《彊村丛书》本《乐章集》中，除去辑佚词 10 首及后来《全宋词》本中的存目词与互见词等，总共 206 首词作中，运用严格的双声或叠韵者（声母或韵部完全相同）高达 186 首（陶然，2008：76—83）。

——《论词之意境及其在翻译中的重构》，上海外语教育出版社，2012 年 9 月，第 97 页。

三　叠韵不拘平、上、去三声

世人但知双声之不拘四声，不知叠韵亦不拘平、上、去三声。凡字之同母者，虽平仄有殊，皆叠韵也。

【别叙】

这一则在上一则言说双声、叠韵重要性的基础上，进一步着重论说声调如何使用的问题，指出不仅双声不拘四声，叠韵亦不拘平、上、去三声。说不拘，并不等于不用分辨。例如"官家"、"更广"和"康强"、"后牖"，或为双声，或为叠韵，都应予以分辨。有学者认为，基于语音的发展变化及入声于普通话中的消失，如果不是出于学术上的考虑，可按照现在普通话的四声去区别平仄（吴洋）。但应该看到，以粤语诵读古典诗词，与以普通话的四声去区分平仄，还是有着明显的区别，前者亦更贴近古代的四声，亦更能让领略古典诗词韵律之美。再者，就双声、叠韵运用问题，一如关于内容、形式二者的关系处理一样，仍需辩证地看，既要重视与研究，又不能过分强调与刻意追求。

【集评】

施议对：

所谓双声，只求声母相同，其声调如何，则不拘也。叠韵亦然。例如"官家"、"更广"，为双声，"官、家"同为平声，"更、广"则一去一上。"康强""后牖"为叠韵，"康、强"同为平声，"后、牖"则一去一上。

——《人间词话译注》，广西教育出版社，1990 年 4 月，第 114 页。

田玉琪：

诗中叠韵往往与双声相对，由两同韵母字构成。但词中叠韵既有双叠也有三叠甚至更多字叠的情形。叠韵的声调和双声的四声一样都没有规律，王国维指出："世人但知双声之不拘四声，不知叠韵亦不拘平上去三声。凡字之同母者，虽平仄有殊，皆叠韵也。"叠韵既可以与尾韵同，也可以与尾韵异。

——《谈词的句中韵》，《湛江师范学院学报》，2002 年 2 月，第 1 期。

吴　洋：

中国古代的四声指平、上、去、入四声，由于语音的发展变化，入声已经在普通话里消失了将近 700 年，以前应该读入声的字被分别派入了平、上、去三声中。整个北方方言除江淮方言以及西北、西南少数地区还保存有入声外，大部分地区已经没有入声，北方方言以外的六大方言倒是都还保留有入声。即便如此，我们也无法根据现在保留下来的入声去推断古代入声的调值，更无法通过分析派入平、上、去三声中的入声来推求古代入声的读音，更进一步来说，也许我们可以利用音韵学的知识对古代韵文中字词的调类（即属于四声的哪一声）进行大概的分析，但是古代四声的调值（不仅是入声），我们已经无从得知。因此，如果不是出于学术上的考虑，我们完全可以按照现在普通话的四声（即阴平、阳平、上声、去声）去区别平仄，以指导我们进行近体诗和词曲的写作。

——《人间词话手稿本全编》，内蒙古人民出版社，2003 年 1 月，第 34 页。

彭玉平：

双声不拘平、上、去、入四声，已经被广泛接受，故王国维在本则并未再申论这一话题，而是专就叠韵与四声的关系，略作说明。在王国维看来，叠韵的情况其实与双声是相似的，只要是同一母音的字，无论其平仄如何，都可纳入到叠韵字的范围中来。如前则所举的"后牖有"三字，母音相同，但声调有去声和上声的不同。王国维对声律的这种细微辨析，可视为他后来系统研究音韵学的前奏。

——《人间词话》，中华书局，2010 年 4 月，第 110 页。

邬国平：

周春《杜诗双声叠韵谱括略》卷二上在"双声同音通用格"部分，论述双声不拘四声；在"叠韵平上去三声通用格"部分，又论述了叠韵不拘平上去三声。王国维在这条词话中，主要是根据周春的研究结果，概述有关双声叠韵研究方面取得的进展。"昔人"是指周春以前讨论双声叠韵的学者。王国维肯定，周春提出"叠韵平上去三声通用"是一个重要的发现。

——黄霖、邬国平、周兴陆著：《人间词话鉴赏辞典》，上海辞书出版社，2011 年 12 月，第 225—226 页。

戴　赋：

双声紧凑、叠韵悠扬，确实对表达有帮助。这个论点前人是所未阐述的。但是自古以来写诗都不可太过拘束，不能够为了音节的优美而牺牲意境的优美，徒有音律上的朗朗上口是根本不够的。但凡有好句子，任何韵律都可抛除。所以说，这个论点只是写作的一个参考，而并非必须遵守的铁律，否则束手束脚，就难以写出真正优美的东西了。

——《人间词话》，万卷出版公司，2014 年 7 月，第 212—213 页。

四　文学升降之关键

诗至唐中叶以后，殆为羔雁之具矣。故五代北宋之诗，佳者绝少，而词则为其极盛时代。即诗词兼擅如永叔、少游者，词胜于诗远甚。以其写之于诗者，不若写之于词者之真也。至南宋以后，词亦为羔雁之具，而词亦替矣。此亦文学升降之一关键也。

【别叙】

这一则说文学发展与文体演变问题。"羔雁之具"：羔、雁，古代用为卿、大夫的贽礼，后以"羔雁之具"喻某种东西（或者事物）成为人们互相馈赠的礼品，并引申为失去真情的应酬之物。这里，王国维以是否成为"羔雁之具"，喻说一种文体的兴衰问题及其关键。在王国维认为，诗至唐中叶以后，成为应酬答谢的工具，所以五代北宋的诗，写得好的很少，而词在此时则发展昌盛。到了南宋以后，词也成为应酬答谢的工具，由此走向衰微。王国维此说，有学者提出反对，认为把羔雁之具当作文学升降关键，还不是从根本上探讨问题的实质，提倡应该从政治经济的变化去阐说文学的升降问题（吴奔星）。文体发展，一如自然万物的兴衰荣枯，均有其自身的发展规律。盛极而衰，总为常理，不能简单地归结为一种或两种原因，而应综合、全面地看待。具体到一种特定文体的衰微问题，须得具体问题具体出发，看其升降之"关键"所在，同样不能一概而论。一种文体的创作，如果更多为形式主义所影响，或更多用以逢迎酬酢而失去应有的坚守，的确会导致式微。具体从唐中叶以后诗的创作情况及南宋以后词的创作历史来看，其衰微也的确与是否成为羔雁之具关联。比如唐中叶以后，唱酬和韵风行，"窘步相寻，诗之真趣尽矣"①，即是例证。王国维之所以用是否为羔雁之具衡量文体的衰微问题，更多着眼的，或正基于羔雁之具"失去了文学最基本的意义"②（彭玉平）这一方面思考而进行的言说。这一点，与王国维一向主张文学的"真"是贯通的。

【集评】

吴奔星：

把是否作为"羔雁之具"当作"文学升降之一关键"看，还不是从根本上探讨问题的实质。"文学升降"决定于一定时代的政治经济的变化，作为"羔雁之具"只不过是文人习气之表现，不足以成为决定文学升降的关键。由于他不从政治经济的变化去阐明文学的升降，因而就忽视了南宋的词在思想内容上的巨大发展。由于宋朝与金、元之间的尖锐的民族矛盾和斗争，也由于宋朝统治阶级内部主战与主和两派之间的不调和的冲突，从北宋末期到整个南宋时期，词的内容在爱国主义的主题方面有了空前的发展。辛弃疾、岳飞、陆游、文天祥等人的词充沛着强烈的爱国主义精神，使词为民族斗争服务，从而把文学中的现实主义精神提高到一个新的阶段。王国维漠视了这一点，只是从艺术上谈"升降"，是一大缺陷。当然，"气困于雕琢"、"意竭于模拟"，也指出了南宋以后的词更

---

① 许文雨：《钟嵘诗品讲疏·人间词话讲疏》（1937年），成都古籍出版社，1983年5月影印版，第216页。
② 彭玉平：《人间词话》，中华书局，2010年4月，第111页。

加"程式化"的形式主义倾向，对元、明、清三代的词说，大体是恰当的。

——《王国维的美学思想——"境界"论》，《江海学刊》，1963 年 3 月，第 3 期。

黄志民：

诗词一旦成为"羔雁之具"，成为逢迎酬酢之资，则作者纵然真有所感、真有所见，也会为了文学以外的庸劣目的而扭曲；"口不言阿堵物，而暗中为营三窟之计"，当然就丧失其真——忠实了。

——《〈人间词话〉"境界"一词含义之探讨》（1983 年），毛庆其选编：《台湾学者中国文学批评论文选》，人民文学出版社，1986 年 9 月，第 271 页。

施议对：

就诗、词这两种文学样式而论，诗之至唐而极盛，唐中叶以后走上衰微的道路，词之至北宋而极盛，南宋以后走上蜕变的道路，除了文学本身以及作家者本身的原因之外，还受到社会经济、政治、思想文化诸因素的制约。王氏将文学之升降，简单地归咎于作家的创作态度，这显然是不符合历史唯物主义的原则的，而且也与文学发展的历史真实不相符合。

——《人间词话译注》，广西教育出版社，1990 年 4 月，第 114—115 页。

吴 洋：

宋诗历来为人所诟病，但是这种看法是不公允的。唐诗有唐诗的气象，宋诗亦有宋诗的境界，字字珠玑的唐诗将宋人逼进了死胡同，宋人知道唐诗是无法被超越的，但是他们并未因此放弃对诗的热情，随着宋代学术（尤其是理学）的兴盛、禅学的繁荣，宋人独辟蹊径，将理性的思辨融入崇尚感性与直觉的诗歌世界，情感在理性的节制下显得深沉、内敛、瘦劲，宋人因此获得了冥思的空间，同时也获得了编排字句的余裕，他们的美学观念因为冥思而趋于朴拙平淡，因为编排而显得奇突精致，如果说唐诗的美在于情辞丰腴的气韵，那么宋诗的美则在于内蕴深折的筋骨。唐诗和宋诗，是不容偏废的，它们同样是中国诗歌史上的伟大典范。

——《人间词话手稿本全编》，内蒙古人民出版社，2003 年 1 月，第 35 页。

彭玉平：

"羔雁之具"可以很丰富，很华美，却难以做到很真实。所以，在王国维看来，凡是表现真景物、真感情的文体都是有生命力的文体，而离开了真，文体的生命也就日趋微弱了。王国维在宋词中偏嗜北宋词而贬斥南宋词，原因就在这里。

——《人间词话》，中华书局，2010 年 4 月，第 111 页。

邬国平：

"至南宋以后，词亦为羔雁之具，而词亦替矣"数语，《文学小言》第十三则同样的内容之后，作者另有说明："除稼轩一人外。"强调辛弃疾词抒情写意，有活泼的生命，是南宋词的例外，不属"羔雁"之类。王国维对辛弃疾词评价很高，称他为豪词，有"雅量高致"，能"神悟"，并引《青玉案》"众里寻他千百度，回头蓦见（原作"蓦然回首"），那人正（原作"却"）在，灯火阑珊处"句，形容"古今之成大事业、大学问者"必须经过的三种境界之"第三境"，即最高境界，他对辛弃疾的尊敬由此可见。"未刊稿"中没有"除稼轩一人外"句，不等于说王国维对辛弃疾的评价改变了。至于中唐以后的诗歌、南宋以后的词，究竟有没有价值；欧阳修、秦观诗歌的成绩（尤其是欧阳修），是否远不如他们自己的词，这些问题自然应该继续研究，得出合理的、有充分说服力的结论，王国维的观点仅是他一家之言。

——黄霖、邬国平、周兴陆著：《人间词话鉴赏辞典》，上海辞书出版社，2011 年 12 月，第 136 页。

五 "天乐"二字文义

　　曾纯甫中秋应制，作《壶中天慢》词。自注云："是夜，西兴亦闻天乐。"谓宫中乐声，闻于隔岸也。毛子晋谓："天神亦不以人废言。"近冯梦华复辨其诬。不解"天乐"二字文义，殊笑人也！

【别叙】

　　这一则说曾觌《壶中天慢》中所谓"天乐"之蕴意。曾觌于调下的自注，说得很明白，天乐乃宫中乐声，是说宫中的奏乐声，传到了江对岸的西兴地区。毛晋将天乐解为天神之意，并就此讥讽曾觌，冯煦随后为曾觌辩诬，王国维为此觉得可笑。王国维此中用意，当然不是仅仅就曾觌《壶中天慢》中的天乐问题做单纯考证，而是"对屈解前人词意的做法进行针砭"（李梦生）。但是，这一则虽是关于考辨的言说，却"涉及词的阐释学的问题"（彭玉平）。可见，词里的过度阐释，自来有之，当引以为戒。

【集评】

　　陈鸿祥：

　　盖"西兴"在今浙江萧山市西，与钱塘江北之杭州隔岸相望。南宋建都杭州，旧称武林。古书中虽有"钧天广乐"之说，而这里所谓"天乐"，却是指中秋夜杭州宫中所奏乐曲，在西兴亦能"闻"之。"近冯梦华"即冯煦，辛亥革命后在上海当"寓公"，混迹"遗老"群中舞文弄墨，所谓为曾觌"辩诬"，即其所作《宋六十一家词选例言》中举姜夔自称用平韵写《满江红》词为"迎送神曲"，以证"宋人好自神其说"，真是愈辩愈"诬"！其所以如此，即在于不解"天乐"二字文义。附庸风雅，学风浮躁，望文生义，莫此为甚。

——《〈人间词话〉〈人间词〉注评》，江苏古籍出版社，2002 年 7 月，第 192 页。

李梦生：

王国维在这里举此例，用意不是单纯地考证事实，而是对屈解前人词意的做法进行针砭。繁琐考证、钩稽推敲作品的题外寄托，与不理解作品所指而妄加猜测辩驳，都是文坛的恶习，王国维在本条与本卷第 29 条对两者专门发表了反对意见，合理合情。

——《〈人间词话〉导读》，上海书店出版社，2009 年 5 月，第 174 页。

彭玉平：

此则虽是考辨文字，但其实涉及词的阐释学的问题。过深的解读自然会造成深文周纳的结果，但过于随意的望文生义也容易误导读者。王国维此处虽是由曾觌《壶中天慢》词的一则注文发表感慨，但这种现象也确实不是个别的。曾觌此词注文中的"天乐"二字，本意不过是指宫中之乐而已。但毛晋从《武林旧事》中迻录的注文却说成是"天神"之乐，而冯煦则认为"天乐"只是宋人的自神其说而已。如此把"天乐"二字剥离了原来的语境，而变成了任人阐发的话语，其结果自然与原意越来越远了，难怪王国维要说"殊笑人也"。

——《人间词话》，中华书局，2010 年 4 月，第 113 页。

许兴宝：

曾觌作为词臣，在朝野也有名闻。其有《海野词》，《全宋词》录存 104 首。曾觌算不上名家，但仍有人提及。黄升《中兴以来绝妙词选》卷一言其"词多感慨，如《金人捧露盘》《忆秦娥》等曲，凄然有《黍离》之悲"。杨慎《词品》卷四所云与上略同。毛晋《海野词跋》也云其词"语多感慨"。《四库全书总目》以及许昂霄、陈廷焯等人所论也基本相同。特别是人们对曾觌作御制词颇多知晓。王世贞、毛晋、邹祗谟、张德瀛等人不仅提及曾觌一人所进御制词之事，还将其与张抡、吴琚等人进御制词设于同列。张德瀛《词征》卷五还将曾觌与康与之、柳永放在一起比照:"伯可应制为艳词,诌谀乞进,是柳耆卿、曾纯甫一辈人物,士大夫一朝改行,身败名裂,不可复救。"同时还云:"万俟雅言、晁端礼在大晟府时,按月律进词。曾纯甫、张林甫词,亦多应制……"(邹祗谟《远志斋词衷》里亦有大致相同说法)。比照目的,一目了然。人们谈及曾觌应制词时,注意最多的是《壶中天慢》。毛晋《海野词跋》云:"(曾觌)至进月词,一夕西兴共闻天乐。岂天神亦不以人废言耶?"即误将宫中乐声当作天上的乐声。冯煦《蒿庵论词》力辨其误云:"曾纯甫赋进御月词,其自记云:'是夜西兴亦闻天乐。'子晋遂谓天神亦不以人废言。不知宋人每好自神其说。白石道人尚欲以巢湖风驶归功于《平调满江红》,于海野何讥焉?"王国维也关注《壶中天慢》,《人间词话》云:"……"更重要的是,曾觌因作《壶中天慢》词而受到高宗与孝宗的奖赏,词人对此不无荣耀地为词作小注云:"此进御月词也。上大喜曰:'从来月词不曾用金瓯事,可谓新奇。'赐金束带,紫罗水晶碗。太上亦赐宝盏。至一更五点还宫。是夜西兴亦闻天乐焉。"

——《"若道都齐无恙,云何渐渐如钩"考论》——《苏州科技学院学报》,2012 年 9 月,第 5 期。

六　方回词少真味

北宋名家以方回为最次。其词如历下、新城之诗,非不华赡,惜少真味。

【别叙】

此则中,王国维提出:北宋诸多著名词作家中,以贺铸词为最下,一如李攀龙、王士禛的诗作一般,文辞华美却缺乏真情实意。贺铸词作,是否真如王国维所说的"少真味"?王国维显然过于片面。贺铸是不乏形神兼备、情韵深厚之作的。且以知人论世论,贺铸词的缺点，也并非贺铸个人所有，而与当时社会的以诗为词、以学问为词的共同创作倾向契合。学者为此，还另强调贺铸"支持了苏轼的词学革新，其词史意义不容低估"（彭国忠）这一点。解读此则，为此须注意，王国维用意并非止于批评贺铸一人，亦并非仅在贬抑李攀龙、王渔洋，矛头所向，归根仍在批评词作之"少真味"问题上。联系晚清词坛状况加以考虑，即可知其中针对性，"是对晚清词人在师法南宋词的导向上提出了严厉的批评"（彭玉平）。就此出发便不难理解，王国维何以用过激的言语论说贺铸。贺铸（包括李攀龙、王渔洋）于此，是充当着王国维批评晚清词人学词弊病的靶心作用的。

【集评】

许文雨：

沈雄《柳塘词话》云："方回作《青玉案》词，黄山谷赠以诗云'解道江南肠断句，只今惟有贺方回！'其为前辈推重可知。因词中有梅子黄时雨，人呼为'贺梅子'。"陈廷焯《白雨斋词话》卷一云："方回《踏莎行·荷花》云：'断无蜂蝶慕幽香，红衣脱尽芳心苦。'下云：'当年不肯嫁东风，无端却被秋风误！'此词骚情雅意，哀怨无端，读者亦不自知何以心醉，何以泪坠。《浣溪沙》云：'记得西楼凝醉眼，昔年风物似而今，只无人与共登临！'只用数虚字盘旋唱叹，而情事毕现，神乎其技矣。世第赏其梅子黄时雨一章，犹是耳食之见。"沈陈二氏论词均推方回，而王氏竟以乏真味少之，可见词坛定论之难。

——《钟嵘诗品讲疏·人间词话讲疏》（1937年），成都古籍出版社，1983年5月影印版，第216—217页。

缪　钺：

王国维认为，北宋词人，贺铸最差，把他比做历下（指明李攀龙）、新城（指清王士禛）之诗，仿佛是"莺偷百鸟声"（《静庵文集续编·文学小言》论"新城"诗语），空有形式之美，而缺乏真情实感。这个论断是不公允的。

——《论贺铸词》，《四川大学学报》，1985年3月，第1期。

周锡山：

这里他对贺铸之词和李攀龙、王渔洋之诗皆批评为"少真味"，这个批评，尤其是对王渔洋诗歌的批评是欠公正的。不过，他承认贺铸是北宋名家，承认贺词和李、王之诗"华瞻"，并将渔洋词列为清词第二，居朱、陈之上，是不同流俗的真知灼见。

——《王国维美学思想研究》，中国社会科学出版社，1992 年 1 月，第 165 页。

钟振振：

词中向有疏、密两派。张炎《词源》："词……若堆迭实字，读且不通，况付之雪儿（歌女）乎？合用虚字呼唤。……若能尽用虚字，句语自活，必不质实。"他是主疏的，从自己的审美观立论，未免偏颇。贺铸此词（《点绛唇》"一幅霜绡"）几乎全用实字，不靠虚字呼应贯串，使的是潜气内转法，层次演进从画面转换中见出，筋脉都在暗处，灭尽针缕之迹。初读之，不知所谓；吟味至再，滋味愈嚼愈出。谁说质实一定不能成为佳作呢？

——唐圭璋、钟振振主编：《唐宋词鉴赏辞典》，江苏古籍出版社，1986 年 12 月，第 501 页。

彭国忠：

贺铸词之化用前人诗（或文）句，有其个人的原因在：他博学强记，家中藏书多，又常常亲自校雠，但更应从元祐词人"以诗为词"、"以学问为词"的共同创作倾向这个高度加以审视，而不应仅仅把它当作孤立的创作现象看待。前文曾指出元祐词家的"以诗为词"有摄取诗歌精神入词之"道"的层面义在，还有引诗之题材、风格、作法入词等"艺"的层面涵义（第五章）；元祐词家具有多方面的艺术素养和综合素质，学术品位高是元祐词坛有别于北宋前期词坛的重要原因（第三章）。贺铸词对前人作品的化用，基本属于"艺"的层面，是其学者性格的反映，也是他"以诗为词"的创作思想的反映，它有力地响应了"以诗为词"的词学时代潮流，积极地支持了苏轼的词学革新，其词史意

义不容低估。

——《元祐词坛研究》，华东师范大学出版社，2002 年 11 月，第 241—242 页。

陈鸿祥：

王国维之所以说方回"最次"，不过以此为由头，另有其用意，即借以与明代"后七子"中翘楚李攀龙、王世贞之诗作比，认为"非不华瞻，惜少真味"。又由明代"后七子"，反比"宋诸家"，即姜夔以下，史达祖、吴文英、张炎、陈允平等南宋词人，其作品的通病是"少真味"，而仅可以陈腐的八股作比。于是，他通过对王士禛等人"享重名且数百年"的抨击，讥刺世风日下的清末文场，更加"一代不如一代"。

——陈鸿祥编著：《〈人间词话〉〈人间词〉注评》，江苏古籍出版社，2002 年 7 月，第 204 页。

彭玉平：

王国维认为其（贺铸）词类同明代李攀龙和王士禛的诗歌，很少真情实感，属于"莺偷百鸟声"一类。而对于宋末诸家如史达祖、吴文英等人的词，王国维又将他们比喻为自明代以来广为流行的八股文，因为南宋词人多写长调，与八股文相似，也十分强调结构安排。八股文在思想和形式方面的程式化倾向使其一直承受着恶名，而南宋词人不仅没有因此而被冷落，反而在数百年间备受尊崇。所以王国维感叹，像曹蜍、李志这样人品恶劣的人，在当世却享有如王羲之一般的书法美名，而类似于"腐烂制艺"的南宋词也能在当世和晚清之时被顶礼膜拜。这只能说明对于词的文体体制失去了基本的判断。所以一则不仅再次强调词的本色问题，也对晚清词人在师法南宋词的导向上提出了严厉的批评。王国维的这一番用心虽然是可以理解的，但他对贺铸词以及南宋末年诸家词人的评价，却不免流于主观了。

——《人间词话》，中华书局，2010 年 4 月，第 122—123 页。

姜荣刚：

在王国维的词人批评中，对贺铸的比拟与贬斥是最为不伦

的，贺铸词固然有盛丽妖冶、辞藻华丽的一面，但岂能与以复古模拟而被称为假古董的历下新城之诗相提并论？事实上，如果我们了解到晚清词人对贺铸异乎寻常的推崇，便会明白王国维的真实用意了。在词学史上，推崇贺铸的无过于陈廷焯……与陈廷焯对贺铸的过分推崇相比，王国维的过分贬抑真有点针锋相对的味道。有清一代词的走向是学问化与格律化，故最宗南宋，晚清尤其如此。

——《王国维"意境"说的提出与晚清词坛——兼论"意境"说对词体的消解》，《浙江学刊》，2016 年 7 月，第 4 期。

七　文体之难与易

散文易学而难工，骈文难学而易工。近体诗易学而难工，古体诗难学而易工。小令易学而难工，长调难学而易工。

【别叙】

此则以三对不同格式的文学体裁，说写作的难易问题。王国维认为，散文、近体诗、小令这三种体裁容易学但难学好，骈文、古体诗、长调这三者则难学却容易写好。文体之工与不工以及学习之难与易问题，与文学体裁本身当然有一定关系，但也与个人的才性、兴趣相关。王国维所说，是个人的经验之谈，也是多数人的甘苦之言，具有一定的代表性。

【集评】

施议对：

从格式上看，散文没有具体规定，没有严格要求，近体诗格律一成不变。小令格式简单，这在初学者看来，似乎较为容易，但入门之后，欲求其工，却并非易事。骈文、古体诗，以及词中长调，

许许多多清规戒律，初学颇觉为难，往往成为束缚，但是，当掌握了变化规律之后，这许许多多清规戒律却反过来，成全了作者。

——《人间词话译注》，广西教育出版社，1990 年 4 月，第 118—119 页。

周锡山：

在诗歌中，他认为篇幅短的近体诗、小令难工，古体诗和长调一类篇幅长的易工。王国维在性格上喜欢攻难的，他作诗绝大多数为近体，于词则明言喜欢小令，显然也与他的知难而上的性格有关。

——《王国维美学思想研究》，中国社会科学出版社，1992 年 1 月，第 177 页。

吴　洋：

根据开头两句和末尾两句，王国维意在说明体式较为自由者易学而难工，如此，则中间二句当为"近体诗难学而易工，古体诗易学而难工"。王氏自摆迷阵难出矣。

——《人间词话手稿本全编》，内蒙古人民出版社，2003 年 1 月，第 57 页。

李梦生：

王国维把文学作品分为抒情与叙事两大类，在卷上第 59 条曾提出近体诗以绝句为最尊，词以小令为最尊的观点，结合本条，可以得出比较完整的说法，即文学作品以短小的为上品，以抒情的为上品。上品之作，易学难工。这是因为短小的作品容易成篇，但要达到有境界有成就较难；而长篇作品，或音律、对偶要求严格的骈文，入门较难，但一旦入门，掌握了技巧，就容易写好。

——《〈人间词话〉导读》，上海书店出版社，2009 年 5 月，第 190 页。

彭玉平：

此则在文、诗、词三种文类中比较"学"和"工"的难易，说文说诗只是比类而及，目的在于说词。"学"之难易也非关注中心，关键在"工"的难易。就词体而言，王国维认为小令比长调易学，却比长调难工。因其难工，故更有文体意义和审美价值。北宋词以小令为主，南宋词则侧重长调，所以北宋词的文体意义和审美价值，也就在这种简单的比较中彰显出来了。

——《人间词话》，中华书局，2010 年 4 月，第 123—124 页。

邬国平：

不同文体受形式束缚的程度并不相同，有的严格，有的宽懈；有的繁琐，有的简约；有的存在较多变通的余地，有的则必须中规中矩。一句话，有的文体相对自由，有的文体相对不自由。如果用相对自由的文体写作，似易实难；用相对不自由的文体写作，似难实易。

——黄霖、邬国平、周兴陆著：《人间词话鉴赏辞典》，上海辞书出版社，2011 年 12 月，第 151—152 页。

八　不得其平而鸣

古诗云："谁能思不歌？谁能饥不食？"诗词者，物之不得其平而鸣者也。故欢愉之辞难工，愁苦之言易巧。

【别叙】

上一则说难与易，主要讨论体裁问题，这一则也说难与易，谈的则为题材问题。王国维援引古人诗句及韩愈评诗时所说"不平则鸣"，用之于说诗词，说明对于诗词的创作来说，表达欢愉之情的言辞难以精妙，而抒发愁苦思想的言语则容易出巧。前人评诗文，已有强调文辞要达至的工巧与否，取决于作者是否面临人生愁苦这一问题，王国维这里与前人所区别的，是以之言说诗，也评说词，并强调"填词与写诗一样，都是因为心有不平才形之于言"（邬国平），为此"既承继传统，又极新颖"（邱世友）。同时，从文化学角度来看，王国维还尤其重视表达人类之感情的表达，主张"从自鸣'不平'到担荷'人类全体之喉舌'"（刘石）。将一己的表达上升到全人类的关怀，亦是王国维及其《人间词话》一贯之主张。

【集评】

王振铎：

王国维也承认"诗词者，物之不得其平而鸣者也。"偶尔还称赞周美成词中"拗怒"之意。这"不平"，这"拗怒"，不正是社会生活中的关系、限制所激起的诗情吗？

——《〈人间词话〉与〈人间词〉》，河南人民出版社，1995 年 8 月，第 179 页。

邱世友：

离人孽子征夫逐臣，其所遭遇都是人生的不幸，故哀怨愁苦之情真，其体物也真。"斜阳冉冉春无极"（周邦彦《兰陵王·柳》）情景真切自然，而作于羁人逆旅，与《邶风·燕燕》《小雅·采薇》何异？王氏征引韩愈《荆潭唱和诗序》及《送孟东野序》语，以说明词人体物侔于造化，在于愁苦之情真。这种论点既承继传统，又极新颖。

——《王国维论词的境界》，《词学》第 13 辑，华东师范大学出版社，2001 年 11 月，第 200 页。

刘 石：

王氏所说"愁苦之言"并非鸣一己之不平，而是强调"夫美术之所写者，非个人之性质，而人类全体之性质也"，要将狭隘的"一己之感情"升华到人类之感情，从自鸣"不平"到担荷"人类全体之喉舌"。在他看来，宋徽宗的词"不过自道身世之戚"，而后主之词"真所谓血书者"，"则俨有释迦、基督担荷人类罪恶之意"，可以从其感情抒发中领悟人生真谛。

——《王国维的词学研究》，《南京师范大学文学院学报》，2002 年 6 月，第 2 期。

彭玉平：

王国维这一则表面上似乎没有特别针对词体的用意，但其实用心实在词体。因为词体以有我之境者居多，而从王国维举证的有我之境的例句来看，无不侧重在表达悲情方面。秦观备受王国维称誉，也与其词主要是表现凄婉、凄厉之情的特点有关。

——《人间词话》，中华书局，2010 年 4 月，第 124—125 页。

沈文凡、张德恒：

清人吴伟业对"文穷而后工"的说法似乎不以为然。《同人集》卷四吴梅村康熙三年（1664）《致冒辟疆书》云："弟少时读书，自以不致舣滞。比才退虑荒，心力大减，百口不能自给，而追呼日扰其门，以此吟咏之事经岁辄废。穷而后工，徒虚话耳。"这里吴梅村从具体的债主叫嚣其门，百口不能自给的贫穷境况引发"穷而后工，徒虚话耳"的结论，不能说没有道理，但是却也体现出他对"穷而后工"的误解，盖穷而后工者本意在艰难境遇所给予人的一种心灵之震撼、之苦痛，以翰墨表之则必能打动人心，至于具体生活层面，则是另外一回事了。因为王国维论词是求"真"的，因此他也就自然会接受"文穷而后工"的说法，从内心中激迸而出的最惨怛最痛苦的感情当然也就最真实。

——《名家讲解人间词话》，长春出版社，2011 年 6 月，第163 页。

邬国平：

王国维对朱彝尊和浙西词派多有批评，他在这条词话中，强调填词与写诗一样，都是因为心有不平才形之于言，在"愁苦之言"和"欢愉之词"之间，大力肯定前者的价值，这恰是对朱彝尊"词则宜于宴嬉逸乐"反唇相讥。所以王国维在词话中虽然没有指名道姓，隐含的批评对象却很清楚。

——黄霖、邬国平、周兴陆著：《人间词话鉴赏辞典》，上海辞书出版社，2011 年 12 月，第 153—154 页。

九　善人与天才

　　社会上之习惯，杀许多之善人。文学上之习惯，杀许多之天才。

【别叙】

　　此则说社会、文学上之"习惯"问题。而就二者来看，王国维实则偏重对文学上之习惯的论说。所谓"文学上之习惯"，具体而言，当指一种文体所面临的形式限制、内容因袭等各种固定的程式，比如说，美刺投赠，"即是'文学上之习惯'"①（吴奔星）。在王国维看来，即使是文学天才，被这种"习惯"束缚，"也会沦为文体范式的被制约者"②（彭玉平）。

【集评】

　　卢善庆：

　　康德的"天才论"的第一个特点，就是把天才说成是"一种天赋的才能，对于它产生出的东西不提供任何特点的法规，它不是一种能够按照任何法规来学习的才能"。王国维则不大一样。他既把"天才"与"人力"时立起来，把它认为是一种旷世的才能，但是，又认为"天才"必须"济之以学问"，"助之以德性"。因此，问题带来了一定的复杂性。不管如何复杂，王国维始终未能把天才看作为社会实践的产物，作为历史产物。这就使他最终还摆脱不了唯心主义的立场。

　　——《王国维的文学论的剖析及其历史评价》，《厦门大学学报》，1979 年 8 月，第 4 期。

---

① 吴奔星：《王国维的美学思想——"境界"论》，《江海学刊》，1963 年 3 月，第 3 期。
② 彭玉平编著：《人间词话》，中华书局，2010 年 4 月，第 125 页。

刘　烜：

康德关于天才创造的艺术品具有典范意义的独创性的思想，在《人间词话》得到了广泛的共鸣。王国维揭示"一切文体所以始盛终衰者"的原因，就是天才的独创性产生新的文学形式，而后习用者多了，就会陷于因袭，失去神采，于是更有新的天才去创造。王国维论诗与词，都要找出最大的天才，说明他们的独创性；同时反对和韵，反对按题填词，就是反对机械摹仿的意思。天才是天赋之才能，所以有自然性，并非完全靠后天的习得。《人间词话》评纳兰性德有"自然之眼"和"自然之舌"，就是对词人有天才的称颂。

——《王国维创造"新学语"的历史经验》，《文学评论》，1997 年 1 月，第 1 期。

黄霖、周兴陆：

天才和豪杰之士都是很难脱离习惯定式，作出新的创造。而真正善于创造的文学家往往是撇开已成习惯的文体于一边，而敏锐地从前代文学中发现富有生机的新文体的幼芽，加以培植浇灌，发扬光大，在因袭中谋创新。

——王国维撰，黄霖等导读：《人间词话》，上海古籍出版社，1998 年 12 月，第 34 页。

李梦生：

这一条，王国维换了一个角度，说正因为文体形成惯套，后来的人不能自觉地求新求变，而是习惯于这一套路，陈陈因袭，便使多少有"赤子之心"的天才、豪杰扭曲了本来的真心，或无法表达真心，这就像社会上的恶习使许多本性善良的人变坏一样。王国维言下之意十分明白，是说真正的天才应善于脱离习惯的束缚，顺应新形势，作出新创造。

此外，需要说明的是，王国维所说的天才，特指真正的文学家与哲学家。他认为这些人都是认识能力远过常人的天才。他承奉叔本华在《作为意志和表象的世界》中所说"天才的性能不是别的，而是最完美的客观性"，因此认为天才能完全抛离个人的利害关系来看事物，而一服从文学上的习惯，天才就不成为天才了。

　　——《〈人间词话〉导读》，上海书店出版社，2009 年 5 月，第 193 页。

邬国平：

　　王国维原稿对于"天才"二字曾反复斟酌，先是写"天才"，后来改为"天才诗人"，再后来又重新改为"天才"。所以，现在的这一条内容在《人间词话》里显得比较特殊，它不是直接论词，也不是论诗和曲子，所讨论的范围比这些都大，包括整个文学和一切作者，乃至于超出文学，从宽阔的视野抨击社会的习惯势力与"善人"为敌，阻碍人类进步。由此可以看到，王国维在撰写《人间词话》过程中，有时会对世事产生丰富的联想，因某种深刻的感触而将议论生发开去，从而提高了词论的思想内涵以及批评的力度和锋芒。

　　——黄霖、邬国平、周兴陆著：《人间词话鉴赏辞典》，上海辞书出版社，2011 年 12 月，第 155 页。

罗　钢：

　　在文学创作中，为了不被这种习套和习惯所扼杀，天才只能"遁而作他体"，在其他的艺术领域发挥自己的独创性，从而创造出一种新的文体，开辟出一片新的艺术天地。不幸的是，这些天才的独创性又会被后人因袭和摹仿，变成新的"习套"和"习惯"，于是新的艺术天才又会起而抗争，抗争的方式仍然是"遁而作他体"。一部文学史，就是一部天才与规则斗争的历史，而这种斗争的结果，就是各种文体的产生和衰亡。王国维通过这种方式来解释文体的更迭，并指出它们都难逃始盛终衰的命运。王国维在《人间词话》中赞扬五代、北宋词，贬低南宋词，便是以这种"始盛终衰"的历史观念作为评价的依据。

　　——《传统的幻象：跨文化语境中的王国维诗学》，人民文学出版社，2015 年 3 月，第 22 页。

彭玉平：

这里对"习惯"的谴责其实就是对历史语境和历史意象的谴责，一个文学上的天才，本可凭借天赋挥洒，写出天地间精彩华章，但因为文学传统所造成的"习惯"，使天才们也要敛才就范，使天赋的才华横遭流失，从而沦为平庸之才。许多"天才"就在这种习惯和传统中丧失了天才的面目，而文学史上已经造就的经典和已经公认的天才，则往往能越出文学上之习惯而直造本原。所以天才也是王国维持以调和隔与不隔说的因素之一。

——《王国维词学与学缘研究》（上），中华书局，2015 年 4 月，第 377 页。

一〇 一切景语皆情语

昔人论诗词，有景语、情语之别。不知一切景语，皆情语也。

【别叙】

景语与情语，布景与说情，是诗词中的两大组成部分，王国维所言"一切景语皆情语"，为创作定律，此中意思是："虽然文学有'情'、'景'二原质，但'景语'要以'情语'而显现，盖'情语'尝寓于'景语'之中。"① 也就是说，作者实际上"都是通过对景物的描述表达了词人各种不同的感情"（陈咏）。就词境问题，如果要做进一步分析的话，所谓词境的构成，"最终还是表现作者的情志"②（邱世友）。如上，从正面对王国维所说进行阐释，可明白掌握其关于情、景二者之间的辩证关系。

---

① 汤一介：《论"情景合一"》，《北京大学学报》，2008 年 3 月，第 2 期。
② 邱世友：《词论史论稿》，人民文学出版社，2002 年 1 月，第 346 页。

【集评】

陈　咏：

古代词作大都是抒情之作，不抒写词人的思想感情的词，可以说是很少的。词人抒情大致从二方面进行。或则"专作情语。如牛峤之'甘作一生拚，尽君今日欢。'顾敻之'换我心为你心，始知相忆深。'欧阳修之'衣带渐宽终不悔，为伊消得人憔悴。'美成之'许多烦恼，只为当时，一饷留情。"都是例子。但大都通过对景物的描述来抒写词人的感情的。如秦观的"可堪孤馆闭春寒，杜鹃声里斜阳暮"，宋祁的"绿杨烟外晓云轻，红杏枝头春意闹"，李煜的"林花谢了春红，太匆匆，无奈朝来寒雨晚来风。"姜白石的"淮南皓月冷千山"，都是通过对景物的描述表达了词人各种不同的感情。所以王国维肯定地说："昔人论诗词，有景语情语之别。不知一切景语。皆情语也。"

——《略谈"境界"说》，《光明日报》，1957 年 12 月 22 日。

吴彰垒：

意境大体近似于传统批评理论中所谓"情景交融"的境界，它是主观感情（意）和客观外物形象（景）有机统一的艺术形象。构成意境大致可分为两个阶段；从创作前的兴会来说，是应物兴感，触景生情，景是产生情的基础。从艺术表现来说，是寓情于景，借景言情，景是传达或烘托情的手段。王国维所谓："一切景语皆情语也"，就是这个意思。诗人的兴会仅仅是创作的发轫，他还须用相应的艺术手法把所感受的表现出来。在这个自内而外的表现过程中，情起着重要的作用，它是统一体中占主导地位的因素。王国维把意境分为"有我之境"与"无我之境"两种，"有我之境，以我观物，故物皆著我之色彩"，这就是"移情于景"，重在抒情而不被物相所拘；"无我之境，以物观物，故不知何者为我，何者为物"，则近于情景交融，情景统一得更为密切，所以王国维以为仅"豪杰之士能自树立耳"。其实"无我之境"何尝真的无"我"，如盐入水，只不过"我"已经渗透在景中不直接出现而已。

——《境界浅谈》，《文汇报》，1962 年 7 月 14 日。

佛　雏：

这里的"喜怒哀乐"并不意味着完全脱离客观环境或者客观物质因素的、纯然一团抽象之情。"一团抽象"，即使在"心中"，也是无法构成境界的。王氏既肯定"非物无以见我"，"一切景语皆情语"，则心中的"喜怒哀乐"终必借某种人事物或想象中的人事物而附丽之，否则即无以自"见"。即如王氏反复称引的、所谓"专作情语"的"须作一生拼，尽君今日欢"（牛峤语），其中声口姿态，固亦宛然有个"个象"在，诗人始将这一情感到达"突然的高潮"时所闪现的"个象"（"我"或他人），予以生动的观照与再现而已。

　　——《王国维"境界"说的两项审美标准》，吴泽主编，袁英光选编：《王国维学术研究论集》第一辑，华东师范大学出版社，1983 年 9 月，第 359 页。

刘　雨：

诗人对自然景物的描写，只不过是一种手段而已，而表达自己的感情才是真正的目的。即使像王氏所说的"纯粹之模山范水，留连光景之作"，也绝不是对自然景物单纯的摹写和照像，而其中一定会或多或少地寄寓着诗人的一种理想、情怀或志趣。对于创作中情景关系的明确认识，使王国维进入了探索创作规律的大门，为进一步的升堂入室打下了良好的基础。

　　——《王国维"境界"论辨识——兼谈"境界"与"意境"之别》，《东北师大学报》，1988 年 4 月，第 4 期。

皮述平：

在表现方式上，词体原本即较适合烘托点染，言此喻彼。于是借景言情，其情乃厚；寓景寄情，其情愈真。况周颐即说："真字是词骨。情真、景真，所作必佳，且易脱稿。"王国维直言："一切景语，皆情语也。"如此一来，"寄托"与"情景"合为一理，所谓"哀乐移神，不在歌恸"、"披文得貌，可得其蕴"，其实正说明了清人对词学创作之道的基本态度。若稍微整理前述的各个说法，我们可以归纳出词体美学的发展路线：首先，是宋代的审音练字，

追求意新语妙，主要仍关注于形式表现的技巧上。其次，诗学的
"情景交炼"影响词学，但明、清谈的是"交融"，与宋诗强调
"炼"的立场不同，结果清代词学承取了这个概念，开始在词的律
韵声调之间讲求"炼意"。"炼意"追求的是极炼如不炼、经意若
不经意，于是作者主体之意与表现对象之间也形成"情景交融"式
的关系。
　　——《晚清词学的思想与方法》，学苑出版社，2003 年 3 月，
第 153 页。

陈玉兰：
　　《人间词话》中的"景语"，究其实即具有兴发感动功能之意
象的语言呈现。王国维没有点明的这个意象抒情系统，正是以其独
特的感发功能对意象化语言作了新颖而独特的变异，采用词性活
用、语句颠倒、成分残缺等特殊词法、句法，使意象得以充分浮现
与流动。这种以景语与情语辩证统一所构成的语言化意象抒情境
界，由于受制于主体兴发感动之真实度与强烈度，会在文本构成中
表现出"隔"与"不隔"的问题。
　　——《论"境界"说及其对新诗批评理论建设的意义》，《文
学评论》，2003 年 3 月，第 2 期。

罗　钢：
　　但这则词话后来被王国维在定稿时删去了，王国维为什么要
删去这则词话呢？最根本的原因就是它与叔本华上述观点发生了
直接的冲突，如果把叔本华的直观分为"观物"与"观我"两个
环节，那么观物的条件是必须做到"胸中洞然无物"，这种"洞
然无物"既指泯灭主观意志，也包括被叔本华归属于意志的情
感，只有在这种"洞然无物"的条件下，才能做到"观物也深，
体物也切"。所以王国维才说，"客观的知识实与主观的情感成为
反比例"。在《人间词话》中，王国维把这种类型称为"无我之
境"，对于这种类型的诗歌来说，"一切景语皆情语"，当然是大
谬不然的。那么，在诗歌中究竟什么才是"真感情"呢？对于王
国维而言，它必须具备两个条件：第一，它必须是可以被直观

的"激烈之感情",即一种直接、明确、毫无掩饰的感情,只有这种感情才能使人更加客观地观察到它的本质,达到"观我"的目的。第二,这种情感必须被一个抒情主体鲜明的显现出来,用王国维的话说,便是"观我之时,又自有我在",这个"我"既是"抒情主体",同时又是"认识主体"。王国维作为"写情"而"不隔"的例证挑选出来几句中国古诗,便完全符合这两个要求。

　　——《本与末——王国维"境界说"与中国古代诗学传统关系的再思考》,《文学遗产》,2009 年 6 月,第 6 期。

一一　专作情语而绝妙者

　　词家多以景寓情。其专作情语而绝妙者,如牛峤之"甘(当作"须")作一生拚,尽君今日欢";顾夐之"换我心为你心,始知相忆深";欧阳修之"衣带渐宽终不悔,为伊消得人憔悴";美成之"许多烦恼,只为当时,一饷留情"。此等词求之古今人词中,曾不多见。

【别叙】

　　此则提出,词家大多是以景写情,并举牛峤、顾夐、欧阳修、周邦彦词句为例,认为是古今词作中,不可多见者。景(语)、情(语),是文学创作中的两大要素。就表现方法看,王国维这里所举之词,大致以赋笔直言其事,而不借助于比兴手法。其所谓"专",即为不依傍他物,能达到词中当行本色。但是,这里被王国维认为是"专作情语而绝妙"的词句,却历来被认为过于露骨冶艳,"可见他对写真情的重视"①(吴洋)。究其缘由,当与王国维所提倡的

---

　　① 吴洋:《人间词话手稿本全编》,内蒙古人民出版社,2003 年 1 月,第89 页。

"能写真景物、真感情者，谓之有境界"同一用意。

【集评】

傅庚生：

文学作品要求形象化，景语在这方面很容易奏其技，直接抒情容易沦于概念化，所以情语很难写得好。但在写作时，不一定有意地趋就什么，规避什么。如有意地去搜寻景语，也怕绉绉巴巴的，不熨贴；如处处都不敢作情语，又可能曲曲折折的，太隐晦了。要因势利导，自能水到渠成。

——《文学赏鉴论丛》，陕西人民出版社，1981 年 1 月，第 165 页。

佛　雏：

此处"专作情语"诸例，有点像自为注脚。情语而曰："专"，其不掺杂外在物象可知，即不再"以景寓情"，而成了离一切景而以情抒情，于是作为"文学二原质"的"景""情"，在这里，只剩下"一原质"了。王氏本意，并非如此。"专作情语"，非专也，似"专"耳。亦犹"无我之境"，非无也，似"无"耳。

——《王国维诗学研究》，北京大学出版社，1987 年 6 月，第 237 页。

徐培均、徐飚：

其实这两句都邻于狎昵，作艳语者无以复加。其所以备受称道，主要是因为描写了女子对于爱情生活的热烈追求，直抒胸臆。毫无掩饰，敢于冲破封建礼教的束缚，塑造了一个真实的、有血有肉的、人性未被扭曲的人。

——吕美生主编：《中国古代爱情诗歌鉴赏辞典》，黄山书社，1990 年 11 月，第 464 页。

骆寒超：

景语实质上之所以是情语，那是由于"词家多以景寓情"的。因此从根本上说，境界是一种对"情"的兴发感动，只要有喜怒哀乐之真情被感发出来，这真情即使是赤裸裸地呈现的，那也还是会引起接受者的感发活动。至于以景寓情的办法，会有情以景显的感发效果，当然会使接受者感应出"境"来的。由此看来，境界之产生，得赖诗人在心物相交时的感发活动；境界之存在，则全在于接受者感发活动之所及。境界可以让一种暗寓感发情绪之功能的"景"来显示，也可以让一种具有感发功能的情绪直接地显示。

——《骆寒超诗学文集 诗学散论》（上），内蒙古人民出版社，2003 年 1 月，第 89 页。

谢桃坊：

凡"真"的作品皆是艺术的高境吗？南宋词中竟没有"真"的作品吗？我们若读《花间集》是会发现其中许多应歌之作是内容贫乏而艺术平庸的，例如牛峤的"须作一生拼，尽君今日欢"（《菩萨蛮》），顾夐的"换我心为你心，始知相忆深"（《诉衷情》），它们甚至为王国维所激赏，以为是"作情语而绝妙者"。这是因其情感的真率自然，但词的品格和境界却是低下的。

——《试评王国维关于唐五代词的研究》，《东南大学学报》，2007 年 7 月，第 4 期。

彭玉平：

作词的常态正如刘熙载《艺概》卷四所云："词或前景后情，或前情后景，或情景齐到，相间相融，各有其妙。"总之须兼顾情、景二者，方称合作。但这种情景关系多是在词的整篇结构中体现出来的。王国维则截取词中若干句专言情语的绝妙，如牛峤的"甘作"二句、顾夐的"换我心"三句、柳永的"衣带"二句、周邦彦的"许多"三句，都是直接表达情感的句子，并没有借助景物来传达感情，却同样具有很强的艺术感染力，这就是王国维所说的"专作情语而绝妙"的意思。其实专作情语在词中的情况并不少见，王国维所重在"绝妙"二字。换言之，这种专作的情语应该是可以脱离前后景物的渲染，而具有独立的意义，才能被称为"绝妙"。

——《人间词话》，中华书局，2010 年 4 月，第 132 页。

邬国平：

王国维摘出的固然是纯粹的情语，而将它们通篇联系起来读，这四首词无一不是情景相生，荣悴相迎。这也就说明，情景关系确实是诗词创作的基本关系，不必有意去摆脱它。可是在尊重情景关系的前提之下，作者又完全可以、也完全应该写好"情语"，将人真真实实、活活泼泼的灵性写出来。这又不是说，作品通篇作情语就了无可能性，如汉乐府《上邪》、敦煌曲子词《菩萨蛮》"枕前发尽千般愿"等作品，直抒心衷，不假景语，就是这方面的例子。所以王国维提出的"专作情语而绝妙"仍然是创作诗词的一个重要命题。

——黄霖、邬国平、周兴陆著：《人间词话鉴赏辞典》，上海辞书出版社，2011 年 12 月，第 163 页。

一二　诗之境阔，词之言长

词之为体，要眇宜修。能言诗之所不能言，而不能尽言诗之所能言。诗之境阔，词之言长。

【别叙】

此则言说诗词之别及词之特质。就"词之为体，要眇宜修"问题，有从词之内涵、作法与艺术效果等方面阐发的，认为词之特质在"窈眇深婉"（邱世友）"婉约馨逸，有一种女性美"（缪钺）"最易于引起读者心灵中一种深隐幽微之感发与联想"（叶嘉莹），等等。这里，王国维实则用三句话，准确传神地说明了诗、词二种文体之间的区别并明确指出词作为一种独立文体的基本特性。三句话，总说诗、词之别又各有侧重，彼此之间亦存在层进关系，为方便理解，不妨拆开来逐句解说：于第一句话里，王国维提出词之为体"要眇宜修"这一重要特性，但"要眇宜修"虽然为词之重要特质，却并不能代表词体的所有特征，还得进一步往下说明；为此，于第二句话，王国维进一步以"能言与不能言"来说诗词之别，然即使从此一角度阐说，关于词体的独有特征，也仍有值得再明确之处；为此，于第三句话，王国维拈出"诗之境阔，词之言长"一说，三句统合观之，才真正道出了词体的特征：相较诗的讲求境界开阔，词追求韵味深长，言有尽而意无穷，故能表达诗所不能表达的情感，又有相较诗而不能表达的地方。

【集评】

邱世友：

融斋在论文的时候指出，"避本位易窈眇，亦易选（巽的假借字）懦"（《艺概文概》），这是散文须防止的倾向。欧阳修避本位，"其文纤徐要眇，达难达之情"，过此便懦了。"词之为体，要眇宜修"，或者说"低回要眇"（张惠言语），这是由文体的特性所规定的。所以在诗文为懦的、弱的，在词则觉其窈眇深婉："无可奈何花落去，似曾相识燕归来"（晏殊《浣溪沙》），定非七言律句；"老去君恩未报，空回首，弹铗悲歌"则类古诗。由此可见，"不犯本位"，倚声填词尤须讲究。

——《刘熙载论词的含蓄和寄托——融斋词论之二》，《古代文学理论研究》第 4 辑，1981 年 10 月，第 145 页。

缪 钺：

凡是一种文学艺术，皆有其产生之特质条件，从而形成此种文学艺术之特质，而其长短得失亦寓于其中。今词之特质果何在乎？王静安先生谓："词之为体，要眇宜修，能言诗之所不能言，而不能尽言诗之所能言；诗之境阔，词之言长。"斯言得之。词兴于中晚唐而滋衍于五代，当时词人，于歌筵酒席之间，按拍填词，娱宾遣兴，寄怀写物，取资目前。因唱词者多是少年歌女，故词中亦多写男女间之幽怨闲情，其风格则是婉约馨逸，有一种女性美，亦即王静安所谓"要眇宜修"者也。《花间》作者，多属此类。南唐冯延巳、李后主之作，扩大堂庑，提高意境。两宋以还，名家辈出，在内涵与风格两方面皆有新发展，苏东坡、辛稼轩贡献尤大。此时之词，可以咏史，可以吊古，可以镕铸群言，可以独抒伟抱，可以发扬抗敌爱国之壮怀，可以描述农村人民之生活，风格亦变为豪放激壮，不复囿于《花间》之藩篱矣。虽然，在内涵与作法上，词仍有其不同于诗之处。词是长短句，其曲调之低昂，节拍之缓急，足以尽唱叹之致，又因篇幅之局限，要求言简意丰，浑融蕴藉，故词体最适合于"道贤人君子幽约怨悱不能自言之情，低徊要眇，以喻其致"。（张惠言《词选序》）而可以造成"天光云影，摇荡绿波，抚玩无极，追寻已远"（周济语，见《介存斋论词杂著》）之界，此诗体所不能及者。但在内涵方面仍不免有其局限。因作词须按调填写，严守韵律，故虽自苏、辛扩大词体内涵，树立楷模，但仍有不能容纳者。

——邓菀莛辑录：《缪钺与施议对论词书》（1983 年 5 月 29 日），《词学》第 34 辑，2015 年 12 月，第 309—310 页。

叶嘉莹：

所谓"要眇"者，盖专指一种精微细致的富于女性之锐感的特美。此种特美不但最适于表达人类心灵中一种深隐幽微之品质，而且也最易于引起读者心灵中一种深隐幽微之感发与联想。只不过这种特质在词之不断的演进中，又逐渐形成了几种不同的情况：在五代宋初的歌辞之词的阶段，作者填写歌辞时，在意识中往往并没有言志抒情之用心，故其表现于词中的此种特美，往往只是作者心灵中一种深隐幽微品质的自然流露。因此，这一类词往往可以给读者一种最为自由也最为丰美的感发与联想。这可以说是属于词之第一类的"要眇"之美。至于在苏、辛诸人的诗化之词中，作者虽然在意识中已有言志抒情的用心，然而，由于作者本身之修养、性格、志意和遭遇的种种因素，因而形成了一种曲折深蕴的品质，而且在抒写和表达时，其艺术形式也足以与其内容之曲折含蕴之品质相配合。所以虽在超旷和豪迈中，便也仍能具有一种深隐幽微之意致（请参看《灵谿词说》中对苏、辛词之论析）。这可以说是属于词之第一类的"要眇"之美。至于周、姜、史、吴、王诸家的赋化之词，则往往是以有心用意的思索和安排，来造成一种深隐幽微的含蕴和托喻，这可以说是属于第三类的"要眇"之美。

——《对传统词学与王国维词论在西方理论之观照中的反思》，钱伯城主编：《中华文史论丛》第 45 期，上海古籍出版社，1989 年 9 月，第 226 页。

赵山林：

词与诗、曲的区别不仅仅在形式格律方面，更重要的还是表现在风格、意境方面。要比较确切地把握诗词曲在风格、意境方面的差异（有时是很微妙的差异），就需要较强的艺术感受能力。而这种能力是要在长期的创作、鉴赏的艺术实践中，通过反复比较，潜心玩索，才能够逐步具备和增强的。

——《词话中的艺术风格论》，《文艺理论研究》，1989 年 10 月，第 5 期。

郭英德：

酬和本来是诗歌创作的领地，词插足于这一领地，要想占据一席之地，不能不借助于自身特殊的神理韵味。正如王国维《人间词话》所说的："词之为体，要眇宜修。能言诗之所不能言，而不能尽言诗之所能言。"词与诗的言情述志各有特长、各有疆界。宋翔凤《浮溪精舍词自序》引酒小竹论云："凡情与事，委折抑塞，于五七字诗不得尽见者，词能短长以陈之，抑塞以就之。"

——《两宋酬和词述略》，《中国文学研究》，1992 年 1 月，第 1 期。

胡元翎：

疏放之于诗，可能会成就诗的创造，而之于词，则不能不承认是个欠缺。这就涉及一个诗词之辨的问题。缪钺先生的看法今天看来仍有其道理，他说："经过五代、两宋三百余年之发展变化，词遂由应歌之作而变为言志之篇，然终有其特点与局限，与诗体不尽相同。"而这种不同仍然是王国维的那句话"词之为体，要眇宜修，能言诗之所不能言，而不能尽言诗之所能言；诗之境阔，词之言长。"即便词的题材已阔大，风格可以多元共存，但"深美闳约"的词味仍需葆有。由此，词则要求一个作者或者具有秦观式的幽微细敏的"词心"，或者如苏轼、辛弃疾具有一个完善的人格、高远的气魄及胸怀，即"雅量高致"，我姑且称之为"别样词心"，从而多一些耐人细思之含蕴。

　　——《陆游词之缺失及原因探析》，《北京大学学报》，2006 年 3 月，第 2 期。

　　罗　钢：

　　在常州词派中，第一个用"要眇"来形容词体的是张惠言，值得注意的是，《词选序》中，在"低徊要眇以喻其致"这段话前面还有另外一句，"缘情造端，兴于微言"。这是解释词的发生，"要眇"是和此处的"微言"相对应的。根据李奇、颜师古对《汉书·艺文志》中"昔仲尼殁而微言绝"一语的解释，"微言"即是"隐微不显之言"或"精微要眇之言"。从张惠言开始，常州词派词论家大都是在这种意义上使用"要眇"一词，用以形容词所特有的深微要眇的审美特质，如冯煦说："词尚要眇，不贵质实。显者，约之使晦；直者，揉之使曲。"沈祥龙在《论词随笔》中写道："诗有赋比兴，词则比兴多于赋。或借景以引其情，兴也。或借物以寓其意，比也。盖心中幽约怨悱，不能直言，必低徊要眇以出之，而后可感动人?"在他们的论述中，"要眇"与"质实""直言"等构成一种对立的关系。王国维所说的"要眇宜修"同样包含这一层意义，只有这样，它才能和所谓"词之言长"联系起来。

　　——《"词之言长"——王国维与常州词派之二》，《清华大学学报》，2010 年 1 月，第 1 期。

　　彭玉平：

　　所谓"要眇宜修"，应该是指词体在整体上呈现出来的一种精微细致、表达适宜、饶有远韵的美。"词是复杂感情的产物"，这是王国维晚年对弟子姜亮夫说的话。这种复杂自然会带来词体之美的隐微与动态特征，这可能正是王国维要拈出"要眇宜修"来界定词体特点的原因所在。但勘察"要眇宜修"之义，其与张惠言评温庭筠"深美闳约"之评正可相通。王国维在大体阐明"境界"说后，又择此四字，似在表明其有关词体理论的体系性。但"要眇宜修"与以自然不隔为主旨的境界说之关系，或不无龃龉之处。则静安此书是以"境界"为本，还是以"要眇宜修"为本，就须自作一裁断。

——《晚清楚辞学新变与王国维文学观念》，《文学评论》，2015 年 1 月，第 1 期。

一三　言气质、言神韵，不如言境界

言气质、言神韵，不如言境界。有境界，本也。气质、神韵，末也。有境界而二者随之矣。

【别叙】

王国维既标榜境界说与严羽兴趣说、王士禛神韵说的不同之处，又批评兴趣说、神韵说的不足。总而论之，王国维对自己所倡导的境界说颇是自信，认为兴趣说、神韵说只是道得词之皮相，不如自己以境界说词，直探词之本质。论者认为，王国维之所以如此自信，是因为相信"词以'境界'为最重要"，认为境界与气质、神韵之间，"是本与末、纲与目的关系"（邬国平）。此种看法，"从文本角度来省察，是颇具学理的。"（彭玉平）

【集评】

许文雨：

气质指人之才分。自魏文帝已阐此义。

王士禛所谓神韵，翁方纲以为即格调之改称。说见《石洲诗话》。

境界之说，王氏自谓独创，已见卷上。境界由文思构成，而以

灏烂为贵。思君如流水,既是即目;高台多悲风,亦惟所见。钟嵘
论文境,雅重耳目之不隔,王氏之说果无所本乎。至以作者才分论
文,以文字声调论文,自末若以文学之境界论文为更深切也。

——《钟嵘诗品讲疏·人间词话讲疏》(1937 年),成都古籍
出版社,1983 年 5 月影印版,第 221 页。

沈家庄:

王国维视"气质神韵"为"末",并非说这是作品可有可无的
东西。而是认为,有境界的作品,也是有气质神韵的。这正说明了
王国维的"境界"标准,包融了气质神韵的内涵。这种对"境界"
的理解与规范,显然要求艺术作品在真情、实境构成的艺术形象之
外,还要具备能启发和引导欣赏者进行丰富的想象和联想的神境、
空境、灵境。这种"境界",就是在艺术形象之外追求一种更为广
大宏远、令人玩味不尽的、高级的审美形态。

——《论〈人间词话〉"意境"说》,《竹窗簃词学论稿》,广
西师范大学出版社,1994 年 9 月,第 178 页。

邱世友:

论者或以为,王氏能从主观与客观,情与景,意与境的统一来
论境界,故能揭示其本质而又包括作为词人感受的"兴趣"和作为
艺术效果的"神韵"。这种分析有一定的正确性。王氏又云:"言
气质,言神韵,不如言境界。有境界,本也。气质、神韵,末也。
有境界而二者随之矣。"这种本末关系,我们也可以从王氏提出的
艺术的第一形式和第二形式来了解。王氏说:"凡吾人所加于雕刻
书画之品评,曰神曰韵曰气曰味,皆就第二形式言之者多,而就第
一形式言之者少。文学亦焉。"(《古雅在美学上之位置》) 如果说
王氏所谓的第一形式,指的是"材质",即客观的景物、人事与境
遇,那末,第二形式就是"材质"的形象。无疑前者是本而后者是
末,所加之品评曰神曰韵曰气曰味,因而也就是末了,这些品评都
属于风格范畴。境界则是以材质为基础的。

——《王国维论词的境界》,《词学》第 13 辑,华东师范大学
出版社,2001 年 11 月,第 206—207 页。

吴　洋：

我们无法对境界（或者说"意境"）这个美学范畴作出明确的界定，在这段话中境界以一种本源的形式出现，它可以生发出气质、神韵（或者还有格律、格调）等范畴；同时它又具有终极的整体性，它包含了气质、神韵，似乎成为美的最高要求和最终目标。于是，美从境界出发，最终又回到了境界，这其中是否有一个过程或者这个过程是怎样的，我们都无法知道。境界似乎只允许我们作静止的界定和微观的分析，但是它所要求的却又是一种不可分割的浑融的整体效果。所以我们要对境界这个范畴作出规定性的描述只能是徒劳的。通过境界在具体分析中的运用，也许我们可以把握它的一些特点：真实、自然、有深挚的感情、有深刻的体悟、有深远的想象、有深厚的内涵。归纳起来，便是真、深二字。然而这种理解显然是不够确切的，也许我们可以在下文中寻找到更多的信息。

——《人间词话手稿本全编》，内蒙古人民出版社，2003 年 1 月，第 79 页。

彭玉平：

气质侧重说诗人本身，格律乃是文体形式，神韵指向文本之外。此三者虽然都与文本有关，但确实多属文学外部之关系，境界说则立足文本内部之情景关系。王国维说境界为"本"，气质、格律、神韵为"末"，从文本角度来省察，是颇具学理的。

气质主要属于诗人先天的禀赋。曹丕《典论·论文》认为"文以气为主"，又说"气之清浊有体"。由于文章之"气"来源于作者之"气"，所以古代文人都特别重视养气。刘勰《文心雕龙》专列《养气》一篇，论述养气、固气的方式。气质醇厚、气势充沛，才能写出上佳之作。格律属于平仄四声以及韵系方面的形式要求，主要是从增强作品的节奏、声韵之美的角度来考虑的。神韵是源自作品内部但意义指向在作品之外的一种审美感受。此三者虽然都与文本本身有着密切的关系，但或者属于前提性的条件如气质，或者属于形式化的要求如格律，或者属于延伸性的审美如神韵。其与境界之间的本末关系，确实可以在某种程度上成立。王国维并非认为气质、格律、神韵不重要，而是认为要将这三者统辖在"境界"之下而已。因为有气质、格律、神韵，不一定就能形成作品的境界，但有境界的作品也必然是不能离开这三者的。

——《人间词话》，中华书局，2010 年 4 月，第 127 页。

邬国平：

王国维认为，词确乎可以分别为"气质"、"神韵"二类，然而如此论词，还只是从词的末节着眼，没有抓着根本，因此无论是"言气质"还是"言神韵"，都算不得什么大主张，解决不了填词的根本理论问题。他提出，词以"境界"为最重要，"境界"与"气质"、"神韵"的关系，是本与末、纲与目的关系，有境界，可以兼有气质或神韵，否则，即使气质雄健，神韵清远，写景抒情总还是隔了一层，难以真切，词格也终究会遭到削弱，无法高迈。他这主要是针对"兴趣说"、"神韵说"影响于词论而言，"沧浪所谓兴趣，阮亭所谓神韵，犹不过道其面目，不若鄙人拈出境界二字为探其本也"。王国维说的"气质"，其意思与"气象"相近，所以通过本条词话，还可以知道，王国维虽然对"以气象胜"的词人（如李白、范仲淹）很有好评，其实"气象"在他的词学理论体系中，并不是一个评价值很高的术语。

——黄霖、邬国平、周兴陆著：《人间词话鉴赏辞典》，上海辞书出版社，2011 年 12 月，第 157—158 页。

一四　借古人之境界为我之境界

"西（当作"秋"）风吹渭水，落日（当作"叶"）满长安。"美成以之入词，白仁甫以之入曲，此借古人之境界，为我之境界者也。然非自有境界，古人亦不为我用。

【别叙】

此则言说"借境",实则仍是关于境界的如何"造"与"写"问题的探讨。

"秋风吹渭水,落叶满长安",语出贾岛《忆江上吴处士》,周邦彦借之写入《齐天乐》(秋思),有"渭水西风,长安乱叶"句,后白朴《得胜乐》《梧桐雨》曲中又借用之,分别有"落叶西风渭水""西风渭水,落日长安"句。借古人之境界,为我之境界,是意境创造中的一种方法,与典故、成句的借用一样,为创作中常见手法。这种借用,如果有自己的境界,也就具有了推陈出新的作用①(周振甫)。为此,"自有境界"这样一种创作状态,是王国维这里所强调并说明的:作者只有"自有境界",才能使创作由因革而达致通变,并实现文学的再创造。

【集评】

邱世友:

正如王国维所说:"然非自有境界,古人亦不为我用"这样的"通变""因革",自然会在重新创造的艺术形象中表现出无穷的思致,洋溢着有余不尽的情味,这就是刘勰所说"物色尽而情有余"的"会通"。因此刘勰认为只有"凭情以会通"(《通变》)才是真正的继承。

——《"变则可久,通则不乏"的通变观——〈文心雕龙〉探究之三》,《水明楼小集》,花城出版社,1984年12月,第70—71页。

刘土兴:

这里是讲应该向古人学习和如何向古人学习,即借鉴古人之境界与创造有"新意"的境界不矛盾,但是,如果没有独特的创作个性,自己没有在创造境界上下工夫,古人创造的境界也不能化为我的境界,强调要立足于自己的创作来融化古人境界,才会得到古人创造境界的神理,这就是"化工"。如果一味模仿、硬搬古人之境

---

① 周振甫:《〈人间词话〉初探》,《文汇报》,1962年7月8日。

界，便会为古人的创作所束缚，就不能有"出新意"的境界。

　　——《诗的美学理论——"境界说"——读〈人间词话〉札记》，《武汉师范学院学报》，1981 年 4 月，第 2 期。

　　周锡山：

　　古人之境界，指古人和前人作品中所创造，达到的境界；我之境界，指我们自己在创作中所追求，所达到的境界。王国维在这里提出了一种"借古人之境界为我之境界"的创作方法，总结出我国文艺创作的一条突出的经验，加以理论描述，对诗人作家极有启发作用，有益于使用此法的自觉性。他又同时指出运用此法的前提是"自有境界"，否则"古人亦不为我用。"有了这个补充，这个借用（古人、前人，也可推广之他人）境界就有了严密的完整性。如果缺乏这样的基础，那么就成了抄袭，至少也属于"不能观古人之所观，而徒学古人之所作"的"伪文学"之一种。

　　——《王国维美学思想研究》，中国社会科学出版社，1992 年1 月，第 208 页。

　　罗　钢：

　　尽管王国维并没有说明何为"自有境界"，也没有说明这种"自有境界"与"古人之境界"究竟是一种什么关系，为什么二者之间可以"借用"，但至少可以看出，他已经在一定程度上摆脱了西方天才理论那种简单的独创—摹仿的二元对立的思维模式，开始以一种更复杂的方式来思考文学与传统的关系。

　　——《王国维的"古雅说"与中西诗学传统》，《南京大学学报》，2008 年 5 月，第 3 期。

　　邬国平：

　　作者在创作中首先应当自问：我自己的胸襟大不大，感情真不真，摄入作品的景物切实不切实，然后再看需不需要借用古人成语，合适的才借用，不合适还是放弃为妙，否则，小船载不动大宝藏，只会自惭形秽，沦落为"偷句"。此外，从接受美学的角度读王国维这段话，它实际上指出，唯接受者"有"此物，才能从对方接受相关物，前人作品中的"境界"只对"有境界"的读者开放。这对于文学创作中的改旧编新、古为今用，以及研究接受学说，都有启发。

——黄霖、邬国平、周兴陆著：《人间词话鉴赏辞典》，上海辞书出版社，2011年12月，第160—161页。

彭玉平：

王国维对隔之不隔的肯定是建立在词人已先具自我境界的基础之上的。手稿本第48则云："……"以诗为词，难免受到诗歌成句的影响，但这种影响是可以化被动为主动，化限制为灵动，这就是自我境界的确立问题。在王国维看来，如果是"自有境界"在前，则"古人之境界"也完全可以化为"我之境界"，两者既已泯合无眼，自然就难以分辨出"古人"与"我"的区别了，形式上的隔带来的是精神上的不隔。

——《王国维词学与学缘研究》（上），中华书局，2015年4月，第363页。

一五　长调自以周、柳、苏、辛为最工

长调自以周、柳、苏、辛为最工。美成《浪淘沙慢》二词，精壮顿挫，已开北曲之先声。若屯田之《八声甘州》，东坡之《水调歌头》，则仁兴之作，格高千古，不能以常调论也。

【别叙】

就词之长调问题，王国维在前人论说基础上，进一步引申说明。在他认为，宋词中的长调，以周邦彦、柳永、苏轼、辛弃疾为最工，但各自的作法有所不同。就周邦彦的长调创作而言，精妙顿挫，腾挪变化，已开了元杂剧的先河；而关于柳永、苏轼的词作，王国维则以小令为例，认为蓄势而作，格调高远，横绝千古。王国维从不同角度进行评说，似不带褒贬之意，然"以小令作法来评价长调，从学理上说是有问题的"（彭玉平）。循此分析，王国维此中用意，仍带明显偏向。

【集评】

周振甫：

王国维又指出并不是一定要有寄托的词才是好词，"若屯田之《八声甘州》，东坡之《水调歌头》，则仁兴之作，格高千古，不能以常调论也"。又引牛峤等词，称为"专作情语而绝妙者"。他认为仁兴之作，写情语，写景物，只要真切不隔，有境界，就是好词。这种论点可以纠正常州派词偏于追求寄托的狭隘见解。

——《〈人间词话〉初探》，《文汇报》，1962 年 8 月 15 日。

彭　靖：

王国维曾以"精壮顿挫"许清真《浪淘沙慢》，而于东坡《水调歌头·中秋寄子由》则说："仁兴之作，格高千古，不能以常词论也。"这也就是说，单窥清真，只能极"人事"之巧，而不能尽"天机"之妙。夏承焘先生所谓"晚年坡老识深衷"，其深衷，不能简单地理解为冶豪放、婉约于一炉，而应进一步理解为出"人事"而入"天机"，亦即变"人籁"为"天籁"。

——《"试画虞渊落照红"——论〈疆村语业〉》，《文学评论》，1987 年 3 月，第 1 期。

施议对：

王国维曾经说过："长调难学而易工"，似乎认为，只要掌握了长调的一般规则，入门之后，就容易写得好。两宋长调词创作自柳永开了风气，词人中谋此者甚多，王国维推崇周、柳、苏、辛四家，认为他们才真正是长调作手。但是四家中，王国维独尊周邦彦，谓其《浪淘沙慢》二词，精壮顿挫，已开北曲之先声。在他看来，长调之工，如柳永之《八声甘州》，如苏轼之《水调歌头》。

都是"仵兴之作",并非刻意为之,不可当作楷模。
——《人间词话译注》,广西教育出版社,1990 年 4 月,第 128 页。

邱世友:

柳永《八声甘州》如"关河冷落,残照当楼"之句,气象雄浑,苍凉感慨,寄兴微茫。刘体仁有《敕勒歌》之喻(见《七颂堂词绎》)。苏轼《水调歌头》如"琼楼玉宇"之辞,蕴藉含蓄,寄意高远。但这些都是仵兴而发,有极广阔的艺术空间,故言外有无穷之意,审美的直觉性又强,有"近而不浮,远而不尽"(司空图论诗语)之致。
——《王国维论词的境界》,《词学》第 13 辑,华东师范大学出版社,2001 年 11 月,第 203 页。

吴 洋:

柳永此词,上片写景,苍劲悲凉,意境不减唐人。下片抒情,精心结构双重的空间结构,君思我处我思君,将羁旅之苦写的淋漓尽致,感人肺腑。苏轼之作则旷达飘逸,超然物外,既有太白浩然之风,又内中自敛显宋人理趣。二词格高旨深,颇令美成失色。
——《人间词话手稿本全编》,内蒙古人民出版社,2003 年 1 月,第 98 页。

彭玉平:

评周邦彦、柳永、苏轼、辛弃疾四家长调为"最工",其中对柳永《八声甘州》、苏轼《水调歌头》评价尤高,誉为"仵兴之作,格高千古",其实乃称赞其性情之真及韵味深远而已,隐回到境界说的若干内涵。但王国维称赞柳永、苏轼二长调乃"仵兴之作",是以小令作法来评价长调,从学理上说是有问题的。因为小令字数少,所以要将题旨隐于言外,而长调文字较多,故可将用意曲折安排其中。小令自可"直寻",以使逸兴湍飞;长调则需曲折致意,以见结构之浑成。王国维不辨小令、长调创作方法之不同,甚可异也;而持小令作法来评判长调,斯更可异也。此则当然也说明，王国维对长调的看法也是略有松动的。其"不能以常词论"云云，即是对长调的一种有限度肯定。

——《〈人间词话〉手稿结构论》，《江海学刊》，2011 年 3 月，第 2 期。

沈文凡、张德恒：

王国维填词不喜长调，在他看来，长调的词如同诗体之排律，抒情叙事两无所当。不过在本则词话中静安先生对周、苏、柳、辛的长调却大加称赞，王国维真是慧眼独具，此四家之长调或以格律严谨取胜，或以气势雄旷见长，或如粗头乱服，不失国色之真面，或如疆场驰骤，唯见谨严之阵图，皆有一得之长，而他人殊难及之。不过王氏之论似仍有所本，以笔者的阅读体会，王国维的这段话和元好问《新轩乐府引》中那段著名的词论颇有相似之处。

——《名家讲解人间词话》，长春出版社，2011 年 6 月，第 175 页。

一六　稼轩《贺新郎》

稼轩《贺新郎》词"送茂嘉十二弟"，章法绝妙。且语语有境界，此能品而几于神者。然非有意为之，故后人不能学也。

【别叙】

王国维认为，辛弃疾《贺新郎》（送茂嘉十二弟）一词，布局精巧，每一句都写出了境界，是为词中神品。辛弃疾这首词，用典极多，却得到王国维的高度赞赏，如果从意境创造的角度来究其原由，无论用典不用典，关键的还在于，辛弃疾此词做到了用典却仍能将情感真实不隔地表达出来，"写出了鲜明生动的形象来"（陈咏）。当然，此中要求作者具有个人性情与学力涵养，"如果没有稼轩的才气性情，不能化古人之事典为自己之境界"（叶嘉莹）。因此，王国维这里以一首用典颇多的词为例，来说词之神品与最高境界，其中用意，和前面所说借用境界一样，都强调作者必须心中自有境界，以创造出绝妙境界的作品。

【集评】

陈　咏：

他说这首词是"语语有境界"的。为什么呢？我们看了这首词就可以知道，不论开首的"绿树听鹈鴂，更那堪鹧鸪声住，杜鹃声切。"也不论中间写王昭君出塞的"马上琵琶关塞黑"，写李陵别苏武的"向河梁回头万里，故人长绝"，写荆轲去燕的"易水萧萧西风冷，满座衣冠似雪，正壮士悲歌未彻。"都写出了鲜明生动的形象来。这也正就是所谓"语语有境界"了。

——《略谈"境界"说》，《光明日报》，1957 年 12 月 22 日。

叶嘉莹：

辛稼轩之所以能做到"语语有境界"，便正因为他乃是"自有境界"的缘故。所以在词中用典隶事，应该也并不是必不可以的，只要作者之情意深挚感受真切能够自有境界，而且学养丰厚才气博大可以融会古人为我所用，足以化腐朽为神奇，给一切已经死去的词汇和事典都注入自己的感受和生命，如此则用典隶事便不仅不会妨碍"境界"之表达，反会经由所用之事典而引发读者更多之联想，因而使所表达之境界也更为增广增强。在这种情形下，用典和隶事当然乃是无须加以反对的。然而如果作者自己之情意才气有所不足，不能自有境界，而只是在词穷意尽之际，临时拼凑，想借用古人之事典来弥补和堆砌。在这种情形下，当然就不免会妨碍境界之表达而造成"隔"的现象了。静安先生所反对的用典隶事应该就是属于后者的情形，只是静安先生自己既未曾对此加以说明，因此他之一方面反对用典而另一方面却又对用典极多的作者与作品大加赞美，就未免是一个显著的矛盾。不过可注意的乃是静安先生在赞美稼轩用典极多的一首《贺新郎》，词为"语语有境界"之后，却又加了两句按语说："然非有意为之，故后人不能学也。"从这两句话，我们实在颇可看出一点他之虽赞美稼轩却反对用典的缘故。原来稼轩一类的词乃是"不能学"的，他的成就只是一种特殊的个例，如果没有稼轩的才气性情，不能化古人之事典为自己之境界，则用典的结果便不免会流于敷衍堆砌，使真切之境界尽失，而造成"隔"的现象了。

——《王国维及其文学批评》，广东人民出版社，1982 年 9月，第 285 页。

陈良运：

大凡"神秀"、有"神"、"几于神"、"非有意为之"的作品，他人都不可学，因为每个大诗人、天才诗人其主体之"神"都是独特的，不可重复的；表现于作品中的"神"，就是诗人主体之神的对象化实现。

——《王国维"境界"说之系统观》，《社会科学战线》，1991 年 2 月，第 2 期。

蔡起福：

《贺新郎》（别茂嘉十二弟）词，连写鹈鴂、鹧鸪、杜鹃三种鸟；王昭君、陈皇后、卫庄姜三个美女；李陵、苏武、荆轲三人的惨别故事，藉以表达自己的忧国深情。这三组意象互相邻近，可以组成一个整体。我们赏析作品，特别要注意作品中一组组的意象群，并将它们联系起来思考。

——《论稼轩词的风格——格式塔的启示》，《北京社会科学》，1996 年 1 月，第 1 期。

邱世友：

稼轩《贺新郎》前后两片共用五个典故。"马上琵琶关塞黑"，用王昭君事；"长门辞金阙"，用陈皇后事；"看燕燕送归妾"，用庄姜送戴妫事；过片用李陵别苏武事和燕太子丹送荆轲事。这都是历史上典型的送别例子。稼轩固然集中这些别恨来写他自己的别恨，由于才大而操纵自如，虽用典而无隐晦之病，不乏其直观性。所以王氏说："章法绝妙，语语有境界。"故不隔。王氏原则上是不主张用典故的，这不但关系到词境的隔与不隔问题，而且关系到审美直觉的问题。同时，也为了反对清同治光绪以来诗文滥用典故的不良倾向。当时诗尚江西、词本梦窗，都唯典故是务，晦塞支离，情文不副，有损于性灵，有损于艺术的直观性。

——《王国维论词的境界》，《词学》第 13 辑，华东师范大学出版社，2001 年 11 月，第 210 页。

李建中、秦李：

辛弃疾性情自然真切，"悲歌慷慨，抑郁无聊之气，一寄之于其词"，其意不在于作词，而是气之所充，蓄之所发，词自不能不如此也。故其词作真气完足，自成境界。后人有以用典为矜奇炫博之具者，一味追求形式上的古雅，却一任内容疲敝薄弱，如此则所成之作仅是典故的罗列裁剪，而文学意味丧失殆尽。所谓"非其人，勿学步也"，实为金玉良言。

——《人间词话新释》，长江文艺出版社，2008 年 12 月，第 114—115 页。

彭玉平：

唐圭璋即说："王氏盛称稼轩《贺新郎·送茂嘉十二弟》词，以为语语有境界。然是篇罗列荆轲、苏武、庄姜、陈皇后、昭君故事，依王氏见解，正隔之至者，何以又独称之？"唐圭璋注意到王国维之说在现象上的矛盾，堪称锐眼。不过因为王国维只是在话语上揭出"隔"与"不隔"两种基本形态，而对介于其中的两种交叉形态只是有描述有分析，而未提炼出明确的理论的话语，在此隔与不隔的两极背景下来考量王国维的这一节话，确实是存在着悖反的现象的。但如果我们能从学理角度将王国维隔与不隔说细分为四种基本形态，则王国维对稼轩此词的垂青，也就可以得到学理上的支撑了。王国维先后以"俊伟幽咽"、"章法绝妙，且语语有境界"来评价此词，前者是言其符合词体"要眇宜修"的文体特点，而后者对其结构及其用典的化人为己、自具境界称赏不已。在运用典故"隔"的形式下，依然表现出情感的不隔状态。隔与不隔的两极现象其实是并不多见的，倒是介乎其中的隔之不隔与不隔之隔更显常态，所以理论可以悬格甚高，而批评则要落实到实际的层面，因之王国维在理论话语上明确提出隔与不隔，而在实际批评中则更为关注隔之不隔与不隔之隔两种形态。

——《论王国维"隔"与"不隔"说的四种结构形态及周边问题》，《文学评论》，2009 年 11 月，第 6 期。

邵振国：

这与他（王国维）的"三境说"不仅联系而且有着相同的含义。"能"是指它"非有意为之"的"造境"能力。这"非有意"并非仅仅指非刻意，而是指与那一"品"字成因果关系的联系着。"品"即是王氏的人格论，即王氏说"故无高尚伟大之人格，而有高尚伟大文章者，殆未之有也。"

这"品"具有两方面含义：（1）它具有传统儒学的本源性，表现为"兼济天下"；（2）它具有人类人性的担负性。如说"后主俨有释迦、基督担荷人类罪恶之意。"再如："美术（艺术）之务在描写人生之苦痛与其解脱之道。"

——《试论境界说及其质性》，《当代文坛》，2015 年 1 月，第 1 期。

一七　稼轩、韩玉开北曲四声通押之祖

稼轩《贺新郎》词："柳暗凌波路。送春归、猛风暴雨，一番新绿。"又《定风波》词："从此酒醑明月夜。耳热。""绿""热"二字，皆作上去用。与韩玉《东浦词》《贺新郎》以"玉""曲"叶"注""女"、《卜算子》以"夜""谢"叶"食""月"（按："食"当作"节"，"食"在词中既非韵，在词韵中与"月"又非同部，想系笔误），已开北曲四声通押之祖。

【别叙】

四声通押，指上古音四个声调的字可以相押。通常情况，词中上去通押，入声单独用韵；曲则平上去都通押了。辛弃疾二词中，入声与上去通押（叶），韩玉词亦然。此等韵例，宋词中仍较罕见。王国维认为，辛弃疾、韩玉词中以入声与上去声通叶，为杂剧四声通押开了先河。此说"可备一家之说"（施议对），然不宜作为通例，因为，"宋人明辨四声之例与王国维所举四声通押之例相比，仍是占着绝大的比例。"（彭玉平）

【集评】

施议对：

就唐宋词字声演变情况看，温庭筠已分平仄，晏殊渐辨去声，柳永分上去、尤严于入声，周邦彦用四声，益多变化。到了南宋，某些作家更有分辨五音，分辨阴阳的现象。（据夏承焘先生《唐宋词字声之演变》，载《唐宋词论丛》）讲究四声，这是词与曲在声律上的一大区别。北曲四声通押，入声已派入平上去三声。稼轩《贺新郎》（"柳暗凌波路"）及《定风波》（"金印累累佩陆离"）中之"绿"（二沃）与"热"（九屑）属于入声，而"路"（七遇）"去"（六御）"夜"（二十二祃）属于去声，"语"（六语）"苦"（七麌）为上声，此为入声与上去通叶例。韩玉《贺新郎》"绰约人如玉"及《卜算子》中之"玉"。"曲"（二沃）及"节"（九屑）"月"（六月）属入声，"注"（七遇）"谢"（二十二祃）"夜"（二十二祃）属去声。"女"（六语）属上声，亦为入声与上去通叶例。但是此等韵例，宋词中仍较罕见。王国维以为，稼轩、韩玉词中以入声与上去声通叶，为北曲四声通押开了先河，可备一家之说。

——《人间词话译注》，广西教育出版社，1990 年 4 月，第 132 页。

吴　洋：

在宋代，押仄声韵的词，同韵部的上声韵和去声韵可以通押，但是入声韵的独立性很强，一般都是不与上、去二声通押的。而在北曲中，入声归入了平上去三声，并且在曲韵中平上去三声通押，这就是所谓的四声通押，所以元代的周德清在《中原音韵》中就把用来指导作诗填词的"平水韵"106 韵归并为 19 个韵部，作为北曲押韵的指导。王国维所举情况正是反映了从"平水韵"向"中原韵"的过渡。

——《人间词话手稿本全编》，内蒙古人民出版社，2003 年 1 月，第 105 页。

李建中、秦李：

在汉语的中古音中，"绿"和"热"都是入声字，在辛弃疾《贺新郎》这首词中，作者为押韵的需要，将其作为上声和去声字来使用。同样的，在韩玉的《贺新郎》中，读入声的"玉"、"曲"与非入声的"注"、"女"来押韵；《卜算子》中，读去声的"夜"、"谢"与读入声的"节"、"月"押韵。宋代押仄声韵的词中，虽然同韵部的上声和去声韵可以通押，但是入声是不能跟它们通押的。而在北曲中，由于入声已经派入三声，而在曲韵中平上去三声是可以通押的，这就构成了四声通押的现象。这里所举的宋词中四声通押的例子，显然是后来汉语音韵发展对诗词创作影响的先兆，显示了入声消失，"平水韵"向"中原音韵"过渡的现象。

——《人间词话新释》，长江文艺出版社，2008 年 12 月，第 116—117 页。

彭玉平：

此则以若干宋词之例，说明词律之宽。四声通押是元代散曲的惯例，由于散曲多承宋词而来，所以这种四声通押也可以在宋词中找到例证。王国维列举了辛弃疾《贺新郎》《定风波》，韩玉《贺新郎》《卜算子》等例，具体说明了四声通押的情况。辛弃疾、韩玉之词乃是属于入声与上、去通押，因为辛弃疾词中的"绿"、"热"，韩玉词中的"玉"、"曲"、"节"、"月"等字，都属入声。而北曲中"入派三声"已是通例。其实后来王国维在为敦煌发现的《云谣集》而写的跋文中，也再次强调了词律本宽的事实。王国维当是以此来说明词与曲在文体嬗变中的若干承传痕迹。不过，仅凭这些例子，还不足以完全说明宋词的词律之宽，宋人明辨四声之例与王国维所举四声通押之例相比，仍是占着绝大的比例。

——《人间词话》，中华书局，2010 年 4 月，第 138 页。

沈文凡、张德恒：

关于词曲之别，简单地说：从格律上看，词的押韵可将上、去二部韵通押，平声部和入声部则各自单独使用；而北曲则没有入声，其余三声可以互叶。从风格上看，则词之风格较为雅正，曲子则较为通俗。不过平仄互叶在词里也已出现了，尤其是在广大的民间，由于没有严格的约束，平仄互叶的现象更多。在本则词话中，王国维举出辛弃疾和韩玉词中的四声通押现象，认为是"北曲之祖"。是否为北曲之祖，未可遽定，不过王国维意识到词中已经出现了平仄通押现象倒是独具慧眼的。

——《名家讲解人间词话》，长春出版社，2011 年 6 月，第 179 页。

邬国平：

宋词像这样通押的情况毕竟还是很少出现，不可任意将其扩大化。另外，字的读音有时候是可以改变的，如入声稍引长即变成了平声，所以当上、去、入通押时，有时会将入声字读作平、上、去声，如石孝友《南歌子》以"薄、幙、角、恶、著、削"为韵，其实是"以入代平"，读作"平声"（说见万树《词律》卷一一）。有人认为四声通押，意味入声的收声消失，只有三声了。然而有时候相反，又会将上、去读作入声，所以又不能一概作入声收声消失看待。还是从填词在押韵方面比较自由去解释这些现象比较稳妥，这可能与词的地位不如诗歌高，因而可以在某些方面随便点，无伤大雅有关。入声的消失是汉语史上一个非常重要的现象，何时消失？唐诗有四声，元曲只有三声，处于唐与元之间的宋朝，应该是入声由存而亡的一个重要阶段，可以想象入声的消失一定经历了一个漫长的阶段，而且一定是逐渐发生的。所以宋词四声通押，应当是入声逐渐变化，通向消亡过程中发生的一种重要的现象，其研究的意义又非词学所能限囿。

——黄霖、邬国平、周兴陆著：《人间词话鉴赏辞典》，上海辞书出版社，2011 年 12 月，第 168—169 页。

一八 蒋、项不足与容若比

谭复堂《箧中词选》谓："蒋鹿潭《水云楼词》与成容若、项莲生，二（原作"三"，依《箧中词》卷五改）百年间，分鼎三足。"然《水云楼词》小令颇有境界，长调惟存气格。《忆云词》精实有余，超逸不足，皆不足与容若比。然视皋文、止庵辈，则倜乎远矣。

【别叙】

谭献论词，认为清词发展的二百年间，纳兰性德、蒋春霖、项鸿祚三人分鼎三足。对于此说，王国维表示不同意并提出：蒋春霖、项鸿祚的词作不足与纳兰性德的相比。当然，蒋春霖、项鸿祚二人的词作还是远在张惠言、周济二人之上的。王国维的评价标准和褒贬依据，仍在于词作意境之是否自然、真切上，他所强调的诗学核心，仍在于"完美人性的自由表达"（肖鹰）。

【集评】

施议对：

王国维论清词，独尊纳兰性德，谓其"以自然之眼观物，以自然之舌言情"，"北宋以来，一人而已。"因此，他不同意谭献论断，以为蒋春霖、项鸿祚皆不足与容若比，但蒋、项二人远远在张惠言、周济二人之上。王国维推尊纳兰词，主要赞赏其以自然出之，作得"真切"，而且，某些作品所创造的境界，甚是壮观。王国维对周济词颇为鄙视。

——《人间词话译注》，广西教育出版社，1990 年 4 月，第 134 页。

李建中、秦李：

纳兰词虽自非蒋氏、项氏所可比，然而蒋、项二人词哀思郁结、情真意切，又比当时词家高一筹。张惠言词失于空枵，周济词失于苦涩，然二家毕竟词坛巨擘，自有佳篇传世，如张惠言之《水调歌头》《木兰花慢·杨花》以及周济的《渡江云·杨花》等。

——《人间词话新释》，长江文艺出版社，2008 年 12 月，第119 页。

肖　鹰：

王国维的诗学，以儒道对比，在精神上是偏向道家的。就诗歌要"含不尽之意见于言外"而言，他也是主张"隐"的。如前所述，他赞赏"意远语疏"、"寄兴深微"的作品，批评"精实有余，超逸不足"的作品。既然如此，他又为什么主张言情也要不隔，推崇直抒胸臆（"专作情语而绝妙"）的诗词呢？这是因为，王国维不仅突破了儒家以诗歌为礼教工具的诗学观念，而且也突破了道家追求空虚玄妙的诗学观念。他的诗学是由席勒诗学为思想资源的人本主义诗学，这个诗学的核心是完美人性的自由表达。他要求言情"不隔"，就是要求自由表达真性情（真实的人性）。

——《"天才"的诗学革命——以王国维的诗人观为中心》，《中国社会科学》，2008 年 1 月，第 1 期。

彭玉平：

此则由谭献评语而引出清词名家地位的衡定问题。作为清词选本，谭献《箧中词》影响甚大，而谭献以纳兰性德、蒋春霖、项鸿祚分鼎清词三足之说，更是驰名学界。其《箧中词》选录三家词分别为二十五、二十二、二十一首，是选词最多的三家。但王国维提出了疑问。王国维认为蒋春霖词中的小令堪当"境界"二字，而长调只是有气象、有格调而已，而气象、格调与境界尚有距离。项鸿祚的词只能当得起"精实"二字，即在长调结构上顿挫有致，若求其"超逸"——深远之致，就不免有欠了。如此，与纳兰性德以自然之眼观物、以自然之舌言情的词相比，就都显得逊色了。但王国维同时也认为蒋春霖、项鸿祚的词上不及纳兰性德，下却远在张惠言、周济之上。王国维对清词名家座次的排序，与其以自然、真切为核心的境界说密切相关。

——《人间词话》，中华书局，2010 年 4 月，第 139 页。

沈文凡、张德恒：

其所谓"精实"者约指项廷纪之词作的语言精练而质实，而谓其"超逸不足"则是说莲生之词缺乏疏越润朗的气质，而这种风致正是王氏所极为推赏的北宋词的格调，而质实则是南宋词的显著特点，不过现在既然在"实"前着一"精"字，则可见王氏对莲生词还是比较推重的。

——《名家讲解人间词话》，长春出版社，2011 年 6 月，第181 页。

邬国平：

人们认为王国维论词重视小令，对长调有贬抑的倾向。这固然有他自己贬低长调的言论作为根据，是可以成立的，不过，我们对于这一点又不能过甚其词，讲得太绝对，如他对辛弃疾长调颇有赞语。由这一条评语看，王国维说蒋春霖"小令颇有境界，长调唯存气格"，这也似乎可以理解为，若词人的长调也能够写出境界，他一定会用对待小令的态度去对待长调。这样看来，词体制的长短还属其次，主要还是看有无境界，这才关系到问题的根本。当然，这并不表示王国维放弃了长调较难表现境界的成见。

——黄霖、邬国平、周兴陆著：《人间词话鉴赏辞典》，上海辞书出版社，2011 年 12 月，第 170 页。

一九　词家时代之说

词家时代之说，盛于国初。竹垞谓："词至北宋而大，至南宋而深。"后此词人，群奉其说。然其中亦非无具眼者。周保绪曰："南宋下不犯北宋拙率之病，高不到北宋浑涵之诣。"又曰："北宋词多就景叙情，故珠圆玉润，四照玲珑。至稼轩、白石，一变而即事叙景，使深者反浅，曲者反直。"潘四农德舆曰："词滥觞于唐，畅于五代，而意格之闳深曲挚，则莫盛于北宋。词之有北宋，犹诗之有盛唐。至南宋则稍衰矣。"刘融斋熙载曰："北宋词用密亦疏、用隐亦亮、用沉亦快、用细亦阔、用精亦浑。南宋只是掉转过来。"可知此事自有公论。虽止庵词颇浅薄，潘、刘尤甚，然其推尊北宋，则与明季云间诸公，同一卓识也。

【别叙】

此则所谓词家时代之说，指的就是对于词的发展史的看法，主要是对于北宋词与南宋词的评价问题，王国维指出，以时代论词的高下之说，盛行于清朝初期，并引出朱彝尊的话做例说，复以周济、潘德舆、刘熙载的言论来批驳朱彝尊所言，并以此立论。在朱彝尊认为，词到北宋，表现领域扩大，到了南宋，则词境加深。朱彝尊此说，得到很多人的认可，但亦有不同意见。周济即指出，南宋词低下者即便无北宋词的粗犷率直，但高上的却也达不到北宋词的浑厚含蓄，并认为北宋词以景写情，圆润玲珑，至了辛弃疾、姜夔，变而为叙事写景，由此变深婉为浅薄，为平铺直叙。潘德舆另提出，词起源于唐，发展于唐五代，而到了北宋，境界深闳，曲折多变，犹如诗之于盛唐般，但至南宋则衰微了。刘熙载则认为，北宋词密切而疏畅、隐晦而明亮、沉着而轻快、细小而又开阔、精深而又浑厚，而南宋词则与之背道而驰。就周济、潘德舆、刘熙载三人所语，王国维认为是"卓识"。再：王国维把词体的演变大体分为三个时期：唐末五代、北宋、南宋，并对三个时期及彼此之间的高下都作了评论。所要表达的，仍是对北宋词的推尊，以及对南宋词的排斥。此中不同主张反映的，"实质是文学观念和文学史观念之争"

（邬国平）。再者，除推尊北宋词之外，王国维此则亦"道出了常州词派词学理论与明代中后期词学之间的精神意脉"①（余意）。

【集评】

施议对：

所谓词家时代之说，指的就是对于词的发展史的看法，主要是对于北宋词与南宋词的评价问题。清初朱彝尊编辑《词综》，在发凡中提出："世人言词，必称北宋。然词至南宋始极其工，至宋季而始极其变。"朱氏论两宋词，似有意扭转世人独尊北宋之成见，有意强调南宋词之"工"与"变"，以为后来的浙西派家白石、户玉田提供理论依据。但是，也正因为这"工"与"变"二字，却引出来一系列褒北宋而贬南宋的议论来。所谓"使深者反浅，曲者反直"，所谓"南宋只是掉转过来"云者，都认为，词至北宋而极盛，至南宋则走上了衰亡的道路。而这一"蜕变"过程，就是由于南宋词的"工"与"变"造成的。此类论调，正合王国维论词的观点，所以，他认为，周济等人，其词颇为浅薄，而其立论，不无真知卓识。王国维论词，独尊北宋，固然有其一定的依据，但他全盘否定南宋词，还是带有较大片面性的。

——《人间词话译注》，广西教育出版社，1990 年 4 月，第135—136 页。

陈鸿祥：

如果说王国维自称"拈出境界，为探其本"，主要是针对严羽"以禅说诗"的"兴趣"说；那么，他论"境界为本"，而"兴趣、格律、神韵"为"末"，显然由王士禛对"云间诸公"的这些批评而引发的；他评骘"词家时代之说"，则更是针对王士禛所谓"泥于时代"、"不欲涉南宋一笔"的指责。因为，陈子龙等"云间三子"，认为词"始于唐末"而"极于北宋"，曾遭王士禛讥斥，说："近日'云间'作者论词，有云：五季唐风，

---

① 余意：《〈花间集〉与词学之"寄托"理论》，《文艺理论研究》，2007 年3 月，第 2 期。

入宋便开元曲，故尚意小令，冀复古音，屏去宋调，庶防流失。仆谓：此论虽高，殊属孟浪。"（《花草蒙拾》）由此可见，王士禛讥之为"虽高"、斥之为"孟浪"的这些话，在王国维看来，恰恰是"卓见"！不惟如此。王国维自称填词"不喜长调"，《人间词》之长处在"小令"即短调；又在词话中屡述北宋词已开"北曲先声"或为"北曲之祖"，等等，皆可窥知他颇以"云间诸公"，引为"同嗜"。

——《〈人间词话〉〈人间词〉注评》，江苏古籍出版社，2002 年 7 月，第 232 页。

李梦生：

王国维首先引朱彝尊的观点以作靶的。朱彝尊字锡鬯，号竹垞，是浙西词派的创始人。他于词推崇姜夔，在《词综发凡》中认为"世人言词，必称北宋，然词至南宋始极其工，至宋季而始极其变"，这就是王国维所说朱彝尊认为"词至北宋而大，至南宋而深"的原话。对此，王国维历引常州词派的周济，著名评论家、词人潘德舆及刘熙载的话来说明朱彝尊的错误，称赞他们论点的公正；并认为周济等人的词都不高明，但能与"云间诸公"一样推崇北宋，是有"卓识"。云间诸公指明末松江陈子龙等人，他们认为词始于唐末而至北宋达到巅峰，南宋词不足观。他们的观点，受到清王士禛等人的批驳，王国维在此啧啧赞赏，可见他对自己的词论坚信不疑的程度。

——《〈人间词话〉导读》，上海书店出版社，2009 年 5 月，第 220 页。

李建中、秦李：

王国维于《人间词话》中大体把词体的演变分为三个时期：唐末五代、北宋、南宋，又对每一个时期以及三者的高下都作出了评论，譬如他认为"唐、五代之词，有句而无篇。南宋名家之词，有篇而无句。有篇有句，唯李后主降宋后诸作，及永叔、子瞻、少游、美成、稼轩数人而已"，可见王国维向来极其推崇北宋词。唐末五代是词的草创时期，"二百年的词都是无题的，内容都很简单，

不是相思，便是离别，不是绮语便是醉歌"（胡适《词选》）。北
宋词为王国维、胡适极端推崇，"这些作者都是有天才的诗人，他
们不管能歌不能歌，也不管协律不协律，他们只是用词体作新诗"
（胡适《词选》）。南宋词被二人不遗余力地排击，"第一，是重音
律而不重内容。……这种单有音律而没有意境与情感的词，全没有
文学上的价值。第二，这个时代的词侧重咏物又多用古典——这种
等于文中的八股，诗中的试帖，这是一般词匠的笨把戏，算不得文
学"（胡适《词选》）。

——《人间词话新释》，长江文艺出版社，2008 年 12 月，第
121 页。

彭玉平：

作为浙西词派的领袖，朱彝尊的词学思想曾广泛影响到清初词
坛，他与汪森合编的《词综》更是成为当时词人竞相师法的范本。
浙西词派的理论以南宋词为极致，所以其导引的词风也就成了"家
白石而户玉田"的局面。王国维在前面两则极力贬低张炎词，也是
为这一则的正面立说提供依据。

周济、潘德舆、刘熙载三家之论词虽然都偏尚北宋，但周
济是在北宋与南宋的直接比较中显现出北宋词珠圆玉润的"浑
涵"之境；潘德舆则立足词史发展过程，而将北宋词比喻为盛
唐诗；刘熙载则是从北宋词的艺术手法和审美感受上，彰显了
北宋词的独特魅力。三家角度略异，但殊途同归。都将北宋作
为词体发展的巅峰时期，并以北宋词为词体典范。王国维认为
此三家言论实渊源于明末云间词派的理论，因为以陈子龙为代
表的云间词派就是高举五代北宋的旗帜的。王国维应该是完全
认同周济、潘德舆、刘熙载三家词论的，但对这三家的填词水
平却评价甚低，以此来说明理论眼光与创作水平，不一定存在
着某种必然的联系。

——《人间词话》，中华书局，2010 年 4 月，第 143 页。

邬国平：

对南北宋词高下优劣之争，实质是文学观念和文学史观念

之争，而文学史观念又是文学观念的反映。王国维对每一种文体的变化抱这样一种认识，"盖文体通行既久，染指遂多，自成习套。"所谓"习套"，是指文学脱离了自然的、表情的道路，陷进了矫饰的、虚浮的泥沼。所以他又说："故谓文学今不如古，余不敢信，但就一体论，则此说固无以易也。"他对于词从五代北宋至南宋的延续，也是这样看的，结论是由盛而衰。所以对南北宋词的不同评价，是王国维文学史观念和文学观念的一个有机组成部分，与单纯地比较某个词人、某篇作品的优劣，不可同日而语。其中有进化论的色彩，这与五四前后新兴的文学观念相吻合，《人间词话》之所以产生如此大的影响，这是一个重要的原因。

　　——黄霖、邬国平、周兴陆著：《人间词话鉴赏辞典》，上海辞书出版社，2011年12月，第175页。

二〇　唐五代北宋词

　　唐五代北宋之词，可谓生香真色。若云间诸公，则彩花耳。湘真且然，况其次也者乎。

【别叙】

　　王国维推尊北宋词，对于处于草创时期的唐五代词，亦持肯定的态度。这里王国维所说的"生香真色"，即指唐五代及北宋词所共同体现出的生动而真切、活泼而丰富的审美特点。而相反，王国维认为，明代云间派的词人词作，则仅仅只是"彩花"（即假花），即便"云间三子"中的陈子龙，亦是如此。彭玉平就此曾指出："香"、"色"更多是形容作品的文采，"生"、"真"则是对这种文采所表现的情感特点之概括。王国维将"境界"作为唐五代北宋词人"卓绝"的标志，"生香真色"也具有同样的标志性意义，是王国维对"境界说"的另一种感性描述。

【集评】

赵庆麟：

所谓感情之真，就是要把诗人的欢愉、愁苦之致，动于中而不能抑者，在诗词中充分表达出来。他批评有些诗人尽管写得词藻华丽，但惜少真味，类如贺铸的词，李攀龙、王士禛的诗都缺少真味，缺少真景物、真感情。而唐、五代、北宋的词，可谓生香真色。他赞赏周济的说法："北宋词多就景叙情，故珠圆玉润，四照玲珑，至稼轩、白石一变而即事叙景，使深者反浅，曲者反直。"对北宋及辛弃疾、姜夔等词的评论，认为是公论卓识。由上可见王国维论词以真景物真感情为首要准则。

——《融通中西哲学的王国维》，上海社会科学院出版社，1992 年 5 月，第 227 页。

夏中义：

王国维所以如此偏爱"境界"，首先是与他忧生甚深的价值心态有关。这就是说，他所崇尚的"唐、五代、北宋之词，所谓'生香真色'"，质朴，酣畅，雄健，沉着，豪放，真切，皆与生气盎然、精力弥满的忧生定势相连，或用周保绪的话说，"北宋词多就景叙情（忧生之情也者），故珠圆玉润，四照玲珑"，但至南宋白石，"一变为即事叙景"，即由忧生转而忧世，借咏物来寄托当世之忧，于是抒怀让位于描摹，词风也就由疏转密，由亮转隐，由快转沉，由阔转细，由浑转精，转为意象派式的清苦幽独，冷艳晦远之风，这就与王国维所好的清新疏朗相去甚远了。

——《世纪初的苦魂》，上海文艺出版社，1995 年 6 月，第 33 页。

陈鸿祥：

王国维由清初"词家时代之说"，引出对北南宋词褒贬之争，并两论"云间诸公"，实非尽为"云间"，而本于"时代"，即"一代有一代之文学"的进化观，故强调不可泥于古人陈说，此其一；其二，他借"词家时代之说"，从词史发展的角度，论述了被认为其词行而"本朝词派始成"（谭献语）的朱彝尊以南宋词为"至极"的偏颇，进而借"云间诸公"，抨击了被尊为清初文坛盟主的王士禛"神韵"说。这也显示了他不被"群奉其说"的权威所惑，敢于挑战"宗师"、"盟主"的学者独立精神。其所以为第一流大学问家之真谛在此；其"境界"说之所以充满崭新的时代精神，盖亦在此焉。

——陈鸿祥编著：《〈人间词话〉〈人间词〉注评》，江苏古籍出版社，2002年7月，第233—234页。

邱世友：

境界的第一个特征是真切自然。王氏论词，最重真切自然，力斥游词和矫揉之作。游词则不真切，矫揉之作则不自然，二者皆无与词境。而真切自然则为词的本质特点，王氏所谓"生香真色"。

——《王国维论词的境界》，《词学》第13辑，华东师范大学出版社，2001年11月，第198页。

李建中、秦李：

"生香真色"，亦有作"活色生香"的。此中有视觉与嗅觉的通感，非神似之化境无以为之，自是栩栩如生，水灵如动，宛若流香。王士禛将此由丹青画笔移至千古诗文，乃指一种真切自然、"不隔"而似在眼前、最得其神韵之至的境界。此确为诗文之诀，不易之论。"彩花"，虽色彩斑斓，然无香气、无肉骨，犹言今日之"假花"。宋以后之词，大多遗神取形、遗韵取貌，没有意境与真情，寡然无味。丹青绘花之佳作，妙笔写花之佳篇，生香真色，远胜于"假花"，推而广之，亦然。

——《人间词话新释》，长江文艺出版社，2008年12月，第122页。

彭玉平：

所谓"生香真色"，即指作品体现出来的生动而真切、活泼而丰富的审美特点。"香"和"色"更多的是形容作品的文采，而"生"和"真"则是对这种文采所表现的情感特点的概括。换言

之，"生香真色"其实是对"境界说"的一种感性描述。王国维将
"境界"作为唐五代北宋词人"卓绝"的标志，"生香真色"也具
有同样的标志性意义。

　　云间派推崇《花间》词风，但难以学出其风神，而多临摹其形
式。或者说，有其语言风味，而无其情感底蕴，所以王国维以"彩
花"视之。所谓"彩花"，即如谢章铤所说是"言胜于意"。这与王
国维所强调的意在言外的深远之致，适成相反之例了。王国维认为云
间词人中最杰出者如陈子龙都不免此病，其他如宋徵舆、李雯等，就
更可以想见了。"生香真色"与"彩花"的分别，不在香、色、花
这些外在的意象上面，而在其所承载感情的真实与虚假上面。

　　——《人间词话》，中华书局，2010 年 4 月，第 144 页。

二一　王士禛《衍波词》

　　《衍波词》之佳者，颇似贺方回。虽不及容若，要
在浙中诸子（按：据原稿"浙中诸子"四字作"锡鬯、
其年"）之上。

【别叙】

　　王士禛在清初词坛为开风气之人，其词宗法晚唐，香艳旖旎，
多为晚清词人所批评。王国维却认为，王士禛《衍波词》中的词作，
于风格上与贺铸的相似，又说王士禛词虽比不上纳兰性德的，却仍比
朱彝尊、陈维崧等人高明。所举词作，各有千秋，王国维的言说，只
是一家之言，"但与其理论却是契合的"（彭玉平），也是借以"贬朱
彝尊、陈维崧，而贬朱彝尊也是贬浙西词派"（邬国平）。

【集评】

　　陈鸿祥：

　　就词论词，王士禛《衍波词》仍在朱彝尊、陈维崧的《朱陈村

词》之上。这是王国维的评价。而罗刊《遗书》本词话改为"浙中诸子之上",就成较为含混的泛指了。揣其缘由,则可能由于清初诗词以"朱王"并称,皆一代宗师;而陈维崧则以诗词与王士禄、王士禛兄弟唱和,因而名声大噪,有"江左三凤凰"之誉。所以,一般地说来,朱、王、陈三子,很难有轩轾之分、优劣之别。然而,如同评南宋词独尊稼轩,评清代词惟有纳兰,乃是王国维"不胜古人,不足与古人并"的独立之见。故他称王词"要在锡鬯、其年之上",无非是说王士禛词中的"佳者"不过如此,更何况他人?

——陈鸿祥编著:《〈人间词话〉〈人间词〉注评》,江苏古籍出版社,2002 年 7 月,第 235—236 页。

吴 洋:

王士禛长于诗,论诗主"神韵",推崇清幽淡远、含蓄深蕴、言有尽而意无穷的境界。于词,长于小令,用绝句笔法入词,然而含蓄之味多,沉厚之旨少,比起朱陈二人,未必在其上也。

——《人间词话手稿本全编》,内蒙古人民出版社,2003 年 1 月,第 118 页。

李建中、秦李:

朱彝尊与王士禛并为清初诗坛南北二宗,其词与陈维崧合称"朱陈",共执词坛牛耳。朱彝尊推尊词体,崇尚醇雅,宗法南宋,开创了浙西词派,拓展了清词的新格局。其词音律和谐、蕴藉空灵、清醇高雅,又顺应太平为盛世之音,故而其流风绵亘康、雍、乾三世而不衰。陈维崧学识渊博,性情豪迈,才情卓越。其词风导源于苏辛,善于以豪情抒悲愤,使豪放词在清初重又大放异彩;他继承《诗经》和白居易"新乐府"的精神,赋予词以沉重的历史使命感,乃至有"词史"之谓。他的词睥睨跋扈,悲慨健举,为阳羡词派的一代词宗。

由此看去,则王氏之词未必在朱、陈二人之上。三公之词孰高孰低,见仁见智。

——《人间词话新释》,长江文艺出版社,2008 年 12 月,第 123—124 页。

彭玉平：

王国维说王士禛词中的"佳者"，才与贺铸相似。而王国维对贺铸的评价是"非不华赡，惜少真味"八字，是北宋名家中"最次"者。按照王国维的词学理论，填词如果缺乏真味，也就与"彩花"无异了。而王士禛词中的佳者不过如此，其他就更不足与论了，但在清代词史中，王国维仍将其置于纳兰性德之下、朱彝尊和陈维崧之上。即此一端，也可见清词在王国维心目中的总体地位。置于纳兰性德之下，是因为纳兰词的真实、自然与悲情淋漓都不是王士禛所具备的；置于朱彝尊、陈维崧之上，是因为朱彝尊乃一意师法南宋，取径有偏，自然等而下之了，而陈维崧以豪放为尚，与词体"深美闳约"之体制要求，也就有了明显的距离了。王国维的这种轩轾当然只是可备一说，但与其理论却是契合的。

——《人间词话》，中华书局，2010 年 4 月，第 145 页。

沈文凡、张德恒：

浙西词派之作宗法南宋，而其作中的咏物之词较多，宗主朱彝尊登坛树帜时即借助了南宋末年的《乐府补题》，而这正是一本分题咏物的词集。我们知道，静安先生论词是极力贬低南宋的，在他看来，南宋之词，唯一幼安尔。而浙派之作品祖述南宋，其下者又自不逮南宋远甚，如此，则其不免为王国维所讥。

——《名家讲解人间词话》，长春出版社，2011 年 6 月，第 191 页。

邬国平：

王国维评论清朝词人有一个特点，那就是，一遇到可能，就要为纳兰性德占一地位；一遇到可能，就要贬抑浙西词派或常州词派，纳兰性德和浙西派、常州词派仿佛是他评清词的敏感点，时时都会触及到。他将王士禛、贺铸的词互为比拟后，又将王士禛与纳兰性德相比，与朱彝尊、陈维崧相比，得出他不如纳兰性德却高于朱彝尊、陈维崧的结论。所以，这条词话虽然直接评论的对象是王士禛，其实王国维也是借此褒纳兰性德，贬朱彝尊、陈维崧，而贬朱彝尊也是贬浙西词派。

　　——黄霖、邬国平、周兴陆著：《人间词话鉴赏辞典》，上海辞书出版社，2011 年 12 月，第 177—178 页。

二二　朱 彊 村 词

　　近人词如《复堂词》之深婉，《彊村词》之隐秀，皆在半塘老人上。彊村学梦窗而情味较梦窗反胜。盖有临川、庐陵之高华，而济以白石之疏越者。学人之词，斯为极则。然古人自然神妙处，尚未见及。

【别叙】
　　此则评说朱祖谋的词作。在王国维认为：谭献《复堂词》之深沉婉约，朱祖谋《彊村词》之含蓄雅隽，都高于王鹏运之上。朱祖谋学吴文英词而又更有情致，有王安石、欧阳修词作之高旷典丽，又济之以姜夔词之疏畅隽永，代表了学人词之极则。但其与古人词作之自然神妙比，还是有一定距离。这里，王国维谓朱祖谋为"极则"，只是肯定朱祖谋以学人身份填词，堪称楷模，而对于学人之词实则并不推崇，且对于晚清五大词人之首的王鹏运及其词作，王国维也不尽赞赏，"以此作为对朱孝臧本人，也是对该派词人的总鉴定，力重千斤。"（邬国平）另外，在评说谭献、朱祖谋二人词作时，王国维侧重于对二人词作深婉、隐秀特点的强调，而非以学为词方面的肯定。就此，也仍可以看出，王国维所追求的，还是词之自然、真切。

【集评】
　　彭　靖：
　　自然神妙是词的一个极高境界。南北宋大词人臻此境者亦不多见，而彊村词到此境者却未必没有。王半塘在《彊村词剩》二卷序里，谓彊村自辛丑以后，"词境日趋于浑，气息亦益静，而格调之高简，风度之矜庄，不惟他人不能及，即彊村己亥以前词，亦颇有天机人事之别。"这是说，己亥以前词见"人事"之巧，而辛丑以后词乃见"天机"之妙。"天机"，或说"浑"，与王国维所谓"自然神妙"相同或相近。这是比较切合实际的。

——《"试画虞渊落照红"——论〈彊村语业〉》，《文学评论》，1987 年 3 月，第 1 期。

程亚林：

彊村词当时得到了极高的评价。有人说它可比北宋范仲淹、苏轼、欧阳修的词或"绝似少陵夔州后诗"。王国维对它的评价也不低，既说它有王安石、欧阳修词的"高华"和姜夔词的"疏越"，又尊之为学人之词的"极则"，但他又清醒地意识到，这毕竟是"学人之词"，"学人之词"能达到的最高水平也就是这样子了，它与没有"学人"气，最好的词比起来终隔一尘，因为"古人自然神妙处，尚未见及"，一就是有"学人"的斧凿之迹。这与他推崇"赤子之心"、"自然之眼"、"自然之舌"的思想一脉相承，也要求学人对自己的词作应有自知之明。

——《近代诗学》，湖南人民出版社，2000 年 11 月，第 236 页。

李建中、秦李：

那么，何为"学人之词"？"学人"有二解，一者作动宾结构，"学"为动词，意为模仿；一者整体作一个名词，盖以其身份为"学者"或"有学问"之故，清人谭献将清词创作分成"才人之词"、"词人之词"和"学人之词"，当然，若仍以创作者的身份而论，还可分出"诗人之词"、"哲人之词"、"文家之词"、"史家之词"、"杂流之词"等。王国维于此当兼有"学人"二意。

一部分文人采用民间的新文学体裁来创作自己的文学作品之后，大量文人包括劣等者便来模仿，正是在这个意义上，"学人"兼有两重内涵。王国维将词体演变划分为唐末五代、北宋、南宋三个时期，胡适对应地作出了"歌者之词""诗人之词""词匠之词"

的分期，任访秋将其归纳为：平民（文体的创造者）、文人（文体的完全者）、文匠（文体的模拟者）。若将"南宋"的时间段放大为"北宋以后"，则模拟古人的文匠们，皆未得其自然神妙者，虽然不乏学得极像者。

——《人间词话新释》，长江文艺出版社，2008 年 12 月，第125—126 页。

谢永芳：

标举为学人词"极则"的朱祖谋词，在王国维看来，其风格特征"隐秀"之"所自来"者正是宋词，其中包括宋代学人王安石、欧阳修词的"高华"。追求多种艺术风格的融通与开拓，只是后代学人对宋代学人词人承继中的一小部分。在宋以后的词学批评实践中，宋词是一种当然的、首选的、永恒的标准，元明清人词学观念的形成几乎无一不是基于以宋词作为比较、鉴别的参照物后的产物，基本思路也主要由学人确立并授受不绝，以至于当下的宋词观深受清人的影响，正像对于唐诗的各种认识几乎都要受到宋人的唐诗观影响一样。

——《宋代学人词刍议》，《文艺研究》，2009 年 10 月，第10 期。

彭玉平：

其实所谓学人之词，王国维是总体将其纳入"破体"的范围的。可能是语涉"近人"，故王国维出语颇为讲究。先是评说谭献词"深婉"，朱祖谋词"隐秀"，并将他们均置于王鹏运之上。而在谭献与朱祖谋之间，似又以朱祖谋为胜。朱祖谋是晚清师法吴文英词的引领者，按照王国维此前对吴文英词的极度贬斥，其对朱祖谋的贬斥也当在情理之中，但王国维居然认为朱祖谋的情味反而在吴文英之上。之所以形成这种后出转精的现象，王国维认为是因为朱祖谋虽然在大的方向上不离吴文英，但也不限于吴文英一家，而是把王安石、欧阳修的"高华"和姜夔的"疏越"融入其中，所以形成了其一家之特色。所谓"高华"，按照许文雨《人间词话讲疏》的理解，应该是指声调高逸；而所谓"疏越"，则是形容余韵不绝。如此，学人之词也就部分具备了传统词体的若干特征了。但学人之词，毕竟以"学"为基本特色，才学的张扬与性情的抑制也就不可避免会产生一定的矛盾，如此要在学人之词中追求"自然神妙"，也就难以追寻了。

——《人间词话》，中华书局，2010 年 4 月，第 146 页。

邬国平：

其实本条评语除了以上显著的意见之外，作者还流露出对"学人之词"整体不甚满意的态度。前面的话比较三位词人高低优劣，重点揄扬朱孝臧，称他的创作是学人词的"极则"，"然"字一转，带出"古人自然神妙之处，尚未见及"，以此作为对朱孝臧本人，也是对该派词人的总鉴定，力重千斤。整条评语或伸或屈，或抑或扬，局部详写长处，全体一笔贬落，运笔极有进退起伏。就批评文字写得老到和曲尽其意而言，在《人间词话》一书中堪称名列前茅。

——黄霖、邬国平、周兴陆著：《人间词话鉴赏辞典》，上海辞书出版社，2011 年 12 月，第 179—180 页。

魏红梅：

王国维本身推崇词要有"深美闳约""要眇宜修"的特点，正巧朱祖谋词的"隐秀"与他想要的特点不谋而合。与此同时，王国维也认为，朱祖谋的词不单单具有王安石、欧阳修的"高华"，而且兼备了姜夔的"疏越"，因此，朱祖谋词在"情味"上是要超过梦窗的，这个可以看做是王国维对朱祖谋的一种肯定。

——《从〈人间词话〉看王国维对清代词人的评价》，《河南师范大学学报》，2015 年 7 月，第 4 期。

二三　寄 兴 深 微

宋直方（原作"尚木"，误。案"徵舆"字"直方"，"尚木"乃"徵璧"字，因据改)《蝶恋花》："新样罗衣浑弃却，犹寻旧日春衫著。"谭复堂《蝶恋花》"连理枝头侬与汝，千花百草从渠许。"可谓寄兴深微。

【别叙】

此则以"寄兴深微"为批评标准，言说词创作中的立意造境问题，涉及的是诗词中常用的比兴手法。王国维虽不喜欢常州派，也不喜欢周济词，但并不排除词作中的深微与寄兴。这里，王国维即以宋徵舆、谭献二人词为例，认为二人所立之言、所造之境，蕴涵深微精妙的意义。王国维此中所说，与周济所倡"寄意题外，苞蕴无穷"（邱世友）同一用意。

【集评】

马正平：

从这两则词话的内容来看，王国维在对清代词的批评中，仍然念念不忘他在《人间词话》手稿开篇第一则所崇尚的"风人深致"——即"忧生"、"忧世"的诗人词家所应具有的超越性高雅的生命情怀、心灵状态，这是对诗词创作中的写作主体的审美要求，也是诗词创作所表达的主题、内容、立意、所指。在诗词艺术表达的艺术造诣方面，王氏仍然主张创作表达上应使作品具有"深婉"、"隐秀"的"言有尽而意无穷"的韵味，"高华"、"疏越"的"高格"以及"郁伊惝恍，令人不能为怀"的抒情气氛。正如我们在前面所指出的那样，这两个方面，一个是从创作美学上讲，一个是从艺术欣赏、批评上讲的，它是"境界"说的两个视角，是二而一、一而二的问题。作为自编本压卷的这两则词话，应是我们反复体味的。

——《生命的空间——〈人间词话〉的当代解读》，中国社会科学出版社，2000 年 1 月，第 117 页。

邱世友：

寄兴深微使境界有别于一般的艺术形象和意象。"红杏枝头春意闹"，所谓"著一'闹'字，而境界全出"者，这不仅凭着通感的作用，通过听觉构成包括视觉在内的直觉形象，而且充满了春意盎然的兴感。王氏要求词境在生动的直觉形象中具有深微的兴感，这样才能给读者提供广阔的想象和联想的艺术空间。周济所说的"寄意题外，苞蕴无穷"（《介存斋论词杂著》）就是指这个方面。王氏虽然反对常州派张惠言的寄托说，但他反对的是命意而不是寄兴。因为命意容易流为概念化，和境界的审美直观有抵牾，寄兴深微则有"言外之味，弦外之响"，言有尽而意无穷。

　　——《王国维论词的境界》，《词学》第 13 辑，华东师范大学出版社，2001 年 11 月，第 202—203 页。

陈鸿祥：

　　盖宋氏生当明末清初，词中有"人苦伤心，镜里颜非昨"之句；谭氏处晚清"世变日亟"之际，词中有"莲子青青心独苦"之语。前者"苦"明亡，后者"苦"清衰，这大概便是其"寄兴"的"深微"之处吧？尤可注意者，当辛亥东渡日本后，王国维不惟从手稿中录出此则编入《人间词话》自选本，而且在开头特别加上"国朝词人，余最爱"两语，又将末句"可谓寄兴深微"，改为"以为最得风人之旨"，可谓推崇备至矣。

　　——陈鸿祥编著：《〈人间词话〉〈人间词〉注评》，江苏古籍出版社，2002 年 7 月，第 241 页。

孙维城：

　　他（王国维）说"寄兴言情"或"寄兴深微"，而不说"兴寄"，联系到上则所讲的"兴到之作"，所强调的是"兴"，而非"寄"，都指自然情感的表达，而不是浸透儒家诗教的寄托，他在《人间词话》中没有涉及"比兴"或"兴寄"，就是表明反对的态度。从他对诗歌的艺术推崇看，他喜欢那种直寻的作品，如钟嵘《诗品序》所云"古今胜语，多非补假，皆由直寻"，重视赋的写法，而并不重比兴，反对隶事，反对替代。

　　——《〈蕙风词话〉〈人间词话〉〈白雨斋词话〉比较》，《古代文学理论研究》第 30 辑，2009 年 11 月。

彭玉平：

此则从寄兴深微的角度评价宋徵舆与谭献两首词，仍是着眼于词体"深美闳约"的体制特点。

宋徵舆的《蝶恋花》写女子秋夜相思，"新样"二句写薄梦醒后，翻寻旧日春衫，乃重温当日相聚情景之意。谭献的《蝶恋花》写男子追忆当日情事，"连理"二句极写情意之深笃。"新样"二句与"连理"二句，分别以旧日春衫、连理枝头、千花百草起兴，以表达彼此相恋之深情。但王国维却认为别有一种"深微"的寄兴在。"深微"在何处呢？可能与两人的生存时代相关。宋徵舆生当明末清初，谭献则生活在清代末年。故两人的沉迷往日之意，或许有这样的时代背景在内。

——《人间词话》，中华书局，2010 年 4 月，第 147—148 页。

邬国平：

说某句有"寄兴"之意，这意思往往是说，该首词整篇是"寄兴"之作，因为只有全篇寓托寄兴，才谈得上篇中某些句子有深微义，若全篇没有寄托，句子的比兴托意几乎也都是谈不上的。论者只引录其中某几句，示以"寄兴"之所在，则是因为这几句将词人"寄兴"之意表现得特别集中和优秀，词话如同诗话，往往通过摘章引句，说明全篇。所以，王国维这条词话虽然只是各引录宋征舆、谭献二句词，其实应当理解为是对他们这二首词整篇"寄兴深微"的肯定。

——黄霖、邬国平、周兴陆著：《人间词话鉴赏辞典》，上海辞书出版社，2011 年 12 月，第 180—181 页。

张宏生：

晚清的自我经典化并不是个人的一厢情愿，当时的词坛也注意到他们的尝试，因此不仅将其引入自己的理论中，而且进一步成为宣扬者。谭献是常州词派的后劲，他自觉地以比兴寄托的理论指导创作，其中不乏成功之作，也引起了词坛的关注。王国维《人间词话》说："宋直方《蝶恋花》：'新样罗衣浑弃却，犹寻旧日春衫着。'谭复堂《蝶恋花》：'连理枝头侬与汝，千花百草从渠许。'

可谓寄兴深微。"就完全复制了谭献的思路。

——《晚清词坛的自我经典化》,《文艺研究》, 2012 年 1 月,
第 1 期。

二四　半塘和正中《鹊踏枝》

《半塘丁稿》中, 和冯正中《鹊踏枝》十阕, 乃
《鹜翁词》之最精者。"望远愁多休纵目" 等阕, 郁伊惝
恍, 令人不能为怀。定稿只存六阕, 殊为未允也。

【别叙】

王国维认为, 王鹏运词作中, 和冯延巳《鹊踏枝》而创作的十
阕词, 是最出彩的篇章。至于冯延巳《鹊踏枝》十四阕, 谭献、王
鹏运认为其中必有寄托, 但王鹏运本人却称是 "就均成词, 无关寄
托"。原唱、和作之间, 其中寄托之有、无, 实际上已颇难分辨,
似亦不宜强作解人。而如果从王国维立论的角度来看, 无论有寄
托, 或者无寄托, 其最在意的还是词作所呈现出的那种令人不能释
怀、真实感人的情思情感, 亦即这里所强调的 "郁伊惝恍, 令人不
能为怀" 之词体特性。

【集评】

佛　雏:

就形式言, "合乎自然" 必合乎 "生动的直观", 尽量扫去诗
人在 "补助" "生发" 中的某种人工印迹, 以便 "让自然在这里自
由地活动"。王氏《蝶恋花》一首, 扬 "燕姬" ("窈窕燕姬年十
五, 惯曳长裾, 不作纤纤步。众里嫣然通一顾, 人间颜色如尘
土"), 而抑 "吴娘" ("当面吴娘夸善舞, 可怜总被腰肢误"),
意亦在此。但这也决不意味着诗词之境专以 "豁人耳目"、"脱口
而出" 者为限。这从王氏盛赞五代冯延巳的一组《鹊踏枝》, 以及

惋惜词中甚少"嵯峨萧瑟，真不可言"之境，均可为证。冯此类词，前人曾评为"金碧山水，一片空濛"（谭献），王氏亦称此类词作"郁伊惝怳，令人不能为怀"。大抵其中相当"深微"地蕴含了人生的某种"理念"，并非一瞥可尽、可解，可以"抚玩无极"，却又"追寻已远"。此等词境的形式跟王氏所讥为"雾里看花"者截然有别。后者病在不曾真正构成意境，前者则"伊人"宛在，只是需要反复"溯洄""溯游"，而终可以蓦然相遇。此当属一种"深微的直观"，必有待于鉴赏者本身的丰富之生活经验，"忧生""忧世"之感情，与锐敏之想象力，而后乃可"逆志"而得。

——《"合乎自然"与"邻于理想"试解》，《古代文艺理论研究》第 4 辑，1981 年 10 月。

吴　洋：
朱孝臧曾经为《半塘定稿》题词曰："香一瓣，长为半塘翁。得象每兼花外永，起屏差较茗柯雄，岭表此宗风。"对王鹏运词极为倾倒。王氏之词豪健疏朗，密而不涩，境界浑成，于此可见。

——《人间词话手稿本全编》，内蒙古人民出版社，2003 年 1 月，第 124 页。

李建中、秦李：
王鹏运力尊词体，尚体格，提倡"重、拙、大"等，使常州词派的理论得以发扬光大，并直接影响当世词苑。况周颐的《蕙风词话》许多重要观点，即根源于王氏。晚清词学的兴盛，王氏起了重要作用。朱孝臧评王鹏运的词作，"导源碧山（王沂孙），复历稼轩（辛弃疾）、梦窗（吴文英），以还清真（周邦彦）之浑化"（《半塘定稿序》），大体是符合实际的。王国维慧眼识珠，自然懂得欣赏王鹏运的词作。王鹏运在编辑自己词集的定稿时删掉了和冯正中《鹊踏枝》十首中的三首，难免会令王国维感到可惜。

——《人间词话新释》，长江文艺出版社，2008 年 12 月，第 129—130 页。

彭玉平：

冯延巳的词被王国维称为"堂庑特大，开北宋一代之风气"。"堂庑"云云，其实就是指其寄托高远之意。王鹏运在小序中称冯延巳此组词"郁伊惝怳，义兼比兴"，与王国维此论也可以对勘。不过，王国维认为王鹏运评价冯延巳的话，也可移评王鹏运自己。"郁伊惝怳，令人不能为怀"云云，其实就是指其由内蕴情感的丰富而迷离所引发的深沉感慨。这与王国维素所强调词体"深美闳约"的审美要求是一致的。王国维此前论谭献有"深婉"二字，论朱祖谋有"隐秀"二字，此处则以"郁伊惝怳"四字评价王鹏运词。而对其后来仅删存六阕，尤为耿耿，可见其倾慕之意。

——《人间词话》，中华书局，2010 年 4 月，第 148—149 页。

邬国平：

王国维借张惠言"深美闳约"四字评冯词，又肯定谭献借鉴《鹊踏枝》的二句词"连理枝头侬与汝，千花百草从渠许"，说是"寄兴深微"。他这条评语中的"郁伊惝怳"一语直接借用王鹏运《鹊踏枝》序的话，王鹏运原话后面尚有"义兼比兴"一语，王国维只引其前面四字，实际上则是完整保留了王鹏运评语的含义，认可他评冯词有"比兴"之说。将这些联系起来看，王国维显然认为冯延巳词是有比兴寄托的，而他特别欣赏王鹏运十首和作，也当与比兴有关。虽然王鹏运自己在序里声明，他的和作"无关寄托"，王国维是否这么看，却是另一个问题。

——黄霖、邬国平、周兴陆著：《人间词话鉴赏辞典》，上海辞书出版社，2011 年 12 月，第 183 页。

二五　皋文论词，深文罗织

固哉，皋文之为词也！飞卿《菩萨蛮》、永叔《蝶恋花》、子瞻《卜算子》，皆兴到之作，有何命意？皆被皋文深文罗织。阮亭《花草蒙拾》谓："坡公命宫磨蝎，生前为王珪、舒亶辈所苦，身后又硬受此差排。"由今观之，受差排者，独一坡公已耶？

【别叙】

王国维不满意张惠言的比兴寄托说，认为张惠言说词穿凿附会，强解词意。王国维的批评，多数论者表示赞同，认为张惠言说词"有一种拘执比附之失"（叶嘉莹）。但也有以一种更辩证的眼光来看张惠言比兴寄托说的，一方面指出张惠言说词存在矫枉过正之弊，另一方面也指出即使难以确切推断寄托之所在，也未必其中就没有寓意。因此，"欲免浅薄或失真之病，盖有待于本事之考明。苟本事未谙，而妄加指引，则诚不若付诸阙如，以俟仁智之自见。"①（詹安泰）即：在词作本身命意没有弄明白之前，以一己之意妄加指引，易于误导他人。今日看待王国维及其词学，仍须持客观分析的态度，对词之诠释，既当重主体感动联想之能动性，又当避免过度索隐附会。

【集评】

邱世友：

王国维从这点上批判张惠言的穿凿附会，穷究寄意，当然是对的。但兴到和兴寄并非迥然异趣，兴寄于不自知则可达到"直致所得以格自奇"的艺术境界。温飞卿的《菩萨蛮》，苏子瞻的《卜算子》就是这样的艺术境界，既是兴到而又兴寄于不自知其所以然。况周颐所谓："词贵寄托，所贵者流露于不自知"（《蕙风词话》卷五）。这往往是创作心理活动的一种感兴结果，是平日积聚了丰富的生活体验和形象思维活动的结果。它不是单纯的兴到，而是有所寄托的。"清晨登陇首"是兴到，但羁旅之感寄于言外。就以王国维赞赏的白石《踏莎行》"淮南皓月冷千山，冥冥归去无人管"，那种孤寂无依，浪迹关山的情怀也见诸形象

① 詹安泰：《论寄托》，《词学季刊》第3卷第3号，1936年6月。

之外，这可说是南宋落魄江湖的知识分子的典型写照。难道只写一个逐郎少女的离魂吗？当然不是。因此，不能像王国维所主张的单纯的兴到。任何创作都应该有命意。问题在于意在笔先是流露于不自知。由此可见，张惠言的比兴寄托说，除去其穿凿附会，刻意求作者的寄托之外，还是值得肯定的。张惠言在理论上的错误是形而上学地看待比兴寄托，不理解，成功的词作是有所寄又无所寄的，是经过概括的艺术形象；如果专事寄托，忽略倾向性和艺术形象的浑化，那么，所寄托的历史生活的作者的思想倾向就不可能融注在具体生动而又一般性的艺术形象中，这样的词作即使不流于概念化，寄意也会既不深也不广。这是必然的，合乎创作规律的。

　　——《张惠言论词的比兴寄托》，《文学评论》，1986 年 6 月，第 3 期。

叶嘉莹：

　　从理论上看，温庭筠的小词里确实充满了文化的语码（cultural code），像"蛾眉"、"画蛾眉"、"懒起画蛾眉"等等，它能够引起人一大串的文化中上的联想。张惠言评说温词，以为有屈子《离骚》之意，他所依据的正是这种对文化语码的联想作用。这种说词方式是中国词学以比兴寄托说词的一个传统方式，这种诠释有一种拘执比附之失。因此王国维批评张氏说词为"深文罗织"，而王国维自己则发展成为一种重视读者之感发联想的更富于自由性的说词方式。

　　——《从文本之潜能与读者之诠释谈令词的美感特质》，《文学遗产》，1999 年 1 月，第 1 期。

陈兼与：

　　固哉皋文之为词也，必与诗赋文笔同其正变。夫词初为里巷男女歌谣，谓为上接风骚犹则可，谓为须合六义，则迂之甚。词人固有眷怀君国而托之儿女之言者，然不必篇篇如此觉。皋文将东坡闲适小词，一一谓之为有寄托，穿凿附会，不免为王静安所讥。故词自南宋全入于文人之手，已始变质。至常州派兴，词体益尊，去古益远矣。

——《读词枝语》,《填词要略及词评四篇》,广东人民出版社,1986年6月,第85—86页。

陈鸿祥:

张氏评词之所以被王国维叹为"固哉",其"固"有三:其一,自我作古。温庭筠《菩萨蛮》"小山重叠金明灭",写"懒起画蛾眉"的闺中妇人照境、弄妆,镜中自赏"新帖绣罗襦","双双金鹧鸪"。这与他的《更漏子》"柳丝长,春雨细"之"画屏金鹧鸪"一样,无非写怨女思妇,而张氏评之曰"此感士不遇也",说其"篇法仿佛"司马相如为汉武帝陈皇后失宠而作《长门赋》;并从妇人"懒起""照花"中,看出了屈原作《离骚》述其遭谗被黜后,"进不入以离尤兮,退将复修吾初服"的"初服之意"。如此"作古",当然难合温词原意。其二,攀附时事,也就是后世所谓"影射"。上举《蝶恋花》"泪眼问花花不语,乱红飞过秋千去",……张氏对词中"庭院"、"楼高"、"章台",逐句比附时政,加以评议;最后,再据此词末句"乱红飞过千秋去"作出"政治结论",曰:"乱红飞过,斥逐者非一人而已,殆为韩范作乎?"……然而,按照这样的"影射词评",纵然此词确出欧阳修,还成其为艺术作品吗?其三,强作解人。应该看到,张氏如此评词,用心是好的,就是意图通过评名词,做名家的知音。然而,其结果只能是强作解人,贻笑大方。这在对苏轼《卜算子》的评述中,尤为突出。

——陈鸿祥编著:《〈人间词话〉〈人间词〉注评》,江苏古籍出版社,2002年7月,第246—247页。

李建中、秦李:

张惠言有感于浙派词的题材狭窄,内容枯寂,在《词选序》中提出了"比兴寄托"的主张,强调词作应该重视内容,"意内而言外","意在笔先","缘情造端,兴于微言,以相感动","低回要眇,以喻其致"。

从清词的发展情况来看,张惠言的词论有超越前人之处。张惠言在《词选》序中，批判当时以词为"小技"，专写征歌逐醉无聊应酬之作的颓风。推崇词体，强调词要有比兴寄托，言志咏怀，主张"意内言外"，以深美宏约为准的，奠定了常州词派的理论基础。但他强调的"比兴寄托"在应用上也有片面性，如论说温庭筠、韦庄和欧阳修的一些艳词都有政治寄托，即失之于偏。

——《人间词话新释》，长江文艺出版社，2008 年 12 月，第132 页。

彭玉平：

王国维将张惠言的"深文罗织"视为迂腐之见，认为如温庭筠、冯延巳、苏轼等的作品。都是"兴到"之作，不一定有这么深这么具体的寄托。王国维这里说的"有何命意"，并非是说这些作品意旨浅薄，而是没有如张惠言——包括铜阳居士这般解说的寄托特征。实际上，越是兴到的诗词，越是有着联想的空间，但那不过是读者的联想而已。即如王国维自己也说过读李璟的"菡萏香销翠叶残，西风愁起绿波间"二句，"大有众芳芜秽、美人迟暮之感"的。则解说词固不能排除合理的联想，要反对的只是过深的索隐而已。王国维引述王士禛《花草蒙拾》中评述苏轼生前身后硬受差排之事，说明这种解说方式已经形成了一种令人担忧的"传统"了。

——《人间词话》，中华书局，2010 年 4 月，第 150—151 页。

邬国平：

当然，王国维并不否定词可以有寄托，比如他借用张惠言评温庭筠词"深美闳约"四字，以为最适合评冯延巳的作品，就是认为冯词是有寄托的。又比如他肯定宋征舆、谭献二人的《蝶恋花》"寄兴深微"等等，都反映出他对词比兴寄托的重视。既然如此，他也就不可能否定以比兴寄托说词的批评方法，不可能完全拒绝张惠言及常州词派的词论。如他说李璟《浣溪沙》"菡萏香消翠叶残，西风愁起绿波间"二句"大有众芳芜秽，美人迟暮之感"，不正是运用《离骚》美人香草的比兴手法解说作品？那么，他此处批评张惠言说词的真正意义又何在？我认为，其意义主要是反对将寄托说无限扩大，处处用这种眼光读词，处处用这种态度批评词，似深刻实偏颇，走火入魔。王国维这条意见不仅对于词学批评有意义，对于正常开展其他文学作品的批评也有意义。

——黄霖、邬国平、周兴陆著：《人间词话鉴赏辞典》，上海辞书出版社，2011 年 12 月，第 186 页。

二六　软语商量与柳昏花暝

贺黄公谓："姜论史词，不称其'软语商量'，而赏（原作"称"，依《词筌》改）其'柳昏花暝'，固知不免项羽学兵法之恨。"然"柳昏花暝"，自是欧、秦辈句法，前后有画工化工之殊。吾从白石，不能附合黄公矣。

【别叙】

　　此则引用贺裳的话，来评说史达祖的名篇《双双燕》，在批驳贺裳的同时，肯定姜夔的主张，以进一步表明立场。其中所言"软语商量"与"柳昏花暝"，取向史达祖《双双燕》，为上、下片用语，一用以描写双燕飞时情态，一用以寄兴己意。论者多引王国维"画工""化工"之别，来论说二词之不同并评论王国维的主张。亦有的指出："'软语商量'不脱南宋婉媚笔法，'柳昏花暝'则颇有北宋清健的意境。"①（吴洋）以联系词史发展及不同阶段所呈现词风，来区别高下。

【集评】

　　詹安泰：

　　所谓"不隔"者殆犹刘熙载"用隐亦亮"之谓，凡显出者均不隔也。所谓"隔"者殆犹刘氏"掉转过来"之谓，凡非显出者

---

① 吴洋：《人间词话手稿本全编》，内蒙古人民出版社，2003 年 1 月，第 129 页。

均隔也。（刘氏说见《艺概》）律以余之所论，"不隔"殆指"纯真之境"而言，"隔"殆指"惝恍之境"而言。词之境界，确有此两种分别；然即以之品评词之优劣，则私意未敢苟同。王氏尊北宋，薄南宋，故于北宋之"用隐亦亮"者极加称誉，而于南宋之"掉转过来"者深致不满。（北宋南宋云云，亦刘氏说。）不知词人措境，各有不同，亦各有诣极。其所以不同者：一因个人作风关系，二因社会环境关系。以作风言，"惝恍之境"，须通过"纯真之境"后始能达到，词人用心之苦，殆视"纯真之境"为尤甚，似不能因此而鄙其尘下。以环境言，"惝恍之境"每因词人不敢明言而又不得尽言时出之，其措境之难，亦过于"纯真之境"，更不能以其所所假借而加以厚非。用显者重精透，用隐者重含蓄，含蓄之作，常较精透者情味更为深长，包蕴愈觉无限，故历来词评认为高格。如王氏所举白石之"二十四桥仍在，波心荡冷月无声"，"数峰清苦，商略黄昏雨"、"高树晚蝉，说西风消息"之类，其意味极耐人玩索，而以其"隔"贬之，殆非公论也。王氏曾有"画工""化工"之别，尊化工而薄画工。顾于此等"惝恍之境"深得化工之妙者，则以其"隔"少之，以其"如雾里看花，终隔一层"少之，真不可解！（私意"纯真之境"多属"画工"，"惝恍之境"多属"化工"。）

——《词学新诠》，《文教》，1947 年第 1 期。

邱世友：

"软语商量"句，写燕飞时的情态，精妙绝伦，所谓"模写物态，曲尽其妙"（强焕题《片玉词》语），而止写飞燕的逼真生动，未见作者的寄兴。"柳昏花暝"则表现了作者对时局的慨叹，而以咏燕出之，寄兴深微，格调高绝，言外有无穷之意，所以说二者有画工化工之殊。王氏主北宋，认为"柳昏花暝"有欧秦句法，这说明欧阳修、秦观词意与境浑而寄兴深微。"群芳过后西湖好，乱落残红，飞絮蒙蒙。"（欧）"春去也，乱红万点愁如海。"（秦）这些句子可以见出欧秦句法的特点。前者扫却即生，后者夸而情深。

——《王国维论词的境界》，《词学》第 13 辑，华东师范大学出版社，2001 年 11 月，第 203—204 页。

陈鸿祥：

贺裳评"姜论史词"，以"项羽学兵法"比之，语带贬意。项羽草莽，少时"学书不成，去学剑，又不成"，扬言："剑一人敌，不足学，学万人敌。"这里贺裳认为姜夔论史达祖《双双燕》，不称词中"软语商量"而赏其"柳昏花暝"，褒贬失当，故宁"从白石"而不"附和黄公"。因为，以"境界"来看这两句词，"柳昏花暝"属欧阳修、秦观"句法"，不是人工之"画"，而有天然之妙（"化工"）。

——陈鸿祥编著：《〈人间词话〉〈人间词〉注评》，江苏古籍出版社，2002年7月，第248页。

陈玉兰：

《人间词话》评史达祖《双双燕》中"软语商量"与"柳昏花暝"，认为"前后有画工化工之殊"，这实即在文字的色彩、情味上作字质掂量与选择的体现。尤其是对"柳昏花暝"这样的意象化语言结构称之为有"化工"之妙，更显示出王氏对主体字质敏悟的赞赏。

——《论"境界"说及其对新诗批评理论建设的意义》，《文学评论》，2003年3月，第2期。

彭玉平：

贺裳显然对"软语商量"这样带有拟人化的情景描述极为欣赏，而对"柳昏花暝"这种明于写景而隐于言情的方式略有不满，所以批评姜夔不免如项羽学兵法，未能得其底蕴而空言远大。姜夔是王国维颇为非议的词人之一，而此则王国维"吾从白石"一语，乃是从其词学批评着眼，而非论其创作也。

——《人间词话》，中华书局，2010年4月，第152页。

邬国平：

关于化工、画工之别，李贽在《杂说》一文曾做过清楚地表述："《拜月》《西厢》，化工也；《琵琶》，画工也。夫所谓画工者，以其能夺天地之化工，而其孰知天地之无工乎？今夫天之所生，地之所长，百卉具在，人见而爱之矣，至觅其工，了不可得，岂其智固不能得之欤！要知造化无工，虽有神圣，亦不能识知化工之所在，而其谁能得之？由此观之，画工虽巧，已落二义矣。"王国维也是在这个意义上使用化工与画工的概念，并以此为根据对史达祖的词语做出高低的判别。"柳昏花暝"，写柳树、花草在暮色下，失去阳光的照射，色彩渐渐黯淡，是一种写实的笔法。"软语商量"，写双燕婉转鸣啼的情态，是一种拟人化的手法。从咏物的角度，前者是直接描写，后者是间接形容；前者朴实，后者巧妙。如果用"隔"与"不隔"来衡量，显然直接写实更显得"不隔"。王国维用化工与画工二个概念对其作区别，说明的其实还是"隔"与"不隔"的道理。

——黄霖、邬国平、周兴陆著：《人间词话鉴赏辞典》，上海辞书出版社，2011 年 12 月，第 187—188 页。

二七　池塘春草谢家春

"池塘春草谢家春，万古千秋五字新。传语闭门陈正字，可怜无补费精神。"此遗山《论诗绝句》也。梦窗、玉田辈，当不乐闻此语。

【别叙】

王国维引述元好问《论诗绝句》一诗，来评论谢灵运、陈师道二人诗作。元好问诗作中，前二句评论谢灵运作品，认为其自然清新，不事雕琢，后二句评论陈师道，说其闭门觅句，无补于世。王国维所言"真卓识也"[1]（吴世昌）。而王国维其中用意，"在为他批评南宋吴文英、张炎等人的词风提供佐证"（彭玉平）。

---

[1] 吴世昌著，吴令华辑注，施议对校：《词林新话》，北京出版社，1991 年 10 月，第 68 页。

【集评】

邱世友：

谢灵运《登池上楼》诗"池塘生春草"，意与境会，自然真切，其直觉形象不须补假而春意盎然，有无穷之趣。盖经三冬严寒，万物凋零殆尽，一个卧病久昧节序的诗人，偶见池边春草萌生，自有一番兴会。正如马克思所说，"在他所创造的世界中直观自己"（《全集》四二卷）。诗人在他所创造的春草形象中，直观自己的生意。薛道衡《昔昔盐》"空梁落燕泥"句与"池塘"句同是造语自然，形象直致，即船山所谓"现量"。而寂寞凄清之景正衬出怀思怨望之情，寄兴于有意无意之间，使读者触类多通。

——《王国维论词的境界》，《词学》第 13 辑，华东师范大学出版社，2001 年 11 月，第 209 页。

吴　洋：

陈师道是一个执著的诗人，他没有苏轼的胸襟，也没有黄庭坚的才华，但是他有追求自己的风格、独成一派的气概。其苦心孤诣的创作、坚忍耿介的性格和真挚诚恳的态度，终于为他在诗歌史上赢得了地位。在崇尚天才的诗坛上，陈师道以普通人的身份独树一帜。

——《人间词话手稿本全编》，内蒙古人民出版社，2003 年 1 月，第 141 页。

李建中、秦李：

陈师道认为作诗应该"宁拙毋巧，宁朴毋华"，他在创作中也贯彻了这种美学追求，从而创作出以"朴拙"为主要特征的艺术风格。陈师道的诗用字遣词很有功力，洗净风华绮丽。缺点是过于追求言简意赅，有时把诗句压缩过甚，以至于语义破碎。此外，有一些作品质木无文而缺乏情韵，显然，陈师道诗歌的缺点也是刻意求新造成的。不同的诗人有不同的气质与才情，吴文英跟张炎各自有各自的特点，其词风皆与陈师道相去甚远，诗坛百花齐放，没有必要强求一统。

——《人间词话新释》，长江文艺出版社，2008 年 12 月，第 135—136 页。

彭玉平：

王国维引述元好问评论谢灵运和陈师道的诗，意在为他批评南宋吴文英、张炎等人的词风提供佐证。吴文英和张炎的词正带有"闭门觅句"的特点，他们试图通过结构的安排和精心的构思，将主题曲折表现出来。但实际上往往造成的是情感的流失和景物的模糊，与"境界"也就愈趋愈远了。王国维在词史上不取南宋，很大的原因即根于此。

——《人间词话》，中华书局，2010 年 4 月，第 153 页。

邬国平：

王国维论词，强调自然，反对雕琢，这与元好问《论诗绝句》的诗歌主张相同。他认为，元好问这首诗批评的"陈师道现象"，移之于批评南宋词人吴文英、张炎，也恰如其分。王国维对吴文英词甚不满意，《人间词话》"初刊稿"第三四条批评他的词多用代字，"其所以然者，非意不足，则语不妙也"。指出吴文英欲通过多用代字，弥补词意及语言方面的不足，而其实无助于提高词的创作，因为"意足则不暇代，语妙则不必代"，如果不去用力追求完足充沛的词义和自然美妙的语言，即使代字用得再巧也都是枉然。这与陈师道"闭门觅句"患了相似的病源。

——黄霖、邬国平、周兴陆著：《人间词话鉴赏辞典》，上海辞书出版社，2011 年 12 月，第 190 页。

二八　有句与无句

朱子《清邃阁论诗》谓："古人诗中（原无"诗中"两字，依《朱子大全》增）有句，今人诗更无句，只是一直说将去。这般诗（原无"诗"字）一日作百首也得。"余谓北宋之词有句，南宋以后便无句。如玉田、草窗之词，所谓"一日作百首也得"者也。

【别叙】

朱熹说诗，以有句、无句为立论标准，认为古人诗中有句，今人诗中则无。王国维借以说词，认为北宋词有句，至南宋及以后词则无，并以之批评张炎、周密词。其所谓"句"者为何？朱熹未曾说明，王国维也不做具体解释。所谓"句"，"乃是指秀句"（彭玉平），"意即篇中时出警句，有的竟是名句"（谢桃坊）。依此解说，有的对王国维此中立论表示赞同的，也有持保留态度的，认为以"无句"否定南宋词不成理由，"何况南宋词也并非'无句'"（谢桃坊）。

【集评】

谢桃坊：

关于篇与句的关系，一首诗或一首词应该是一个艺术的有机体。所谓"有句"，意即篇中时出警句，有的竟是名句，当然这更好。但是一篇之中仅有一二佳句，整篇却不佳，也应是失败的作品。可见，以"无句"来否定南宋词更不成其为理由，何况南宋词也并非"无句"。陆辅之的《词旨》便专门列了张炎警句十三例，如："和云流出空山，年年净洗，花香不少"（《南浦·春水》）；"写不成书，只寄得相思一点"（《解连环·孤雁》）；"莫开帘，怕见飞花，怕听啼鹃"（《高阳台·西湖春感》）；"忍不住低低问春"（《庆春官》）等等。像这类警句，山中白云词中还很多。可见以张炎词而论也非"南宋以后便无句"。

——《评王国维对南宋词的艺术偏见》，《文学评论》，1987 年 12 月，第 6 期。

胡　明：

王国维的词学理论体系显然有着不少局限。局限并不是表现在他论词重五代北宋，轻南宋，尤其是轻传统看好的白石、玉田（他说白石"有格而无情"，说玉田"无句"，"一日作百首也得"）——这可以说是一个主观偏见，也可以解释为一种批评创见。真正从历史的、美学的角度来看，王国维词学的局限还在"境界说"本身的模糊影响与诸多矛盾难合之处。其中重要概念范畴，他不肯认真界说解释；各概念范畴的逻辑关系，他又不屑作细致严密的论述推演。他往往用"摘句"的手法来表达理论认识与美感觉悟，缺乏科学的精确性与理论说服力——这与他用"词话"作为新理论的载体一样，同样是缺乏一种自觉突破的先进意识。还有他的重要词学论文多用力在考证功夫上（如汪元量的后期事迹，如周邦彦的遗事轶闻），《人间词话》开启的先锋理论后继乏力，几成绝响。他的一些词录题跋，也往往率尔操觚，带有旧式名士的不良习惯。他对周邦彦的评价"前倨后恭"，虽被后来的研究家们誉为探索的真诚与渐进渐深，但似也不能不看出他对词学的审美认识与把握存在着矛盾与困惑之处。——总的看来，王国维的词学研究前不如他的哲学、美学之理论锐气，后不如戏曲、经史之沉稳厚重。然而他在世纪初叶的独具只眼和理论新变则是现代词学崛起的信号，为现代词学奠立了理论基石。

　　——《百年来的词学研究：诠释与思考》，《文学遗产》，1998 年 3 月，第 2 期。

　　吴　洋：
　　诗无真情便与废话无异，那种"只是一直说将去"的做法，不但追求不到诗歌的自然之美，反而只能将诗歌庸俗化。只是张炎、周密之词未必差到如此地步，王氏激愤之言也。
　　——《人间词话手稿本全编》，内蒙古人民出版社，2003 年 1 月，第 143 页。

　　李建中、秦李：
　　作诗须言之有物、抒发真情，这是诗歌的根本。倘若缺少了这个，诗歌就成了一个空壳子。那种只是炫耀技巧而无感情的诗歌是没有多少写作难度的。
　　宋诗与以前诗歌的一个大不同，是它更善于议论了，正如朱熹指出的"一直说将去"，这也算是宋诗的一大特点。而由此断言"古人诗中有句，今人诗更无句"，未免偏激了。而王国维说"北宋之词有句，南宋以后便无句"，也是他的一贯偏见使然。对张炎和周密的一概抹杀，未免有失一个学者治学所应有的客观态度。
　　——《人间词话新释》，长江文艺出版社，2008 年 12 月，第 137 页。

彭玉平：

王国维将朱熹的这一看法移论词史，认为北宋词有句，而南宋词无句。也许北宋词的有句，与朱熹所说的古人诗中有句相类似，因为多是伫兴之作，故性情洋溢，情景妙合而成自然之佳制。但南宋词的句却是因为过于苦思、讲究结构而淹没了性情的原质表达，以致形成全篇结构工稳却无秀句的情况，其中张炎、周密更是如此。王国维从秀句之有无——实际上是境界之有无，为其抬高北宋词贬低南宋词提供新的依据。

——《人间词话》，中华书局，2010 年 4 月，第 154—155 页。

邬国平：

无论诗歌还是词，有好句在其中，诚然可悦，但是论作品之高下，尚须从整体上分析其意、句、字三者是否和谐完美。

——黄霖、邬国平、周兴陆著：《人间词话鉴赏辞典》，上海辞书出版社，2011 年 12 月，第 191—192 页。

二九　平淡与枯槁

朱子谓："梅圣俞诗，不是平淡，乃是枯槁。"余谓草窗、玉田之词亦然。

【别叙】

这一则顺着上一则内容，继续引述朱熹的话来立论，并继续批评周密、张炎二人词作。朱熹认为，梅尧臣的诗作情感贫瘠。王国维将朱熹评语移至于词，用以批评周密、张炎词，认为此二人词作同样存在乏味、枯槁的毛病。就词学批评用语而言，平淡可作"冲淡"解，而枯槁则"犹如庄子所说'心如死灰，形似槁木'""纵然有'格'，亦属无'情'"（陈鸿祥），就此观照王国维此则内容，与上一则内容相仿佛的，此则仍"不免带有比较明显的感性特征"（彭玉平），而非学理上的理性评判。为此，对于王国维所言，仍须作仔细分析。

【集评】

吴 洋：

梅尧臣之诗力求偏离唐诗丰腴之美，转而追求平凡化的题材和平淡的境界。正是他的努力为宋代崭新的诗风开创了先声。平淡也好，枯槁也罢，其佳处仍是不可抹杀，但愿后人不可苛求古人才好。

——《人间词话手稿本全编》，内蒙古人民出版社，2003 年 1 月，第 144 页。

陈鸿祥：

平淡犹"冲淡"，是司空图《诗品》中之一品。按照前人的解释，唯陶渊明的诗文，当得"冲淡"二字（参见司空图《二十四诗品·冲淡》孙联奎注）。"枯槁"则不同，犹如庄子所说"心如死灰。形似槁木"，诗词到了"枯槁"，哪里还谈得上"境界"？只能有"貌"无"神"，徒然"雕琢"，纵然有"格"，亦属无"情"。当然我们今天来看王氏对"白石以降"的南宋词人的这些贬语，也应有分析地对待。即从追求境界之"不隔"，追求文学之自然而言，他贬得很对；但历史地评价南宋词，则不可一概以朱熹"枯槁"之论否定之。

——陈鸿祥编著：《〈人间词话〉〈人间词〉注评》，江苏古籍出版社，2002 年 7 月，第 252 页。

张进德：

本世纪前半叶学术界对南宋典雅词派的评价存在着相当程度的艺术偏见，对张炎也自然大加贬斥，王国维可以说是始作俑者。他在《人间词话》中赞同清贺裳（黄公）《皱水轩词筌》及周济《词辨》对张炎的批评，进而说道："玉田之词，余得取其词中之一语以评之，曰：'玉老田荒。'"又说："东坡、稼轩，词中之狂。白石，词中之狷也。梦窗、玉田、西麓、草窗之词，则乡愿而已。"

还在《人间词话删稿》中评曰:"朱子谓:'梅圣俞诗,不是平淡,乃是枯槁。'余谓草窗、玉田之词亦然。""梅溪、梦窗、玉田……诸家,词虽不同,然同失之肤浅。"尽管指出了张炎词作情性不足、刻意雕琢的弊端,但用"玉老田荒"来简单武断地概括张炎的词品,显然是有欠公允的。王国维的这种观点五四时期为胡适等人所承继。胡适说张炎"是一个不遇的赵孟頫,而不是郑思肖一流人",其咏物词"只是做词谜的游戏,至多不过是初学的技巧工夫。拈题咏物,刻意形容,离开了意境和情趣,只是工匠的手艺而已"。这种观点在以后相当长的时间里、在相当大的程度上影响着人们对张炎词的评价。

——《20 世纪张炎词研究述评》,《河南大学学报》2002 年7 月,第 4 期。

彭玉平:

此则再以朱熹评论梅尧臣诗歌貌似平淡、其实枯槁来说明张炎、周密等人之词在情感内涵方面的贫瘠与浅薄。王国维并非反对平淡之风,对于讲究即兴的创作方式和自然的审美风格的王国维来说,"平淡"也必然是符合其审美理念的要素之一。只是王国维所要求的平淡是要以深厚的情感作为底蕴,以精妙而自然的艺术表达作为形式特征,所以形成的"平淡"也就是淡而有味,耐人寻索的。以此要求来看待张炎、周密的词,就很容易发现他们在平淡之下仍是平淡的事实了。王国维对南宋词似乎总是以挑剔的眼光来衡量,故往往夸大其不足而遮蔽其优点。这也使得王国维的《人间词话》不免带有比较明显的感性特征。

——《人间词话》,中华书局,2010 年 4 月,第 155 页。

邬国平:

王国维此处借用"枯槁"一词,似乎主要还不是着重从语言层面对张炎、周密的作品进行批评,而是偏重在词的内涵层面。在王国维看来,张炎、周密写的词大都感情苍白、含义淡薄,读后咀嚼不出什么味。他用"枯槁"批评他们的词,主要正是针对这一点。于是,"枯槁"就相当于"贫瘠"、"单薄"的同义语,它是偏重于指文学作品的含义和情愫，这与朱熹用"枯槁"批评梅尧臣诗歌主要指其语言成分，又不尽相同。

——黄霖、邬国平、周兴陆著：《人间词话鉴赏辞典》，上海辞书出版社，2011 年 12 月，第 193—194 页。

李建中、秦李：

梅尧臣诗歌的题材开始导向日常生活琐事，这体现了宋代诗人的开拓精神。自六朝以至盛唐，诗人们对生活中凡俗的内容不屑一顾；中晚唐开始，虽然诗歌不再回避平凡、琐屑的生活细节，但尚未形成风气。梅尧臣从日常生活中取材，把琐屑小事写得饶有趣味，实现了题材的开拓。

在艺术风格上，梅尧臣以追求"平淡"为终极目标。这种"平淡"，不是指陶渊明、韦应物的诗风，而是一种炉火纯青的艺术境界，一种超越雕润绮丽的老成风格。梅尧臣诗风的演变是以偏离唐诗风神情韵的风格为方向的，虽说这种程式有时给梅诗带来词句苦涩、缺乏韵味的特点，但它最终导致了新诗风的形成。梅诗的题材走向和风格倾向都具有开宋诗风气之先的意义。

——《人间词话新释》，长江文艺出版社，2008 年 12 月，第 138 页。

三〇　词中警句

"自怜诗酒瘦，难应接、许多春色。""能几番游，看花又是明年。"此等语亦警句耶？乃值如许笔力。

【别叙】

此则所引二句词句，一为史达祖《喜迁莺》词中语，一为张炎《高阳台》词中语，元代陆辅之《词旨》曾将此二句评为词中警句。就此，王国维提出反对意见，认为二句词句的水平，算不得警句。何以反对陆辅之意见，王国维不做具体交代。依词则内容推测，王国维或可能认为，此二句"都刻画太过，用力太多"（万云峻）。当然，由于王国维没有做明确的说明，论者对此意见不尽相同，亦有认为所引用的史达祖、张炎二句词，"其实无愧词眼之称"（沈文凡、张德恒）。就此，或者"只宜以接受美学宽容阅读差异的态度去看待"（邬国平）。

【集评】

万云峻：

王氏认为此等词都刻画太过，用力太多，算不得警句。但蕙风对此词并不采取否定态度，他认为"自怜诗酒瘦，难应接许多春色。"是反用杜甫"诗酒尚堪驱使在，未须料理白头人"的诗意。我个人认为蕙风的分析是恰当的。王国维对姜夔、史达祖、吴文英、张炎等人评价过低，甚至一味否定，是出于他尚北宋、抑南宋（南宋惟取辛弃疾）的偏见，恐不足为凭。

——《〈蕙风词话〉论词的鉴赏和创作及其承前启后的关系》，《文学遗产》，1984 年 3 月，第 1 期。

缪　钺：

这首词是内心真情的流露，用笔也婉折多姿，确实是"清远蕴藉，凄怆缠绵"。（刘熙载《艺概》）这正是张炎词的特长。但它仍有其不足之处。词意衔接转折，一句挨一句，无有腾天潜渊的跌宕之笔与沉着之力。王国维《人间词话》曾指出："'能几番游，看花又是明年；'此等语亦算警句耶？乃值如许笔力。"陈廷焯总评此词云："凄凉幽怨，郁之至，厚之至，与碧山如出一手。"（《白雨斋词话》）按陈氏评语有点过誉。此词"凄凉幽怨"则有之，而"郁"与"厚"尚嫌不足，较王碧山（沂孙）终逊一筹。

——《〈高阳台〉（接叶巢莺）赏析》（1988 年），《缪钺全集》第三卷，河北教育出版社，2004 年 7 月，第 418 页。

施议对：

陆辅之《词旨》说词中警句，列举九十二则，其中说到史达祖

《喜迁莺》"自怜诗酒瘦，难应接、许多春色"和张炎《高阳台》
"见说新愁，如今也到鸥边"以及"莫开帘，怕见飞花，怕听啼
鹃"等例。王国维不以为然，他所举"能几番游，看花又是明年"
例，也为张炎《高阳台》词中句。王氏以为此等语句称不上警句，
不值得如此花费力气。王国维否定史、张所作，主要谓其刻画太
过，用力太多，并非出于自然。其实，史达祖《喜迁莺》"自怜"
句，乃反用杜甫"诗酒尚堪驱使在，未须料理白头人"诗意，翻得
并不差。王国维不满意南宋词，所论未免偏颇。

——《人间词话译注》，广西教育出版社，1990 年 4 月，第
152 页。

彭玉平：

此则当是针对元代陆辅之《词旨》而发。《词旨》除了前面七
条词说之外，就是列举属对、奇对、警句、词眼等。而"自怜"二
句、"能几"二句皆在"警句"之列。但在王国维看来，所谓警句
应该是准确表现真景物真感情、出于自然、独出全篇的句子。换言
之，警句要在自然中透出韵味，若是露出用力雕琢的痕迹，则已失
自然之趣，就遑论警句了。史达祖和张炎将情感的表现用一种大力
的转折表达出来，句中如自怜、瘦、难应接、能几番、又是等等，
均是力度明显的字词，如此，情感的微妙与深沉反而被遮蔽了。这
样的"警句"只是"警"在字面，而非"警"在内里。王国维的
质疑确实是有道理的，以此也将自己代表着"境界"的名句与词学
史上的"警句"区别开来。

——《人间词话》，中华书局，2010 年 4 月，第 156—157 页。

沈文凡、张德恒：

所谓诗词之"警句"，乃一篇之眼目，神光之所聚。警句的作
用在于能提振全篇，升华全篇的艺术境界，将全篇激活。如果用这
个标准来看，则愚意以为，史达祖和张炎的这两个词句其实无愧词
眼之称。

——《名家讲解人间词话》，长春出版社，2011 年 6 月，第
206 页。

邬国平：

张炎这首《高阳台》被选入多种词集，与选家欣赏这两句词不无关系。王国维却并不认为这些是"警句"，他没有明确说出理由，可能是嫌它们没有境界，缺乏内涵，完全不必"如许费力"地去表达，浪费了篇幅。由此可见，对于警句的认识，犹如对于整篇作品的看法一样，也是仁者见仁，智者见智，难以达到一致的意见。前人诗话、词话中像这一类摘句批评的例子最多，分歧也很大，我们大概只宜以接受美学宽容阅读差异的态度去看待这一类现象，无法在彼此分歧意见之间做出唯一的选择。

——黄霖、邬国平、周兴陆著：《人间词话鉴赏辞典》，上海辞书出版社，2011 年 12 月，第 195 页。

三一　文　文　山　词

文文山词，风骨甚高，亦有境界，远在圣与、叔夏、公谨诸公之上。亦如明初诚意伯词，非季迪、孟载诸人所敢望也。

【别叙】

此则以风骨、境界为标准，从一正一反角度，对不同朝代的诸多词人进行评说。所肯定者，在文天祥、刘基二人。尤其就文天祥，认为其词格韵气度高，远在王沂孙、张炎、夏言等人的水平之上；至于刘基，也高于高启、杨基等人许多。此中对文天祥、刘基的肯定，高出当时既有文学史的评价。原因何在？"大概王国维对失败者、具有悲剧色彩的人物，往往抱一种强烈的同情之心。"（邬国平）

【集评】

祖保泉、张晓云：

刘基是明代的开国功臣之一，同时又是诗文兼长的作家，他的词能抒发真情实感，在"乐府道衰"的明代，确实算是数得着的。而高启、杨基等人的词却往往缺乏真情，所以王国维说他们不能与刘基相比。然而就整部词史来说，王国维是认为"北宋后无词"的，因此说刘基的词很好，也只是就其时代相对而言的。

夏言的词属于粗犷豪放一流，明人王世贞在《艺苑卮言》中已经指出了他的特点和不足，"公谨（夏言）最号雄爽，比之稼轩，觉少精思"（转引自《明词综》卷三）。王国维说夏言"与于湖、剑南为近"，可见他的看法与王世贞相同，也是一种有保留的赞赏——《人间词话》中指出过"剑南有气而乏韵"，可以作为此处的注脚。

——《王国维与〈人间词话〉》，上海古籍出版社，1990 年 8 月，第 127—128 页。

施议对：

在历史上文天祥是一位民族英雄，传词十一首，颇能体现其朱颜变尽、丹心难灭的奇杰肝胆。因此，王国维谓之"风骨甚高"，并且以为有境界。但是，王国维评文文山词的着眼点，似乎侧重其民族意识，即风骨。在这一意义上讲，王沂孙、张炎、周密当自愧不如。宋亡之后，他们当了遗民，虽也在词中通过咏物、怀古等方式寄寓其故国之思，但终究缺乏文天祥在词中所表现的气概。

——《人间词话译注》，广西教育出版社，1990 年 4 月，第 153 页。

陈鸿祥：

由论文天祥词"亦有境界"，我们还可以进而领悟，王国维"境界"说以及他的文学批评，绝非如"今人"给他"包装"的那样"卓荦"遗世、超然"人间"；忧生忧世、关注国运民脉，乃贯注于其毕生的学术（包括文学）业绩之中。

——陈鸿祥编著：《〈人间词话〉〈人间词〉注评》，江苏古籍出版社，2002 年 7 月，第 256 页。

彭玉平：

此则继续以评点词人的方式裁断词史的发展。文天祥是民族英雄，气节凌云，其词表述其心，亦有风清骨峻的风范，故王国维许以"风骨甚高"四字。"亦有境界"之评是因为其词有真感情，但艺术表现略欠婉转，所以用"亦有"二字，以示区别。王国维将文天祥的词史地位置于南宋王沂孙、周密、张炎等人之上，而且以"远在"二字显示其距离之大。可见其对南宋词的评价几乎到了低无可低的地步了。

对于明词，王国维也提及刘基、高启、杨基三人，并以刘基拟之如文天祥，而以高启、杨基拟之如王沂孙、周密、张炎等人。这可能与刘基在明初备受猜忌，最后忧愤而死的经历有关。通过此则可以看出，王国维评述词人、词史颇为重视人格境界的高低，甚至在某种程度上以人格高低来决定词品高低。这可能也是受到刘熙载的影响，刘熙载《艺概·词曲概》评价文天祥词就是主张"当合其人之境地观之"。

——《人间词话》，中华书局，2010 年 4 月，第 157—158 页。

沈文凡、张德恒：

正是由于在文天祥的词中，可以很自然地看到那一种腾跃在纸张上的英雄气魄，所以也就很容易想见其为人，这种感觉是很强烈也很真实和具体的，故王国维认为他的词有风骨有境界。

至于王沂孙、周密、张炎诸人，具体之词风虽有异，但同伤于雕琢，其所抒发之感情深深地埋在了其词作的表现辞藻之下，因此不易让人产生感动，而其所用之辞藻也大多经过了精雕细刻，亦不易令人自然生发出一种感动，故王氏认为他们的作品不及文天祥的好。

——《名家讲解人间词话》，长春出版社，2011 年 6 月，第210—211 页。

邬国平：

文天祥写的多是抒情的词，发自肺腑，真真切切，这也满足了王国维提出的能写"真感情者"，"谓之有境界"的定义。所以王国维对文天祥词的高度评价是建立在他自己的词学理论基础之上。他不满王沂孙（字圣与）、张炎、周密这些南宋末期音律派的词名家，认为与同时代的文天祥词相比，这些人远落在后面，这与词学

史上的普遍意见很不一样。大概王国维对失败者、具有悲剧色彩的
人物，往往抱一种强烈的同情之心，如果他们能够将自己感受到的
悲剧意识转化为文学，他就会对这种文学流露出同情的欣赏。他评
李煜的词"真所谓以血书者"、赵佶（宋徽宗）词《燕山亭》"亦
略似之"，正反映了这种心理。他对文天祥词的评价，也含有同样
的心理因素。

——黄霖、邬国平、周兴陆著：《人间词话鉴赏辞典》，上海辞
书出版社，2011 年 12 月，第 196 页。

三二　和凝《长命女》

和凝《长命女》词："天欲晓。宫漏穿花声缭绕。
窗里星光少。　　冷霞寒侵帐额，残月光沉树杪。梦断
锦帏空悄悄。强起愁眉小。"此词前半，不减夏英公
《喜迁莺》也。

【别叙】

此则以和凝《长命女》、夏竦《喜迁莺》相比较，认为《长命
女》的前半阕不次于《喜迁莺》。二者究竟有无可比之处？如侧重于
社会背景及作者的身份进行言说的话，会认为王国维将和凝、夏竦两
个词作放一起对比，是因为二人都曾任宰相，二首词作所描写的
"又是同样的题材"（邬国平）；另一方面，如侧重于歌词本身进行阐
释的话，会认为二词均是"以景传情，而且出语自然"（彭玉平）。
与前一则王国维对文天祥、刘基之评价依据只能依推测进行一样，此
则对王国维评说的标准，也只能依论者各人不同的理解来进行。

【集评】

吴　洋：

和凝词所写宫怨，悱恻感人，幽肠百结，与夏竦雍容应景之作

绝不相同。
——《人间词话手稿本全编》，内蒙古人民出版社，2003 年
1 月，第 150 页。

彭玉平：
此则以和凝与夏竦之词为例，说明词的自然风雅之美。其露出
端倪者，在此则最后提及《乐府雅词》和《历代诗馀》曾选录此
词。《乐府雅词》即书名已见其选录的尚雅宗旨，而《历代诗馀》
也是以风华典丽而不失其正为选录标准。和凝《长命女》写女子梦
断后所见情景之凄清，以此描写其愁情，在自然而真实的景象中贴
切地传达出内心之感受。夏竦的《喜迁莺》写月夜卷帘凭吊旧时宫
殿，亦是以景传情，而且出语自然。这可能是王国维将这两首词并
论的原因所在。
——《人间词话》，中华书局，2010 年 4 月，第 159 页。

沈文凡、张德恒：
王氏将这两首词并举，并非是因为这两首词的"境界"类似，
而是因为这两首词均为"宫词"，其所描写的都是宫中之气象，而其
词又均有一定"境界"，故王国维特表而出之，至于这两首词中具体
"境界"则二者实无相类处。简言之，和凝之词，在寂静的词境中呈
现出一种凄美，充满了幽思怨断之情思；而夏竦之作，虽然写的也是
宫廷中事，但是气象殊为阔大，尤其是"夜凉银汉截天流"一句，
笔势殊雄悍，一个截字用的斩钉截铁，透出了一种力度、强度。然夏
词后片之"三千珠翠拥宸游，水殿按凉州"一句出，恰似持三尺铁
如意怒击丈八玉珊瑚，一下子就打碎了前片的阔大、静穆之美，且与
前文之"宫阙锁清秋"之句不谐矣。不过结构的松散、意脉的断裂，
也正表现出了夏竦当时应制而为的仓促，这倒是另一种真实的表达。
——《名家讲解人间词话》，长春出版社，2011 年 6 月，第
213 页。

邬国平：
王国维将和凝、夏竦的词列在一起论述，主要是因为二人都曾

任宰相，位极人臣，又皆善词曲，而且，他们这二首词写的又是同样的题材，都是描写官廷的生活。对于夏竦《喜迁莺》词，王国维在《人间词话》"初刊稿"第十条已有评论，他将此词与范仲淹《渔家傲》（秋思）并举，说二词"差足继武"李白《忆秦娥》，只惜"气象"已经不及，这是很抬举它的。他将夏竦、范仲淹词相提并论，全然不顾二人曾是政敌这一层关系，显示他撰写《人间词话》带有就词论词的倾向，也就是纯文学批评的倾向。

——黄霖、邬国平、周兴陆著：《人间词话鉴赏辞典》，上海辞书出版社，2011 年 12 月，第 231—232 页。

三三　疏远高古与切近凡下

宋《李希声诗话》曰："唐人作诗，正以风调高古为主，虽意远语疏，皆为佳作，后人有切近的当、气格凡下者，终使人可憎。"余谓北宋词亦不妨疏远，若梅溪以降，正所谓"切近的当、气格凡下"者也。

【别叙】

这段话，借用李錞《李希声诗话》论诗之语来论词。在王国维认为，北宋词高雅简朴，而到了南宋及以后的词，尤其像史达祖之辈的作品，则已变得气格低下。其中所言，一方面，是为"评论家主观之见，难以强同"（许文雨）；另一方面，"以一句'气格凡下'点评，却也搔到了南宋诸公的痒处"（沈文凡、张德恒）。

【集评】

许文雨：

王氏以为，北宋词运语疏远，而意境高超。南宋以降，构词虽精，而未脱凡俗。此论当有所见。至贬薄梅溪，则亦随评论家主观之见，难以强同。

——《钟嵘诗品讲疏·人间词话讲疏》（1937 年），成都古籍出版社，1983 年 5 月影印版，第 239 页。

吴 洋：

郭绍虞先生在《宋诗话辑佚》中指出"唐人"应为"古人"。唐人作诗丰腴浑厚，汉魏古诗意远语疏、瘦劲俊朗，分别甚明。

——《人间词话手稿本全编》，内蒙古人民出版社，2003 年 1 月，第 151 页。

孙维城：

风调高古的作品不妨疏远，而气格凡下的作品盖在淘汰之列，如南宋梅溪以降，正所谓切近的当、气格凡下者也。这是他的尊北宋而抑南宋的观点的表现。

——《〈蕙风词话〉〈人间词话〉〈白雨斋词话〉比较》，《古代文学理论研究》第 30 辑，2009 年 11 月。

彭玉平：

此则以诗词对勘，说明"大同"之外也不妨有"小异"。"风调高古"是诗词高境，大凡优秀作品都会或多或少具备这一特征。但诗歌中的"意远语疏"毕竟非正体，只是因为气存高古，所以用意过远、语言略有疏放也不妨碍成为优秀的诗歌。而那些局限当下，意思平实，既无高远之胸襟，也无言外之远致的诗，就真是面目可憎，等而下之了。

王国维认为词未必需要风调高古，但不妨"疏远"。因为"疏"而不密实，"远"而有情韵，正是词体所追求的。所以王国维认为"疏远"正是北宋词的特色之一。而南宋史达祖等人之词，就好像李希声论诗所谓流于"切近的当、气格凡下"，既不能追求格调之高，又局促于一己之感情，所以气象不大，格调凡近。王国维对南宋词是带着极为苛刻的眼光来看待，故其往往有略其优点而夸大其不足的弊病。这一点是需要特别提出的。

——《人间词话》，中华书局，2010 年 4 月，第 160 页。

沈文凡、张德恒：

"风调高古，意远语疏"，八个字赅尽唐诗风神。诗文语言清疏实是意象疏朗之征；而风调高古，又自具一种朴质、厚重之感。二者比并而行之，则必风骨峻健明阔，给人的感觉也自是悠然意远，回味无穷。

"切近的当，气格凡下"，何谓"切近"？失旷远宏阔之旨；何谓"气格凡下"？盖谓意象密丽而极少真味。

北宋词所以疏远者，因作者当筵作词本即有一种无可名状之情感，以此种感情灌注词中，故疏朗，不工而工。"梅溪以降"，其词贵乎章法，篇章之中藻丽竞繁，失却疏阔高朗之风调，故给人逼仄、狭隘、屈曲之感受。王国维以一句"气格凡下"点评，却也搔到了南宋诸公的痒处。

——《名家讲解人间词话》，长春出版社，2011 年 6 月，第 214 页。

邬国平：

王国维的这一批评，主要针对他们（按：史达祖等词人）的咏物词。咏物词在南宋得到很大发展，如姜夔《暗香》《疏影》二词，在词史极受推崇，《人间词话》则批评它们不免于"隔"，评价不高。姜夔以后，词人更是大力写作咏物词，史达祖尤为擅胜，刻画极其精细工巧，享有盛名。王国维借用李锺的话，对他们作了否定。这一批评在学者中有不同意见，总的来说，肯定"梅溪以降"词基本上一直是词学界的主流意见。

——黄霖、邬国平、周兴陆著：《人间词话鉴赏辞典》，上海辞书出版社，2011 年 12 月，第 198—199 页。

三四　《草堂诗馀》与《绝妙好词》

自竹垞痛贬《草堂诗馀》而推《绝妙好词》，后人群附和之。不知"草堂"虽有亵诨之作，然佳词恒得十之六七。《绝妙好词》则除张、范、辛、刘诸家外，十之八九，皆极无聊赖之词。古人云："小好小惭，大好大惭。"洵非虚语。

【别叙】

　　《草堂诗馀》与《绝妙好词》，是词史上两部具有较大影响的词作选本，分别为何士信、周密所编，前者选录较多北宋词作，后者辑入更多南宋作品。朱彝尊曾肯定《绝妙好词》，批评《草堂诗馀》。王国维反其道而驰之，"采取了尊其所贬、贬其所尊反向式的评价态度"（邬国平）。那么，王国维的意见是否值得重视？比较起来，朱彝尊是以传统雅词观念为批评标准的，王国维以"境界"说词，由此表现出评判词作的新标准与新要求。再，王国维与朱彝尊意见之所以不同，更为根本的，"还是他对所谓'褒诨'之作有着与朱彝尊等人不同的见解。"（罗钢）

【集评】

　　许文雨：

　　朱彝尊《曝书亭文集》云："词人之作，自《草堂诗余》盛行，屏去激楚阳阿，而巴人之唱齐进矣。周公谨《绝妙好词》选本，中多俊语，言诸'草堂'所录，雅俗殊分。"《白雨斋词话》卷八云："《花间》《草堂》《尊前》诸选，背谬不可言矣，所宝在此，词欲不衰，得乎。"《四库提要》云："周密所编南宋歌词，始于张孝祥，终于仇远，凡一百三十二家，去取谨严，犹在曾慥《乐府雅词》、黄昇《花庵词选》之上。又，宋人词集，今多不传，并传者姓名，亦不尽见于世，零玑碎玉，皆赖此以存。于词选中最为善本。"按：朱氏、纪氏均不及《绝妙好词》著书之背景。宋翔凤《乐府余论》云："南宋词人系情旧京，凡言归路、言家山、言故国，皆恨中原隔绝。此周公谨氏《绝妙好词》所由选也。公谨生宋之末造，见韩侂胄函首，知恢复非易言，故所选以张于湖为首。以于湖不附和议，而早知恢复之难，不似稼轩辈率意轻言，后复自悔也。"由是言之：《绝妙好词》所选，实函有真挚之民族意识。非同草堂一集，徒为徵歌而设也。

——《钟嵘诗品讲疏·人间词话讲疏》（1937 年），成都古籍出版社，1983 年 5 月影印版，第 240—241 页。

施议对：

朱彝尊痛贬《草堂诗馀》而推尊《绝妙好词》，就是以传统雅词观念为批评标准的。王国维反其道而行之，以为《草堂诗馀》虽有亵诨之作，而佳词十之六七，《绝妙好词》则十之八九为无聊赖之作，其反传统精神颇可称道。而且，王氏不赞赏"无聊赖之词"，当与所提倡"真景物，真感情"相关。

——《人间词话译注》，广西教育出版社，1990 年 4 月，第 157 页。

吴　洋：

目验胜于耳闻，参悟胜于学语，文学之事尤其如此。

——《人间词话手稿本全编》，内蒙古人民出版社，2003 年 1 月，第 157 页。

罗　钢：

尽管王国维也承认"有明一代，乐府道衰"，但却不同意将责任推给《草堂诗余》。一个未明言的原因是作为词选，《草堂诗余》选的大多是北宋词，而周密的《绝妙好词》是一部南宋词的选本。当然，更为根本的还是他对所谓"亵诨"之作有着与朱彝尊等人不同的见解。他在这里对《草堂诗余》与《绝妙好词》的取舍，与他在北宋词与南宋词之间"宁取倡优，不取俗子"的态度是完全一致的。

——《王国维的"古雅说"与中西诗学传统》，《南京大学学报》，2008 年 5 月，第 3 期。

彭玉平：

朱彝尊的诗学被王国维整体定位为"枯槁而庸陋"，所以在其被征引的四处文献中，都以被否定的面目出现，如其贬低《草堂诗余》、推崇《绝妙好词》，认为南宋词"深"等，王国维都视为是庸陋之见。以此可见，浙西词派崇尚南宋、推举姜夔、张炎的基本理论导向，与王国维的词学宗尚形成了明显的对立。但如果简单地把王国维纳入到常州词派的行列，也是有问题的。因为王国维所主张的自然不隔、伫兴而作等理论，与常州词派讲究的深文隐蔚，本质上是很难兼容的。再如令周济"抚玩无极"的吴文英，恰恰是王国维眼中的"龌龊小生"，其观点之对立，极为明显。所以，王国维不过是立于词体本色，斟酌其间而自成一说而已，固不可以宗派限之。

——《从〈人间词话〉手稿的征引文献看其词学渊源》，《古代文学理论研究》第 31 辑，2010 年 12 月。

邬国平：

王国维所以做出这种判断，是与他论词好贬南宋词，不看好姜夔等一流词人有密切关系，而《绝妙好词》选词最多的词人，正是他在《人间词话》集中批评的对象。无疑，王国维做的这篇翻案文章富有争议性，因为姜夔等词人自有其重要成就，他们在词史的地位不是能够轻易撼动的，有时候被批评的对象是对批评的一种潜在威胁。应当说，《绝妙好词》是一本出色的词选本，它对清词复兴也产生了积极的影响。

——黄霖、邬国平、周兴陆著：《人间词话鉴赏辞典》，上海辞书出版社，2011 年 12 月，第 200 页。

三五　梅溪、梦窗诸家词肤浅

梅溪、梦窗、玉田、草窗、西麓诸家，词虽不同，然同失之肤浅。虽时代使然，亦其才分有限也。近人弃周鼎而宝康瓠，实难索解。

【别叙】

这段话，王国维批评史达祖、吴文英、张炎、周密、陈允平诸家，认为他们的词风虽然不尽相同，但都失之于肤浅，并认为虽然是受时代的限制，但也是与才分的有限相关。王国维所作批评，应该说是比较严厉的。其中原因，或在于王国维认为史达祖、吴文英诸家词作过于雕琢，过于追求字面华丽，而"不暇追求心性的个性化"（彭玉平）；另一方面，王国维对史达祖、吴文英等人的批评，缺少具体情况具体分析的态度。即以王国维把不同风格的词人放在一起比较这点做法看，就"非常笼统，没有什么说服力"（吴奔星）。推敲此则内容，虽然如前面数则内容一样，王国维纵然有失偏颇，然用意很明确，即：仍是基于对"近人弃周鼎而宝康瓠"现象的不满。批评指向，也仍是攻击模拟文学，推崇张扬个性、表现自我、有真情有深意的文学。

【集评】

任访秋：

读此，则静安对梦窗之讨厌可以知之矣。《词选》中对梦窗的批评可分为三点：（一）吴梦窗仅能制曲，调声，而不是诗人；（二）《梦窗四稿》中几乎无首不是靠古典与套语堆砌来起的；（三）近年的词人多中梦窗的毒，没有感情，没有意境，只在套语和典故中讨生活。他们二人对梦窗所以如此攻击的原因，大概第一，因为他是南宋专重音律而放弃内容的词人的代表。欲攻击这一派，那么擒贼先擒王，自然不能不首先攻击他。第二，又因为他是近世词家模拟之祖，欲破除一般人谬误之见地，亦不得不攻击他。梦窗本不足为众矢之的，其所以如此者，大半是受了近世模仿者的连累之故。

——《王国维〈人间词话〉与胡适〈词选〉》，《中法大学月刊》卷7第3期，1936年。

吴奔星：

王国维肯定苏、辛词独树一帜的风格，并指出南宋以后的词趋向衰替，是有一定根据的。但他对吴文英等词人的批评，缺少具体分析，况且把不同风格的词人，（如张炎与吴文英在风格上就有所差别）放在一起，斥之为"同失之肤浅""才分有限"，就非常笼统，没有什么说服力。

——《王国维的美学思想——"境界"论》，《江海学刊》，1963 年 3 月，第 3 期。

吴　洋：

每当朝代更替之际，随着政局的混乱，文学创作也转入低谷，往往为浮靡的亡国之音所充斥。宋代末年的情况亦是如此。南宋末年的词坛词人喜欢结社唱和，词成为应酬游戏的工具，虽然这些作品在艺术上精雕细琢，音律精严，字句高雅，但是由于创作激情和灵感的缺失，它们失去了应有的活力和真实的情感，于是体裁的单调、内容的空虚、意境的肤浅鄙陋便在所难免。但是我们也应该看到，国破之后，先朝遗民转于词中抒写真切深刻的亡国之痛、故国之思，这些作品往往幽咽悲愤、寄托深远，每有传世上品。如此沉痛的代价所换来的夕阳之好，是不容我们轻易定夺的。

——《人间词话手稿本全编》，内蒙古人民出版社，2003 年1 月，第 47 页。

李梦生：

王国维在这里说史达祖等人的不足，是由于时代的不同与才分的低下，还算是公允的。贾谊在《吊屈原赋》中，列举社会上不正常的现象来比喻屈原高才而遇谗，不见用于世，有"弃周鼎而宝康瓠"句，王国维引以攻讦晚清词坛重史达祖、吴文英、张炎等人，认为南宋词比北宋深致的谬说，与他的词学理论是一致的。

——《〈人间词话〉导读》，上海书店出版社，2009 年 5 月，第 175 页。

彭玉平：

王国维认为以吴文英、史达祖等为代表的南宋词人，虽然也各有其特色，但他们共同的特色是"肤浅"。所谓肤浅，大概是指他们追求形式上的华赡以及在所谓"寄托"上的相似性，而不暇追求心性的个性化，所以面貌略异，而内里则惊人的一致。王国维分析其原因，大略有二：其一，南宋的时代已经不是词体昌盛的时代了，所以他们无法对抗文体始盛终衰的规律；其二，南宋词人的创作才分本身有限，所以他们也无力从个人的层面超越这种文体规律。这种时代和个人的因素综合起来，便直接导致了南宋词的整体衰落。王国维的这一判断当然不一定完全合理，如文体的变化不一定意味着衰落，才分的表现也有不同的方式，等等，而且明显受到其由北宋小令的体制特点而形成的审美倾向的影响。但南宋词的类型化确实是一个比较突出的现象。王国维由此入手，也是为文学的个性化要求提供了理论基础。

——《人间词话》，中华书局，2010 年 4 月，第 114 页。

沈文凡、张德恒：

王氏论词倡晚唐五代及北宋，然而那是词体的初创期，因此词人可以在广阔的未经开发的天地间自由施展其才华，故其作品也往往自然无雕琢。但到了南宋末，词体之疆域已被前人基本开拓殆尽，在这种情况下，词人若不愿蹈袭前人就必须另辟蹊径，而白云青山已被前人据有，可供后人驰突的境地就只有词本身之做法了，而梅溪、梦窗、玉田等人，实在正是变革词法的秀杰。词而有法，则适于后人学习模仿，因此在清代后期，这些在词法上变革词体的词人便得到了后学的拥护。

——《名家讲解人间词话》，长春出版社，2011 年 6 月，第 217 页。

姜荣刚：

如果我们把王国维贬抑的词人加以排列，会发现一个十分有趣的现象，那就是这些人均是清人推崇或宗法的对象。姜夔、张炎为浙西词派的宗主，温庭筠、王沂孙、吴文英、周邦彦则为常州词派的不祧之祖。王国维贬抑最甚的两人，一是张炎，正是浙西词派直接模仿的对象，……他将吴文英与张炎同等看待，……王国维的词人批评与晚清词人可以说存在巨大差异，这种错位并非仅仅是审美观点的差异，也非一时的门户之见，而是针对晚清词坛的整个创作倾向有为而发。他在批评梅溪、梦窗、中仙、玉田、草窗、西麓诸家词"同失之浮浅"时，不禁感慨道"近人弃周鼎而宝康瓠，实难索解"，这后面的一句话恐怕才是他词人批评的最终目的。

——《王国维"意境"说的提出与晚清词坛——兼论"意境"说对词体的消解》，《浙江学刊》，2016 年 7 月，第 4 期。

三六　沈昕伯《蝶恋花》

余友沈昕伯纮自巴黎寄余《蝶恋花》一阕云："帘外东风随燕到。春色东来，循我来时道。一霎围场生绿草。归迟却怨春来早。　　锦绣一城春水绕。庭院笙歌，行乐多年少。著意来开孤客抱。不知名字闲花鸟。"此词当在晏氏父子间，南宋人不能道也。

【别叙】

沈纮所作《蝶恋花》，王国维评价甚高，称其水平在晏殊、晏幾道之间，南宋人不能与之相提并论。论者就此意见各异，一方面，认为沈纮《蝶恋花》"语弱境浅，何堪此论"[1]（吴洋）。一方面，又有认为，沈纮此词别有韵味且王国维"意在说明北宋词与南宋词的分别"（彭玉平），并"亦在推崇北宋之词"[2]（陶尔夫）。可见，赏析《人间词话》，除了就王国维于字面上所言说的内容进行理解外，还须明白王国维言外之用意与目的，方能真正把握此中真谛。

【集评】

施议对：

沈昕伯《蝶恋花》抒写客子怨春念别情绪，其作风、境界可以

---

[1] 吴洋：《人间词话手稿本全编》，内蒙古人民出版社，2003 年 1 月，第 50 页。
[2] 陶尔夫：《南宋词与清代词学研究中的困惑》，《求是学刊》，1998 年 5 月，第 3 期。

追步二晏父子。但这种情绪与作风并非北宋人所独有，南宋词中也不是无有此等篇什。王国维所说不免带有偏见。

——《人间词话译注》，广西教育出版社，1990 年 4 月，第 160 页。

彭玉平：

此则评说友人沈纮《蝶恋花》词，其实意在说明北宋词与南宋词的分别。

沈纮是王国维在上海东文学社的挚友。此词作于其游学法国之时，写了自己只身一人在欧洲的"孤客"怀抱，在怨春来早的情绪之中抒发了浓浓的思乡之意。用语自然而本色。尤其是结尾两句，将法国不知名字的花鸟之"闲"与自己的"孤"形成对照，其中写及闲花鸟"著意"来安慰自己，而自己却连花鸟的名字也叫不出来，颇得情景之妙。异国花鸟的有情与自己的无奈也在这种对照中彰显出来。别有韵味。

王国维认为沈纮此词具有北宋晏珠、晏几道父子的风味，是看出其中所包含的真感情与真景物了。而认为这样的词"南宋人不能道也"，其实是对南宋词在寄兴言情方面的不足深有体会之言。自然之语、真实情景、深远之致三者的结合是构成优秀作品的必备条件。按此标准，沈纮此词确实允无愧色的。

——《人间词话》，中华书局，2010 年 4 月，第 116 页。

陶尔夫：

王国维在评价其友人沈纮（字昕伯）寄自巴黎的《蝶恋花》时，也不忘记对南宋词的抨击："此词当在晏氏父子间，南宋人不能道也。"至其将周邦彦推尊为"词中老杜"，意亦在推崇北宋之词。

因为王国维在学术研究中取得了卓越成就，在现当代学术界享有崇高威望，所以他的崇北抑南论更易为人所接受。如果对南宋词缺少全面理解和整体观照，一般是很难鉴别其所论之偏颇与片面的。

——《南宋词与清代词学研究中的困惑》，《求是学刊》，1998 年 6 月，第 3 期。

沈文凡、张德恒：

这首词与晏殊之词的相通之处就在于，在大好之光阴中品味体验到一种悲凉意绪，而这种意绪又不仅仅是关乎一己的情感，而是关于宇宙的思考，时间的思考，或言是一种关乎天地人的思考，因此它也就具有了典型的意义。

——《名家讲解人间词话》，长春出版社，2011 年 6 月，第 218—219 页。

顾宝林：

沈昕伯《蝶恋花》一词依笔者看来无非是书写自己旅居海外的一段春愁。上片以写景为主兼有抒情，点出"春怨"的主题。下片重在抒情，庭院笙歌中点出自己的淡淡哀愁。上下片呼应，结构较为严谨。词风自然朴素，情意闲婉真切。有点类似二晏词情词风，但在词作意境上不如二晏词般空灵蕴藉。

——《王国维〈人间词话〉对晏欧三家词的接受与批评》，《词学》第 32 辑，2014 年 12 月，第 148 页。

三七　政治家之眼与诗人之眼

"君王枉把平陈业，换得雷塘数亩田。"政治家之言也。"长陵亦是闲丘陇，异日谁知与仲多。"诗人之言也。政治家之眼，域于一人一事。诗人之眼，则通古今而观之。词人观物，须用诗人之眼，不可用政治家之眼。故感事、怀古等作，当与寿词同为词家所禁也。

【别叙】

王国维认为，诗人与政治家身份不同，观察世界、认识世界、反映世界也各不相同，亦即眼界各有差异。王国维同时提倡：词人观物，须用诗人之眼，不可用政治家之眼。就艺术创作上的具体所指，即：政治家之眼，局限于具体的人与事，没能把握事物的本质和普遍性，因此不能更深更广地揭示人生普遍意义，也无法进行艺术概括和典型化处理。而以诗人之眼认识事物，能超越特定的时空拘限，从现象直达本质并揭示事物的普遍性，达致艺术的概括化和典型化，"创造出触类多通、充类以尽、有言外之意的境界"（邱世友）。当然，如果把"政治家之眼"与"诗人之眼"对立起来，"是不辩证的"（吴奔星）。而此则王国维用意问题，可以推知：王国维主张的，实则是词人在观物与创作时，能具史的认识与史的思考，以打通古今，创造浑融深刻的作品境界。

【集评】

吴奔星：

在诗词创作上，如果"域于一人一事"，就可能流于自然主义，不可能创造典型的境界，表现典型的情绪。王国维提出"通古今而观之"这一原则，就是要突破"一人一事"的范围，根据历史条件和现实环境，进行广泛的概括，正像小说家必须描绘典型环境的典型人物一样，诗人也必须表现典型环境的典型情绪。因此，"通古今而观之"实际意味着从现实的发展中来反映现实。不论是浪漫主义的"造境"或现实主义的"写境"，都要重视这一原则。为了使"常人之境界"上升为"诗人之境界"，"通古今而观之"这一原则是极其重要的。

但是，我们也必须指出：王国维把"政治家之眼"与"诗人之眼"对立起来，却是不辩证的。诗人固然不可"域于一人一事"，但是，如果学会用"政治家之眼"，把现实生活中的"一人一事"观察得深透，掌握它们的本质意义，这对"通古今而观之"的艺术概括工作，不仅不矛盾，而且是大有裨益的。艺术的创作过程，应该是从"政治家之眼"到"诗人之眼"一个发展过程。这也是从生活美到艺术美的一个提炼的过程，"政治家之眼"发现生活美，"诗人之眼"却将此生活美集中概括，使之更普遍，更典型，成为一种艺术美。王国维把这两种"眼"割裂开来，看成水火不容的对立面，而不能加以统一，正好说明他的美学思想还与马克思主义的文艺理论有着较大的距离。

——《王国维的美学思想——"境界"论》，《江海学刊》，1963年3月，第3期。

王文生：

他在这里提出，诗人观物，需"通古今而观之"，也就为"能出"做了很好的诠释。"通古今而观之"，从叔本华的美学思想说，本来是为了发现那"古今不移"的永恒的理念。但在王国维的词论体系中，也就是反对就事论事，而要求把事物放到一定的时间空间里来观照，找出它所含的普遍意义来，从而赋予诗以隽永的哲理。以王国维上面所举罗隐《炀帝陵》为例：……就含有一般的人生哲理而显得诗意沉郁，可谓"能入"而"能出"矣。王国维以"性情真"作为作家的"内美"，而强调以"能入""能出"作为作家的"修能"，并要求把二者结合起来。也就是把创作的核心放在对事物的观察、体验、感受上，而不是只着重于格律、声调、用典、用字等单纯技巧。这就显得比一般理论家高出一筹。

——《王国维的文学思想初探》，《古代文学理论研究》第7辑，1982年11月。

张志建、薛载斌、张暄、丁秀琴：

在他（按：王国维）看来，这是因为艺术活动的目的是为了摆脱生之意志和随之而来的欲望及痛苦，进入纯客观的自由观照。由此必然为艺术家提出了一项根本要求，即一切作品中的"我"都不应是现实社会中的某个人，必然要具有人类性，也就是现当代西方文论中常说的"主体间性"。艺术作品中的"一切感情"也不应是一己的感受，而必然要具有普遍性。正如叔本华所讲的："天才只不过是最完全的客观性。"所以，作为叔本华以及王国维对艺术家提出的要求就是要"合乎自然"，也就是合乎人类的普遍性。但是，艺术家都生活在现实社会中，这种"最完全的客观性"会因各种个人遭遇而受损，也很容易任一己之感情的放纵。因此，艺术家和诗人都必须克服这种局限性。

——张志建主编：《王国维学术思想研究》，教育科学出版社，1992 年 7 月，第 164 页。

邱世友：

"域于一人一事"和"通古今而观之"，在艺术创作上，是两种对立的观察方法和表现方法。"域于一人一事"，在观察时，囿于事物的个别现象，没有把握事物的本质和普遍性。王氏则认为未能把握到"实念"。因此，个别仍然是个别，不能更深更广泛地揭示其普遍的意义；在艺术创作上，不能进行艺术的概括和典型化。"通古今而观之"的观察方法和表现方法则截然不同。这种观察方法遵循认识事物从现象到本质的过程，对艺术家来说还要将其提高到生动的直观阶段。因此，"通古今而观之"，在认识上超越特定的时间拘限，而揭示事物的普遍性；在创作上，则强调艺术的概括和典型化，创造出体现事物普遍性的生动具体的形象，创造出触类多通、充类以尽、有言外之意的境界。王氏虽然用"实念"代替普遍性，而其观察过程和表现过程不可能不遵循上述的规律。只不过王氏"以个象代其物之一种之全体"明而未融，缺乏深入的分析，走上"实念"、"理念"的唯心道路。其次，诗人之眼通古今而观之，政治家之眼域于一人一事，这又是从功利的角度来说的。前者因超功利而形成审美，获得超越时间限制的"实念"。后者因功利的作用，不能超越时间的拘限获得"实念"。其实伟大的政治家，他所制定的政策何尝是"域于一人一事"。王氏论诗人与历史家的区别也一样（见《叔本华哲学及其教育学说》），认为历史家只编纂个别的人物事实，而忽视其对历史规律的探讨，忽视"事外远致"（范晔写《后汉书》的自检语）。这无疑是片面的。但从抒情典型的普遍性说，却又不无合理的因素。……王氏自己所写的词，"寄托遥深，参与哲理"者，也是"以诗人之眼观物"，体现人生"实念"，即人生普遍问题。

——《王国维论词的境界》，《词学》第 13 辑，华东师范大学出版社，2001 年 11 月，第 208 页。

易　容：

他（王国维）糅合了叔本华"意志论"和康德"审美判断"理论，将人们在审美活动中常感知的问题，上升为对审美经验的理论阐释。他的这种审美经验理论和审美标准，在当时应该说是相当抽象也相当理想化的。落实到平时的审美实践，实际上就是宣扬一种纯粹之美，以这种美感体验反证自己为暂息人生欲望之苦痛而设想的超越一切利害关系的文艺功能。

——《王国维的人生"欲"与"美"及梁启超的"趣味"说》，《社会科学战线》，2000 年 1 月，第 1 期。

陈玉兰：

这就提出了主体认识境界之最高标准，即：怀着一种与全人类的、历史的、必然的生存永恒法则相符契的哀乐感，以"通古今而观之"，在"观"的过程中，要免受私人性的、偶然或暂时的哀乐情绪之熏染；或者说，诗人之认识境界须建立在对全人类命运殷切关怀的基础上，从而避免囿于个人天地的狭窄的抒情，亦屏弃政治家型诗人仅服务于政治的功利的抒情。此等认识境界其实即所谓高远的创作视野，开阔的创作胸襟。

——《论"境界"说及其对新诗批评理论建设的意义》，《文学评论》，2003 年 3 月，第 2 期。

三八　宋人小说多不足信

宋人小说，多不足信。如《雪舟脞语》谓：台州知府唐仲友眷官妓严蕊奴，朱晦庵系治之。及晦庵移去，提刑岳霖行部至台，蕊乞自便。岳问曰：去将安归？蕊赋《卜算子》词云："住也如何住。"云云。案：此词系仲友戚高宣教作，使蕊歌以侑觞者，见朱子《纠唐仲友奏牍》。则《齐东野语》所纪朱、唐公案，恐亦未可信也。

【别叙】

王国维通过对严蕊《卜算子》词的考辨，提出"宋人小说，多不足信"的看法，这是有一定依据的，不过又不可一概而论，仍需要读者"实事求是地看待这类材料"（邬国平）。笔墨官司，自古有之，王国维此则考证文献，除就具体问题做辨析外，读者从中亦另外可领会：无论读书阅人，独立思考均不可或缺。

【集评】

施议对：

宋人笔记小说，为投合读者欣赏趣味，每以词中篇章演绎故事，其中牵强附会处，不胜枚举，后世词论家，不辨真伪，用以说词，误人不浅。此风之所长，实为清代常州派之"意内言外"说开了先例。

——《人间词话译注》，广西教育出版社，1990 年 4 月，第 163 页。

张　中：

这（严蕊《卜算子》"不是爱风尘"）是一首天籁之作。词中既有对不幸生活的抗争，又有对美好未来的希冀，整首词写得轻灵、自然，恰到好处地表现出一个年轻女性的才情与个性。

——唐圭璋、钟振振主编：《唐宋词鉴赏辞典》，江苏古籍出版社，1986 年 12 月，第 557 页。

彭玉平：

此则辨正文字，与理论无涉。此则所谓"小说"非现代文体意义上的小说，而是类似于本事词一类的野史和笔记，即朱自清《论雅俗共赏》中所言及之"记述杂事的趣味作品"，这类作品往往依据某些传说将词敷演成一段故事，但往往误歌者与作者为一人。如

《雪舟脞语》所记台州知府唐仲友所眷官妓严蕊作《卜算子》一词，据朱熹所记，实是唐仲友之戚高宣教所作，严蕊不过是歌唱此词而已。王国维认为这类"宋人小说"多不可信，是从史实的角度而言的，这其实涉及如何合理采信历史资料的问题。今存宋人笔记即多有此类。王国维此则要求慎重对待宋人小说笔记，即对于今人研究宋人文史也是富有启发意义的。

——《人间词话》，中华书局，2010 年 4 月，第 171 页。

邬国平：

笔记小说的记载往往附会故事，夸大事实，取以为立论的根据自宜十分谨慎，王国维通过对严蕊《卜算子》词的考辨，提出"宋人小说，多不足信"的看法，这是有道理的。不过，又不可一概而论，古人写笔记小说的态度并非纯粹出于虚构，而往往是虚实并录，真伪杂陈，因此需要实事求是地看待这类材料。王国维并不是一概反对用小说求证事实，《人间词话》也间有引用笔记小说的例子，如其"未刊稿"第三八条正面肯定《齐东野语》的记载，以求证清人沈雄《古今词话》可能是一部有问题的书（按王国维这一怀疑并不正确，参见对该条的分析）。所以在对待小说记载的资料问题上，王国维还是具体处理的。

——黄霖、邬国平、周兴陆著：《人间词话鉴赏辞典》，上海辞书出版社，2011 年 12 月，第 207 页。

三九　词之最工者

《沧浪》、《凤兮》二歌，已开《楚歌》体格。然《楚辞》之最工者，推屈原、宋玉，而后此之王褒、刘向之词不与焉。五古之最工者，实推阮嗣宗、左太冲、郭景纯、陶渊明。而前此曹、刘，后此陈子昂、李太白不与焉。词之最工者，实推后主、正中、永叔、少游、美成，

而后此南宋诸公不与焉。

【别叙】

　　这段话从文体的发展、演变角度，评说作家作品中，工、不工问题。王国维由《诗经》而《楚辞》，而乐府，而五七言古诗，而近体格律诗，最终落实到填词上来，认为词中最杰出的代表，当推李煜、冯延巳、欧阳修、秦观、周邦彦，并认为他们的水平与造诣，是姜夔、吴文英所难以企及的。此则王国维在对人物及其词史地位的品评中，表现了对"文体嬗变的规律性体认"（彭玉平）。虽然具有一定的片面性，"是出于个人的艺术偏见"（施议对），但仍能看到，王国维"对如何更好地继承古人作品之精华是有很深思考的"（沈文凡、张德恒）。

【集评】

　　吴世昌：

　　静安论词曰："词之最工者，实推后主、正中、永叔、少游、美成，而后此南宋诸公不与焉。"此语自是卓识，但不能排除温、韦及《花间》诸大作家，否则数典忘祖矣。

　　——吴令华辑注，施议对校：《词林新话》，北京出版社，1991 年 10 月，第 5 页。

　　施议对：

　　有关《楚辞》和五古诗的发展情况，当另行探讨，有关词的发展情况，王国维的观点，是有一定片面性的。在很大程度上，是出于个人的艺术偏见。

　　——《人间词话译注》，广西教育出版社，1990 年 4 月，第165 页。

　　彭玉平：

　　此则续足前则之意，然彼重点言欲成就一代之文学必有前代相近文体之铺垫，而方能臻于成功，此则言某种文体既成一代之文学之后，此前所创或有气象，但难成规模，后世因袭，也往往盛极难继。两则对勘，可以比较完整地看出王国维对于文体嬗变的规律性体认。屈原、宋玉成楚辞一代之文学，而前此《沧浪》《凤兮》二歌，虽略具体格，但终究未成独立之文体，而后此王褒、刘向也无力继盛；阮籍、左思、郭璞、陶潜成五古之高峰，前此曹植、刘桢，后此陈子昂、李白，或居前则体格未成，或居后则精彩已过；词之最高则在五代北宋，代表词人为李煜、冯延巳、欧阳修、秦观、周邦彦，而此前晚唐之温庭筠、韦庄，后此南宋之姜夔、吴文英等，都未臻词体高境。王国维此两则虽以"最工"来代替"一代之文学"，但学理是一脉相承的。从文学史的发展实际来看，王国维此论大体是符合文体发展规律的。此文体演变之轨迹与时代发展的趋势相合，则可成"一代之文学"。

——《人间词话》，中华书局，2010 年 4 月，第 179 页。

沈文凡、张德恒：

王氏对如何更好地继承古人作品之精华是有很深思考的，只是王氏并没有为我们提供如何学习古人的方法，或者在他看来，对于古代经典作品的学习因人而异，不能用教条来框范吧。其实在王氏之前就已经有人对后人学习前人作品有优有劣的现象作过深入的思考，至少刘勰就是其中较为突出的一个……王氏之论，或启于彦和。

——《名家讲解人间词话》，长春出版社，2011 年 6 月，第 223—224 页。

四〇　词中的句与篇

唐五代之词，有句而无篇。南宋名家之词，有篇而无句。有篇有句，唯李后主降宋后之作，及永叔、子瞻、少游、美成、稼轩数人而已。

【别叙】

就词则内容本身来看，王国维在这里提出，唐代、五代的词有名句而无名篇，南宋词有名篇而无名句。词史上，有名篇又有名句的作品，只有李煜降宋后所作及欧阳修、苏轼、秦观、周邦彦、辛弃疾这为数不多的几个人的词作。此中，所谓词中"句"与"篇"问题，其实际含义为何？王国维似未有明确界定。王国维所说的句，首先是"名句"，是与境界相提并论的"名句"，即有句外之意的语句，"篇"则是由"名句"所构成的具"无疆"、"无穷"之境的"篇"（施议对），而王国维所谓有篇有句，即"不仅有结构的浑成之美，而且有秀句的点缀其间"（彭玉平）。

【集评】

吴世昌：

此条甚误。《花间集》中，有连续叙事之组词，《尊前》亦有五更侍郎故事诗。安得谓有句无篇？不但有篇，且有合数小篇为大篇故事者。前人论者多未注意，惟清真知之，故有《少年游》之作。小山亦有叙事之作，但仍以抒情为主。

——吴令华辑注，施议对校：《词林新话》，北京出版社，1991年10月，第69—70页。

施议对：

这里，所谓"有名句"或"有句"、是与"无句"相对立的。"有名句"，或"有句"，就是有句外之意，即有境界；而"无句"，便是"一直说将去"，如朱熹所说"一日作百首也得"，即无境界。至于"篇"，王国维的概念则十分含混。王国维说："唐五代之词，有句而无篇，南宋名家之词，有篇而无句。"其所谓"篇"，似乎指一般意义上的篇章结构。在王国维看来，因为唐、五代、北宋词重句外之意，不讲究篇内功夫，南宋词只在篇内讨生活，法度严谨，因而以"有句而无篇"与"有篇而无句"加以区分，这似乎还说得过去。但是，王国维所说"有篇有句"，其所谓"篇"又似乎不限于篇章结构，而是由"名句"所构成的"篇"，即具有"无疆"、"无穷"之境的"篇"，所谓"有篇"又与所谓"有句"及

"有境界"相接近。因此，对于"句"与"篇"，似不必太拘泥于概念的划分上，而当联系具体作家、作品加以理解。

——《人间词话译注》，广西教育出版社，1990 年 4 月，第167 页。

蒋哲伦：

这里的"句"和"篇"关系重大，恐怕不能简单照字面解，否则许多问题就说不通。按照我的理解，"句"实在包含了句中之"意"，它跟词的意境是相通的。《词话》第 1 则云："词以境界为最上。有境界则自成高格，自有名句。"显然是将"境界"与"名句"联系起来看的。而且《词话》里谈到一些词作有"境界"或"境界极妙"，亦常引"名句"以证实之。可见"句"确实代表了句中之"意"。至于"篇"，也不是一般地讲成篇之词，应该是指篇章组织，顺、逆、推、挽、提、顿之类技法问题。"篇"和"句"的对立，实即"法"和"意"的矛盾。而由"句"及"篇"、由"意"及"法"的推移，也便是词人词作从注重"内美"向强调"修能"的转变。这样一来，词在唐宋时期的发展轨迹就清楚地显露出来了。大体上说，唐五代词（主要是指"花间词"）"意"胜于"法"，是为创始期；由南唐冯、李开启的北宋词风（下及辛弃疾）"意""法"兼胜，是为兴盛期；而姜、吴诸人为代表的南宋词，则"法"胜于"意"，是为衰退期。验之于《词话》各段的具体评语，这个归纳大概是可以成立的。

——《王国维论清真词》，《文学遗产》，1996 年 1 月，第1 期。

彭玉平：

所谓"篇"其实是就意思和结构的完整性而言的。所谓"句"，即是"秀句"之意，是指在全篇之中最为突出、最显境界者。王国维认为唐五代之词虽然有秀句，但往往是孤立在作品之中，未能呼应并带动全篇的气象变化，所以是有句而无篇。南宋名家词多长调之作，在意思的斟酌、结构的安排上往往用心很深，所以全篇的整体性较强，但缺乏振起全篇的秀句，境界难以彰显出来。降宋之后的李煜及北宋欧阳修、苏轼、秦观、周邦彦和南宋的辛弃疾数人，则不仅有结构的浑成之美，而且有秀句的点缀其间，这才是真正的"有境界……则自有名句"。可见，王国维虽然将对境界的分析多集中于"句"，但其实是在"篇"的背景之下来重视"句"的。当篇与句难以兼顾时，王国维似乎更倾向于"句"，这大概也是他始终将唐五代词的地位置于南宋词之上的原因所在了。将周邦彦列为"有篇有句"的典范，隐含着王国维词学的某种细微的变化。

——《人间词话》，中华书局，2010 年 4 月，第 172 页。

沈文凡、张德恒：

所谓有句而无篇仍然是对唐、五代词自然清新、转折处细密无痕令人不易发觉的表达；而有篇无句也不过是指南宋格律派词人在词中大量地运用虚字来提顿勾勒，使得词之转折处斑斑分明地呈现在读者眼前。而王国维所举的有篇有句的作者，则皆是将勾勒提顿和潜气内转两种技法运用到浑化之境的词家，这样，其词作才能既显得浑融一体（勾勒提顿的功夫），又能生出许多妙句来（潜气内转的效用），当然是一种很高的境界了。王国维对苏轼等"有篇有句"的词人的举引也为我们观照这些词家的词作提供了一个有价值的角度。

——《名家讲解人间词话》，长春出版社，2011 年 6 月，第 223—224 页。

邬国平：

"有篇"究竟是指什么？从他（按：王国维）对南宋词屡作批评看，他对这些"名家"的作品很不满意，当然也就不可能肯定其"篇"是出色的。所以，他在这里说的南宋词有篇，大概只是指这些作品篇制较长，而且篇章完整，模样不简单。或者也可能"有篇而无句"一语，类似于所谓偏义复词，"有篇"只是虚为一语，"无句"才是作者批评的真义之所在。他希望词人既能够写出美不胜收的句子，又能使通篇境界高远，充满感动的力量，他的批评意图在此。

————黄霖、邬国平、周兴陆著：《人间词话鉴赏辞典》，上海辞书出版社，2011 年 12 月，第 208—209 页。

四一 倡优与俗子

唐五代北宋之词家，倡优也。南宋后之词家，俗子也。二者其失相等。但词人之词，宁失之倡优，不失之俗子。以俗子之可厌，较倡优有甚故也。

【别叙】

王国维分别以"倡优"与"俗子"二词，比拟唐五代及两宋词家，认为唐五代北宋的词家为倡优，而南宋后的词人是为俗子。同时还强调，词人作词，宁可为倡优，不可成俗子。认为庸俗比倡优更令人讨厌。王国维于此所用比喻，虽失于偏激，然较为形象，易于理解。吴世昌称其"语妙天下"①。王国维主要是想说明，"词宁可表现真艳情，也胜于被平庸、低俗的气质所挟裹"（邬国平），此则为此也"仍是为'真'字做注脚"②（彭玉平）。

【集评】

施议对：

北宋时期的歌词创作，因应歌而继续发展为一代之胜，又因应歌而成为娱宾遣兴的工具。南渡后，合乐歌词虽继续发展，仍然为歌唱，但更多的是为应社，供文人酬唱之工具。两者弊病：为应歌、为妓女立言，缺乏个性；为应社，无病呻吟，苍白无力。但就歌词本身看，为应歌，并未丧失其艺术的生命力，为应社，却变为

---

① 吴世昌著，吴令华辑注，施议对校：《词林新话》，北京出版社，1991 年 10 月，第 68 页。
② 彭玉平：《人间词话》，中华书局，2010 年 4 月，第 173 页。

无聊的文字游戏。两者相比较，同样未免失之于庸俗。因此，王国维以倡优、俗子之比论两宋词，还是有一定道理的。但是，也不可概括全面，因为两宋歌词创作，在反映"时代的生活和情绪"方面，还是有其特殊的贡献的。

　　——《人间词话译注》，广西教育出版社，1990 年 4 月，第168 页。

吴　洋：

　　倡优之词，娱人也。俗子之词，逞才也。娱人之词，虽有媚骨而态度谦逊可亲也。逞才之词，每有骄气而态度桀骜不可近也，若遇才不足之人，其词更面目可鄙矣。

　　——《人间词话手稿本全编》，内蒙古人民出版社，2003 年1 月，第 169 页。

谢桃坊：

　　这种比喻是很笨拙的，似以为倡优虽贱尚能用伎艺给人以娱乐，俗子的市侩习气则仅令人感到可厌，但倡优又何尝无市侩习气呢？我们且不评论词史发展各阶段的优劣，显然可见王国维的评价在方法上具有主观随意和空洞的特点。这与清代周济、陈廷焯、刘熙载和冯煦的词论比较是缺乏理性阐释的，表现出对南宋及后世词未深入研究而简单否定的态度。

　　——《试评王国维关于唐五代词的研究》，《东南大学学报》，2007 年 7 月，第 4 期。

沈文凡、张德恒：

　　倡优虽卑，然自甘其品，我固不能钟鼎馔玉，我本甘心寄人篱下，我卑我贱悉凭我愿，我得我失概不自怜。是以倡优者尚不至戴着面具过生活。其活得自然、本色、真纯、随性，此或可作北宋词之品格形象之代言。

　　俗子则不然。本虽俗人却矫情造作，唯恐人谓其俗。然千雕万砺终是一副卑俗庸愚之态，哪知"腹有诗书气自华"？徒然地装饰门面，终掩不住骨头里的鄙陋和下贱，是以"俗子之可厌，较倡优为甚故也"。

北宋之词多为"应歌"之章，故自易与歌妓、倡优有某种通性；南宋之词多为"应社"之篇，故自易失之雕镂，"倡优"与"俗子"亦不啻二绝妙之比喻语也。

——《名家讲解人间词话》，长春出版社，2011 年 6 月，第225 页。

邬国平：

用"倡优"比喻北宋词家，用"俗子"比喻南宋词家，主要是说明，词宁可表现真艳情，也胜于被平庸、低俗的气质所挟裹。他认为北宋词虽艳而真，南宋词似雅实俗，所以北宋词胜于南宋词。

——黄霖、邬国平、周兴陆著：《人间词话鉴赏辞典》，上海辞书出版社，2011 年 12 月，第 210 页。

魏红梅：

平心而论，"倡优"与"俗子"的比方并没有见到它的妙处，而王国维借此而喻，大意不过是强调文学之"真"与"纯"的重要。因为倡优之俗乃坦诚无隐，而俗子之俗则不免虚骄和伪饰了，两者虽然都属于"失"，但也有失之多与失之少、失之本与失之末的区别。

——《从〈人间词话〉看王国维对清代词人的评价》，《河南师范大学学报》，2015 年 7 月，第 4 期。

四二　欧阳修与柳永

《蝶恋花》"独倚危楼"一阕，见《六一词》，亦见《乐章集》。余谓：屯田轻薄子，只能道"奶奶兰心蕙性"耳。

【别叙】

《蝶恋花》"独倚危楼风细细"这首词，收于欧阳修《六一词》中，亦见于柳永《乐章集》一书中，但王国维认为这首词不可能出于柳永。所持理由，即在于柳永只个轻薄子，只能写出类如"奶奶兰心蕙性"般的词句。此则词话，"是典型的以人品来定词品"（罗钢）。王国维所采取的这类批评方法，并不可取，需加以区分。

【集评】

施议对：

王国维论词，主境界，强调词的特性，但仍不免为封建卫道士的观念所制约。他论《蝶恋花》，曾说"衣带渐宽终不悔，为伊消得人憔悴"；为成就大事业、大学问之第二境界，并不把这首词当作一般的言情词看待，因此，在王国维看来，"日与僎子纵游倡馆酒楼间，无复检率"的"轻薄子"柳永（屯田），自然说不出这样的话，达不到这种境界。实际上，如果不在欧、柳二人歌词上蒙上一层政治迷雾，那么，二人所作，实际难有高低之分。

——《人间词话译注》，广西教育出版社，1990 年 4 月，第169 页。

欧明俊：

柳永时代，词称"曲子"、"歌词"、"小歌词"、"乐章"等，是通俗的流行歌曲，属音乐范畴，而不是严格意义上的格律诗。柳永制谱填词，多是付于歌妓演唱，多是"代言"体，不是"言志"诗。词中表达的感情多是虚拟性的，不一定是作者的真实感情，词的风格的崇卑高下多因歌唱对象、接受对象的身份及欣赏接受能力而定，不一定代表作者的人格。此时，人品与词品是相对分离的。无视柳词的通俗音乐特性和原生态，单纯以格律诗的标准要求柳词的品格，自然对之评价较低。我们不应完全超越历史语境要求柳词，应把柳词的通俗音乐特性和高雅文学特性结合起来考察，结合历史语境和当代语境，对其做出既合乎历史的、又合乎逻辑的评价。

——《柳永评价"热点""盲点"透视》,《福建师范大学学报》,2002 年 1 月,第 1 期。

吴　洋：

从"针线闲拈伴伊坐"、"愿奶奶、兰心蕙性"到"衣带渐宽终不悔,为伊消得人憔悴"这其中最朴素的想望与最深切的真实,除了柳永还有谁有资格、有胆量、有才华说出来呢?

——《人间词话手稿本全编》,内蒙古人民出版社,2003 年 1 月,第 173 页。

罗　钢：

这段词话是典型的以人品来定词品。王国维不是通过词籍的考订,而是直接依据词所表达的道德情感来确定一首词的归属。不过,这则词话在写作上同时摹仿了周济对另一首欧词的辨析。周济在分辨《蝶恋花·庭院深深》等词究系欧阳修还是冯延巳所作时写道:"数词缠绵忠笃,其文甚明,非欧公不能作。延巳小人,纵欲,伪为君子,以惑其主,岂能有此至性语乎?"周济的评论也是道道地地的道德批评。

——《王国维的"古雅说"与中西诗学传统》,《南京大学学报》,2008 年 5 月,第 3 期。

彭玉平：

王国维推崇北宋词,但对北宋名家柳永的评价并不高,仅评价其长调较工,尤其是对《八声甘州》词,以为可与苏轼《水调歌头》比美,是"格高千古"之作。北宋排序或仅在贺铸之上耳。然王国维在此犯了一个文献上的错误,而且因为这个文献上的错误而导致了其境界说内涵的不周延。其实"奶奶兰心蕙性"固是柳永语,"衣带渐宽终不悔,为伊消得人憔悴。"也同样是柳永语,盖一人而有不同创作面貌也。欧公所作艳词,香艳程度超过柳永的大有词在,为此还在宋代引起一桩公案:是欧公自作,还是小人嫁名?

则柳永言情未必轻浮，而欧公言情未必深挚也。王国维以此来考证，恐冤假错案在所难免也。词话中文献诸多失误，与王国维此种理念殊有关联。其"三种境界"之第二种正是"衣带"两句，而注曰：欧阳永叔。则王国维此误实由来已久。王国维欣赏这一类的句子，与他推崇的"精神强固"的人格是有关系的。只是因为心目中对柳永词品之低与欧阳修词品之高已先存其念，故在文献真伪的勘察上不免受这种先念的情绪的影响。

　　——《人间词话》，中华书局，2010 年 4 月，第 174 页。

沈文凡、张德恒：

　　王氏称许柳永的《八声甘州》"仁兴之作，格高千古，不能以常词论也"。而在本则词话则谓屯田只能道"奶奶兰心蕙性"，道不得"独倚危楼风细细"之词，不过据今之学者考证，《蝶恋花》一首确系柳永之作。王国维论词主感发，致使前后矛盾，忽褒忽贬，持论偶有不公，吾不能凭。

　　——《名家讲解人间词话》，长春出版社，2011 年 6 月，第 226 页。

四三　艳词与傈薄语

　　读《会真记》者，恶张生之薄倖，而恕其奸非。读《水浒传》者，恕宋江之横暴，而责其深险。此人人之所同也。故艳词可作，惟万不可作傈薄语。龚定盦诗云："偶赋凌云偶倦飞，偶然闲慕遂初衣。偶逢锦瑟佳人问，便说寻春为汝归。"其人之凉薄无行，跃然纸墨间。余辈读耆卿、伯可词，亦有此感。视永叔、希文小词如何耶？

【别叙】

王国维从读《会真记》及《水浒传》说起，继而批评龚自珍及其诗作，认为轻浮浅薄，没有德行，并且认为柳永、康与之的词，也是给人如此感觉。而读欧阳修、范仲淹的词作，则另外一种不同的感觉。王国维立说基点，归根在于"艳词可作，唯万不可作僻薄语"的主张。"僻薄语"，即轻薄语、假言语，即此前王国维所指"游词"，与真实语、忠实语相对，"关乎的是一种真伪的判断"（罗钢），即关系到所写景物和感情是否真切的问题。既牵涉到境界创造，也是一个关于品格讨论的问题。另外，就王国维对龚自珍的批评，"已逸出一般的审美判断，甚至伦理判断之外了。"（佛雏）

【集评】

佛　雏：

龚氏《己亥杂诗》三百十五首，感时抚事，怫郁悲愤，"以血书者"尽多，何以静安一概熟视无睹，而独拈出一首出于无可奈何的颓然遣兴之作，以概其人的道德全貌？把一位"三百年来第一流，飞仙剑客古无俦"（柳亚子赞龚词句）的思想家、诗人，拿来同惯作软媚"艳词"的柳耆卿、康伯可之流等量齐观，尽管持之有故，似觉有欠公允。此缘静安对龚氏之"昌昌大言"变法，早就"白眼"相加，此处聊借《偶赋》一诗发之。显然，这已逸出一般的审美判断，甚至伦理判断之外了。

——《〈人间词话〉三题》，《扬州师院学报》，1980年9月，第3期。

赵庆麟：

王国维虽对淫词不一概反对，但反对作僻薄语，"艳词可作，唯万不可作僻薄语。""永叔、少游虽作艳语，终有品格。"而认为龚自珍的"偶赋《凌云》偶倦飞，偶然闲慕遂初衣，偶逢锦瑟佳人问，便说寻春为汝归。"是"凉薄无行"。类似柳永的《玉女摇仙佩（佳人）》中有"奶奶兰心蕙性"等句也为"轻薄子。"王国维所反对的僻薄语，也是游词的一个方面，僻薄语带有油腔滑调的味道，为诗词所不取。

——《融通中西哲学的王国维》，上海社会科学院出版社，1992 年 5 月，第 231 页。

罗　钢：

"艳词可作"，因为它关乎的是一种道德判断，"儇薄语"不可作，因为它关乎的是一种真伪的判断。王国维甚至把这种区分扩大为两个文学时代的对立，而且在这种对立中鲜明地表示了自己的立场。"唐五代北宋之词家，倡优也，南宋后之词家，俗子也。二者其失相等。然词人之词，宁失之倡优，不失之俗子。以俗子之可厌，较倡优为甚也。"

——《王国维的"古雅说"与中西诗学传统》，《南京大学学报》，2008 年 5 月，第 3 期。

苏利海：

在龚自珍《词集》中，艳词占有很大的比例，但后人对它的解读则存有两种误区：一是视为风流艳事，甚至斥为轻薄无行；二是掩饰其中的情爱成分而冠以微言大义的高帽。通过以上解读可知龚氏词中出现的美人或是现实中的人物，或是自己心中臆造的幻景，词笔也分为清朗自然和扑朔迷离两种，但它们同样都是自己"心疾"的产物，是他摆脱人世苦闷的一种方式，无论是"实"是"幻"，都是一种"畅情"。

——《龚自珍词学研究》，《文艺理论研究》，2008 年 7 月，第 4 期。

彭玉平：

此则承续前则，乃由词以论人。前则仅举例以明柳永与欧阳修词之区别，而未曾点破人格之本原，此则便说破。"儇薄语"源于作者之"凉薄无行"，乃由人格缺失而导致的作品缺失。张生之"奸非"可恕，乃因为沉迷困惑于情，而其"薄幸"，则是背离于真情；宋江之"横暴"，乃是其血性之表现，而其"深险"则是虚伪之表现。张生、宋江其源于真实情感之表现，皆在可以接受和理解之中，而两人背离情感的举动，则在宜深加鞭挞之列。以此回视上则，柳永之"奶奶兰心蕙性"不过假意应承，而欧阳修（实为柳永）之"衣带渐宽终不悔，为伊消得人憔悴"，则真情郁勃。此两则回护境界说之"真"。宋末张炎《词源》之感叹"淳厚日变成浇风"，与王国维此则神韵略似。此则说传奇、说小说、说诗、说词，一则之中涉及四种文体，亦可见出王国维论词的泛文学背景。

——《人间词话》，中华书局，2010 年 4 月，第 175 页。

邬国平：

他（按：王国维）以龚自珍《己亥杂诗》第一三五首为例，说诗人"凉薄无行，跃然纸墨间"。王国维对龚自珍极其鄙薄，这并不公允，龚自珍的思想带有近代的光芒，诗歌也另辟蹊径，新颖奇异，都是无法抹杀的。即以这一首绝句而言，首句写考中进士，次句写失意而归，末二句举重若轻，化庄为谐，只从自己在歌女处得到安慰一边说话，其他千感万慨皆收敛不张，非常深沉，四个"偶"字迭次而下，增强了诗人对世事的迷茫感觉和讥诮的语气。王国维将这首诗当作"儇薄语"的例子，有人批评这是"差之毫厘，谬以千里"（刘逸生《龚自珍己亥杂诗注》）。王国维认为，读柳永、康与之的词，也给人"凉薄无行"的感觉。柳永久为世人訾謷，康与之词也被人指斥为"鄙亵之甚"（见朱彝尊《词综》引）。这些批评都有一定根据，然而无可否定，在这些批评中又充满了过甚之辞和批评者自己的偏见。王国维说，欧阳修、范仲淹（字希文）的小令词，非柳永、康与之可及。其实仅仅作这样的比较意义并不大，因为在词学史上，他们的创作具有不同的意义，假如没有柳永，宋代词史将不可避免地会黯然失色，而给后人留下难以填补的缺憾。

——黄霖、邬国平、周兴陆著：《人间词话鉴赏辞典》，上海辞书出版社，2011 年 12 月，第 212—213 页。

四四　词人须忠实

词人之忠实，不独对人事宜然。即对一草一木，亦须有忠实之意，否则所谓游词也。

【别叙】

　　所谓"词人之忠实"，是一个与游词相对立的命题。和上则所说一样，王国维于此则同样是反对说虚假的话、表现虚假的感情，而主张词人忠实地表达自我的真实情感。就此，所谓词人之忠实，"归根结底是对自己感情的忠实"①（吴洋）。王国维此中所主张的"感情之'真'，可以使人到达'无我'的境地"（佛雏）。真到"无我"之说，应较接近王国维立论的原意。

【集评】

　　黄昭彦：

　　当然，所谓忠实于人生，忠实于自己的理想，和忠实于真理，往往并不完全是一回事，问题在于要看忠实于怎么样的人生，怎么样的自己，怎么样的理想。文文山殉国柴市口，方孝孺埋骨聚宝门，两人虽然同样是慷慨赴死，却自有高下之别。因为前者尽忠于整个民族，而后者只尽忠于建文帝一人。"忠其所不忠"，"贤其所不贤"，甚至违反了历史的发展规律而不自觉，这正是前代许多"忠臣义士"的悲剧的根源，王国维也未能例外。不过，话又得说回来，作为一个封建时代的文人，能够说出这样忠实于人生、执着于理想的话来，而且身体力行之，毕竟是不容易的。王国维也许是一个顽固而矛盾的悲剧人物，但决不是一个假道学、伪君子，比之那"獭祭诗书充著作，蝇营钟鼎润烟霞。翩然一只云间鹤，飞去飞来宰相衙"的陈眉公之流，他毕竟率真可取得多了。

　　——《重读〈人间词话〉》，《文艺报》，1959 年 7 月，第15 期。

　　佛　雏：

　　王氏又称：诗人"感情真者，其观物亦真"。此处"感情真"

----

① 吴洋：《人间词话手稿本全编》，内蒙古人民出版社，2003 年 1 月，第176 页。

则指对审美客体的一往情深，"不独对人事"，乃至"对一草一木亦须有忠实之意"。此种感情的客观倾向是极其明显的，此种感情之"真"，可以使人到达"无我"的境地。在这个意义上，"无我"并非真的"无"情，只是"无"仅仅涉及个人利害计较之情，而以其"情"施之于"物"，施之于整个"人类"而已。故王氏谓"真正之大诗人则又以人类之感情为其一己之感情"。叔氏所谓"人生的理念"，主要指整个人生痛苦的、罪恶的"真相"，以及与此相应的"人类之感情"而言。这种感情的对象化、客观化及其再现，在这个体系中占据着非常重要的位置。正是根据这样的尺度，"屈子、渊明、子美、子瞻"的诗，李后主以及苏、辛的词，才获得了王氏的高度评价。

——《王国维"境界"说的两项审美标准》，吴泽主编，袁英光选编：《王国维学术研究论集》第一辑，华东师范大学出版社，1983 年 9 月，第 359 页。

施议对：

真实是艺术的生命。强调忠实，强调真情实感，这是非常必要的。王国维对僭薄语、对游词之所以这样深恶痛疾，正是看到了这一点。但是，将"真"当作艺术批准的唯一标准，难免产生偏差。作为艺术作品，包括长短句填词，不仅要求其"真"，而且还必须与善、美相为表里，才能构成完整的艺术整体。

——《人间词话译注》，广西教育出版社，1990 年 4 月，第172 页。

王振铎：

忠实地、真诚地对待种种人、景、物、事，才能写出真境界。"词人之忠实，不独对人事宜然。即对一草一木，亦须有忠实之意。"即使作艳词，也要不作"僭薄语"，情真意切，像《古诗十九首》那样，使读者感到"亲切动人"，觉其"精力弥满"，那也算是写出了真境界。

——《〈人间词话〉与〈人间词〉》，河南人民出版社，1995 年8 月，第 172 页。

彭玉平：

金应珪只是描述游词之外在迹象，所谓"哀乐不衷其性，虑叹无与乎情"，以应酬为能事。王国维则直揭游词之本原在于不"忠实"的创作态度。而"忠实"云云，大意仍是为境界之"真"张本，"忠实"不过是"真"的另外一种表述。前两则集中在对"人事"之"忠实"之考虑上，凡忠实人事者，无论其奸非或横暴，皆在可以理解之范围，而非忠实人事者，则会引起读者厌恶之感情。王国维此则由前两则之言人事之忠实而扩大至"一草一木"，则情、景、物之真，乃是王国维时时强调的重点所在，"真"是指向一切主体或客体的。所谓"忠实"，就是忠于人、事、物的本来面目而予以如实之反映，涉及如何反映出事物的本质以及以怎样的心态来进行创作的问题。在王国维看来，哪怕人性原本恶劣、事物一直丑陋，词人只要将这种原生形态的东西真切地写入作品中，则无愧于"忠实"之名。忠实之词人，自有境界，否则只能流为游词，宕失境界。此则可与"境非独谓景物也，喜怒哀乐，亦人心中之一境界，故能写真景物、真感情者，谓之有境界，否则谓之无境界"对勘，理出一路。

——《人间词话》，中华书局，2010 年 4 月，第 176 页。

邬国平：

王国维认为产生"游词"的原因是词人缺乏"忠实"之心，说得很中肯。他贬南宋词人，贬游词。这直接受到了金应珪、陈廷焯以上词论的影响。他在这里提出，词人对于自然界中的"一草一木"都需要关怀，都需要以"忠实"的态度去待它们，将它们视同人类自身一般尊贵，从而极其鲜明地突出了自然在文学创作中的意义，这显然同他受到西方自然主义文学思潮的影响有关系。中国古代文学中也存在重自然的传统，但是在诗词创作中，以"工具论"的眼光看待自然草木，也是很普遍的习惯。

——黄霖、邬国平、周兴陆著：《人间词话鉴赏辞典》，上海辞书出版社，2011 年 12 月，第 214 页。

四五 《花间集》《尊前集》《草堂诗馀》 《词综》与《词选》

读《花间集》《尊前集》，令人回想徐陵《玉台新咏》。读《草堂诗馀》，令人回想韦縠《才调集》。读朱竹垞《词综》，张皋文、董子远（原误作"晋卿"）《词选》，令人回想沈德潜《三朝诗别裁集》。

【别叙】

这则词话对历来相关的诗、词选本作评说，以诗词做比的方式，"明诗词在题材、内容和风格等方面的体性之同"（彭玉平）。王国维所言，既有助了解相关选本的特点，也表达了自己的立场和见解，王国维将《词选》与《三朝诗别裁集》互比，"大概也是不满张惠言论词庄严有余，而个人情性却被藏敛了"①（邬国平）。

【集评】

许文雨：

朱彝尊编《词综》三十四卷，汪森为之增定。彝尊谓论词必出于雅正，故推重宋曾慥之《乐府雅词》，以《雅词》尽去谐谑及当时艳曲，具有风旨，非靡靡之音可比，为足尚也。张皋文《词选》及其外孙董毅子远《续词选》均以风骚之义，裁量诗余。即《词选》后郑善长所附录诸家词，陈廷焯亦称其大旨皆不悖于"风骚"。（《白雨斋词话》卷六）是均存雅正之旨者。沈德潜崇奉温柔敦厚之诗教，别裁伪体，故有唐、明、清《三朝诗别裁集》之选，

① 邬国平：黄霖、邬国平、周兴陆著：《人间词话鉴赏辞典》，上海辞书出版社，2011年12月，第215—216页。

与朱、张选词，如出一辙。

——《钟嵘诗品讲疏·人间词话讲疏》（1937 年），成都古籍
出版社，1983 年 5 月影印版，第 248—249 页。

俞平伯：

写艳之工当无逾《花间》，然其根柢实是唐四六，温李诗，幻
梦似的氛围，罨画的楼台，沙罗裹着的美人。北宋诸家，其令曲多
从《南唐》《阳春》变化，学《花间》者甚少。惟方回卓尔自立，
堪并清真。清真词之根柢是"古文"，宋四六，宋诗，白描人物，
"清露晨流新桐初引"般的美人，近代的仕女图。（王静安所谓常
人之境界。）其动人怀想虽同，而如何动人怀想却不尽同。读《花
间》，我们总觉得他是《玉台》《香奁》。读清真，我们觉得他在那
边跟我们说他的恋爱故事，我们会听得入神，忘其所以。陈郁曰
"二百年来以乐府独步"，则风流远矣，"然非入人之深乌能如
是耶。"

——《读词偶得》（1947 年），上海书店影印出版，1984 年
12 月，第 73 页。

施议对：

这里所列举的有关诗、词选本，就其编集宗旨及所集作品看，
其中确有某些相近之处。《花间集》和《尊前集》，作为唐五代时
期的两个歌词总集，基本上以言花柳与闺情为主，在题材上，与
《玉台新咏》颇为相近。《草堂诗馀》是南宋坊间所刻歌词总集，
为说唱艺术的脚本，专为备唱用，与崇尚韵高词丽之《才调集》，
其美感兴趣当也有某些相近之处。而朱彝尊的《词综》及张惠言等
人的《词选》《续词选》，其选词宗旨或在于主"醇雅"，或在于体
现其"意内言外"之说，这与沈德潜之提倡温柔敦厚的诗教原则，
更是同出一辙。当然，上述两种类型的选本，一为词，一为诗，简
单的类比难免出差错，但大致而论，王国维所说还是有一定依
据的。

——《人间词话译注》，广西教育出版社，1990 年 4 月，第
173 页。

吴　洋：

一者同为对艳情的崇尚与欣赏。一者同为对自己理论主张的申明与发扬。编辑之事，虽无关乎创作，用意亦深矣。后来读者始知"知人论世"之必要，否则不免一叶障目之嫌。

——《人间词话手稿本全编》，内蒙古人民出版社，2003年1月，第192页。

吴熊和：

温庭筠诗的成就不低，当时与李商隐齐名，并称温、李。"风云若恨张华少，温李新声奈尔何。"这种"儿女情多、风云气少"而又才思艳丽的"温、李新声"，本与晚唐词风声气相通，情趣如一。尤其是温庭筠的乐府诗，多效齐梁体。如《织锦词》《张静婉采莲歌》《晓仙曲》《蒋侯神歌》等。他的《春晓曲》《边笳曲》《侠客行》《春日》《咏噱》《太子西池》诸篇，原题皆"一作齐梁体"。本来中唐乐府，已分三派：元、白近师杜甫，致力于新题乐府；孟郊思矫近体，力复汉魏古风；李贺沉思翰藻，转而采撷齐梁。温庭筠的乐府诗，即承李贺一脉而来。但温庭筠不仅多作齐梁体乐府，还进一步将齐梁体用于新兴的燕乐曲辞。以齐梁体入词，这就是温庭筠词的一个特色。王国维《人间词话》谓："读《花间》《尊前集》，令人回想徐陵《玉台新咏》。"温庭筠词，就是唐人词曲中的《玉台新咏》。其流风所被，演而为《花间》《尊前》诸词。

——《唐宋词通论》，浙江古籍出版社，1985年1月，第176页。

彭玉平：

以诗词对勘的方式，明诗词在题材、内容和风格等方面的体性之同。词集中的《尊前》《花间》与诗集中的《玉台新咏》相似处在于风格的轻和柔靡方面；《草堂诗馀》与《才调集》的汇合处在于题材和风格俗艳上；《词综》《词选》与"三朝诗别裁集"的一致处在于对风雅和诗教的推崇上。但《词综》之醇雅与《词选》之寄托本有距离，王国维统以沈德潜之"三朝诗别裁集"概括言及，似未妥当。王国维自称"予于词，五代喜李后主、冯正中，而不喜《花间》"，所以其对《花间》的"回想"也不尽符合实际，盖《花间》以清艳为宗，与《玉台新咏》之俗艳犹有异趣。在这种学术史背景中来考量王国维的这三番"回想"，可以见出王国维的感性色彩。或许正是因为这一种感性，王国维例外地未作直接的理论分析，而只是用三个"回想"来模糊表现出此数种诗集与词集在风格题材上的相似之处。

　　——《人间词话》，中华书局，2010 年 4 月，第 180 页。

四六　清代词论

　　明季国初诸老之论词，大似袁简斋之论诗。其失也，纤小而轻薄。竹垞以降之论词者，大似沈归愚。其失也，枯槁而庸陋。

【别叙】

　　此则评说清代词论。于此，王国维既将明末清初的词论与袁枚的诗论相提并论，又将朱彝尊以后的词论和沈德潜的诗论作比较，并提出见解：明末清初的词论不足在于纤小、轻薄，而朱彝尊以后的词论缺点在于刻板、庸陋。王国维从"失"的角度分析清代诗论与词论的相似性，可见对于浙西和常州两大词派都有不满，而"这正是晚清词学从单一流派中宕出，在诸多流派中择取合理成分，并试图能融合成新的更有时代特色的理论的反映"（彭玉平）。此说就王国维所主张而论，既有一定针对性，又能反映词坛状况，值得重视。

【集评】

　　许文雨：

　　如邹祇谟《远志斋词衷》取柴绍炳华亭肠断，宋玉魂消之语，以为论词神到，贺裳《皱水轩词荃》称誉廖莹中《箇侬词》，皆略近袁枚《随园诗话》所论。

继朱彝尊竹垞《词综》而起者，如御选《历代诗余》、张惠言《词选》等，均本尚雅黜浮之旨，以张声教。与沈德潜归愚之各朝《诗别裁集》旨意相近。

——《钟嵘诗品讲疏·人间词话讲疏》（1937年），成都古籍出版社，1983年5月影印版，第249页。

施议对：

明词中衰，至明末清初，词的创作始见勃兴，但词的研究，即词论，至此仍有偏颇。清代康熙、乾隆期间较有影响的词派是浙西、阳羡。浙西派标举姜、张，自朱竹垞开其端，厉樊榭振其绪，所谓"浙西填词者，家白石而户玉田"（朱彝尊《静志居诗话》），曾经盛极一时，但其末流即由讲求清空醇雅而渐流于浮薄空疏。阳羡派崇尚苏、辛，以陈迦陵为领袖，也曾风靡当世，但其末流亦由讲求雄迈豪放而渐流于粗率叫嚣。到了嘉庆初期，浙西、阳羡两派已渐趋衰散，此时，常州派兴起，强调比兴寄托，强调"意内言外"，反对琐屑饤饾之习，反对无病呻吟，极力推尊词体，但其流弊是深文罗织、牵强附会，由拔高词体变为诬词体。王国维评清代词论，以为国初诸老失诸"纤小而轻薄"，竹垞以后失诸"枯槁而庸陋"。颇能切中要害。

——《人间词话译注》，广西教育出版社，1990年4月，第175—176页。

吴　洋：

在"性灵"理论的指导下，袁枚写出了大量清灵隽妙、新颖活泼的好诗，但是由于他的情感缺乏节制、思索缺乏酝酿、字句缺乏锻炼，因此往往使诗歌流于浅滑，韵味不足。相反，沈德潜倡导格调，他主张使诗歌"去淫滥以归于雅正"，鼓吹"温柔敦厚，斯为极则"，要求诗歌创作"一归于中正和平"。同时他还主张诗歌重在"蕴蓄"而不尚"质直"，诗歌应有"理趣"而不应有"理语"，并提出："有第一等襟抱，第一等学识，斯有第一等真诗。"

沈德潜的诗论有利于纠正浮滑游荡的诗风，总结并发展了传统的审美准则，然而他的"诗教"等理论却过于保守陈腐，使得他自己的作品多数成为雍容典雅然而平庸无奇的台阁体。袁枚和沈德潜的诗论都对中国文学理论批评的发展做出了重要的贡献，然而其失误之处（正如王国维所指出的）也是无可讳言。

——《人间词话手稿本全编》，内蒙古人民出版社，2003 年 1 月，第 194 页。

彭玉平：

此则续足上则之意，从"失"的角度分析清代诗论与词论的相似性。所谓"明季国初诸老"，当主要是指以陈子龙为代表的云间词派和以朱彝尊为代表的浙西词派，云间派偏尚《花间》词风，浙西派偏重描写个人之情趣，此与袁枚论诗之"性灵"说相似，以个人生活心性为本位，故其纤小，又喜欢写文人谑浪趣味，时见轻薄，故王国维相并以论。所谓"竹垞以降之论词者"，当指以张惠言、周济为代表的常州词派，其论词主寄托，解说作品也务求深解，此与沈德潜以诗教"温柔敦厚"论诗，其旨意相似，王国维以"枯槁而庸陋"形容之，亦在于其对于艺术意味的轻视也，且执此以衡诸所有的词，不免有强作解人之感。"纤小而轻薄"当然眼界不大，感慨不深，更谈不上"有释迦、基督担荷人类罪恶之意"，境界之狭仄可见；"枯槁而庸陋"当然与深美闳约、神秀判然两途，词之"要眇宜修"之体性无由得现。从此则来看，王国维对于浙西和常州两大词派都有不满，两派之中，对常州词派的不满要更多一些，也更为强烈一些。而这正是晚清词学从单一流派中宕出，在诸多流派中择取合理成分，并试图能融合成新的更有时代特色的理论的反映。

——《人间词话》，中华书局，2010 年 4 月，第 181 页。

邬国平：

除了北宋以前的词，其他时期的词人和词作能够得到王国维首肯的实在是很少，所以，明末至清朝的词学遭到他排抑并不是一件奇怪的事情。他的批评意见，对于视清朝为"词学中兴"时代而沾沾自喜的人，是当头一声棒喝，自可产生唤起恰当评估清朝词学实际达到成就的作用。然而，如果将这个时期（尤其是清朝）的词学批评基本扫抹掉了，那也是非常不妥当的。

——黄霖、邬国平、周兴陆著：《人间词话鉴赏辞典》，上海辞书出版社，2011 年 12 月，第 216—217 页。

罗　钢：

王国维对康德的审美无功利学说一直信守不渝，从他的第一篇美学论文《孔子之美育主义》，直到《人间词话》的写作，其间王国维的美学观念发生过若干改变，但这种审美无功利的立场却是坚定不移的。……就是为什么王国维认为沈德潜的诗论和常州词派的词论同样"枯槁而庸陋"，因为他们用的都是"政治家之眼"，而非"诗人之眼"。

——《当"讽喻"遭遇"比兴"——一个西方诗学观念的中国之旅》，《北京师范大学学报》，2013 年 5 月，第 3 期。

四七　白石之旷在貌

东坡之旷在神，白石之旷在貌。白石如王衍口不言阿堵物，而暗中为营三窟之计，此其所以可鄙也。

【别叙】

这则词话评价苏轼、姜夔二人词，王国维通过对比，认为苏轼、姜夔二人词作之旷达有本质的区别：苏轼的旷达，表现在神韵气质方面，是源自内部的真实的品性表现，而姜夔的旷达徒有其表，由此可鄙。可见，王国维所说的"旷"，既针对其词，又针对其人，而将姜夔与苏轼作比，"姜夔的短处与不足，自然是显而易见了"[1]（吴熊和）。

———————

[1] 吴熊和著：《唐宋词通论》，浙江古籍出版社，1985 年 1 月，第 259 页。

【集评】

方智范：

东坡为抒写他的"逸怀浩气"，常采取满心而发、肆口而成的直抒胸臆的表情方式。他的不少词感情外放而不内敛，以开合舒卷见长，不以委曲深微取胜。以《满庭芳》为例……奔放舒卷，气度开张，近乎直陈式地披露内心世界，自我形象呼之欲出。故王国维说："东坡之旷在神"。

——《论苏轼与南宋初词风的转变》，华东师范大学中文系、中国古典文学研究室编：《词学论稿》，华东师范大学出版社，1986年9月，第63页。

施议对：

南宋词人姜夔，终生布衣，流落于江湖间充当达官贵人之清客，其为人，既不免带有一般文人雅士的作风，与一般文人雅士之奉承阿谀又有所区别。王国维论词重人品，他看清了白石之作为清客词人的弱点，既指出其与张炎的不同处，又指出他自身的弱点：不能不为营三窟之计。王国维认为，白石的旷达，只是在表面，实际上，他是不旷达的。这是与白石特定的社会地位相关联的。

——《人间词话译注》，广西教育出版社，1990年4月，第177页。

云　告：

在王国维眼里，姜白石的人格和胸襟气度是比较低下的。王国维将他同苏东坡比较说："东坡之旷在神，白石之旷在貌。白石如王衍口不言阿堵物，而暗中为营三窟之计，此其所以可鄙也。"意思是讲东坡的旷达是真的，白石的旷达只不过是表面的做作，有如《世说新语》所讲王衍那样，口不言钱，暗地却像妇人一样"贪浊"。这大概是指白石虽口讲不同官场同流合污，一生也未做过官，貌似清高，但却常以诗词博取达官显宦的青睐，成为某些达官显宦的曳裾门客。

——《从老子到王国维——美的神游》，湖南出版社，1991年12月，第389页。

吴　洋：

姜夔一介游士，口食仰人供给，其气度自不若苏轼，然亦未若宋谦父干谒贾似道得钱 20 万，即起豪宅般无耻。即姜夔之词有所避让，其中亦独有怀抱，艺术造诣很高，王氏此语过矣。

——《人间词话手稿本全编》，内蒙古人民出版社，2003 年1 月，第 197 页。

彭玉平：

此则重申人格胸襟之境界是词之境界的基石。如果就词而论，苏轼的旷达和姜夔的清旷具有相似的神韵；但就人而论，却相距甚远，苏轼自如出入儒佛道，不以物喜，不以己悲，所以心性强固，而姜夔寄身宦门，自然是局促辕下，其清旷便不免会受到无形的约束。王国维把姜夔比之如晋代王衍，虽然雅尚玄远，但家中蓄财万贯，妻妾成群，心中其实并没有放下那个"钱"字。姜夔的清旷与王衍类似，也不过是故作姿态罢了。这样的清旷不仅不能映衬出其胸襟的高远，反而将其卑陋的心态暴露无遗了。王国维在此则不仅强调人格精神的高远问题，更切实地提出了人格的真实与虚骄问题。其论词风而以人品为底蕴，也很可能是受到刘熙载"文品出于人品"观念的影响的。

——《人间词话》，中华书局，2010 年 4 月，第 182 页。

邬国平：

王国维尤其重视"神"，他说："词之雅郑，在神不在貌。"他认为苏轼"旷在神"，姜夔"旷在貌"，由此显出二人高低。这意见有一定道理，不过他在批评中，又不免夸大了姜夔词的缺点，得出的否定性结论也嫌过甚其词。其实，姜夔词之所以形成清空、疏旷的特点，正是以词人精神超卓拔俗为根本的，所以，可以说姜夔词与苏轼词相比，具有不同的清旷之"神"，而不能说徒有清旷之"貌"。

——黄霖、邬国平、周兴陆著：《人间词话鉴赏辞典》，上海辞书出版社，2011 年 12 月，第 218—219 页。

四八　内美与修能

"纷吾既有此内美兮，又重之以修能"文字之事，
于此二者，不能缺一。然词乃抒情之作，故尤重内美。
无内美而但有修能，则白石耳。

【别叙】

此则上承四七则内容，以内美与修能为标准，继续批评姜夔并
表明自我词学立场。所引"纷吾既有此内美兮，又重之以修能"话
语，源自屈原《离骚》。王国维先用之以论文，再用以之论词，最
后落实到对姜夔的评说上，认为姜夔其人其词，无内美而但有修
能，即认为姜夔不具备美好的品格，只依赖后天的修饰，即使再美
也仍有缺陷。王国维批评白石"无内美"，即指其"为人已是
'隔'，何况为文"（彭玉平），可见王国维对姜夔的评论是较为尖
锐的，是"真刺心之语"[1]（吴世昌）也。

【集评】

祖保泉：

在王国维之前的词评家，很有些人称赞白石词"清空"、"骚
雅"，说"姜白石如野云孤飞，去留无迹。"有些词"皆清空中有
意趣。"这里所唱的"清空"、"骚雅"等调头，与王国维所指出的
"无内美而但有修能"，在实质上是一回事，不过一褒一贬，说话的
口气不同罢了。但是，必须指出，王国维论姜白石的词，是站在内
容与形式统一的高度上说话的，因而他的论说比前人略略深刻些。

——《关于王国维三题》，《安徽师大学报》，1980 年 3 月，第 1 期。

---

[1] 吴世昌著，吴令华辑注，施议对校：《词林新话》，北京出版社，1991 年
10 月，第 240 页。

赵庆麟：

王国维又以东坡、稼轩为例，认为读他们的词必须知道他们的雅量高致；学他们的词必须先有伯夷、柳下惠之风，没有他们这样的襟怀，要学他们的词，只能是徒学其表。而对史达祖、周邦彦，他赞同周济和刘熙载的评论，他说："周介存谓：'梅溪词中，喜用"偷"字，足以定其品格。'刘融斋谓：'周旨荡而史意贪。'此二语令人解颐。"而高尚的人格，王国维认为主要体现诗人的忧生忧世之感。

——《融通中西哲学的王国维》，上海社会科学院出版社，1992 年 5 月，第 242 页。

蒋哲伦：

据此而言，则"意趣高远"归于"内美"，"精工博大"归于"修能"，二者是不可或缺的。比较起来，"内美"应占据第一位，它是意境有、无、深、浅的前提条件；"无内美而但有修能"如姜夔以下词人，王氏屡屡指责他们缺乏意境，但王氏并不因此而忽视"修能"，对于姜夔等词人于艺术上之所得，《词话》中也常加肯定（如谓其"格韵高绝"）。尤其像清真，更是从多方面揭示其艺术才能，至谓其"精工博大"可拟之老杜，虽王氏钟爱的欧、苏、秦、黄亦"殊不逮"，可见其对技巧、工力的重视。

——《王国维论清真词》，《文学遗产》，1996 年 1 月，第 1 期。

彭玉平：

所以"莫大之修养"，质实而言，其实就是要求文学家摆脱尘俗，专意审美，超越形而下，高慕形而上，通过对学问和德性的积累和磨炼，造就高尚伟大之人格，从而以"忠实"之心面对外物，全面提升文学的"内美"。事业、学问、文学，其路径容或不同，但其基础都是建立在"高尚伟大之人格"的基础上的，所以三种境界并此而论，以取执一驭百之效。其指称对象并非是诗境构造，而是诗人人格锻造。

——《"借古人之境界为我之境界"——王国维"三种境界"说新论》，《中山大学学报》，2005 年 8 月，第 4 期。

肖　鹰：

王国维推崇的理想（"内美"），是作为席勒美学灵魂的人本主义的理想，即人性的统一和完美发展。这个理想，包含着个体与整体的统一、人与自然的统一、情感与精神的统一、内容与形式的统一。这四大统一，正是王国维在《人间词话（手定稿）》前六则词话正面阐述和并在其余词话中贯彻运用的，而"境界"一词正是这四大统一的体现和理想状态。正是在这个意义上，我们才可理解王国维对"境界"的至高推崇："词以境界为最上。有境界则自成高格，自有名句。五代、北宋之词所以独绝在此。"

——《被误解的王国维"境界"说——论〈人间词话〉的思想根源》，《文艺研究》，2007 年 11 月，第 11 期。

曹旭、陆路：

内美主要偏重于自然感发，而修能更偏重于思力安排。结合"散文易学而难工，骈文难学而易工。近体诗易学而难工，古体诗难学而易工。小令易学而难工，长调难学而易工"。可见王国维觉得难学易工的为重规矩的文体，易学难工的为重自然感发的文体，且以后者为高。

——《王国维视域中的周邦彦词》，《上海师范大学学报》，2013 年 9 月，第 5 期。

四九　诙谐与严重

诗人视一切外物，皆游戏之材料也。然其游戏，则以热心为之。故诙谐与严重二性质，亦不可缺一也。

【别叙】

此则以诗人与外物之关系，进行论说。一方面，王国维主张诗人在创作中，既要视外物为"游戏之材料"，又要求对此游戏以热心为之。所言说的，实则是作者在进行创作时，对写作材料的如何调度利用以及创作态度的是否严肃问题。"诙谐与严重二性质"及其与诗人、外物之关系，即为"热心于游戏，故称诙谐；严分别物我，故名严重"（彭玉平）。所谓"诙谐"，是为文字游戏或游戏文学，而"严重"所指，即创作所应持有的严肃态度。于此，王国维将"诙谐"与"严肃"二者对举，看似平等，然于创作中，"无论从事何种自由想象、思想游戏，都须有个'严肃'在"（佛雏）。王国维此中言论及其对"诙谐与严重二性质"的重视，"既是引入西方文艺思想，对中国传统文学观念加以改造，同时，又是将中西文艺思想相互结合起来，进行新文艺观念的建设"（邬国平）。

【集评】

佛　雏：

这里，静安却强调"审美游戏"中的"严肃"的一面，虽然总的看来，这只是形式上的一点歧异。静安以"诙谐"与"严肃"对举，他的意思是，在诗词中，无论从事何种自由想象、思想游戏，都须有个"严肃"在。

——《〈人间词话〉三题》，《扬州师院学报》，1980 年 9 月，第 3 期。

施议对：

从文学的实质看，王国维的文学观，带有一定的主观色彩。即：他认为文学是于生存竞争之余的游戏事业，而未认识到，文学乃是人之生存竞争的反映。因此，王国维将文学当作艺术家"势力"的自我表现。而将一切外物当作游戏的材料，这是违背唯物主义反映论的原则的。但他强调"以热心为之"，强调作家的人格和创作态度，却是应当予以肯定的。

——《人间词话译注》，广西教育出版社，1990 年 4 月，第 179—180 页。

吴　洋：

文学是抒情和寄托的手段，是人类灵魂的皈依之所，不管它拥有什么样的外在形式，归根到底都是对人类自身情感的描述。因此我们必须对文学保持尊重，只有这样，我们才做到了对自己的忠实。

——《人间词话手稿本全编》，内蒙古人民出版社，2003 年 1 月，第 204 页。

罗　钢：

王国维在这里所说的，其实是谷鲁斯上述"伴信"内部的二重性。真实的自我既意识到自身是诗歌中一切的创造者，故能轻视，能"以奴仆命风月"。同时，游戏的自我在"伴信"的状态中又沉浸到对象之中，故能"与花鸟共忧乐"。

——《著一"闹"字，而境界全出——王国维"境界说"探源之三》，《文艺研究》，2006 年 3 月，第 3 期。

彭玉平：

王国维所谓"游戏"的心态——不汲汲于争存，其实是王国维心目中"诗人"的基本前提。把现实生活中限于种种"关系"而无法表述之内容，在文学的天地里尽情挥洒，王国维的纯文学观念由此可见一斑。在王国维的观念里，文学美术既然是倾诉平时不能语诸人之精神游戏，自然可以彻底摆脱功利的束缚而呈现出如同游戏的色彩。

——《人间词话》，中华书局，2010 年 4 月，第 184 页。

邬国平：

王国维一方面肯定西方的"游戏说"，另一方面，他又强调诗人对待游戏，一定要抱"热心"的态度去进行，才值得肯定。从整段话来看，显然他的重点又是落实在后面一层意思。作者既然以"游戏"的眼光观察"一切外物"，取之为写诗填词的"材料"，自然不难写出具有"诙谐"特征的娱乐性作品，摆脱实际利害的纠缠，然而，纯粹为了"诙谐"而写诗这又并非是王国维对诗人的希望，他强调文学作品"诙谐与严重"二种性质"不可缺一"。"严重"相对于"诙谐"而言，是指作者应当严肃从事文学写作的活动，热心地关注社会，积极地描写人生，并且"通古今而观之"，深刻地表现出人的精神和心理，为社会带来进步的动力。

——黄霖、邬国平、周兴陆著：《人间词话鉴赏辞典》，上海辞书出版社，2011 年 12 月，第 221 页。

卷三 人间词话附录

一 况 蕙 风 词

蕙风词小令似叔原，长调亦在清真、梅溪间，而沉痛过之。彊村虽富丽精工，犹逊其真挚也。天以百凶成就一词人，果何为哉！

【别叙】
这一段话中，王国维论说况周颐词作，认为况周颐的小令与晏几道的相像，而长调的水平更在周邦彦、史达祖之间，但较二者又更沉痛。况周颐与朱祖谋词为世人并称，王国维也曾推重朱祖谋词为学人之词的"极则"。但这里就朱祖谋词与况周颐词相比较时，认为朱祖谋词虽富丽精工，而以况周颐的更真挚感人。并认为况周颐生活的坎坷挫折，成就了其于词史上的成就。王国维之所以对况周颐有此赞赏，一是基于况周颐兼擅小令与长调这一点，二则主要在于况周颐词契合了王国维的审美要求："'沉痛'和'真挚'是王国维心目中词的本色所在"（彭玉平）。

【集评】
郑天叔、赵维江：
"天以百凶成就一词人"，真正的文学家以表现人类的苦难和痛苦为天职。悲观主义是不可取的，但将悲哀之情的表现作为艺术和审美的特征，却也道出了一种普遍性的规律。人类的感情，一般来说，都是生命力受阻时所产生的心理反应，人类在艰难困苦的进化中逐渐形成了一种悲剧性意识的心理机制，所以最深挚的感情往往表现为悲天悯人的忧虑和哀叹。正是这一点，沟通了诗人的心灵和人类的心灵。

——《论王国维对文学特质的认识》，《河北学刊》，1987 年 4 月，第 4 期。

施议对：

以情真景真作为批评标准，与所谓境界说是相一致的。但是王国维推尊况周颐，以为"天以百凶成就一词人"，难免言过其实。朱彊村与况周颐皆以遗民的身份进入民国，其生活经历大致相同，其所作词在抒写情性上，所谓"真挚"与否，实际相差并不太远，王国维之厚此薄彼，显然带有一定的偏见。

——《人间词话译注》，广西教育出版社，1990 年 4 月，第 182 页。

祖保泉：

从蕙风小令的总体风貌看，说它是淮海词的流裔，似较近乎实际；然而不能不指出，淮海小令胜处，蕙风尚未可攀比。别的不说，单看秀句吧，淮海词中有"自在飞花轻似梦，无边丝雨细如愁"、"郴江幸自绕郴山，为谁流下潇湘去"等等，这般精美而深沉的句子，蕙风拿什么来与之并比？

——《试论况周颐的词》，《中国文学研究》，1990 年 7 月，第 2 期。

王水照：

说况氏小令可与晏幾道比肩，而小晏在王氏心目中，是属于"生香真色"的"唐五代北宋之词"的；其长调稍逊周邦彦，但胜于史达祖，而"沉痛过之"，比之朱祖谋又多一份"真挚"，评价不可谓不高；而"天以百凶成就一词人"一语，更是感慨万千，充满敬意。王国维在私人交往场合中，更力主蕙风词胜于彊村。夏承焘《天风阁学词日记》1936 年 3 月 22 日引张尔田给他的信说："（况）在沪时与彊老合刻《鹜音集》，欲以半唐压倒大鹤（郑文焯），彊老竟为之屈服，愚殊不以为然。惟亡友王静安，则极称之，谓蕙风在彊老之上。蕙风词固自有其可传者，然其得盛名于一时，不见弃于白话文豪，未始非《人间词话》之估价者偶尔揄扬之力也。"《人间词话》于提高况氏声誉有力焉。

——《况周颐与王国维：不同的审美范式》，《文学遗产》，2008 年 3 月，第 2 期。

彭玉平：

此则比较况周颐与朱祖谋二人词之高下，仍以词的体制和悲情特色为基本衡量标准。朱祖谋接续王鹏运之论，对吴文英评价甚高，其自身创作即多追慕吴文英的词风，并以其在当时词坛的地位而影响到众多词人。王国维虽然把朱祖谋的词誉为学人之词的"极则"，但其实这个"极则"在王国维心目中并没有很高的地位，称其对古人词的自然神妙处尚未"梦见"。此则以"富丽精工"评朱祖谋词，也是立足其长调结构及师法吴文英所成的特色而已。而况周颐可能是晚清词人中最受王国维推崇的词人了。就体制而言，况周颐兼擅小令与长调。王国维认为况周颐的小令类似晏几道，长调介于周邦彦和史达祖之间。这个评价在王国维的语境中都是较高的。而所以有此评价，王国维揭出了"沉痛"和"真挚"两个要素，而这个要素正是王国维心目中词的本色所在。所谓"天以百凶成就一词人"，其实也是针对况周颐的经历而言的。况周颐一生虽然在生活表象上不失风流，但实际上"光景奇窘"，晚年更是以代人捉刀以易米，一生堪称沉沦，心境自是凄凉。这种经历和心境才是其词所以能沉痛和真挚的基础所在。

——《人间词话》，中华书局，2010 年 4 月，第 205 页。

欧明俊：

离乱词绝大部分都是"以血书者"，是用生命换来的。当生命面对极度压力时，会"激"发一种创造力，离乱词是在极度痛苦的状态下倾泻出来的。文学不是"异己"的手段，文学就是目的，就是生命的组成部分，就是生命本身。"文章憎命达"，王国维评况周颐时说："天以百凶成就一词人。"词人生活中的不幸恰恰是词史的幸运。

　　——《清词中的"离乱"书写》,《北京大学学报》,2016 年
3 月,第 3 期。

二　蕙风词境似清真

　　蕙风《洞仙歌》"秋日游某氏园"及《苏武慢》
"寒夜闻角"二阕,境似清真。集中他作,不能过之。

【别叙】

　　前一则已提及,王国维对于况周颐词,评价甚高。然上一
则里,王国维从综论角度来评说况周颐词,这一则,专就况周
颐《洞仙歌》《苏武慢》二词做评说,认为其中境界与周邦彦
词相似。于此可见,王国维对况周颐给予较高的评论。有的论
者指出,况周颐《苏武慢·寒夜闻角》词境幽深凄婉,读之不
可为怀,"直是以'伤心料'谱成"(邱世友)。也有的以为,
此等标榜,夸张溢美,了不足取(吴世昌)。从此则词话,可
以看出,王国维对于况周颐的词,实则是"既有肯定又有否
定"(魏红梅)。

【集评】

　　吴世昌:

　　此等标榜同人之话,皆夸张溢美,了不足取。况氏二词极勉强
做作,且有不通之句。如翻《西厢》"倩疏林你与我挂住斜阳",
乃情人离别时"吾令羲和弭节兮"之意,今独游某园,何得谓
"问几见斜阳疏柳挂"?《苏武慢》"遮莫城乌"云云,尚未通训诂,
瞎凑而已。

　　——吴令华辑注,施议对校:《词林新话》,北京出版社,
1991 年 10 月,第 70 页。

邱世友：

蕙风少作《苏武慢·寒夜闻角》，因寒夜闻角声所生的无端哀怨，就是在虚静中摆脱了一切杂念莹然开朗其心所得的词境。词的过片云："凭作出、百绪凄凉，凄凉惟有，花冷月闲庭院。珠帘绣幕，可有人听？听也可曾肠断？"（《惜阴堂丛书》本《蕙风词》卷上）这词词境幽深凄婉，读之不可为怀，直是以"伤心料"谱成，所以"半塘翁（王鹏运）最为击节"（《词话》卷二）。王国维则评云："境似清真。集中他作不能过之。"词中感时念乱之情，托诸角声而写得又那么浑化，所以说，"境似清真"。"珠帘"三句以婉曲之笔，作折进写法，使幽怨层层转深。所以叶恭绰又说："乃夔翁所最得意之笔。"

——《词论史论稿》，人民文学出版社，2002 年 1 月，第 338—339 页。

陈鸿祥：

第一首《洞仙歌》，其"付与杜牧狂吟，误作少年游冶"两句，意在讥斥"赢得青楼薄倖名"的晚唐诗人杜牧，戒"少年游冶"，而以"怕蹉跎霜讯"自策；第二首《苏武慢》，由静夜闻鼓角而发"肠断"之思，以上片"红烛泪深人倦"与下片"花冷月闲庭院"对应。"枉教人回首，少年丝竹，玉容歌管"，叹少年风华消逝；而"凭作出、百绪凄凉"，乃是"情高转抑，思往难回"，抚今追昔中的忧生忧世。在"南枝明日"中，"除却塞鸿，遮莫城乌"两句，虽自温庭筠《更漏子》"惊塞雁，起城乌，画屏金鹧鸪"脱出，然能以"古人之境界，为我之境界"，其"真挚"、"沉痛"，确是远胜于飞卿思妇闺怨的"画屏"之词。故王国维以为，此两词之"境"，与清真词相似，是《蕙风词》集中写得最好的作品。

——陈鸿祥编著：《〈人间词话〉〈人间词〉注评》，江苏古籍出版社，2002 年 7 月，第 312 页。

彭玉平：

此则是对前一则论况周颐词"长调亦在清真、梅溪间"的具体解释，具体落实沉痛、真挚四字而已。不过，仅从与周邦彦词风的相似角度立说，而未及史达祖。况周颐《洞仙歌·秋日独游某氏园》《苏武慢·寒夜闻角》二词，一写秋日独游，一写寒夜闻角，其题材已奠定基本格调。《洞仙歌》先写意行散缓、花迎径曲、鸟呼林罅，尤其是"秋光取次披图画"收束的一句见出情景之胜，但在登临远眺后，就转出幽恨了。下阕虽然仍是写秋光，但情调已是不同，"残蝉肯共伤心话"一句，将重阳节的孤独之感传写殆尽。《苏武慢》写"情高转抑，思往难回"后的"百绪凄凉"，先写花冷月闲庭院，接写无人隔帘倾听，再写听也可曾肠断。如此逐层写来，真有荡人心魄、催人泪下之感。这种情感的转折和对照，与周邦彦的词风颇为接近。所以，王国维以一句"境似清真"来揭出两人在表达真挚沉痛之情方面的相似性。

——《人间词话》，中华书局，2010 年 4 月，第 206—207 页。

张宏生：

（况周颐）将自己的作品与宋代汪莘之作相比较，认为更加"婉至"，确实非常自信。在当时，不仅得到了王鹏运的赏识，如其词话中所述，而且也得到了朱祖谋、叶恭绰、王国维等人的高度评价。在《词荄》里，朱祖谋共选况周颐词九首，其中就有本篇。叶恭绰《广箧中词》选况词七首，也有本篇。而在《人间词话》里，王国维更认为这篇作品"境似清真，集中他作，不能过之"。考虑到王国维曾经把周邦彦誉为"词中老杜"，这个评价不可谓不高，当然也说明，况周颐的自我期许得到了时人的认可。

——《晚清词坛的自我经典化》，《文艺研究》，2012 年 1 月，第 1 期。

魏红梅：

王国维说《洞仙歌》（秋日游某氏园）和《苏武慢》（寒夜闻角）二阕词，与周邦彦的词作的境界十分相似，而王国维又十分地看好美成词。周邦彦是北宋末年著名的词人，他的词作坚持"本色当行"，而这一点与王国维评价词的标准是一致的。说况周颐的这两阕词境界颇似清真词，这就说明王国维很看好这两阕词，这是他其他的词作所不能超越的。而蕙风词《听歌》中的诸作，王国维也认为只有《满路花》为最好，而到《题香南雅集图》这些词时，没有一首是值得称道的。由此可见，王国维对于况周颐的词既有肯定又有否定。

——《从〈人间词话〉看王国维对清代词人的评价》，《河南师范大学学报》，2015年7月，第4期。

三 彊村《浣溪沙》

彊村词，余最赏其《浣溪沙》"独鸟冲波去意闲"二阕，笔力峭拔，非他词可能过之。

【别叙】
此前王国维以朱祖谋词比况周颐词，认为朱祖谋有不及况周颐之处。此则以朱祖谋《浣溪沙》为例，王国维落到实处具体论说朱祖谋词，说其笔力雄健，"非他词可能过之"，可见其中肯定。另外，如果将此则与王国维提及朱祖谋的相关词则联系着看，可以知道：王国维无论论说词人、词作，多能既肯定其中成就与特色，又能在不同语境的比较中，指出问题与不足，同时与相关词人、词作做高下比较。当然，正如学者所指出，朱祖谋词中的长调之作，还是有不少值得关注的，王国维所论，"可能是限于小令的体制了"（彭玉平）。另外，就王国维以"峭拔"评说朱祖谋《浣溪沙》是否妥当，有学者认为是"中肯的"（黄拔荆），也有认为"是只见其峭拔，而不见其和婉"（周笃文）。

【集评】
　彭　靖：
　其实，这词亦已接近"自然神妙"。《定风波·丙寅九日》亦如之，全词以少陵、稼轩语意写平常的景和情，于平易、闲婉中见深隽。王国维曾以为词的小令，如诗的五七言绝句，适于"寄兴言情"，体制为最尊；而长调则如诗之长律，斯为下矣。这也许因小令易于尽自然流转之妙，而长调则不能以此来要求，如能把"人事"之巧与"天机"之妙结合起来，就是极不易到的境地了。这里，除词法、句法外，还有章法问题。如果是组词，则更有篇法问题。这就必然有一个艰苦锤炼的过程。不过，大匠则正如黄山谷所谓"成如容易"而已。彭孙遹说："词以自然为宗，然自然不从追琢中来，便率易无味。"（引自《瑶华集》附录）是颇有道理的。卢前论彊村词，谓"老去苏吴合一手，词兼重大妙于言。力取复天全"。"力取复天全"，也就是把"人事"之巧与"天机"之妙结合起来。东坡"天全"多于"力取"，而梦窗则"力取"多于"天全"，彊村兼之，是由"力取"而进于"天全"者，亦即"兼重大而妙"者。

——《"试画虞渊落照红"——论〈彊村语业〉》，《文学评论》，1987 年 3 月，第 1 期。

陈鸿祥：

王国维曾以"学人之词，斯为极则"，称道朱祖谋之"隐秀"。对"清四大家"中彊村词，颇多赞语。此则以"笔力峭拔"，评其《浣溪沙》词。所谓"峭拔"者，如词中"独鸟冲波去意闲"，"长川孤月向谁明"等句；但若以之与上则所引蕙风词中"怕蹉跎霜讯，梦沈人悄西风乍"、"凄凉惟有，花冷月闲庭院"诸句相比，则确有"华丽"与"沉痛"之别、"稍逊真挚"之感。

——陈鸿祥编著：《〈人间词话〉〈人间词〉注评》，江苏古籍出版社，2002 年 7 月，第 313 页。

黄拔荆：

（朱祖谋此）词当作于广东学政离职后，写归隐后的复杂心境。语淡心悲，虚实间举，且能融哲理思致于怅惘莫名的情状中。所以王国维说："彊村词，余最赏其《浣溪沙》'独鸟冲波去意闲'二阕。笔力峭拔，非他词能过也。"以"峭拔"二字概括其艺术特点，看来是中肯的。

——《中国词史》（下卷），福建人民出版社，2003 年 5 月，
第 479 页。

周笃文：

苍劲沉著，殆以黄鲁直之峭直化入词中，而内心精神仍是婉
约。王国维《人间词话》云："彊村词，余最赏其《浣溪沙》'独
鸟冲波去意闲'二阕，笔力峭拔，非他词可能过之。"是只见其峭
拔，而不见其和婉也。

——《红袖添香婉约词》，花山文艺出版社，2006 年 10 月，
第 222 页。

彭玉平：

王国维所谓笔力应该包括意象和情感的双重力度。"独鸟冲波"
一阕则以意象的力度见长，首句与结句两个"独"字本极容易将情
感导向低沉，但朱祖谋却以"冲波"、"环霞"、"无尽"等词语，
将情感向激越方面引导，而起句的"去意闲"三字，又将这种力度
略作顿挫，这大概就是王国维所说的"峭拔"之意了。"翠鸟红
厓"一阕，虽然也有长川孤月这样开阔的意象，但先写烛泪纵横，
继写酒悲突起。而且这种悲伤的感情是以"总无名"的方式频繁发
生，则词人内心之沉痛不待详言而自可知了。王国维将这两阕词列
为朱祖谋词的压卷之作，自是有他的看法。但可能是限于小令的体
制了。其实朱祖谋词中的长调之作，还是有不少值得关注的。

——《人间词话》，中华书局，2010 年 4 月，第 207—208 页。

四　蕙风听歌诸作

蕙风"听歌"诸作，自以《满路花》为最佳。至
"题香南雅集图"诸词，殊觉泛泛，无一言道着。

【别叙】

王国维认为，况周颐"听歌"诸作，以《满路花》为最佳，至于其"题香南雅集图"诸词，则为泛泛之作。《满路花》载《蕙风词》卷下，"题香南雅集图"诸词则未可考。前者何以最佳？本卷第一二则，王国维一是以"沉痛"对况周颐词作综合评说，一是以况周颐《洞仙歌》《苏武慢》二词为例，具体指出其"境似清真"的特点。此则王国维另拈出况周颐《满路花》为例说，认为是况周颐"听歌"诸作中写得最好的。何以最好？王国维没有具体说明。就此词内容看，虽写听歌，但融入作者情思，并"有一种洒落的笔调在其间"（彭玉平）。

【集评】

赵尊岳：

梅畹华演剧，驰誉坛坫。所编《散花》《嫦娥》诸曲，尤盛传日下。其来海上也，彊村翁与先生极赏之。先生前后作《满路花》《塞翁吟》《蕙兰芳》《甘州》《西子妆》《浣溪沙》《莺啼序》刊之集中。其集则别有五十余调，梓为《修梅清课》。先生以侧艳写沉痛，真古人长歌当哭之遗，别有怀抱者也。

——《蕙风词史》，《词学季刊》第 1 卷第 4 号，1933 年 8 月，第 94 页。

施议对：

这首词写听歌，不仅让人想象歌者的姿态风度，歌曲的内容，而且也体现了听歌者的心情，写得甚为真切。但是，蕙风其他听歌作品，例如《戚氏》，专为梅郎而作，却显得有些空泛。所以，王国维所说蕙风之《题香南雅集图》诸词虽未可考，而《戚氏》似可作为"无一言道著"之一例。

——《人间词话译注》，广西教育出版社，1990 年 4 月，第186 页。

彭玉平：

但王国维对况周颐的《满路花》（虫边安枕簟）一阕却独致青睐。

此词写听歌，从歌者到自身，顺序写来，虽然也写泪也写愁，但自有一种洒落的笔调在其间。尤其是结句"问天还问嫦娥"，更是将意趣放在两个"问"字之外。王国维的"最佳"之感，或许原因在此。

——《人间词话》，中华书局，2010 年 4 月，第 210 页。

五 皇 甫 松 词

（皇甫松）词，黄叔旸称其《摘得新》二首为有达观之见。余谓不若《忆江南》二阕，情味深长，在乐天、梦得上也。

【别叙】

皇甫松工诗词，《花间集》收录其词作十二首，历代多赏其《梦江南》二首。白居易、刘禹锡同样工诗词，并均有脍炙人口的《忆江南》词作。这里，王国维征引黄昇评说皇甫松《摘得新》二首为"达观"之作的言说，来表达自己的看法，认为皇甫松词《梦江南》二首，情味深长，不仅胜于其所作《摘得新》二首，也在白居易、刘禹锡的《忆江南》水平之上。王国维说词，持论每与前人异，何故？本来，赏评词作，除了各人立论角度不同外，与论者的审美眼光、个人偏好亦密切相关。同样的词人词作，不同的论者往往意见各异，即使同一论者，不同时期、不同语境，评说也有可能出现变化。但如果要从此则推究王国维立说的原意的话，王国维是将皇甫松词进行横向比较后论说高低，以图"彰显词体的'本色'即'女性化'的文体特征"（闵定庆）。而所以赏《忆江南》二阕，或正因其"更契合词体要眇宜修的特点"（彭玉平）。

【集评】

周　蒙：

这首词不独结句是"以景结情"，而且全篇都是借景抒情，并且达到了情景交融的艺术境地。通过对景物绘声绘色的具体描写，借以寄托诗人的思想感情，或者说诗人把自己的感触或情绪，全部隐藏到具体的景物背后，使得诗情含而不露，这是我国古典诗词中常用的一种表现方法。作者在这首词中，并没有直接抒发自己思念江南故乡的感情，而只是运用简练的语言和白描的手法，勾勒出了江南暮春雨夜的动人画图。然而就是通过这一刻画，使得诗人的怀乡之情若隐若现地寄托在字里行间了。王国维在《人间词话》中说："一切景语皆情语也。"这首词也正是寓情于景物的描绘之中，因而读来颇觉含蓄蕴藉，情长意远，给人以强烈的感染和想象的余地。王国维称赞这词"情味深长"，其原因也正在这里。

——唐圭璋、钟振振主编：《唐宋词鉴赏辞典》，江苏古籍出版社，1986 年 12 月，第 44 页。

施议对：

其（皇甫松《摘得新》）所谓"繁红一夜经风雨，是空枝"，虽然比"莫待无花空折枝"更为含蓄，"平生都得几十度，展香茵"也颇得"未知平生当著几两屐"之情趣，却难免有"说尽"之嫌。所以，如果以"思无疆"、"意无穷"的标准来衡量，这两首词还是存有缺陷的。王国维以为，皇甫松的《忆江南》二阕，不仅超过这两首《摘得新》，而且更在乐天、梦得之上，其原因就在"情味深长"四个字。

——《人间词话译注》，广西教育出版社，1990 年 4 月，第 187 页。

陈鸿祥：

就时间言之，刘、白同时，皇甫稍后，而所作"忆""梦"江南，俱为名篇。此亦词史佳闻也。王国维虽认为皇甫松《梦江南》"情味深长"，在刘、白之上，实则传颂更广者当为白作《忆江南》，故很难有轩轾之分。

——陈鸿祥编著：《〈人间词话〉〈人间词〉注评》，江苏古籍出版社，2002 年 7 月，第 317 页。

闵定庆：

将皇甫松《天仙子》《摘得新》与《忆江南》三组进行横向比较，论说高低，其意图在于彰显词体的"本色"即"女性化"的文体特征。《天仙子》二首不过是借仙人暌违诉说离愁，如"刘郎此日别天仙，登绮席。泪珠滴。十二晚峰高历历"，"行人经岁始归来，千万里。错相倚。懊恼天仙应有以"之类的句子，始终觉得隔了一层，而《摘得新》则以男女欢爱来"稀释"相思之苦，深感"繁红一夜经风雨，是空枝"，更觉得重逢的欢欣和爱怜比什么都来得重要，"酌一卮，须教玉笛吹，锦筵红蜡烛莫来迟"，"管弦兼美酒，最关人，平生那得几十度，展香茵"，用当下的欢娱抒写了刻骨铭心的爱。这一描写突出了词体"女性化"、"香艳性"的文体特点。王国维认为，《花庵词选》的比较虽然突出了词体的文体特征，但做得不够"到位"，《忆江南》二阕情味深长，有着更为雅致的审美趣味，更能体现词的文体特征，甚至比白居易、刘禹锡的词作更好。这一"以今观之，殊不然也"的"不以为然"的态度，就彰显了他与前人不同的评判眼光。

——《探索王国维词学体系的另一个维度——〈词录〉与王国维"为学三变"的文献学取向》，《清华大学学报》，2007年4月，第2期。

彭玉平：

此则以皇甫松词为例说明词以情味深长为本色。黄升称赞皇甫松的《摘得新》二首有"达观之见"，是基于词人的思想特点而言的。《摘得新》二首的主旨都在"管弦兼美酒，最关人"之句，所以其人生态度便留恋于此，而对时间功名则淡然处之。这大概就是黄升所说的"达观"了，其实达观之中包含着消极。皇甫松的《忆江南》二阕，都写梦忆江南之事，一写梅熟季节夜船吹笛，一写双鬓吹笙，似乎都暗含着情事。但说来隐约迷离，不露痕迹，情味确实耐人寻索，也更契合词体要眇宜修的特点。……王国维认为皇甫松《忆江南》词在白居易、刘禹锡之上，其持以比较高下的依据正在词体的特征上。

——《人间词话》，中华书局，2010年4月，第211页。

六 韦 端 己 词

端己词情深语秀，虽规模不及后主、正中，要在飞卿之上。观昔人颜、谢优劣论可知矣。

【别叙】

世人以"颜谢"并称颜延之、谢灵运，以"温韦"并称温庭筠、韦庄。王国维论说韦庄词，认为其情感真挚、文字秀隽，虽格局不如李煜、冯延巳词，却超过温庭筠词，并以之类比颜延之、谢灵运二人。就诗而论，颜延之、谢灵运二人谁优谁劣，前人已有定论，于此无须多加讨论。所要关注的，是王国维借之以论词，并对相关词人做相应褒贬，由此，关于温庭筠、韦庄二人词作之优劣，两相相比，就像比较颜延之、谢灵运二人诗之高下一般明显可见，夏承焘曾指出，说温庭筠词"密而隐"，韦庄词"疏而显"①。就二人词作出发看王国维其中用意，仍如前面数则所论说的，"看重的是'情深语秀'"（程亚林）。当然，须要看到的是，从文学发展史来看，无论宋玉《神女赋》、李商隐诗或吴文英词，"其'雕绘'远在温庭筠之上，但至今仍有那么多爱好者"（艾治平）。

【集评】

夏承焘：

词在民间初起的时候，本来是抒情文学，后来这种文学传人宫廷、豪门与文人之手，他们阉割了它的思想内容，只拿它作为娱乐调笑的工具，《宫中调笑》这个调名就明显地说明了这个转变。晚唐五代文人作词，大部分是为了宫廷、豪门的娱乐。在这班作家里能写他自己个人生活情感的，韦庄是比较突出的一位。虽然温庭筠

---

① 夏承焘：《唐宋词欣赏》，百花文艺出版社，1980 年 7 月，第 20 页。

的词里也许有他自己的生活情感，但是他的创作动机主要是为应歌。韦庄的词虽然也有应歌而作的，但是他的创造动机主要是为抒情的。

——《唐宋词欣赏》，百花文艺出版社，1980 年 7 月，第2 页。

莫砺锋：

韦庄词与温词的最大相异之处在于，韦庄词多数是词人自抒怀抱之作，是深沉的内心独白，它们鲜明地体现了词人的个性。正是在这一点上，韦庄把自温庭筠以来偏离了抒情述志轨道的词又拉回到抒情诗的疆域。

——《论晚唐五代词风的转变》，《文学遗产》，1989 年 10 月，第 5 期。

程亚林：

可见他（王国维）欣赏韦词，看重的是"情深语秀"。正因为"情深语秀"，韦词才有谢灵运诗那种"如初发芙蓉，自然可爱"的品质。这种"重情"风格的形成，很可能与他遭遇离乱、飘荡不定的身世相关，所以刘熙载说他"留连光景，惆怅自怜"源于"飘飐于风雨"。"骨"，含有心神、心意、刚劲雄健的笔力的意思，又借指诗文的理路和气势。王国维说韦词"骨秀"，就是说韦词"情深"，以"情"为理路和气势，较温词更具感染力。

——陆耀东主编，程亚林著：《近代诗学》，湖南人民出版社，2000 年 11 月，第 214 页。

陈鸿祥：

何谓"颜、谢优劣"？史称：颜延之与谢灵运"俱以辞采齐名"。延之偏要以自己与灵运相比，问鲍照（约 421—465）孰优孰劣？照曰："谢五言如初发芙蓉，自然可爱，君诗如铺锦列绣，亦雕绘满眼。"（《南史·颜延之传》）盖鲍照亦宋朝诗人，杜甫以"俊逸"赞之，史家每以"颜谢鲍"并称，而诗的成就超过颜、谢，实为六朝第一流大家。鲍照虽未正面回答颜延之所问"优劣"，而"初发芙蓉,自然可爱"八字实已道出谢灵运之"优"。显然,王国维以"颜谢优劣"比拟韦温,亦在肯定韦庄词非"铺锦"、"雕绘"(即"画屏金鹧鸪")之飞卿词可比耳。

——陈鸿祥编著:《〈人间词话〉〈人间词〉注评》,江苏古籍出版社,2002 年 7 月,第 318 页。

艾治平:

其实从文学发展史来看,宋玉《神女赋》,被讥为"无人作郑笺"的李商隐的诗,以及南宋吴文英的词,其"雕绘"远在温庭筠之上,但至今仍有那么多爱好者。意大利美学家克罗奇说:"要了解但丁,我们就必须把自己提升到但丁的水平。"这话是智者之言。

——《词人心史》,学林出版社,2005 年 5 月,第 28 页。

羊春秋:

世以"温韦"并称,而王说"在飞卿之上",正是因为韦庄能够屏绝浮艳虚华的词藻,采用白描的手法,以真率坦白的语言,写热烈真挚的感情。

——唐圭璋、钟振振主编:《唐宋词鉴赏辞典》,江苏古籍出版社,1986 年 12 月,第 75 页。

彭玉平:

此前王国维已经评论唐五代之词"有句而无篇",秀句其实是这一时期词人的一个共同特色。所谓"规模不及后主、正中",主要是因为李煜"神秀",而冯延巳"堂庑特大",无论是在情感深度和情感格局上,韦庄都无法与李煜、冯延巳相比。所以韦庄的情深是在一定程度上说的。但王国维认为韦庄的地位在温庭筠之上。王国维曾以"画屏金鹧鸪"指代温庭筠的词风,其批评之意是明确的。此则又引出历史上的"颜、谢优劣论",实际上是以韦庄比拟为谢灵运的"自然可爱",而以温庭筠比拟为颜延之的"雕缋满眼",其以自然、真率、灵动为核心的境界说为裁断词人高下的标准,是通贯于其词学观念的。

——《人间词话》,中华书局,2010 年 4 月,第 212 页。

七　毛 文 锡 词

（毛文锡）词比牛、薛诸人，殊为不及。叶梦得谓："文锡词以质直为情致，殊不知流于率露。诸人评庸陋词者，必曰：此仿毛文锡之《赞成功》而不及者。"其言是也。

【别叙】

王国维不喜欢毛文锡词，认为他的词比不上牛峤、薛昭蕴二人的词作。但是王国维并不直接把话说出来，而是借用叶梦得的话来间接表达。叶梦得称：毛文锡词以质直为情致，而流于率露，是庸陋词的代表作。王国维谓"其言是也"，可见态度。实则毛文锡词作中，绝大多数作品并不是直抒胸臆，感情也不是一泄无遗，亦有"言已尽而意无穷"之作（诸葛忆兵）。

【集评】

诸葛忆兵：

我们之所以说毛词是婉丽的，除了文锡遣词造句多用雅丽语词外，还因为他的绝大多数作品并不是直抒胸臆，感情也不是一泄无遗。其词往往通过咏物、写景等手法，绕一个弯子，把作品的旨意和自己的情感隐藏在景物的后面，造成一种"言已尽而意无穷"的艺术境界。然而，我们又认为毛词是质直明白的，只要读者细心体味，就能拨开薄雾，领会到作者所要传达的旨意，所要抒发的情感。对毛词后一方面，词史上评价贬多于褒。……叶梦得的评论，代表了当时人们的一般看法。后人亦大体沿用此说。当然也有相反的意见。《唐宋词选》编著者就认为文锡的"质直比起矫揉造作的绮艳来，还是要胜过一筹"的。

——《"花间词"中的别调——毛文锡词作初探》，《求是学刊》，1986 年 6 月，第 3 期。

施议对：

毛文锡所作，其中也有佳篇，例如《更漏子》写闺情，"婉而多怨"。论者以为"压卷之作"（栩庄语，同上），并以为"红纱一点灯"五字五点血，读之不觉失声一哭（陈廷焯《白雨斋词评》。据李冰若评注本）。可见不能一概而论。

——《人间词话译注》，广西教育出版社，1990 年 4 月，第 190 页。

彭玉平：

毛文锡的《赞成功》词写海棠雨后情态，意思本极简单，语言却甚枝蔓。李冰若《花间集评注》说毛文锡的词"意浅词支"，可谓切中要害。毛文锡这一类词数量不少，而且也有一定影响，所以被后人引以为"庸陋"词的代表。但毛文锡的词也并非仅限于这一类供奉内廷之作，他的《巫山一段云》（雨霁巫山上）借景言情，就颇有韵味。而其《甘州遍》（秋风紧）等更是开拓了边塞词的题材，带有豪放的意味，也是值得关注的。

——《人间词话》，中华书局，2010 年 4 月，第 213 页。

八　魏　承　班　词

（魏承班）词逊于薛昭蕴、牛峤，而高于毛文锡，然皆不如王衍。五代词以帝王为最工，岂不以无意于求工欤。

【别叙】

这一则论说魏承班词，认为其比薛昭蕴、牛峤词逊色，而高于毛文锡词，但都不如王衍词。于此，王国维只是评论高下，而不做具体事证说明。关于此则内容的阐释，由此只能由读者各人自我理解。只就王国维关于魏承班词的批评而言，论者多表示赞同，但对于王国维所称道"最工"者的王衍词，所存异议较多，认为王衍"实与李璟、李煜无法相提并论"（彭玉平），可见知人不易。

【集评】

施议对：

魏承班擅长艳词，但常"说到尽头"，缺少韵味。在"花间"作者中，王国维以为比毛文锡高明，实际上魏与毛比，并不相上下（栩庄评《玉楼春》语，见《栩庄漫记》）。

——《人间词话译注》，广西教育出版社，1990 年 4 月，第191 页。

王定璋：

应当说，王衍诗美词佳，与之唱和的韩昭、王仁裕等人的诗歌是无法与之媲美的。他的诗、词留存不多，仅《全唐诗》存录四首，《全唐五代词》录词两首。然而，王衍诗词华美绮丽、流畅自然，很受读者喜爱，"蜀人皆传诵焉"正是其艺术魅力的写照。王国维……指出西蜀词人中王衍虽为亡国之君，却诗词华美，词的造诣尤高，出于花间词人魏承班、薛昭蕴、牛峤、毛文锡文诸人之上，也与吴任臣所述"尤好靡丽之词"和"甚有才思"契合，与王衍生活于蜀中歌舞升平的景象合拍。

——《词苑奇葩——〈花间集〉》，巴蜀书社，2006 年 9 月，第 11 页。

陈鸿祥：

然王国维谓"五代词以帝王为最工"，此乃本于南唐二主李璟、李煜立论。延至王衍，实仅存"浮艳"面目，故不可不辨。

——陈鸿祥编著：《〈人间词话〉〈人间词〉注评》，江苏古籍出版社，2002 年 7 月，第 321 页。

彭玉平：

魏承班词风秾艳，与温庭筠相近。《柳塘词话》评价其词与南唐诸公相比"更淡而近，更宽而尽"，这一评价可能与魏承班偶有清疏之作有关。但切近、有尽并非是王国维所欣赏的风格，所以仅将其列于毛文锡粗率之上。王国维在统观五代词人之后，得出的结论是：所有的词人都无法与帝王词人相比。这里的"帝王"应该主要是指李璟、李煜，旁及王衍而已。据欧阳修《新五代史》记载，作为前蜀之主王建之子，他在年轻时候曾度过了一段轻狂的日子，兼之"能为浮艳之词"，与南唐后主李煜确实性情相近。而论其词的成就，实与李璟、李煜无法相提并论。但"无意于求工"倒确实可能是王衍与李璟、李煜的相似之处，故别有一种真情倾注和自然的韵味，而这正是王国维奉为词体本色之所在。

——《人间词话》，中华书局，2010 年 4 月，第 214 页。

九　顾敻词

（顾）敻词在牛给事、毛司徒间，《浣溪沙》"春色迷人"一阕，亦见《阳春录》。与《河传》《诉衷情》数阕，当为敻最佳之作矣。

【别叙】

这一则论顾敻词，认为顾敻词的水平在牛峤、毛文锡二人词之间，并特别赞赏顾敻《浣溪沙》《河传》《诉衷情》诸词。顾敻如上作品所采取的表现手法，是"用'狂'来形容情意的至秾至艳"（吴熊和、沈松勤）。王国维之所以肯定顾敻词，即因其"实皆属'情语'"（陈鸿祥）。

【集评】

严迪昌：

情爱的抒写在唐五代两宋词人手里可以说是被发展到了追魂摄魄、登峰造极的地步。不仅篇什繁多，佳篇迭出，而且各家词人自出机杼，各擅其美。花间词人之一的顾敻就是以写情爱词著称而又较早的高手。《尧山堂外纪》称其"小词极工",况周颐《蕙风词话》也说他的小词"皆艳词也。浓淡疏密,一归于艳,五代艳词之上驷矣"。所谓"艳词",大抵即情爱之词。这首《诉衷情》属于疏淡一路,它的最显著的特点是纯以白描手法来表现口语式的内心独白,从而使一个痴情女子复杂的心理活动跃然纸上,人物的形象也呼之欲出。这样的特点所表现的情爱,呈现一种与"雅"之美相对而言的"俗"美,对后世词创作影响很深远,北宋柳永的一部分词的风格正是发展了这种路子。至于这首词较之温庭筠、韦庄同一词牌的作品增多四个字,即"怨孤衾"句变二字为三字,"换我心、为你心"由五字添至六字,并折腰为三三分句式,结句"始知相忆深"亦添了二字,《钦定词谱》认为这种体式"即开宋人添字之法"。这"添字之法"是词体演变历程中愈益增大情感容量、愈益灵活多变的重要因素之一。

——唐圭璋、钟振振主编:《唐宋词鉴赏辞典》,江苏古籍出版社,1986年12月,第105页。

吴熊和、沈松勤:

此词(按:《浣溪沙》)写春恨。上阕"细风轻露著梨花"一句,轻倩流丽,下阕"窗外"一联,亦琢句巧致,惟用"飔"字,未免音浮而不切。篇末以"小屏狂梦极天涯"作结,狂梦近乎乱梦,但"狂"字下得很着力。因为狂而且乱,所以梦极天涯。顾敻词好用"狂"字,《虞美人》(其三):"谢娘娇极不成狂。"又(其四):"颠狂少年轻离别。"《河传》(其二):"对池塘。惜韶光。断肠,为花须尽狂。"《玉楼春》(其三):"良宵好事枉教休,无计留他狂夫婿。"《荷叶杯》(其三):"满身兰麝扑人香。狂摩狂。狂摩狂。"都用"狂"来形容情意的至秾至艳。

——吴熊和、沈松勤选注:《唐五代词三百首》,岳麓书社,1994年4月,第160页。

施议对:

在王国维看来,顾敻在"花间"作者中,仅仅略高于毛文锡，但他特别赞赏其《浣溪沙》《河传》《诉衷情》诸词。顾夐所作《浣溪沙》，同见冯延巳《阳春集》，论者以为"巧致可咏"（栩庄《栩庄漫记》）；《河传》三首，论者曾誉为"绝唱"（汤显祖评本《花间集》卷三）；《诉衷情》二首，所谓"换我心，为你心，始知相忆深"，更被称作"透骨情语"（王士禛《花草蒙拾》）。

——《人间词话译注》，广西教育出版社，1990 年 4 月，第 193 页。

陈鸿祥：

王国维论"词家每以景寓情"，以牛峤、顾夐、欧阳修、周邦彦词为"专作情语而绝妙者"。此则专论顾夐词，从《花间集》所收五十多首中摘出《浣溪沙》《河传》《诉衷情》等数首，推为"最佳"，其中《浣溪沙》之"可堪荡子不还家"，《河传》之"小窗屏暖，鸳鸯交颈"，与《诉衷情》之"换我心为你心"，实皆属"情语"，颇可玩赏。

——陈鸿祥编著：《〈人间词话〉〈人间词〉注评》，江苏古籍出版社，2002 年 7 月，第 323 页。

彭玉平：

顾夐作词甚多，《花间集》收录其词有五十五首之多。其词多写艳情，但用情深至。况周颐《蕙风词话》称其词为"艳词上驷""以艳之神与骨为清，其艳乃益入神入骨"，可见其艳词有非同一般之处。王国维举出《浣溪沙》《河传》《诉衷情》数首作为代表，大概正是看出这些词写出了一种透骨感情的缘故。如《浣溪沙》将思妇"春色迷人恨正赊"与"小屏狂梦极天涯"的情感推进而写，确实有神骨俱思的意味。《河传》（燕飏）将思妇倚窗所见之景与动作心理合并而写，最后逼出一个"泪痕衣上重"的形象来。《诉衷情》（永夜抛人何处去）更将思妇的情感由思而及怨。这些作品因为将艳情放在真情的范围中来写，所以具有一种动人心魄的力量。

——《人间词话》，中华书局，2010 年 4 月，第 215—216 页。

一〇　毛熙震词

（毛熙震词）周密《齐东野语》称其词新警而不为儇薄。余尤爱其《后庭花》，不独意胜，即以调论，亦有隽上清越之致，视文锡蔑如也。

【别叙】

王国维论毛熙震词，既借用周密语，指称毛熙震词新警而不浅薄，又自称特别喜爱毛熙震《后庭花》词，认为其词不仅仅境界独绝，即使以其对词调的使用来看，亦做得隽秀清越，值得称道。就此，王国维同时批评毛文锡词，认为毛文锡在这一方面远远比不上毛熙震。对于王国维的论断，论者存在不尽相同的意见，有的认为王国维肯定周密评价毛熙震词，"实际上是对其词的感情表达的分寸感表示了认同"（彭玉平），由此予以肯定；又有的表示反对，认为如果将毛熙震、毛文锡词二人词作加以比较的话，二人各有短长，"于花间家法，熙震多有株守少有突破，文锡则多有突破少有株守。"（赵逸之）

【集评】

施议对：

毛熙震所作艳词，"风流蕴藉，妖而不妖"（陈廷焯《白雨斋词评》），无有轻佻浅薄姿态。但是，《后庭花》三首，王国维所谓"意胜"及"隽上清越之致"，却未必然。例如，《后庭花》第二首写舞妓，论者以为"堆缀丽字，羌无情致"（栩庄《栩庄漫记》），可见并非佳作。

——《人间词话译注》，广西教育出版社，1990 年 4 月，第194 页。

赵逸之：

于花间家法，熙震多有株守少有突破，文锡则多有突破少有株守。熙震虽则蕴藉新警，时有巧思，然而往往囿于男女艳情，亦有寡意失味之作。文锡虽乏婉约之致，却得质直之风，且于闺情之外，兼及个人身世、社会理想乃至冶游之乐，实非花间诸辈所能覆翼者。

——《花间词品论》，齐鲁书社，2008 年 9 月，第 290 页。

彭玉平：

毛熙震词多写艳情，缠绵婉转之中，自有一种韵味。周密称赞其词"新警"，可能与毛熙震比较注意对动作、情态的描摹有关，而且丽而有则，没有轻佻浅薄之语，所以是"不为僭薄"。实际上是对其词的感情表达的分寸感表示了认同。王国维特别拈出其《后庭花》三首，认为其兼得创意之胜和音调之美，评价颇高。如第一首以今昔变化和季节的热烈与心境的寂寞形成对比，写出了"伤心"之感，同时又把这一份伤心比喻为闲锁官阙的珪月，移情入景，别具情味。第二首写歌舞形态也形象生动。《后庭花》句式参差，且句句押韵，所以无论是其音调还是其格调都清隽、清越，让人含玩不尽。

——《人间词话》，中华书局，2010 年 4 月，第 217 页。

王　翠：

毛词之中，《临江仙》（其一）有劝谕君王美色误国之意，《后庭花》（其一）含着家国衰败的哀痛。王国维尤喜《后庭花》较有格调："余尤爱其《后庭花》，不独意胜，即以调论，亦有隽上清越之致，视文锡蔑如也。"在题材上，这两首词没有借古讽今、昔盛今衰的深沉刚性。其中词句"纤腰婉约步金莲"，"莺啼燕语芳菲节，瑞庭花发"，主要刻画绮丽阴柔的场景。毛熙震其余 27 首词，首首不离女性，一致突出了女性题材。这些女性形象，大抵不出闲懒颓靡、寂寞怀人、忧思哀怨的情绪范围，呈现出阴性化的生活状态。

——《毛熙震词的阴性化写作》，《成都大学学报》，2014 年 4 月，第 2 期。

一一　阁 选 词

（阁选）词惟《临江仙》第二首有轩翥之意，馀尚未足与于作者也。

【别叙】

这一则论说阁选词，并只肯定阁选《临江仙》的第二阕，认为阁选的其他词作不足以道说，可见对阁选词的评价之低。王国维肯定阁选《临江仙》的第二阕，或许也是因为其中"有忧生忧世之意"（周锡山）。

【集评】

施议对：

（阁选）此词借神女峰的故事叙说恋情，将羁旅行役中的愁思与神话融为一体，表现得姿态飞动，如入神仙化境，但结果又是"猿啼明月照空滩"，仍能独窗孤舟，做不成云雨之梦。此词确实比其余各词写得更加动人。

——《人间词话译注》，广西教育出版社，1990 年 4 月，第 195 页。

彭玉平：

所谓轩翥，本是形容鸾鸟有力飞举之貌。《楚辞·远游》即有"鸾鸟轩翥而翔飞"之句。这里是用以形容其表达感情的力度和动态之意。王国维大概是对阁选的其他秾艳词或流于绮靡或流于生涩极为不满，而对这首将神女峰的传说与表达羁旅之感相结合的《临江仙》特致青睐，觉得是阁选的代表之作。词中从云端景象写到画帘深殿，从楚王金銮写到舟行客，而结以"惊梦亦艰难"，将沉郁的情感写出顿挫的姿态。

——《人间词话》，中华书局，2010 年 4 月，第 217—218 页。

周锡山：

轩翥，飞举的样子。此是屈原《远游》中的用词……此因阎选
《临江仙》词有忧生忧世之意，所以给他这个评价。

——周锡山编校、注评：《〈人间词话〉汇编　汇校　汇评》
（增订本），上海三联书店，2013年9月，第352页。

一二　张泌词

昔沈文悫深赏（张）泌"绿杨花扑一溪烟"为晚
唐名句。然其词如"露浓香泛小庭花"，较前语似更
幽艳。

【别叙】

沈德潜曾经论说张泌《洞庭阻风》一诗，认为张泌"绿杨花
扑一溪烟"一句为晚唐名句。王国维就此借题发挥，认为张泌词中
"露浓香泛小庭花"一句，较前一句似乎更为幽艳（陈鸿祥）。王
国维的注意力并不在沈德潜对此名句之如何赞赏，其着眼点，乃在
对词"幽艳"特性的重视上。这或许也是王国维所以赞赏张泌词作
的原因所在。

【集评】

陈鸿祥：

沈德潜举张泌《洞庭阻风》诗中"绿杨花扑一溪烟"，以为
"晚唐名句"；王国维则从张泌《浣溪沙》词中拈出"露浓香泛小
庭花"，以为较前语更"幽艳"。实则，一为诗，一为词，所谓
"诗之境阔，词之言长"，故"露浓"句更足赏玩，亦正是其
"幽"处。

——陈鸿祥编著：《〈人间词话〉〈人间词〉注评》，江苏古籍
出版社，2002年7月，第326页。

彭玉平：

此则论张泌，以"幽艳"取胜，其标准实与其"深美闳约"四字相通。王国维首引沈德潜所评张泌名句"绿杨花扑一溪烟"之论，但沈德潜所谓"佳句"，似是承袭传统而言，并非自己的看法。实际上，沈德潜对张泌"绿杨"句的肯定相当有限，认为与"芰荷翻雨泼鸳鸯"句相似，"皆近小样"。所谓"小样"其实就是言其写景格局不大，有故作精巧之感。所以沈德潜反而更欣赏"水面回风聚落花"这样的句子，认为其得自然之趣，不见雕琢痕迹，故是大家气度。沈德潜结合《洞庭阻风》结尾"犹有渔人数家住，不成村落夕阳边"之句，认为只是因为夜泊洞庭湖边港汊，所以"绿杨"一句才能合乎风景。

应该说，王国维对沈德潜原意的把握是略有偏差的。但王国维欣赏"露浓香泛小庭花"一句的幽艳，却也是颇有眼光的。张泌的《浣溪沙》写恋人分别后的相思，从结局"但凭魂梦访天涯"来看，起句"独立寒阶望月华"或是梦醒后的情状。因"望月"之无奈，而回看寒阶、庭院，这才有"露浓香泛小庭花"一句，以花香露浓来将愁情稍作转移。意象艳丽，而情感趋于深沉，王国维"幽艳"之称，或缘于此。

——《人间词话》，中华书局，2010 年 4 月，第 219 页。

王湘华：

王国维最欣赏的是这种迷离渺远之境，这种意境最适合表达相思、怅惘、忧郁、迷茫等意绪，是由词的言情的特点决定的。王国维首倡意境说，是对文艺学所作的最大贡献，其所举之例也主要是词。王国维以意境说为论词重要依据，极力赞赏有意境的词作，这与其《人间词话》所阐述的"境界说"是可以互为佐证的。

——《晚清民国词籍校勘研究》，岳麓书社，2012 年 9 月，第 96 页。

一三　孙光宪词

（孙光宪词）昔黄玉林赏其"一庭花（当作"疏"）雨

湿春愁"为古今佳句。余以为不若"片帆烟际闪孤光",
尤有境界也。

【别叙】

这一则论孙光宪词。孙光宪十九首《浣溪沙》中,黄昇赏其
"一庭疏雨湿春愁"句,认为这是古今以往的上好词句。王国维对
此说不以为然,认为"一庭疏雨湿春愁"句不如孙光宪此词作的另
一句"片帆烟际闪孤光"更有境界。二句词句中的境界如何? 谁高
谁低? 究竟应该如何判断? "片帆烟际闪孤光"之所以更有境界,
一是在其"提供了鲜明的艺术形象"(陈咏),一是因为其"清疏
秀朗""与南唐词较为接近"(吴熊和)。

【集评】

陈　咏:

为什么片帆句比一庭句尤有境界呢? 难道这一句中的思想感情比
那一句的来得进步、高洁、真切? 我看不是的。比较下来,二者的差
别首先在于片帆句提供了鲜明的艺术形象,勾勒出一幅清晰生动的图
画;而一庭句却没有做到这一点。至少词句提供的形象是不够鲜明、
具体的。可见,所谓有境界,也即是指能写出具体、鲜明的艺术形象。

　　——《略谈"境界"说》,《光明日报》,1957 年 12 月 22 日。

刘士兴:

境界是"写真景物真感情",做到"意与境浑"(情景交融)。
他评孙光宪的《浣溪沙》说:"片帆烟际闪孤光,尤有境界也",
因为诗中出现的"片帆"、"孤光"在茫茫大海中飘荡的孤单的景
和抒情者面对茫茫大海只看到"片帆"、"孤光"的孤寂的情水乳
交融在一起了。强调境界非单纯写景,还要包括人的内心世界,把
感情的表达也作为境界看,比单纯地把风景描写作为境界看,其境
界要开阔得多,也更接触到词的境界的特性——境界是根据诗人一
定的社会理想与审美理想反映到作品中去的现实。诗人的主观感情
在境界创造中是起着主要的作用。同时,强调境界的内容即非单纯

写景，也非纯粹抒情，而是客观世界与主观世界的统一，景与情的
统一，说明境界是一种完全可以认识的艺术形象。

　　——《诗的美学理论——"境界说"——读〈人间词话〉札
记》，《武汉师范学院学报》，1981 年 8 月，第 4 期。

吴熊和：

　　西蜀以外的词人，孙光宪颇堪注意。他仕于南平，地处西蜀下
游，南唐上游。他的词风，也正好介于西蜀词与南唐词之间。黄升
赏其"一庭疏雨湿春愁"为古今佳句。王国维《人间词话》以为
不若"片帆烟际闪孤光"尤有境界。这些词句，清疏秀朗，就与南
唐词较为接近。

　　——《唐宋词通论》，浙江古籍出版社，1985 年 1 月，第
181—182 页。

朱德慈：

　　陈廷焯《云韶集》谓"片帆烟际闪孤光"为"绝唱"、"七字
压遍古今词人"。实则这七字只有和"思随流水去茫茫"联系起
来，才能显示出其全部的深邃的意蕴。王观堂先生单从境界的角度
激赏这七字，称其"尤有境界"，倒是颇符实际的。若就运笔而言，
第一句是象征性的陪衬，第二句点明"望"的动作，第三句写所望
对象及其愈去愈远、终成孤点的动态。与电影镜头的推隐极为相
似，遂成千古名句。过片"目送"句承"天长"，次则"思随"句
接"片帆"。"兰红"句收结全词，神余言外。前后贯通，一气斡
旋，意境是清隽的，笔力却是遒健的，精劲的。

　　——《别异温韦另一家——试论孙光宪的词》，《社会科学研
究》，1987 年 12 月，第 6 期。

木斋、孙艳红：

　　《花间集》中的孙光宪《浣溪沙》词，多由具有唐诗意味的景
致构成画面，如"片帆烟际闪孤光"，"画梁幽语燕初还"，"画帘
垂地晚堂空"，"一庭疏雨湿春愁"，"早是销魂残烛影"，"落花微
雨恨相兼"，"红苞尽落旧桃蹊"，具有唐诗意象方式的作品，占到

全部作品的 80% 左右，唯有"兰沐初休曲槛前"和结尾"乌帽斜
欹倒佩鱼"一首，属于人物画卷式的景物，总体来看，警绝秀炼，
境界佳美，首首拿出，皆似唐诗。

——《论晚唐五代诗客曲子词的演变历程》，《社会科学战
线》，2012 年 7 月，第 7 期。

陆永品：

第三句（"片帆烟际闪孤光"）在构思上，紧承第二句（"江
边一望楚天长"）。在写景上，与第二句构成了不可或缺的完整画
图。第二句描写的是高远廓清的"楚天"。第三句描写客人乘坐小
船，孤身只影。在迷漫幽长的江流中飘荡。天上地面，景色凄清一
片。江边船上，感情密切相连。柳永有句词说"多情自古伤离别"
（《雨霖铃》），的确道出了天下有情人共同的心理。仅看"片帆烟
际"四字，可以说是一幅优美的风景画，配上"闪孤光"三字，
就突然改变了词句的感情色彩，给人一种孤寂凄凉之感。所以，第
三句的写景与抒情，结合得相当完美，有浑然一体之妙。

——唐圭璋、钟振振主编：《唐宋词鉴赏辞典》，江苏古籍出版
社，1986 年 12 月，第 174 页。

罗　钢：

这里的"境界极妙""尤有境界"，都是推崇词中所洋溢的动
态生命，这构成王国维"境界"说的一个重要的侧面。但由于过去
不了解王国维与德国心理美学的思想联系，所以"境界说"的这一
层意义几乎完全被忽略了。

——《传统的幻象：跨文化语境中的王国维诗学》，人民文学
出版社，2015 年 3 月，第 20 页。

一四　词中老杜周清真

（周清真）先生于诗文无所不工，然尚未尽脱古人蹊

径。平生著述，自以乐府为第一。词人甲乙，宋人早有定论。惟张叔夏病其意趣不高远。然北宋人如欧、苏、秦、黄，高则高矣，至精工博大，殊不逮先生。故以宋词比唐诗，则东坡似太白，欧、秦似摩诘，耆卿似乐天，方回、叔原则大历十子之流。南宋唯一稼轩可比昌黎。而词中老杜，则非先生不可。昔人以耆卿比少陵，犹为未当也。

【别叙】

　　王国维对周邦彦的评价，不同时期，评说侧重不一、态度各异。总的来看，是先贬多于褒，继而褒贬参半，继而又褒多于贬。这一则一开端，就先予周邦彦以肯定，认为周邦彦诗文当行，只是还不能完全摆脱古人的创作套路。而就其词成就看，于词中数一数二的地位，在宋代就已成定论。虽然张炎认为周邦彦词作意境不够高大深远，但北之于北宋的欧阳修、苏轼、秦观、黄庭坚，虽意境高大深远，但词作之富艳精妙，均比不上周邦彦。所以，如果以宋词比拟唐诗的话，苏轼的词像李白的诗，欧阳修、秦观的词像王维的诗，柳永的词像白居易的诗，贺铸、晏幾道的词则像唐代大历十子之类诗人的诗作。到了南宋，唯一可与韩愈的诗相比较的，只有辛弃疾的词，而词人中可比之于杜甫诗的，只有周邦彦的词。这里，将周邦彦推举至"词中老杜"这一位置，是否妥帖？需要从两个方面看：一方面，就创意而言，周邦彦自然不能与"诗史""诗圣"杜甫相提并论。但就创调的规范化、词的表现手法创新而言，周邦彦的成就可以与杜甫对律诗的贡献相比较，即：周邦彦、杜甫两人，实则都于形式上，为一代文学的创造作出卓越的贡献。就此，"如果把他评为集婉约派——亦即所谓'正宗'之大成，庶几近之"（郭预衡）。另一方面，说周邦彦是"词中老杜"，也是基于"周词的风格和杜诗沉郁顿挫的风格相似"[1]（金启华）的角度所做言说。

---

[1] 唐圭璋、钟振振主编：《唐宋词鉴赏辞典》，江苏古籍出版社，1986 年 12月，第 557 页。

【集评】

沈家庄：

从"不喜美成"，"不是大家气象"到"两宋之间，一人而已"；从视清真词"不雅"如"倡伎"，到"词中老杜，非先生不可"。王国维这些自相矛盾的观点，曾经引起学术界不同的议论和推测。实际上，这正反映了王国维读清真词的三种境界，即对清真词认识的不断深化过程。第一个评价是其早年读周济《词辨》的眉批，王氏仅只看到美成词"玉艳珠鲜"（彭孙遹《金粟词话》）的表象和形式上的特殊追求（形式上刻意求新的艺术，在未被理解的情况下，是会招来"作态"之讥的），而且是仅就周济所选清真少数词所发的议论。对个别作品的评价当然不能代表其对周邦彦整个作品的认识。其片面性是显而易见的。第二个评价为王氏撰写《人间词话》时，虽属王氏早年，但他对词艺学的研究已入堂奥，看到了清真词艺术上的"言情体物，穷其工巧"的独到之处，认可周邦彦艺术技巧可入第一流作者之群。但他并未将作品与作者联系起来进行综合考察，故尔结论仍未免偏颇。第三个评价是稍后。《清真先生遗事》为最早较全面研究周邦彦生平、著述的重要著作。这里王国维不仅澄清了宋人张端义《贵耳集》、周密《浩然斋雅谈》、王明清《挥麈余话》等笔记小说关于周邦彦与李师师关系及其他"香艳轶事"的无稽之谈，而且对周邦彦的诗、词、文进行了一番较系统和颇有心得的钩揽研究。尤其他看出周邦彦《汴都赋》"颇颂新法"（《清真先生遗事》尚论三），为我们研究周邦彦的政治态度、发掘其作品进步的思想性，提供了一条很重要的线索，也为深入研究清真词启迪了新的途径。我们认为王国维誉周邦彦为"词中老杜"，正是在此研究基础上得出的结论。如果不怀偏见的话，可以说王国维对清真词第三阶段的评价是公允的。

——《清真词风格论》，人民文学出版社古典文学编辑室编：《中国古典文学论丛》（第四辑），人民文学出版社，1986 年 10 月，第 155—156 页。

郭预衡：

但如果把他评为集婉约派——亦即所谓"正宗"之大成，庶几近之。他吸收了温庭筠的秾丽，韦庄的清艳，冯延巳的缠绵，李后主的深婉，晏殊的蕴藉，欧阳修的秀逸。特别吸收并发展了柳永绵密的铺叙乃至淫冶侧艳的表现手法，最终形成自己富艳精工的一家之风，并对姜夔、吴文英等人产生了深远的影响。

——《中国古代文学史长编》（宋辽金卷），首都师范大学出版社，1993年1月，第276页。

蒋哲伦：

应该如何来看待"词中老杜"的称谓呢？我觉得，讨论这个问题时，首先要破除我们脑海里认为杜甫为"诗史"、"诗圣"的传统观念，切忌拿这类套子来印证清真词。因为"老杜"云云不过是个比喻，比喻只要求喻体与喻指之间存在某种相似，并不求其全面相当。所以，尽管清真词里明显缺少杜诗那些"伤时忧国"的成分，仍无碍于从另外的角度来把二者相并比。这另外的角度，如果联系全段论述来看，我以为，主要指作品的艺术风格。试看文中以东坡的旷放比李白，欧、秦的淡雅比王维，柳永的浅俗比白居易，贺铸和小晏的琢炼比大历十才子，乃至以辛弃疾的"以文为词"比韩愈，不都是从艺术风格着眼的吗？推论之，"词中老杜"也无非指清真词的作风有近于杜诗之处，其特点即在于前文所说的"精工博大"。我们知道，杜诗的艺术成就向来是以"诗律精严"和"集大成"著称的，而清真词的胜境较之于北宋同期词人，在王氏看来，恰恰也便是其艺术上的"精工博大"，由此生发"词中老杜，则非先生不可"的联想，岂非出诸自然？也正由于这仅仅是从艺术风格的相似性立论，故"词中老杜"实在并不包含"词中第一人"之意，因亦无碍于王氏从其他方面对清真词给予批评（同一则论述中即张炎病其意趣不高远的话，并以"欧、苏、秦、黄高则高矣"坐实之）。于此看来，《遗事》的评论清真词同《词话》相比照，实可相互评论清真词同《词话》相比照，实可相互补充，相互发明，而并不构成显著的矛盾。要说有矛盾，也决非王氏态度上的矛盾，乃是其所评论的对象——清真词自身内含的"矛盾"，或者说"不平衡性"。只有确切地把握住这个"矛盾"，才能合理解释王氏对清真词的基本态度及其词学立场。

——《王国维论清真词》,《文学遗产》,1996 年 1 月,第
1 期。

张　毅:

清真词的"集大成"可从三方面来看:一是从词调的搜求、审
定和考正方面说,周邦彦有集成和创制的功劳;二是就其写作功力
方面的成就而言,他善于体物言情,描绘工巧周至,又善于融化前
人诗句,炼字妥帖工稳;三是从创作风格方面说,其清真词能集北
宋词自柳永到秦观、贺铸等人之成而独具特色。

——罗宗强、陈洪主编,张毅撰:《中国古代文学发展史》(中
册),南开大学出版社,2003 年 8 月,第 312 页。

孙华娟:

王氏最后对清真词推崇有加,但仍坚持其词以写常人之境为
多,虽入于人者至深行于世者尤广,毕竟未达到使人读后高举远慕
有遗世之志的诗人之境,这是王氏以境界论词的成熟表达。其称欧
苏秦黄"殊不逮先生",是在"精工博大"方面,而不是在所谓
"高"的方面;且称其"两宋之间一人而已"是指其音律造诣,而
非指其整体成就。

——《二十世纪关于周邦彦词的论争》,赵敏俐主编:《中国诗
歌研究》(第 2 辑)中华书局,2003 年 8 月,第 271 页。

艾治平:

王国维对清真词前后迥然不同的看法,恰切地表明他钻研探索
的不断精进。虽然,"以宋词比唐诗",认为周是"词中老杜"。可
能只就两人"沈郁顿挫"的艺术风格论。至于周词的社会效果,应
该说还是他同时代人了解得最清楚。南宋陈郁《藏一话腴外编》
称:"二百年来以乐府独步,贵人学士、市儇妓女知美成为可爱。"
南宋张端义《贵耳集》也说:"美成以词行,当时皆称之。"

——《词人心史》,学林出版社,2005 年 5 月,第 459—
460 页。

罗　钢：

许多学者据此认为，王国维对周邦彦的态度在后期发生了根本性的转变。如果深入研究一下这篇文章（按：王国维《清真先生遗事》），就会发现其实并不尽然。就在这篇文章中，王国维第一次提出了"诗人之境界"与"常人之境界"的区分。他所谓"诗人之境界"的特征是"惟诗人能感之而能写之，故读其诗者，亦高举远慕，有遗世之意"；而"常人之境界"的特点是"若夫悲欢离合，羁旅行役之感，常人皆能感之，惟诗人能写之"。需要指出的是，王国维在这里对两种境界的区分以及不同特征的描绘，均直接来源于叔本华著作中对天才与常人的区分。叔本华认为，天才的本质是一种"反思性"，天才之所以具有这种"反思性"，是由于"天才的思想摆脱了意志，也就摆脱了个人的局限"，能够以一种冷静和超然的态度来静观世界，换成王国维的话说，就是"高举远慕，有遗世之意"。叔本华认为，常人（common type of man）由于沉浸在意志中，沉浸在世俗生活的漩涡中，无法超拔出来，因而无法像天才那样如其本然地认识事物的本质。王国维所说的"常人之境"不仅名称直接来自叔本华，而且他所说的"悲欢离合，羁旅行役"等情感内容，在叔本华哲学中都归属于意志。最重要的是，王国维认为周邦彦的词"属于第二种为多"。这就清楚地告诉我们，实际上，王国维并没有从根本上改变对周邦彦的评价，无论他在文章中怎样称赞周邦彦"妙解音律"，又或"精工博大"，在他心目中，周邦彦仍然是一个"能雅而不能美且壮"的非天才的词人。

——《王国维的"古雅说"与中西诗学传统》，《南京大学学报》，2008 年 5 月，第 3 期。

房日晰：

若从周词之格律、法度、用语之精审看，周词与杜诗犹有可比之处；若从表现生活内容的深广程度看，周词与杜诗则有天壤之别。周邦彦词中表现的感情与杜甫诗中表现的感情有着本质的区别：老杜的沉郁，当然也有对个人生活困顿的忧虑，但他有很高的政治热情，对国计民生极为关注，诸如国家的前途命运、社稷的存亡、民生的困顿，特别是对苦难人民有着深切的同情。因此，他的沉郁是一种对社会深沉的忧患意识，是爱国爱民思想的深切反映，可谓"心事浩茫连广宇"；而周邦彦则一生沉于下僚，在官场殊不得意。他除了经常忧念自己在官场的前途发点不得志的牢骚而外，对国计民生别无关注，对人民的生活几无系念，缺乏忧患意识，其词反映社会生活之贫弱达到了极点。总之，杜诗内蕴之博大、境界之浑涵，则远非周词所能企及的。

——《宋词比较研究》，安徽大学出版社，2010 年 1 月，第166—167 页。

一五 模写物态，曲尽其妙

（清真）先生之词，陈直斋谓其多用唐人诗句檃括入律，浑然天成，张玉田谓其善融化诗句，然此不过一端。不如强焕云："模写物态，曲尽其妙。"为知言也。

【别叙】

此则仍是评说周邦彦词作。王国维分别援引陈振孙、张炎、强焕三家的意见来立说。陈振孙论周邦彦词，认为周邦彦将大量唐诗句子通过剪裁、改写体现于其词作中，使诗句与词律浑然相融。张炎也认为，周邦彦善于融化诗句入词作。就此，王国维认为，陈振孙、张炎所言，只不过说及周邦彦词作的其中一个特点。不如强焕评说周邦彦的"模写物态，曲尽其妙"语，最为恰当。此中对"模写物态，曲尽其妙"的强调，与王国维于其他词则中评价周邦彦词"穷极工巧"，"意思是一致的"（彭玉平）。

【集评】

韩经太：

清真词具有缘于感受而求意象之写真的创作倾向。

应该指出，这种倾向的存在，绝非偶然。诚如前面已经说过的那样，两宋词之间，有着一个从侧重抒情向侧重言志的转化过程。一般说来，北宋词多侧重于抒情，而且其情感之波荡多来自客观外物的触动，唯因如此词家构思自然多出于心物交感之际的新鲜感受。这样一来，一方面体物切近而能写实传真，一方面又能融情景中而"就景叙情"。

——《清真、白石词的异同与两宋词风的递变》，《文学遗产》，1986 年 6 月，第 3 期。

施议对：

宋人论清真词，陈直斋及张玉田所说，在一定意义上，虽能揭示清真词渊源之所自，对于认识清真词颇有帮助，但其所说均限于语言运用范围，正如王国维所说，不过其成就之一端，未能窥其全豹。而强焕所说"模写物态，曲尽其妙"，乃表现手法上的成就，突出了周清真的拿手本领，所以王国维称之为"知言"。

——《人间词话译注》，广西教育出版社，1990 年 4 月，第 200—201 页。

张进、张惠民：

（模写物态，曲尽其妙）其意思近于周济所说的"钩勒"。对于模写物态，张炎曾指出："体认稍真，则拘而不畅，模写差远，则晦而不明。"强调的是自然中度。若适度掌握不当，或失之拘，或失之晦，都不能使物态鲜明生动。故周济说："他人一钩勒便刻削，清真钩勒愈浑厚。""刻削"大约便是体认过真所致。清真词能于刻画之中，既"钩勒清楚"，又不刻削外露，因而既富精工之妙，又极浑融之致。周济还说："他人一钩勒便薄，清真愈钩勒愈浑厚。"此薄，当指雕琢敷衍者。王国维的词友樊志厚言王氏于唐宋词人中"尤痛低梦窗玉田，谓梦窗砌字，玉田垒句，一雕琢一敷衍，其病不同，而同归于浅薄"。雕琢者，雕削取巧，珊缋满眼，失却自然；敷衍者，情思不足，引申他人，失却真情，故皆流于"薄"。情真钩勒，自然淳朴，不事雕琢，如"乱点桃蹊，轻翻柳陌"之句，工丽而不华饰，用力而不见其力，正况周颐所谓"愈朴愈厚"，陈洵所谓"朴拙浑厚，尤清真之不可及处"。又词中模写物态，人多着意于刻画描摹客体物态的形神，而主观情思则往往渗透不多，故薄。清真之妙在，既能写出物之形神姿致，又能表现自己浑厚的情像，正如《六丑》之蔷薇，不但写形，而且传神，如写花之楚腰娇小，写落红之如遗钿香泽，写飞红之零落，写花丛之暗碧，长条之带刺，钗头颤袅，向人欹侧，无不是神形兼备，更饶姿韵，而这些精妙传神之刻画，无一笔是不含深情的闲笔。清真钩勒既自然朴拙，又形神情俱到，故而"愈钩勒愈浑厚。"

——《论清真词的"浑厚"之美》，《汕头大学学报》，1992 年 1 月，第 1 期。

陶　然：

周邦彦必须使慢词的结构足以支撑起扩充了的内容，使其骨肉停匀，肌肤丰满。但他并没有就结构而论结构，而是从决定章法结构的深层因素——感情和心态来着手。晚唐五代以至北宋的小令大多都是表现一种刹那间的深婉、微细、曲折的心绪式的主体感受。以这种感受作为词人与读者的接受桥梁，词本身便成为这种感受的载体，读者只须体味到这种感受也就达到了对作品的理解。而周邦彦则彻底改变了这种传统的感发性创作模式，他转而表现较为复杂的感情历程，也正是这决定了周词章法特殊的复杂性，并成为奠定他上结北宋、下开南宋，扭转风气的关捩地位的重要因素之一。

——《简论周邦彦词的章法》，《杭州大学学报》，1994 年 6 月，第 2 期。

吴世昌：

直斋、玉田谓清真融化唐诗，浑然天成，乃对宋子京辈之生吞活剥而言。不知此点，即不知陈、张二说之要旨。

——《罗音室词札》（1991 年），吴令华编：《吴世昌全集》（第 5 册），河北教育出版社，2003 年 1 月，第 117 页。

罗　钢：

王国维在这里并不否定周氏融化诗句的做法，但认为这仅仅是"一端"，并不中肯。他赞同的是强焕的观点，因为所谓"模写物态，曲尽其妙"与他接受的西方认识论美学较易整合起来。

——《王国维的"古雅说"与中西诗学传统》，《南京大学学报》，2008 年 5 月，第 3 期。

彭玉平：

此则肯定周邦彦描写物态之妙，这与其《人间词话》称赞周邦彦"言情体物，穷极工巧"的意思是一致的，也是为前云"精工博大"之"精工"一词来作诠释。周邦彦模写物态往往能得其神韵，如其"叶上初阳干宿雨。水面清圆，一一风荷举"数句，王国维认为即堪称得荷花之神理。王国维在此则没有另行举例，但前后对勘，其理路仍是相近的。王国维为了将周邦彦的这一特点彰显出来，对此前陈振孙、张炎等只是注意周邦彦融化唐诗檃括入词而不失其浑成之致的特点，隐然表达了不满。在王国维看来，这种"以诗为词"并非是周邦彦最具创造性和最具特色之处，所以援引强焕之语以作自己立论之资。

——《人间词话》，中华书局，2010 年 4 月，第 222—223 页。

一六　清真词入于人者至深

山谷云："天下清景，不择贤愚而与之，然吾特疑端为我辈设。"诚哉是言！抑岂独清景而已，一切境界，无不为诗人设。世无诗人，即无此种境界。夫境界之呈于吾心而见于外物者，皆须臾之物。惟诗人能以此须臾之物，镌诸不朽之文字，使读者自得之。遂觉诗人之言，字字为我心中所欲言，而又非我之所能自言，此大诗人之秘妙也。境界有二：有诗人之境界，有常人之境界。诗人之境界，惟诗人能感之而能写之，故读其诗者，亦高举远慕，有遗世之意。而亦有得有不得，且得之者亦各有深浅焉。若夫悲欢离合、羁旅行役之感，常人皆能感之，而惟诗人能写之。故其入于人者至深，而行于世也尤广。（清真）先生之词，属于第二种为多。故宋时别本之多，他无与匹。又和者三家，注者二家。（强焕本亦有注，见毛跋。）自士大夫以至妇人女子，莫不知有清真，而种种无稽之言，亦由此以起。然非入人之深，乌能如是耶？

【别叙】

此则继续说周邦彦词，并由此论及诗人之境界与常人之境界的问题。王国维首先援引并肯定黄庭坚的话，认为所有的境界，无不是为诗人而设。世上如果没有诗人，就不会有诗中所表现的境界，所谓境界，也只能存于主观的内心或客观的存在，只能是瞬间之物。而通过诗人的描写，有了不朽的文字表现，读者才能感知此中境象。为此，诗人所描写的，字字句句都是"我"心中所想说的，而又不是"我"所能说出来的，此为成就大诗人的奥秘所在。就此论说基础上，王国维将境界明确地分为诗人之境界、常人之境界两种对举类型。关于诗人之境界，认为只有诗人能感受得到并且将之写出来，其中浮想翩跹，遗世独立之意，给人感受深浅不一，有的人能感受到，有的人则无法体会；而关于常人之境界，皆如悲欢离合、羁旅行役之感，一般人都能感受，却只有诗人能够将之写出来，并且能够深入人心、广为流传。所列述的这两种境界，看似没有褒贬之意。然而实际上，对于常人之境界，王国维似乎更看重一些。因为随后王国维即提出，周邦彦的词作表现的为常人之境界，所以能更感动人心，并且能获得更为广泛的传播与影响。如以常人之境界与王国维此前的忧生、忧世之说对勘，可知二者具有相通之处，代表着王国维对生命的关怀：一方面，"诗人之境界"与"常人之境界"虽来源于叔本华对天才与常人的区分，也受着中国传统物感观的影响，但王国维加入了自己的考量与选择，所表现的突破性变化，就是强调作者主体意识及"观"的能动作用的同时，对表现"人类普适之情"（彭玉平）内容的要求。

【集评】

周振甫：

这里说的两种境界：一种是超越利害的，所以有遗世之意，就是叔本华认为天才的，王氏称为诗人的境界。一种是受利害束缚的，写悲欢离合、羁旅行役，是叔本华认为俗子的，王氏称为常人的境界。王氏同叔本华不同，在于他并没有贬低常人的境界。不但不贬低，而且很看重。认为正因为写常人的境界，"故其入于人者至深，而行于世也尤广。"又像一面推重"主观之诗人，不必多阅世"；一面又推重"客观之诗人，不可不多阅世。"这就同叔本华只是强调天才的具有赤子之心的不一样。叔本华讲天才强调智力，王氏主张"故能写真景物、真感情者，谓之有境界。""昔人论诗词，有景语、情语之别，不知一切景语皆情语也。"强调感情，与叔本华的强调智力也不一样。更重要的，康德和叔本华论美学都主张超脱利害关系，王氏接受了这个观点，但他在具体论词时，又不自觉地违反了这个观点。

——《〈人间词话〉初探》，《文汇报》，1962 年 7 月 8 日。

雷茂奎：

生活的海洋呈现出极为丰富的美的境界，一般人有时也能领略，但只有诗人、艺术家才能不仅领略得到，且能把它升华、提炼为艺术的美，写出动人的作品。他认为自然美的境界是须臾闪现的（其实，有的虽是一闪即逝的，但更多的则是经常呈现的客观存在），艺术家的职责就在于及时捕捉住那些一瞬间幻化出的、美感的材料，写成传诵千古的伟大作品。

——《〈人间词话〉"境界"说辨识》，《文学评论》丛刊（第3 辑），中国社会科学出版社，1979 年 9 月。

王振铎：

艺术境界的真，不同于现实生活的真。艺术境界是"呈于吾心而见于外物"的"须臾之物"，是刹那间的情思，偶然间的影像，

恍惚之间融汇一体。定睛细赏，连自己也觉动心：对此飘忽的意
象，瞬间的闪念，一般人往往不注意，不把捉，任其流逝。而在诗
人看来，这正是人、景、物，事等形象与情思意念等感受初步交融
而形成的意境。刚开始时，它往往是片断的、不太明晰的，但它已
是生动的、真切的艺术境界。诗人的本领就在于及时把握和描绘那
美妙的瞬间之物，"观古今于须臾，抚四海于一瞬间"，创造出艺术
的真境界。这种艺术境界真则真矣，但它并不实在，比起现实生活
中的实境界来，它是真而不实的境界。

　　——《论王国维的"境界"说》，上海文艺出版社编：《文艺
论丛》第 13 辑，上海文艺出版社，1981 年 4 月，第 207 页。

　　佛　雏：

　　随着诗人对审美客体之领悟的程度不同，所取的侧面不一，在
同一客体上，可以出现多样的美的形式，以及内容方面有深浅、高
下、厚薄的差异。正是在这个意义上，王氏谓：诗人"所观者即其
所畜者。"诗人在自然人生中所能"观"出的东西，达到何种深
度，他在艺术中所再现出的东西，也就只能达到这样的深度，这跟
诗人本身"客观性"的程度密切相关。王氏所谓"主观之诗人"
与"客观之诗人"，乃是就抒情体裁与叙事体裁这两大类型诗歌而
作的相应的大体区分，而具备更多的"客观性"的要求，对这两类
诗人都完全适用。故知"一切境界，无不为诗人设，世无诗人，即
无此种境界。"这只是就审美观照的能力而言，或者就观照者本身
是否具有"客观性"而言，而决不意味着境界只是诗人主观的
产物。

　　——《王国维"境界"说的两项审美标准》，吴泽主编，袁英
光选编：《王国维学术研究论集》第一辑，华东师范大学出版社，
1983 年 9 月，第 350 页。

　　万云骏：

　　这里可以大致归纳为数点：（一）前人说词中比兴多于赋，与
此密切有关。比兴本来是自《诗经》《楚辞》以来诗歌中常用的艺
术手段，而至晚唐李贺、李商隐等诗中更有所发展；词是近水楼

台，继承、发展了这种手段。在婉约词中，多用闺房、花草、伤别、伤春；在豪放词中，除用美人香草之外，又常用怀古的形式，以抒写怀抱，寄慨当今。（二）有些比兴中有寄托，有些比兴中没有寄托，不可一概而论。（三）寄托必须包涵、融合于整个形象之中。如写离别相思，从全词形象看，必须是一首咏叹离别的完美的好词，读时再吟味探索，觉得还另有意义可寻，但这也一定是完整的东西，而不是枝枝节节拼凑成的谜语，谜语决不是艺术品。如欧阳修《蝶恋花》"庭院深深深几许"，张惠言说："庭院深深，闺中既以邃远也。楼高不见，哲王又不悟也。章台游冶，小人之径。雨横风狂，政令暴急也。乱红飞去，斥逐者非一人而已。其为韩、范作乎？"这样逐句附会，把全词割裂，变成政治谜语，是不足取的。其实这是独处深闺的荡妇自怨自伤之词，如果从怨女思妇之情与逐臣迁客之情有相通之处这一点上来求寄托，那是可以的，这就是无寄托。（四）"伤春谓宦途，离别为远去。"周邦彦的词中的寄托，一般可于此求之。周怀古词写得很少。王国维说周邦彦善于写"悲欢离合、羁旅行役，"而离合尤以男女的离别之感为多，也就是于艳情中寄身世家国之思，因此能"文小旨大"，"见仁见智"，达到艺术的高境，达到从有寄托到无寄托。总之，词对诗的比兴、寄托的传统是有所发展的，我们从《清真词》的比兴、寄托中也可以体会到。

　　——《清真词的比兴与寄托》，华东师范大学中文系、中国古典文学研究室编：《词学论稿》，华东师范大学出版社，1986年9月，第183—184页。

　　刘　炬：
　　艺术直觉来临是快速的，具有瞬间性。为了把握它，就要抓住稍纵即逝的东西。王国维指出："夫境界之呈于吾心而见于外物者，皆须臾之物。惟诗人能以此须臾之物，镂诸不朽之文字，使读者自得之。"其实，当读者领悟到境界时，也是须臾之物。读者阅读文学作品的经验，也是审美经验，这是艺术直觉发挥的范围。艺术直觉虽然快速，但并不全然神秘，并不全然不可捉摸；其有神秘之境，不可捉摸之态，也能引导人深入思索，以便在审美体验中得到更多的乐趣。

——《王国维创造"新学语"的历史经验》,《文学评论》,1997 年 1 月,第 1 期。

陈伯海:

实际上,两者("诗人之境界"与"常人之境界")的区分便在于常人所感多不离乎一己的身世遭遇,而诗人独能从超世的角度来观照诸般人生事象,借以提炼出具有普遍涵盖性的意蕴来。据此,则王氏的"境界"说虽以"能写真景物、真感情"为基点,而仍须上升到"忧生"、"忧世"之类理念上以为圆成,这固然是"境生象外"传统的沿袭,而在其生命本真境界的体悟中实增添了若干理性超越的成分,自亦属王氏借鉴西方理论的结果。

——《释"意境"——中国诗学的生命境界论》,《社会科学战线》,2006 年 5 月,第 5 期。

肖　鹰:

很明显,王国维在这里讲的不是人的心境与自然事物的普遍关系,而是诗人的心境与自然事物的关系。在这两个原则的限定中,王国维既不同于传统诗学的物感观,又不同于王阳明的心物观,而提出了"境界创造"说,即只有诗人,才能感知和创造"境界"。

"境界创造"说把一切境界都纳入(归结)到诗人的创造中,这种绝对化的立论,是在以物感观为主导的中国诗学传统中前所未有,也是不可能出现的。从文化脉络来看,柳宗元、袁枚和王夫之诸人的诗学思想不仅为王国维提供了母语诗学的精神资源,而且其内涵已经非常接近"境界创造"观。但是,从物感观到"境界创造"观,需要一个革命性的突破,这就是确立人本主义的诗学观念。

——《"天才"的诗学革命——以王国维的诗人观为中心》,《中国社会科学》,2008 年 1 月,第 1 期。

彭玉平:

王国维所说的"大诗人之秘妙"其实就是揭示"豪杰之士能

自树立"的原因所在。因为只有豪杰之士才能写出"字字为我心中所欲言，而又非我之所能自言"的作品，也只有这样的作品才能引发读者"高举远慕"的遗世情怀。王国维在这里所说的远慕、遗世，并不一定就是专指老庄超旷的情怀——当然也可以包括此点，而主要是指超越具体的个人化的悲喜之情，而获得对人类普适之情的认知和认同而已。

——《有我、无我之境说与王国维之语境系统》，《文学评论》，2013年6月，第3期。

梅向东：

要之，王氏的价值观已发生了重大转移：先前视文学为天才崇高事业，"其所欲解释者皆宇宙人生根本之问题"；此时则不再纠结于这一根本问题，而更重诗词意境的"常人"化和普遍性。既如此，则清真词的传统词学价值便彰显出来，它于意境内容上入人深、行世广，于形式上创调才大、音律绝美，声情、词情并举，于词史为集大成者，堪为"词中老杜"。

——《犹疑与错乱——王国维清真词评的复杂文化心态》，《文学遗产》，2016年4月，第2期。

一七　周清真妙解音律

楼忠简谓（清真）先生妙解音律，惟王晦叔《碧鸡漫志》谓："江南某氏者，解音律，时时度曲。周美成与有瓜葛。每得一解，即为制词。故周集中多新声。"则集中新曲，非尽自度。然顾曲名堂，不能自已，固非不知音者。故先生之词，文字之外，须兼味其音律。惟词中所注宫调，不出教坊十八调之外。则其音非大晟乐府之新声，而为隋唐以来之燕乐，固可知也。今其声虽亡，读其词者，犹觉拗怒之中，自饶和婉。曼声促节，繁会相宣；清浊抑扬，辘轳交往。两宋之间，一人而已。

【别叙】

这一则仍说周邦彦词，并言及词之声学问题。王国维引楼钥、王灼的话，展开关于周邦彦词之音律问题的讨论。一方面，肯定周邦彦的妙解音律，一方面，提出解读周邦彦词作，除了赏析语言文字外，还需深味其中音律，并认为即使周邦彦词作的乐谱已失传，但其词曲折变化而又和婉动听，曼声促节而又抑扬顿挫，起伏之间，自有规律，是两宋词人中，做得最好的。从这一则能够看出：王国维论词强调境界的同时，仍重视词声学方面的特性。

【集评】

吴熊和：

北宋时柳永、周邦彦词流传最盛，原因之一，就是他们的词多新声与美腔。叶梦得《避暑录话》卷下说"教坊乐工每得新腔，必求（柳）永为辞，始行于世，于是声传一时。"《碧鸡漫志》卷二也说柳永《乐章集》"能择声律谐美者用之。"教坊乐工的新腔，声律谐美的美腔，构成了柳永词调的主体。柳词声传一时，连不识字的人也喜欢，同这些新腔、美腔是分不开的。周邦彦自己"妙解音律，名其堂曰'顾曲'。"《碧鸡漫志》卷二又说江南某音乐家时时度曲，由周邦彦制词，"故周集中多新声"。周词音律也因此大都精美。王国维《清真先生遗事》说："故先生之词，文字之外，须兼味其音律。"像他的《兰陵王慢》，为都下西楼南瓦竞相歌唱，就同它的音律之美有关。

——《选声择调与词调声情》，《杭州大学学报》，1983 年 6 月，第 2 期。

韩经太：

在北宋词坛上，创调最多的词人就是清真，而且他的词受到社会各阶层的普遍欢迎，"式燕嘉宾，皆以公之词为首唱"，"学士、贵人、市侩、妓女，皆知其词为可爱"（《藏一话腴》）。为什么清真词能以和雅之体而产生雅俗共赏的艺术效果呢？一个重要的原因，便在于他所采用的词腔都是民间流行的俗腔。……此处之"新声"又绝不同大晟乐府之新声，而是民间音乐家所创作的流行乐腔。清真以和雅词章谐俗乐俗腔，就必然在一定程度上保持着民间曲词的声曲特点及其自由抒情的特长，清真词中颇多直抒情怀的句子，如"拼今生对花对酒，为伊泪落"，"天便教人霎时得见何妨"，等等，张炎以为这是有失于"雅正"之体的，因为它们完全"为情所役"了，实则，这倒正反映出清真词虽然追求和雅之美却毕竟未失民间曲词的真率气质。

——《清真、白石词的异同与两宋词风的递变》，《文学遗产》，1983 年 6 月，第 3 期。

施议对：

作为词人兼音乐家，周清真妙解音律，这是词史上所公认的。周清真曾经提举大晟府，和协律郎晁端礼、制撰官万俟雅言、田为，教坊大使丁仙现等，负责搜集、审定前代以及当时社会所流行的各种曲拍和腔调，并在这基础之上创造"大晟新声"。他们的工作是有一定成效的。但周清真任职时间甚短暂，他的创作活动基本上不在大晟府任上。王灼《碧鸡漫志》所记，说明周清真和柳永一样，曾在民间与乐工歌伎合作歌词，这当也是合乎事实的，并非说明周氏不知音。同时，周清真还十分注重词调的"规范化"，注重以文字之声律以应合乐曲之乐律，为词家之依调填词提供典范。所以，在歌词合乐上，周清真堪称为集大成者。

——《人间词话译注》，广西教育出版社，1990 年 4 月，第204 页。

韩经太：

所谓"拗句"、"拗体"乃是从既定律诗之声律规范出发而言的，因此精于词体音律而工"拗句"、"拗体"，就说明切合声腔音律的词体声律，与传统的诗律颇相乖违，倘以传统吟诗之法来吟词，必然会感到拗折不顺、滞涩不便。当然我们必须看到，宋代诗坛上本来就存在着一种专求拗涩声律的风气，诗工拗律，正是江西诗派的典型特征。也就是说，这既是诗律规范外的别一家。又是诗律自身变创的新一派。当时词坛，尚无既定词律，倚声之际，全凭作者裁制；这样，词人专尚"拗句"、"拗体"，或者出于倚腔便唱的考虑，或者出于刻意拗峭的诗心，此外不能有他。

——《宋词与宋世风流》，《中国社会科学》，1994 年 6 月，第 6 期。

王振铎：

同是一个作家，一会被骂作娼妓，一会又尊为"词中老杜"，这是怎么回事呢？原来，当王国维从形式主义美学观来评论周美成时，他的作品是那样精工完美，而从文艺学观点来看周词的境界时，他的作品就"意趣不高远"了。

——《〈人间词话〉与〈人间词〉》，河南人民出版社，1995 年 8 月，第 200—201 页。

彭玉平：

王国维认为读周邦彦的词，揣摩其意义固然是必要的，但同时要注意品味其词中的音律之美。在王国维看来，周邦彦词在音律上的最大特点是能将不同风格甚至互相对立的音乐元素自如地融合在一起，形成一种充满变化却整体和谐的音乐氛围。譬如拗怒与和婉，曼声与促节，清与浊，抑与扬，等等，在周邦彦的笔下，都能糅合成一种很奇妙的音乐境界。这种音乐修养及其在词中的体现，王国维认为周邦彦是"两宋之间，一人而已"。

——《人间词话》，中华书局，2010 年 4 月，第 226—227 页。

一八 云谣集中《天仙子》

（《云谣集杂曲子》）《天仙子》词，特深峭隐秀，堪与飞卿、端己抗行。

【别叙】

《云谣集杂曲子》中的《天仙子》，是唐代民间杂言歌辞中的作品，王国维称赞其深峭隐秀，认为可与温庭筠、韦庄二人的词作相抗衡。言语中，似是怀疑《天仙子》为民间作品（施议对）。王国维言外之意，或许是认为《天仙子》"可能为文人所作，起码是为文人所润色"。因为其词"已经带有词体'深美闳约'的若干特征"（彭玉平）。对此，论者又另有指称：王国维仅仅看到遣辞造句等表面现象，而并未触及实质性的内容（任中敏）。

【集评】

施议对：

《天仙子》三首，其一为双叠之调，其二、其三为单调。王国维对双叠之调极为赞赏，以为"深峭隐秀"，"堪与飞卿、端已抗行"，甚至怀疑为民间作品，谓"当是文人之笔"（评《云谣集》）。任中敏以为，王氏仅是看到遣辞造句等表面现象，未及其实质。任氏指出：这是游女情辞，上下两片各有一境，"其实难副"，但下片诡喻奇警，谓情之真不如珠之真，泪珠终不能换真珠，如与白居易相比，所谓"莫染红丝线，徒夸好颜色，我有双泪珠，知君穿不得"，便显得"老实可怜"，如与苏轼相比，所谓"泪眼无穷似梅雨，一番匀了一番新"，也显得"何其渺小"。

——《人间词话译注》，广西教育出版社，1990 年 4 月，第206 页。

余恕诚：

就王重民所辑的《敦煌曲子词集》161 首进行统计，"言闺情花柳"约 66 首，虽不及半数，但所占比例，显然高于一般诗歌和乐府。尤其是《云谣集》30 首，写妇女 26 首，写男子相思3 首，仅 1 首写其他方面内容（歌颂皇帝），而且其中有些篇章和不少片断还写得相当风流艳丽。如《天仙子》（"燕语莺啼"），王国维曾评云："词特深峭隐秀，堪与飞卿、端已抗行。"（《唐写本云谣杂曲子跋》）这些地方敦煌曲子词无疑体现了词的未来发展趋势。可以说它是脱离了一般诗歌的大文化体系，处在由题材内容广泛的诗歌，向词之正式独立门户，专写闺情花柳之情的过渡之中。

——《千年词史的椎轮大辂——谈敦煌词的内容和艺术》，《古典文学知识》，2000 年 8 月，第 4 期。

陈鸿祥：

王国维论"境界"，重风骨、气象，而赏词则赞深秀，如谓复堂词"深婉"、彊村词"隐秀"。以词品言之，深秀犹司空图所谓"杳霭深玉，悠悠花香"之"委曲"（司空图《二十四诗品》），亦即幽深、悠长。这里以"深峭隐秀"赞《天仙子》词，则又重在一"峭"字，故观堂又有题《云谣集·杂曲子》诗云："虚声乐府擅缤纷，妙悟新安迥出群。"

——陈鸿祥编著：《〈人间词话〉〈人间词〉注评》，江苏古籍出版社，2002 年 7 月，第 337 页。

彭玉平：

王国维特别提到《天仙子》词"特深峭隐秀"，或许是认为其可能为文人所作，起码是为文人所润色。因为其词确实富有文采，而且用情深至，已经带有词体"深美闳约"的若干特征了。王国维在后来撰写的《题敦煌所出唐人杂书六首》之三也有"虚声乐府擅缤纷，妙语新安迥出群"之句。因此，王国维认为《天仙子》词已经堪与温庭筠、韦庄媲美了。

——《人间词话》，中华书局，2010 年 4 月，第 228 页。

一九 王 以 宁 词

（王）以凝（当作"宁"）词句法精壮，如"和虞彦恭寄钱逊升"（当作"叔"）《蓦山溪》一阕、"重午登霞楼"《满庭芳》一阕、"舣舟洪江步下"《浣溪沙》一阕，绝无南宋浮艳虚薄之习。其他作亦多类是也。

【别叙】

这一则论王以宁词，认为其句法精壮，绝对没有南宋词的浮艳虚薄之病。并称不仅仅王以宁《蓦山溪》《满庭芳》《浣溪沙》三阕词如此，即使其别的作品，亦多与此三阕词风格相类。然此则内容非王国维所言，而为阮元语，收于《四库提要·王周士词提要》。王兆鹏认为"阮氏谓王以宁词'句法精壮'，绝无南宋浮艳虚薄之习"，准确地揭示出王以宁词风的特点，故颇为后人所认同。其后丁丙《善本书室藏书志》卷四十即沿用了阮氏的说法。①

【集评】

王幼安：

此则乃观堂所录阮元《四库未收书目·王周士词提要》。实非观堂论词之语。

——王幼安校订：《蕙风词话·人间词话》，人民文学出版社，1960 年 4 月。

王兆鹏：

（王以宁）工词，词风追步东坡，意象阔大，境界高远，多抒发自我怀抱，而不流连风月作艳语，王国维称其"词法精壮"，"绝无南宋浮艳虚薄之习"（《跋王周士词》），如其《满庭芳》词"笑问江头皓月，应曾照，今古英豪"，《蓦山溪》词"风裘雪帽，踏荆湘路，回首古扬州，沁天外，残霞一缕"，都英姿飒爽，飘逸不群。然其词较多祝寿、应酬之作，风格亦嫌单一而少变化，琢语有时或失之浅露。

——曾枣庄主编，李文泽、吴洪泽副主编：《中国文学家大辞典》，中华书局，2004 年 9 月，第 22 页。

---

① 王兆鹏著：《词学史料学》，中华书局，2004 年 5 月，第 98 页。

二○ 夏 言 词

　　有明一代，乐府道衰。《写情》《扣舷》，尚有宋元遗响。仁宣以后，兹事几绝。独文愍（夏言）以魁硕之才，起而振之。豪壮典丽，与于湖、剑南为近。

【别叙】

　　这一则论夏言词，认为其豪壮典丽，与张孝祥、陆游二人词风相近，并以为明词衰微，而夏言的出现，担负起明词振兴的历史使命。在明清之时，夏言词的确产生很大的影响。如何看待夏言于此时期词史的地位？王国维所言，论者看法不一，有的认为王国维对夏言词的主体风格的辨识没有错（刘扬忠），有的认为评论未必得当，"显然过于擢拔夏言的作用和地位了"（彭玉平）。可见，评说词人词作，仍不可脱离当时社会环境与时代因会等相关因素的影响。再，王国维所表达的词史观及其对元明词的评价，与此前持论不一致，说明王国维的思想也在不断地变化。

【集评】

　　施议对：

　　就有明一代词的发展史看，明词自身也有个"复兴"问题。论者一般将此"复兴"归功于陈子龙、夏完淳以及屈大均、王夫之、金堡等人，谓其所作不仅挽救一代词运，而且也为清词"中兴"开了风气。王国维将此"复兴"之功归于夏言，未必得当。夏氏所作，其中有的虽可与宋贤相比，但毕竟势单力薄，未能"起而振之"。

　　——《人间词话译注》，广西教育出版社，1990 年 4 月，第208 页。

陈鸿祥：

明代以小说、戏剧著称，一般文学史几乎不提词。所以，王国维感叹"有明一代，乐府道衰"。夏言以其才学、地位，决意振兴，写出了一些所谓"豪壮典丽"之词，王国维将其词与南宋的张孝祥、陆游（剑南）相比。实际上，就连王氏为之作跋，认为"实贵溪夏文愍公言所作"的《桂翁词》都"不提作者姓名"，足见此道式微。夏言的某些"典丽之词"之所以"朝传万口，暮颂同时"，究竟是"居势"使然，抑或因其"风采文采"？王氏跋中也不免提出了疑问。

——陈鸿祥编著：《〈人间词话〉〈人间词〉注评》，江苏古籍出版社，2002 年 7 月，第 338 页。

彭玉平：

以现在的眼光来看，王国维显然过于擢拔夏言的作用和地位了。但在明清之时，夏言的影响确实是很大的。王世贞《艺苑卮言》即认为其雄爽堪比辛弃疾，而钱谦益《列朝诗集小传》更说："（夏言）诗馀小令，草稿未削，已流布都下，互相传唱。"可见一时之盛况。

——《人间词话》，中华书局，2010 年 4 月，第 229 页。

刘扬忠：

王国维对夏言词的主体风格的辨识没有错：夏言词风豪壮典丽，近于南宋两个苏派大词家张孝祥和陆放翁；夏言在词体衰落的明代以自己的"魁硕之才，起而振之"，其具体手段就是追步苏轼的词风与词法，这应该说还是起了一定正面作用的。当然，夏言和其他一些明代文人的步苏词韵之作，有的和得好（属于优秀作品），有的和得差，应该具体分析，不宜一概肯定或全盘否定。

——《东坡词传播与接受简史》，《社会科学战线》，2012 年 10 月，第 10 期。

周锡山：

本则指出明代的词的创作最薄弱。词产生于唐，五代、两宋的成就最高。金元词，也有元好问、萨都剌等名家。清代的成就虽不如五代两宋，但也超过金元，除纳兰性德等大家之外，另有王士禛、朱彝尊、陈维崧、龚自珍等人，直至晚清，名家辈出。

——周锡山编校、注评：《〈人间词话〉汇编　汇校　汇评》（增订本），上海三联书店，2013年9月，第363页。

二一　樊志厚《人间词》序（一）

　　王君静安将刊其所写《人间词》，诒书告余曰："知我词者如子，叙之亦莫如子宜。"余与君处十年矣，比年以来，君颇以词自娱。余虽不能词，然喜读词。每夜漏始下，一灯荧然，玩古人之作，未尝不与君共。君成一阕，易一字，未尝不以讯余。既而暌离，苟有所作，未尝不邮以示余也。然则余于君之词，又乌可以无言乎？夫自南宋以后，斯道之不振久矣！元明及国初诸老，非无警句也。然不免乎局促者，气困于雕琢也。嘉道以后之词，非不谐美也。然无救于浅薄者，意竭于摹拟也。君之于词，于五代喜李后主、冯正中，于北宋喜永叔、子瞻、少游、美成，于南宋除稼轩、白石外，所嗜盖鲜矣。尤痛诋梦窗、玉田。谓梦窗砌字，玉田垒句。一雕琢，一敷衍。其病不同，而同归于浅薄。六百年来词之不振，实自此始。其持论如此。及读君自所为词，则诚往复幽咽，动摇人心。快而沉，直而能曲。不屑屑于言词之末，而名句间出，殆往往度越前人。至其言近而指远，意决而辞婉，自永叔以后，殆未有工如君者也。君始为词时，亦不自意其至此，而卒至此者，天也，非人之所能为也。若夫观物之微，托兴之深，则又君诗词之特色。求之古代作者，罕有伦比。呜呼！不胜古人不足以与古人并，君其知之矣。世有疑余言者乎，则何不取古人之词，与君词比类而观之也？光绪丙午三月，山阴樊志厚叙。

【别叙】

这篇序文论王国维《人间词》，作者署名为"樊志厚"。樊志厚即樊少泉（炳清），与王国维在 1898 年左右就已相识。序文称：王国维之治词，于五代作者中喜欢李煜、冯延巳，于北宋喜欢欧阳修、苏轼、秦观、周邦彦，于南宋则除辛弃疾、姜夔外少有喜欢的，并且尤其不喜欢吴文英、张炎词。序文称赞王国维的词作往复幽咽、感动人心，是自欧阳修以后，未见有如此水平的，可见对王国维词的极为推崇。就此序文作者身份，学界争议纷纭，一方面提出怀疑，认为此序"乃国维自作，托名于樊"（陈兼与）；另一方面则做辩驳，认为樊志厚是王国维的化名是毫无根据的说法，"因为王国维没有必要托姓名为自己作序"（刘雨）。

【集评】

汤大民：

白石的诗词很注意听觉形象的塑造，特别具有音乐旋律的美质，要捕捉他境界的神理，单从视觉形象特性上提出要求，恐怕不够。更何况白石也有许多运用白描手法创造本色境界的佳作，他的《诗说》也认为"雕刻伤气，敷衍露骨"而要求"意中有景，景中有意"。王氏以偏激对待白石，未免不公。至于格律派讲究词藻、韵律、格调，相对看来，对于词的形式趋于完美高峰，也不是毫无贡献的。作为一个流派，格律派词人习惯于以工笔镂彩错金，刻物写意，如能充分表达比较健康的内容，亦不失为词家又一境界。应该反对格律派脱离内容的形式主义倾向，但王氏以本色派的艺术标准去衡量格律派，从而全盘否定其艺术特色，就不免有点门户意气了。

——《王国维"境界"说试探》，《南通学报》，1962年10月，第3期。

祖保泉：

对王国维的词，在艺术上光以"婉约"评之，还不能恰如其分。《人间词甲稿序》说"至其言近而指远，意决而辞婉，自永叔以后，殆未有工如君者也。"这几句话，的确道出了王氏词的艺术特色。有人说，这序文是王国维自己写的。那么，我想说，上面引用的话，不是王氏自己吹嘘，而是实事求是的老实话。

——《试论王国维的词》，《词学》第1辑，华东师范大学出版社，1981年11月，第198页。

刘　雨：

此序作于一九〇八年（光绪丙午年），据此推算，樊氏与王国维在一八九八年左右就已相识。据赵万里《王静安先生年谱》所载："光绪戊戌年五月（一八九八年），罗振玉创办东方学社，聘日本藤田博士为教授，王国维与樊少泉受学于此。时同学仅六人，罗先生偶于同舍生床头，读先生咏史绝句有。'千秋壮观君知否？黑海西头望大秦'之句，乃大异之。月末甄别，先生与嘉兴沈昕伯（紘）山阴樊少泉（炳清）皆在不及格之列，罗先生为言于藤田博士，仍许入学。""辛丑二十七年（一九〇一年）罗先生主武昌农学校。春，招先生与樊少泉往任译授。"一九二七年王国维自沉昆明湖后，樊少泉为他撰写《王忠悫公事略》一文。（见罗振玉《王忠悫公哀挽录》）文中追述了他一生与王国维的交往。他说："炳清往岁与公同学相交垂三十年，知公深，谨为传略，以告当世。"另外，对一九〇一年前后的情况，樊少泉也作了简略的说明，"至二十七年辛丑春，参事（罗振玉）为湖北农务学堂监督，君偕往任译述讲又及农书。二十八年壬寅，参事至粤，适通州师范学校聘君为教授，遂未偕往。在通州授课之暇，兼为诗词。"由此可见，在此期间，樊少泉与王国维接触是较多的，而彼此于闲暇之中以赏词为乐，直至此后（一九〇八年）樊少泉为王国维《人间词》作序也是很自然的事情。所以，认为樊志厚是王国维的化名是毫无根据的，因为王国维没有必要托姓名为自己作序。

——《〈人间词序〉作者考》，《文学评论》，1985 年 5 月，第 2 期。

缪　钺：

王静安这一段话，纵观数百年词之流变而评论其长短得失，独具只眼，不因循，不依附，并且指出他所认为填词应遵循的道路，而他自己也确实是这样做的。至于王静安论诗，虽然没有发表过像论词这样鲜明具体的主张，但也是走他自己的道路的。

——《王静安诗词述评》，《王国维学术研究论集》第一辑，华东师范大学出版社，1983 年 9 月，第 330—331 页。

陈兼与：

吾疑此序乃国维自作，托名于樊，否则不能亲切如此。樊不闻于世，有其人否，亦一疑问也。

——《论近代词绝句》，《填词要略及词评四篇》，广东人民出版社，1986 年 6 月，第 80 页。

邱世友：

王氏认为寄兴深微是词境的三大特征之一。他不但论词强调寄兴深微的艺术意义，在自己的词作中也体现这种特点。众所周知，王氏所著的《人间词》哲理性强，而又不流为词论者，是由于这种哲理见诸深微的寄兴。叶恭绰在《广箧中词》评《人间词》说："（王国维）所作小令，寄托遥深，参与哲理，饶有五代北宋韵格，泂足独树一帜。"或托名樊志厚的《人间词甲稿序》云："若夫观物之微，托兴之深，则又君诗词之特色。"所以王氏作词颇为自信："虽比之五代北宋之大词人，余愧有所不如。然此等词人亦未始无不及余之处。"（《自序》）这说法的实际内涵和叶氏所评"寄托遥深，参与哲理"一致。如他的《蝶恋花》"昨夜梦中多少恨"阕，以梦中暂时之乐反衬人生的长恨，体现了他的所谓人生"实念"，而朦胧宕折，寄兴深微，言外有无穷意。《玉楼春》又以西园落花堪扫，痛惜人才废弃，托兴亦深致。

——《王国维论词的境界》，《词学》第 13 辑，华东师范大学出版社，2001 年 11 月，第 205 页。

黄拔荆：

《人间词甲稿序》说："至其言近而指远，意决而辞婉，自永叔以后，殆未有工如君者也。"不管这篇序文是否出自王国维自己的手笔，但这几句话的确道出了王氏词的主要艺术特色。

——《中国词史》（下卷），福建人民出版社，2003 年 5 月，第 487 页。

二二　樊志厚《人间词》序（二）

去岁夏，王君静安集其所为词，得六十余阕，名曰《人间词》甲稿。余既叙而行之矣。今冬，复录所作词为乙稿，丐余为之叙。余其敢辞。乃称曰：文学之事，其内足以摅己，而外足以感人者，意与境二者而已。上焉者意与境浑，其次或以境胜，或以意胜。苟缺其一，不足以言文学。原夫文学之所以有意境者，以其能观也。出于观我者，意馀于境。而出于观物者，境多于意。然非物无以见我，而观我之时，又自有我在。故二者常互相错综，能有所偏重，而不能有所偏废也。文学之工不工，亦视其意境之有无，与其深浅而已。自夫人不能观古人之所观，而徒学古人之所作，于是始有伪文学。学者便之，相尚以辞，相习以模拟，遂不复知意境之为何

物，岂不悲哉！苟持此以观古今人之词，则其得失可得
而言焉。温、韦之精绝，所以不如正中者，意境有深浅
也。"珠玉"所以逊"六一"，"小山"所以愧"淮海"
者，意境异也。美成晚出，始以辞采擅长，然终不失为
北宋人之词者，有意境也。南宋词人之有意境者，唯一
稼轩，然亦若不欲以意境胜。白石之词，气体雅健耳。
至于意境，则去北宋人远甚。及梦窗、玉田出，并不求
诸气体，而惟文字之是务，于是词之道熄矣。自元迄明，
盖以不振。至于国朝，而纳兰侍卫以天赋之才，崛起于
方兴之族。其所为词，悲凉顽艳，独有得于意境之深，
可谓豪杰之士，奋乎百世之下者矣。同时朱、陈，既非
劲敌，后世项、蒋，尤难鼎足。至乾嘉以降，审乎体格
韵律之间者愈微，而意味之溢于字句之表者愈浅。岂非
拘泥文字，而不求诸意境之失欤！抑观我观物之事自有
天在，固难期诸流俗欤？余与静安，均夙持此论。静安
之为词，真能以意境胜。夫古今人词之以意胜者，莫若
欧阳公。以境胜者，莫若秦少游。至意境两浑，则惟太
白、后主、正中数人足以当之。静安之词，大抵意深于
欧，而境次于秦。至其合作，如甲稿《浣溪沙》之"天
末同云"、《蝶恋花》之"昨夜梦中"，乙稿《蝶恋花》
之"百尺朱楼"等阕，皆意境两忘，物我一体。高蹈乎
八荒之表，而抗心乎千秋之间。骎骎乎两汉之疆域，广
于三代；贞观之政治，隆于武德矣。方之侍卫，岂徒伯
仲。此固君所得于天者独深，抑岂非致力于意境之效也。
至君词之体裁，亦与五代、北宋为近。然君词之所以为

五代、北宋之词者，以其有意境在。其以其体裁故，而
至遽指为五代、北宋，此又君之不任受。固当与梦窗、
玉田之徒，专事摹拟者同类而笑之也。光绪三十三年十
月，山阴樊志厚叙。

【别叙】

这篇序文上承前一篇序文，继续评说王国维词。其中，亦就意
境问题进行继续言说，且将意境划分意与境浑，或以境胜，或以意
胜三种类型。序文提出：文学之工不工，亦视其意境之有无，与其
深浅而已。同时也认为：王国维的词作，就意境而言，大抵说来，
深于欧阳修词而次于秦观词，并以王国维《浣溪沙》之"天末同
云"《蝶恋花》之"昨夜梦中"，乙稿《蝶恋花》之"百尺朱楼"
等词为例，认为达到了意境两忘、物我一体的水平。可见此序文
中，序文作者同样对王国维词推崇备至。

【集评】

周振甫：

这个说法同境界说有不同：一，这里提意境而不提境界，境
界是一个完整的概念，意境是意与境的结合。二，这里把作品分
为三种：意境浑，境胜，意胜；境界说里只讲造景、写境，有我
之境、无我之境，写真景物、真感情，境界有大小（《人间词话》
二、三、六、八），没有分成三种的。三，这里分观我观物，境
界说里说："有我之境，以我观物"，"无我之境，以物观物"，两
个都是观物，提法有不同。这三点的不同，有两种可能：一，樊
志厚序里的话不是王国维的见解；二，王国维修改了他的境界
说。我认为是后者。理由：一，序里论南北宋词人的话，完全和
《人间词话》一致，又说："余与静安，均夙持此论。"要是樊的
见解跟王不同，不该这样说。二，王国维后来写《宋元戏曲史》，
讲《元剧之文章》，不用他自以为创见的境界说，却说"其文章
之妙，亦一言以蔽之，曰：有意境而已矣。何以谓之有意境？曰：
写情则沁人心脾，写景则在人耳目，述事则如其口出是也。古诗

词之佳者，无不如是，元曲亦然。"又讲元曲的好处："语语明白如画，而言外有无穷之意。"这里就讲意境而不讲境界，这是一。说"明白如画"，指境说，"而言外有无穷之意"，指意说，这正说明"上焉者意与境浑"。这里说的和樊序相同。可见王国维后来修改了他的境界说。

不提境界而改说意境，不提以我观物、以物观物，而改说观我、观物，这些还只是字面和提法上的不同。真正的转变，在于改变了境界说中所包含的美学观点上，在于突破他所受到叔本华的美学观点的限制上。

——《〈人间词话〉初探》，《文汇报》，1962 年 7 月 8 日。

缪　钺：

《观堂外集》所载王静安托名樊志厚所写的《人间词序》两篇，最集中地表现了他论词的意见以及作词的祈向与甘苦。他用高屋建瓴的眼光对南宋以后元、明、清六百年中的词提出尖锐的批评，认为是"雕琢"、"摹拟"，"其病不同而同归于浅薄"。（此段原文，上文已引，故不重录。）又提出"意境"一词，作为文学之精髓，谓"文学之事，其内足以摅己而外足以感人者，意与境二者而已。上焉者意与境浑，其次或以境胜，或以意胜，苟缺其一，不足以言文学。"又说："文学之工不工，亦视其意境之有无与其深浅而已。"持此标准以衡量古今人之词，认为温、韦（引者注：指温庭筠、韦庄）所以不如正中（冯延巳），珠玉（晏殊）所以逊六一（欧阳修），小山（晏幾道）所以愧淮海（秦观），都是由于意境不同。美成（周邦彦）以辞采擅长，然终不失为北宋人之词者，有意境也；南宋词人之有意境者，惟一稼轩（辛弃疾）。白石（姜夔）之词，气体雅健，至于意境，则去北宋人远甚，而梦窗（吴文英）、玉田（张炎），则更不足道。又谓："古今人词之以意胜者莫若欧阳公，以境胜者莫若秦少游，至意境两浑，则惟太白、后主、正中数人足以当之。"王静安作词的实践，是与他的理论相符合的。

——《王静安诗词述评》，《王国维学术研究论集》第一辑，华东师范大学出版社，1983 年 9 月，第 330—331 页。

陈邦炎：

此《序》所提出的主张可以归纳为下列四点：

（一）文学作品的要素是"意与境二者"。

（二）意与境，缺一不可，但二者的结合情况因作品而异："上焉者意与境浑；其次，或以境胜，或以意胜"。

（三）意境来自"能观"。观有"观我"，"观物"之分，但"二者常互相错综，能有所偏重，而不能有所偏废"。

（四）"意境之有无与其深浅"，是对作品的鉴赏与批评的标准。

从这些基本观点出发，《序》中纵论了古今人词作的得失，并认为："以意胜者莫若欧阳公，以境胜者莫若秦少游；至意境两浑，则惟太白、后主、正中数人足以当之。"同时，此《序》对《人间词》也作了自我评价，指出其成功为"致力于意境之效"，其词"大抵意深于欧而境次于秦，至其合作，……皆意境两忘，物我一体"。

——《论静安词》，古典文学编辑室编：《中国古典文学论丛》（第3辑），人民文学出版社，1985年12月，第186页。

聂振斌：

联系他对情与景的基本关系的分析，他所说的"意"，包括了感情、理解、想象、志趣（理想）等多种主观因素，并以感情为"素地"（依托或形式）的综合形态；"境"则是含有生命（或神）气势（或理）的景象，二者和谐统一就成为美。这与当今学者把意境归结为情与理、意与象、形与神之统一的高论相比，也不见轩轾。这是一段比较全面论述意境的话。除了分析构成意境美所包含的两种基本关系——主观心理与客观存在，创作与审美的辩证统一外，又指出了两个基本方面所结成的关系，由于情况的不同而使意境有层次高低、种类相异的差别，并且特别说明了意境具有"观"即直观的特点。意境美的极致，是意与境浑然一体、天衣无缝。意胜于境或境胜于意，都在其次。两个层次、三种类型。但不管哪个层次、哪个类型，意与境都必须是一致的，和谐的，而不是分裂的、拼凑的。最好是"浑"，不能达到这个顶点，使某一方面

"偏重"也可以，但绝对不能"偏废"，即绝对不能把构成意境美的两个基本要素，随意废掉一个。那不仅不成其为美，也不是文学艺术了。把意境美分为意与境两个基本方面，在提法上显然同情与景不同。但在本质上是一致的，都反映了创作与审美中主观与客观这一根本关系。不同的是，意与境比情与景更全面概括了主观心理的诸因素（如情、志、观念，想象等）和客观存在的诸条件（如景象、环境、氛围），但对其根本特点突出的不够。有人认为，从景与情到境与意，提法的不同，反映了王国维意境思想的一个发展。我则认为，这个说法理由不充足。第一，他没有因为后者的提出而废弃前者，而是把二者交互使用。第二，意与境的提法出现在《人间词乙稿序》中，此序托名樊志厚，据闻乃"观堂手笔，而命意实出自樊氏"（徐调孚《人间词乙稿序》尾注），这就很难说清完全是王国维自己的意见。第三，自此之后，王国维在对元曲的批评中，仍然采取景与情的提法。

——《王国维文学思想述评》，辽宁大学出版社，1986 年 4月，第 154—155 页。

陈　洪：

清人直接谈意境的不多，如纪昀等虽以意境评诗却未作深论。但论及有关问题的大有人在，如叶燮、乔亿等都有很深刻的见解，兹不列举。"意境"成为我国文艺理论的重要命题当归功于王国维。他以"意境"为评论首要标准："文学之工不工，亦视其意境之有无与其深浅而已"。他又以"境界"评词，自诩为"探其本也"。在细微处，二者有意味的差异，而就大旨言，王氏之"意境"与"境界"谈的是同一种文学现象，即上文所谓"意境问题"。

——《意境——艺术中的心理场现象》，《意境纵横谈》，南开大学出版社，1986 年 10 月，第 25—26 页。

陈元晖：

王国维这一段话很重要，这是他对"境界说"美学理论的集中的说明，也是他的美学思想的中心部分。王国维以"意境"之有无和深浅，作为衡量历代词人的标准，有意境就高，无意境就低。对他自己的诗词，也是以这一"意境"来衡量。他自诩他的词从欧阳修以后，没有能超过他的。什么叫做"有意境"？王国维认为有意境就是："以其能观也"。"观"不外两方面：一、观我，二、观物。意境就产生于观物、观我之时。艺术作品中的形象化和典型化，都是更深刻地反映现实，这都不能不通过观我和观物来取得。非物无以见我，非我无以见物，两者浑为一体，就达到意境高度。不能观古人之所观，不能徒学古人之所作，不能相习以模拟；如果与此相反，那就都是由于既不观物，又不观我，所以就完全失去意境，就成为伪文学。有意境则意味溢于言表，无意境则味同嚼蜡，则成为伪文学。

——《论王国维》，东北师范大学出版社，1989 年 11 月，第 105 页。

陈良运：

这段话，实质上是王国维境界理论的纲领。《文学小言》谈的两种"原质"，在此已转化为文学作品中的"意"与"境"了。因为他还是笼统地谈"文学"，所以还有"以意胜"、"以境胜"之分。"观我者"指的是抒情文学，"意余于境"就是以"情"为"素地"而使"景"之"原质乃显"；"观物者"指的是叙事文学，"境多于意"是因为它们本以客观事物为"素地"。那么，"上焉者意与境浑"是指何种作品呢？一是指诗词中的"无我之境"，二是他后来在《宋元戏曲考》里所推崇的元剧之"意境"。前者是抒情文学之最高境界，后者是叙事文学之最高境界。

——《王国维"境界"说之系统观》，《社会科学战线》，1991 年 2 月，第 2 期。

祖保泉：

他原来所说的"文学之所以有意境者，以其能观也"、"有我之境，以我观物"、"无我之境，以物观物"的"观"，都立足于叔本华的"直观论"，以及由此生发出来的"优美""壮美"论调；而所谓"直观"描绘所得的景象只见之于片断的诗句、词句，其狭隘性是明显的。后来他深研元代戏曲，一再称颂元"南北二戏""有意境"之美，且指明："元剧自文章上言之，优足以当一代之文学。又以其自然故，故能写当时政治及社会之情状，足以供史家论世之资者不少。"（《宋元戏曲考·十二元剧之文章》）这就使文学意境之所以"能观"，由描绘自然景色扩展到描绘"社会之情状"了。显然，这表明王氏论文艺有开始摆脱叔本华"直观论"控制的思想动向。

　　——《漫议王国维的"意境"说》，《安徽师范大学学报》，2005 年 1 月，第 1 期。

　　陈伯海：

　　这是王氏首次集中地阐释他的意境说，其中的意、境相当于原来的情、景，所谓"意与境浑"相当于前人的"意与境会"或"意境融彻"而"境胜"，或"意胜"，亦大体接近于以往讲的"想高妙"，和"意高妙"。但王氏又将"意胜"，与"境胜"分别归之于"观我"、"观物"，并谓"观我之时，又自有我在"，这样一来，分明出现了两个自我：一是"观我"之"我"，即作为被观照对象的"我"，也便是原来担任情意主体的"我"；另一是"自有我在"之"我"，即后起而现在担任观照主体的"我"审美的"我"。于是，原来的"我"与"物"（即情与景）的对待关系，现在整个地转化成了审美主体重加观照的对象，这就促成了主体生命由实生活体验向审美体验的转变，审美活动的超越性（生命的自我超越）因亦得到实现。这可以说是王氏借鉴西方文论（主要是叔本华的理论）对传统心物交感说的重要发展，也是他在意境生成观念上的独特创新。

　　——《释"意境"——中国诗学的生命境界论》，《社会科学战线》，2006 年 5 月，第 5 期。

　　蒋　寅：

　　王国维对"意境"的完整论述，也是他成熟的想法，见于托名樊志厚撰的《人间词乙稿序》："文学之事，其内足以摅己而外足以感人者，意与境二者而已。……与其深浅而已。"这段话看似脱胎于前人的情景二元论，其实思想基础完全不同。情景二元论着眼于物我的对立与融合，处理的是吴乔所谓"情为主，景为宾"（《围炉诗话》卷一）的关系；而王国维的"观我"、"观物"，却有了超乎物和我之上的观者，也就是西方哲学的主体概念。因为有主体，自然就有了意识对象化的意境。情景二元论虽也主张诗中情景的平衡和交融，却没有不可偏废的道理。谢榛固然说过，"作诗本乎情景，孤不自成，两不相背"，但只是强调情景不背罢了。因为他还说过："景多则堆垛，情多则暗弱，大家无此失矣。八句皆景者，子美'棘树寒云色，是也；八句皆情者，子美'死去凭谁报，是也。"可见情、景皆能单独成诗，并非"孤不自成"。而观我、观物则不同，既然不存在没有对象的纯意识，则无论观我或观物都是一种"意"之境，自然不能偏废。这种基于西方哲学思想的文学观，不仅给王国维的文学理论带来主体性的视角，还促使他从本体论的立场来把握意境，赋予它以文学生命的价值。所谓"文学之工不工，亦视其意境之有无，与其深浅而已"。前人用"意境"论诗，言意境高卑广狭深浅，而不言有无意境，以有无意境论文学，即赋予"意境"以价值。这正是王国维对"意境"概念最大的改造或者说曲解。

——《原始与会通："意境"概念的古与今——兼论王国维对"意境"的曲解》，《北京大学学报》，2007 年 6 月，第 3 期。

彭玉平：

王国维虽然在字面上将意境具体形态分为三种：意与境浑、意余于境、境多于意，实际上只是就"足以言文学"的角度来说，若意与境分，则已不成其为文学了，故王国维未予论列。则综而论之，王国维的意境说其实也是有四种形态的，这与其隔与不隔之说之间有着直接的对应关系，如果"意与境浑"略等于"不隔"的话，则"意与境分"相当于"隔"了，而介乎其中的"意余于境"和"境多余意"就相当于"隔之不隔"和"不隔之隔"了。王国维既然明确说明意、境二者可以偏重而不能偏废，则其对不隔之隔和隔之不隔的理论认同自然也无可怀疑。如此说来，环绕在王国维心中的境界说，其实是一个系统结构，在这一结构中，各有侧重，但汇流成河，彼此都在一个理念下互相依存着。

——《论王国维"隔"与"不隔"说的四种结构形态及周边问题》，《文学评论》，2009 年 11 月，第 6 期。

二三 欧阳修《蝶恋花》

欧公《蝶恋花》"面旋落花"云云，字字沉响，殊不可及。

【别叙】

这一则说欧阳修《蝶恋花》词，认为此词字字句句沉着响亮，他人难以企及。所谓"沉响"，即王国维此前论周邦彦词作时，所指的"曼声促节"、"清浊抑扬"、"铿锵可诵"（陈鸿祥）特点；以"沉响"评欧阳修《蝶恋花》词，"体现了王国维的特殊眼光"[1]（彭玉平）。

【集评】

施议对：

此则所说《蝶恋花》，上片说花片被风吹落而旋转，柳絮在空中飞来飞去，这是产生伤春情绪，即所谓"春愁酒病"的外在物境，"落花"、"飞絮"，语语与"愁"、"病"相关；下片说"愁"与"病"的原因，一是"翠被华灯，夜夜空相向"，说明独守空房时间之长久。一是拉开绣帘，看到"月明正在梨花上"的情景，说明眼下仍然独守空房，无论是枕畔屏山，或者是帘外明月，处处惹起"愁"与"病"。这首词抒写伤春情绪，意与境完全融为一体。

——《人间词话译注》，广西教育出版社，1990 年 4 月，第 215—216 页。

---

[1] 彭玉平编著：《人间词话》，中华书局，2010 年 4 月，第 229 页。

陶尔夫、杨庆辰：

此词写暮春景象及春夜情怀。暮春标志是"面旋落花"、"柳重烟深"、"雪絮飞来往"，一派春事阑珊的景象。春归花落总是使人感伤，何况又值"雨后轻寒"、"春愁酒病"的气候和个人状态。主人公产生"惆怅"之情就是必然的了。下片前三句写主人公的处境。枕畔被中，在春夜中只能一个人"夜夜空相向"，寂寞孤单已经不言而喻。后两句更写出了一个行动、一幅景象：半夜起来揭开窗帘，看见"月明正在梨花上"，茕茕孑立的人与梨花，都在月光的笼罩映衬之下。画面鲜明，形象生动，传达出一种难以排遣而又百无聊赖的情绪，说得上是情景交融了。此词时间跨度从白昼到夜晚，主人公的情感活动自然也是夜以继日。

——费振刚主编，陶尔夫、杨庆辰著：《中国历代名家流派词传 晏欧词传》，吉林人民出版社，1999年1月，第219页。

陈鸿祥：

此为观堂赏词之语，属于读其词而"味其音律"者。盖"沉响"即前论清真词所谓"曼声促节"、"清浊抑扬"；论双声、叠韵所谓"荡漾""促节"，"则其铿锵可诵，必有过于前人者"。

——陈鸿祥编著：《〈人间词话〉〈人间词〉注评》，江苏古籍出版社，2002年7月，第339页。

秦丽辉：

虽然历代文论家在谈诗歌意境时没有将语音能指层面作为意境生成结构中的必备要素之一，但都不自觉地暗示出了语音能指层面在建构意境中的重要作用。王国维的论述便透露出了个中消息。

——《"意境"生成结构的符号学分析》，《云南民族学院学报》，2002年7月，第4期。

赵永刚：

如果说间接性是相对于其他艺术种类而言，体现语言的一般性特点的话，那么形象性则是相对于其他语言种类而言，体现语言的文学性特点。……王氏颇有天才颖悟，觉出欧阳修词"面旋落花风荡漾"中的"声音感"，声音也是形象的一部分。

——《文学语言的特征及其认知分析》，《湖北经济学院学报》，2009 年 5 月，第 5 期。

彭玉平：

所谓"沉"，即沉着之意，形容感情的低沉和深沉；所谓"响"，当指景物的飞扬明亮之貌。"沉"和"响"本是一对矛盾的概念，但在欧阳修的词中却以反向对比的方式而得以统一。欧阳修《蝶恋花》要表达的情感，歇拍"春愁酒病成惆怅"一句概括殆尽，但描写的景象却是面旋落花、春风荡漾、柳重烟深、屏山碧浪、翠被华灯、月明梨花等。这样的景象要映衬的却是惆怅与寂寞，所以情之"沉"与景之"响"——也宛然是低音之"沉"与高音之"响"，就如此和谐地统一在作品之中。王国维认为这样的作品非一般人可及，可见其大力推崇之意。

——《人间词话》，中华书局，2010 年 4 月，第 229—230 页。

二四　清真不宜有之作

《片玉词》"良夜灯光簇如豆"一首，乃改山谷《忆帝京》词为之者，似屯田最下之作，非美成所宜有也。

【别叙】

这一则，考订并提出对《青玉案》（良夜灯光簇如豆）一词作者归属问题的质疑，认为这首词可比之于柳永作品中最差水平者，而不可能为周邦彦所创作。周邦彦这首《青玉案》（良夜灯光簇如豆），乃改写黄庭坚《忆帝京》（银烛生花如红豆）而成，《全宋词》收归周邦彦所作，罗忼烈《周邦彦清真词笺》亦于附录收之。黄庭坚词作下有题，题为"私情"，是记男女幽会偷情之事。周邦彦之作虽调名不同，但叙事相同，字句也相近，开头结尾也基本相同。此词是否周邦彦所作，姑且不论，但判断一首作品的归属权，较可靠的方法，是考证出处及版本，以及相关文献记载，而非仅仅以作品自身的内容与风格做直接裁断，说此作品疑似某某的作品。王国维这里，以"似屯田最下之作"，来提出《青玉案》（良夜灯光簇如豆）一词"非美成所宜有"，是"从风格方面著眼作出的判断"（张巍）。就王国维此中评断，值得从三个方面做考衡：一是王国维可能真的怀疑此词是他人托周邦彦名而误收于周邦彦词集，二是王国维"对周邦彦失去分寸写下这类作品的批评"（彭玉平），三是王国维有意"曲为之说"（谢永芳）。

【集评】

龙榆生：

邦彦年少风流，又居汴梁声歌繁盛之地，闲游坊曲，自在意中。集中侧艳之词，时有存者。如《青玉案》云：……试与《乐章集》中"淫冶讴歌"之作相较，亦"伯仲之间"。此类作品，或亦有如雅言之悔其"无赖太甚"，稍自芟除。今所传清真词，要多淳雅之作耳。

——《清真词叙论》，《词学季刊》第 2 卷第 4 号，1935 年 7 月。

佛　雏：

美育的功能即在导引读者由前者转到后者，即由欲的刺激转到对某种带普遍性的真情之美的感受，而这是完全可能的。清戴震驳宋儒"天理、人欲"之说，而称："性，譬则水也；欲，譬则水之流也，节而不过，则为依乎天理。"（《孟子字义疏证》卷上）美育之于"人之大欲"，恐也只能导"水之流"，无论其为渟蓄，为波澜，为惊涛，一以带普遍性的"肫挚之感情"为之"节"，使之符合各具特征的审美的要求而已。故"劝我早归家，绿窗人似花"（韦庄），固不失为优美；而"须作一生拚，尽君今日欢"（牛峤），也未必不算壮美。"荡子行不归，空林难独守"，虽出倡伎之口，却不得目为"鄙秽"；而"良夜灯光簇如豆，占好事，今宵有"云云，虽出名词人之手，亦只能归于"眩惑"。

——《评王国维的美育说》，《文艺理论研究》，1981 年 3 月，第 2 期。

施议对：

周邦彦著述甚丰，流传也广。宋代周词刻本达十二种，刻本之多，在两宋词人中是独一无二的。但是，因为层层流转，周词集中伪作也在所难免。王国维《清真先生遗事》称，"伪词最多，强焕本所增，强半皆是。"强焕本，即宋孝宗（赵昚）淳熙七年庚子（1180）年间溧水令强焕序刻之《清真词》。据说毛晋汲古阁所刻《宋六十名家词·片玉词》，即据强本所编，凡二卷，一百八十二首，另补遗一卷，凡十首，则毛所增也。此则所说周邦彦的《青玉案》，见毛本卷上，注"《清真集》不载"。四印斋本《清真集外词》及《唐宋名贤百家词·片玉集抄补》皆收。此词是否决非周氏所作，尚可存疑。

——《人间词话译注》，广西教育出版社，1990 年 4 月，第216—217 页。

金启华：

（周邦彦这首《青玉案》）词而如此，真是大胆泼辣，毫不温柔敦厚了。所以清末刘熙载在《艺概·词曲概》中说："周美成词，或称其无美不备。余谓论词莫先于品。美成词信富艳精工，只是当不得个'贞'字，是以士大夫不肯学之。学之则不知终日意萦何处矣。"他又说："周美成律最精审，史邦卿句最警炼。然未得为君子之词者，周旨荡而史意贪也。"这当系针对周邦彦这类词而言。可见对这类词，是有不同看法的。我们姑且不考证这类词是否为周邦彦所作，就词论词，写得还是真实的。有背景，有场合、有细微动作，有心理描绘，可提供我们认识那个时代男女关系的情况。

——吕美生主编，《中国古代爱情诗歌鉴赏辞典》，黄山书社，1990 年 11 月，第 733 页。

彭玉平:

这首《青玉案》写情艳丽而流于淫靡,在风格上很像柳永,应该不是周邦彦惯常的做法。尤其是王国维在撰述《清真先生遗事》之时,已将数年前对周邦彦的看法作了很大改变,誉之为"词中老杜",在音律上更称其是"两宋之间,一人而已"。在这样的高度上来看,王国维对周邦彦的这首《青玉案》自然是有些难以认同了。不过,王国维虽然有疑问,但仍是谨慎的。所谓"非美成所宜有",一方面,可能怀疑是他人之作混入周邦彦集中;另一方面,也可能是对周邦彦失去分寸写下这类作品的批评之意。

——《人间词话》,中华书局,2010 年 4 月,第 230—231 页。

谢永芳:

周邦彦与黄庭坚有过相似经历,在他的笔下出现《青玉案》一类艳词,无论自作还是改作,都不奇怪。

王国维的上述说法,并非无所自来。这与前代学人从一开始就无端漠视词的发生史,无休止地对其所承载的社会功能进行道德价值方面的无情拷问紧密相关,说到底,是由于对词体文学的轻慢态度造成的。但是,词毕竟在彼时已然成为一种客观、普遍甚至是繁荣的存在,所以,身处两难境地的评论者们只好曲为之说。如欧阳修词中所谓"鄙亵"(陈振孙《直斋书录解题》卷二十一)之作,这个艳丽的话题自宋元以来曾被反复提起,俨然成为了一个相当严肃且难于回避的问题。曾慥《乐府雅词引》即云:"欧公一代儒宗,风流自命,词章窈眇,世所矜式。当时小人,或作艳曲,谬为公词,今悉删除。"左支右绌,堪称典型。《人间词话》与之一脉相承,未可信据。

——周邦彦著,谢永芳注评:《周邦彦词》,中州古籍出版社,2015 年 5 月,第 278—279 页。

张 巍:

从艺术方面来说,此词也与清真词精整典丽的风格不符。张炎《词源》云:"美成负一代词名,所作之词,浑厚和雅……作词者多效其体制,失之软媚,而无所取。"就指出宋代似周词者虽多,但要达到周词的境地却不易，往往会"失之软媚"。而此词风格颇为俗艳，周词写男女之情者极多，但从未有如此直露者。如《少年游》（并刀如水）……"何等境味，若柳七郎此处如何煞得住。"周济《宋四家词选》亦曰："本色至此便足，再过一分，便入山谷恶道矣。"这首词倒真是"入山谷恶道"，因为它原本依据的就是黄庭坚之词。而黄庭坚、柳永二人的俗词如出一辙，因此王国维在其《片玉词》眉批中也说："《片玉词》'良夜灯光簇如豆'一首，乃改山谷《忆帝京》词为之者。似屯田最下之作，非美成所宜有也。"这是王国维从风格方面着眼作出的判断。

——《〈全宋词〉中三首相同内容词作间的关系》，《国学学刊》，2016年1月，第1期。

二五　少游脱胎温词

温飞卿《菩萨蛮》："雨后却斜阳，杏花零落香。"少游之"雨馀芳草斜阳。杏花零落（当作"乱"）燕泥香"。虽自此脱胎，而实有出蓝之妙。

【别叙】
这一则说秦观词，认为其《画堂春》词中的"雨馀芳草斜阳。杏花零乱燕泥香"句，乃由温词"雨后却斜阳，杏花零落香"脱胎而出，但有出蓝之妙。其妙在何处？妙在平添二物，令"芳草"与"斜阳"相接，显得无边无际；"杏花"与"燕泥"相合，更加可惜可怜。于是，词中所谓"无限思量"，内涵就由此更加丰富（施议对）。

【集评】
刘士兴：
《词话》探讨了如何借鉴前人在境界创造上的丰富经验，又不为古人所束缚，做到"脱胎"与"出蓝"。他很欣赏秦少游《画堂春》"雨余芳草斜阳，杏花零落燕泥香"，虽是脱胎于温庭筠《菩萨蛮》"雨后却斜阳，杏花零落香"，"实有出蓝之妙"。因为《画堂春》的境界更优美，"芳草"、"燕泥香"使整个境界更显得具体、鲜明，有色有香，春意更浓，更有生机，确是"化""古人自然神妙处"，这样的境界就是美的境界。

——《诗的美学理论——"境界说"——读〈人间词话〉札记》，《武汉师范学院学报》，1981年4月，第2期。

张惠民：

秦观词"婉约"的审美特征，在于其词思想情感内涵的"婉约"，宋代词论家对此多有揭示。杨湜《古今词话》云："少游《画堂春》'雨馀芳草斜阳，杏花零落燕泥香'之句，善于状景物。至于'香篆暗销鸾凤，画屏萦绕潇湘'二句，便含蓄无限思量意思，此其有感而作也。"正是指出词之为体，正在表现人的深感久蕴的情思，而这一片无限思量意思又是融于景托于物而含蓄以出之，这正是其"情思婉约"的特点，而接近于张蜓所说的"词情蕴藉"之意。

——《宋代词学审美理想》，人民文学出版社，1995年4月，第111页。

徐培均：

为什么少游竟能超过词坛上一向所艳称的名句？因为他将好几层意思浓缩为一个完整的意境。杏花本当令之景，此为第一义；雨后零落，此为第二义；堕地沾泥，此为第三义；泥沾落花，带有香气，此为第四义；燕衔此泥筑巢，巢亦有香，此为第五义。词人将如许含义凝为一句，只举首尾而中间不言而喻，语言优美而意味隽永。审美价值极高。

——夏承焘等撰写：《宋词鉴赏辞典》（上），上海辞书出版社，2003年8月，第617页。

施议对：

少游《画堂春》有句"雨余芳草斜阳，杏花零乱燕泥香"，乃由温词"雨后却斜阳，杏花零落香"脱胎而出，王国维以为有出蓝之妙。两者相对照，少游之不同于飞卿，不过是于飞卿所造物境再加上"芳草"与"燕泥"而已。就字面上看，两者实在难见高低优劣，但就全词所造意境看，少游添上二物，效果就不一样。原来，温词所写只有"斜阳"及"杏花"一点明时令，一为眼前实景，此眼前实景——零落之杏花，虽能与"无聊独闭门"之主人公之心境相映照，使得词中所写"物"与"我"，境与意，互相切合，但其所造意境，其阔大、深长之程度还是很有限的。少游在此基础之上，平添二物，"芳草"与"斜阳"相接，显得无边无际；"杏花"与"燕泥"相合，更加可惜可怜。于是，词中所谓"无限思量"，其内涵就更加丰富。就两首词的意境看，少游确实高出一筹。

——《人间词话译注》，广西教育出版社，1990 年 4 月，第218 页。

陈鸿祥：

王国维以温庭筠之"雨后""杏花"，与秦观之"雨馀""杏花"相比，认为：将近二百年之后的秦词"虽自此脱胎"，但却青出于蓝而胜于蓝。这也应属于"借古人之境界为我之境界"的一例了。

——陈鸿祥编著：《〈人间词话〉〈人间词〉注评》，江苏古籍出版社，2002 年 7 月，第 340 页。

彭玉平：

可能是限于《菩萨蛮》的句式，温庭筠只写了斜阳、杏花两个意象，而秦观则写了芳草、斜阳、杏花、燕泥四个意象。所以，两人虽然都将这些意象置于"雨后"这一背景之下，但形成的画面感却有丰富和单薄的对比；再则，雨后斜阳、杏花零落的景象，毕竟比较空泛，但秦观前加一个"芳草"将空泛的意象收束在草地上，后加一个"燕泥"，将杏花的香味带到了燕泥上，画面的整体感明显增强。

——《人间词话》，中华书局，2010 年 4 月，第 232 页。

二六　玉田不如白石

白石尚有骨，玉田则一乞人耳。

【别叙】

这一则内容，说词人词作，也论词人词品。王国维于此提出：姜夔尚有品格骨气，至于张炎，则不过是乞丐一样的人。王国维将张炎说成"一乞人"，实与斥为"乡愿"相近，"是对'模仿之文学'的抨击"（陈鸿祥）。此则目标，"当是针对'家白石而户玉田'的浙西词派"（彭玉平）而发。

【集评】

施议对：

王国维论南宋词，独许稼轩，对于梦窗、玉田最是深恶痛疾，但对白石，则于否定之中，乃有所肯定。王氏批评标准为境界说，并将词品与人品联系在一起。他之所以痛诋梦窗、玉田，就是不满其品格。但是，王氏谓之为"乞人"，究竟有何依据，仍须具体分析。如果就词论词，前人的批评，主要在于"积谷作米，把缆放船，无开阔手段"（周济《介存斋论词杂著》），或在于"只在字句上着功夫，不肯换意"（同上），似未见否定其品格。王氏论玉田，谓之"玉老田荒"，即失之"枯槁"，缺乏生气，还说得过去，谓之为"乞人"，难免有无限上纲之嫌。

——《人间词话译注》，广西教育出版社，1990 年 4 月，第219 页。

孙　虹：

宋元之际，北方民族壮伟狠戾的马上雄风激荡。兵燹所及，不同地域、不同价值取向的游牧文化使中原本土文化产生了变异，审美取向出现了从大雅到大俗的巨大落差。处在这一特殊转型时期的张炎词，带上了雅俗裂变的印痕：既凄清雅致，亦难免枯槁平易。张词亦雅亦俗的美学品格，在崇尚大俗的元朝和主张复古归雅的明朝不可能得到关注。张词受到清初词坛特别是浙西词派的尊奉，最主要的原因是因为清朝也是异族统治，江山易主之时，张词中的遗民情绪产生了共振效应。另外，尽管清朝是封建社会后期最后一个文化鼎盛时代，但易代之初是宋元历史的重演，审美品味也有共趋性，而清朝后期尚雅的审美取向使张词再度受到冷遇。由此可知，张词的评价是在审美趣味的变化中沉浮。如果把张词置于万花纷呈的宋词背景中，张词没有多少春色；但置于元代文化背景中，张词是空谷幽兰，它以淡雅的姿质拒绝俗艳，呈现出不入洛阳花谱的独特审美风貌。

——《拒绝俗艳：张炎词的美学风格》，《文学遗产》，1983 年 3 月，第 3 期。

陈鸿祥：

王国维评述姜夔（白石）及其词，虽无苏轼之"旷"、辛弃疾之"豪"，但以"苏、辛词中之狂"比之，"白石犹不失为狷"，故虽责其有"营三窟之计"，但仍肯定其"尚有骨"。对白石以后的南宋诸家词，则从词品到人品，皆多贬责。这里说张炎"一乞人耳"，实与斥为"乡愿"相近。亦即贺裳《皱水轩词筌》评张炎《词源》，于"风流蕴藉""真属茫茫"，"如啖官厨饭者"。所谓"啖官厨饭"，不就是"乞儿"吗？从人品讲，这叫"嗟来之食"；从词品讲，便是只会学"大家""名家"之貌，而不能深入其"神"，得其"风流蕴藉"。故观堂此语虽近讥诮，实在也是对"模仿之文学"的抨击，值得回味。

——陈鸿祥编著：《〈人间词话〉〈人间词〉注评》，江苏古籍出版社，2002 年 7 月，第 341 页。

彭玉平：

此则评判姜夔与张炎二人高低，此在王国维的语境中，不过是在等而下之的词人中再加序列而已。在南宋词人中，王国维只对辛弃疾评价甚高，而对吴文英、张炎等，评价最低。姜夔的地位在南宋，在王国维看来，应该是介于辛弃疾与张炎等人之间，所以《人间词话》对姜夔赞弹均有，既有"古今词人格调之高，无如白石"的赞誉，也有"南宋词人，白石有格而无情"、"白石虽似蝉蜕尘埃，然终不免局促辕下"的讥评。王国维此则所说的"骨"，在内涵上应该近乎"格"，因为其词的"清空"特征确实令人神远。但姜夔毕竟在人品与词风方面存在着差距，这当然根源于其"局促辕下"的幕僚身份。不过，与姜夔的近乎"狷者"不同，张炎就更接近"乡愿"了。因为张炎"不肯换意"的特点尤为明显，而不具备创意之才的词人则必然要多借鉴他人之意，王国维所谓"乞"应该主要就是指在意思上的承袭。此则勉强称赞姜夔，大力抨击张炎，目标当是针对"家白石而户玉田"的浙西词派。

——《人间词话》，中华书局，2010 年 4 月，第 232—233 页。

二七　美成词多作态

美成词多作态，故不是大家气象。若同叔、永叔虽不作态，而一笑百媚生矣。此天才与人力之别也。

【别叙】

这一则论周邦彦词，所采取的策略，是以词比拟人、以词人对比词人这二种论说方法。王国维于此提出，周邦彦词多故作姿态之处，不具备大家所应有的气象。又认为晏殊、欧阳修二人词作，自然天成，顾盼生辉，美丽万千。如果将周邦彦词与晏殊、欧阳修相比较，其中体现的，则是天才与人力之间的区别。王国维批评周邦彦词的"多作态"，"当是针对周邦彦言情体物方面穷极工巧的负面作用而言的"（彭玉平）。

【集评】

施议对：

王国维论周邦彦态度极其矛盾，其实，所谓矛盾，也是很自然

的。作为一位大作家，人们往往可以从各个不同角度进行批判，横
看、侧看，得出各种不同结论。对于周邦彦，王国维曾经以传统雅
俗观念，将其全盘否定，但又从艺术创造的角度，给予全盘肯定，
谓之为"词中老杜"。在艺术表现手段上，王国维既肯定其"模写
物态，曲尽其妙"的高超造诣，又指出其"多作态"的毛病。这
当是模写物态超越了限度的缘故。可见，无论运用哪一种艺术表现
手段，都应当恰到好处，才不至弄巧反拙。

　　——《人间词话译注》，广西教育出版社，1990 年 4 月，第
220 页。

　　陈良运：

　　这就是说，能入不能出的"写境"，易犯"穷极工巧"与多作
态的毛病；而能入能出者，或"于豪放中有沉着之致，所以尤高"，
或"淡语皆有味，浅语皆有致"。

　　——《王国维"境界"说之系统观》，《社会科学战线》，
1991 年 2 月，第 2 期。

　　陈鸿祥：

　　他（按：王国维）虽把清真比为"词中老杜"，也只是从"工
巧"即"人力"上说的，而对其词的艺术评价，则仍然维持在第
二种，即不是"大家气象"，不是"天才之制作"的"常人之境"。
说明他前后的观点并未"判若两人"。

　　——陈鸿祥编著：《〈人间词话〉〈人间词〉注评》，江苏古籍
出版社，2002 年 7 月，第 343 页。

　　彭玉平：

　　"工巧"本身就不是大家气象，自然中流出韵味才是他人难
以企及的地方。王国维认为晏殊与欧阳修的词就在自然中呈现出
韵味，而且这种韵味就好像女子的媚态，不是装扮出来，而是在
一笑之间不自觉地流淌出来。人力苦思所能达到的境界，远不及
天才随意挥洒之间所体现的从容自如的境界。至于周邦彦词为何
多作态，为何难具大家气象？这可以与王国维在其著名的"出入

说"中批评周邦彦"能入而不能出"的创作方式联系起来看，也可以在王国维将周邦彦词列入"常人之境界"的境界归属中找到答案。

——《人间词话》，中华书局，2010 年 4 月，第 233 页。

曹旭、陆路：

王国维在说周邦彦是"词中老杜"的时候，也不等于他在《人间词话》中对周邦彦的批评就不存在，他只是在不同的层面上进行评价。王国维在《人间词话》中称赞周邦彦"言情体物，穷极工巧，故不失为第一流作者。但恨创调之才多，创意之才少"，可见他在《人间词话》因周词"穷极工巧"的人工美，而列周邦彦为"第一流作者"，但又因此而惋惜他"创意之才少"，这与他在《清真先生遗事》中所说的"博大精工"是相通的。

——《王国维视域中的周邦彦词》，《上海师范大学学报》，2013 年 9 月，第 5 期。

顾宝林：

晏欧词以自然为真，周邦彦词以刻画为本。王国维虽然肯定周词的集大成式词史地位（词中老杜），但对于他作词好描摹物态还是有所批评，觉得这是人力雕琢之功，与晏殊、欧阳修词之天然秀气有本质区别。王氏的看法还是较为客观的，正确认清了二者词的写作特色。

——《王国维〈人间词话〉对晏欧三家词的接受与批评》，《词学》第 32 辑，2014 年 12 月，第 149 页。

阎国忠、徐辉、张玉安、张敏：

他（王国维）不是强调天才之"强离利害之关系"，而是强调天才之"诗人之眼"，强调"忧生忧世"，强调"仁兴""兴到"，强调"其所写者，即其所观；其所观者，即其所蓄者"。

——《美学建构中的尝试与问题》，商务印书馆，2015 年 7 月，第 18 页。

二八　近人崇拜玉田，门径浅狭

　　周介存谓白石以诗法入词，门径浅狭，如孙过庭书，但便后人模仿。予谓近人所以崇拜玉田，亦由于此。

【别叙】

　　王国维借周济评价姜夔"以诗法入词"之语，来批评当时学词的崇拜张炎，以及由此带来的学词之门径浅狭。周济说"白石以诗法入词"是门径过浅，"关键不在于'诗'，而在于'法'"（陈鸿祥），即学词中的模式问题。此说甚是，说明王国维对着重于形式上求工巧的模仿文学的批评，亦说明其对清代词家因循姜夔以来的那套雕琢、叠句填词模式的否定。

【集评】

　　施议对：

　　在艺术创作史上，因为模仿而出现的避难求易的现象甚为普遍。对此，王国维极为鄙视。他曾指出：近人祖南宋而桃北宋，就是以为南宋之词可学，北宋不可学。并提出：学南宋，不祖白石，则祖梦窗，也是以为白石、梦窗可学，幼安不可学。至于学幼安，只是推崇其粗犷、滑稽，同样以为粗犷、滑稽处可学，佳处不可学。这都是避难求易的做法。

　　——《人间词话译注》，广西教育出版社，1990 年 4 月，第 221 页。

　　陈鸿祥：

　　苏轼以"诗人之词"著称，周邦彦善于"化用唐人诗句"，这都是后世词家称道的特色。所以，周济说"白石以诗法入词"，是"门径过浅"，关键不在于"诗"，而在于"法"。用今天的话来说，便是"模式"。这正如学书临摹，按"谱"而"仿"，其"门径"当然浅狭了。王国维说"逮此体流行之后，则又为虚车矣"（《静庵文集续编·文学小言》之三）。"虚车"者，空车也。用以比喻文体，就是"轮辕饰而人弗庸，徒饰也"（周敦颐《通书·文辞》），就是在形式上求"工巧"的"模仿之文学"。故周济说"玉田才本不高，专恃磨砻雕琢，装头作脚"而"后人翕然宗之"（《介存斋论词杂著》附录《宋四家词选目录序论》）王国维则认为，"近人"即清代词家之所以"崇拜玉田"，正是由于因循白石以来的那套填词模式，"雕琢"、"叠句"。应该说，这是切中时弊的。

——陈鸿祥编著：《〈人间词话〉〈人间词〉注评》，江苏古籍出版社，2002 年 7 月，第 344 页。

彭玉平：

从更深刻的意义上说，王国维是对当时学词风气贪求平易的一种批评。《人间词话》（初刊本）第四三则云："近人祖南宋而祧北宋，以南宋之词可学，北宋不可学也。学南宋者，不祖白石，则祖梦窗，以白石、梦窗可学，幼安不可学也。学幼安者率祖其粗犷、滑稽，以其粗犷、滑稽处可学，佳处不可学也。"其精神与此则可以相通。

——《人间词话》，中华书局，2010 年 4 月，第 234 页。

姜荣刚：

如果我们把王国维贬抑的词人加以排列，会发现一个十分有趣的现象，那就是这些人均是清人推崇或宗法的对象。姜夔、张炎为浙西词派的宗主，温庭筠、王沂孙、吴文英、周邦彦则为常州词派的不祧之祖。王国维贬抑最甚的两人，一是张炎，正是浙西词派直接模仿的对象，该派的创始人朱彝尊就曾赋词称"不师秦七，不师黄九，倚新声、玉田差近"，浙西词派在晚清虽已势衰，但余风犹存，其宗尚依然为一些词人所继承，吴中七子即其中之翘楚，尤其是戈载，在词学声律方面深有建树，对晚清词创作的格律化倾向产生了重要影响。如果说浙西词派在晚清已是强弩之末，人人喊打，王国维重贬张炎，还无甚特别的话，那么他将吴文英与张炎同等看待，视为有清一代词学罪人便不可理解了。

——《王国维"意境"说的提出与晚清词坛——兼论"意境"说对词体的消解》，《浙江学刊》2016 年 4 月，第 4 期。

二九 周介存（济）论词多独到语

予于词，五代喜李后主、冯正中而不喜"花间"。宋喜同叔、永叔、子瞻、少游而不喜美成。南宋只爱稼轩一人，而最恶梦窗、玉田。介存《词辨》所选词，颇多不当人意，而其论词则多独到之语。始知天下固有具眼人，非予一人之私见也。

【别叙】

这一则，王国维表达了自己对不同时代、不同词人的不同意见并言及周济词论。王国维首行提出，说自己喜欢五代李煜、冯延巳的词，而不喜欢花间派的词。至于北宋词，喜欢晏殊、欧阳修、苏轼、秦观的词而不喜欢周邦彦的。南宋词，则只喜欢辛弃疾的词，而最厌恶吴文英、张炎的。同时认为，周济《词辨》一书所选录词作多不当尽人意之处，但周济论词还是较多独到处。何以肯定周济的词论？正是因为周济所论，与王国维主五代北宋的词学观相吻合的缘故。而就王国维的词学观来看，罗钢提出："古雅说"和"境界说"一道构成了《人间词话》重要的理论支持。借助"古雅说""境界说"，王国维意于颠覆中国古代词学，尤其是清代浙常二派的权威，"重新为周、姜、吴等为代表的典雅派词人寻求一种美学定位"。就此种角度进行解读，亦可进一步得知，王国维之所以肯定周济的词论，其用心所在。

【集评】

施议对：

《人间词话》引述周济论词语计六、七处，除了不同意将李后主置于温、韦之下外，其余都表示赞同，尤其是周济之推尊北宋词，则更加合乎其口味（删稿一九则）。此则谓其为"具眼人"。正是因为周济所论与王氏主五代北宋的词学观相吻合的缘故。

——《人间词话译注》，广西教育出版社，1990 年 4 月，第222 页。

陈鸿祥：

在王国维看来，周济选词虽不尽如人意，论词却颇多"独到之语"，尤其在"痛诋梦窗、玉田"，贬斥白石方面，可引为同调。除前述"白石以诗法入词，门径浅狭"外，周济还自责他"十年来服膺白石，而以稼轩为外道，乃是"瞽人扪籥"，因而改其褒贬为："稼轩郁勃，故情深；白石放旷，故情浅；稼轩纵横，故才大；白石局促，故才小。"（《介存斋论词杂著》之二三）这与王国维在《人间词话》里论白石之"旷"、白石"局促辕下"，又可谓"如出一辙"。这也无怪他要称赞周氏"具眼"，从而尤感他对"白石以降"的南宋诸家词之评述，非"一人之私见"了！

——陈鸿祥编著：《〈人间词话〉〈人间词〉注评》，江苏古籍出版社，2002 年 7 月，第 346 页。

罗　钢：

王国维所"不喜"的南宋词，并不是一个简单的历史分期的概念，在颇大程度上它是一个与特定时代相联系的文学流派和文学风格的概念。王国维所"不喜"的主要是以周邦彦、姜夔等为代表的典雅派词人，这就是为什么其中并不包括辛弃疾等南宋豪放派词人，却包括周邦彦这样的北宋词人的原因。后世批评家通常用骚雅、醇雅、古雅、雅正等来描绘这批词人在风格上的共同特征。我认为，王国维之所以将自己提出的这个新的范畴冠以"古雅"之名，一个很重要的原因，就是他在古雅说中描绘的审美经验，正是以这批词人的创作作为潜在的批评对象。他写作《古雅》一文，目的是要建立一种新的理论范式，所以并未过多涉及中国古代词学，但在举例时也明确指出，"姜夔之于词，且远逊于欧秦，而后人亦嗜之者，以雅故也。"在次年发表的《人间词话》中，尽管没有明确使用"古雅"的概念，但"古雅说"和"境界说"一道构成了《人间词话》重要的理论支持。王国维正是借助"古雅说"提供的种种观点，来颠覆中国古代词学，尤其是清代浙常二派的权威，重新为周、姜、吴等为代表的典雅派词人寻求一种美学定位。

——《王国维的"古雅说"与中西诗学传统》，《南京大学学报》，2008 年 5 月，第 3 期。

彭玉平：

王国维将词人大体分为喜欢、不喜欢、最恶三种类型。五代之李煜、冯延巳，北宋之晏殊、欧阳修、苏轼、秦观，南宋之辛弃疾，都是属于被喜欢的词人；《花间集》中温庭筠、韦庄等词人，北宋周邦彦，属于不被喜欢的词人；南宋吴文英和张炎，则是被列为最恶的词人。王国维虽然用了"喜"、"不喜"、"最恶"这样带有感性色彩的语言，但这其实与他在《人间词话》的评述态度也是颇为一致的。只是周邦彦算是个例外，因为王国维不仅在《人间词话》中将其列入第一流词人的行列，而且在此后撰述的《清真先生遗事》中将其誉为"词中老杜"，而此则却直言"不喜美成"，可能只是在撰述词话前的一些初步印象而已。

此则后半评述周济选词与论词不平衡的现象，看似与前半关系不大，其实也是在一定程度上为自己对词人的喜恶之情提供理论来源。周济《介存斋论词杂著》中的许多言论对王国维都产生了直接的影响，《人间词话》明引暗用之处即甚多。但王国维对其选词却不敢苟同，这里的所谓"介存此选"，即指周济编选的《词辨》一书，其与后来编选的《宋四家词选》一书宗旨大体相似，而周济在后一选本中所提出的"问途碧山，历梦窗、稼轩，以还清真之浑化"的学词路径，在王国维看来是路数有误。当然，到了王国维撰述《清真先生遗事》之时，可能对周济将周邦彦悬为学词的最高境界就会表示认同了。

——《人间词话》，中华书局，2010 年 4 月，第 235—236 页。

卷四　人间词话补录

一　余填词不喜作长调

余填词不喜作长调，尤不喜用人韵。偶尔游戏，作《水龙吟》咏杨花用质夫、东坡倡和韵，作《齐天乐》咏蟋蟀用白石韵，皆有与晋代兴之意。余之所长殊不在是，世之君子宁以他词称我。

【别叙】
　　王国维坦言，说自己不喜欢长调，也不喜欢以步人原韵的方式作词。即便偶尔为之，也只是出于与人一较高低的考虑，由此，不希望世人以他所创作的长调来评价他。此则，是王国维是对自己理论及创作的自陈，"以说明自己理论与实践一致"（李梦生）。

【集评】
　　陈鸿祥：
　　值得注意的是，说到"用质夫、东坡倡和韵"、"用白石韵"，他（王国维）在手稿中最初写的是，"与晋楚争霸"，意即欲"胜古人"，这当然也对；旋即改为"与晋代兴"，其"意"就更高了一层。这不仅表明，"一代有一代之文学"，后人不应因袭前人，用我们今天的话来说，因袭前人，乃是文学"教条主义"；同时表明，他之偶用"人韵"，乃为称扬先辈前贤，而绝不是要借古人之名以自重。
　　——陈鸿祥编著：《〈人间词话〉〈人间词〉注评》，江苏古籍出版社，2002年7月，192页。

施议对：

王国维论词崇尚五代、北宋，一是因为五代、北宋词有境界，二是因为他在艺术形式上有所偏好。他曾将近体诗体制分为三等，并将词中小令比绝句，长调比律诗，而将长调中的《百字令》《沁园春》比排律。在他看来，小令乃创造有境界词的最好形式。因此，他不喜欢作长调。同时，这也说明，王国维于长调尚非当行。这一点，他心中也是很明白的。至于和韵，他尤其不赞成，其原因除了因为自己不擅长之外，恐怕也与创造境界有关。在艺术爱好上，王国维对于自己的剖析，基本上符合其创作实际。

——《人间词话译注》，广西教育出版社，1990 年 4 月，第224 页。

吴 洋：

王国维自称"力争第一义"，不屑袭人余唾。然而次韵二词，化用前人语意，妥帖稳当，自成机杼，亦堪称绝妙。

——《人间词话手稿本全编》，内蒙古人民出版社，2003 年1 月，第49 页。

李梦生：

这一条是他对自己作品的解剖，以说明自己理论与实践一致。王国维的《人间词》共收词 104 首，其中长调不到 10 首，可见他所说的"填词不喜作长调"并非虚话。就长调中他所举的和作，也都和的是名家名作，参照他在本卷卷末所说"诗人视一切外物，皆游戏之材料也。然其游戏，则以热心为之"，可见他的和作也不是一味模仿，同样贯注了自己的真情实感，因此自称"有与晋代兴之意"，得意之态，溢于言表。

——《〈人间词话〉导读》，上海书店出版社，2009 年 5 月，第 176 页。

彭玉平：

此则王国维说自己的两个"不喜"：其一是不喜欢作长调；其二是不喜欢和人韵。这两个"不喜"其实都与其审美特点有关。因为篇幅较长，长调十分讲究结构的安排，要在起接之间表现情感的曲折，如此对于提倡即兴而作的王国维来说，就会少了一种自然的乐趣；同时，因为长调多用赋的表现手法，所以在"深远之致"上常常会有所欠缺。而和韵词因为在主题和韵字上受到原唱的影响，也必然会出现通过改变自己的构思来迎合原唱要求的现象。所以无论是长调的体制，还是和韵的方式，都会受到种种的限制。这种限制不仅会使情景的"真"部分流失，也会影响到表达方式的"自然"。

——《人间词话》，中华书局，2010 年 4 月，第 115 页。

邬国平：

喜小令不喜长调也深刻地影响了他（王国维）的词史观，他推崇唐五代北宋词，贬抑南宋词，皆与此有关。王国维说他特别不喜欢依别人均（"均"，韵的古字）填词。因为依韵填词就不免多了一层束缚，王国维喜欢自由抒情，各种束缚越少越好，这颇能反映王国维的个性。张炎也有填词慎和韵的看法，"词不宜强和人韵，若倡者之曲韵宽平，庶可赓歌，倘险韵又为人所先，则必牵强赓和，句意安能融贯？徒费苦思，未见有全章妥溜者。"（《词源》卷下）类似的认识在词人中也比较普遍。王国维则将这种反对和韵的态度表示得更为明确和激烈。

——黄霖、邬国平、周兴陆著：《人间词话鉴赏辞典》，上海辞书出版社，2011 年 12 月，第 142 页。

二 开词家未有之境

樊抗夫谓余词如《浣溪沙》之"天末同云"，《蝶恋花》之"昨夜梦中"、"百尺高楼"、"春到临春"等阕，凿空而道，开词家未有之境。余自谓才不若古人，但于力争第一义处，古人亦不如我用意耳。

【别叙】

在署名"樊志厚"的两篇《人间词》序文中，王国维《浣溪沙》（天末同云）《蝶恋花》（昨夜梦中）《蝶恋花》（百尺朱楼）三首词被视为"意境两忘，物我一体"的代表作。这里，王国维又说樊志厚曾评价自己的《蝶恋花》（春到临春）一词具突破性意义，开词家所未曾有之境界。并且还就此加以发挥，说自己虽然才能不及古人，但于表达"第一义"问题上，古人创作的词也不如他。可见王国维对自己词作的自信。那么，这里所谓"开词家未有之境""力争第一义"究竟所指为何？一方面，所寓寄托，或指为"叹息王朝的没落和自己理想的破灭"（陈永正），或与王国维所接触的哲学思想相关，是对人生问题的思考。周策纵曾指出，王国维之思想感情乃是"展转以'人间'与'人生'为念"。其词为此将象征主义引入，"在词中说哲理，确实是前无古人的"① （施议对）。

【集评】

祖保泉：

王国维词，时时让形象说话，这是一读即知的，我们不用多说。我们想说的是：一，他往往在一篇中，用一两句饱和着情思的话，把词旨说得深厚有力；二，他善于运用"转进一层"的手法，把感情表达得婉转些、深透些。

——《试论王国维的词》，《词学》第 1 辑，华东师范大学出版社，1981 年 11 月，第 199 页。

朱庸斋：

王国维《人间词话》标举境界，而其所为词却未见"境界"，盖其境界非出于自然故也。其论词，力主"不隔"，而其所为词却刻画求工，虽力图摹拟唐五代、北宋，总觉费力，令人难以捉摸。其《蝶恋花》词云："百尺朱楼临大道，楼外轻雷，不问昏和晓。

① 施议对著：《人间词话译注》，广西教育出版社，1990 年 4 月，第 255—256 页。

独倚阑干人窈窕，闲中数尽行人少。　一霎车尘生树杪，陌上楼头，总向尘中老。薄晚西风吹雨到，明朝又是伤流潦。"比庄棫笔力较为挺健，感情亦较真挚。然用力过重，终欠自然。

——《分春馆词话》，广东人民出版社，1989 年 12 月，第 106 页。

陈永正：

词人所谓的"第一义"，当自严羽《沧浪诗话》"以禅喻诗"而来："学者须从最上乘具正法眼，悟第一义。"又，"论诗如论禅，汉魏晋与盛唐之诗则第一义也。"这"第一义"，据叶嘉莹解释，"就是诗人内心深处的一种兴发感动的力量"，也就是达到静安所谓的"境界"。至于此词，是否能"妙悟天成"，"开词家未有之境"，则尚待讨论了。词中的寓意难明，大概也是叹息王朝的没落和自己理想的破灭吧。

——陈永正校注：《王国维诗词全编校注》（1979 年），中山大学出版社，2000 年 3 月，第 403 页。

萧　艾：

又《人间词乙稿·序》中亦云："《蝶恋花》之'百尺朱楼'等阕，皆意境两忘，物我一体。"足见此词是静安沾沾乐道的自认为成功之作。历来读者也备极赞扬。平心而论，这首词虽是从写爱情出发，但最终充满哲学的悲慨。说明作者不独感自己之感，言自己之言，而对人间世这场不尽的悲剧所抱持的赤子之心尤深。

——钱仲联主编：《爱情词与散曲鉴赏辞典》，湖南教育出版社，1992 年 9 月，第 1312 页。

吴　蓓：

"专作情语"的开拓而使一系列作品体现出一缕不同寻常的异质，求异出新而使词的出路与诗接轨出现词的诗化，"力争第一义"最终使词成为演绎哲理的符码。从这个过程，我们可以看到静安在取径唐五代、北宋小词的基础上希望有所创造、有所突破，以实现作词的宏大理想，然而他在回归途中似乎愈走愈远，五代北宋词所特有的深情远韵及委婉风致渐次消减，以至让我们有只承其躯壳而不复其内质之感。一小部分最能体现《人间词》西洋哲理特色的作品，在艺术上经不起推敲。相对而言在题材操作上显得得心应手、最能体现静安的学人心性、古诗风味的感念之作，若以词"别是一家"的原则衡量，其原有价值又要打上一个问号。而且在《观堂集林》的二十三首存词中，这类作品只录了寥寥几首，绝大多数是情爱题材的，也许在静安的衡量标准中，最终也对词的诗化有着某种回避。而在我们看来，情爱题材实非静安所长，他的"欲为哲学家则感情苦多，而知力苦寡；欲为诗人，则又苦感情寡而理性多"的性质在这里表现得尤为尴尬。如此而言，《观堂集林》的最后退守只是从题材上保住了一点词家本色。而最后《蝶恋花》（百尺朱楼）的一枝独秀也使静安"大词人"的地位岌岌可危。这一切似乎都不妨碍我们得出结论：《人间词》向五代、北宋的回归是失败的，王国维最终未能实现他怎高的创作祈愿。

——《无可奈何花落去——以文本为基点论王国维〈人间词〉》，《浙江学刊》，1999 年 3 月，第 3 期。

陈鸿祥：

王国维写《人间词话》，往往于"理"中寓"情"，故不作托空之谈，不发空疏之论。上则记沈君自巴黎寄《蝶恋花》词，是如此；此则叙樊君"谓余词"，亦然。王氏"假名"樊君所作《人间词乙稿序》中称赏的意与境"合作"之词，即甲稿《浣溪沙·天末同云》《蝶恋花·昨夜梦中》，乙稿《蝶恋花·百尺朱楼》之外，在此则词话中，又增乙稿《蝶恋花·春到临春》，即甲、乙稿各举两首，非惟不相牴牾，且更见对称焉。词话更以"凿空而道"自评其词。前人解曰："凿，开；空，通也"，"谓西域险阸，本无道路，今凿空而通之也"（司马贞《史记索隐》）。王国维以此自比其"力争第一义"之词，"开词家未有之境"，虽有"自负"之嫌，实际上不过是词序所谓"骎骎乎两汉之疆域，广于三代；贞观之政治，隆于武德"的引申，表明他对"境"之广与"意"之深的执著追求。

——陈鸿祥编著：《〈人间词话〉〈人间词〉注评》，江苏古籍出版社，2002 年 7 月，第 199 页。

李晓华：

王国维"填词"以"自娱"，《人间词》乃"表出"其"剩余之势力"的"成人之精神的游戏"，用审美判断力将现象界（自然）与物自体（理性）连结起来，超越了个体之"情"和日常生活之"景"的确指意义，以审美意象构成富于"象外之象"、"言外之意"的含蓄意指符号系统——"意境"，因而"通古今而观之"以"发表人类全体之感情"，达到了文学的最高"境界"。

——《西方哲学与中国文学熔铸而成的"天才之作"——王国维〈人间词〉的审美意象剖析》，《中国比较文学》，2009年1月，第1期。

三　抒情诗与叙事诗

叔本华曰："抒情诗，少年之作也。（按：原稿无"也"字）叙事诗及戏曲，壮年之作也。"余谓：抒情诗，国民幼稚时代之作也。叙事诗（按：诗，原稿误作时），国民盛壮时代之作也。故曲则古不如今。（元曲诚多天籁，然其思想之陋劣，布置之粗笨，千篇一律，令人喷饭。至本朝之《桃花扇》《长生殿》诸传奇，则进矣。）词则今不如古。盖一则以布局为主，一则须仁兴而成故也。

【别叙】

抒情诗、叙事诗，是诗歌中两种不同的体裁类别。王国维套用叔本华有关抒情诗、叙事诗以及戏曲的观点，阐述自己对于词曲发展史的看法，认为就曲的发展而言，古不如今，但就词的发展，则今不如古。不如的原因，在于古人之词，注重表现作者之情致和灵感，而现在的作者，却注重谋篇与构造。此则内容，一方面，可为王国维所主张的"'一代有一代之文学'的命题作注脚"（陈伯海），同时可用以探析王国维关于戏曲史研究的思想发展与理论主张，体现着进步的文体进化史观。另一方面，此则内容也存在偏颇、矛盾，即：如果文体的发展，都是始盛终衰，后不如前的话，那么，戏曲这种文体何以"古不如今"？这"与他刚刚宣布的文学史观发生了冲突"（罗钢）。

【集评】

施议对：

王国维套用叔本华有关抒情诗与叙事诗及戏曲的观点，阐述自己对于词曲发展史的看法，谓：曲的发展趋势是古不如今，词的发展趋势是今不如古。因为曲以布局为主，属于叙事诗，当是越到后来越成熟；而词是伧兴而成之抒情诗，必然是少年时期所作胜于壮年，即古胜于今。用这种比附方法论文学，当然也不无道理，但是未免过于简单化，而且也不尽合乎文学发展实际。

——《人间词话译注》，广西教育出版社，1990 年 4 月，第 227 页。

周锡山：

此处所引叔本华之言，颇符合文艺创作之规律，而王氏自己的发挥，似言之不能成理。西方的叙事诗很早即开始发达了，西方戏剧在古希腊即已臻高度成熟，当时也都属本民族的"少年之作"。我国则抒情诗发达得早，且长期保持极高水平，至元代以后走上了下坡路。作为叙事诗的一种，戏曲本身诞生得比较晚。这是中西文学发展史的不同现象。静安生前未将此则词话手稿发表，可能他也自认为不成熟吧。

——《王国维美学思想研究》，中国社会科学出版社，1992 年 1 月，第 169 页。

陈伯海：

和梁启超情况不一而同样接受了进化论思想的，可以举王国维为代表，他不是从投身政治维新和文学改良的需要出发来选择进化论的观念，而是通过自身对中国戏曲史的潜心研究达到了类似的结论。在《宋元戏曲考》一书中，他对前人所卑视的戏曲这一文学样式作了系统、深入的考证，得出"一代有一代之文学"，元曲足与楚骚、汉赋、唐诗、宋词相辉映的观点。……说得最明白的，莫过于如下一段议论："叔本华曰：抒情诗，少年之作也，叙事诗及戏曲，壮年之作也。余谓：抒情诗，国民幼稚时代之作也，叙事诗，国民盛壮时代之作也。"……以抒情向叙事推移为国民成长标志是否科学，姑置勿论，而作为中国文学发展，演变的趋势，则大体近实，其中含有的进化观念，正好为"一代有一代之文学"的命题作注脚。

——《中国近世文学史观之变迁》，《文学遗产》，1993 年 4 月，第 3 期。

王攸欣：

叔本华把天才与儿童相比，认为其间有某种相似性，智力趋于发达，但欲望，主要是性欲却没有产生，所以极易达到纯粹直观，觉知藏于摩耶之幕后的理念，……主观的诗人、客观的诗人之分也由叔本华论述而来，叔本华认为抒情诗主观性较强，而长篇小说、史诗和戏剧，则客观性较强，王国维自然把词当作抒情诗，所以词人就是主观的诗人。

——《选择·接受与疏离：王国维接受叔本华、朱光潜接受克罗齐美学比较研究》，三联书店，1999 年 8 月，第 109 页。

彭玉平：

王国维虽然对元曲的评价偏低，但只是针对其"思想之陋劣"与"布置之粗笨"这二者而言的，并非对于元曲的整体性否定。而对于清代传奇《桃花扇》《长生殿》的肯定也是就其思想和结构而言的。稍后数年，王国维在其撰述的《宋元戏曲考》中，对此就有比较全面而公允的评价了。

——《人间词话》，中华书局，2010 年 4 月，第 119—120 页。

罗　钢：

王国维这则词话随即与他刚刚宣布的文学史观发生了冲突。既然每一种文体都是始盛终衰，后不如前，为什么偏偏戏曲是"古不如今"呢？为什么清代的《桃花扇》《长生殿》就能够超越元杂剧呢？在这里，王国维的观点和叔本华之间其实已经出现了裂痕，最深刻的变化就是王国维在这里引入了叔本华原本没有的历史维度。叔本华原文是："少年人是那么纠缠在事物直观的外表上；正是因此，所以少年人仅仅只适于作抒情诗，并且要到成年人才适于写戏剧。"叔本华只是说明，不同的文类适合在人生不同阶段来写作，并未把它扩展到人类历史上去。熟谙西方文学史的叔本华知道，西方的史诗和戏剧都在人类童年时期就获得了长足的发展。王国维所谓诗歌适合于"国民幼稚时代"、戏剧适合于"国民盛壮时代"的说法，实际上是对叔本华观点一种歪曲的引申。

——《传统的幻象：跨文化语境中的王国维诗学》，人民文学出版社，2015 年 3 月，第 23 页。

张冠夫：

如将王氏的引用与叔本华的原文进行比较，不难注意到一处差异，叔本华原文说"少年人仅仅只适于作抒情诗"，不知有意无意，王氏的引用则变成了"抒情诗，少年之作也"，叔本华所说的是少年人只适合于创作抒情诗，并未说中老年阶段就不能写抒情诗，王氏则将抒情诗的创作完全归于少年人（当然也可以将其更为广义地理解为一种少年心智状态）。如果说，原文中叔本华借人生各阶段适合何种文学，暗含了对抒情诗的轻视，王氏的"改动"则将其褒贬立场明确化。而王氏以"余谓"所表达的对叔本华原意的引申更加耐人寻味。叔本华的论述将抒情诗、戏剧和史诗的创作与不同的人生阶段相联系，意在对这三者进行平行比较，王氏则将其描述为一种历史演进，置于一个民族自身的文化发展脉络中。在王氏这种民族文化和文学由"幼稚"阶段走向"盛壮"阶段的发展观中显然隐含着一定的进化论色彩。以此，作为民族文化"幼稚时代"的产物的抒情诗，与作为民族文化"盛壮时代"产物的叙事诗（结合上下文的语境，王氏此处的"叙事诗"也应包含了"戏曲"，即指称的是所有叙事类型的文学）相比，必然处于劣势。在这一则中王氏随即举例："故曲则古不如今。元曲诚多天籁，然其思想之陋劣，布置之粗笨，千篇一律，令人喷饭。至本朝之《桃花扇》《长生殿》诸传奇，则进矣。词则今不如古。盖一则以布局为主，一则须伫兴而成故也。"如果说王氏在由抒情文学向叙事文学发展的总体性的文学发展观中有受进化论影响的痕迹，此处对于"曲"和"词"的"古""今"比较则表明，在分别处理抒情类型的文学和叙事类型的文学时，他因为对于两类文学自身特质的理解，而对于进化论有一定的超越，这主要表现在他对于"须伫兴而成"的"词"所代表的抒情文学的"今不如古"的认识中。当然，王氏对于"以布局为主"的"曲"所代表的叙事文学的认识则仍有进化论式的线性发展观的色彩。

——《在抒情与叙事之间的认识调整——20 世纪初王国维文学观建构的一个侧面》，《厦门大学学报》，2017 年 1 月，第 1 期。

四　牛峤词不在见删之数

"岂不尔思，室是远而。"而孔子讥之。故知孔门而用词，则牛峤之"甘作一生拚，尽君今日欢"等作，必不在见删之数。

【别叙】

这一则说牛峤词，认为如果以孔子删诗的标准来衡量的话，诸如牛峤"甘作一生拚，尽君今日欢"一类的词作，应该不在孔子所要删除的诗词作品范围之内。王国维是"用至圣先师的作为为自己的主张张目"① （詹志和）。王国维《清平乐》（垂杨深院）中的"拚取一生肠断，消他几度回眸词句"，"也显有牛氏的影子"（佛雏）。此则所提倡，重点仍在强调真景物、真感情的问题上。

———————

① 詹志和：《佛陀与维纳斯之盟》，《中国近代佛学与美学》，湖南师范大学出版社，2006 年 6 月，第 290 页。

【集评】

施议对：

王氏倡导境界说，提倡真景物、真感情，牛峤所谓"作情语而绝妙者"！关键在其真，这是王氏所赞赏的。

——《人间词话译注》，广西教育出版社，1990 年 4 月，第 228 页。

佛　雏：

依叔氏，"艳词"极写男女欢昵，应属于"眩惑"，以其能刺激意志（情欲），而非移走意志，故不在"优美""壮美"之列。王氏对此稍加变通，他肯定发乎真情的一类"艳词"，而摈斥专事眩惑的"儇薄"一类。既然诗是人生理念的再现，此等绮语至最真切处，亦可通于人的理念，即成为人类的内在本性之最真实、最充分的揭示。故他反复称引牛峤《菩萨蛮》之"须作一生拚，尽君今日欢"二语，甚至说：假如"孔门用词"，则牛氏此词"必不在见删之数"。他自己的《清平乐》（"垂杨深院"）中的"拚取一生肠断，消他几度回眸"，也显有牛氏的影子。

——《评王国维的〈人间词〉》，《扬州师院学报》，1982 年 12 月，第 4 期。

吴　洋：

牛峤此词，极为直率冶艳。词中的女主人公竟然亲口说出此等"非礼"之语，完全不顾贞操礼教，使得卫道之士攻之不遗余力。然而我们应该看到，不管作者的创作态度和价值取向是什么，这首词都生动活泼地表现了民间女子对爱情的大胆追求，这种真诚炽烈的情感在后来理学盛行的时代几乎绝迹。这首词虽然是文人所作，却有着稚拙淳朴、奔放不羁的民歌风味，即使仍脱不了香艳之气，也还是为崇尚典雅的文学殿堂带来一缕清新粗犷之风，其积极意义自是不可抹杀。

——《人间词话手稿本全编》，内蒙古人民出版社，2003 年 1 月，第 87 页。

彭玉平

从文体渊源上看，南宋张炎一派认为只有婉约艳词才能承继"雅正之音"、"汉魏乐府之遗意"，而包括尽头艳语在内的直质艳词则背离了雅正诗源。其实不然，清代不少论者都注意到尽头艳语并非词体独创，其渊源远可上溯至韵文正源《诗经》中。如王国维主张若"孔门而用词"，则尽头艳语"必不在见删之数"。即指出其与世传为孔子所删的《诗经》气脉相通。《诗经》中不少描写艳情的诗句都以直质恳切见长，如《草虫》之"未见君子，忧心忡忡，亦既见止，亦既觏止，我心则降"，《伯兮》之"愿言思伯，甘心首疾"等，就已开词中尽头艳语之先河，其无邪、忠恕均合于雅正。

——《中国分体文学学史》（词学卷），山西教育出版社，2013 年 6 月，第 154 页。

邬国平：

牛峤的词句其实可以被理解为是爱情文学的代称。王国维的理解是否符合孔子的原意，这其实并不重要，重要的是他认为孔子重情，或者说他希望孔子重情，并且希望重情的词（其实是指文学）能够得到主流思想意识的认同和保护。

——黄霖、邬国平、周兴陆著：《人间词话鉴赏辞典》，上海辞书出版社，2011 年 12 月，第 229 页。

五 "暮雨潇潇郎不归"未必白傅（居易）所作

"暮雨潇潇郎不归"，当是古词，未必即白傅所作。故白诗云"吴娘夜雨潇潇曲，自别苏州更不闻"也。

【别叙】

黄昇《花庵词选》将《长相思》（"暮雨潇潇郎不归"）一词

列于白居易名下。王国维以为未必就是白居易的作品，并引白居易诗句"吴娘夜雨潇潇曲，自别苏州更不闻"作为旁征。当中所牵涉到的，不仅仅是著作版权问题，亦关乎诗词创作的审美标准与创作风格的评判问题。

【集评】

施议对：

据叶申芗《本事词》载："吴二娘，江南名姬也，善歌。白香山守苏时，尝制《长相思》'深画眉'一阕云云。吴善歌之，故香山有'吴娘暮雨潇潇曲，自别江南久不闻'之咏，盖指此也。"又查《乐府纪闻》所载与《本事词》同。明卓人月《古今词统》将此词列下吴二娘名下。可知，此词可能即为唐歌妓吴二娘所作（详参《全唐五代词》第一三六页）。

——《人间词话译注》，广西教育出版社，1990年4月，第229页。

彭玉平：

此则属于简单辨正文字。《长相思》（深画眉）一词，黄升《花庵词选》是列在白居易名下的。王国维怀疑白居易的著作权，是因为读了白居易的《寄殷协律》，其中有"吴娘夜雨潇潇曲，自别苏州更不闻"之咏，则似乎这"夜雨潇潇曲"应该是"吴娘"所作，卓人月《古今词统》即因此列为吴二娘所作。此属于专门性的考证，这里暂不涉及。但叶申芗的《本事词》的一则相关记载或可以作为参考："吴二娘，江南名姬也，善歌。白香山守苏时，尝制《长相思》（深画眉）一阕云云。吴善歌之，故香山有'吴娘夜雨潇潇曲，自别苏州更不闻'之咏，盖指此也。"《乐府纪闻》的记载也与此相同。则吴二娘其实是以"善歌"得名而已，而且《本事词》已经直言此词乃白居易所"制"。若无特别有力的证据，似不宜轻易质疑其作者问题。

——《人间词话》，中华书局，2010年4月，第136页。

邬国平：

如果真是吴二娘作，吴二娘是白居易同时代的江南歌女（杨慎认为是"杭州名妓"），这也与"古词"无关。早期有些词作，其作者往往难以断定，著名的例子如传李白作《忆秦娥》词，分歧意见也很大。这两首《长相思》也是如此。

——黄霖、邬国平、周兴陆著：《人间词话鉴赏辞典》，上海辞书出版社，2011年12月，第230页。

六 张玉田词欠风流蕴藉

贺黄公裳《皱水轩词筌》云："张玉田《乐府指迷》，其调叶宫商，铺张藻绘，抑亦可矣。至于风流蕴藉之事，真属茫茫。如啖官厨饭者，不知牲牢之外，别有甘鲜也。"此语解颐。

【别叙】

这一则说张炎。贺裳于《皱水轩词筌》中指称，张炎说词，于音律、辞藻方面说得还算可以，但言及词之风流蕴藉，则像吃官家饭的人，不知牲宰之外另有美味①。王国维认为，贺裳用"啖官厨饭"来形容张炎说词，引人发笑。当中，可见贺裳对张炎的讥刺，也可见王国维对张炎的态度。这里，"调叶宫商，铺张藻绘"，正是婉约派词论词作的基本特征，由此可见，王国维除批评张炎外，"也是对南宋音律派词人的共同批评"（邬国平）。

【集评】

陈鸿祥：

人到了"啖官厨饭"，讨吃"牲宰"的残羹馀汁，当然谈不上什么"甘鲜"了。故王国维谓之"此语解颐"，其借贺以贬张之

---

① 此处贺裳所言张炎《乐府指迷》，有误。当为张炎《词源》。

意，是很鲜明的。

——陈鸿祥编著：《〈人间词话〉〈人间词〉注评》，江苏古籍出版社，2002 年 7 月，第 227 页。

吴　洋：

其实张炎的《词源》一书，对后世学的影响很大。他提出的"清空"、"骚雅"等概念，成为后世词学研究中的重要的审美范畴，他对宋代词人所作的评价，也往往成为后人对宋词进行评论的基准。

——《人间词话手稿本全编》，内蒙古人民出版社，2003 年 1 月，第 113 页。

李梦生：

张炎论词以"雅正"为中心，认为要做到雅正，首先要协和音律，其次是深加锻炼，"词要清空，不要质实。清空则古雅峭拔，质实则凝涩晦昧"。后沈义父将《词源》卷下单刊，题《乐府指迷》，内容与《词源》卷下大致相同。贺裳认为，张炎论词的音律词藻尚能达到一定水平，而对作品的涵蕴与意外之味一无所知，这与王国维说张炎"玉老田荒"相同，所以王国维加以引用，表示赞同。

——《〈人间词话〉导读》，上海书店出版社，2009 年 5 月，第 217 页。

彭玉平：

之所以将这一则认为是专评张炎词，而非兼评其《词源》，是因为这种理解不仅契合贺裳的整体语境，而且在手稿的下一则，王国维也是援引他人评述张炎词之语。则此数则应是都围绕如何评价张炎词的创作特色而集中撰写的。

——《人间词话》，中华书局，2010 年 4 月，第 140 页。

邬国平：

这不仅是他（王国维）对张炎一个人的批评，而且也是对南宋音律派词人的共同批评。不过，批评家对张炎词和词论的印象和评价颇不相同，比如刘熙载《艺概》就称赞张炎词"清远蕴藉，凄怆缠绵"，即使甚不满张炎词的常州词派成员周济，也肯定张炎填词"蕴藉深厚，而才艳思力各骋一途，以极其致"（见《词辨序》）。这说明文学批评要得出一致的结论非常困难，词学批评也是如此，所以张炎词被人们褒贬不一，也是正常的现象，同时也表明各家的观点可能都不够周全。

——黄霖、邬国平、周兴陆著：《人间词话鉴赏辞典》，上海辞书出版社，2011 年 12 月，第 172 页。

七　玉田只在字句上著功夫

周保绪（济）《辨》云："玉田近人所最尊奉，才情诣力亦不后诸人；终觉积谷作米、把缆放船，无开阔手段。"又云："叔夏所以不及前人处，只在字句上著功夫，不肯换意"。"近人喜学玉田，亦为修饰字句易，换意难"。

【别叙】

这一则借周济的话来评说张炎，进一步批评张炎词，认为其只会在字句上下功夫。王国维在征引周济的话时，虽然没有直接表达自己的意见，但在引用原文时，对两段评论的原文做了删减：于第一段评论后面，删去了周济原有的"然其清绝处，自不易制"句；于第二段话的中间，删去了"若其用意佳者，即字字珠辉玉映，不可指摘"句。为此，从王国维删减的内容看，带有明显的倾向性（彭玉平）。而其中用意，明显"可见他对张炎的否定态度"（李梦生）。

【集评】

施议对：

王国维不满张炎的词品及人品，这里，借用周济语进一步加以贬斥。周济批评张炎，一是谓其境界不开阔，二是谓其创意不够用功夫。王氏对此颇有同感。

——《人间词话译注》，广西教育出版社，1990 年 4 月，第231 页。

吴 洋：

张炎的词对清初浙西词派的影响极大，浙西词派的开创者朱彝尊就曾自述说："不师秦七，不师黄九，倚新声、玉田差近。"张炎的词继承了姜派词人艺术精湛的特点，着重于对音律、字句的精雕细琢，在内容上，宋亡前以高雅的摹写风月为主，入元后则转为抒写凄楚的亡国之痛。

——《人间词话手稿本全编》，内蒙古人民出版社，2003 年1 月，第 114 页。

李梦生：

周济的两段评论，分别对张炎的才情及喜修饰字句发表意见。周济是清常州词派的重要理论家、词人。他论词主张比兴，以为"词非寄托不入，专寄托不出"。由此，他批评张炎的才情不比别人差，但是境界窄小；专喜在字句的雕琢上下功夫，却没有新意。王国维征引周济的话，没有表示自己的意见，但在引原文时，第一段评论后删去了"然其清绝处，自不易制"，第二段话中间删去了"若其用意佳者，即字字珠辉玉映，不可指摘"，可见他对张炎的否定态度。

——《〈人间词话〉导读》，上海书店出版社，2009 年 5 月，第 218 页。

彭玉平：

周济对张炎的批评大致集中在"修饰字句"与"不肯换意"两个方面，所谓"无开阔手段"云云，也是意思逼仄之意，故难以有深远之致。但周济对张炎的"才情"也是认同的，并认为"其清绝处，自不易到"，"若其用意佳者，即字字珠辉玉映，不可指摘"。评说相对比较客观。而王国维引述周济的话却将其中肯定之语删去，只留否定之评，其引述的倾向性因此而更为突出。
　　——《人间词话》，中华书局，2010 年 4 月，第 141 页。

　　沙先一：
　　周济的批评意图非常鲜明，即为颠覆浙西推崇姜、张的传统，重塑词学典范。这种思想鲜明地体现在《宋四家词选》中，如将周邦彦、辛弃疾、吴文英、王沂孙尊为领袖一代的四大词人，而把姜夔置于辛弃疾，张炎置于王沂孙堂庑之下，其意显然。揆诸晚清民初词史，周济重塑词学典范的努力显然得到了晚清词家的注重，譬如他对梦窗词的推崇，即为晚清四家所注意，从而形成了晚清词坛的梦窗热；其对清真"集大成"的称誉显然也影响到王国维的《人间词话》。
　　——《逆溯之法与开示门径——从〈宋四家词选〉到〈宋词举〉》，《文学遗产》，2011 年 9 月，第 5 期。

八　杂　剧　先　声

　　毛西河《词话》谓：赵德麟令畤作商调鼓子词谱西厢传奇，为杂剧之祖。然《乐府雅词》卷首所载秦少游、晁补之、郑彦能（名仅）《调笑转踏》，首有致语，末有放队，每调之前有口号诗，甚似曲本体例。无名氏《九张机》亦然。至董颖《道宫薄媚》大曲咏西子事，凡十只曲，皆平仄通押，竟是套曲。此可与《弦索西厢》同为曲家之荜路。曾氏置诸《雅词》卷首，所以别之于词也。颖字仲达，绍兴初人，从汪彦章、徐师川游，彦章为作《字说》。见《书录解题》。

【别叙】
　　王国维举出数则作品为例，来探讨杂剧先声问题。他首先援引

毛奇龄《西河词话》中的言语，指出赵德麟作商调鼓子词，谱成西
厢传奇，是为杂剧的开山始祖。同时又指出，曾慥《乐府雅词》所
载秦观、晁补之、郑仅所创作的《调笑转踏》，开头部分有致语、
结束部分有放队，每调之前又有口号诗，这样的体制，已颇似曲本
的体例，无名氏《九张机》体例亦然。至于董颖的《道宫薄媚》，
更已开套典体例。这些作品与《弦索西厢》一起，共同开了元曲的
先河。曾慥将它们列归《乐府雅词》的卷首，正是为了与词区别开
来。此则，王国维"试图在韵文文类的变迁中来考察词体特色"
（彭玉平）。而从文体发展、演变的角度看，王国维的论断，很有参
考价值。

【集评】

施议对：

王国维并举秦观、晁补之、郑仅所作《调笑转踏》为例，以为
"甚似曲本体例"。此外，王国维还指出，无名氏《九张机》两套
曲及董颖《道宫薄媚》大曲，同样也是杂剧先声：总之，王国维认
为：鼓子词、大曲、诸宫调均为元杂剧的形式开辟了道路。这是符
合杂剧体制发展演化实际的。

——《人间词话译注》，广西教育出版社，1990 年 4 月，第
232 页。

吴　洋：

宋金时代的鼓子词、大曲、诸宫调、院本等都为元杂剧的形成
开辟了道路，杂剧的体制正是在这些艺术形式的基础上、在关汉卿
等人的创作下发展成熟起来的。王国维在《人间词话》中已经开始
注意中国的戏曲艺术，到 1912 年王国维写出了我国第一部戏曲史
专著《宋元戏曲考》。他在这部书中，系统地分析了中国戏曲从上
古到元代乃至明清的发展脉络，将原本为人轻视的戏曲艺术纳入了
正规的文学史范畴。

——《人间词话手稿本全编》，内蒙古人民出版社，2003 年
1 月，第 154 页。

彭玉平：

曾布的《冯燕歌》、赵德麟的商调《蝶恋花》鼓子词、秦观等人的《调笑转踏》、无名氏《九张机》、董颖道宫《薄媚》大曲等，不仅在形式上是散曲套数的规模，而且与词律不合，甚者平仄通押，曲由词出，北宋已显其迹象。王国维此则及以下数则，话锋多涉及词与曲之关系，这也是王国维试图在韵文文类的变迁中来考察词体特色的基本思路之反映。

——《人间词话》，中华书局，2010 年 4 月，第 162 页。

邬国平：

在王国维举的三首《调笑》《转踏调笑》《九张机》中，只有致语、放队，而联章的主体部分即相间出现的一诗一曲，其中的诗并不是口号诗，所以，王国维所谓的"口号诗"在这几首作品中并不存在。董颖《道宫薄媚》为现存最长的大曲。所谓大曲，是用几个曲子连续咏一件故事，且始终都使用一个曲子，如董颖这篇作品每节都是用《薄媚》的曲子，共十遍（即十节），咏唱西施的故事。王国维认为，董颖这篇作品的结构相当于"套曲"。无论是《调笑》《调笑转踏》《九张机》，还是《道宫薄媚》，被收入《乐府雅词》，说明古人将它们看作是词体，而其体制又与一般的词体有明显差异。王国维说："曾氏置诸《雅词》卷首，所以别之于词也。"这分析应该是有道理的。他认为这些作品近似于"《弦索西厢》"（即董解元《西厢记诸宫调》，简称董《西厢》），都是"曲家之草胚"，也即曲的滥觞。后来，王国维在《宋元戏曲史》第四章《宋之乐曲》全文引录郑仅《调笑转踏》、董颖《道宫薄媚》，对词与曲的结构关系作了更加深刻、充分、细致的分析。作者或许考虑到，既然已经有了《宋元戏曲史》的论述，就不必再在《人间词话》中保留这条内容，这可能是他删去本条词话的原因。

——黄霖、邬国平、周兴陆著：《人间词话鉴赏辞典》，上海辞书出版社，2011 年 12 月，第 233—234 页。

余敏芳、谢珊珊：

转踏、大曲从艺术形式上而言，都以舞蹈表演为主，虽然都包含有合乐而唱的曲子词，但它们都不是具有独立审美意义的词。转踏中的词依附于诗，创作上承接于诗的最后两字，内容上与诗一脉相承。大曲中的多支曲子词共同演绎一个完整的故事并配合舞蹈表演，服从于大曲整体的要求。所以，转踏、大曲虽然与词有着千丝万缕的联系，但在体制上不同于词。《人间词话》云："《乐府雅词》卷首所载秦少游、晁补之、郑彦能（名仅）《调笑转踏》，首有致语，末有放队，每调之前有口号诗，甚似曲本体例。无名氏《九张机》亦然。至董颖《道宫薄媚》大曲咏西子事，凡十只曲，皆平仄通押，则竟是套曲。此可与《弦索西厢》同为曲家之苹路。"北宋转踏、大曲以歌舞表演故事，间或加以宾白，成为戏曲的滥觞，与单支只曲、徒歌不舞、以抒情为主的曲子词归属不同的艺术体裁。

——《〈乐府雅词〉选文结构：有深意的形式》，《江西社会科学》，2014 年 2 月，第 2 期。

九　致语与放队

宋人遇令节、朝贺、宴会、落成等事，有"致语"一种。宋子京、欧阳永叔、苏子瞻、陈师道皆有之。《啸馀谱》列之于词曲之间。其式：先"教坊致语"（四六文），次"口号"（诗），次"勾合曲"（四六文），次"勾小儿队"（四六文），次"队名"（诗二句），次"问小儿"、"小儿致语"，次"勾杂剧"（皆四六文），次"放队"（或诗或四六文）。若有女弟子队，则勾女弟子队如前。其所歌之词曲与所演之剧，则自伶人定之。少游、补之之《调笑》乃并为之作词。元人杂剧乃以曲代之，曲子楔子、科白、上下场诗，犹是致语、口号、勾队、放队之遗也。此程明善《啸馀谱》所以列致语于词曲之间者也。

【别叙】

　　此则承接上一则，继续言说词曲关系，并从词曲关系来看文体区分。就上一则所提到的致语、口号等韵文样式，王国维于此则，进一步从词到曲的变化过程及其所处位置、作用作说明。从中也可见，"文体观念一直是这部《人间词话》持以论说的核心"（彭玉平）。

【集评】

　　施议对：

　　宋人集子中有致语口号等韵文样式，这是为令节、朝贺、宴会、落成等事而作的。在搬演过程中，致语、口号在前，为排场之始。致语一般为四六文，口号可作近体诗。致语、口号的职责在叙说此日之乐，如今日之报幕也。口号既毕，而后勾合曲，也为四六文。所谓"勾"者，勾出之也。既奏勾合曲，而后教坊合乐，乐毕，勾小儿队（四六文）。小儿入队，而后演其队名（诗二句），且问其入队之来意（问小儿），故小儿又致语。既讫事，始勾杂剧（皆四六文），杂剧出而无所不有，科诨戏谑，寓讽寓谏，皆教坊立之。及终，则放小儿队（或诗或四六文），即放队，谓放之使还而乐终也。如果所勾为女童队，就从头搬演一遍。（详参苏轼《帖子词口号》六十五首之王文诰按语。《苏轼诗集》卷四十六。中华书局，1982 年 2 月第 1 版）这种搬演形式为后来的元杂剧提供了借鉴。王国维《戏曲考原》对前后的继承关系，所考甚为周详。

　　——《人间词话译注》，广西教育出版社，1990 年 4 月，第 236 页。

　　彭玉平：

　　此则列出词—致语—曲的演变轨迹，补足上文，从体制上说明词、曲之联系与区别。点明"致语"创作与令节、朝贺、宴会、落成等事有关，因事关喜庆，故衍词成曲时参杂若干故事，以唤起兴趣。从文体演变的角度来看，致语在从词到曲的变化过程中担任着"过渡"的角色，其语言形式近似词，而结构特征近似曲——尤其是散曲中的套数。收录于《续修四库全书》的《啸馀谱》类似于一部音乐文学作品集，其总目为啸旨、声音数、律吕、乐府原题、诗馀谱、致语、北曲谱、中原音韵、务头、南曲谱、中州音韵、切韵。在体例上，致语列于"诗馀谱"与"北曲谱"之间，带有文体过渡意义，这是王国维关注《啸馀谱》的原因所在。程明善在《啸馀谱·凡例》中说："今之传奇本戾家把戏，而关汉卿为我辈生活，亦伶人简兮之遗意，不若致语且歌且舞有腔有韵有古遗风，存之以见一斑云。"其实是注意到致语文体的综合特点。明乎致语的结构体例及内容特点，再来看王国维此则，大概是致语的成套形式、句式的长短错综、杂剧的科诨调笑，等等，都不免有一种似词而非词、似曲而非曲的文体特点。王国维注意及此，只能说明文体观念一直是这部《人间词话》持以论说的核心。

——《人间词话》，中华书局，2010 年 4 月，第 164 页。

邬国平：

王国维主要通过解释《啸余谱》为何将致语列在词曲之间的原因，介绍致语等具体的格式，并与元杂剧形式进行比较，以此说明词与曲存在某种相似的组织结构。《啸余谱》十卷，明人程明善撰。程明善字若水，歙县（今属安徽）人，天启中监生。"其书总载词曲之式，以歌之源出于啸，故名曰《啸余》。首列《啸旨》《声音度数》《律吕》《乐府原题》一卷，次《诗余谱》三卷，致语附焉，次《北曲谱》一卷，《中原音韵》及《务头》一卷，次《南曲谱》三卷，《中州音韵》及《切韵》一卷。"（《四库全书总目》之《啸余谱》提要）此书兼载词谱、曲谱，在明末清初颇为流行，然舛错疏误之处也不少，往往遭清人驳正。程明善将"致语"附于《诗余谱》（即《词谱》）之后，然后是《北曲谱》、《南曲谱》，所以王国维说将致语"列之于词曲之间"。宋人写致语很流行，王国维例举宋祁、欧阳修、苏轼、陈师道、文天祥等皆有这类文字，这只是举其著名者而言，其实宋人文集中这类作品非常多。王国维对致语等格式（包括教坊致语、口号、句合曲、句小儿队、队名、问小儿、小儿致语、句杂剧、放队等），作了说明。

——黄霖、邬国平、周兴陆著：《人间词话鉴赏辞典》，上海辞书出版社，2011年12月，第235页。

一〇 《尊前集》传刻经过

明顾梧芳刻《尊前集》二卷，自为之引。并云：明嘉禾顾梧芳编次。毛子晋《词苑英华》疑为梧芳所辑。朱竹垞跋称：吴下得吴宽手钞本，取顾本勘之，靡有不同，因定为宋初人编辑。《提要》两存其说。按《古今词话》云："赵崇祚《花间集》载温飞卿《菩萨蛮》甚多，合之吕鹏《尊前集》不下二十阕。"今考顾刻所载飞卿《菩萨蛮》五首，除"咏泪"一首外，皆《花间》所有，知顾刻虽非自编，亦非复吕鹏之旧矣。《提要》又云："张炎《乐府指迷》，虽云唐人有《尊前》《花间》集，然《乐府指迷》真出张炎与否，盖未可定。陈直斋《书录解题》'歌词类'以《花间集》为首，注曰'此近世倚声填词之祖'，而无《尊前集》之名。不应张炎见之而陈振孙不见。"然《书录解题》"阳春集"条下引高邮崔公度语曰："《尊前》《花间》往往谬其姓氏"。公度元（按：原误作"公"）祐间人，《宋史》有传。北宋固有，则此书不过直斋未见耳。又案：黄昇《花庵词选》李白《清平乐》下注云："翰林应制。"又云："案：唐吕鹏《遏云集》载应制词四首，以后二首无清逸气韵，疑非太白所作。"云云。

今《尊前集》所载太白《清平乐》有五首，岂《尊前集》一名《过云集》，而四首五首之不同，乃花庵所见之本略异欤？又，欧阳炯《花间集》谓："明皇朝有李太白应制《清平乐》四首。"则唐末时只有四首，岂末一首为梧芳所羼入，非吕鹏之旧欤？

【别叙】

这一则，王国维考证《尊前集》的传刻过程及相关问题，并同时断定：今所传之《尊前集》并不是顾梧芳编的，也不是唐人旧编的。王国维通过考辨，"否定了《尊前集》在词学史上的地位，从而接受了《花间集》的观念"（谢桃坊）。王国维于此所做的词学考订工作，是为了服务于他的词学主张的。

【集评】

闵定庆：

"《尊前集》"条驳《四库全书总目提要》对《尊前集》的怀疑，更可见出他的理论勇气和考据功夫。《四库全书总目提要》的主要依据有两点：一是引张炎《乐府指迷》说唐代有《花间》《尊前》二集，但是此书是否为张作，一直存疑；二是宋代文献学家陈振孙《直斋书录解题》仅著录《花间集》，说《花间集》是"近世倚声填词之祖"，并无《尊前》之名，"不应是张炎见之而陈振孙不见"。王国维直接找到《直斋书录解题》《阳春集》条下引用宋元祐崔公度"《尊前》《花间》，往往谬其姓氏"一语，足以攻破《提要》的说法，同时，他指出北宋时已有《尊前集》的流传，不过是陈振孙未见此书罢了，在这一考证成果的基础上自然得出了"《提要》之言殊为未允"的结论。

——《探索王国维词学体系的另一个维度——〈词录〉与王国维"为学三变"的文献学取向》，《清华大学学报》，2007 年 4 月，第 2 期。

谢桃坊：

王国维断定今所传之《尊前集》并非顾梧芳所编，亦非唐人旧编。这样集中收录李白词、刘禹锡和白居易词便值得怀疑了。《尊前集》旧编在宋初既已不存，则今存之第一部词总集应是《花间集》了。赵崇祚在后蜀官品极高，而且精通儒学、小学和文学，其编集唐以来词人作品时，是与词人欧阳炯等讨论过的："广会众宾，时延佳论"（《花间集序》）。此集的性质是"近来诗客曲子词"，收录的词人十八家，依时代先后顺序排列，最早的是晚唐的温庭筠和皇甫松。这表现了编者已具有真正的和较成熟的词体观念，而且暗示了词史是从温庭筠开始的，所以不收李白、刘禹锡和白居易的作品。王国维经过考辨，否定了《尊前集》在词学史上的地位，从而接受了《花间集》的观念，所以《唐五代二十一家词辑》全收《花间集》的十八家，加上南唐二主和韩偓。王国维在《词录》里首列的词集是温庭筠的《金荃词》一卷，而在《唐五代二十一家词辑》里首列的是南唐二主词，这是由于受尊崇帝王的封建思想的影响所致。

——《试评王国维关于唐五代词的研究》，《东南大学学报》，2007 年 7 月，第 4 期。

彭玉平：

此则内容已大体先见于王国维编撰的《词录》中，至撰写词话之时，则略作修改。《庚辛之间读书记》亦有一长篇叙说，大意同此。王国维大约因为辑录唐五代之词，又在吴昌绶《宋金元词集见存卷目》的基础上编纂《词录》一书，故对历代词选多有留意，在阅读材料过程中遇有问题遂略作考证耳。手稿写作，较为随意，故时有这类考证文字杂乎其中，而在王国维选录后的本子中，这类带有纯粹考证色彩的词话基本被删略掉了。

——《人间词话》，中华书局，2010 年 4 月，第 167 页。

一一　《古今词话》的来历

《提要》载："《古今词话》六卷，国朝沈雄纂。雄字偶僧，吴江人。是编所述上起于唐，下迄康熙中年。"
然维见明嘉靖前白口本《笺注草堂诗馀》林外《洞仙
歌》下引《古今词话》云："此词乃近时林外题于吴江
垂虹亭。"（明刻《类编草堂诗馀》亦同）案：升庵《词
品》云："林外字岂尘，有《洞仙歌》书于垂虹亭畔。
作道装，不告姓名，饮醉而去。人疑为吕洞宾。传人宫
中。孝宗笑曰：'"云崖洞天无锁。""锁"与"老"协
韵，则"锁"音"扫"，乃闽音也。'侦问之，果闽人林
外也。"（《齐东野语》所载亦略同）则《古今词话》宋
时固有此书。岂雄窃此书而复益以近代事欤？又，《季沧
苇书目》载《古今词话》十卷，而沈雄所纂只六卷，益
证其非一书矣。

【别叙】
　　这一则考证《古今词话》的来历。王国维既据《笺注草堂诗
馀》一书中林外《洞仙歌》下引《古今词话》及黄昇《词品》所
载林外故事，断定此书宋代已经有了，又提出疑问，认为"岂雄窃
此书而复益以近代事欤"。王国维所言，"结论基本正确，但认为沈
雄可能窃取杨湜原书，却属妄加猜度"（彭玉平）。

【集评】
　　施议对：
　　沈雄《古今词话·凡例》称："词话者，旧有《古今词话》
一书，撰述名氏久矣失传，又散见一二则于诸刻。兹仍旧名，而
断自六朝，分为四种。据旧辑及新钞者，前后登之，一见制词之
原委，一见命调之异同，僭为纂述，以鸣一时之盛。"（据《词话
丛编》本）可见，此书并非沈氏之首创，但原辑录者何人，尚未
可考。此则以《笺注草堂诗馀》所录林外《洞仙歌》一词注文，
证实宋时已有《古今词话》一书。王氏所说与沈雄"凡例"基本

相合。

　　——《人间词话译注》，广西教育出版社，1990 年 4 月，第
241 页。

陈鸿祥：

　　王国维所见明嘉靖年间刊行《草堂诗馀》录载《洞仙歌》，已
引《古今词话》；清人季振宜所编书目载《古今词话》一〇卷，而
沈雄《古今词话》仅八卷；且所载事迄于康熙中年，故可证"非
一书"，即同其名而异其书。

　　——《〈人间词话〉〈人间词〉注评》，江苏古籍出版社，
2002 年 7 月，第 262 页。

彭玉平：

　　王国维以明代《笺注草堂诗馀》和《词品》二书曾引述《古
今词话》之语，因而考证宋代与清代两种《古今词话》，结论基本
正确，但认为沈雄可能窃取杨湜原书，却属妄加猜度。其实，沈雄
在《古今词话·凡例》已言之甚明："词话者，旧有《古今词话》
一书，撰述名氏久矣失传，又散见一二则于诸刻。兹仍旧名，而断
自六朝，分为四种，据旧辑及新钞者，前后登之，一表制词之原
委，一见命调之异同。僭为纂述，以鸣一时之盛。"王国维可能未
曾寓目沈雄此书，故起考证之心。杨湜《古今词话》，原书久佚，
最早见引于胡仔《苕溪渔隐丛话》。近人赵万里从所引诸书中辑得
六十七则。此书所记多五代以来词坛逸事，侧重传闻艳事，近于说
部。沈雄所撰《古今词话》则分词话、词品、词辨、词评四个部
分，以荟萃各家评语为主。

　　——《人间词话》，中华书局，2010 年 4 月，第 168 页。

一二　善创与善因

　　楚辞之体，非屈子所创也。《沧浪》《凤兮》之歌已

与《三百篇》异，然至屈子而最工。五七律始于齐、梁而盛于唐。词源于唐而大成于北宋。故最工之文学，非徒善创，亦且善因。

【别叙】

　　此则论说文体的发展演变及作者创作的因革问题。王国维以楚辞、律诗、词作的体制开创、发展、成熟为例，指出：楚辞的体制虽然到了屈原才算得上最为工整成熟，但于《沧浪》《凤兮》作品中，已开创了楚辞的体制；五、七律诗虽然盛行于唐代，但在魏晋时代已经出现；词作虽然盛行于宋代，但在唐代已经出现。由此可见，最工巧精妙的文学作品，不但要善于创新，也应该懂得继承。王国维如上所总结的文体发展规律，"是符合文学史实践的"（彭玉平）。

【集评】

　　赵逵夫：

　　艺术的创造必须考虑多少年来人们头脑中已经形成的审美习惯。人创造艺术，艺术也创造欣赏艺术的人。传统艺术形式所造就的广大人民群众，难以接受完全不合自己欣赏心理和艺术趣味的东西，那些东西也难以在读者、观众、听众心中激起情感的涟漪。艺术欣赏的社会性决定了艺术的创造必须是继承基础上的创造，而不是凭空的生造。

　　——《〈离骚〉在中国和世界文学史上的地位与对新诗发展的启迪》，《西北师大学报》，1996 年 5 月，第 3 期。

　　滕咸惠：

　　因袭模仿必然使创作走上绝路，导致某种文学形式的衰亡，同时新的文学形式又产生和发展起来。所以，就一种文学形式而言，在它达到成熟之后往往就要走下坡路，因而可以说是后不如前。但从整个文学发展史看，总是不断地出现新形式，取得新成果，因而总是不断发展、不断前进的。今人必然超过古人，不能说今不如古。

——《中国文艺思想史论稿》，山东大学出版社，1997 年 6 月，第 269 页。

吴　洋：

中国古典诗歌有两大渊源。一个是以《诗经》为传统，简朴古拙，刚健明朗，以四、六字句为主，抒情言志，比兴寄托。另一个是以"楚辞"为传统，瑰奇浪漫，以五、六字句为主（除去语气词），心驰神骛，繁复飘逸，特立独行，以香草美人作为典型的象征意象独抒怀抱（这同样是对《诗经》传统的继承与发展）。《诗经》更多的来自于北方的歌唱，而"楚辞"在承袭《诗经》传统的同时，更多地体现了南方楚地风貌。它们不仅对后世文学影响深远，也为中国民族精神的形成做出了巨大的贡献。

——《人间词话手稿本全编》，内蒙古人民出版社，2003 年 1 月，第 185 页。

彭玉平：

"善创"才是文体得以确立的根本，才能由此结束此前文体的不稳定状态。这不仅需要才力绝大的个人如屈原，也需要适应这种文体的时代土壤，如律诗之于唐，词之于北宋。王国维概括提炼的这一文体形成与发展理论是符合文学史实践的，也为其"一代有一代之文学"的理论提供了文体学依据。

——《人间词话》，中华书局，2010 年 4 月，第 177—178 页。

许　霆：

在王国维看来，文学发展的趋势是不断革新、不断前进的过程，因此今胜于古，诗歌的发展是以各种不同样式的兴衰交替的形式实现的；文体以新革旧、不断前进不应割断前与后、新与旧的联系，"最工之文学，非徒善创，亦且善因"。

——《百年中国现代诗学起点论》，《文艺理论研究》，2011 年 9 月，第 5 期。

邬国平:

"创"是以"因"为必要前提,唯其如此,文学创作才能取得巨大成就。所以,他(王国维)特别强调,世上最出色的文学,不但在于"善创",而且也在于"善因。"这对开展文学史研究,或从事文学创作,都具有积极的启发意义。

——黄霖、邬国平、周兴陆著:《人间词话鉴赏辞典》,上海辞书出版社,2011 年 12 月,第 243—244 页。

一三 淫词、鄙词与游词

金朗甫作《词选后序》,分词为"淫词""鄙词""游词"三种。词之弊尽是矣。五代北宋之词,其失也淫。辛、刘之词,其失也鄙。姜、张之词,其失也游。

【别叙】

金应珪将淫词、鄙词、游词看作是为词的三大弊病。王国维借金应珪语,来论说五代两宋词作,并认为金应珪将五代北宋词的弊端全描述了出来。就淫词、鄙词、游词三者,王国维于此前一则中,也曾提出:淫词、鄙词的弊病,不在淫、鄙之病而病在游词。王国维对三种弊病的针砭,"颇能看其实质"(施议对)。当然,就辛弃疾、刘过、姜夔、张炎四人词作,仍需辩证看,毕竟"微瑕终不掩白玉"(吴洋)。需明白,王国维用力所在,"主要矛头显然是指向'游词'的"[1] (邬国平),即词作之失真、过假、过空问题。

---

[1] 黄霖、邬国平、周兴陆著:《人间词话鉴赏辞典》,上海辞书出版社,2011 年 12 月,第 247—248 页。

【集评】

王振铎：

"游词"颇类乎今天人们所说的假话、空话、大话。在"景"与"情"互相统一的过程中，一切矫揉、雕琢、掩饰和炫耀都会使景情游离。在文艺作品中，"景"不是零碎的、堆砌的杂物垛，而是特定的某种形象的整体；"情"也不是简单的感觉，胡乱凑起来的念头，而是某种情思意念的整体。"景"与"情"都是活生生的东西。二者交融密合，铸成一幅完整的形象体系，便是独特的艺术境界。这中间自然容不得游词离句存在。为此，王国维对诗词创作提出"三不"：一"不为美刺投赠之篇"；二"不使隶事之句"；三"不用粉饰之字"。希图使艺术境界的创造达到自然、纯净、深厚、完美的地步。

——《论王国维的"境界"说》，上海文艺出版社编：《文艺论丛》第 13 辑，上海文艺出版社，1981 年 4 月，第 211 页。

施议对：

如何判断这三种弊病，王国维似不仅仅看其表面现象，而且颇能看其实质。例如，所谓淫词，王氏并不只是看它是否作艳语，如果作艳语而有品格，也还是予以肯定的，王氏所反对的是作"僝薄语"，感情不真实。王国维曾说：淫词与鄙词之病，非淫与鄙之病，而游词之病也。王国维认为：淫词与鄙词之所以可厌恶，就因为其并非"热心为之"，因为其失真。因此，所谓淫词、鄙词与游词，其要害就在一个"假"字。

——《人间词话译注》，广西教育出版社，1990 年 4 月，第 244 页。

沈茶英：

不反映真情真性，尽管连章累篇，不失为雅，也只是"游词"。游词的产生，就是缺乏忠实，缺乏内美。《词话》强调的"词人者，不失其赤子之心者也"，正和词人的"忠实"是同义的。"忠实"与"游词"说，也是"境界"说在艺术修养论、创作论中的体现，也成为文艺批评的一个标准。

——周一平、沈茶英：《中国文化交汇与王国维学术成就》，学林出版社，1999 年 12 月，第 187 页。

吴　洋：

虽然五代北宋之词有淫靡之失，辛、刘之词有粗豪之过，姜、张之词有雕饰之病，然微瑕终不掩白玉。后世流弊岂能怪前朝作者？金应珪的词之三弊，是归纳清人词作的得失而得出的。它对于后人诚然大有裨益，然而以之论定宋词，恐怕不太恰当。

——《人间词话手稿本全编》，内蒙古人民出版社，2003 年 1 月，第 205 页。

马正平：

在王国维那里，他从表面上的"淫词""鄙词"上（不是"直观"，而是）"折射"出了一种率真的、"精力弥满"的生命活力、生命精神、生机，这种天真的"赤子之心"、这种旺盛的生命力是那么生动、鲜活、率真、"可爱"。这种表面上的"淫词""鄙词"和那些真正的"淫词""鄙词"是截然不同的，后者是一种"游词"，即一种自私、世故、虚伪、油滑、胆小、狡诈、污浊的人格、性情，这种情感既不"可信"，更不"可爱"，是真正的游词、鄙词、"谬误"。

——《从爱、信两难走向时、空交融——论王国维中西传统美学现代转化方法论历程与思维模型》，《嘉兴学院学报》，2007 年 7 月，第 4 期。

罗　钢：

王国维认为"淫词"和"鄙词"都可以得到宽宥，因为"淫""鄙"都是道德评价，王国维不肯放过的是"游词"，因为"虑叹不与乎情，哀乐不衷其性"的"游词"违背了情感的真实性这唯一的标准，所以王国维把一切罪名都安在它头上，甚至"淫词"与"鄙词"之病，"非淫与鄙之病，乃游词之病也。"

——《"词之言长"——王国维与常州词派之二》，《清华大学学报》，2010 年 1 月，第 1 期。

一四　王国维自论其词

余之于词，虽所作尚不及百阕，然自南宋以后，除一二人外，尚未有能及余者，则平日之所自信也。虽比之五代、北宋之大词人，余愧有所不如，然此等词人，亦未始无不及余之处。

【别叙】

此则王国维自论其词。在此，王国维说自己所作词虽不足一百首，但自南宋以后，词家中除一二人之外，还没有能比得上他的。即使比之与五代、北宋的大词人，也不相伯仲。所论虽有过于自负之嫌，然而确有值得佩服与肯定之处，透出性格之天真可爱，在当时的学界又是难能可贵的①（范曾）。解读此则，正如缪钺所指出："王静安作词的实践，是与他的理论相符合的。"② 如果进一步以知人论世论，王国维此说又与晚清词坛自我经典化问题有着关系，才做出的如此自我定位③（张宏生）；从王国维词作本身看，也的确写出了新的意境，充满忧生忧世情怀，而"实鲜伤时之作，所悲悯者要为普遍之人生"④（周策纵）。

【集评】

缪　钺：

静安诗词中悲世悯生、深婉怆楚之作甚夥，览者可自得之。吾国古人诗词含政治与伦理之意味者多，而含哲学之意味者少，此亦

① 范曾著：《范曾散文选集》，百花文艺出版社，2012年6月，第142页。
② 缪钺：《王静安诗词述论》，《王国维学术研究论集》（第一辑），华东师大出版社，1983年9月。
③ 张宏生：《晚清词坛的自我经典化》，《文艺研究》，2012年1月，第1期。
④ 周策纵著：《论王国维人间词》，万里图书公司，1972年3月，第36页。

中西诗不同之一点。叔本华哲学思想是否纯正，乃另一问题，而静安能将叔本华哲思写入诗词，遂深刻清新，别开境界。余平日持论，谓在近五十年诗词作者之中，王静安应据一重要地位。近人喜言新诗，诗之新不仅在形式，而尤重内容，王静安以欧西哲理融入诗词，得良好之成绩，不啻为新诗试验开一康庄。静安学术贡献，举世推崇，其诗才实亦甚卓，所作量虽少而质则精，领异标新，未容忽视。真赏之士，或不以余言为诬也。

——《王静安与叔本华》，《诗词散论》，上海开明书店，1948 年 9 月，第 68 页。

祖保泉：

王国维的词，从内容上看，大体说来，吐露的是伤往悲来的思想感情。这与他崇信叔本华哲学，对人生持悲观主义有关，当然更与他所处的时代有关。从艺术表现上看，他的词有意境、有名句，在某些地方，又有带点哲学味道的弦外之音。这是他的词具有打动读者的艺术力量之秘密所在。

——《关于王国维三题》，《安徽师大学报》，1980 年 3 月，第 1 期。

叶嘉莹：

王氏之以思力来安排喻象以表现抽象之哲思的写作方式，确乎是为小词开拓出了一种极新之意境。如果延拟着我们对于词之演进所提出的歌辞之词、诗化之词、赋化之词而言，则王氏所开拓的词境或者可以称之为一种"哲化"之词。

——《王国维及其文学批评》，广东人民出版社，1982 年 9 月，第 498 页。

佛 雏：

《人间词》亦属"中学西学""互相推助"（王氏语）的艺术产物。诗人以骚雅之笔，写"忧生之嗟"：一面企慕独与天地精神相往来，一面又欲与永叔、少游以至纳兰辈相颉颃。其于人生，"若负之而不胜其重"；于"尘嚣"，若避之而惟恐其不远。故词中现实成分之稀薄，视其诗文尤甚。诗人欲以此兴复"六百年来词之不振"的局面，诚戛戛乎其难。然《人间词》毕竟曲折地透露了封建末世的某些惨淡图景及某种心灵状态，又毕竟有其不类传统词学的某些新的艺术"造境"与新的"写境"在，故以此一支中西"合璧"的"异军"，殿清亡以前千余年之词坛，则是完全胜任的。

——《评王国维的〈人间词〉》，《扬州师院学报》，1982 年 12 月，第 6 期。

施议对：

王国维第一个将西方哲理引入词中，以象征方法论词、填词，确实提出了某些惊人之论并创造出若干高人一筹的篇章来。他倡导"境界说"。要求创造"思无疆""意无穷"的境界，虽然植根于传统诗骚土壤，但他所运用的方法，即象征方法，却帮助他在一定程度上突破了传统的局限；他的某些词作品，题材虽然不出春花秋月，离别相思等范围但其中注入了作者对于自然界变化以及社会人生变化所具有的一种"忧患意识"，却大大不同于一般伤春怨别词。简而言之，王国维在词中引进"象征主义"，善于将哲人之思与诗人之感融合为一，这确是前无古人的。

——《人间词话译注》，广西教育出版社，1990 年 4 月，第 245 页。

周策纵：

古今词人，殆鲜有如此自负者。然吾人细读其词，亦觉其颇非妄语。并世诗人曾受西洋思想与文学之深刻影响，而于中国旧体诗文之创作，有如此之野心与自信，且真能深造者，余仅于日本得夏目漱石一人而已。夏目尝自序其《木屑录》云："余儿时诵唐、宋数千言，喜作为文章，或极意雕琢，经旬而始成；或咄嗟冲口而发，自觉澹然有朴气，窃谓古作者岂难臻哉！遂有意于以文立身。自是游览登临，必有记焉。"今观其七律虽多滥作，然亦有"花影半帘来着静，风踪满地去无痕"之句。而其五七言绝，尤逼近唐人，其自许良非虚语耳。《无题》云："伤心秋已到，呕血骨犹存。病起期何日，夕阳还一村。"盖其作品亦有以血书者。至其"桃花马上少年时，笑据银鞍拂柳枝。绿水至今迢递去，月明来照鬓如丝。"虽与静安之意境有别，然不能不令人想起"六郡良家最少年，戎装骏马照山川"之句也。

——《九二 野心与自信》（1972 年），钱文忠编：《弃园文粹》，上海文艺出版社，1997 年 11 月，第 313 页。

彭玉平：

无论是王国维早期在探索人生哲学之思时候的哲理词，还是后来通过词集编订刻意呈现出来的政治内涵，词都是考量其思想与情感的重要载体。虽然从总体上来说，王国维的词属于晚清学人之词的一部分，但王国维对人生的普泛性哲思以及从中隐约展现出来的政治关怀和君国之忧，却是当时很多词人未能充分重视的。尤其是王国维把对词体高远内涵的大力拓展与五代北宋"自然神妙"的词艺特征结合起来，更显示了王国维的不凡眼光和过人魄力。王国维词中的"忧生"之意，是王国维自己反复强调过的，此覆检《人间词甲乙稿》及抄本《人间词》，即可多有体会，学界对此的关注也颇为充分，故其词的哲学意蕴也多有被发掘；但王国维的"忧世"之意，学界就不遑深研了，……事实上，王国维并非是为自己的作品附加额外的意义，而只是将自己原本深隐的或者被人生哲理遮蔽的政治思想结合时代彰显出来而已。

——《抄本〈人间词〉〈履霜词〉考论》，《文学遗产》，2013 年 11 月，第 6 期。

20 世纪境界说研究论略

　　1908 年，王国维《人间词话》刊行，这是中国文学史上的一件大事。伴随着 20 世纪词学的发展与演变，关于《人间词话》及境界说的讨论，不断展开，不断引向深入。据王兆鹏《20 世纪词学研究论著目录索引》① 一书统计，20 世纪，就王国维及《人间词话》问题的讨论，有专著六十多种，文章六百五十余篇。其中，针对境界说的讨论，约有专著二十四种、文章五百余篇。

　　中国今词学的发展与演变，有学者将其划分为开拓期、创造期、蜕变期三个大时期，并将蜕变期划分为三个阶段，批判继承阶段、再评价阶段及反思探索阶段②。此中划分，是对于 20 世纪词学的宏观把握。本文有关境界说的讨论，其内容的归类以及时段的划分，采用此规范及论断，并就相关情况加以论析。而作为一个新世纪，21 世纪境界说问题正在发展演变，仅引其绪，暂不多加论断。

一　开拓期（1908—1918）：
《人间词话》之刊行及意义

　　这一时期，从 1908 年算起，大约十年。王国维《人间词话》

---

① 王兆鹏：《20 世纪词学研究论著目录索引》，据《文学遗产》网络版。
② 参见施议对《以批评模式看中国当代词学——兼说史才三长中的"识"》，澳门《文化杂志》（中文版）第二十五期（1995 年），又载《百年学科沉思录》（二十世纪古典文学研究回顾与前瞻），人民文学出版社，1998 年9 月。

刊行并首次进行删减。其间，王国维所倡导的境界说，尽管尚未引起学界的注视，未曾展开讨论，但《人间词话》的刊行，却具有重大意义。

（一）《人间词话》的最初刊行

王国维《人间词话》初刊于邓枚秋（实）主编之《国粹学报》。分三期连载：自第一则至第二十一则载 1908 年 11 月 13 日出版的该刊第 47 期；自第二十二则至第三十九则载 1909 年 1 月 11 日出版的该刊第 49 期；自第四十则至第六十四则载 1909 年 2 月 20 日出版的该刊第 50 期。三期合计六十四则。其中，六十三则自手稿本择录，而条目的第六十三则"枯藤老树昏鸦"则为初刊时所增写。此为《人间词话》的初刊本。

1915 年，《人间词话》的删减本载于日人中岛岭雄创办《盛京时报》"二牖轩随录"名下，共三十一则，分七期连载：小序及第一至第五则载于 1 月 13 日，第六则至第九则载于 1 月 15 日，第十则至第十五则载于 1 月 16 日，第十六则至第二十则载于 1 月 17 日，第二十一则至第二十五则载于 1 月 19 日，第二十六则至第二十八则载于 1 月 20 日，第二十九则至第三十一则载于 1 月 21 日。其中，三十则从手稿本和初刊本（择录二十五则）择录，而条目的第三十则"元人曲中小令"自《宋元戏曲考》迻录。

（二）标志及意义：中国今词学的开始

开拓期十年，中国今词学还处于草创阶段。有关境界说的讨论尚未展开。1914 年，《江东杂志》第二期刊发署名"破浪"的文章《学词随笔——隔与不隔》，这是第一篇援引《人间词话》的文章。文中辑录五则词话，第一则"隔与不隔"、第二则"梦窗词之佳者"①，尚未牵涉到境界说问题。但是，就词史、词学史的发展情况看，论者以为，此时王国维《人间词话》的刊行，是为中国今词学的开始。

将 1908 年，作为中国今词学的开始，率先提出的是施议对教授。20 世纪 80 年代初，在夏承焘指导下，施议对着手编纂《人间词话》译注。此书于 1990 年 4 月由广西教育出版社出版，1991 年 5 月台北贯雅

———————————

① 《江东杂志》，1914 年第 2 期。

文化事业有限公司刊行新版。其中所撰《王国维与中国当代词学》①　一文，作为《人间词话》导读，并明确提出："王国维著《人间词话》，倡导境界说，标志着中国新词学的开始。"文中还进一步加以说明，指出：

> 千年词学史，其发展演变可以王国维为分界线：王国维之前，词的批评标准是本色论，属于旧词学；王国维之后，推行境界说，以有无境界衡量作品高下，是为新词学。

此后，施议对多次重申如上观点。2003 年 9 月，《人间词话译注》（增订本）②在长沙出版，施议对于此译注本的"前论"中又提出：

> 我将全部词学史划分为二段：古词学与今词学。二段划分，以一九〇八年为界线，因为这是王国维《人间词话》手订稿发表的年份。在此之前，通行本色论；在此之后，出现境界说。所以，词界也就有了旧与新之分以及古与今之别。

以上两组概念，旧词学与新词学以及古词学与今词学，其旧与新以及古与今，皆相对而言，在一定意义上讲，旧词学就是古词学，新词学就是今词学，但因语境不同，在表达上，也就有所区分。2009 年 3 月，施议对发表《百年词学通论》③　一文，再次提出："以 1908 年王国维发表《人间词话》为界线，对于千年词学及百年词学，重新加以论定。"

将 1908 年，作为中国今词学的开始，目前或已成定论。本文关于王国维境界说讨论情况综述，亦以有关百年词学三个时期的划分和论述这一前提为立论依据。

---

① 施议对：《王国维与中国当代词学》，香港《大公报》艺林副刊，1994 年 8 月 19 及 26 日。
② 施议对著：《人间词话译注》（增订本），岳麓书社，2003 年 9 月。
③ 施议对：《百年词学通论》，《文学评论》，2009 年第 2 期。

二　创造期（1919—1948）：
境界说之认识与阐释

这一时期，大约三十年。除关于《人间词话》的文本整理与文本校笺外，境界说已逐渐引起注意，相关问题及讨论亦渐次展开。相关词人、词学家，对于王国维《人间词话》及境界说发表各自意见，但有关讨论仍处于认识与阐释状态。为此，彭玉平教授称之为境界说问题的"解说与辨难"① 时期。

这一时期，词界较早接触到王国维及其词学的，是胡适、胡云翼二人。此外，顾随、唐圭璋、吴征铸、缪钺等人，亦相继就王国维的境界说发表意见。施议对于《以批评模式看中国当代词学——兼说史才三长中的"识"》一文中，论述此创造期的词学，曾将这一时期的词学家划分为左、中、右三翼，并指出：这一时期，三翼词学家对于本色论和境界说问题，各自有所承继，有所创造。

以下就此，论析创造期三翼词学家对于王国维境界说的认识与阐释：

（一）胡适、胡云翼对于境界说的认识与阐释

20 世纪 20 年代，中国词学进入创造期。胡适、胡云翼先后推出词的读本及论著，表达自己对于词的见解。作为中国新文化运动先驱者的胡适，提倡"文章革命"（文学革命），推行白话文，并自 1923 年起，开始编纂《词选》② 一书，以古之白话词，为今之"文章革命"张目。胡适希望，以古之白话新体诗，为今之新体白话诗，提供借镜。他在《词选》一书序文中称：

> 到了十一世纪的晚年，苏东坡一班人以绝顶的天才，采用这新起的词体，来作他们的"新诗"。从此以后，词

① 彭玉平：《解说与辨难：三四十年代〈人间词话〉范畴研究》，原载上海《词学》第 22 期，后收入《王国维词学与学缘研究》，中华书局，2015 年 4 月。
② 胡适选注：《词选》，商务印书馆，1927 年 7 月。

便大变了。东坡作词，并不希望拿给十五六岁的女郎在红氍毹上袅袅婷婷地去歌唱。他只是用一种新的诗体来作他的"新体诗"。词体到了他手里，可以咏古，可以悼亡，可以谈禅，可以说理，可以发议论。

胡适说词，注重宏观判断。如上论说，胡适即从观照整个中国词史的发展角度出发，以通史的眼光，将之划分为三个大时期：自晚唐到元初，为词的自然演变时期；自元到明清之际，为曲子时期；自清初到今日（1900年），为模仿填词的时期。胡适同时又将第一时期的词史发展，具体划分为三个段落：歌者的词，诗人的词，词匠的词，并提倡"新体诗"，推尊苏轼和辛弃疾的词，就题材、内容，亦即情感、意境方面，大做苏、辛的文章。

1926年3月，胡云翼《宋词研究》一书出版。此书中，胡云翼承袭胡适论词之论断，推尊苏、辛二人的词作，并将全部宋词划分为两派。他在此书"宋词概观"一节称：北宋的长词，依描写的对象分为两派。一派是继承五代《花间》的词风，一派是完全抛弃那种儿女情绪的描写，而别开生面，去抒写那伟大的怀抱，壮烈的感情，淋漓纵横，构成长篇，这一派的代表人物是苏轼。胡云翼以为，词到了苏轼，一洗五代以来词的脂粉香泽、绸缪宛转的气习，别开描写的生面，打破词为艳科的狭隘观念，并以为这是词体的大解放[1]。

以上，是胡适、胡云翼二人，与此时期所表达的词学见解。二人所论，尽管并未正面接触到王国维及其境界说问题，但都就境界说的意和境二方面内容加以发挥。胡适、胡云翼二人之论词，由此亦可见王国维《人间词话》中论词的颇为共同之处：即偏重意境、偏重思想内容。一方面，王国维以境界论词，在处理思想内容与艺术形式的关系上，已带一定的"左倾"意识；另一方面，胡适、胡云翼二人论词，进一步着重词的内容与题材，轻视情感与音律，并提倡词体大解放，以诗为词、以白话为词，使得王国维境界说进一

---

① 此段摘录自胡云翼《宋词研究》"宋词概观"（上），北新书局，1926年3月。

步向左倾斜，导致境界说的开始异化——胡适、胡云翼二人对于苏、辛词学的论述以及对于词的内容与形式、情感与音律等问题的关注，既将王国维境界说逐渐演化为苏、辛词说①，同时也将境界说推演为风格论②。这是词界"左"的一翼，对于王国维境界说的认识与阐释。

（二）唐圭璋、吴征铸对于境界说的认识与阐释

唐圭璋，词学渊源于乡前辈仇埰，论词主拙、重、大。唐圭璋结合自身科研与教学实践，对王国维《人间词话》的论断，颇多不同看法。至其晚年，唐圭璋回忆往事，曾说：

> 在教学中，同学曾询及《人间词话》之优缺点，余谓此书精义固多，但亦有片面性，如强调五代、北宋，忽视南宋；强调小令，忽视慢词；强调自然景色，忽视真情吐露，皆其偏见。至以东坡语为"皮相"，以清真为"倡伎"，以方回为"最次"，以白石《念奴娇》《惜红衣》为"雾里看花"，以梦窗、梅溪、玉田、草窗、西麓为"乡愿"，以周介存语为"颠倒黑白"，亦皆非公允之论。余因写《评人间词话》，以供学者商讨。③

而早前，唐圭璋又曾有《评〈人间词话〉》一文，发表于1941 年 8 月 1 日成都《斯文》半月刊第一卷第二十一期。曾称《人间词话》"议论精到，夙为人所传"，但对其以境界为标榜论词，唐圭璋同样持不同看法。他指出：

---

① 施议对：《真传与门径——中国倚声填词在当代的传播及创造》一文提出：王国维于整体布局，为世纪词学定下基调。胡适步其后尘，将王国维学说运用于苏、辛词学，见《词学》第 32 辑。

② 施议对：《以批评模式看中国当代词学——兼说史才三长中的"识"》一文指出："三十年代，胡云翼著《中国词史略》和《中国词史大纲》，将胡适理论进一步发扬光大。例如：胡云翼论'词风之变'，即将苏轼以前及以后的词分为女性的词与男性的词二种，因而也将词风分为凄婉绰约与豪放悲壮二类。自此，中国词学史上的境界说，即演变为风格论。"

③ 唐圭璋著：《词学论丛·后记》，上海古籍出版社，1986 年 6 月。

王氏论词,首标"境界"二字。其第一则即曰:"词以境界为最上。有境界则自成高格,自有名词。五代、北宋之词所以独绝者在此。"予谓境界固为词中紧要之事,然不可舍情韵而专倡此二字。境界亦自人心中体会得来,不能截然独立。五代北宋之词所以独绝者,并不专在境界上。而只是一二名句,亦不足包括境界,且不足以尽全词之美妙。上乘作品,往往情境交融,一片浑成,不能强分;即如《花间集》及二主之词,吾人岂能割裂单句,以为独绝在是耶?

唐圭璋同时又认为:

严沧浪专言兴趣,王阮亭专言神韵,王氏专言境界,各执一说,未能会通。王氏自以境界为主,而严、王二氏又何尝不各以其兴趣、神韵为主?入主出奴,孰能定其是非?要之,专言兴趣、神韵,易流于空虚;专言境界,易流于质实。合之则醇美,离之则未尽善也。

唐圭璋两段话,直指王国维说境界的不足之处。既谓其倡境界,忽略情韵,并非通达之论,又不赞成将境界和兴趣、神韵分割开来,以为兴趣、神韵、境界三者,"合之则醇美",而"离之则未尽善"。如上可见,唐圭璋所说,代表着右翼词学家的意见。其对于境界说所持的否定态度,也于当时具有决定性的影响。此后,彭玉平提出:唐圭璋并没有解释境界说的内涵,但对王国维境界说批判甚力①。

唐圭璋而外,对王国维境界说持不同意见的,还有吴征铸等人。以吴征铸为代表,吴征铸与唐圭璋的同名文章《评〈人间词话〉》,于1941年8月16日发表在成都《斯文》半月刊第一卷第二十二期。文中指称,王国维立说,以境界为主,实为不刊之论。可见,吴征铸首先是肯定王国维对于晚清风气的廓清之功。但对王国维既以境界为主,又以隔与不隔为标准,对词做优劣之分的方

---

① 彭玉平:《解说与辩难:三四十年代〈人间词话〉范畴研究》。

法，吴征铸明确表示不同意见，认为王国维有偏颇之处，说强调：

> 隔与不隔，虽境界不同，其为美则一。倚声与绘画，同属艺事，故皆以求美为要义，则隔与不隔，何足以定词境之优劣耶？既云有境界则自成高格，又称白石词格韵高绝，则当谓白石词有境界矣。何有白石词'不于意境上用力'之说耶？前后相寻，未免矛盾矣。

这些问题，吴征铸于其文章中，多处就王国维的立论，进行逐一反驳。如曰：

> 于词"数峰清苦。商略黄昏雨"，此静安先生所讥为隔者。数峰立于黄昏雨中，此犹花之本质也。加上"清苦"、"商略"等形容词，此犹花上有雾，读者于此两句，不觉其雕饰，反觉其浑融。又何伤于隔乎？眼前景色，与心中情意，各有其隐显之时，亦各有其优美之处。隐显之分，则隔与不隔也。

这段话，将隔与不隔，当作两种不同的艺术表现手法看待，同样代表右翼词学家的意见。此后，彭玉平指出：从美学观点来看，吴征铸所言极富学理，但大体没有走出唐圭璋的解说理路，即：对王国维的语境缺乏充足关注。①又或可以说，吴征铸的批评，未必尽合王国维的立论原意，值得细加推究。

如上可见，唐圭璋、吴征铸二人对于王国维的境界说，皆有不同看法。唐、吴二人词学，皆精准出色。尤其唐圭璋，更是词学大家、一代词宗。然而，就王国维境界说问题上，二人一个是从批评标准着手，谓王国维未能会通；一个则是从艺术创造角度着手，谓王国维自相矛盾。唐圭璋、吴征铸二人，代表了境界说发展创造时期，词界"右"的一翼对于王国维境界说的认识与阐释。

（三）顾随、缪钺对于境界说的认识与阐释

顾随、缪钺二人，均推崇王国维，二人之词学，亦都深受王国

---

① 彭玉平：《解说与辩难：三四十年代〈人间词话〉范畴研究》。

维的影响。顾随是第一个在大学讲堂上教授《人间词话》的，吴世昌即听过他的课，叶嘉莹更保留着一份完好的课堂笔记。吴世昌言及自己的治学道路，曾提及顾随与《人间词话》一事，说："我曾经跑到国文系听顾随、闻宥讲课。顾随写新诗，也写小说，讲课并不正规，常常拿一本《人间词话》随意讲。他讲词，也讲陶渊明的'悠然见南山'。"① 而叶嘉莹以后将于1942年至1944年间的顾随课堂笔记整理发表，即题称《论王静安》②，当中就论及境界说问题。文中，顾随亦尝强调，"静安先生论词可包括一切文学创作"。可见顾随对王国维境界说之推崇。而除了大学课堂授课《人间词话》之外，1943年八九月间，顾随更陆续完成《倦驼庵稼轩词说》《倦驼庵东坡词说》等词学论著的写作。其中，《稼轩词说》对于境界说，更有精到的论证。在《稼轩词说》序文中，顾随同样赞誉王国维及其《人间词话》，说："王静安先生论词，首拈境界，甚为具眼。神韵失之玄，性灵失之疏，境界云者，兼包神韵与性灵，且又引而申之，充乎其类者也。"并认为："严之兴趣在诗前，王之神韵在诗后，皆非诗之本体。""王静安所谓境界，是诗的本体，非前非后。""兴趣、神韵二字玄而不常，境界二字则常而且玄。浅言之则常，深言之则玄，能令人抓住，可作为学诗之阶石、门径。"

但是，顾随以为，王国维所说境界只能作为学诗的阶石和门径，而不能奉为最高目标。故此，顾随另行提出高致一说，作为境界的补充。在《稼轩词说》序文中，顾随提出为文达到高致的目标，必须根之于诚，而且要有文采。他提出："吾尝观夫古今之大文人大诗人之作，以世谛论之，虽其无关于真义之处，亦莫不根于诚，宿于诚。稼轩之词无游辞，则何其诚也。复次，文者何？文也者，文采也。无采，即不成其为文矣。"并说："若高致之显于作品之中也，则必有藉乎文字之形音义与神乎三者之机用。是以古之合

---

① 吴世昌：《我的治学道路》，《文史知识》，1987年第7期。
② 顾随《论王静安》，据叶嘉莹1942年至1947年听课笔记整理，曾以《论王国维》为题刊于上海《词学》第十辑，后收入1992年台湾桂冠图书公司《顾羡季先生诗词讲记》及1995年天津人民出版社《顾随：诗文丛论》中。

作，作者之心力既常深入乎文字之微，而神致复能超出乎言辞之表，而其高致自出。"

《稼轩词说》论稼轩《鹧鸪天·鹅湖归病起作》一文中，顾随又就辛弃疾的词作及相关问题，提出为文要有高致，必须出自天然之情性，无点尘污染之赤子之诚。他说：

> 大凡为文要有高致，而且此所谓高致，乃自胸襟见解中流出，不假做作，不尚粉饰，亦且无丝毫勉强，有如伯夷柳下惠风度始得。不然，便又是世之才子名士行径，尽是随风飘泊底游魂，依草附木的精灵，其于高致乎何有？

如上，顾随的二段话，一说高致的意涵，一说高致的审美特征。当中，既注重立言之诚，又注重为文的文采。在顾随以为，这才是治词、做学问的最高目标。

而与顾随相后先，史学名家、词学名家缪钺，对于王国维学说亦做了深入的探研。王国维于《人间词话》中曾提出："词之为体，要眇宜修。能言诗之所不能言，而不能尽言诗之所能言。诗之境阔，词之言长。"缪钺据以为文，而发明其说。其中，《论词》① 一文中，缪钺所提更颇多新创之见。如其曰：

> 人有情思，发诸楮墨，是为文章。然情思之精者，其深曲要眇，文章之格调词句不足以尽达之也，于是有诗焉。文显而诗隐，文直而诗婉，文质言而诗多比兴，文敷畅而诗贵酝藉，因所载内容之精粗不同，而体裁各异也。诗能言文之所不能言，而不能尽言文之所能言，则又因体裁之不同，运用之限度有广狭也。诗之所言，固人生情思之精者矣，然精之中复有更细美幽约者焉，诗体又不足以达，或勉强达之，而不能曲尽其妙，于是不得不别创新体，词遂肇兴。

---

① 缪钺：《论词》，《思想与时代》第 3 期，1941 年 10 月，后收入《缪钺全集》第三卷。

如上这段话，从能言不能言的角度看文体的嬗变。缪钺想就此说明，在文学史上，由文到诗以及由诗到词诸种文体的嬗变，在很大程度上，是取决于表达的需要。又曰：

> 抑词之所以别于诗者，不仅在外形之句调韵律，而尤在内质之情味意境。外形，其粗者也；内质，其精者也。自其浅者言之，外形易辨，而内质难察。自其深者言之，内质为因，而外形为果。先因内质之不同，而后有外形之殊异。故欲明词与诗之别，及词体何以能出于诗而离诗独立，自拓境域，均不可不于其内质求之，格调音律，抑其末矣。

这段话从要眇宜修的角度看词体的特性，从而揭示词与诗的有别之处，说明对于词的了解，不能只重外形，只重格调音律，而当于内质求之。至于内质为何，这里所指是情味和意境。情味，据缪钺在同一篇文章中所言，应包括情思和情感。论者以为，这是对于王国维所说真性情、真境界的补充。至于意境，缪钺特别著眼于意，称之为词意，并从王国维自身的艺术创造，加以认证。

在此文章中，缪钺的另一段话及其所蕴含思想：

> 王氏用词意治考证，故能深透明洁，卓越一代。今人颇推尊王氏《人间词话》，而能欣赏其《人间词》者已少，能知其用词意治考证者尤少。然王氏考证之作，精思入神，灵光四射，恰为其词才词意在另一方面之表现，不明此旨，无以深解王氏也。

王国维用词意治考证，学界好像未见有人这么说过。此所谓意，究竟何指？缪钺在这段话后面，以括号形式作了说明。其曰："世亦有仅具文学之天才，而不长于理智之思考者，故余非谓词人尽能兼为学者，惟以王氏为例，证明有词人之天才而作学术之研究，自有其超卓之处也。"他将词人分作两类，一类具文学天才而不擅长理智之思考，一类具词人之天才又兼学者。王国维属于后一类。所以，自有其超卓之处。这里所说意，就是一种理智的思考。比如一种哲学思想（哲思）。这是缪钺的特别体验。缪钺的这一发现，学界至今或尚未加以留意，故特别提出，以引起关注。

以上，为缪钺、顾随二人，对于境界说深有体验，所作论述。就此二人之研究，施议对将其归结为对王国维境界说所作的改造与补充①。

三　蜕变期（1949—1995）：境界说之异化及再造

这一时期，约五十年。依据施议对的划分，这一时期又可分为三个阶段：批判继承阶段、再评价阶段、反思探索阶段。批判继承阶段为反映论所左右，境界说遭到误判，产生异化，至再评价阶段、反思探索阶段渐次得以再造。以下试分别加以列述：

（一）批判继承阶段（1949—1965）

此一阶段，自 50 年代至 60 年代，大约十七年时间。于此阶段，词界不讲王国维的境界说，而盛行胡云翼的风格论：一方面，境界说被异化为风格论，学界"重豪放、轻婉约"，将王国维的"词以境界为最上"，变作"词以豪放为最上"；一方面，境界说向美学、哲学方向转移，并发展成"以政治批判代替艺术批评"的倾向与标准。

1962 年 2 月，胡云翼《宋词选》一书出版。此书前言中，胡云翼宣称："这个选本是以苏轼、辛弃疾为首的豪放派作为骨干，重点选录南宋爱国词人的优秀作品。"② 同年 6 月，胡云翼于《试谈唐宋词的选注工作》③ 一文，进一步强调：

---

① 施议对：《以批评模式看中国当代词学——兼说史才三长中的"识"》。
② 胡云翼选注：《〈宋词选〉前言》，上海古籍出版社，1962 年 2 月。
③ 胡云翼：《试谈唐宋词的选注工作》，《文汇报》，1962 年 6 月 15 日。

　　　　宋词里面豪放和婉约两派分别体现了阳刚、阴柔之美，就艺术风格说，二者各有胜境，可是我们宁愿更多地推荐豪放派。豪放派词人在创作实践上把思想内容的表达作为首要的课题，而把声韵格律的妥帖与否放在次要的地位，因此作品的内容往往更为丰富。

　　如上，可见，胡云翼将全部宋词划分为豪放和婉约两派，并主张"更多地推荐豪放派"，"把思想内容的表达作为首要的课题"。

　　这一阶段，境界说在词界被异化，风格论大为盛行，境界说受到冷落——境界说"跑"到了哲学、美学那边去。而在哲学、美学领域，王国维所倡导的"境界"之意，又被解释为"意境"之说，被看成为一种主客观的统一。境界说由此，也被视为一种审美理念（aesthetic ideas），被纳入哲学、美学范畴进行讨论。如 1957 年，李泽厚撰《"意境"杂谈》① 一文，指出：

　　　　"意境"和"典型环境中的典型性格"一样，是比"形象"（"象"）、"情感"（"情"）更高一级的审美范畴。因为它们不但包含了"象""情"两个方面，而且还特别扬弃它们的主（"情"）客（"象"）观的片面而构成了一完整统一、独立的艺术存在。

　　又如，1964 年 6 月，张文勋《从〈人间词话〉看王国维的美学思想实质》一文，既从艺术创造的角度，体验境界的含义，谓其"所说的'境界'，不外是作品中的'情'与'景'二者，也就是说，客观的景物和主观的思想感情在作品中的鲜明、形象的表现，是'情'与'景'的统一"，又在"以政治批判代替艺术批评"的社会环境中，对其进行批判，提王国维的境界说只讲形式技巧、忽视或排斥思想内容，是不折不扣的资产阶级唯美主义

---

① 李泽厚：《"意境"杂谈》，《光明日报》，1957 年 6 月 9 日、16 日。

的理论。①

如上可见，在蜕变期的批判继承阶段，所谓重思想、轻艺术，重豪放、轻婉约，乃至以政治批判代替艺术批评偏向的出现，因推行豪放、婉约"二分法"所致②；而哲学、美学领域的批判，则因"左"的思潮所致。

（二）再评价阶段（1976—1984）

这一阶段，一方面，风格论继续通行，境界说继续异化，一方面，"二分法"得到修正。此阶段，有人甚至提出："如果写《词史》，必须大书特书宋词有豪放、婉约二派，豪放词以范希文为首唱，而以东坡、稼轩为教主；婉约词则以晏元献为首唱，而以屯田、清真、白石为教主。"③显然，这是词学上"二分法"的典型代表。但此时，经过"文化大革命"及历史的反思与调整，"二分法"的治学思维已非学界主流，词界前辈万云骏、缪钺、吴世昌等先生，即相继撰文，发表反对"二分法"的意见。

万云骏长期从事词曲教学和科研，坚持艺术分析，反对以豪放、婉约"二分法"研究词曲。1979 年 5 月，万云骏发表《试论宋词的豪放派与婉约派的评价问题——兼评胡云翼的〈宋词选〉》④ 一文提出："关于对婉约、豪放两大词派的评价问题，是有关文学史和作家作品分析、评价的重要问题。""不适当地抬高一个流派而贬低其他流派，片面强调一种风格，而忽视风格的多样性，片面强调思想性而忽视艺术性等偏向，的确是存在的。"万云骏认为："我们认为，对豪放派和婉约派都应该作两点论，不能厚此薄彼。当然，总的来说，豪放派自应高于婉约派。但在对作家的具体评价上，应看到他们各有所长，也各有所短。"认为："豪放派

---

① 张文勋：《从〈人间词话〉看王国维的美学思想实质》，《学术研究》，1964 年第 3 期。

② 施议对：《中国当代词坛解放派首领胡适》，香港《镜报》，1995 年 6 至 8 月，后载入《胡适词点评》（增订版），中华书局，2006 年 7 月。

③ 施蛰存、周楞伽：《词的"派"与"体"之争》，《西北大学学报》，1980 年第 3 期。

④ 万云骏：《试论宋词的豪放派与婉约派的评价问题》，《学术月刊》，1979 年第 4 期。

和婉约派，虽然可以基本上划分，但不能绝对划分。"

　　1987 年 8 月，万云骏《王国维〈人间词话〉"境界说"献疑》① 一文，又提出："王国维对近世影响最大的是他的'境界说'，而问题最大的也是这个'境界说'。"舍此取彼、扬此抑彼，犯片面性的错误。只是泛泛地谈一般的"境界"，"怎能说王国维的境界说超过前人呢？我认为《诗品》、沧浪所论诗的审美特质的精深微妙之处，王国维是尚未触及的"。可见，万云骏既揭示由境界说演化而来的豪放、婉约"二分法"的弊病，又提出境界说的长处与短处，艺术分析的信念更加坚定。

　　缪钺以文史兼擅在学界闻名多时，并深于词学之道。他对于能够揭示词体特质和特长的境界说既有精确的认识，对于由境界说推演而成的豪放、婉约"二分法"，亦有所了解。1982 年 6 月，缪钺于《总论词体的特质》② 一文中提出："读古人词而欣赏其境界，研究其流变者，正宜在此等处深悟参悟，不必沾沾着眼于所谓'豪放'与'婉约'两种风格之不同，而区别泾渭、强分高下也。"对于词界以豪放、婉约"二分法"论词，表示不同看法。在这篇文章中，缪钺指出："凡是一种文学艺术，都有它产生的特殊条件，因此，构成了此种文学艺术的特质与特长，同时，也包含了它的局限性。"缪钺以王国维的一段话说明词的特质与特长，曰："王静安先生谓：'词之为体，要眇宜修，能言诗之所不能言，而不能尽言诗之所能言；诗之境阔，词之言长。'这几句话很能说出词的特质。"并曰："词体最适合于'道贤人君子幽约怨悱不能自言之情，低徊要眇，以喻其致'"。"而可以造成'天光云影，摇荡绿波，抚玩无斁，追寻已远'的境界。这是诗体所不易做到的"。所谓最适合者，就是其特长。缪钺对于王国维之论词体，体验最为真切。其中，所谓阔与长，既是王国维对于境界的描述，也是缪钺的理解。

　　缪钺于破当中，从词之作为一种文体的立场，正面阐发王国维境界说的精义，为境界说的还原与再造，准备条件。

----

① 万云骏：《王国维〈人间词话〉"境界说"献疑》，《文学遗产》，1987 年第 4 期。
② 缪钺：《总论词体的特质》，《四川大学学报》，1982 年第 3 期。

万云骏、缪钺之外，吴世昌对当时词界通行的豪放、婉约"二分法"更加深恶痛疾。1983 年 6 月，吴世昌发表《有关苏词的若干问题》① 一文，指出："所谓北宋'豪放派'，根本从不存在。""如果真有这一派，试问有多少人组成？以谁为派主？写出了多少'豪放'词？收印在什么集子里"？"苏词中'豪放'者其实极少。若因此而指苏东坡是豪放派的代表，或者说，苏词的特点就是'豪放'，那是以偏概全，不但不符合事实，而且是对苏词的歪曲，对作者也是不公正的。"

同年 9 月，吴世昌在《宋词中的"豪放派"与"婉约派"》②一文中，再次重申上述这一观点。一方面，在于革除时弊，端正学风和文风，另一方面，在破的同时，吴世昌还注重于立。自 1983 至 1985 年间，吴世昌《论词的读法》的系列文章重新发表，再次提出他在 40 年代所提倡的结构分析法。他说："小令太短，章法也简单，可是慢词就不同了。不论写景、抒情、叙事、议论，第一流的作品都有谨严的章法。这些章法有的是平铺直叙、次序分明的。这是比较容易看出来的。有的却回环曲折，前后错综。不仅粗心的读者看不出来，甚至许多选家也莫名其妙，因此在他们的选集中往往'网漏吞舟'。"以为慢词章法回环曲折，前后错综，不易看出来，因提出人面桃花型和西窗剪烛型③两种结构模式，替代简单的"二分法"，又为建造新变词体结构论奠定基础。

以上，万云骏、缪钺、吴世昌三人意见，皆针对"二分法"的治词弊端而发，或从词之特质，或从词之结构，反对境界说的异化，予以再评价再修正。此中，先破后立，破中有立。其中努力，为境界说之还原、再造，扫清道路。

在此评价阶段，亦可谓为"再评价"的时期，一些问题如重豪放、轻婉约的趋向问题，尽管掉转头来，进行平反，变而成为重婉

① 吴世昌：《有关苏词的若干问题》，北京《文学遗产》，1983 年第 2 期。
② 吴世昌：《宋词中的"豪放派"与"婉约派"》，《文史知识》，1983 年第 9 期。
③ 以上引文均见吴世昌《论词的章法》，《论词的读法》第三章，原载 1946 年 12 月 31 日《中央日报》副刊《文史周刊》第 33 期，后收入《罗音室学术论著》第二卷《词学论丛》（中国文联出版公司，1991 年 11 月）。

约、轻豪放，但在某种意义上讲，仍然是以政治批判代替艺术批评，所采用的思维模式也并未真正起质的改变；80年代以后，"二分法"得到修正，但风格论也仍然通行。①

（三）反思探索阶段（1985—1995）

这一阶段，自1985年起，即所谓"方法年"时候。这一时段，中国词学进入了重要的反思探索阶段。此阶段大约持续十年时间。其中反思探索，主要体现在：对于王国维及其境界说的重新认识以及境界说的再造。代表人物有如：叶嘉莹、佛雏、施议对。其中，叶嘉莹、佛雏分别以中西文论进行观照，将境界说的讨论继续向美学、哲学转移，而施议对从千年词学史及词本体发展角度，进行探讨与思考。叶、佛、施三人，论说基点不一，对境界说的体认及意见也由此各异。

叶嘉莹对于王国维境界说的研究成果，主要体现在两部著作：《王国维及其文学批评》和《词学新诠》。前者撰著于70年代，刊行于八九十年代；后者于2000年出版，书中所收六篇论文中，前五篇均为80年代中至90年代末所作。叶嘉莹有关论文亦见其所著《中国词学的现代观》②等书中。在《中国词学的现代观》第三节《从西方文论看中国词学》中，叶嘉莹提出："传统词学，与西方现代的一些文论颇有暗合之处。""因此，下面我便将借用一些西方理论来对中国这些传统的词说略作反思和探讨。"在该书第二节《王国维对词之特质的体认——我对其境界说的一点新解释》中，叶嘉莹说：经过比较和观察，"我们就会发现王氏论词的最大之成就，实乃在于他对第一类歌辞之'要眇'之美的体认和评说"。并说："这种评说之特色就正在于评者能够从那些本无言志抒情之用心的歌辞之词的要眇之特质中，体会出许多超越于作品外表所写之情事以外的极丰美也极自由的感发和联想。"

叶嘉莹以为，王国维评词，最大的成就，乃在于对词体"'要眇'之美的体认和评说"，能使读者体会出"极自由的感发和联想"。因此，她就感发与联想，再将中国传统词学和西方文论联系

---

① 施议对：《中国当代词坛解放派首领胡适》。
② 叶嘉莹著：《中国词学的现代观》，大安出版社，1988年台北初版。

在一起，即在第三节《从西方文论看中国词学》中，对于王国维的评说进一步加以说明。她说："（王国维说词），已经转移到以文本所具含之感发的力量，及读者由此种感发所引起的联想为评说之重点了。"并说："王氏说词所依据者，则大多为文本中感发之质素，而其诠释之重点则在于申述和发挥读者自文本中的某些质素所引生出来的感发与联想。"她从西方接受美学角度，指出王国维境界说的评说重点，已转移到"以文本所具含之感发的力量"及"读者由此种感发所引起的联想"两个方面，而其诠释重点也放在读者对于文本的"感发与联想"。

"感发与联想"，体现叶嘉莹对于王国维境界说的理解与再造。在《王国维及其文学批评》① 一书中，叶嘉莹既于第三章《〈人间词话〉中批评之理论与实践》的第一节指出王国维境界说"为中国诗词之评赏拟具了一套简单的理论雏形"，"隐然有着一种系统化之安排"，又于余论《〈人间词话〉境界说与中国传统诗说之关系》第七节指出其不足之处。她说：

> 《人间词话》所提出的境界说，虽然把握了中国诗论中重视感受作用这一项重要的质素，可是他所提出的各种说明及例证却仍嫌过于模糊笼统，过于唯心主观，即未能对于作者与作品之"能感之"、"能写之"的各种因素作精密的理论探讨，也未能对于其"所感"、"所写"之内容的社会因素作客观反映的说明。

叶嘉莹认为，王国维的境界说之作为一种批评标准既在理论上有其局限，其采取词话之体式，在新旧文化激变的时代，亦未能与之俱进。对于诗词的批评标准问题，叶嘉莹在《王国维及其文学批评》一书中，也曾另外加以阐释。在余论《〈人间词话〉境界说与中国传统诗说之关系》中，她说："诗歌中之基本生命，也就是诗人内心深处的一种兴发感动的力量。""诗人内心中先有一种由真切之感受所生发出来的感动的力量，才能够写出有生命的诗篇来，而

---

① 叶嘉莹著：《王国维及其文学批评》，广东人民出版社，1982 年 9 月。

如此的作品才可称之为'有境界'。"并说："纵然有真切之感受仍嫌未足，还更须将之表达于作品之中，使读者也能从作品中获得同样真切之感受，如此方才完成诗歌中此种兴发感动之生命的生生不已的延续。"

因此，叶嘉莹提出"兴发感动"说。既从诗歌自身，又从作者与读者之间、作品之前与作品完成之后两方面，进行阐发。此说在反思探索阶段，对于词学研究发挥一定推进作用。

佛雏，原名谭佛雏，1946 年毕业于国立湖南大学中文系。佛雏与叶嘉莹的生活年代相当，二人同为 20 世纪中国第四代词学传人。对于佛雏，论者以为，在 90 年代前的大陆学界，他是能潜心于王国维—叔本华关系而作文献学比较的一位学者（夏中义语）。佛雏著有《王国维诗学研究》，对于境界说之作为一种批评标准以及王国维所构建的诗论体系，给以充分的肯定。他说：

> 有意识地拿"境界"或"意境"当作诗的一根枢轴，就境界的主客体及其对待关系，境界的辩证结构及其内在的矛盾运动，境界的特性与发展规律，以至境界作为艺术鉴赏的标准，等等，即涉及诗的本体、创作、鉴赏、发展四大方面，做出比较严密的分析，构成一个相当完整的诗论体系，这在王国维以前，是不曾有过的，有之，则自王氏始。①

其中以为，王国维的境界说已构成"相当完整的诗论体系"。这是就本体、创作、鉴赏、发展四大方面的论证所得出的结论。同时，佛雏还作中西比较，将王国维境界说放在中西两种不同语境中加以评析。他说：

> 王氏的美的"理想"并未越出叔本华式"人的理念"的轨则之外，这从他对自己词作的自我评价中也可得到印证。如他自称："余自谓才不若古人，但于力争第一义处，古人亦不

① 佛雏著：《王国维诗学研究》，北京大学出版社，1987 年 6 月，第 157—158 页。

如我用意耳。"这类属于"第一义"的词，他举出的是"《浣溪沙》之'天末同云'，《蝶恋花》之'昨夜梦中'、'百尺高楼'"等阕。试看"天末同云"一首，词云："天末同云黯四垂，失行孤雁逆风飞，江湖寥落尔安归？ 陌上金丸看落羽，闺中素手试调醯。今宵欢宴胜平时。"作者以"诗人之眼"或"自然之眼"，"观"出了人生罪恶的全部真相，显示了一种崇高的悲悯情怀。这一"孤雁"的遭遇与命运，成了整个人类的命运与遭遇的一幅缩影。"全人类的内在本性"在这里得到了充分的显现。这一"孤雁"也就差不多"俨有""担荷人类罪恶之意"。王氏自称是"凿空而道，开词家未有之境"。显然，这种"第一义"也即最理想的"境"，也正是叔氏的人生"永恒的理念"的再现。①

这段话，将王国维的理想和叔本华的理念联系在一起进行解读并以具体的作品的分析加以印证，断定他的"第一义"，也就是最理想的"境"，正是叔氏的人生"永恒的理念"的再现。因而，得出如下结论："王氏标举传统诗学的'境界'（意境）一词，而摄取叔氏关于艺术'理念'的某些重要内容，又证以前代诗论词论中的有关论述，以此融贯变通，自树新帜。他的'境界'说原是中学西学的一种'合璧'"②。

施议对对于境界说的认识及推举，大致包括三个步骤。第一，境界与境界说，从概念到批评标准的提升；第二，能言与不能言，从旧词学到新词学的转换；第三，有境界与无境界，从言传方式到理论创造。

1989 年 10 月，施议对《王国维治词业绩平议》指出："八十年来对于境界说的讨论，多数仅侧重于考证'境界'二字的来源及探究其各种含义，颇有点'就事论事'的偏向。"并指出："探研境界说，似应当在'就事论事'的基础上，进一步将其放在诗歌批

---

① 佛雏：《王国维诗学研究》，第 180—181 页。
② 佛雏：《王国维诗学研究》，第 195 页。

评史的发展过程中重新加以评判。"① 这是施氏论境界说的第一个步骤。主张于境界二字加上个说，将其提升为批评标准。

1994 年 8 月，施议对《王国维与中国当代词学》② 一文，将王国维境界说确定为中国新词学开始的标志。他说：

> 千年词学史，其发展演变可以王国维为分界线：王国维之前，词的批评标准为本色论，属于旧词学；王国维之后，推行境界说，以有无境界衡量作品高下，是为新词学。

此文中，施议以同时提出：

> 以上我将王国维的境界说作为中国新词学的标志，对于中国词学所进行的新旧之分，其依据除了观念上的含义之外，更主要的还在于模式，即批评的标准与方法。具体地说，以本色论词，着重看其似与不似，不一定都要落到实处，诸如"上不类诗，下不入曲"等说法，实际并无明确界限，这和只重意会、不重言传的传统批评方法是完全一致的，所以为"旧"；而境界说，不仅因其注入了西人哲思，而且只就境界而言，起码也有个空间概念在，所谓阔大深长、高下厚薄等等，似乎都可借助现代科学方法加以测定，所以为"新"。

这是从言传的角度，判断新与旧，以确定其词史地位，并以为有了王国维，才有中国新词学。

以上叶嘉莹、佛雏、施议对三人，对于境界说，或以中西文化为背景，或以千年词学史发展为背景进行讨论；或从哲学美学、或从词之本身问题进行言说。均对境界说的讨论，予以了重要的反思与探索。

---

① 施议对：《王国维治词业绩平议》，《辽宁大学学报》，1989 年第 5 期。
② 施议对：《王国维与中国当代词学》，香港《大公报》艺林副刊 1994 年 8 月 19 日、26 日。

四　余　论

　　20 世纪境界说问题的讨论，贯穿于中国今词学发展的开拓期、创造期、蜕变期三个时期，并于新旧世纪之交，随着 20 世纪五代词学传人历史使命的终结，展示出不同的发展轨迹、演变迹象。世事多变，回顾百年词学历史，关于王国维境界说的讨论与研究，亦周折变幻。无论是从一开始的被推演、被异化，还是此后的被改造、被重构，王国维《人间词话》中所倡导的境界说问题之真正面目，众说纷纭，颇难认清。上述言说，就三个时期的境界说讨论情况，做一定梳理论略，希望对于王国维《人间词话》及其在词界的运用与发展，能有较为切实的了解和把握。错漏之处，亦请大方之家，有以教之。

　　　　　　　　　　丙申春分后三日于 WL 书室（初稿）
　　　　　　　　　　丙申冬至前二日于 WL 书室（改稿）
　　　　　　　　丁酉谷雨前二日于素冰室（再改稿）